BASTEI
LÜBBE

Von Peter Freund sind bei Bastei Lübbe Taschenbücher lieferbar:

15707 Laura und das Geheimnis von Aventerra
15817 Laura und das Siegel der Sieben Monde
15883 Laura und das Orakel der Silbernen Sphinx
15942 Laura und der Fluch der Drachenkönige
16285 Laura und der Ring der Feuerschlange

Dieses Buch ist auch als Hörbuch bei Lübbe Audio erhältlich

Über den Autor:

Peter Freund lebt und arbeitet in Berlin. Er war viele Jahre in der Film- und Fernsehbranche tätig, zunächst als Leiter und Manager verschiedener Kinos, dann im Filmverleih und seit 1993 als Producer. Als Autor, Dramaturg und Produzent zeichnete er für zahlreiche Fernsehproduktionen verantwortlich.
Mit seinen LAURA-Romanen hat er sich weltweit eine große Fan-Gemeinde geschaffen. Seine Bücher erscheinen in siebzehn Ländern.
Die meisten seiner Romanfiguren erfand er für seine inzwischen erwachsenen Kinder, die nicht genug bekommen konnten von seinen fantastischen Geschichten.
Peter Freund im Internet: www.freund-peter.de

Peter Freund

LAURA

und das Labyrinth des Lichts

Roman

Mit Illustrationen von Tina Dreher

BASTEI LÜBBE

BASTEI LÜBBE TASCHENBUCH
Band 16362

1. Auflage: Dezember 2009

Vollständige Taschenbuchausgabe der bei
Ehrenwirth erschienenen Hardcoverausgabe

Bastei Lübbe Taschenbücher und Ehrenwirth
in der Verlagsgruppe Lübbe

Ein Projekt der AVA international GmbH
Autoren- und Verlagsagentur, Herrsching
Illustrationen: Tina Dreher, Alfeld / Leine
Titelillustration: Franz Vohwinkel
Umschlaggestaltung: Gisela Kullowatz
Satz: Kremerdruck GmbH, Lindlar
Druck und Verarbeitung: CPI – Ebner & Spiegel, Ulm
Printed in Germany
ISBN 978-3-404-16362-5

Für alle, die Laura Leander
seit Jahren die Treue halten

Kapitel 1 Der Todesdämon

Lukas Leander zuckte zusammen. Er trat auf die Bremse seines Mountainbikes und starrte wie gebannt nach vorn. Auf einer Hügelkuppe, kaum hundert Meter von ihm entfernt, erschien urplötzlich ein riesiger schwarzer Schemen, der sich wie eine düstere Drohung gegen den bleigrauen Februarhimmel abzeichnete.

Es war ein Reiter, ganz in Schwarz gekleidet, auf einem pechschwarzen Pferd.

Im selben Augenblick verdunkelte sich der Himmel. Das Licht verblasste, als habe jemand einen dichten Schleier über die fahle Spätwintersonne geworfen.

Lukas begann zu zittern. Obwohl es für die Jahreszeit ungewöhnlich mild war, erfasste ihn Eiseskälte. Sie kroch ihm in die Hosenbeine, unter die Mütze und den Anorak und überzog seinen gesamten Körper mit einer Gänsehaut. Ihm war, als marschiere eine Armee winziger Schneetrolle über seinen Rücken. Die Haare im Nacken richteten sich auf wie bei einem Hund, der Gefahr witterte.

Dann hörte Lukas ein Krächzen, schrill und bedrohlich. Er blickte auf und sah die Krähen: Es mussten Tausende von schwarzen Vögeln sein, die wie eine riesige Wolke über den Himmel zogen und geradewegs auf ihn zuflogen. Ihre Schreie klangen so verzerrt, als kämen sie aus einer fremden Welt.

Zugleich vernahm er das heisere Bellen von Hunden. Lukas senkte den Blick und erkannte zu seinem Entsetzen, dass der

Reiter auf der Kuppe von einer Meute riesiger Hunde umgeben war – dunkle Bestien, die wie aus dem Nichts gekommen waren und ihn mordlüstern anfunkelten.

Lukas erstarrte. »O nein!«, stöhnte er atemlos.

Da stieß der Reiter dem Pferd jäh die Sporen in die Flanken, sodass es einen Satz nach vorn machte und in wilden Galopp verfiel. Die Hundemeute folgte ihm mit lautem Kläffen.

Der unheimliche Rappe mit der Spukgestalt auf dem Rücken stürmte direkt auf den Jungen zu. Seine Augen funkelten feuerrot, und aus den Nüstern wehte schwefliger Dampf. Die mächtigen Hufe trommelten über den gefrorenen Boden.

Lukas war zu keiner Bewegung fähig. Als stünde er unter einem geheimnisvollen Bann, verharrte er reglos an Ort und Stelle und sah der schattengleichen Gestalt mit eisigem Grauen entgegen.

Sie kam näher, immer näher.

Immer bedrohlicher schien sie über Lukas aufzuragen.

Mit einem Mal wurden die Konturen des Reiters schärfer wie die Bilder eines unscharfen Films, die nach dem Justieren des Projektors plötzlich klarer hervortreten. Lukas sah die Gestalt nun viel deutlicher, und der Anblick war so entsetzlich, dass dem Jungen beinahe das Herz stehen blieb.

Das war kein Mensch, sondern ein schreckliches Wesen, scheinbar geradewegs einem Horrorfilm entsprungen. Der Kopf mit den beiden Hörnern glich dem eines Monsters. Das mit schrundigen Narben und eitrigen Warzen überzogene Gesicht war tiefschwarz. Ein dumpfes rotes Glühen lag in den Augen, die Pupillen leuchteten schwefelgelb, und die Iris glänzte schwarz wie Kohle. Hauerartige Eckzähne ragten aus den von langen Barteln verunstalteten Mundwinkeln. Am Kinn hing ein strähniger schwarzer Ziegenbart, und aus dem Rücken des Reiters ragte ein riesiges Paar dunkler Fledermausflügel. Lukas glaubte, den Verstand zu verlieren!

Dann erkannte er auch noch, dass das Monster gar kein Pferd ritt. Das nachtschwarze Tier musste vielmehr ein Einhorn sein, denn auf der Stirn prangte ein langes Horn, spitz und flammend rot wie das Höllenfeuer.

Der Reiter war höchstens noch zehn Meter entfernt – da löste er sich einfach auf! Es wurde heller, und alles war still und friedlich wie zuvor. Die Kuppe lag im blassen Licht der Sonne einsam und verlassen da. Lukas konnte wieder die drei Windräder sehen, die erst vor wenigen Wochen auf dem Hügel errichtet worden waren. Reiter und Einhorn hingegen waren ebenso verschwunden wie die Hunde.

Auf dem Abhang blieben nur Büsche und Sträucher zurück, Wacholder, Brombeeren und Krüppelkiefern. Ein sanfter Wind strich hindurch. Mit leisem Rascheln wehte er verdorrte Blätter und dürre Zweige über die Felder und Wiesen, die sich nach allen Seiten bis zum Horizont erstreckten, wo leichter Nebel aufstieg.

Noch immer war Lukas keiner Regung fähig.

»Hey!« Dumpf und verschwommen drangen die Worte von Mr Cool an sein Ohr. »Was ist denn los?«

Lukas schüttelte sich, als erwache er aus einem bösen Traum. Dann erinnerte er sich wieder: Ja, klar – Mr Cool und er unternahmen gerade eine Mountainbike-Tour über die Hügel rund um Ravenstein.

Hier zeigten sich bereits die ersten wagemutigen Vorboten des Frühlings: vereinzelte grüne Blattspitzen, vorwitzige Weidenkätzchen und zarte Buschwindröschen. Im weitläufigen Park der alten Festung blühten sogar schon erste Krokusse.

Burg Ravenstein war im zwölften Jahrhundert erbaut worden und hatte damals dem berüchtigten Raubritter Reimar von Ravenstein als Stammsitz gedient. Das historische Gemäuer war längst modernisiert worden und beherbergte inzwischen das gleichnamige Internat, das Lukas Leander und seine ein Jahr ältere Schwester Laura besuchten. Und ebenso Philipp Boddin – wie Mr Cools richtiger Name lautete. Mit diesem Jungen hing Lukas seit ein paar Wochen immer öfter zusammen. Lukas ging in die siebte Klasse und Mr Cool in die 8b, genau wie Laura.

»Was ist los?« Philipp hatte sein Bike neben Lukas zum Stehen gebracht. Obwohl er nur ein Jahr älter war als sein Begleiter, überragte er ihn um Haupteslänge. Er schob seine Sonnenbrille – das neueste Modell von Gucci – auf die Stirn und blickte Lukas verwundert an. Auf dem Ärmel seines roten Stepp-Anoraks prangte die schwarze Wolfstatze von Jack Wolfskin. Die schicke Strickmütze, die seine semmelblonde Mähne bedeckte, stammte ebenfalls von einem angesagten Outdoor-Ausstatter.

Lukas tat erstaunt. »Was soll denn los sein?«, fragte er.

»Du hast den Hügel hier angeglotzt, als hättest du ein Gespenst gesehen«, erklärte Mr Cool. »Das ist los!«

Lukas schluckte. Sollte er sich Philipp anvertrauen und ihm von seiner Vision erzählen?

Keine leichte Frage!

Natürlich war Mr Cool in Ordnung, ein guter Freund sogar, auf den immer Verlass war. Außerdem hatte er im Laufe der letzten Monate mitbekommen, was auf Burg Ravenstein hinter den Kulissen vorging. Lukas und seine Schwester Laura hatten Philipp mehrere Male um Hilfe gebeten und ihn deshalb andeutungsweise in das große Geheimnis eingeweiht, das die Welt der Menschen mit der Welt der Mythen verband. Philipp wusste somit zumindest bruchstückhaft Bescheid über den ewigen Kampf zwischen Gut und Böse, der seit Anbeginn der Zeiten auf der Erde und ihrem geheimnisvollen Schwesterstern Aventerra geführt wurde.

Er wusste von den Wächtern, die für die Sache des Lichts stritten, und von ihren erbitterten Feinden, den Dunklen, die der Finsternis und damit dem Ewigen Nichts zum Sieg verhelfen wollten. Und natürlich ahnte Philipp längst, dass Laura Leander in dieser erbitterten Auseinandersetzung eine wichtige Rolle innegehabt hatte.

Doch dann, vor rund zwei Monaten, an ihrem vierzehnten Geburtstag, hatte Lukas' Schwester ein großherziges Opfer gebracht. Vor vielen Jahren war ihre Mutter Anna in das Reich der Feuerschlange Rygani verschleppt worden. Um sie zurückzuholen, hatte Laura auf all jene fantastischen Fähigkeiten verzichtet, die sie sich als Wächterin des Lichts mühsam angeeignet hatte: Gedankenlesen, Telekinese und Traumreisen.

Damit ihr der Verzicht nicht aufs Gemüt drückte, hatte ein gnädiges Schicksal dafür gesorgt, dass Laura sämtliche Erinnerungen an ihre aufregenden Erlebnisse verlor. Und damit sich niemand in ihrer Gegenwart verplapperte und sie durch eine unbedachte Bemerkung verwirrte, hatte Lukas jeden darüber informiert, der auch nur andeutungsweise mit dem großen Mysterium vertraut war.

So wussten inzwischen nicht nur Lauras Familie und ihre Wächterfreunde Bescheid, sondern auch ihre beste Freundin Katharina »Kaja« Löwenstein – und Mr Cool. Selbst Magda Schneider, die ebenfalls in Lauras Klasse ging und zumindest am Rande in einige ihrer Abenteuer verwickelt gewesen war, hatte Lukas so weit wie nötig in Kenntnis gesetzt.

»Hey!« Mr Cool schien langsam die Geduld zu verlieren. »Hat es dir die Sprache verschlagen, Lukas – oder warum antwortest du nicht?«

»Nein, nein«, entgegnete der Junge hastig. »Alles okay.«

»Na, dann erzähl mir doch mal, warum du wie ein vom Blitz getroffenes Mondkalb auf diesen Hügel dort gestarrt hast!«

In tiefe Gedanken versunken eilte der Fhurhur durch die verwinkelten Flure der Dunklen Festung und strebte seinem Gemach zu, das ganz oben in einem der hohen Türme gelegen war. Sein scharlachroter Kapuzenumhang flatterte, während der Schwarzmagier schnellen Schrittes die steinerne Wendeltreppe emporstieg. Das hagere Männlein, dessen faltiges Gesicht von kränklich gelber Farbe und mit unzähligen Altersflecken übersät war, achtete nicht auf die Wachen und die übrigen Bediensteten, die ihm hinterherblickten – verächtlich die einen, fast hasserfüllt die anderen.

Er wusste auch so, dass sie ihm die Schuld an der vernichtenden Niederlage gaben, die ihr Gebieter, der Schwarze Fürst, unlängst gegen den Hüter des Lichts erlitten hatte. Er habe die alte Prophezeiung falsch ausgelegt, warfen sie ihm vor, und Borboron nicht von dem Schwertduell gegen Elysion abgehalten, aus dem der Anführer des Lichts überraschend als Sieger hervorgegangen war.

Diese Narren!

Als ob es ein Kinderspiel wäre, solche rätselhaften Vorhersagen richtig zu deuten! Selbst für einen gefürchteten Magier wie ihn, der sich auf die schwärzesten der Schwarzen Künste verstand, stellte das jedes Mal aufs Neue eine große Herausforderung dar. Die Prophezeiungen waren meist überaus vieldeutig formuliert und deshalb schwer zu entschlüsseln.

Hinterher, wenn es zu spät war, konnte jeder klug daherschwätzen und behaupten, er hätte es besser gewusst. Und genau das hatten Aslan, der Anführer der Schwarzen Garde, und diese hinterhältige Schlange, die Gestaltwandlerin Syrin, getan: Sie hatten ihm die Schuld an der verheerenden Niederlage zugeschoben und es zudem geschickt verstanden, auch beim restlichen Gefolge Stimmung gegen den Schwarzmagier zu machen. Kein Wunder also, dass man in der Dunklen Festung inzwischen fast einhellig der Meinung war, nur er allein, der einstmals von allen bewunderte und hochverehrte Fhurhur, trage die Verantwortung für das Debakel.

Dabei hatte doch nicht er das Schwert gegen diesen Knecht des Lichts geführt, sondern vielmehr sein Gebieter Borboron, der siegessichere Anführer der Dunklen Heere! Ein wahrer Hüne, der vor Kraft kaum laufen konnte – und sich dann von dem greisen und gebrechlichen Elysion im Zweikampf übertölpeln ließ.

Aber den Schwarzen Fürsten wagte natürlich niemand zu beschuldigen! Weil jeder wusste, was geschehen würde, wenn Borboron Wind davon bekam: Er würde denjenigen unverzüglich dem Henker überantworten und ohne Gnade hinrichten lassen.

Während der Fhurhur, tief in Gedanken versunken, Stockwerk um Stockwerk emporstieg, klang ihm der Hall der eigenen Schritte wie eine dumpfe Mahnung ans Ohr:

Du musst etwas tun!

Du musst etwas tun!

Du musst …

Eines stand schließlich fest: Wer auch immer die Schuld an dem Misserfolg trug – die Lage war so ernst wie lange nicht mehr. Die Dunkle Streitmacht war erheblich geschwächt und Borborons Ansehen im Schwinden. Aber was das Schlimmste war: Ihre mächtigste Waffe, das Schwarze Schwert Pestilenz, war in die Hände der Feinde gefallen. Die Aussichten, Elysion und seine Krieger des Lichts zu besiegen, waren damit auf einem Tiefpunkt angelangt.

Im Lager der Dunklen machte sich bereits Unruhe breit. Langjährige Verbündete wie die Wolfsköpfigen oder die Wunschgaukler fügten sich den Anordnungen des Schwarzen Fürsten nur noch widerwillig und unter Murren. Wenn das so weiterging, war die offene Rebellion bloß eine Frage der Zeit. Dann aber wären Borborons Tage gezählt. Der Schwarze Fürst

würde seinen Kopf verlieren – und er selbst, als dessen engster Ratgeber, mit Sicherheit auch.

Aber das würde er nicht zulassen – niemals!

Endlich war der Fhurhur im obersten Stockwerk des Turmes angekommen. Er schloss die Tür zu seiner Kammer auf, trat ein und ging rasch auf den großen Schrank zu, der an der gegenüberliegenden Wand stand. Gerade wollte er ihn öffnen, da fiel sein Blick durch das schmale Fenster gleich daneben.

Obwohl es erst später Nachmittag war, hatte sich der Himmel über der Dunklen Festung bereits verdüstert. Die schwarzen Nebel, die ständig um die Türme waberten, und die riesigen Krähenschwärme, die rastlos über der finsteren Feste kreisten, schluckten das Licht. Das ungewöhnliche Sternzeichen am Firmament war dennoch klar und deutlich zu erkennen: Sieben Sterne, von denen einer kräftiger funkelte als der andere, formten ein hell leuchtendes Herz am Himmel. Der Fhurhur fluchte laut bei diesem Anblick.

Dieses verdammte Siegel der Sieben Monde!

Als wolle es sich über ihn lustig machen, leuchtete es heller denn je zuvor.

Es war höchste Zeit, etwas dagegen zu unternehmen!

Nur mühsam zügelte der Schwarzmagier seinen Zorn und öffnete den Schrank, in dessen Fächern Dutzende von Behältern aufgereiht standen: Tiegel, Flaschen, Becher, Schalen, Töpfe, Phiolen und Glaskolben. Der Fhurhur reckte sich, um das oberste Fach besser einsehen zu können, griff nach einer unscheinbaren Phiole in der hintersten Ecke und nahm sie in die Hand. Fast andächtig betrachtete er das Gefäß, das eine kleine Menge – höchstens einen Fingerhut voll – einer glasklaren Flüssigkeit enthielt.

Der Fhurhur erschauderte vor Ehrfurcht: Obwohl völlig unscheinbar, war das Elixier der seltenste und gleichzeitig wirkungsvollste Schwarzzauber unter der Sonne. Die Stunde, in der er es gebraut hatte, war der Höhepunkt seines bisherigen Wirkens gewesen, und so erinnerte er sich noch gut daran.

Es lag nun schon viele Jahre zurück. In der Nacht der Wintersonnenwende hatte eine vollständige Mondfinsternis geherrscht, was nur höchst selten vorkam. Am Himmel über dem Schwarzen Schlund, dem finstersten Ort von ganz Aventerra, war nicht ein Schimmer des Goldmondes und des Menschensterns zu sehen gewesen – was die Macht der Dunkelheit, die zur Wintersonnenwende am größten war, um ein Vielfaches verstärkt hatte. Nur deshalb hatte er dieses Elixier brauen können – und weil er sich im Besitz der Fünf Zeichen der Schlange befand!

Ein böses Lächeln huschte über das faltige Gesicht des Fhurhurs: Die Wirkung des Elixiers war verheerend. Es löste den Todesschlaf aus, eine Folter, weit schlimmer als die Todesstarre und noch schwieriger zu heilen. Denn auch dazu benötigte man die Fünf Zeichen der Schlange, von denen in der Uralten Offenbarung die Rede war – einer geheimnisvollen Schrift, die Beliaal, der Herr der Finsternis, am Anbeginn der Zeiten den Wolkentänzern entwendet hatte und die er seitdem an einem geheimen Ort versteckt hielt.

Als könne er den Blick nicht von dem schwarzmagischen Elixier wenden, starrte der Fhurhur es unverwandt an. Seit vielen Jahren bewahrte er die Phiole nun schon in seiner Kammer auf. Bislang war er stets vor der Anwendung des Elixiers zurückgeschreckt. Nicht etwa aus Mitleid mit dem entsprechenden Opfer, sondern weil er die wirkungsmächtige Tinktur nicht unnötig verschwenden wollte. Er besaß nur eine winzige Menge davon, und auf absehbare Zeit würde es auch keine mondlose Wintersonnenwende mehr geben – der einzige Zeitpunkt, an dem das Elixier gebraut werden konnte.

Um seine Stellung als engster Ratgeber des Schwarzen Fürsten zu sichern, hatten andere Mittel ausgereicht, weit weniger wirksam und viel leichter herzustellen. Dabei strebten Syrin und viele weitere Rivalen schon seit Jahren nach seinem Platz an Borborons Seite. Bislang jedoch hatte er nicht nur jede ihrer hinterhältigen Intrigen zunichtegemacht, sondern gleichzeitig auch seine schwarzmagischen Künste zuverlässig und höchst wirksam gegen die Krieger des Lichts eingesetzt.

Seit Elysion jedoch den Schwarzen Fürsten besiegt hatte, war alles anders. Wenn er selbst nicht untergehen wollte, musste er sich endlich seines wirksamsten Mittels bedienen – ob ihm das nun recht war oder nicht.

In den endlosen Stunden, in denen er sich während der letzten Wochen den Kopf zerbrochen und alles durchdacht hatte, war ihm allerdings eines klar geworden: Das Elixier allein würde kaum ausreichen, um Borborons Macht zu bewahren. Die Dunklen Mächte konnten sich nur dann aus ihrer nahezu hoffnungslosen Lage befreien, wenn sie endlich jenes geheimnisvolle Wesen fanden, von dem in der Uralten Offenbarung die Rede war: das Kind des Dunklen Blutes, das ihnen zum Sieg über die Mächte des Lichts verhelfen konnte. So blieb dem Fhurhur nichts anderes übrig, als Kontakt mit Beliaal aufzunehmen, dem gefürchteten Dämon des Todes – auch wenn ihm davor schon seit Tagen angst und bange war.

Doch es gab keinen anderen Weg!

Der Fhurhur stellte das Elixier in den Schrank zurück und nahm stattdessen zwei Lederbeutel heraus. Dann trat er vor den offenen Kamin, in dem ein Holzfeuer loderte. Einen guten Schritt von den Flammen entfernt ließ er sich auf den Boden nieder, griff in einen der Beutel, holte eine Handvoll graues Pulver daraus hervor und streute es ins Feuer.

Während die Flammen ein unheimliches Fauchen von sich gaben und hell aufloderten, streckte der Fhurhur die Hände zur Decke und murmelte eine Beschwörungsformel: »O mächtiger Beliaal, Herrscher der Finsternis und Herr aller Dämonen, ein ergebener Diener der Dunkelheit fleht Euch an: Zeigt Euch mir, o mächtiger Beliaal, damit ich in Verbindung mit Euch treten kann!« Damit kreuzte er die Arme vor der Brust und verneigte sich, bis seine Stirn die steinernen Bodenfliesen berührte.

Augenblicklich erhob sich ein gespenstisches Brausen. Das Feuer prasselte und zischte, und ein schauriges Haupt zeichnete sich in den zuckenden Flammen ab: der Kopf eines zweifach gehörnten Dämons. Obwohl nur aus feuriger Lohe geformt, waren die schrundigen Narben und eitrigen Warzen auf der hässlichen Fratze deutlich erkennbar. Ebenso die Augen und die Eckzähne, die wie die Hauer eines Ebers aus dem Maul ragten. Selbst sein Ziegenbart glich züngelnden Flammen.

»Hier bin ich, elender Wurm«, erhob sich eine Stimme. »Wie kannst du es wagen, mich in der Ruhe meines Schwarzen Schlosses zu stören?«

Der Fhurhur richtete sich auf, kniff die Augen zusammen und starrte ängstlich ins blendende Feuer. »Ich benötige Eure Hilfe, o mächtiger Herr der Finsternis«, krächzte er. »Deshalb bittet Euch Euer ergebener Diener, ihm Zutritt zu Eurem finsteren Reich zu gewähren.«

Der Dämon zögerte mit der Antwort. »Hast du dir das auch gut überlegt?«, fragte er schließlich. »Du weißt doch, was passiert, wenn du meinen Zorn erregst?«

»Natürlich, o mächtiger Gebieter.« Erneut verbeugte sich der schmächtige, kleine Mann. »Aber ich bin mir sicher, dass meine Worte Euch nicht erzürnen, sondern im Gegenteil mit großer Freude erfüllen werden.«

Die Flammen auf der Stirn des Dämons schienen sich zusammenzuziehen. Sein Maul verformte sich zu einem Grinsen. »Nun denn, mein Freund, du hast es nicht anders gewollt«, fauchte Beliaal wie ein brausender Feuersturm. »Du weißt, wie du auf schnellstem Wege in mein Schwarzes Schloss gelangst. Das Feuer des Phönix wird dich zu mir bringen. Also zögere nicht länger und mach dich auf den Weg!« Die Flammen loderten noch einmal höllenrot auf, dann war das grässliche Haupt verschwunden, als hätte die Lohe es verzehrt.

Der Fhurhur erhob sich, griff in den zweiten Beutel und holte eine Feder daraus hervor – die goldene Schwanzfeder eines Phönix. Er machte einen Schritt auf den Kamin zu, warf die Feder ins Feuer – und sprang hinterher!

Im nächsten Moment war er spurlos verschwunden. Die Flammen fielen in sich zusammen, bis nur noch ein unscheinbares Feuer im Kamin vor sich hin züngelte.

Lukas zögerte immer noch, von seiner Vision zu berichten. Klar war Mr Cool ein Freund! Andererseits hatte Lukas ihm bislang verschwiegen, dass nicht nur seine Schwester über besondere Fähigkeiten verfügte, sondern auch er selbst. Lukas konnte nämlich Schattensehen!

Seine Großmutter Lena, die aus Aventerra stammte, hatte ihm diese äußerst seltene Gabe vererbt. Wie jeder Schattenseher war auch Lukas in der Lage, die Aura eines Lebewesens wahrzunehmen – jene geheimnisvolle Energie, die jedes Geschöpf ausstrahlte. Er konnte das sogar dann noch, wenn das entsprechende Wesen schon längst nicht mehr anwesend war.

Und genau das war vor wenigen Augenblicken geschehen: Lukas war sicher, den Energieschatten jenes unheimlichen schwarzen Reiters beobachtet zu haben, der seine Schwester Laura am Tag vor ihrem dreizehnten Geburtstag gejagt und in Todesangst versetzt hatte. Sie war nur deshalb mit heiler Haut davongekommen, weil der Verfolger sich auf unerklärliche Weise in Nichts aufgelöst hatte.

Oder stand dem Monster der beobachtete Ritt erst noch bevor? Schließlich konnten Schattenseher sogar zukünftige Ereignisse wahrnehmen.

Dieser Gedanke versetzte Lukas einen Schock. Schwebte Laura womöglich in Gefahr? Würde der Reiter vielleicht zurückkehren und sie erneut attackieren, um den fehlgeschlagenen Angriff von damals wettzumachen? Angst und Sorge stiegen in dem Jungen auf und schnürten ihm regelrecht die Kehle zu.

Hatte seine Schwester womöglich nicht alles vergessen und konnte sich daher ihrer außergewöhnlichen Fähigkeiten noch immer bedienen? Ansonsten stellte sie für die Dunklen doch keine Gefahr mehr dar, und diese hätten keinen Grund, gegen sie vorzugehen! Lukas musste so schnell wie möglich herausfinden, ob Laura Gefahr drohte. Damit er sie notfalls warnen und ihr zur Seite stehen konnte!

Aber sollte er seine Bedenken tatsächlich mit Mr Cool teilen?

Lieber nicht!

Dann würde Philipp sich ebenfalls um Laura sorgen, vielleicht sogar mehr als ihr Bruder. Philipp war schließlich in sie verknallt, davon war Lukas überzeugt. Und zwar bis über beide Ohren, auch wenn Laura gar nichts von ihm wissen wollte! Es war daher bestimmt besser, Mr Cool nicht zu beunruhigen.

»Ach, weißt du«, sagte Lukas leichthin, »mir ist nur plötzlich was eingefallen.«

»Echt?« Mr Cool schob die Wollmütze in den Nacken und kratzte sich am Kopf. »Und was, bitte?«

»Ich hatte Laura ja versprochen, mit ihr zu lernen«, antwortete Lukas, sehr erleichtert darüber, dass ihm auf die Schnelle eine glaubwürdige Ausrede eingefallen war. Lächelnd schielte er Mr Cool über den Rand seiner dicken Hornbrille an. »Du weißt doch, sie hat letztes Jahr häufig im Unterricht gefehlt und dadurch viel versäumt. Ich will ihr helfen, alles so schnell wie möglich nachzuholen, damit sie nicht noch mal sitzenbleibt. Klaromaro?« Er schaute den Jungen mit der Mütze treuherzig an. »Das verstehst du doch, oder?«

»Yo – klar!« Mr Cool nickte. »Worauf warten wir noch? Machen wir, dass wir zurückkommen! Wir dürfen Laura doch nicht hängen lassen.«

Damit wendeten die Jungen ihre Räder, stiegen in die Pedale und flitzten davon. Sie hatten es so eilig, dass sie gar nicht daran dachten, zum Himmel zu schauen, wo ein mächtiger Vogelschwarm lautlos seine Kreise zog.

Es waren Krähen. Tausende von riesigen, pechschwarzen Krähen.

Kapitel 2 ❧ Im Schwarzen Schloss

Der Thronsaal des Schwarzen Schlosses war in Dunkelheit gehüllt. Nur ein paar Kerzen und das still schwelende Feuer im eindrucksvollen Kamin an der Stirnwand des Raumes ließen kleine Inseln aus rötlichem Licht entstehen. Inmitten des Dämmerlichts dröhnte mit einem Mal ein fernes Brausen heran. Es kam näher und wurde immer lauter, bis das Kaminfeuer dunkelrot aufloderte und die Flammen mehr als mannshoch emporschlugen. Das Gebraus verstummte, und eine Gestalt trat aus dem Feuer hervor, klein und schmächtig und in einen scharlachroten Kapuzenumhang gehüllt.

Während die Flammenzungen in sich zusammenfielen, machte der Fhurhur einen zögernden Schritt in den Raum hinein. Er kniff die Augen zusammen und spähte in die Finsternis.

»Sei mir gegrüßt, Diener der Dunkelheit!«, erklang eine kehlige Stimme aus der Tiefe des Saales. »Wie ich sehe, weißt du dich immer noch der Kräfte des Phönix zu bedienen.«

Der Fhurhur lächelte. Obwohl er seinen Gastgeber noch nicht erkennen konnte, verbeugte er sich. »Auch ich entbiete Euch meinen Gruß, o mächtiger Beliaal, und bitte um Erlaubnis, näher treten zu dürfen.«

»Nur zu!« Die Stimme erinnerte an das Grollen eines Hundes. »Warum sonst habe ich dir den Weg durch das Feuer geöffnet?«

Nach einigen tastenden Schritten gewöhnten sich die Augen des Fhurhurs an die Dunkelheit, und die Konturen des Raumes und der spärlichen Einrichtung traten langsam hervor. Beliaals Thron zeichnete sich als undeutlicher Schattenriss an der Wand gegenüber dem Kamin ab, und der Besucher schritt bedächtig darauf zu. Immer wieder zog er dabei den Kopf ein, um den Krähen auszuweichen, die wie lautlose Luftgeister durch den Raum huschten.

Die Wände des Saals waren fast vollständig kahl und ebenso tiefschwarz wie Decke und Fußboden. Nur an einer Seite erhob sich ein gewaltiger übermannshoher Spiegel. Nicht ein Fenster war zu sehen, denn im Gegensatz zu gewöhnlichen Festungen reckte sich das Schwarze Schloss nicht zum Himmel empor. Es war im Schwarzen Schlund gelegen, der finstersten Stelle des Schattenforstes. Dort ragte es sieben Stockwerke tief in den Grund von Aventerra hinein, und der Thronsaal befand sich im untersten Geschoss. Fenster gab es hier nirgendwo.

Vor dem mächtigen Eingangsportal, gleich neben dem Kamin, kauerte ein seltsames Wesen. Es hatte den Kopf eines Menschen, Rumpf und Beine eines roten Löwen und den Schwanz eines Skorpions – ein Mantikor, wie der Fhurhur von seinem letzten Besuch her wusste. Beliaal hatte das Untier vor vielen Jahren von der Feuerschlange Rygani als Geschenk erhalten. Die Geister, die über den Lauf der Welten bestimmten, hatten Rygani in die Welt der Schatten verbannt, wo sie Taranos, dem Herrscher des Totenreiches, zwölf Monde lang zu Diensten sein musste. Nur für die Dauer eines einzigen Mondes war es Rygani gestattet, sich auf Aventerra aufzuhalten.

Diese kurze Spanne verbrachte sie meistens im Schattenforst und im Schwarzen Schloss, und so hatte sie sich bemüßigt gefühlt, Beliaal ein Gastgeschenk zu machen. Seitdem bewachte der Mantikor den Thronsaal und zerfetzte jedem unerwünschten Eindringling mit seinen spitzen Krallen die Kehle, bevor er ihn mit dem messerscharfen Gebiss zerriss und verschlang – genau wie sein Zwillingsbruder, der draußen vor dem Portal des Saales lauerte.

Beliaal hatte Ryganis Geschenk mit großer Freude angenommen. Der mächtige Dämon war zwar der unbestrittene Herrscher der Nacht und galt als unangreifbar. Dennoch war er besessen von der Sorge, jemand könnte das große Geheimnis entdecken, das er in der tiefsten Tiefe seiner Festung hütete.

Aus diesem Grund ließ er das Schwarze Schloss strengstens bewachen. Neben den Mantikoren sicherten unzählige andere Geschöpfe das versteckte Eingangsportal und den Zugang zu den wichtigsten Räumen: die Werwolf-Wache, Dunkeltrolle, Erdvampire und blutrünstige Kopfflügler. Kaum jemandem war es bislang gelungen, ohne die Erlaubnis des Dämons in den lichtlosen Herrschersitz einzudringen. Die wenigen, die es dennoch schafften, zahlten dafür mit ihrem Leben.

Dem Fhurhur lief es bei dem Gedanken kalt den Rücken herunter. Er konnte nur hoffen, dass ihm ein ähnliches Schicksal erspart blieb. Beliaal war berüchtigt für seine Unbeherrschtheit, die selbst vor Verbündeten nicht Halt machte.

In der Mitte des Saals stand eine lange Tafel aus dem schwarzen Holz der Bäume aus dem Schattenforst. Darauf befanden sich zwei fünfarmige Kerzenleuchter, die trotz der Dunkelheit bleich schimmerten. Waren sie etwa aus Knochen gefertigt?

Als habe der Todesdämon den bangen Blick des Fhurhurs bemerkt, spreizte er die mächtigen Fledermausflügel auf seinem Rücken und ließ ein spöttisches Lachen hören. »Keine Angst, dunkler Freund«, fauchte er, während er wie beiläufig mit der fünfschnürigen Peitsche spielte, die er zwischen den spitzen Krallen der rechten Klaue hielt. »Es sind nur die Gebeine harmloser Tiere. Von Rehen und Hirschen, die meine Geschöpfe der Nacht zur Strecke gebracht haben.«

Mit einem tiefen Seufzer wandte Beliaal die Augen zur Decke, wo Myriaden faustgroßer Käfer herumkrabbelten. Ab und an glommen ihre Flügel wie Phosphor, was fast wie ein unheimliches Wetterleuchten aussah. »Dabei ist es mein sehnlichster Wunsch, eines Tages einen Leuchter aus dem Horn der verfluchten Einhornkönigin zu besitzen!«

Der Fhurhur wusste, dass der Herr der Finsternis die Einhörner mehr hasste als alle anderen Geschöpfe Aventerras. Trotzdem schwieg er lieber. In seinem langen Leben hatte er gelernt, dass es unklug war, bei einem Anliegen gleich mit der Tür ins Haus zu fallen. Stattdessen ließ er den Blick über den Thron schweifen, auf dem sich sein Gastgeber fläzte.

Beliaal legte offensichtlich keinerlei Wert auf Äußerlichkeiten. Sein schlichter Sitz war ebenfalls aus dem dunklen Holz der Schattenforstbäume gefertigt. Das gegerbte Fell eines schwarzen Ebers polsterte Sitzfläche und Rückenlehne, während die Armlehnen aus den versteinerten Rippenknochen eines Feuerdrachen bestanden.

Rund einen Meter über dem oberen Ende der Rückenlehne ragte der Kopf eines schwarzen Einhorns aus der Wand. An dem flammend roten Horn auf dessen Stirn baumelte ein Geschöpf, das einer riesigen Fledermaus ähnelte. Es war ein Kopfflügler. Wie bei diesen Wesen üblich, saß auf dem Fledermausrumpf das Haupt eines gehörnten Wichtes, aus dessen Mundwinkeln spitze Vampirzähne ragten.

Mit einer herrischen Geste deutete Beliaal auf einen Stuhl am Kopfende des Tisches. »Zieh ihn heran und setz dich! Leiste mir Gesellschaft, dunkler Freund. Auch wenn dein Weg zu mir kaum beschwerlich genannt werden kann, will ich dich gern bewirten, wie es Brauch ist im Schattenforst.« Das entstellte Antlitz zu einem unfrohen Lächeln verzogen, wartete der Dämon, bis der Besucher endlich Platz genommen hatte. »Etwas roten Wein vielleicht? Oder bist du ein ebensolcher Narr wie dein Gebieter Borboron, dass du dergleichen Köstlichkeiten verschmähst?«

»Nein, nein, mächtiger Beliaal«, antwortete das Männchen rasch. »Ich nehme Eure Einladung mit Freuden an.«

Der Dämon legte den Kopf in den Nacken und warf dem geflügelten Wesen über ihm einen raschen Blick zu. »Schwarzschwinge!«, kommandierte er scharf, während er gleichzeitig die Peitsche knallen ließ. »Der Kammerdiener soll uns Wein bringen. Vom Besten natürlich, und so rasch wie möglich!«

»Wie Ihr befehlt, Gebieter!«, krächzte der Kopfflügler und flatterte augenblicklich davon.

Der Herr der Finsternis wandte sich wieder dem Besucher zu. »Und jetzt sprich, Diener der Dunkelheit! Was führt dich zu mir?«

»Nur eine bescheidene Bitte, o mächtiger Beliaal.« Der Fhurhur deutete eine Verbeugung an. »Mein Herr Borboron und ich wären Euch sehr verbunden, wenn Ihr uns bei der Suche nach dem Kind des Dunklen Blutes behilflich wäret, von dem in der Uralten Offenbarung die Rede ist.«

Blanker Hohn verzerrte die Monsterfratze. »Dann habt ihr es also immer noch nicht gefunden? Dabei seid ihr doch schon eine halbe Ewigkeit auf der Suche. Selbst dieser Schwarzmagier auf dem Menschenstern, der den Ring der Feuerschlange trägt, dieser Hermann …«

»Hermes Trismegistos«, verbesserte der Fhurhur und zuckte rasch zurück, als fürchte er den Biss der Peitsche.

Der Dämon schien das nicht zu bemerken. »Genau den meine ich«, antwortete er gleichmütig. »Dieser Trismegistos hat mich einst beschworen, damit ich ihm Einblick in die Schrift gewähre.«

»Und?«, fragte der Besucher erstaunt. »Habt Ihr ihm die Bitte gewährt?«

»Nun …« Beliaal nickte versonnen. »Nicht direkt. Ich habe die Uralte Offenbarung noch niemals aus der Hand gegeben und werde das auch in Zukunft nicht tun.«

Der Fhurhur kniff die Augen zusammen. »Aber?«

»Der Magier besaß Ryganis Ring, der ihn als ergebenen Diener der Dunkelheit auswies. Deshalb ließ ich ihn in den Besitz einer anderen verborgenen Schrift gelangen, der ›Bruderschaft der Sieben‹. Darin haben die sieben Urväter der verfluchten Wächter ihr geheimes Wissen festgehalten, das zu großen Teilen der Uralten Offenbarung entspricht.«

»Aber das Kind des Dunklen Blutes hat dieser Hermes dennoch nicht entdeckt?«

»So ist es.« Ein schadenfrohes Grinsen verzerrte Beliaals Miene. »Der Narr hat mit dem geheimen Wissen ebenso wenig anzufangen gewusst wie du!«

Der Fhurhur versuchte, sich den Zorn nicht anmerken zu lassen. »Was ich durchaus verstehen kann, o mächtiger Beliaal«, erwiderte er und verneigte sich erneut. »Die Worte der Uralten Offenbarung sind höchst rätselhaft. Es kommt beinahe einem Glücksfall gleich, sie richtig auszulegen. Das ist auch der Grund, warum ich Euch heute persönlich aufsuche.«

Der Dämon musterte ihn mit höhnischem Blick. »Lass hören!«, bellte er knapp.

»Ich bin mir sicher, dass Ihr das große Geheimnis um das Kind des Dunklen Blutes längst enträtselt habt. Deshalb bitte ich Euch inständig, mich an Eurem Wissen teilhaben zu lassen.«

Ein hintergründiges Lächeln spielte um die Lippen des Dämons. »Jeder muss die großen Mysterien selbst ergründen – so besagt es das Gesetz des Lebens, das für alle Geschöpfe unter der Sonne gleichermaßen gilt, ob Gefolgsmann der Dunkelheit oder Diener des Lichts.« Beliaal kniff die Augen zusammen. »Warum also sollte ich dir diese Mühe ersparen?«

Der Fhurhur schluckte. Wenn er den Herrscher der Nacht nicht zur Mithilfe überreden konnte, waren die Tage seines Gebieters Borboron mit Sicherheit gezählt – und damit auch die seinen! Furcht stieg in ihm auf, aber er rang sich ein Lächeln ab. »Das will ich Euch gern erklären«, hob er an, als sich der Kammerdiener näherte.

Es war eine hagere menschenähnliche Gestalt mit totenbleichem Gesicht und feuerrotem Haar. Er trug ein Tischchen, auf dem zwei Kelche und eine Karaffe standen, stellte es neben dem Thron ab und verbeugte sich tief. »Der Wein, mein Gebieter«, krächzte er mit heiserer Stimme.

»Schon recht, Konrad«, knurrte Beliaal ungeduldig. »Und jetzt verschwinde!«

Erneut dienerte die Gestalt und zog sich dann ebenso lautlos zurück, wie sie gekommen war.

Der Dämon blickte den Besucher an und deutete auf das Tischchen. »Bedien dich! Und schenk mir ruhig auch etwas ein.«

Der Fhurhur tat, wie geheißen. Dann hob er seinen Kelch und nahm einen Schluck. Obwohl der Wein entsetzlich schmeckte, leicht süßlich und mit einem metallischen Nachgeschmack, verzog er keine Miene. »Wie Ihr sicherlich wisst«, erklärte er, »hat mein Gebieter unlängst eine empfindliche Niederlage gegen Elysion, diesen Hund des Li…«

Mit einer herrischen Geste schnitt Beliaal ihm das Wort ab. »Das ist mir schon bekannt«, sagte er gelangweilt und tat einen tiefen Zug aus seinem Pokal. »Den Geschöpfen der Nacht, die mir zu Diensten sind, bleibt nichts verborgen, und sie haben mir längst davon berichtet. Aber was geht mich der Kampf an, den Borboron gegen die Krieger des Lichts führt?«

»Nun …« Der Fhurhur lächelte. »Ist es nicht Euer größtes

Bestreben, Euer dunkles Reich auch auf den lichten Tag auszudehnen?«

»Natürlich«, stieß Beliaal hervor. Seine Augen funkelten, während er die Peitsche ein weiteres Mal knallen ließ. »Ich kann den Tag gar nicht erwarten, an dem das Horn der Hölle den Tod der Einhörner und die Herrschaft der Finsternis verkündet. Diese Stunde wird kommen, so wahr ich Beliaal heiße!« Eine Mischung aus grenzenloser Gier und ohnmächtiger Wut zeichnete die Dämonenfratze. Seine Fledermausflügel zuckten wütend. »Ich werde die Einhörner aus dem Karfunkelwald vertreiben, und dann wird mich niemand mehr aufhalten können!«

»Das wünsche ich Euch von Herzen. Und dennoch …« Der Fhurhur hielt inne und nippte an seinem Wein. Er wollte Zeit gewinnen, um seine Worte sorgfältig abzuwägen. Der Herr der Finsternis war unberechenbar. Eine einzige falsche Bemerkung konnte ihn in rasenden Zorn versetzen. Bedächtig fuhr der Schwarzmagier fort: »Ihr wisst doch, dass die Einhörner die reinsten Geschöpfe des Lichts sind und weder Ihr noch wir ihnen etwas anhaben können.«

»Natürlich weiß ich das!«, grollte der Dämon aus tiefer Kehle. »Ich mache schließlich schon seit Jahrhunderten Jagd auf sie!«

»Die Zauberkräfte der Einhörner waren niemals größer als im Augenblick. Denn unsere Gegner sind uns weit überlegen, und die Macht des Lichts ist so gewaltig wie nie zuvor. Wenn sich daran nichts ändert, werdet Ihr die Einhörner niemals aus dem Karfunkelwald vertreiben können.«

»Wie auch immer«, knurrte der Dämon unwirsch. »Ich werde schon einen Weg finden.« Der Klang seiner Worte verriet jedoch, dass er davon selbst nicht mehr überzeugt war.

»Nichts gönne ich Euch mehr!« Ein listiges Lächeln schlich sich auf die schmalen Lippen des Fhurhurs. »Aber dazu benötigt Ihr die Hilfe eines unschuldigen Wesens, eines Menschenkindes. Das Schicksal der Einhörner liegt allein in der Hand der Menschen, wie die Uralte Offenbarung uns ebenfalls kundtut.«

»Als ob ich das nicht selber wüsste!«, erwiderte Beliaal ungehalten. »Sonst hätte ich doch kaum versucht, dieses Mädchen in meine Gewalt zu bringen. Und um ein Haar wäre es mir sogar gelungen! Das Horn der Hölle hatte bereits den ersten Ton geblasen, aber dann …« Erneut ließ der Zorn seine Augen aufleuchten, höllisch rot und schwefelgelb. Dann beugte er sich vor, bis seine Nasenspitze nur noch eine Handbreit vom Gesicht des Fhurhurs entfernt war. »Sieh dich bloß vor, du elender Wurm! Wenn du gekommen bist, um dich über mich lustig zu machen und mich an die schlimmsten Stunden meines Lebens zu erinnern, dann rufe ich auf der Stelle die Werwolf-Wache herbei, damit sie sich deiner annimmt!«

Der Fhurhur zuckte zurück, aus Angst und weil ihm der beißende Schwefelatem des Dämons Übelkeit verursachte. »Nein, nein, großmächtiger Beliaal!«, beteuerte er rasch. »Das lag keineswegs in meiner Absicht. Ich wollte Euch vielmehr einen Vorschlag unterbreiten.«

Beliaal schnaufte heftig. Giftgelber Dampf quoll aus seinen Nasenlöchern, die groß waren wie Pferdenüstern. »Und der wäre?«

»Ihr habt bestimmt schon vernommen, was in der kommenden Mittsommernacht geschehen wird. Ihr verpasst also eine einmalige Gelegenheit, wenn Ihr diese schicksalhafte Stunde ungenutzt verstreichen lasst!«

»Willst du mir Lehren erteilen, du Wicht?« Erneut entströmte eine Wolke aus schwefeligem Dampf der platten Nase des Dämons. »Komm endlich zur Sache, oder verschone mich mit deinem Geschwätz!«

Der Fhurhur triumphierte: Kein Zweifel, er hatte Beliaals

Interesse geweckt. Der Dämon hatte den Köder geschluckt! »Mein Gebieter schlägt Euch folgenden Handel vor: Ihr offenbart uns dieses Kind des Dunklen Blutes, und wir spielen Euch ein Wesen vom Menschenstern in die Hände, das Euch in der Mittsommernacht zum Sieg über die Einhörner verhilft!«

Der Todesdämon musterte seinen Besucher zweifelnd. »Und wie wollt ihr das anstellen?«

»Das lasst nur meine Sorge sein, o mächtiger Beliaal.« Der Fhurhur erhob sich, machte einen Schritt auf den Dämon zu und streckte ihm die rechte Hand entgegen. »Schlagt ein, mächtiger Herrscher der Finsternis! Ihr werdet es bestimmt nicht bereuen.«

Während Mr Cool noch einige Runden durch den weitläufigen Park von Burg Ravenstein drehte, brachte Lukas sein Rad in den Fahrradkeller und schloss es dort an. Als er wieder nach draußen hastete, stieß er mit einem kräftigen Mann zusammen, einem grobschlächtigen Burschen mit massigem, völlig kahlem Schädel. Der Mann hatte übermäßig lange Arme, und er hielt einen altertümlichen Reisigbesen in den Pranken, mit dem er das Kopfsteinpflaster des Burghofs fegte.

»Ho, ho, Lukas«, beschwerte sich Attila Morduk, der Hausmeister des Internats. Sein gutmütiges Grinsen verriet, dass er es nicht allzu ernst meinte. »Immer sachte mit den jungen Pferden. Oder bist du etwa auf der Flucht?«

»*Sorry*, Attila«, rief der Junge ihm über die Schulter hinweg zu. »Ich hab leider keine Zeit.« Während der letzte der Zwergriesen ihm kopfschüttelnd hinterhersah, überquerte Lukas den verlassenen Hof und eilte auf die Freitreppe zu, die zum Eingangsportal führte.

Als Lukas die geflügelten Steinlöwen passierte, die wie zwei stumme Wächter an den äußersten Rändern der ersten Stufe standen, hielt er verwundert an. Die vermeintlich leblosen Kreaturen konnten durch die Wächter und ihre Verbündeten zum Leben erweckt werden, und sie hatten Laura und ihm als Flugtiere schon manch wertvollen Dienst erwiesen. Heute wirkten Latus und Lateris, wie die beiden Löwen genannt wurden, ungewöhnlich besorgt und schienen grimmiger dreinzublicken als üblich. War das ein Zeichen, dass Lukas' Schwester tatsächlich in Gefahr schwebte? Oder war es nur seine eigene Sorge um Laura, die ihn irrtümlich zu dieser Annahme verleitete?

Mit einem mulmigen Gefühl in der Magengegend hastete der Junge weiter. Er sprang die Stufen hinauf, nur um gleich darauf erneut innezuhalten und einen Blick auf die massige Steinsäule zu werfen, die neben der Treppe aufragte. Sie war in der Gestalt eines Riesen gehalten und trug das weit ausladende Vordach, das sich über die Stufen spannte. Genau wie die Löwen war auch die Säule aus den Steinen des aventerrischen Scheinsteingebirges gehauen. Deshalb konnte auch sie von den Wächtern zum Leben erweckt werden, um diesen als reimender Riese Reimund Portak zu Diensten zu sein.

Lukas blinzelte und starrte forschend in das gutmütige Gesicht des Giganten. War Portaks Miene nicht anders als sonst? Schauten seine freundlichen Augen diesmal nicht eher sorgenvoll drein? Und wirkte der verschmitzt lächelnde Mund heute nicht bekümmert? War auch das ein schlechtes Omen oder nur eine weitere Sinnestäuschung?

Lukas eilte weiter und betrat die Burg durch das große Portal. In der Eingangshalle, wo die Flure zu den Unterrichtsräumen abgingen und zwei Treppen zu den anderen Stockwerken des viergeschossigen Gebäudes führten, befiel ihn die gleiche Irritation wie schon zweimal zuvor. Auf dem riesigen Ölgemälde gegenüber dem Eingang sah man eine hübsche junge

Frau im weißen Gewand. Silva hatte zu Lebzeiten des Reimar von Ravenstein schrecklich unter dem grausamen Ritter leiden müssen. Und heute erschien Silvas Gesicht Lukas weit blasser als üblich. Zudem sah sie so unsagbar traurig drein, dass ihm ganz weh ums Herz wurde.

Sorgte auch die Weiße Frau sich um Laura? Oder lag das nur am Zwielicht, das in der Halle herrschte, weil der geizige Hausmeister nicht eine Lampe mehr als unbedingt nötig eingeschaltet ließ? Doch weder Silva beantwortete die stumme Frage des Jungen noch der mächtige schwarze Wolf, der zu ihren Füßen lag.

Alienor spähte zum wolkenlosen Himmel, der sich wie ein Zelt aus blauer Seide über die Welt von Aventerra spannte. Die Sonne stand im Zenit und leuchtete und funkelte so prächtig, als wolle sie Zeugnis geben von der Kraft des Lichts. War das ein gutes Omen? Oder hatte es nichts weiter zu bedeuten?

Eine Stimme aus dem Hintergrund riss das Mädchen aus den Gedanken: »Was stehst du hier rum und starrst Löcher in die Luft?«

Morwena, die Heilerin von Hellunyat, schaute ihre Elevin vorwurfsvoll an. »Wolltest du nicht erleben, wie man sich der Wissenden Dämpfe bedient?«

»Ja, ja, Herrin, natürlich«, antwortete Alienor rasch. »Ich eile!« Hurtig sprang sie auf und tauchte in die Höhle ein, vor deren Eingang sie gestanden hatte. Ihre dicken blonden Zöpfe hüpften dabei wie aufgeregte Füllen auf und ab.

In der Höhle war es schummrig, obwohl ihre Herrin ein kleines Feuer entzündet hatte. Die Rauchwolken, die durch die enge Felsenkammer wehten, nahmen Alienor fast den Atem. Zum Glück war sie an den würzigen Geruch gewöhnt, der sich in den Rauch mischte.

Morwena hatte ihr längst beigebracht, welchem Zweck die verbrannten Kräuter dienten: Sie öffneten den Geist der Heilerinnen, damit sie die Botschaft der Wissenden Dämpfe empfingen, bei denen sie seit Anbeginn der Zeiten Rat suchten. Tief aus dem Bauch Aventerras stiegen die Schwaden durch eine schmale Felsspalte empor, um den Eingeweihten ihre Geheimnisse zu offenbaren. Allerdings sprachen sie nur auf rätselhafte und verschlüsselte Weise, sodass es entscheidend darauf ankam, die Vision auch richtig auszulegen. Wurde sie falsch interpretiert, konnte das verhängnisvolle Folgen haben.

Obwohl alle Heilerinnen dieser Aufgabe seit jeher sorgfältig und nach bestem Vermögen nachkamen, hatte es schon des Öfteren Fehldeutungen gegeben. Die Elevinnen wurden daher besonders gewissenhaft auf die edle Kunst der Orakeldeutung vorbereitet, und so hatte auch Alienor ihren ersten Versuch noch vor sich, obwohl sie bereits seit einigen Sommern bei Morwena in die Lehre ging. Doch jetzt war der große Tag endlich da, dem sie seit Wochen entgegenfieberte.

Stunde über Stunde hatte sie den Ausführungen und Anweisungen ihrer Lehrmeisterin gelauscht und versucht, sich jedes Wort genau einzuprägen. Zudem hatte sie Morwena mehrere Male zur Orakelhöhle begleitet, die in einem kleinen Seitental der Dusterklamm gelegen war. Alienor erinnerte sich, was das Ritual bei ihrer Lehrmeisterin bewirkt hatte.

Mitunter war ein Leuchten über Morwenas Antlitz gegangen, und manchmal hatte sich ihr Gesicht vor Schmerz verzerrt. Einmal – ein einziges Mal nur! – hatte die Heilerin laut aufgeschrien und war gleich darauf aus der Trance hochgeschreckt. Sie musste eine schlimme Botschaft empfangen haben, denn auf die entsprechende Frage ihrer Elevin hatte sie nicht geantwortet – bis zum heutigen Tage nicht.

All das ging Alienor nun durch den Kopf, während sie die letzten Anweisungen ihrer Lehrmeisterin entgegennahm.

»Hab keine Angst!« Morwena wollte ihr Mut zusprechen. »Mach alles genau so, wie ich es dir erklärt habe! Vertrau auf die Kraft des Lichts, dann wird es dir auch gelingen.«

»Natürlich, Herrin.« Alienor versuchte, ihre Anspannung hinter einem Lächeln zu verbergen.

»Und noch eins!« Mahnend hob die Heilerin den Zeigefinger. Die Flammen des Feuers zuckten, und das Wechselspiel von Licht und Schatten irrlichterte in Morwenas kastanienbraunem Haar. »Denk stets daran: Es ist durchaus möglich, dass das Orakel stumm bleibt. Die Wissenden Dämpfe lassen sich nicht zu einer Botschaft drängen. Wer ein Orakel zu erzwingen sucht, dem werden sie sich verweigern – oder ihn in die Irre führen, was eine große Gefahr darstellt! Öffne dich also der Macht des Lichts und lass es einfach geschehen. Hast du verstanden, Alienor?«

»Ja, Herrin«, antwortete das Mädchen.

»Dann mach dich bereit.«

Alienor sah die Heilerin ein letztes Mal an, dann setzte sie sich neben die Felsspalte, der ein gelblicher Dampf entströmte. Sie schloss die Augen. Den Orakelgesang kannte sie längst auswendig, und er kam wie von allein über Alienors Lippen. Sie ließ den würzigen Rauch des Feuers in ihre Nase steigen und öffnete sich den schwefeligen Dämpfen aus der Erde. Ohne dass sie es merkte, beschleunigte sich der Fluss ihrer Worte. Die Bewegungen des schlanken Mädchenkörpers wurden schneller und schneller, bis er sich wie ein Halm im Wind sacht hin und her wiegte.

Doch Alienor nahm von all dem längst nichts mehr wahr. Sie war in Trance versunken. Weder die Heilerin noch die Höhle hatten noch Platz in ihrem Kopf. Bilder drifteten durch ihre Gedanken, schwerelos und wie von weit her. Zunächst noch undeutlich und verschwommen, dann immer klarer, zeigten sie ihr einen geheimnisvollen Wald. In ihrem ganzen Leben hatte die Elevin noch keinen vergleichbaren gesehen. Dann erblickte sie eine verzauberte Lichtung mit einem verwunschenen See. Auf seiner Oberfläche spiegelten sich zwei Monde, rund und prall, glänzend golden der eine, strahlend blau der andere. Am Ufer des Sees aber stand eine stolze Einhornstute mit einem Füllen, das sich dich an ihren Bauch schmiegte.

Ein Lächeln schlich sich auf Alienors Gesicht, doch sie merkte es gar nicht. Morwena, die abwartend neben ihrer Elevin saß und sie ständig beobachtete, gewahrte es wohl. Sie empfand ein tiefes Glücksgefühl, denn die entrückte Miene der Schülerin bewies eindrucksvoll, dass die Wissenden Dämpfe dem Mädchen eine Botschaft übermittelten. Beim ersten Versuch kam das höchst selten vor, und so war es ein weiterer Beweis für das große Talent, das in Alienor schlummerte.

Während die Heilerin ihre Elevin noch voller Stolz betrachtete, verzerrten sich Alienors anmutige Gesichtszüge mit einem Male zu einer Fratze der Furcht. Ihr schmächtiger Körper bebte so heftig, als werde er von schweren Krämpfen geschüttelt, dann erstarrte sie und sank in sich zusammen. Hätte Morwena nicht gedankenschnell die Arme ausgebreitet und Alienor aufgefangen, wäre sie mit dem Kopf auf den felsigen Boden geschlagen.

Kapitel 3 Das Labyrinth des Lichts

Das Internatszimmer, das Laura zusammen mit Kaja Löwenstein bewohnte, befand sich im dritten Stock des Hauptgebäudes. Als Lukas zur Tür hereinstürmte, saßen die beiden Freundinnen an der großen Tischplatte vor dem Fenster, die ihnen als gemeinsamer Schreibtisch diente. Kaja war in ein Schulbuch vertieft, während Laura eine SMS schrieb.

»Hey! Was sind denn das für Sitten?«, rüffelte Laura ihren Bruder. Ihr hübsches Gesicht, das von einer blonden Haarmähne umrahmt wurde, verfinsterte sich und sie legte das Handy zur Seite. Ihre blauen Augen funkelten grimmig. »Klopf beim nächsten Mal gefälligst an!«

»Genau!«, empörte sich auch Kaja. »Du konntest doch nicht wissen, dass wir Hausaufgaben machen. Wir hätten uns genauso gut gerade umziehen können.«

Lukas lag schon eine spöttische Erwiderung auf der Zunge, doch er besann sich eines Besseren. Der rüde Anpfiff deutete darauf hin, dass die beiden Mädchen im Augenblick nicht zum Scherzen aufgelegt waren. »Sorry«, sagte er deshalb rasch. »Tut mir aufrichtig leid. Ich hab's in der Eile einfach vergessen. Es soll nicht wieder vorkommen.«

»Das möchte ich dir auch geraten haben!« Laura wirkte immer noch verstimmt. »Was willst du von uns?«

»Äh …«, stammelte der Junge. »Ich … Ich hab ein Problem.«

»Ein Glück, dass du das endlich einsiehst!«, kommentierte Laura spitz. »Aber das ist ja nicht erst seit heute so, sondern schon viel länger.« Sie drehte sich ihrer Freundin zu. »Hab ich nicht Recht, Kaja?«

Auch das Mädchen mit den roten Korkenzieherlocken verzog das sommersprossige Gesicht zu einem breiten Grinsen. »Und wie!«, bestätigte sie. »Aber vielleicht können wir ihm ja helfen?«

»Das könnt ihr in der Tat.« Lukas tat, als hätte er die frechen Anspielungen nicht verstanden. »Ich ... Äh ... Ich knobele gerade an einem Preisrätsel in meinem Wissenschaftsmagazin ...«

»Und was haben wir damit zu tun?«, unterbrach ihn Laura.

»Genau!«, pflichtete Kaja ihr bei. »Ist doch allein deine Schuld, wenn du dir so was antust.«

Lukas gab ihr einen versteckten Wink: *Jetzt halt doch endlich mal den Mund!*

Obwohl Kaja nicht zu verstehen schien, was er meinte, verstummte sie. Lukas wandte sich an seine Schwester.

»Es gibt schöne Preise zu gewinnen«, erklärte er. »Die Fragen sind allerdings ziemlich kniffelig. Deshalb wollte ich euch um Rat fragen.«

»Echt?« Laura rümpfte die Nase. »Und du glaubst wirklich, dass wir dir helfen können?«

»Klaromaro! Sonst wäre ich doch nicht hier.«

»Ach, hör auf!« Laura zog die Brauen hoch und winkte ab. »Du machst dich nur lustig über uns!«

Die Reaktion seiner Schwester wunderte Lukas nicht im Geringsten. Er hatte sie bisher selten um Rat gefragt, genau genommen noch nie. Obwohl er ein Jahr jünger war als Laura und auch eine Jahrgangsstufe unter ihr, wusste er viel mehr als sie. Seinen Altersgenossen war Lukas ohnehin um Längen voraus. Aufgrund seiner überragenden Intelligenz und seines unstillbaren Wissensdurstes konnten ihm in manchen Fachgebieten, wie zum Beispiel Informatik oder Astrophysik, nicht einmal Abiturienten das Wasser reichen. Lukas war klar, dass Laura sich insgeheim über ihn lustig machte und ihn einen »neunmalklugen Schlaumeier« schimpfte. Es war also verständlich, dass sie jetzt befürchtete, auf den Arm genommen zu werden.

»Keine Angst«, versicherte er ihr. »Ich meine es wirklich ernst.«

Laura wirkte immer noch nicht überzeugt. »Wirklich?«, fragte sie mit skeptischer Miene.

Der Junge nickte eifrig.

»Na, gut. Dann schieß los!«

»Also …« Lukas gab vor, nachzudenken, und richtete den Blick zur Decke. Seine Schauspielkünste waren höchst bescheiden, aber Laura schöpfte keinen Verdacht. »In diesem Rätsel wird nach merkwürdigen Sachen gefragt. Nach dem ›Geheimnis von Aventerra‹ zum Beispiel. Oder dem ›Siegel der Sieben Monde‹. Dem ›Orakel der Silbernen Sphinx‹. Dem ›Fluch der Drachenkönige‹ und dem ›Ring der Feuerschlange‹.« Lukas machte einen Schritt auf die Schwester zu. »Hast du eine Ahnung, was das alles bedeuten könnte?«

Laura schaute ihn für einen Moment mit großen Augen an und schüttelte dann den Kopf. »Sorry«, sagte sie. »Aber ich hab keinen blassen Schimmer. Was soll das denn sein?«

Super!, jubelte Lukas im Stillen. Sie hat also doch alles vergessen!

Natürlich ließ er sich seine Erleichterung nicht anmerken. »Das weiß ich doch nicht«, antwortete er und tat enttäuscht. »Sonst wäre ich nicht zu euch gekommen.«

»Merkwürdig, dass du auch mal was nicht weißt«, kommentierte Laura trocken. »Andererseits finde ich das im höchsten Maße beruhigend.«

»Beruhigend?« Eine kleine Falte grub sich bis zur Nasenwurzel in Lukas' Stirn, wie immer, wenn er Zweifel hegte. »Wieso das denn?«

»Weil es beweist, dass du doch nicht so ein neunmalkluger Schlaumeier bist, wie du immer behauptest.« Laura feixte übers ganze Gesicht. »Du hast also keinen Grund, uns immer als Spar-Kius zu bezeichnen.«

Lukas hatte das Schimpfwort für Menschen erfunden, die er für weniger klug hielt als sich selbst – also für fast alle! »Tja«, muffelte er und zuckte scheinbar gelangweilt die Schultern. »Wenn du meinst.«

Laura fiel etwas ein: »Hast du Mama und Papa schon gefragt?«

»Logosibel!« Da er das angebliche Preisrätsel nur aus Sorge um Laura erfunden hatte, schien ihm diese Notlüge ausnahmsweise erlaubt zu sein. »Aber die wissen auch nicht weiter.« Er wandte sich an Kaja. »Und was ist mit dir?«

»Ich?« Kaja hatte inzwischen offensichtlich begriffen, worum es ging, und spielte die Unschuld vom Lande. »Woher soll ich das denn wissen?« Dabei zwinkerte sie Lukas mit verstohlenem Grinsen zu.

Nicht doch! Mit einer raschen Geste bedeutete er ihr, bloß nicht zu übertreiben, damit Laura keinen Verdacht schöpfte.

»Na gut«, sagte Lukas scheinbar niedergeschlagen. »Wenn ihr mir nicht weiterhelfen könnt, dann muss ich mein Glück halt woanders versuchen.«

Er wandte sich ab und ging zur Tür, als seine Schwester ihn aufhielt. »Einen Moment noch«, sagte sie und starrte nachdenklich vor sich hin.

Lukas zuckte erschrocken zusammen. Erinnerte sich Laura etwa doch noch an etwas? Er hielt den Atem an und musterte sie mit banger Miene. »Ja?«

»Könnte es dabei vielleicht um Bücher gehen?«, überlegte

das Mädchen laut. »Ich meine, das alles klingt doch verdächtig nach irgendwelchen Fantasy-Romanen. Hast du in dieser Richtung schon nachgeforscht?«

»Nee, hab ich nicht.« Lukas atmete erleichtert aus. »Aber danke für den Tipp!«

In diesem Moment sprang Laura auf und schlug sich gegen die Stirn. »O Mann, das hätte ich beinahe verschwitzt. *Monsieur Valiant*, der Sportlehrer, wartet ja auf mich. Wahrscheinlich hofft er immer noch, mich überreden zu können.« Damit eilte sie zum Schrank, holte den Anorak hervor und warf ihn über. Nur Sekunden später war sie an Lukas vorbei zur Tür hinaus.

Lukas schaute ihr kopfschüttelnd nach. »Was meinte sie denn damit«, fragte er Kaja. »Wozu will Percy sie überreden?«

»Oh nö!« Das rothaarige Mädchen machte große Augen. »Sag bloß, das weißt du nicht?«

»Ja, was denn?«, knurrte Lukas ungehalten. »Spuck's aus!«

»Laura will mit dem Reiten aufhören. Und mit dem Fechten auch!«

»Waaas?« Fassungslos riss Lukas die Augen auf, bis sie fast so groß waren wie Untertassen. »Das glaub ich einfach nicht!«

»Es stimmt aber trotzdem!« Kaja nickte heftig. »Tja, Lukas, seit deine Schwester auf ihre außergewöhnlichen Gaben verzichten musste …«

»Sie musste nicht«, unterbrach Lukas sie. »Sie hat es freiwillig getan!«

»Okay, okay.« Kaja verdrehte die Augen. »Jedenfalls hat sie sich seitdem ziemlich verändert. Und ich fürchte …« Sie machte eine kleine Pause, als überlege sie, ob sie ihren Verdacht wirklich aussprechen sollte. »… dass es noch viel schlimmer werden wird!«

Für einen Augenblick herrschte Stille. Nur ein weit entferntes Krächzen war zu hören, während die beiden Freunde nachdenkliche Blicke tauschten.

»Aber jetzt mal zu dir«, fuhr Kaja schließlich fort. »Was sollte denn die komische Nummer eben?«

Lukas tat überrascht. »Was meinst du?«

»Deine blöde Fragerei natürlich.« Die roten Locken wippten aufgeregt. »Nach Aventerra, dem Siegel der Sieben Monde und so weiter. Was hast du denn damit bezweckt?«

»Ach so«, antwortete der Junge gedehnt. »Ich wollte nur sichergehen, dass Laura auch tatsächlich alles vergessen hat.«

»Aber warum?«, fragte Kaja verwundert. »Und wieso ausgerechnet heute?«

Lukas schob die Brille zurück, die ihm auf die Nasenspitze gerutscht war, und knabberte für einen Moment an der Unterlippe, bevor er antwortete: »Weil ich heute den schwarzen Reiter gesehen habe, mit dem damals alles angefangen hat.«

»Was?« Kajas Gesichtszüge entgleisten. »Du meinst diese Spukgestalt, die Laura und Sturmwind verfolgt hat? Am Tag vor ihrem dreizehnten Geburtstag?«

»Genau die!« Der Junge nickte mit ernster Miene. »Aber Laura hat den Reiter damals gar nicht richtig angeschaut, weil sie es mit der Angst zu tun bekam. Und als sie sich endlich umdrehte, war er bereits wieder verschwunden.«

Kaja kniff die Augen zusammen und sah ihn erwartungsvoll an. »Ja und?«

»In meiner Vision vorhin, da habe ich ihn deutlich gesehen.« Lukas machte einen Schritt auf das Mädchen zu. »Es war gar kein Reiter, Kaja«, flüsterte er heiser. »Und auch kein gewöhnliches Pferd.«

Das Mädchen schluckte. »Nein?«

»Nein.« Lukas schüttelte den Kopf. »Es war das entsetzlichste Wesen, das ich jemals gesehen habe: ein Dämon oder so etwas Ähnliches. Und er saß auf einem pechschwarzen Einhorn mit einem flammend roten Horn auf der Stirn!«

»Oh nö!« Kaja stöhnte entsetzt auf, nur um gleich darauf

abzuwinken: »Aber was soll's? Zum Glück müssen wir uns deswegen keine Sorgen machen. Erstens ist das schon über ein Jahr her, und zweitens ist Laura damals ja nichts passiert. Sie hat nur einen Riesenschreck bekommen, das war alles.«

»Das mag ja durchaus stimmen.« Lukas blickte Kaja mit großen Augen an. »Trotzdem bedeutet das noch lange nicht, dass die Geschichte endgültig ausgestanden ist. Im Gegenteil: Irgendwie habe ich das Gefühl, dass da noch einiges auf uns zukommt – und besonders auf Laura!«

Der Wächter des Labyrinths blieb stehen und richtete die leblosen Augen auf den Hüter des Lichts. »Wir sind da, Herr«, sagte er und deutete auf die schmale Maueröffnung, aus der gleißende Helligkeit drang.

»Vielen Dank, Luminian«, antwortete Elysion lächelnd. »Du kannst dich zurückziehen. Ich werde dich rufen, sollte ich deine Hilfe brauchen.«

Der Mann mit dem bleigrauen Gesicht verneigte sich und ging davon. Paravain sah ihm nach, bis die schmächtige, in eine weiße Toga gekleidete Gestalt in der Tiefe des dunklen Ganges verschwunden war. Der Weiße Ritter verstand immer noch nicht, wie der Blinde sich so problemlos in dem geheimnisvollen Ganglabyrinth zurechtfand, das tief unter dem Turm der Gralsburg verborgen war.

Der Hüter des Lichts blickte den Anführer seiner Leibgarde tadelnd an. Es war, als habe er die Gedanken des Ritters gelesen. »Ich dachte, ich hätte es dir längst erklärt, Paravain. Nicht die Augen zeigen uns das Ziel. Was wirklich entscheidend ist, kannst du mit ihnen nicht sehen, denn es verbirgt sich meist unter der Oberfläche. Deshalb kann auch ein Blinder zu den Sehenden zählen und ein Sehender zu den Blinden.«

»Ich weiß, Herr«, antwortete der junge Ritter hastig. »Und dennoch kommt es mir jedes Mal wie ein Wunder vor.«

»Wer weiß …« Ein sanftes Lächeln ließ die scharfen Falten im Gesicht des greisen Herrschers ein wenig milder wirken. »Vielleicht ist es das ja auch?« Damit deutete er auf die Öffnung in der Mauer. »Aber jetzt komm. Ich will dir etwas zeigen.« Damit betrat Elysion das Zentrum des Labyrinths, einen kreisrunden Raum, der in überirdischer Helligkeit erstrahlte.

Als Paravain ihm folgte, erging es ihm ähnlich wie im letzten Sommer, als er das Heiligtum des Lichts zum ersten Mal besucht hatte: Er fühlte sich unvermittelt ganz leicht, beinahe schwerelos, als wäre jedes Gewicht der Welt von ihm abgefallen. Er blickte sich um und bemerkte, dass alles noch fast genauso war wie damals.

Das Rad der Zeit, das in die Bodenfliesen eingelassen war.

Die Lichtsäule direkt über dessen Zentrum, mit dem von geheimnisvollen Kräften getragenen Kelch der Erleuchtung. Die Rubine und Smaragde, die das wertvolle Gefäß schmückten, leuchteten noch immer in allen Farben des Regenbogens – wenn nicht sogar majestätischer und eindrucksvoller als jemals zuvor. Paravain konnte sich kaum sattsehen.

Eine lange, schmale Nische in der Wand war ebenfalls mit überirdischem Licht geflutet. Während sie bei Paravains erstem Besuch leer gewesen war, schwebte darin nun Hellenglanz, das mächtige Schwert des Lichts. Die Krieger der Gralsburg hatten allerdings wenig Verdienst daran, dass die kostbare Waffe sich wieder im Labyrinth des Lichts befand. Das war vielmehr Laura Leander zu verdanken, die Hellenglanz ausfindig gemacht und unter Einsatz ihres Lebens an den angestammten Platz zurückgebracht hatte.

»Sieh dich in aller Ruhe um, Paravain.« Elysion zeigte mit der rechten Hand in die Runde. »Und dann sage mir, ob es hier noch Platz für ein zweites Schwert gibt.«

Der junge Ritter schwieg. Elysion hatte Recht – im Zentrum des Lichts herrschte eine perfekte Harmonie. Jeder weitere Gegenstand hätte das Gleichgewicht gestört. Zudem gab es keine weitere Nische, die ein zweites Schwert hätte aufnehmen können. Und es der zentralen Lichtsäule anzuvertrauen, war schlichtweg undenkbar. Sie war dem Kelch der Erleuchtung vorbehalten.

»Unsere Vorväter haben das Labyrinth des Lichts vor unzähligen Generationen errichtet«, erklärte Elysion, ohne die Antwort des Ritters abzuwarten, »und seine Gestalt und Ausstattung dabei wohl durchdacht. Vor dem Bau haben sie die Geister, die über den Lauf der Welten bestimmen, um Unterstützung angefleht, und dank ihrer Weisheit bekam das Labyrinth schon damals seine heutige Form. Seitdem ist es unser größtes Heiligtum und gleichzeitig die wichtigste Quelle unserer Kraft, aus der wir alle schöpfen – vorausgesetzt, sein Gleichgewicht wird nicht gestört. Oder erinnerst du dich nicht mehr an die Zeiten, als Borborons Schwarze Krieger den Kelch der Erleuchtung entwendet hatten?«

»Wie könnte ich das vergessen, Herr?« Ein grimmiges Lächeln umspielte die Lippen des Ritters. »In der Folge konnten wir uns ihrer Angriffe kaum mehr erwehren, und es hätte nicht viel gefehlt, und Ihr selbst wärt dem Bösen zum Opfer gefallen.«

»Genauso ist es, Paravain!« Das Licht des Labyrinths ließ das graue Haar und den Bart des Herrschers silbern glänzen. »Seit Hellenglanz sich an seinem alten Platz befindet, hat die Waage des Schicksals sich erneut auf unsere Seite geneigt. Glaubst du also immer noch, das Labyrinth wäre der richtige Ort, um das Dunkle Schwert Pestilenz aufzubewahren?«

»Nun ...« Der Ritter zögerte mit der Antwort. Vor rund drei Monden, als Elysion den Schwarzen Fürsten auf wundersame Weise im Zweikampf besiegen konnte, hatte Paravain das Schwert des Dunklen Herrschers an sich genommen, das der Feind an der Stätte seiner schändlichen Niederlage zurücklassen musste. Seither sann er darüber nach, was mit Pestilenz geschehen sollte, und so hatte er seinem Gebieter vorgeschlagen, es dem Labyrinth des Lichts anzuvertrauen. Nicht weil er glaubte, das schreckliche Schwert könne ihnen zusätzliche Kräfte verleihen – ganz bestimmt nicht! Paravain wollte lediglich sicherstellen, dass das schwarzmagische Schwert nie wieder in die Hände ihrer Feinde fiel. Und das Labyrinth des Lichts war der sicherste Ort auf der Gralsburg.

Niemals wieder würde es einem Unbefugten gelingen, dort einzudringen. Dafür sorgte nicht nur Luminian, der blinde Wächter des Labyrinths, sondern auch die doppelten Posten, die seit jenem dreisten Diebstahl ständig vor dem Eingang Wache standen.

»Ich weiß, was dein Herz bewegt«, erklärte Elysion. »Du sorgst dich um unsere Sicherheit. Doch selbst, wenn hier drin noch Platz wäre für das Dunkle Schwert, könnten wir es in dieser Kammer nicht aufbewahren.«

»Aber warum denn nicht, Herr?«

»Weil seine schwarzmagischen Kräfte das Labyrinth des Lichts entweihen würden, Paravain! Damit wäre nicht nur unser Ende besiegelt, sondern auch das des Menschensterns.«

Der Weg von Burg Ravenstein zum Bauernhof von Nikodemus Dietrich war nicht weit. Selbst mit Monsieur Valiants klapprigem Peugeot dauerte es nicht länger als fünf Minuten, bis der Wagen die Landstraße verließ und in den schmalen Fahrweg einbog, der zu dem einsamen Gehöft führte. Weit und breit waren keine anderen Häuser zu sehen.

Der Lehrer, den alle Schüler nur Percy nannten, parkte direkt vor dem großen Stallgebäude und stieg aus. Laura verließ ebenfalls das Auto, schlug die Wagentür hinter sich zu und folgte Percy, der zielstrebig auf die Stalltür zuschritt. Als ihr der Geruch von warmen Pferdeleibern und feuchter Streu in die Nase stieg, verzog Laura das Gesicht. Sie konnte nicht verstehen, dass sie sich früher mal fürs Reiten begeistert hatte. Dabei sei sie noch vor kurzem geradezu versessen darauf gewesen, behauptete ihr Vater. Also musste das wohl stimmen.

Komisch, dachte Laura. Wie Vorlieben sich manchmal ändern! Außerdem habe ich keine Zeit mehr für so was. Ich muss mich voll und ganz auf die Schule konzentrieren, wenn ich dieses Jahr nicht durchrasseln will.

Ein Wiehern drang durch die offene obere Hälfte der Stalltür. Laura erkannte es sofort: Kein Zweifel, das musste ihr Hengst sein – Sturmwind! Doch so vertraut ihr der Klang auch war, sie konnte sich nicht mal mehr erinnern, wann sie das Pferd das letzte Mal geritten hatte. Was ihr nun doch reichlich merkwürdig vorkam. Wie passte das denn zu der Behauptung ihres Vaters? Eigentlich gar nicht!

Belog er sie vielleicht, damit sie es sich noch anders überlegte? Gut möglich. Wahrscheinlich hatte Marius den Sportlehrer auch dazu veranlasst, sie in den Stall zu schleppen. Damit Monsieur Valiant ebenfalls auf sie einredete und sie umzustimmen versuchte. Warum kapierten die beiden denn nicht, dass sie im Moment Wichtigeres zu tun hatte, als zu reiten? Warum ließen sie sie nicht einfach in Ruhe?

Aber nicht mit mir, meine Herren!, dachte Laura grimmig. Mein Entschluss steht unverrückbar fest.

Dabei war Sturmwind ein wirklich tolles Pferd, ein prächtiger Schimmel, dessen Schweif und Mähne eigentümlicherweise schwarz waren, was höchst selten vorkam. Laura hatte so etwas noch bei keinem anderen Schimmel beobachtet.

Sturmwind stand in seiner Box, der letzten im Gang, hatte Laura den Kopf zugewandt und schnaubte freudig. Seine spitzen Ohren bewegten sich aufgeregt hin und her, während er mit den Vorderhufen scharrte.

Laura trat an die Tür, und sofort schob Sturmwind ihr den Kopf entgegen. Offensichtlich erwartete er, dass sie ihm zur Begrüßung den schlanken Hals tätschelte. Sie wollte schon die Hand ausstrecken, als ihr erneut ein Schwall des muffigen Stallgeruches in die Nase stieg. Unwillkürlich zuckte Laura zurück. Wie hatte sie das früher nur ausgehalten?

Der Schimmel schnaubte erneut und musterte sie traurig aus großen dunklen Augen. Was hast du denn?, schien er zu fragen.

Percy Valiant kam aus der Nachbarbox, in der sein eigenes Pferd untergebracht war: Salamar, ebenfalls ein Schimmel wie Sturmwind, wenn auch nicht ganz so schnell. Der Sportlehrer hatte nur rasch die Raufe mit frischem Heu gefüllt. Nun trat er neben das Mädchen und betrachtete die Pferde mit unverhohlener Bewunderung. »Sind wir beide niischt glückliisch zu schätzen, dass wir diese Prachtexemplare besitzen?«, fragte er. »Sturmwind und Salamar sind einfach 'errliische Tiiere, findest du niischt?«

Obwohl Laura an seinen französischen Akzent gewöhnt war, musste sie lachen. »Klar, natürlich.« Laura musterte den Lehrer. Worauf will Percy bloß hinaus?, grübelte sie und nahm die zärtlichen Annäherungsversuche ihres Schimmels kaum wahr, der sie mit seiner weichen Nase vorsichtig anstupste. »Habe ich jemals etwas anderes behauptet?«

»Na, also!« Percy Valiant strahlte sie an, als hätte sie ihm das Blaue vom Himmel versprochen. »Iisch wusste doch, dass du von Sturmwind niischt lassen kannst! Am besten, wir machen gleisch einen Ausritt, *n'est-ce pas*?«

»Einen Moment!« Laura tat einen Schritt rückwärts und hob abwehrend die Hände. »So war das nicht abgemacht, Monsieur Valiant! Ich will Sturmwind nicht loswerden. Aber ich will ihn nicht mehr reiten, jedenfalls im Moment nicht. Wenn ich wieder mehr Zeit dazu habe, in ein paar Wochen oder Monaten vielleicht, bekomme ich möglicherweise wieder Lust dazu. Und aufs Fechten vielleicht auch.«

»Aber Laura! Wie stellst du dir das denn vor, *hein*?« Percy schüttelte den Kopf und sah aus wie ein trauriger kleiner Junge, dem man das liebste Spielzeug weggenommen hat. »Dein 'engst braucht doch regelmäßisch Bewegung! Am besten jeden Tag, sonst verkümmert er und ge't am Ende noch ein. Iisch kann mir niischt vorstellen, dass das in deiner Absiischt liegt, oder?«

»Selbstverständlich nicht!«, antwortete Laura ungehalten. »Ich finde es richtig fies von Ihnen, dass Sie mir so etwas unterstellen!«

»*Pardon!* Diese Absiischt 'atte iisch keineswegs.« Der Sportlehrer legte die Hände aneinander und sah sie beinahe beschwörend an. »Aber wenn du niischt mit Sturmwind ausreitest, läuft das in letzter Konsequenz doch aufs Gleische 'inaus!«

Laura schluckte. »Dann … Dann muss sich eben jemand anders um ihn kümmern.«

»Und wer bitte sollte das sein, *Mademoiselle*?«

»Keine Ahnung.« Laura zuckte die Schultern und fuchtelte mit der rechten Hand vor ihrem Gesicht herum, um eine lästige Fliege zu vertreiben, die unbedingt auf ihrer Nase landen wollte. »Wie wär's denn zum Beispiel mit … ähm … mit …« In diesem Moment kam ihr die Erleuchtung! »Wie wär's denn mit Lukas?«, fragte sie freudestrahlend. »Der hätte zumindest genügend Zeit. Bei seinen Super-Noten muss er für die Schule doch nichts machen. Wer weiß, vielleicht findet er sogar Spaß am Reiten. Ich rufe ihn gleich mal an!« Damit zog sie das Handy aus der Jeanstasche und wollte wählen.

Percy fiel ihr in den Arm. »Niischt so 'urtiisch, Mademoiselle!«

»Aber …« Während Laura das Mobiltelefon wieder einsteckte, musterte sie den Lehrer irritiert. »Sie haben doch eben selbst gesagt, dass Sturmwind jemanden braucht, der ihm regelmäßig Bewegung verschafft.«

»Natürliisch braucht er das. Aber – *mon Dieu*!« Er verdrehte die Augen und streckte die Hände theatralisch zur Stalldecke. »Der ’immel möge uns davor bewa’ren, dass ausgereschnet dein Bruder das macht!«

»Und wieso?«

Percy wiegte den Kopf. »Iisch kenne Lukas nun lange genug. Dein Bruder ’at fürwa’r viele Meriten. Er besitzt einen wachen Geist und verfügt über ein enormes Wissen. Aber für Pferde ’at Lukas einfach kein ’ändschen! Er ist niischt aus dem ’olz geschnitzt, aus dem gute Reiter geschaffen sind. Er würde siisch bestimmt über kurz oder lang den ’als breschen – und des’alb ist es besser für i’n, wenn er das Reiten gleisch ganz sein lässt! Und für Sturmwind mit Siischer’eit auch!«

Laura legte die Stirn in Falten. Percy hatte nicht so Unrecht. Ihr Bruder hatte wirklich keinen Draht zu Tieren, und dass er besonders sportlich wäre, konnte man auch nicht behaupten. Selbst wenn er in letzter Zeit überraschend oft mit dem Mountainbike unterwegs war. Aber das lag vermutlich an Mr Cool, der ihn ständig zu neuen Touren ermunterte. Ein wirklich netter Zug von Philipp, überlegte Laura und merkte gar nicht, dass sie versonnen lächelte. Aber trotzdem: Reiten war wahrscheinlich nichts für Lukas.

Aber wer sollte sich um Sturmwind kümmern?

»Es tut mir leid, Monsieur Valiant«, sagte sie achselzuckend. »Jemand anders fällt mir nicht ein. Und trotzdem höre ich mit dem Reiten auf, fürs Erste zumindest!«

»Ist das dein letztes Wort, Laura?«

»Mein allerletztes!« Als wollte sie ihre Entscheidung bekräftigen, stampfte Laura trotzig mit dem Fuß auf.

Der Sportlehrer seufzte enttäuscht. »*Eh bien*«, sagte er nach einer kleinen Pause. »Niemand will diisch dazu zwingen, und iisch schon gar niischt. Und e'rliisch gesagt, 'atte iisch niischts anderes erwartet. Des'alb 'abe iisch auch längst meine eigenen Überlegungen angestellt.« Er drehte sich um, blickte zur Verbindungstür, die in die Scheune führte, und schnippte mit den Fingern. »Iisch bin gespannt wie ein Flitzebogen, was du zu meinem Vorschlag sagst.«

Zu welchem Vorschlag denn?, rätselte Laura im Stillen und spähte neugierig in die gleiche Richtung.

Kapitel 4 ❧ Das Geheimnis der Schwerter

Elysion und Paravain traten durch die Pforte des großen Turmes hinaus auf den Burghof. Die beiden wachhabenden Ritter machten ehrfürchtig Platz und verneigten sich tief vor ihrem Herrscher.

»Aber nicht doch!«, mahnte der Hüter des Lichts, wobei sein sanftes Lächeln dem Tadel die Schärfe nahm. »Wer das Labyrinth des Lichts bewacht, sollte den Blick niemals zu Boden senken. Haltet vielmehr die Augen offen, damit ihr jeden Eindringling schon von Weitem erspäht!«

»Aber natürlich, Gebieter«, antworteten die Ritter wie aus einem Munde. »Wie Ihr befehlt!« Womit sie sich erneut verbeugten.

Der Hüter des Lichts ließ sie gewähren und zwinkerte Paravain zu. »Was meinst du? Ob sie es jemals lernen werden?«

»Nehmt es ihnen nicht übel, Herr! Ihre Verehrung für Euch ist so groß, dass sie einfach nicht anders können.«

Elysion ging nicht weiter darauf ein. Er blieb kurz stehen, blinzelte in die warme Sonne des späten Nachmittags und ließ den Blick in die Runde schweifen.

Auf dem Burghof herrschte kaum Betrieb. Nur die Schmiede waren bei der Arbeit. Der helle Klang der Hämmer, mit denen sie das glühende Eisen auf den Ambossen bearbeiteten, schallte durch die Stille. Mit Ausnahme der gerüsteten Männer, die vor dem Bergfried, auf den Mauern und den vier Türmen Wache standen, war kein Ritter zu erblicken. Sie pflegten ihre Waffenübungen stets am Vormittag abzuhalten und hatten sich längst in die Unterkünfte zurückgezogen.

Auch vom Küchenpersonal war niemand zu sehen. Die Mägde und Köche hatten in der Küche mit der Zubereitung des Abendessens alle Hände voll zu tun. Die Helferinnen der Heilerin waren wie immer im Krankentrakt oder in der Kräuterküche beschäftigt. Nur ein paar müßige Knaben und Mädchen vertrieben sich die freie Zeit mit einem Ballspiel.

Elysion deutete auf die Bank, die in der Nähe des Ziehbrunnens stand. »Komm«, forderte er den Ritter auf. »Dort können wir in Ruhe reden!«

Nur zwei Tauben schienen sich gestört zu fühlen, als die Männer sich dort niedersetzten. Laut gurrend flatterten sie vom Ziegeldach des Brunnens auf und flogen in Richtung Kräutergarten davon. Der Hüter des Lichts sah ihnen versonnen nach, bevor er sich an Paravain wandte. Er sprach aus, was der Ritter dachte: »Es scheint nahezuliegen, das Dunkle Schwert im Labyrinth aufzubewahren. Zum einen wäre es dort zweifelsohne sicher – und zum anderen ist Pestilenz aus dem gleichen Metall wie Hellenglanz geschmiedet, nicht wahr?«

»Genau so ist es, Herr! Beide Schwerter wurden aus dem Eisen gefertigt, das zum Anbeginn der Zeiten von den Sternen auf Aventerra herabregnete. Wie die zwei Seiten einer Medaille sind sie deshalb untrennbar miteinander verbunden, auch wenn sie gegensätzliche Kräfte besitzen.«

Zur Verwunderung des Ritters wiegte der greise Herrscher bedenklich den Kopf. »Das ist durchaus richtig, Paravain. Und doch ist es nur die halbe Wahrheit. Entscheidend ist nämlich nicht nur ihre Herkunft, sondern auch die unterschiedliche Art und Weise, wie die Schwerter ihre Kräfte erhalten haben. Aber um das zu erläutern, muss ich ein wenig ausholen.«

Paravain lauschte gespannt.

»Am Anfang der Zeiten«, fuhr der Hüter des Lichts fort,

»beauftragten die Drachenkönige die Dunkelalben mit dem Schmieden der beiden Waffen. Die mächtigen Drachen herrschten damals über ganz Aventerra und befanden sich im Besitz des wertvollen Sterneneisens. Als der Auftrag zu ihrer Zufriedenheit erfüllt war, verschenkten sie die Schwerter – das eine an die Krieger des Lichts, das andere an das Dunkle Heer.«

Elysion hob den Blick. »Bis zu diesem Zeitpunkt waren beide Waffen vollkommen gleich!«, betonte er. »Erst danach erhielten sie ihre jeweiligen magischen Kräfte, durch zwei Rituale, wie sie unterschiedlicher kaum sein konnten.

Der damalige Hüter der Lichts brachte sein Schwert in den Karfunkelwald. In dessen Mitte liegt ein See, der von der Quelle des Lebens gespeist und von der Einhornkönigin bewacht wird. Ihr Horn besitzt die größte Zauberkraft von allen Einhörnern. Immer dann, wenn zur Mittsommernacht Vollmond herrscht, streifen die Einhörner ihr Horn ab und verlieren den darunter verborgenen Karfunkelstein. Auf wundersame Weise wächst danach ein neues Horn.

Und besonders das neue Horn der Einhornkönigin beinhaltet die Kraft des reinen Lichts. Als sie ihr Horn einst in den See tauchte, übertrug sich diese Kraft auf das Wasser des Lebens. Und das mit diesem Wasser besprengte Schwert wurde zu Hellenglanz, dem Schwert des Lichts, das seither uns Kriegern der Gralsburg dient.«

Paravain hatte den Worten seines Gebieters atemlos zugehört. »Und was geschah mit dem anderen Schwert?«, wollte er wissen.

»Das andere Schwert wurde in der Nacht der Wintersonnenwende, in der die Macht der Dunkelheit am größten ist, von einem zauberkundigen Fhurhur in den Schwarzen Schlund gebracht, den finstersten Ort auf Aventerra. In einem schwarzmagischen Ritual tränkte er es mit dem Blut eines schwarzen Einhorns …«

»O nein!« Paravain erblasste und schlug die Hand vor den Mund. Er wusste natürlich, dass das Blut eines schwarzen Einhorns überaus mächtige unheilvolle Kräfte beinhaltete.

»Beliaal, der Dämon des Todes und Herrscher der Finsternis, hatte das Wesen eigens zu diesem Zweck geopfert!«, erklärte der Hüter des Lichts weiter. »Seit damals ist Pestilenz das ebenso schreckliche wie wirkungsvolle Schwert des Bösen. Die Wunden, die es schlägt, verheilen nie und führen unweigerlich zum Tod, es sei denn, man besprengt sie mit dem Wasser des Lebens. Und außerdem …« Elysion blickte seinen Ritter mit ernster Miene an. »… ist Pestilenz die einzige Waffe, die mir zum Verhängnis werden kann.«

Paravain schwieg. Er schluckte und musste an die schrecklichen Tage denken, da es dem Schwarzen Fürsten Borboron tatsächlich gelungen war, den Hüter des Lichts mit dem Schwert zu verletzen. Obwohl Elysion nur einen winzigen Kratzer an der Wange davongetragen hatte, war er niedergesunken und mit jedem Tag schwächer geworden. Seine Lebensenergie war dahingeschwunden, bis er kurz davorstand, in die Ewige Dunkelheit einzugehen. Es war dieses tapfere Mädchen vom Menschenstern gewesen, Laura Leander, das ihn im letzten Augenblick vor dem sicheren Tod gerettet hatte. Laura war es gelungen, den Kelch der Erleuchtung aufzuspüren und ihn den dunklen Kräften zu entreißen.

Der Hüter des Lichts redete weiter: »Pestilenz bleibt gefährlich, auch wenn es sich nun in unseren Händen befindet. Selbst wenn vom Blut des schwarzen Einhorns nichts mehr zu erkennen ist, haftet es noch an der Klinge. Es wäre deshalb ein entsetzlicher Frevel, dieses Schwert in das Labyrinth des Lichts zu bringen. Die schwarzmagischen Kräfte des Einhornblutes, die sich mit seinem Metall vermählt haben, würden unser Heiligtum augenblicklich entweihen. Und damit würde die mächtige Quelle versiegen, aus der wir Krieger des Lichts unsere

Kraft schöpfen, sodass wir dem Untergang preisgegeben wären. Aus diesem Grunde, Paravain, ist es ganz unmöglich, das Dunkle Schwert dem Labyrinth des Lichts anzuvertrauen!«

Der Ritter schwieg betroffen und starrte eine Weile vor sich hin, bevor er sich erneut an seinen Herrn wandte. »Dann besitzt Pestilenz für uns keinerlei Wert?«

»Das habe ich nicht gesagt.« Elysion schüttelte das greise Haupt. »Du erinnerst dich sicherlich, dass Hellenglanz, das Schwert des Lichts, einst frevlerisch entweiht wurde.«

»Gewiss, Herr. Dieses Kind vom Menschenstern hat dafür gesorgt, dass die große Schuld getilgt wurde, die ein abtrünniger Wächter auf die Klinge geladen hatte. Seitdem erstrahlt Hellenglanz wieder in alter Kraft und Stärke.«

Elysion lächelte. War es der Gedanke an Lauras Heldenmut, der ihn dazu veranlasste? Oder das Wissen um die große Macht des Lichts? »Ähnliches kann auch mit Pestilenz geschehen. Es ist durchaus möglich, das Dunkle Schwert zu reinigen und von seinen schwarzmagischen Kräften zu befreien. So ließe es sich zu einer wertvollen Waffe des Lichts machen.«

»Tatsächlich?« Das Gesicht des Ritters glühte auf. »Und wie …«

»Nicht so hastig, Paravain. Ich bin ja schon dabei, es dir zu erklären.« Die Ungeduld des Ritters glich der eines aufgeregten Knappen vor der Schwertleite. Der Vergleich ließ den Herrscher schmunzeln. »Reite zu der kleinen Lichtung in der Mitte des Karfunkelwaldes und bitte die Einhornkönigin um Hilfe. Silvana, so lautet ihr Name, wird dir sicherlich gestatten, das Schwert im Wasser des kleinen Sees reinzuwaschen. Sobald sie es mit dem Horn berührt und dadurch segnet, wird Pestilenz zu einer Waffe des Lichts.«

Der Ritter musterte den Gebieter mit zweifelnder Miene. »Seid Ihr sicher, Herr?«

»Das bin ich. Schon in der Uralten Offenbarung ist davon die Rede. Auch wenn die Schrift seit langem verschollen ist, wurde dieses Wissen von jedem meiner Vorgänger an den Nachfolger weitergereicht.«

»Unglaublich«, murmelte Paravain und schüttelte den Kopf, als könne er das eben Gehörte immer noch nicht fassen.

»Aber noch eins, Paravain.« Elysion hob mahnend den Zeigefinger der rechten Hand. »Solltest du in den Karfunkelwald reiten, dann nimm am besten Alienor mit.«

Der Ritter runzelte die Stirn. »Morwenas Elevin?«

»Genau. Die Einhörner sind sehr scheu, und ihre Königin erst recht. Es dürfte äußerst schwer werden, ihr Vertrauen zu gewinnen. Am leichtesten gelingt das einem unschuldigen Wesen vom Menschenstern, einem Kind. Den Menschen vertrauen die Einhörner am ehesten.«

»Aber warum dann Alienor?«

»Weil auch sie fast noch ein Kind ist«, erwiderte der Hüter des Lichts. »Zudem ist Alienor ohne Arg und kennt keinen bösen Gedanken, und das wird Silvana bestimmt nicht verborgen bleiben. Oder hast du einen besseren Vorschlag?«

»Nein, nein, Herr!«, entgegnete der Ritter hastig und hob wie zur Entschuldigung die Hände. »Nur eine Frage noch, wenn Ihr gestattet.«

Elysion nickte. »Nur zu!«

»Muss ich Silvana unbedingt in der Mittsommernacht aufsuchen?«

»Nein, natürlich nicht«, antwortete der Herrscher. »Ich habe das nur erwähnt, weil die Kraft des Lichts in dieser Nacht am größten ist. Wieso fragst du?«

»Weil ...« Paravain schmunzelte, verschämt und verschmitzt zugleich. »Weil es durchaus sein könnte, dass ich an diesem Tag etwas anderes vorhabe.«

»Aha«, brummte Elysion nur. Seine Augen allerdings verrieten die Frage dahinter.

»Keine Angst, Herr«, versicherte der Ritter ihm deshalb. »Sobald es feststeht, werdet Ihr es als Erster erfahren, das verspreche ich Euch!«

Bevor der Hüter des Lichts nachfragen konnte, ließ der Torwächter sein Horn erschallen. Rasch traten die Wachen aus ihrer Stube, schoben die mächtigen Balken beiseite, mit denen das schwere Portal verriegelt war, und zogen es auf.

Zwei Reiter sprengten in die Burg und hielten direkt auf den Brunnen zu.

Paravain erhob sich mit freudiger Miene. Er hatte die beiden längst erkannt: Es waren Morwena auf ihrem Zweihorn Feenbraut und ihre Elevin Alienor, die das braune Steppenpony ritt, das früher ihrem Bruder Alarik gehört hatte.

Direkt vor der Bank brachten die beiden ihre Tiere zum Stehen. Während das Mädchen im Sattel verharrte, sprang die Heilerin vom Rücken des Zweihorns. Sie verneigte sich rasch vor ihrem Herrn, der sich ebenfalls erhoben hatte, und rief: »Seid mir gegrüßt, Gebieter!« Dann flog sie dem Ritter um den Hals und küsste und herzte ihn stürmisch. »Stell dir vor, Paravain, was heute geschehen ist«, sprudelte es von ihren Lippen. »Alienor hat zum ersten Mal versucht, das Orakel zum Sprechen zu bringen.«

»Die Nachricht erfüllt mich mit großer Freude.« Der Hüter des Lichts wandte sich an das Mädchen, das kraftlos wirkte. »Warst du erfolgreich?«

»Ja, Herr«, hauchte Alienor kaum hörbar und schlug die Augen nieder.

»Ist das nicht außergewöhnlich, Herr?« Die Heilerin hüpfte strahlend auf ihre Elevin zu und tätschelte ihr die Wange. »Ich habe es noch nie erlebt, dass sich die Wissenden Dämpfe gleich beim ersten Mal offenbaren. Selbst ich brauchte mehre Versuche, bis ich endlich Erfolg hatte.«

»Ich weiß.« Die Erinnerung ließ den Hüter des Lichts

schmunzeln. »Du hast deiner Lehrmeisterin, der damaligen Heilerin von Hellunyat, einige graue Haare bereitet!«

»Wie gut, dass Alienor sich geschickter angestellt hat«, bemerkte Paravain mit leichtem Spott. »Es wäre schließlich jammerschade um dein wunderschönes Haar!«

»Na warte, du Schmeichler!« Morwena drohte ihm spielerisch mit dem Finger, sprang wieder zu ihm hin und schmatzte ihm einen weiteren Kuss auf die Lippen. »Aber du hast ja Recht! Ich freue mich riesig, dass Alienor mit so großen Gaben gesegnet ist. Und was das Allerschönste ist: Die Wissenden Dämpfe haben ihr eine wirklich erfreuliche Botschaft übermittelt.«

»Tatsächlich?« Der Hüter des Lichts machte einen Schritt auf das Mädchen zu. »Da bin ich aber gespannt!«

Bevor Alienor antworten konnte, trat Morwena dazwischen. »Bitte geduldet Euch noch ein wenig, Herr. Das Orakel zu befragen ist überaus anstrengend, noch dazu beim ersten Mal. Alienor braucht deshalb noch etwas Zeit, um neue Kräfte zu schöpfen. Danach werde ich sie zu Euch bringen, damit sie Euch über alles Bericht erstatten kann.«

Mit kaum hörbarem Quietschen öffnete sich die Holztür, und ein Junge betrat den Stall. Obwohl bestimmt ein Jahr jünger als Laura, war er genauso groß wie sie. Seine schwarzen Wuschelhaare glänzten im Licht der Deckenbeleuchtung, der auffällige Leberfleck auf seiner Wange verlieh ihm ein lustiges Aussehen. Verlegen grinsend kam er auf Laura und Percy zu und blieb vor ihnen stehen. »Hallo«, sagte er freundlich.

»Was soll das denn?« Laura warf dem Sportlehrer einen irritierten Blick zu. »Was macht Yannik denn hier?«

»Ist das so schwer zu erraten?«, entgegnete Percy mit treuherzigem Augenaufschlag. »Iisch ne'me doch an, Yannik Anders ist für diisch kein Unbekannter me'r, auch wenn er erst seit einigen Wochen an unserer 'ochwo'llöbliischen Le'ranstalt weilt.«

Und ob sie ihn kannte!

Schließlich hatte Yannik genau wie Laura am fünften Dezember Geburtstag und war just zu diesem Zeitpunkt am Ende des letzten Jahres erstmals im Internat aufgetaucht. Seitdem besuchte er die gleiche Klasse wie ihr Bruder, weshalb Lukas ihm auch einen Platz an ihrem Tisch im Speisesaal angeboten hatte. Ansonsten war ihr an Yannik Anders bisher nichts weiter aufgefallen – höchstens, dass der Internatsdirektor Aurelius Morgenstern, die Englisch- und Französischlehrerin Miss Mary Morgain und auch Percy Valiant regelrecht einen Narren an ihm gefressen hatten. Aus welchem Grund auch immer. Und merkwürdigerweise verhielt es sich bei ihrem Vater Marius, der Geschichte und Literatur unterrichtete, genauso.

»Yannik würde von 'erzen gern das Reiten lernen«, erläuterte Percy Valiant. »Selbstverständliisch wäre er auch bereit, siisch um Sturmwind zu kümmern und i'n nach besten Kräften zu versorgen.« Er sah den Jungen an. »Oder 'abe iisch was Falsches erzä'lt?«

»Nein, nein«, sagte Yannik rasch. »Ich würde mich sogar riesig darüber freuen.« Damit blickte er Laura lächelnd an. »Vorausgesetzt natürlich, du bist einverstanden.«

»Ähm.« Das kam so überraschend, dass Laura auf Anhieb keine Antwort einfiel. Klar, wenn Yannik ihren Schimmel versorgte, konnte sie sich voll und ganz auf die Schule konzentrieren, genau wie sie es sich gewünscht hatte. Andererseits – war Sturmwind bei ihm auch wirklich in guten Händen?

Als hätte der Hengst ihre Gedanken erraten, ließ er ein freudiges Schnauben hören und stupste Yannik auffordernd mit der Nase an. Komm schon, mein Junge, schien er sagen zu wollen. Lass es uns einfach miteinander versuchen!

Yannik strahlte übers ganze Gesicht. Blendend weiße Zähne blitzten zwischen seinen vollen Lippen auf, während er Sturmwind zärtlich die Mähne kraulte.

Und trotzdem …!

Mit einem Male fiel Laura das Schmuckstück ins Auge, das um den Hals des Jungen hing: eine einfache Schlangenkette mit einem goldenen Anhänger, der ein stilisiertes Rad mit acht Speichen zeigte.

»Hey, wo hast du das denn her?«, fragte sie bewundernd. »Sieht ja echt cool aus!«

Yannik wechselte einen raschen Blick mit dem Sportlehrer, bevor er auf das Amulett deutete. »Meinst du das hier?«

Das Mädchen nickte. »Genau.«

»Das ist ein … äh … ein …« Er schien die richtigen Worte zu suchen. »… ein altes Erbstück, wenn du so willst. Es wird seit langem von einer Generation an die nächste weitergereicht!«

»Echt?«, wunderte sich Laura. »Ich glaube, das könnte mir auch gefallen.«

»Das kann iisch mir leb'aft vorstellen«, mischte Percy sich in ihre Unterhaltung ein. »Aber zurück zum eigentliischen T'ema: Wärst du damit einverstanden, dass Yannik siisch deines Schimmels annimmt? Natürliisch nur so lange, bis du diisch eines anderen besinnst.«

Laura zögerte und wusste selbst nicht warum. Schließlich gab sie sich einen Ruck. »Okay«, sagte sie. »Wir können es ja mal versuchen.«

»Super, Laura!« Yanniks Augen leuchteten wie die eines kleinen Jungen an Heiligabend. »Vielen, vielen Dank! Und glaub mir, du wirst es bestimmt nicht bereuen.«

Sturmwind schien von ihrer Entscheidung ebenfalls angetan zu sein. Er hob den Kopf, schnaubte laut und ließ dann ein fröhliches Wiehern hören.

Auch Percy war sichtlich erleichtert. »Iisch kann Yannik nur beipfliischten«, sagte er. »Iisch bin mir absolut siischer, dass das die beste Lösung für alle Beteiliischten ist.« Zu Lauras Überraschung nahm er sie dann an der Hand und führte sie einige Schritte zur Seite. »'ör zu«, flüsterte er ihr ins Ohr. »Iisch wäre dir se'r verbunden, wenn das unter uns bleiben könnte. Es sollten möglichst wenige Außenste'ende erfa'ren, was wir soeben abgesprochen 'aben. Iisch kann miisch doch auf deine Verschwiegen'eit verlassen, *n'est-ce pas*?«

»Aber selbstverständlich, Monsieur Valiant«, antwortete Laura leicht gekränkt. »Ich heiße doch nicht Kaja!«

»Was du nicht sagst, Laura-Schätzchen!«, höhnte Dr. Quintus Schwartz und grinste dabei wie ein Hilfsteufel. »Trotzdem wirst du uns in Zukunft selbst deine größten Geheimnisse verraten – ohne dass du es merkst!« Mit irrem Kichern reckte er das Handy in die Höhe, an dem er und seine Vasallen das Gespräch im Pferdestall mitgehört hatten. »Was sagt ihr jetzt?« Der Triumph in der Stimme des Konrektors war unüberhörbar. »Habe ich euch zu viel versprochen?«

»Natürlich nicht, Quintuss«, lispelte Rebekka Taxus, während sie Dr. Schwartz mit verzückten Blicken anschmachtete. »Ganzs im Gegenteil: Ich hätte niemalss für möglich gehalten, dasss dass sso fabelhaft funktioniert!« Sie legte ihm die Hand auf die Schulter. »Du bisst ein Genie, Quintuss!«, säuselte sie. »Ein wahress Genie.«

»Vielen Dank, meine Liebe.« Beiläufig tätschelte der Konrektor die Hand der Kollegin und wandte sich dem Gärtner zu, in dessen Dienstwohnung sich die Dunklen versammelt hatten. »Nun, Albin? Ich hoffe, du bist ebenfalls zufrieden. Schließlich musst du jetzt nicht mehr jedes Mal mühsam auf den Speicher klettern, wenn du diese Leander-Gören belauschen willst, nicht wahr?«

Albin Ellerking musste an sich halten, um ihm nicht an die Gurgel zu gehen. Er konnte diesen schmalzhaarigen Ersatz-Gigolo nicht ausstehen, der mit seiner Solariumsbräune so aussah wie ein Brathähnchen, das man im Grill vergessen hatte. Und diese Tussi im pinkfarbenen Hosenanzug mochte Albin ebenso wenig. Die bildete sich wohl ein, der geflochtene und gleichfalls pinkfarbene Haarkranz auf ihrem Kopf ließe sie verführerisch aussehen. So was Lächerliches! Und obwohl die Taxus für ihren albernen Sprachfehler nichts konnte, trieb ihr ständiges Gelispel ihn langsam an den Rand des Wahnsinns. Manchmal wusste Albin gar nicht mehr, ob er mit ihr sprach oder mit den zischelnden Vipern, die sich aus ihren Haaren formten, wenn sie sich zu sehr aufregte.

Aber die beiden waren nun mal seine Vorgesetzten, sowohl im Internat wie auch innerhalb ihrer verschworenen Gemeinschaft. So hatte es die Große Meisterin Syrin entschieden, obwohl Albin Ellerking von Aventerra stammte und schon lange vor diesen Witzfiguren auf der Erde sein Unwesen getrieben hatte. Aber mit der großen Meisterin war nicht zu spaßen, und wer sich ihr widersetzte, zahlte in der Regel mit seinem Leben dafür. Und wie Schwartz gesagt hatte: Immerhin musste er nun nicht mehr auf den Speicher steigen.

»Das ist in der Tat eine große Erleichterung für mich!«, sagte Albin deshalb. Er dienerte beflissen und wackelte mit den spitzen Albenohren. »Ich weiß nicht, wie ich Euch danken soll, Herr Quintus!«

»Nicht doch«, wehrte Dr. Schwartz ab, obwohl seine Miene verriet, dass er sich über die Maßen geschmeichelt fühlte. »Ich habe die Software, der wir diesen unglaublichen Fortschritt verdanken, schließlich nicht entwickelt. Außerdem hat unsere liebe Reb… äh … Frau Taxus, meine ich natürlich, …« – er tätschelte die Wange seiner Kollegin – »… auch ihren Teil dazu beigetragen.«

»Papperlapapp!« Die Mathelehrerin kicherte wie ein Filmsternchen auf Ecstasy. »Ess war ein Klackss, an Laurass Handy zu kommen. Ich habe während der letzssten Klasssenarbeit einfach alle Mobiltelefone der 8b einkasssiert. Aber den Resst hasst allein du bessorgt, mein Held!« Sie streichelte dem Konrektor zärtlich über die Wange. »Alss Nächsstess nehmen wir unss diessen Lukass vor, und danach ssind unssere Kollegen an der Reihe, nicht wahr?«

»Du sagst es, meine Liebe«, antwortete Dr. Schwartz mit öligem Lächeln. »Genau so werden wir vorgehen.« Damit packte er ihre Hand und knabberte mit seinen makellosen Zahnpastareklame-Zähnen an ihren Fingern. »Happs!«

Albin Ellerking wandte sich ab und verdrehte die smaragdgrünen Augen. Die Turtelei der beiden ging ihm heute ganz besonders auf die Nerven! Wenn sie unter sich waren, mochten sie ja treiben, was sie wollten. Aber solange sie bei ihm zu Besuch waren, konnten sie sich doch ein bisschen zusammenreißen. Seine Wohnung war schließlich kein Liebesnest!

Aufgebracht leerte der Nachtalb in einem Zug seinen Bierkrug und stellte ihn so heftig ab, dass der Wohnzimmertisch bedrohlich wackelte. Albin schnaufte noch einmal, bevor er sich mit einem schmeichlerischen Lächeln an den Konrektor wandte. »Ich kann Frau Taxus nur zustimmen«, sagte er mit schleimtriefender Stimme. »Damit habt Ihr ein wahres Mirakel vollbracht, Herr Quintus. Allerdings habe ich noch nicht so recht verstanden, wie die Sache überhaupt funktioniert.«

»Das wundert mich nicht, mein Bester«, antwortete der Konrektor überraschend verständnisvoll. »Auch ich hatte, ehrlich gesagt, einige Probleme!«

Um Lauras Handy zu einer Abhöranlage umzurüsten, so erklärte er seinen Verbündeten geduldig, hatte er dessen Software so manipuliert, dass die Freisprechfunktion aktiviert wurde, ohne dass das Mädchen es merkte. Das Ganze funktionierte selbst dann, wenn das Telefon ausgeschaltet war – und damit war aus Lauras Mobiltelefon die perfekte Wanze geworden! »Dir ist hoffentlich klar, welch unermesslichen Vorteil uns das bringt?«, schloss er seine Erläuterungen.

»Aber natürlich, Chef.« Die grünen Augen des Nachtalbs funkelten verschlagen. »Von nun an haben wir dieses Gör ständig unter Kontrolle und können alles mithören, was gesagt wird.«

»Nicht alles«, berichtigte Schwartz. »Nur wenn Laura ihr Handy bei sich hat und die übrigen Gesprächsteilnehmer sich in der Nähe des Geräts befinden.«

»Das ist doch perfekt, Herr Quintus.« Der Gärtner grinste wie ein heimtückischer Wurzelzwerg. »Diese jungen Dinger haben ihre Telefone doch ständig dabei! Wahrscheinlich gehen sie damit sogar ins Bett.«

»Wo er Recht hat, hat er Recht!« Pinky Taxus kicherte vergnügt. »Wenn wir ersst die Handyss der anderen manipuliert haben, von Lukass, Kaja und diesser ganzen Wächter-Bagage, haben wir ssie total unter Kontrolle! Dann können ssie keinen Schritt mehr tun, ohne dasss wir davon erfahren!«

Albin Ellerking verzog das Gesicht und kratzte sich hinter den spitzen Ohren. »Etwas verstehe ich allerdings immer noch nicht«, gestand er verlegen.

Quintus kniff die Augen zusammen und bedachte ihn mit einem schrägen Blick.

»Dieses Mädchen, Laura«, sagte der Nachtalb zögernd, als fürchtete er eine Rüge. »Sie hat ihre Fähigkeiten doch zurückgegeben und alle Erinnerungen daran verloren, nicht wahr?«

»Ja, und?«

»Warum überwachen wir sie dann? Das Balg kann uns schließlich nicht mehr gefährlich werden – oder doch?«

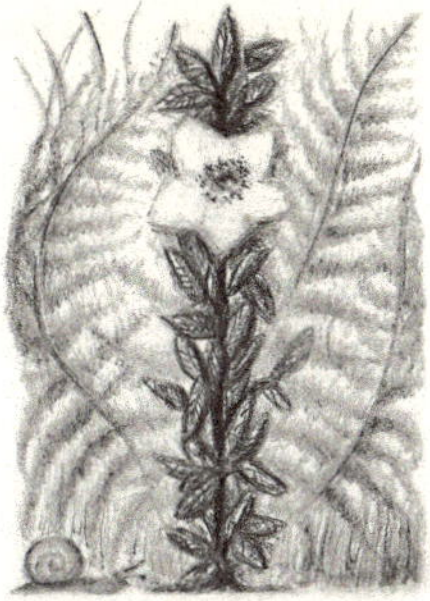

Kapitel 5 ❧ Die Botschaft des Orakels

Im Thronsaal von Hellunyat war es so leise, dass man das Knistern des Kaminfeuers hörte. Auch die knirschenden Schritte der Wachen auf den Mauern waren zu vernehmen. Selbst das Pfeifen der Nachtvögel im weit entfernten Raunewald, kaum lauter als ein Elfenhauch, klang durch die Stille.

Elysion, Paravain und Morwena hatten ihre Stühle vor Alienor aufgereiht, die blass an der Tafel Platz genommen hatte. »Sprich weiter«, forderte die Heilerin das Mädchen mit sanfter Stimme auf. »Was hast du auf dieser Lichtung noch gesehen?«

»Einen … einen kleinen See«, fuhr Alienor zögerlich fort, »und darauf spiegelten sich die beiden vollen Monde von Aventerra.«

Morwena blickte zu Elysion. »Damit kann nur die kommende Mittsommernacht gemeint sein. Dann werden sowohl der Goldmond als auch der Menschenstern zum ersten Mal seit vielen Jahren wieder gleichzeitig im vollen Licht erstrahlen.«

Der greise Herrscher lächelte zustimmend. »Genauso sehe ich das auch, Morwena. Wir alle sollten uns freuen, dass wir diese überaus seltene Konstellation der Gestirne miterleben dürfen. Zumal sie von alters her mit Ereignissen einhergeht, die den Lauf des Schicksals entscheidend beeinflussen.« Damit musterte er das Mädchen, das seinen Worten mit bangem

Ausdruck gelauscht hatte. »Und was ist danach geschehen, Alienor?«

Die Elevin sah zur Decke, als würde das ihre Erinnerung beflügeln. Bedächtig sprach sie weiter: »Daraufhin habe ich ein Einhorn gesehen. Es war wunderschön und trug ein mächtiges Horn auf der Stirn, das wie Perlmutt schimmerte.«

Ein beglücktes Lächeln huschte über das Gesicht der Heilerin, und auch der Ritter konnte sich dem Zauber des Augenblicks nicht entziehen. Er griff nach Morwenas Hand und drückte sie fest.

»Ich glaube, es war eine Stute«, fuhr Alienor fort.

Der Hüter des Lichts straffte sich. »Eine Stute? Warum?«

»Weil dicht neben ihr ein Füllen stand. Ich hatte den Eindruck, als wäre es eben erst geboren worden.« Das Mädchen schloss die Augen, um sich die Orakelbilder besser ins Gedächtnis zu rufen. »Sein Fell glänzte feucht im Licht der Monde. Außerdem bewegte es sich staksend, und die Beine des Fohlens knickten mehrere Male ein, als es zum Bauch der Stute drängte.«

»Das kann nur eines bedeuten!« Freudestrahlend wandte sich die Heilerin an die beiden Männer. »Silvana, die Einhornkönigin, wird schon bald ein Füllen gebären, wie Alienor es in der Vision gesehen hat. Und dieses Füllen ist eine neue Königin, die in der Mittsommernacht Silvanas Nachfolge antreten wird – darauf weisen die beiden vollen Monde in der Vision hin. Oder seid Ihr anderer Meinung, Gebieter?«

»Nein, nein«, antwortete Elysion abwesend und blickte versonnen vor sich hin. »Du hast bestimmt Recht, Morwena. Die Einhörner werden eine neue Königin bekommen, womit ihr Fortbestand auf viele Generationen hin gesichert ist.«

»Genau, Herr!« Die Heilerin lachte vor Freude auf. »Und Beliaal, dieser schreckliche Dämon, wird wieder einmal das

Nachsehen haben. Wenn das kein Grund zum Feiern ist!« Sie klatschte in die Hände.

Nur einen Augenblick später streckte eine dralle Bedienstete mit Apfelbäckchengesicht den Kopf zur Tür herein. »Ja, Herrin?«

»Bring uns Wein, damit wir anstoßen können.« Glücklich wandte sie sich an ihre Elevin. »Und was möchtest du trinken, Alienor?«

»Einen … Königsfruchtsaft vielleicht?«

»Aber gern!« Morwena schenkte der Dienerin ein fröhliches Lachen. »Du hast es gehört, Mareen. Bitte beeile dich. Ein solch freudiges Ereignis gibt es schließlich nicht alle Tage zu feiern.«

Während die Bedienstete davoneilte, sah der Hüter des Lichts das Mädchen eindringlich an. »War das alles, Alienor? Oder hast du noch etwas gesehen?«

Die Elevin antwortete nicht sofort. Seit der Orakelhöhle sann sie darüber nach, ob sie das Furcht erregende Bild offenbaren sollte, das ihr erschienen war, kurz bevor ihr die Sinne schwanden: eine entsetzliche Dämonenfratze.

Das konnte nur Unheil bedeuten!

Der Dämon war nur einen Wimpernschlag lang zu sehen gewesen und hatte sie dennoch zu Tode erschreckt.

Aber sollte sie das wirklich erzählen?

Vielleicht hatte sie sich ja getäuscht. War sie einem Trugbild aufgesessen? Schließlich hatte sie entgegen Morwenas Warnung mit aller Macht versucht, eine Botschaft von den Wissenden Dämpfen zu erhalten. War sie deshalb in die Irre geleitet worden?

War das Auftauchen des Dämons die Strafe für ihre Ungeduld?

Konnte sie wirklich verantworten, den Hüter des Lichts und Ritter Paravain grundlos in Sorge zu versetzen? Oder die unbändige Freude ihrer Lehrmeisterin zu trüben?

Lieber nicht!

»Nein, Herr«, sagte sie deshalb. »Das war alles. Gleich darauf habe ich das Bewusstsein verloren.«

Quintus Schwartz schüttelte den Kopf und warf seiner Kollegin einen gequälten Blick zu. »Weißt du nicht mehr, was für eine Botschaft uns die Große Meisterin Syrin in der Nacht der Wintersonnenwende überbrachte? Wir sollen uns durch die bitteren Niederlagen nicht entmutigen lassen, sondern uns für den Tag bereithalten, an dem wir es den Knechten des Lichts heimzahlen.«

»Genau, Quintuss!«, pflichtete die Taxus ihm bei. »Genau dass hat ssie gessagt!«

»Der machtvolle Fhurhur sinnt bereits über einen entsprechenden Plan nach, und Laura soll darin eine Schlüsselrolle spielen.«

»Aber genau das verstehe ich ja nicht, Herr Quintus«, warf der Nachtalb ein. »Das Gör gehört doch gar nicht mehr zu den Wächtern!«

»Ach, Albin«, seufzte der Konrektor theatralisch. »Wozu hast du eigentlich einen Kopf? Überleg doch mal: Eben deshalb wird niemand damit rechnen, dass wir uns weiterhin mit Laura Leander beschäftigen. Und wenn der Fhurhur sie tatsächlich in seinen Plan einbezieht, erwischen wir das verfluchte Wächter-Pack völlig unvorbereitet! Sie werden nichts ahnen, bis es zu spät für sie ist und wir sie ein für allemal vom Erdboden vertilgen können. Und das gleiche Schicksal wird auf Aventerra Elysion und seinen Hunden des Lichts zuteil! Ich kann es gar nicht erwarten, bis der Bote unseres Gebieters uns Borborons neue Pläne übermittelt.« Mit rot glühenden Augen hob Schwartz das Handy. »Aber bis dahin werden wir in aller Stille fleißig weiterarbeiten. Damit wir bereit sind, wenn die große Stunde schlägt!«

Es klopfte an der Tür. Quintus und Pinky sahen ihren Gastgeber fragend an, doch der zuckte nur die Schultern: Er hatte keine Ahnung, wer das sein konnte.

Vor der Haustür stand ein Schüler, ein Junge mit einer roten Stoppelfrisur. »Was willst du?«, blaffte Albin Ellerking ihn an, wurde aber sofort vom Konrektor zur Seite geschoben.

»Komm doch rein, Ronnie«, sagte Schwartz freundlich. »Ich hoffe, du hast gute Nachrichten für uns?«

»Ich glaube schon.« Ronnie Riedel grinste wie ein Breitmaulfrosch, zog ein Handy aus der Hosentasche und drückte es Quintus in die Hand.

»Sehr gut, Ronnie!«, lobte dieser. »Und wem gehört es?«

»Diesem Sportkasper, Percy Valiant. Er hat es in der Turnhalle vergessen, weil er eilig wegmusste! Er wird es bestimmt erst vermissen, wenn er mit Laura vom Bauernhof zurückkommt.«

»Das reicht!« Der Konrektor winkte ab. »Bis dahin bin ich längst damit fertig.«

Während er zum Tisch ging und sich am Handy des Sportlehrers zu schaffen machte, tätschelte Pinky Taxus dem Jungen den Arm. Sie lächelte schleimig. »Dass hasst du ssehr gut gemacht, Ronnie, wirklich ssehr, ssehr gut. Aber da du Laura schon erwähnt hasst – ich hätte noch eine Aufgabe für dich!«

Lukas Leander fuhr schlecht gelaunt den Computer herunter und schaltete den Monitor aus. Seine Recherche im Internet war erfolglos gewesen. Das ganze Wochenende über hatte er nach einer Monsterfratze gesucht, die der aus seiner Vision glich. Leider vergeblich!

Insgeheim hatte er das von Anfang an befürchtet. Die meisten Websites, die sich mit Ungeheuern und Ähnlichem beschäftigten, wurden bekannterweise von Wichtigtuern betrieben. Die Wesen, die dort vorgestellt wurden, entsprangen lediglich der Fantasie der Verschwörungsfreaks und hatten mit echten Monstern nicht das Geringste zu tun. Trotzdem wollte Lukas sich nicht vorwerfen lassen, eine mögliche Spur außer Acht gelassen zu haben. Und das Ergebnis?

Nichts!

Nada!

Niente!

Und zum Dank dafür hatten die Eltern ihn mit reichlich vorwurfsvollen Blicken bedacht. Was durchaus verständlich war. Seit ihre Mutter Anna wieder zurückgekehrt war, verbrachten die Leanders so viel Zeit wie möglich zusammen. Anders als zu den Tagen, da die schreckliche Sayelle sich als Stiefmutter aufgespielt hatte, führten sie wieder ein Familienleben, das diese Bezeichnung verdiente. An jedem Wochenende fuhren Marius und die Kinder von Ravenstein aus zum Bungalow in Hohenstadt, wo Anna Leander während der Woche wohnte, wenn der Rest der Familie sich im Internat aufhielt.

Es hatte einige Zeit gedauert, bis die vier sich wieder aneinander gewöhnt hatten. Schließlich hatte Anna viele Jahre fern ihrer Familie verbringen müssen, und auch Marius war lange Zeit in Borborons Gewalt gewesen. Da konnte das Zusammenleben natürlich nicht von heute auf morgen perfekt funktionieren. Aber nach anfänglichen Schwierigkeiten hatte sich alles eingerenkt. Fast zumindest, denn Laura machte immer noch Probleme.

Und nichts deutete darauf hin, dass sich das ändern sollte. Im Gegenteil – mit jedem Tag schien sie noch zickiger zu werden! Jeder begegnete ihr mit größtmöglicher Rücksichtnahme, aber sie fand an allem etwas zu meckern.

Selbst daran, dass man Verständnis für sie aufbrachte!

Lukas seufzte. Obwohl er den Grund für das Verhalten der Schwester kannte, hoffte er inständig auf rasche Besserung.

Verführerischer Bratenduft stieg ihm in die Nase, und er verspürte entsetzlichen Hunger. Ihm lief das Wasser im Mund zusammen. Kein Wunder: Seitdem Anna zurück war, wurde im Hause Leander wieder richtig gekocht. Die Zeiten geschmackloser Fertig-Menüs und fetttriefender Pizza-Service-Gerichte gehörten endgültig der Vergangenheit an. Meist kochten Anna und Marius gemeinsam, und zwar so gut, dass Lukas das Essen kaum erwarten konnte. Doch so kräftig er auch zulangte, er hatte nicht ein Gramm zu viel auf den Rippen.

Der Junge schnupperte. Es gab eines seiner Lieblingsgerichte: Rinderrouladen mit Rotkohl und Kartoffelklößen. Und vorweg wahrscheinlich einen knackigen Salat: Eisberg, Radicchio und gelbe Paprika! Schon der bloße Gedanke daran ließ seinen Magen knurren. Er musste einfach in die Küche, um das Loch in seinem Bauch wenigstens ein klein wenig zu stopfen.

Lukas sprang die Treppe hinab und lief durch den Flur auf die Küchentür zu. Als er am Flurfenster vorbeikam, bemerkte er die Biester: eine Meute riesiger schwarzer Hunde, die im Garten standen und ihn mit geifernden Lefzen und rot glühenden Augen anstarrten! Die Vision dauerte nur eine Sekunde, dann waren die Bestien verschwunden.

Lukas zitterte am ganzen Leib. Seine Beine fühlten sich an wie Wackelpudding.

Als er in die Küche trat, betrachtete ihn der Vater und legte die Kartoffeln beiseite, die er gerade schälte. »Nanu?«, fragte er. »Warum bist du denn so blass? Ist was passiert?«

»Ach nee«, antwortete Lukas leichthin. »Ich bin nur am Verhungern, das ist alles.« Damit stibitzte er ein Stück Paprika aus der Salatschüssel.

»Wehe!« Die Mutter drohte lächelnd mit dem langen Messer. »Noch einmal, und der Finger ist ab!«

»Schmeckt vielleicht gar nicht so übel«, gab Lukas sich cool. »Aber nur mit Pommes und Ketchup!« Er lehnte sich an den Küchentisch, sah den Eltern einen Moment zu, bevor er wie beiläufig fragte: »Ich habe euch doch richtig verstanden – Laura hat nichts mehr von den Dunklen zu befürchten?«

»Natürlich nicht!« Marius blickte auf. »Warum fragst du?«

»Nur so. Es ist einfach ungewohnt: Ein Jahr lang habe ich mir die größten Sorgen um sie gemacht, und jetzt soll alles vorbei sein?«

»Aber so ist es.« Marius räumte das Küchenmesser fort und trocknete die Hände ab. »Ich habe dir doch erzählt, dass uns Paravain in der Nacht der letzten Wintersonnenwende besucht hat. Er berichtete uns, dass es für die Seite des Lichts so gut stünde wie schon lange nicht mehr. Nicht nur in der Welt der Mythen, sondern auch hier auf der Erde. Deine Schwester hat unseren irdischen Feinden eine empfindliche Niederlage beigebracht, und sie haben nicht nur ihren Anführer Longolius verloren, sondern auch Sayelle und diesen grässlichen Kevin. Im Augenblick haben wir nichts von ihnen zu befürchten.

Quintus Schwartz ist zwar ein Fiesling und Rebekka Taxus eine falsche Schlange. Aber keiner von ihnen ist intelligent genug, um uns gefährlich zu werden. Selbst Professor Morgenstern sieht auf lange Zeit keinen Nachfolger für Maximilian Longolius. Du musst dir also keine Sorgen machen, Lukas. Weder um Laura noch um sonst jemanden!«

»Und warum habe ich dann diesen schwarzen Reiter gesehen?«, fragte der Junge ernst. »Und die schrecklichen Hunde?«

Anna ließ überrascht das Messer sinken und blickte ihren Sohn erstaunt an.

»Welchen Reiter denn?«, hakte der Vater verwundert nach. »Und welche Hunde?«

Lukas schilderte seine Visionen.

»Bist du sicher, dass es derselbe Reiter war, der Laura damals verfolgt hat?«, wollte Marius wissen.

»Nun ja …« Lukas sah ihn über den Rand der Brille hinweg an. »Sicher bin ich nicht. Allerdings deutet einiges darauf hin: der riesige Krähenschwarm zum Beispiel und die Hunde.« Eine Falte trat auf seine Stirn. »Aber möglicherweise habe ich auch etwas beobachtet, was erst noch geschehen wird.«

Die Eltern wechselten einen ratlosen Blick. »Wie meinst du das?«, fragte Marius.

»Ganz einfach: Vielleicht war es ja nicht der Reiter, der damals hinter Laura her war, sondern ein Monster, das irgendwann einmal auftauchen und erneut Jagd auf sie machen wird.«

Grübelnd kniff Marius die Augen zusammen. »Du meinst, weil sie ihm damals entwischt ist?«

»Logosibel!« Der Zeigefinger des Jungen schnellte vor.

»Denk bitte noch mal nach, Lukas! Vielleicht fällt dir ja etwas ein, was uns eine zeitliche Einordnung ermöglicht. Hat sich seit Lauras dreizehntem Geburtstag dort etwas verändert?«

Lukas legte die Stirn in Falten. Wie immer, wenn es ein kniffeliges Problem zu lösen galt, konnte er an nichts anderes mehr denken. »Natürlich!«, rief er dann freudestrahlend. »Die Windräder!«

»Die sind doch erst vor einigen Wochen aufgestellt worden«, sagte der Vater. »Am Tag vor Lauras dreizehntem Geburtstag, als sie den Reiter zum ersten Mal sah, standen sie noch nicht auf dem Hügel.«

»Genau!« Der Junge strahlte übers ganze Gesicht. »In meiner Vision habe ich sie auch nicht gesehen. Also muss ich ein vergangenes Ereignis beobachtet haben. Denn dass die hässlichen Dinger wieder abgerissen werden, ist mehr als unwahrscheinlich.«

»Im Gegenteil«, antwortete Marius erleichtert. »Dort sind noch viel mehr geplant. Dann hast du wohl tatsächlich den Reiter von damals gesehen. Was hoffentlich bedeutet, dass Laura keine Gefahr mehr droht.«

In diesem Moment ging die Tür auf und Laura streckte den Kopf in die Küche. »Tut mir leid«, sagte sie, »aber wir müssen schon heute Abend nach Ravenstein zurückfahren.«

Lukas und Marius wechselten einen verwunderten Blick. »Wieso das denn?«, fragte der Vater.

Laura machte ein schuldbewusstes Gesicht. »Dummerweise hab ich mein Matheheft im Internat vergessen. Und Pinky hat uns so viele Aufgaben aufgebrummt, dass ich die unmöglich morgen früh vor dem Unterricht schaffen kann.«

Lukas winkte ab. »Es ist doch nicht gesagt, dass sie die Aufgaben auch kontrolliert.«

»Doch! Das macht die Taxus ganz bestimmt!« Laura zog eine leidvolle Miene. »Und ich weiß auch schon, welches Heft sie unter Garantie sehen will: meins nämlich! So geht das schon seit Wochen! Das einzige Aufgabenheft, das Pinky jedes Mal kontrolliert, ist garantiert meins!«

Bei allen Dämonen! Was hat das zu bedeuten?« Das fahle Gesicht vom zuckenden Feuerschein des Kamins erleuchtet, wandte Syrin sich von ihrem Sehenden Kristall ab. Mit irrem Blick sah sie den Schwarzen Fürsten an, der immer noch wie gebannt auf die Kugel starrte, welche die Abbilder eines Jungen und eines Mädchens zeigte. Die Kinder standen sich in einem Raum gegenüber, dessen Umrisse undeutlich zu erkennen waren. Der Junge trug eine Brille auf der Nase, das Mädchen sah ihm ziemlich ähnlich, allerdings reichte ihr blondes Haar bis auf die Schultern.

Was dann geschah, ließ selbst Borboron zusammenzucken: Über die verschwommenen Wände des Zimmers rannen mit einem Mal Ströme von Blut!

»Verdammt«, stammelte der Tyrann erschrocken. Er kniff die Augen zusammen und blickte in den magischen Stein, bis das Bild darin zu einem milchigen Nebel verblasst war. »Das war doch dieses Balg vom Menschenstern!«

»Ja, mein Gebieter«, pflichtete Syrin ihm bei. »Diese verfluchte Laura, die sich erdreistet hat, unsere Pläne immer wieder zu durchkreuzen!«

»Und der Junge? Kennst du den auch?«

»Aber ja!« Syrin nestelte nervös an ihrem smaragdgrünen Kleid aus Schlangenhaut herum. »Während meiner Besuche auf dem Menschenstern bin ich ihm häufiger begegnet. Er heißt Lukas und ist der Bruder dieses verteufelten Mädchens.«

»Was?« Die Augen des Schwarzen Fürsten glommen vor Zorn rötlich auf, und die Adern an seinen Schläfen schwollen an. »Dann gibt es gleich mehrere Bälger dieser verfluchten Brut?«

»Leider, mein Gebieter, leider!« Die Gestaltwandlerin wiegte bedauernd den Kopf. »Aber wenigstens braucht Ihr vor dieser Laura keine Angst mehr zu haben. Wie ich Euch schon mehrere Male erklär…«

Eine krächzende Stimme fiel ihr rüde ins Wort. »Aber offensichtlich so stümperhaft, dass es unverständlich blieb!« Ein Männchen in scharlachrotem Kapuzenumhang trat aus dem Schatten, der sich längs der Wand eingenistet hatte, und warf Syrin einen höhnischen Blick zu. »Oder willst du etwa behaupten, unser Herr sei zu töricht, um eine vernünftige Erklärung zu begreifen?«

»Natürlich nicht!« Die Frau fiel vor dem Schwarzen Fürsten auf die Knie. »So etwas würde ich niemals von Euch denken, mein Gebieter, das wisst Ihr doch!«

Borboron musterte die am Boden kauernde Frau mit spöttischer Miene und wechselte einen amüsierten Blick mit seinem engsten Ratgeber. Im Gegensatz zu Syrin hatte er längst begriffen, dass der Fhurhur nur einen grausamen Scherz mit der Gestaltwandlerin trieb, die er aus tiefstem Herzen hasste.

Der Schwarzmagier kreuzte die Arme vor der Brust und deutete eine Verbeugung an.

Erneut wandte der Tyrann sich der Frau zu. »Schon gut. Du darfst dich wieder erheben.«

»Ich danke Euch, mein Gebieter!« Die Erleichterung stand Syrin ins Gesicht geschrieben. »Wenn Ihr möchtet, lege ich Euch gern ein weiteres Mal dar, warum dieses Balg alles vergessen hat …«

»Nicht nötig!«, beschied ihr der Fhurhur. Obwohl sein von Altersflecken übersätes Gesicht fast vollständig im Schatten der Kapuze lag, war die Feindseligkeit darin deutlich zu erkennen. »Ich werde das übernehmen, zumal ich noch weitere Dinge mit unserem Herrn zu bereden habe.« Mit einer herrischen Geste deutete er zur Tür. »Und jetzt will ich dich nicht länger aufhalten, Weib«, erklärte er voller Häme. »Du hast bestimmt wichtige Geschäfte zu erledigen!«

Syrin wollte aufbrausen, doch als sie das belustigte Grinsen des Schwarzen Fürsten gewahrte, besann sie sich eines Besseren. »Natürlich!«, entgegnete sie mit gespielter Gelassenheit, damit niemand die Wut bemerkte, die in ihrem Inneren gärte. Sie packte den Sehenden Kristall und rauschte erhobenen Hauptes aus dem Thronsaal.

Das Männchen schaute ihr mit verschlagenem Lächeln nach. Erst als die Tür hinter der Gestaltwandlerin ins Schloss fiel, wandte er sich wieder seinem Herrn zu. »Die Hexe braucht nicht alles zu erfahren, was wir bereden. Auch wenn sie uns manchmal unschätzbare Dienste leistet – wie gerade eben zum Beispiel.«

Borboron zog die Augenbrauen zusammen. »Willst du etwa behaupten, dass du die Botschaft des Kristalls verstanden hast?«

»Genau das habe ich, mein Gebieter«, krächzte der Fhurhur. »Weil ich Beliaal nämlich höchstpersönlich darum gebeten habe, uns endlich dieses Kind zu offenbaren.«

»Du sprichst in Rätseln!« Verdruss und Zorn stritten im finsteren Antlitz des Schwarzen Fürsten um die Vorherrschaft. »Welches Kind denn? Und was hat der Herr der Finsternis mit der Botschaft des Sehenden Kristalls zu tun?«

»Nur Geduld, Herr. Ich will es Euch gern erklären.« Ein schmales Lächeln ließ die Mundwinkel des Fhurhurs zucken. »Ihr wisst doch, dass wir schon lange nach dem Kind des Dunklen Blutes suchen, von dem die Uralte Offenbarung berichtet?«

»Willst du dich über mich lustig machen?«, brauste Borboron auf. »Und ob ich das weiß! Aber …«

»Ich bitte Euch, Herr«, unterbrach ihn der Fhurhur. »Lasst mich meine Ausführungen beenden, dann werdet Ihr bestimmt verstehen, was ich meine.«

»Nun denn!« Die Stimme des Tyrannen war kaum mehr als ein wütendes Knurren. »So rede endlich!«

»Wie Ihr ebenfalls wisst, befindet sich Beliaal im Besitz der Uralten Offenbarung. Vor vielen Äonen, als er noch zu den Wolkentänzern zählte, hat er die Schrift aus der Schatzkammer ihres Königs entwendet, weshalb er dann auch …«

»Ja, ja, ich weiß!«, fuhr Borboron ungehalten dazwischen. »Komm endlich zur Sache!«

»Wie Ihr wünscht, Herr!« Das Männchen verbeugte sich. »Ich hege schon lange den Verdacht, dass der Todesdämon dieses geheimnisvolle Kind des Dunklen Blutes kennt. Deshalb habe ich ihn jüngst in seinem Schwarzen Schloss aufgesucht und ihn gebeten, sein Geheimnis mit uns zu teilen. Dieser Bitte ist er heute nachgekommen.«

»Was redest du da?« Der Schwarze Fürst schüttelte verwirrt den Kopf. »Auf welche Weise denn?«

»Indem er sich des Sehenden Kristalls von Syrin bedient hat!«

»Hast du den Verstand verloren?«, brauste Borboron auf. »Oder soll das ein Scherz sein?«

»Keineswegs, He…«, hob der Fhurhur an, doch der dunkle Tyrann ließ ihn nicht zu Wort kommen.

»Warum sollte Beliaal so etwas tun?«, hielt er ihm wild gestikulierend vor. »Er ist der Herr der Finsternis und der Herrscher über alle Dämonen. Er fürchtet nichts und niemanden! Warum sollte er uns einen Gefallen erweisen? Und was hat er mit Syrins Sehendem Kristall zu tun?«

»Das wollte ich gera…«, versuchte der Fhurhur zu Wort zu kommen, wurde aber erneut unterbrochen.

»Schweig!«, donnerte sein Gebieter. Er brüllte so laut, dass ihm beinahe Schaum vor dem Mund stand. »Du willst mich wohl in die Irre leiten! Was immer du dir davon auch versprechen ma…« Er brach ab und hustete wild, weil er im rasenden Zorn das Atmen vergessen hatte.

Der Fhurhur nutzte die günstige Gelegenheit. »Gibt Euch nicht zu denken, was der Sehende Kristall uns soeben offenbart hat?«

Der Tyrann räusperte sich heftig. »Gerade eben?«, fragte er erstickt.

Der Fhurhur nickte.

»War heute etwas anders als sonst?«

Erneut nickte der schmächtige Magier.

»Was meinst du damit?« Borboron machte einen Schritt auf

ihn zu und packte ihn rüde an der Schulter. »Jetzt sprich schon, los!«

Trotz der groben Behandlung blieb das Männchen ruhig. »Habt Ihr jemals erlebt, dass der Kristall uns ein Geschehen vom Menschenstern offenbart hat?«

»Vom Menschen...?« Für einen Augenblick starrte Borboron den Schwarzmagier verständnislos an. Dann endlich begriff er. »Du hast Recht. All die Jahre hat der Sehende Stein uns nur Dinge verraten, die auf Aventerra geschehen sind. Und nun gewährt er uns plötzlich einen Blick auf den Menschenstern.« Seine Augen glühten, als brodele Lava in den Höhlen. »Wie ist das möglich?«

»Ganz einfach.« Ein Lächeln umspielte die Lippen des Männchens. »Weil Beliaal mir das Blut eines schwarzen Einhorns überlassen hat, in dem ich den Kristall dann getränkt habe. Dieses Blut ist eine mächtige schwarzmagische Substanz, aber schwarze Einhörner stehen unter Beliaals besonderem Schutz. Niemand kann sich gegen seinen Willen an ihnen vergreifen.«

»Dann hast du also die Wahrheit gesagt?« Der Schwarze Fürst starrte seinen Ratgeber an, als sähe er ihn zum ersten Mal. »Du hast Beliaal tatsächlich zur Mithilfe überreden können.«

Der Fhurhur nickte mit unverhohlenem Stolz.

»Aber wie?«

»Das erkläre ich Euch später, Herr. Sonst vergessen wir noch das Allerwichtigste!«

»Du meinst ... das Kind des Dunklen Blutes?«

»Ihr sagt es!«

»Aber genau das hat meine Zweifel erst herausgefordert!« Erneut wurde Borboron laut. »Beliaal treibt derbe Späße mit uns! Warum zeigt er uns diese Bälger vom Menschenstern, anstatt uns endlich das gesuchte Kind zu offenbaren?«

Ein kaum wahrnehmbares Lächeln huschte über das verschrumpelte Altmännergesicht. »Aber genau das hat er doch getan, Herr.«

»Niemals! Diese verdammte Laura steht auf der Seite des Lichts. Sie kann es also unmöglich sein.«

»Das hat auch niemand behauptet.«

»Aber wer dann?« Borboron blickte fassungslos drein. »Wer sonst sollte das Kind des Dunklen Blutes sein?«

»Lauras Bruder, Herr! Lukas Leander!«

Kapitel 6 ❧ Das Kind des Dunklen Blutes

Die Deckenlampe tauchte das Wohnzimmer von Professor Morgenstern in warmes Licht. Percy Valiant und Miss Mary hatten am Wohnzimmertisch Platz genommen und erstatteten dem Direktor des Internats Bericht. Als sie damit fertig waren, lächelte Aurelius Morgenstern zufrieden. »Das sind äußerst gute Neuigkeiten«, sagte er. »Es freut mich sehr, dass Yannik Anders solche Fortschritte macht.« Der alte Herr schmunzelte. »Was sicherlich auch das Verdienst seiner Lehrer ist, nicht wahr?«

»Vielen Dank, Herr Direktor«, hauchte Miss Mary mit elfenhafter Stimme. Die zarte Blässe ihrer Wangen färbte sich rot.

Die junge Frau hatte ihre schottische Heimat schon vor Jahren verlassen, um am Internat Ravenstein Englisch und Französisch zu unterrichten, aber mitunter zeigte sie sich noch schüchtern wie ein Teenager. Für ihre Fähigkeit des Gedankenlesens war sie schon oft gelobt worden, aber immer noch schien ihr das unangenehm zu sein.

Percy Valiant, ihr burschikoser Kollege aus Frankreich, der sich seine ulkige Ausdrucksweise durch die intensive Lektüre mittelalterlicher Ritterromane und Versdramen angeeignet hatte, konnte sich ein Grinsen über Marys Röte nicht verkneifen. Er bedankte sich jedoch ebenfalls höflich bei seinem Vorgesetzten, der zugleich unumstrittener Anführer des verschworenen Kreises der Wächter war. *»Merci, Monsieur le Directeur!* Man tut ’alt, was man kann!«

»Nicht so bescheiden, Percy!«, widersprach Aurelius. »Ihr beide tut weit mehr als eure Pflicht, und das wisst ihr auch!« Er betrachtete seine tüchtigen Mitarbeiter mit unverhohlenem Stolz. »Aber zurück zu Yannik.« Morgenstern räusperte sich. »Auch bei mir, im Telekinese-Unterricht, macht er ordentliche Fortschritte. Ich bin daher zuversichtlich, dass er sich eines Tages zu einem wertvollen Mitglied unseres Bundes entwickeln wird.«

»Daran 'abe iisch niischt die geringsten Zweifel«, bestätigte der Sportlehrer. »Und dennoch: Yannik wird niemals an die überragenden Fä'iischkeiten von Laura 'eranreischen, was jammerschade ist. Schließliisch verfügt er über dasselbe Potenzial wie sie.«

Während Miss Mary zustimmend nickte, runzelte der Professor die Stirn. »Warum denkst du das?«

»Weil es seine Eltern verabsäumt 'aben, i'n reschtzeitiisch zu fördern – des'alb. Im Gegensatz zu Laura 'at er, *malheureusement*, zum Beispiel niemals Feschtunterriischt er'alten und auch niischt reiten gelernt. Aber viele Fertiischkeiten be'errscht man eben nur dann perfekt, wenn man sie von Kindesbeinen an ausübt.«

»Du hast Recht«, pflichtete Morgenstern ihm bei. »Was die Eltern versäumen, können wir in der Schule meist nicht mehr nachholen. Und leider haben nicht alle Kinder so überaus fürsorgliche Eltern wie Laura und Lukas.«

»Das stimmt«, mischte Miss Mary sich ein. »Aber selbst die scheinen im Augenblick einige Schwierigkeiten zu haben – mit Laura nämlich.«

»Da muss iisch dir bedauerliischerweise beipfliischten«, erklärte der Sportlehrer mit verkniffener Miene. »Miisch dünkt, das Mädschen durschläuft gerade eine äußerst schwieriische P'ase. Sie 'at siisch niischt nur vom Feschtunterriischt abgemeldet und das Reiten aufgegeben, sondern ist auch für sonst niischts me'r so riischtiisch zu begeistern. Und wie iisch von Kollegen 'öre, soll sie gelegentliisch sogar die Fassung verlieren und siisch se'r auffälliisch ver'alten.«

»Wundert euch das?« Professor Morgenstern sah die beiden jungen Lehrer an. »Auch wenn Laura sämtliche Erinnerungen an ihre speziellen Fähigkeiten verloren hat, schlummert die Anlage dazu weiterhin in ihrem Inneren. Das führt möglicherweise zu unbewussten Konflikten, die sich dann auf diese Art und Weise äußern. Vielleicht gibt sie sich deshalb manchmal so unleidlich und abweisend.«

Miss Mary strich sich nachdenklich über das kastanienbraune Haar, das im Licht der Deckenlampe seidig schimmerte. »Könnte es nicht auch sein«, sagte sie mit sanfter Stimme, »dass sich ihre dunkle Seite jetzt verstärkt bemerkbar macht?«

»Ihre dunkle Seite?« Aurelius Morgenstern kniff die Augen zusammen und starrte kurz ins Leere. »Der Gedanke ist gar nicht so abwegig, Mary«, meinte er schließlich. »Jeder von uns besitzt eine dunkle Seite und muss deshalb stets auf der Hut sein, dass sie nicht die Oberhand gewinnt.«

»*Mais oui!*«, rief Percy Valiant aus. »Iisch verste'e, was Sie sagen wollen. Lauras Wesen wurde bislang in starkem Maße, wenn niischt sogar fast ausschließliisch von i'ren positiven Aspekten geprägt. Aber seit sie auf einen Großteil i'rer Fä'iischkeiten verziischten musste, sind die negativen Züge i'res Charakters viel stärker zum Tragen gekommen, weil der entschpreschende Widerpart fe'lt. Das wird siischerliisch noch so lange an'alten, bis sie i'r inneres Gleischgewiischt wiedergefunden 'at.«

»Deshalb müssen wir alles Erdenkliche tun, um ihr dabei zu helfen!«, bekräftigte der Direktor. Er erhob sich und ging auf das Bücherregal zu. »Wenn ich mich recht entsinne«, erklärte er unterwegs, »haben sich bereits unsere Urväter mit diesem Problem beschäftigt und einen ähnlichen Fall in ihrem Buch erwähnt. Darin ist gleich von zwei Kindern die Rede: von einem Kind des Dunklen Blutes und einem Kind des Hellen Lichts.«

Professor Morgenstern zog einen dicken Folianten aus dem Regal. Er wollte ihn gerade aufschlagen, als er plötzlich erblasste und wie vom Donner gerührt auf das alte Buch starrte. »Dieser Teufel!«, schimpfte er. »Er hat mich hereingelegt!«

Percy und Miss Mary sprangen auf. Sie erkannten sofort, was den Direktor so entsetzte: Auf dem Buchdeckel, auf dem in großen altertümlichen Lettern der Titel »Societas Septem Sodalium« – »Die Bruderschaft der Sieben« hätte stehen müssen, war nicht ein Buchstabe zu erkennen. Der Einband war genauso blank und leer wie die restlichen rund eintausend Seiten der Handschrift. Obwohl Aurelius Morgenstern sie hastig durchblätterte, entdeckte er darin nicht ein beschriebenes Blatt!

»Wie ist das nur mögliisch? Wie ’at der Kerl das angestellt?«, fragte Percy ratlos. Schließlich hatte der Direktor ihm die wertvolle Schrift voller Stolz gezeigt, nachdem Maximilian Longolius sie im Dezember des vergangenen Jahres zurückgegeben hatte. Nur so hatte Aurelius die alte Prophezeiung nachlesen können, die Laura schließlich in das Mausoleum auf der Teufelskuppe geführt hatte – wo sie dann um ein Haar in eine tödliche Falle geraten wäre.

Da begriff der Direktor, wie alles zusammenhing. »Natürlich!«, rief er aus. »Ohne diese Schrift wäre es diesem Teufel nie gelungen, Laura ins Mausoleum zu locken. Deshalb musste er mir das Buch zuspielen, oder vielmehr eine Kopie. Wahrscheinlich wollte Longolius dann doch nicht zulassen, dass wir vom umfassenden Wissen unserer sieben Urväter profitieren, das in diesem Buch festgehalten ist. Deshalb hat er mit Hilfe seiner schwarzmagischen Künste eine Kopie geschaffen, die in kürzester Zeit verblasst.«

»Dieser niederträschtiische Schuft!«, schimpfte Percy aufgebracht. »Was andererseits bedeuten müsste, dass das Original noch irgendwo existiert!«

»Schon möglich. Allerdings …« Der Professor runzelte die Stirn und knetete sich das Kinn. »Da dieser elende Schwarzmagier inzwischen in den Trümmern des Mausoleums den Tod gefunden hat, werden wir wohl niemals erfahren, wo er die wertvolle Schrift versteckt hat!«

Borboron blickte seinen Ratgeber fassungslos an. »Du musst dich täuschen. Dieser Lukas Leander kann niemals das Kind des Dunklen Blutes sein.«

»Und warum nicht, mein Gebieter?«

»Ganz einfach.« Borboron griff nach dem Pokal, der auf dem Tisch seines Thronsaals stand, und trank einen Schluck. »Die Uralte Offenbarung prophezeit, dass dieses Kind des Dunklen Blutes uns zum Sieg über unsere Feinde verhelfen wird. Was gleichzeitig bedeutet, dass es niemals auf der Seite des Lichts stehen kann wie dieser Lukas, sondern unserem Lager angehören muss!«

Der Fhurhur lauschte den Ausführungen seines Herrn mit undurchdringlicher Miene. »Und weiter?«, forderte er ihn in aller Ruhe auf.

»Nur aus diesem Grunde hat Syrin im Laufe der Jahrhunderte doch mehrere Kinder dieses Schwarzmagiers vom Menschenstern zur Welt gebracht«, fuhr Borboron fort. »Weil wir darauf hofften, dass eins davon das prophezeite Kind des Dunklen Blutes sein wird.«

»Ich weiß, Herr.« Das Männchen wartete, bis sein Herr einen weiteren Schluck getrunken hatte. »Dennoch sind alle Versuche fehlgeschlagen, unsere Feinde mit Hilfe dieser Knaben zu besiegen. Erst jüngst ist ein Sohn des Hermes Trismegistos wieder kläglich gescheitert. Was zumindest eines beweist.«

»Was denn?«

»Dass keiner von ihnen das wahre Kind des Dunklen Blutes gewesen sein kann.«

Borboron winkte verächtlich ab. »Aber warum sollte jenes Kind ausgerechnet in den Reihen unserer Gegner zu finden sein?«

»Nun ...« Der Fhurhur sah seinen Herrn aus zusammengekniffenen Augen an. »Dafür mag es viele Gründe geben. Es würde aber erklären, warum wir dieses Kind trotz all unserer Anstrengungen bis zum heutigen Tage nicht finden konnten.«

Der Schwarze Fürst verzog das Gesicht, als wäre er immer noch nicht überzeugt.

»Aber im Licht der heutigen Erkenntnis betrachtet«, fuhr der Fhurhur ungerührt fort, »ergeben die rätselhaften Verszeilen aus der Uralten Offenbarung plötzlich einen Sinn. Ihr erinnert Euch:

›Nur wer richtig zu sehen gelernt hat, wird das Kind entdecken, denn das Dunkle zeigt sich häufig dort, wo man es am wenigsten vermutet. Es ist am schwersten zu erkennen, wo das Licht am hellsten strahlt – und ist doch bei jenen am mächtigsten, die am meisten dagegen gefeit scheinen.‹«

Borborons Aufmerksamkeit war geweckt. »Und daraus schließt du, dass Lukas Leander das Kind des Dunklen Blutes ist?«

»Ja, Herr, zumal alles auf ihn passt: In seinen Adern fließt das Blut aus Aventerra, denn seine Großmutter wurde hier geboren. Er kann also durch die magische Pforte in unsere Welt gelangen.«

»Das vermögen viele.« Erneut winkte der Tyrann ab. »Das ist noch lange kein Beweis, dass dieser Lukas tatsächlich das gesuchte Kind ist.«

»Wie Ihr meint, mein Gebieter!« Ein kaum wahrnehmbares Lächeln huschte über das kränkliche Altmännergesicht. »Aber vielleicht überzeugt Euch ja das: Die Uralte Prophezeiung kündet gleichzeitig von einem Kind des Hellen Lichts, das untrennbar mit dem Kind des Dunklen Blutes verbunden ist und dennoch in erbittertem Widerstreit mit ihm steht. Kennt Ihr vielleicht zwei Kinder, auf die das passender wäre, als Laura und Lukas Leander?«

»Hm.« Borboron schaute den Fhurhur einige Augenblicke schweigend an. Dann griff er zum Weinpokal und leerte ihn mit einem Schluck. »Nehmen wir an, du hättest Recht«, sagte er. »Dennoch verstehe ich immer noch nicht, wie dieser Lukas uns von Nutzen sein könnte.«

»Ganz einfach, Herr. Wir müssen dafür sorgen, dass er nach Aventerra kommt und in unsere Reihen tritt!«

»Das glaubst du doch selbst nicht!« Der Schwarze Fürst schüttelte vehement den Kopf. »Die Familie des Jungen steht seit zahllosen Generationen im Dienste des Lichts. Er wird niemals auf unsere Seite wechseln.«

»Aber warum denn nicht, Herr?« Der Schwarzmagier blickte Borboron lauernd an. »Vergesst bitte eines nicht: Jeder Mensch besitzt eine dunkle Seite, die mit den geeigneten Mitteln zur Entfaltung gebracht werden kann. Das gilt sogar für die Wächter.«

»Mit den geeigneten Mitteln?« Borboron grinste hämisch. »So, so.«

Lukas döste auf dem Rücksitz vor sich hin, während der alte Volvo wie eine emsige Biene durch die Nacht brummte. Es war still im Auto, außer dem Motorengeräusch war kaum etwas zu hören. Marius Leander saß konzentriert hinter dem Lenkrad und blickte auf die Straße. Laura lümmelte sich auf dem Beifahrersitz und las in ihrem Mathebuch, obwohl sie beim schummrigen Licht der Deckenlampe wahrscheinlich kaum etwas erkennen konnte.

Lukas runzelte die Stirn. Laura schien es tatsächlich ernst zu meinen. Sie interessierte sich nur noch fürs Lernen. Nicht genug damit, dass sie das Reiten und Fechten aufgegeben hatte – sie nahm auch so gut wie kein Buch mehr in die Hand, außer für die Schule. Dabei war sie früher eine begeisterte Leserin gewesen! Ins Kino ging sie schon gar nicht mehr. Die Zeiten, als sie Filme wie »Herr der Ringe« gleich dreizehnmal gesehen hatte, schienen endgültig vorbei zu sein.

War das noch normal? Oder sollte er sich Sorgen um sie machen?

Ein Geräusch wie aus weiter Ferne unterbrach die Grübeleien des Jungen. Es hörte sich an wie … das Krächzen von Krähen? Waren Krähen überhaupt nachts unterwegs? Noch dazu in einer so entsetzlich finsteren Nacht wie dieser?

Lukas legte den Kopf schief und lauschte. Doch draußen blieb alles still. Kein Laut war zu hören, und dennoch gingen ihm die Krähen nicht aus dem Sinn.

Er beugte sich nach vorn und stützte die Arme auf die Rückenlehnen von Fahrer- und Beifahrersitz. »Ist euch aufgefallen, wie gigamegantisch viele Krähen sich in letzter Zeit in Ravenstein und Umgebung herumtreiben?«, fragte er.

»Nö«, antwortete Laura knapp, ohne von ihrem Buch aufzuschauen.

»Mir auch nicht«, pflichtete der Vater bei. »Aber jetzt, wo du es erwähnst, fällt mir ein, dass Attila neulich etwas Ähnliches gesagt hat.«

»Tatsächlich?« Lukas verspürte ein Kribbeln im Bauch.

»Ja. Er beschwerte sich darüber, dass es in diesem Jahr eine regelrechte Krähenplage gäbe.«

»Aha!« Das Kribbeln wurde stärker. »Gibt euch das nicht zu denken?«

»Zu denken?« Laura sah ihn an, als hätte er hanebüchenen Unsinn von sich gegeben.

»Genau.« Auch der Vater warf ihm einen überraschten Blick zu. »Warum sollte uns das zu denken geben?«

»Weil ...« Lukas verstummte. Selbstverständlich konnten die beiden nicht nachvollziehen, was er meinte. Laura hatte sämtliche Erinnerungen an ihr Wächterdasein verloren. Und Marius war im vorletzten Dezember im Verlies der Dunklen Festung auf Aventerra eingekerkert gewesen. Wie also sollten sie sich an die unheimlichen Ereignisse erinnern, die mit diesen schwarzen Todesvögeln ihren Anfang genommen hatten? Waren die Kreaturen jetzt aus genau dem gleichen Grund zurückgekommen?

»Und was hat Attila noch gesagt?«, fragte er deshalb nach.

Der Vater wiegte verwundert den Kopf. »Wozu?«

»Zu den Krähen natürlich!«

»Hä?« Marius schien nun gänzlich irritiert. »Was sonst soll er denn sagen?«

»Zum Beispiel ...« Lukas schob die Brille hoch und verzog das Gesicht zu einer Grimasse. »... dass er sich deshalb Sorgen macht, oder so was Ähnliches.«

»Warum soll er sich deswegen Sorgen machen?«, mischte sich die Schwester wieder ein.

Lukas stand kurz davor, die Geduld zu verlieren. Trotzdem versuchte er, ruhig zu bleiben: »Weil es auffällig viele Krähen sind«, erklärte er. »Und ›nichts geschieht ohne besonderen Grund, auch wenn man diesen nicht auf Anhieb zu erkennen vermag‹. Genau das hast du doch immer behauptet, oder nicht?!«

»Was?«, erwiderte Laura entrüstet. »Ich soll einen solchen Blödsinn gesagt haben? Niemals! Natürlich passieren manche

Dinge rein zufällig. Und in diesem Jahr gibt es eben rein zufällig eine Unmenge Krähen!«

Lukas schwieg und betrachtete die Schwester nachdenklich. Noch vor wenigen Monaten hätte sie so etwas niemals behauptet – was nur ein weiterer Beweis dafür war, dass sie sämtliche Erinnerungen an ihre Zeit als Wächterin verloren hatte.

Lukas lehnte sich wieder in den Sitz zurück und gähnte. Das monotone Brummen des Automotors lullte ihn mehr und mehr ein. Er rieb sich die Augen und drückte die Nase ans Fenster, um hinaus in die mondlose Nacht zu starren. Die ganze Umgebung war in tiefstes Dunkel gehüllt. Von den Wiesen und Feldern, durch die sich die einsame Straße schlängelte, war kaum etwas zu erkennen. Büsche und Bäume flogen als undeutliche Schemen vorbei. Ab und an meinte er, dicht stehende Schatten zu erkennen, ein Wäldchen vielleicht oder eine größere Gruppe von Bäumen.

Lukas gähnte erneut und wollte sich schon abwenden, als sich mit einem Mal unzählige Lichtpunkte aus der Dunkelheit schälten, feuerrot und groß wie Eierkohlen. Sie schwebten rund zehn Meter entfernt neben dem Auto her. Obwohl Marius ein ordentliches Tempo vorlegte, hielten sie spielend mit dem Wagen mit.

Was war das?

Lukas kniff die Augen zusammen und spähte angestrengt nach draußen. Deutliche Konturen lösten sich aus der Schwärze der Nacht: eine Hundemeute, die neben dem Auto herhetzte! Es waren mindestens zwei Dutzend riesige schwarze Bestien, die Lukas mit glühenden Augenpaaren anstarrten. Ihre geifernden Lefzen entblößten rasiermesserscharfe Gebisse, die ihn mit Leichtigkeit in Stücke reißen konnten.

»O nein!«, schrie Lukas in maßlosem Entsetzen, als die Hunde auch schon wieder verschwanden.

»Was ist?« Marius warf einen raschen Blick über die Schulter und sah ihn besorgt an. »Was hast du denn?«

Auch Laura hatte sich umgedreht. »He, du hast mich erschreckt, du Blödmann!«

»Ähm, sorry«, stammelte er. »Es ist nichts.«

»Hirni!«, knurrte die Schwester kopfschüttelnd.

Auch der Vater verzog unwillig das Gesicht, bevor er sich wieder der Straße zuwandte.

Lukas schluckte und schwieg betroffen. Die Vision hatte die Befürchtungen, die er seit Tagen hegte, ein weiteres Mal bestätigt: Etwas Schreckliches würde geschehen, davon war er überzeugt.

Kapitel 7 ❧ Die Geburt des Einhorns

Nur das sanfte Schnauben der Einhornstute brach die weihevolle Stille im Karfunkelwald. Es war, als hielten alle Geschöpfe des Waldes den Atem an angesichts des wundersamen Geschehens, das sich auf der versteckten Lichtung abspielte. Die Nacht war mild und vom geheimnisvollen Licht der beiden Monde durchwirkt, die hoch am Himmel über Aventerra standen: der Goldmond und der blaue Menschenstern. Mächtige Bäume mit üppigen Kronen säumten die von Leuchtblumen übersäte Wiese wie ein Kreis stummer Wächter. Ihr dichtes Blattwerk schimmerte blaugrün und warf Schatten auf den nachtblauen und fast runden See in der Mitte der Lichtung.

Hunderte kleiner Lichtkugeln, kaum größer als Glühwürmchen, schwebten durch die Luft und tanzten einen nächtlichen Reigen – verirrte Erleuchtlinge. Die Traumspinner im nahen Traumwald hatten sie einstmals losgeschickt, um den Bewohnern des Menschensterns Botschaften zu überbringen. Doch anstatt sich auf den mühsamen Weg zu machen, auf dem die Grenze zwischen den Welten überwunden werden kann, hatten die unsteten Geschöpfe Zuflucht im Karfunkelwald gesucht. Seitdem vagabundierten sie ziellos zwischen den Bäumen und Büschen umher.

Gelegentlich vertrieben sie den Einhörnern die Zeit, die als einzige Wesen auf Aventerra die Botschaften der Traumspinner verstanden. Meist aber verbrachten die Erleuchtlinge ihre

Zeit anscheinend ziellos. Das Leben im Karfunkelwald jedoch folgte keinem schnöden Zweckdenken, und so störte sich niemand am müßigen Treiben der Erleuchtlinge. Sie waren dort wohlgelitten, obwohl die Bewohner des zauberhaften Waldes ansonsten streng darauf achteten, dass kein fremdes Wesen ihr geheimnisvolles Refugium betrat. Dafür sorgten die Irrlichter, die den Zugang des Karfunkelwaldes bewachten und jeden Eindringling vom Weg abbrachten.

Die Einhornstute hatte keinen Blick für die schwärmenden Erleuchtlinge und auch nicht für die Gestirne am Himmel, deren Licht ihr Horn perlmuttgleich schimmern ließ. Ihre Aufmerksamkeit galt allein dem Fohlen, das sie eben zur Welt gebracht hatte. Auf wackeligen Beinen stakste das Füllen durchs üppige Gras. Sein Fell war noch feucht, aber bereits strahlend weiß wie das seiner Mutter. Allerdings fehlte das Horn auf der Stirn, denn die Tiere bildeten ihre Hörner erst im Lauf des ersten Sommers aus.

Die Stute stupste das Neugeborene sachte mit der Nase an, um ihm den Weg zu ihren Zitzen zu weisen, wo es kräftigende Milch fand. Obwohl Einhörner magische Tiere waren, konnten auch sie nicht ohne Nahrung leben.

Erneut stieß die Stute das Füllen an, und endlich begriff es. Während es sich an den Hinterleib der Stute drängte, erhob sich ein Raunen im Wald, gerade so, als würde sich dort jemand unterhalten. Obwohl zwischen den Baumstämmen niemand zu sehen war, formten sich die gewisperten Laute schließlich zu verständlichen Worten.

»Seht, seht, welch große Ehre uns zuteil geworden ist. Eine neue Prinzessin wurde uns geboren.« Sämtliche Bäume rings um die Lichtung neigten die Kronen, bis die Spitzen beinahe den Boden berührten. »Hoch lebe Silvana, unsere jetzige Königin, und hoch lebe Smeralda, unsere zukünftige Königin!«, wisperten sie wie aus einem Mund. »Hoch! Hoch! Hoch!«

Die Einhornstute hob den Kopf. »Ich danke Euch, Ihr Alten!« Fein wie gesponnenes Silber klang ihre Stimme über die Lichtung. »Und Euch Pflanzlingen und Unsichtbaren natürlich auch.«

Bei diesen Worten kam Leben in das Unterholz. Die Büsche, die eben noch reglos an Ort und Stelle verharrt hatten, bewegten sich plötzlich. Jetzt war zu erkennen, dass sie über zwei Beine und zwei Arme verfügten, die aus Blättern und Zweigen bestanden. Auch die Häupter auf den kräftigen Leibern schienen aus Blattwerk geformt zu sein und wiesen doch so etwas wie Lippen auf. »Wir danken Euch, Königin Silvana, dass wir Zeugen dieser schicksalhaften Stunde werden durften«, flüsterten sie.

Selbst im zauberträchtigen Karfunkelwald war die Geburt eines Einhorns ein ebenso außergewöhnliches wie glückliches Ereignis. Diese geheimnisvollen Wesen standen unter dem besonderen Schutz der Geister, die über den Lauf der Welten bestimmen, und waren deshalb mit nahezu ewigem Leben gesegnet. Zudem lebten Einhörner sehr zurückgezogen, und so fanden nur höchst selten eine Stute und ein Hengst so nah zueinander, dass ihrer Verbindung ein Füllen entsprang. Immer dann fügte es das Schicksal, dass die Fohlen in einer Frühlingsnacht geboren wurden, zu jener Zeit, in der die Macht der Dunkelheit schwindet und das Licht sich zur Herrschaft aufschwingt.

Es hatte also seinen Grund, weshalb die Alten und die Pflanzlinge, wie die lebenden Bäume und Büsche des Forsts genannt wurden, der Königin des Karfunkelwaldes ihre feierliche Ehrerbietung erwiesen. Sie waren der Einhornstute dankbar, denn die Geburt einer Prinzessin verhieß Glück und Frieden für viele weitere Jahre. »Heil und Dank unserer künftigen Herrscherin«, riefen sie wie aus einem Munde, als mit einem Mal ein dumpfes Grollen einsetzte – aus weiter Ferne zunächst, dann aber rasch näher kommend.

Der unheimliche Laut schwoll zu einem mächtigen Ton an. Die Kronen und Äste der Baumwesen wurden von einem Sturm erfasst, der sie erzittern ließ. Schließlich fegte ein frostiger Wind über die Lichtung und drohte das Wasser des Sees zu Eis erstarren zu lassen. Bäume und Büsche schüttelten die blattstrotzenden Kronen. Sie sahen einander erschrocken an. »Beliaal!«, raunten sie voller Furcht. »Er zürnt und tobt und wütet im Herzen der Finsternis.« Dann rückten sie Schutz suchend enger zusammen.

Die Einhornstute aber reckte furchtlos den Kopf, bis ihr Horn wie eine Lanze gen Himmel zeigte. Dann drehte Silvana sich in den Wind, lauschte für einen Moment in die Richtung, aus der das Gedröhn und Gebraus erklang. Schließlich stieg sie auf die Hinterbeine und wieherte weithin vernehmbar. Alle, die die Sprache der Einhörner verstanden, hörten die Herausforderung, die Silvana dem Herrscher der Nacht entgegenschleuderte: »Schweig still! Uns machst du keine Angst, auch wenn du seit Anbeginn der Zeiten auf unsere Vernichtung aus bist. Niemals wirst du uns aus dem Karfunkelwald vertreiben. Solange noch ein einziges Einhorn lebt, wird die Dunkelheit nicht siegen – und du kannst den Schwarzen Schlund nicht verlassen, auch wenn du dich noch so sehr danach sehnst!«

Im selben Augenblick legte sich der Sturm und das dumpfe Grollen verstummte. Die Einhornstute wandte sich wieder dem Fohlen zu, das endlich die Zitzen gefunden hatte. Es trank voller Gier, als könnte es die Zeit nicht erwarten, da das volle Licht der beiden Monde die geheimnisvollen Zauberkräfte, die in ihm schlummerten, zur Entfaltung bringen würde.

Wie eine Scheibe aus bleichem Licht hing der Mond hoch am wolkenlosen Himmel über dem Wolfshügel. Ein eisiger Nachtwind strich durch die verkrüppelten Wacholderbüsche und verdorrten Brombeersträucher, die sich wie die Gerippe heimtückischer Ungeheuer auf dem Alten Schindacker emporreckten. Es war totenstill auf dem ungeweihten Flecken Erde. Nur gelegentlich hörte man in weiter Ferne das Bellen eines Fuchses, und der unheimliche Jagdruf einer Eule wehte heran.

In der Mitte des alten Friedhofs, auf dem vor Jahrhunderten die Kadaver verendeten Viehs und die Leichen von Selbstmördern und Heiden verscharrt worden waren, erhob sich das dichte, mit Stacheln bewehrte Geäst eines Machandelbusches. In seinem Schatten lag ein Grab, das nicht von Blumen oder Sträuchern geschmückt war. Der Grabstein war von Flechten und Efeu überwuchert und kaum mehr zu erkennen. Die Erde auf dem Grabhügel allerdings war locker, als sei sie erst kürzlich aufgeworfen worden. Als der Wind auffrischte, wehte er ein paar Krumen mit sich fort.

Ein hungriger Dachs trippelte heran. Die Nase dicht über dem Boden, lief er auf das Grab zu, als würde er dort Beute vermuten. Sein buschiger Schwanz fegte aufgeregt hin und her.

Als eine ferne Kirchturmuhr Mitternacht schlug, verharrte er. Sein Fell sträubte sich, und dann schrie der Dachs vor Entsetzen auf, laut und jämmerlich. Augenblicklich fuhr er herum und ergriff die Flucht. Mit langen Sätzen sprang er davon, als ginge es um sein Leben.

Auf dem Grab entstand ein kleiner Erdhügel. Etwa ein Maulwurf, der nachts keine Ruhe finden konnte?

Der Hügel wuchs rasch. Bleiche Finger durchbrachen die Erde und reckten sich dem Mond entgegen wie die Hand eines Ertrinkenden. Eine zweite Hand erschien, das Loch im Boden wurde größer und größer, bis sich schließlich eine hagere Gestalt herauszwängte.

Neben dem Wacholderbusch blieb das unheimliche Wesen stehen und klopfte sich die Erde aus den grauen Kleidern. Dann richtete sich der Wiedergänger auf und schnaufte kurz durch. Nicht dass das Graben ihm Mühe bereitet hätte. Schon vor Hunderten von Jahren war dem Roten Tod das Gefühl körperlicher Anstrengung abhandengekommen. Er konnte jede Arbeit erledigen, ohne zu ermüden. Hitze und Kälte spürte er schon lange nicht mehr. Er fühlte stets die immergleiche Grabeskühle, die sein kaltes Herz verströmte.

Konrad Köpfer, wie er in der Welt der Lebenden genannt wurde, schaute sich um. Seine feuerroten Haare schimmerten im blassen Mondlicht, das leichenfahle Gesicht zeigte keinerlei Regung. Mit einem Male aber spielte ein leichtes Lächeln um seine blutleeren Lippen. Der Rote Tod wurde von Erinnerungen übermannt. Wie oft schon war er diesem Grab entstiegen, seit man ihn darin verscharrt hatte – wie einen räudigen Hund, dem niemand eine Träne nachweinte! Er hatte keine Ruhe gefunden und war unzählige Male zwischen der Erde und dem Schattenforst hin- und hergewandert, stets im Dienst der Dunklen Mächte, denen er schon zu Lebzeiten gedient hatte und die ihn auch nach seinem irdischen Tod nicht aus ihrem eisigen Griff entlassen hatten.

Der Rote Tod nickte versonnen. Obwohl er die Welt der Lebenden schon so lange verlassen hatte, überkam ihn bei jeder Rückkehr ein seltsames Gefühl, als trauere tief in seinem Inneren noch immer etwas der vertrauten Gegend hinterher, die einst seine Heimat gewesen war. Dabei hatte er schon zu Lebzeiten keinerlei Bedauern gekannt – und nach seinem Tod erst recht nicht.

Eigenartig, dachte er kurz, bevor er die eigentümliche Regung abschüttelte wie eine lästige Bremse. Schließlich hatte er eine Aufgabe zu erfüllen. Und mit Beliaal war nicht zu spaßen. Schon gar nicht, wenn man seine Aufträge nicht zu seiner vollen Zufriedenheit erledigte.

Konrad Köpfer lief los. Mit ungelenken Bewegungen überquerte er die Reste der Steinmauer, die den Alten Schindacker einst vom fruchtbaren Land abgetrennt hatte, und stieg den Wolfshügel hinauf. Dann lenkte er seine Schritte in Richtung der Burg, auf der er Jahrhunderte zuvor als Roter Kons, der gefürchtete Scharfrichter des grausamen Ritters Reimar von Ravenstein, seinen Dienst versehen hatte.

Konrad Köpfer lächelte, als freue er sich über das grenzenlose Unheil, das er auch diesmal wieder über die Welt bringen würde.

Tief im Dunkel des Schattenforsts lauerte das Grauen. Laura Leander konnte nicht sehen, worum es sich handelte, doch sie spürte eine dämonische Präsenz, die wie eine eisige Hand nach ihr griff. Frostige Schauer liefen ihr über den Rücken, während sie den Pfad entlanghetzte, der immer tiefer in den Wald hineinführte. Zwischen den mächtigen Bäumen hatte sich abgrundtiefe Schwärze eingenistet. Irgendwo hinter diesem undurchdringlichen Vorhang lauerte das unheimliche Wesen, das Laura seit geraumer Zeit verfolgte und sich einfach nicht abschütteln ließ. Im Gegenteil – es kam immer näher! Laura rechnete damit, jeden Moment gepackt und ins Walddunkel gezerrt zu werden, wo sie der sichere Tod erwartete.

Lauf, Laura, lauf, so schnell du kannst!, feuerte sie sich immer wieder an. Lauf, sonst bist du verloren!

Dabei merkte sie längst, dass ihre Kräfte schwanden. Allzu lange würde sie nicht mehr durchhalten. Fest entschlossen rannte das Mädchen weiter, immer auf das trübe Zwielicht in der Ferne zu. Das fahle Leuchten war jedoch kaum mehr als ein vager Hoffnungsschimmer. Laura wusste weder, ob das schwache Licht Rettung verhieß, noch ob der schmale Waldpfad überhaupt dorthin führte. Und dennoch – wohin sonst sollte sie fliehen?

Laut keuchend eilte sie dahin, den Blick auf den Pfad gerichtet, damit sie nicht über ein unvermutetes Hindernis stolperte, einen abgebrochenen Ast vielleicht oder eine aufragende Baumwurzel. Das Herz in Lauras Brust hämmerte so laut, dass sie das Echo der Schläge zwischen den Bäumen zu hören glaubte. Das Blut pulsierte in ihren Schläfen, die Lungen brannten wie Feuer.

Unheimliche Geräusche drangen an Lauras Ohr: ein Zischen und Fauchen, ein Stöhnen – und ein Klackern wie von klauenbewehrten Tatzen.

Die Dunkelheit zwischen den Bäumen ballte sich immer dichter zusammen, wie ein schwarzes Loch, das alles um sich herum zu verschlingen drohte. Lauras Beine wurden so schwer, dass sie die Füße kaum vom Boden lösen konnte. Sie kam nur unter größten Mühen noch voran. Dann plötzlich griff etwas nach ihr – ein unsichtbares Gespinst, das sie festhalten wollte. Instinktiv versuchte Laura, die unheimlichen Fesseln abzustreifen, doch es gelang ihr nicht. Immer enger und fester schlangen sich die Stränge um sie, bis sie sich kaum noch bewegen konnte.

Da erblickte sie vor sich eine Gestalt: ein Mann, groß und kräftig, eingehüllt in einen langen schwarzen Mantel, mit einem Gesicht fahl wie der Tod. Die eingesunkenen Augen leuchteten wie glühende Kohlen. Mit höhnischem Grinsen hob er das mächtige Schwert, dessen tiefschwarze Klinge trotz der Dunkelheit deutlich zu sehen war. Scharlachrote Flecken wie von Blut klebten daran. Gerade wollte er zuschlagen, als eine weitere Gestalt in einem weißen Gewand zwischen den Bäumen hervorsprang und sich auf ihn stürzte. Ein zorniger

Schrei entfuhr der Kehle des Schwarzen, wild und rau wie aus dem Schlund der Hölle. Er wollte dem Weißen gerade an die Gurgel gehen, da wurden sie beide unvermittelt vom Pfad gewirbelt, als habe ein mächtiger Sog sie geradewegs ins Herz der Finsternis gezogen.

Während Laura noch entsetzt hinter ihnen herstarrte, kam ein weiteres Wesen auf sie zu: ein Drache mit zwei Köpfen. Das giftgrüne Ungeheuer riss beide Mäuler auf und fauchte ihr zwei gewaltige Feuerzungen entgegen. Erst im letzten Augenblick konnte das Mädchen sich wegducken und der wabernden Lohe entgehen – aber da wurde der Drache ebenfalls vom unheimlichen Sog verschlungen.

Er war kaum verschwunden, als ein geflügeltes Geschöpf auf Laura herabstieß: eine Harpyie mit Gesicht und Oberkörper einer hässlichen Greisin, bewehrt mit mächtigen Geierschwingen. Ein widerlicher Pesthauch wehte Laura aus dem zahnlosen Mund entgegen und raubte ihr den Atem. Doch obwohl das Ungeheuer ihr die spitzen Krallen ins Gesicht schlug und die Wangen zerfetzte, spürte Laura nicht den geringsten Schmerz. Trotzdem wandte sie sich ab und versuchte zu fliehen, kam jedoch keinen Schritt vorwärts. Ihre Füße waren bis über die Knöchel im Boden eingesunken, als stünde sie inmitten eines Moors.

Nur einen Augenblick später legte sich ein frostiger Hauch wie eine Wolke aus glühendem Eis um ihren Körper. Ihr Atem stockte, und das Blut in ihren Adern drohte zu erstarren, als sie das Wesen erblickte, das nun zwischen den Bäumen hervortrat und langsam auf sie zuhielt.

Nie zuvor hatte Laura derart Grauenvolles erblickt. Es musste ein Dämon sein. Er war riesig, besaß weder klare Konturen noch ein Gesicht – und verhieß nur Tod und Verderben. Eine entsetzliche Kälte strahlte von ihm ab, sodass Laura schon fürchtete, ihr Herz würde auf der Stelle zu einem Eisklumpen gefrieren. Sie wollte zurückweichen, als eine unsichtbare kühle Hand sich um ihre Kehle legte und zudrückte.

Keuchend riss Laura den Mund weit auf, doch sie bekam keine Luft. Im Gegenteil: Ihr war, als sauge der Dämon allen Sauerstoff aus ihren Lungen! Mit eisernem Griff umklammerte er sie, während sie hilflos um Atem rang. Ihre Sinne begannen bereits zu schwinden, als aus dem Nichts eine Gestalt neben ihr auftauchte: ein Junge mit einer Strickmütze und modischem Anorak. Er streckte ihr die Hand entgegen. »Halt dich fest, Laura, schnell!« Aber da verblasste das Abbild auch schon wieder, und die Worte verklangen. Das unheimliche Wesen vor ihr zerfloss zu einem wirbelnden Nebel aus abgrundtiefer Schwärze, der sie mehr und mehr einhüllte – und da wusste Laura, dass es kein Entrinnen mehr gab.

Das war das Ende!

»Nein«, röchelte sie mit ersterbender Stimme, und ein letzter erstickter Schrei löste sich aus ihrer Kehle: »Neeeiinnn!«

Laura fuhr in ihrem Bett hoch, öffnete die Augen und schrie erneut in Panik auf: »Neeein!«

Erst dann erkannte sie, dass das Gesicht, das ihr in einer Mischung aus Mitleid und Entsetzen entgegenblickte, keinem Dämon gehörte, sondern einem Mädchen – ihrer Freundin Katharina Löwenstein. Erleichtert atmete Laura auf und seufzte: »Meine Güte, Kaja, du hast mich zu Tode erschreckt!«

»Du mich auch!« Vorwurfsvoll schüttelte das sommersprossige Mädchen den Kopf. »Du warst so unruhig und hast im Schlaf gestöhnt und geschrien, dass ich mir ernsthaft Sorgen um dich gemacht habe.«

Laura antwortete nicht. Sie starrte zum Fenster des kleinen

Zimmers, das sie zusammen mit Kaja bewohnte. Es war bereits hell. Die Märzsonne schob sich gerade über den Horizont und schickte erste Strahlen nach Burg Ravenstein und in den weitläufigen Park, der das altehrwürdige Internat umgab. Vogelgezwitscher drang durch das geöffnete Fenster, eine milde Brise bauschte die Gardinen und wehte frischen Frühlingsduft herbei. Laura nahm das nur am Rande wahr. Ihre Gedanken waren immer noch in dem schrecklichen Albtraum gefangen. Nach einem raschen Blick auf den Wecker, der 6:45 Uhr anzeigte, erzählte sie ihrer Freundin davon. »Ich verstehe einfach nicht, woher diese entsetzlichen Träume kommen«, schloss sie mit belegter Stimme. »Es muss doch einen Grund geben, warum diese Schreckgestalten mich immer wieder quälen.«

»Du meinst diese … weißen und schwarzen Ritter?«, fragte Kaja beklommen.

»Genau.« Laura nickte. »Aber die wären ja noch zu ertragen. Viel schlimmer sind all die grässlichen Ungeheuer und Monster, die ständig hinter mir her sind. Das ist doch nicht normal!«

»Aber wieso denn?«, sagte die Freundin leichthin. »Jeder träumt doch mal was Merkwürdiges.«

»Schon möglich, aber bestimmt nicht so einen Unsinn wie ich in letzter Zeit!«, widersprach Laura vehement. »Da muss ich unbedingt einen seltsamen Kelch finden und das nächste Mal ein Schwert, das ich auch noch zusammenschmieden soll. Dann will mich eine riesige silberne Sphinx verschlingen, und ein Drache mit zwei Köpfen macht Jagd auf mich.« Kopfschüttelnd schaute sie die Freundin an. Der Schrecken des Albtraums verschattete immer noch das hübsche Mädchengesicht mit den glatten schulterlangen Blondhaaren. »Heute Nacht war es besonders schlimm. Das Wesen, das mich verfolgt hat, war so Grauen erregend, dass ich es gar nicht beschreiben kann.« Sie beugte sich nach vorn und packte Kaja so unvermittelt am Arm, dass die erschrocken zurückzuckte. »Wenn ich nur wüsste, woher das kommt.«

»Woher wohl? Das ist doch nahelie…«, sprudelte Kaja hervor, bis sie urplötzlich abbrach und die Hand vor den Mund schlug, um sich am Weitersprechen zu hindern.

»Was ist los?«, wunderte sich Laura. »Was hast du?«

»Ni-Ni-Nichts«, stotterte die Rothaarige verlegen. »Ich wollte nur sagen … äh …«

Laura zog die Brauen hoch. »Ja?«

»Das … Das ist doch … äh … naheliegend … äh …« Verzweifelt suchte Kaja nach den passenden Worten, bis ihr unverhofft ein rettender Einfall kam. »Wenn ich mich recht entsinne, hat dich Lukas doch vor einiger Zeit nach einer silbernen Sphinx und so weiter gefragt!«

»Ja, und?«

»Vielleicht hat das ja deine Albträume ausgelöst?«

»Quatsch!«, entgegnete Laura. »Das glaubst du doch selbst nicht!«

»Oder aber …«, fuhr Kaja hastig fort und deutete auf das Bücherregal neben Lauras Kleiderschrank. »Vielleicht liegt es ja auch an den Büchern, die du liest. Darin wimmelt es nur so von den Gestalten, von denen du in letzter Zeit träumst: Ritter, Krieger, Hexen, Magier, Harpyien, Drachen und jede Menge andere Ungeheuer. Kein Wunder, dass du Albträume hast!«

Laura verstand. In der Tat reihte sich in ihrem Regal ein dicker Fantasy-Schmöker an den anderen: »Herr der Ringe« natürlich, »Harry Potter«, »Die unendliche Geschichte«, »Der Goldene Kompass« und was sonst noch das Herz jedes eingefleischten Fantasy-Fans höher schlagen ließ. »Glaubst du wirklich, das ist der Grund?«

Kaja nickte eifrig. »Mit Sicherheit. Das ist doch offensichtlich!«

»Auf den ersten Blick vielleicht«, entgegnete Laura skeptisch. »Aber zum einen ist es fast ewig her, dass ich eines der Bücher gelesen habe …«

Kaja nickte gedankenverloren, als würde sie ihr zustimmen.

»… und zum anderen kann ich mich nicht erinnern, dass darin die gleichen Gestalten wie in meinen Albträumen vorkommen: eine mächtige silberne Sphinx zum Beispiel. Oder ein giftgrüner Drache mit zwei Köpfen, der sich in ein sanftmütiges Wesen mit silbernen Schuppen verwandelt. Oder täusche ich mich da, Kaja? Du kennst diese Bücher doch auch.«

»Nein, nein, es stimmt schon«, entgegnete das pummelige Mädchen hastig. »Die kommen darin in der Tat nicht vor.«

»Also müssen meine Albträume eine andere Ursache haben«, schlussfolgerte Laura. »Die Frage ist nur – welche?« Beinahe flehentlich schaute sie die Freundin an. »Kannst *du* mir das vielleicht erklären?«

»Ich?«, fragte Kaja erschrocken. Ihre Augen flackerten unruhig, und die Pupillen wanderten unstet hin und her. »Wa… warum meinst du, dass ausgerechnet ich …?«

Laura warf der Freundin einen gequälten Blick zu. »Du kennst das doch auch, Kaja: Wenn man sich mit einem schwierigen Problem herumschlägt, übersieht man oft die nächstliegende Erklärung, die ein Außenstehender sofort wahrnimmt. Deshalb dachte ich, dass du vielleicht …?«

»Nein, nein«, antwortete Kaja eine Spur zu hastig, wie es Laura schien. Dazu schüttelte sie so heftig den Kopf, dass ihre Korkenzieherlocken nur so flogen. Was ebenfalls verdächtig wirkte. »Ich habe nicht die geringste Ahnung«, versicherte Kaja treuherzig, hob dann die rechte Hand und streckte die Schwurfinger aus. »Ehrlich nicht!«

Damit war Lauras Argwohn endgültig geweckt. Merkwürdig, dachte sie. Wozu dieses Theater? Oder … Ein plötzlicher

Verdacht ließ sie die Augen noch fester zusammenkneifen … Könnte es sein, dass Kaja mir etwas verschweigt? Und wenn ja, weshalb? Und worum handelt es sich dabei?

Kaja errötete, als habe sie Lauras Gedanken gelesen. Sie erhob sich. »Schau mal!« Freudestrahlend klopfte sie sich auf die Hüften. »Schätz doch mal, wie viel ich seit Jahresbeginn abgenommen habe.«

»Ähm«, brummte Laura. In der Tat war Kaja kaum wiederzuerkennen, zumindest, was ihre Figur betraf. Die üppigen Fettwülste, die noch im letzten Jahr ihre Taille unter sich begraben hatten, waren dahingeschmolzen wie Schneehaufen im Frühling. Auch vom schwabbeligen Babyspeck an Armen und Beinen war nichts mehr zu sehen. Selbst Kajas Gesicht war deutlich schmaler geworden. Es wies nicht mehr die entfernteste Ähnlichkeit mit einem Wal auf, wie Ronnie Riedel und Max Stinkefurz, die beiden größten Ekelpakete ihrer Klasse, immer behauptet hatten. Die Veränderungen waren mehr als erstaunlich. Schließlich hatte Kaja frühere Diätversuche stets nach spätestens einem Tag abgebrochen, wenn nicht sogar nach einem halben. Diesmal allerdings hielt sie mit eiserner Disziplin schon seit Monaten durch. Die Frage war nur – warum?

Womit Lauras Argwohn ein weiteres Mal geweckt war.

»Hallo!«, riss Kajas Stimme sie aus den Gedanken. Die Freundin hatte sich zu ihr gebeugt und wedelte mit den Händen dicht vor Lauras Gesicht herum. »Ist jemand zu Hause?«

»Ähm – ja, klar«, antwortete Laura leicht verärgert. »Ich … ähm … würde sagen … fünf Kilo vielleicht?«

»Acht!«, entgegnete Kaja stolz. Sie stellte sich auf die Zehenspitzen und drehte sich wie eine Ballerina um die eigene Achse. »Volle acht Kilo! Super, nicht? Aber noch längst nicht perfekt.« Wieder beugte sie sich vor und sah Laura mit gerunzelter Stirn an. »Da muss noch was runter, findest du nicht auch?«

»Ähm …« Laura verzog das Gesicht: Kaja hatte vielleicht Sorgen! »Wenn du meinst.« Damit sprang sie aus dem Bett. »Jetzt wird's aber höchste Zeit, dass wir in den Waschraum kommen. Sonst bleiben uns nur ein paar Minuten fürs Frühstück.«

»Na, und?« Die Freundin winkte gelangweilt ab. »Von mir aus könnten wir ganz darauf verzichten.« Sie holte dennoch ihren Kulturbeutel aus dem Schrank und ging leichtfüßig zur Tür. Von dem watschelnden Entengang, mit dem Kaja sich früher bewegt hatte, war nichts mehr zu sehen.

Versonnen blickte Laura ihr nach. Seltsam, dachte sie bei sich. Wenn ich nur wüsste, warum Kaja sich so sehr verändert hat.

Kapitel 8 ❧ Ein unheimlicher Besucher

Albin Ellerking war dem unheimlichen Wiedergänger schon häufiger begegnet, trotzdem hatte er sich erschrocken, als Konrad Köpfer im Morgengrauen an die Tür seiner Gärtnerwohnung geklopft und Einlass begehrt hatte. Albin war so durcheinander gewesen, dass er dem Roten Tod sogar etwas zu Essen und zu Trinken angeboten hatte. Dabei war Köpfer darauf schon seit Jahrhunderten nicht mehr angewiesen und hatte sein Angebot nur mit einem verächtlichen Knurren beantwortet.

Danach hatte Albin umgehend die anderen Dunklen informiert. Dr. Schwartz hatte nicht lange auf sich warten lassen. Nur bei Pinky Taxus hatte es wieder einmal endlos lange gedauert, bis sie endlich erschienen war. Sie verließ ihr Zimmer im Lehrerhaus grundsätzlich erst, wenn sie sich perfekt gestylt hatte – was Stunden dauern konnte.

Dabei legte der Rote Tod gewiss keinen Wert auf ihr Aussehen. Und Albin selbst erst recht nicht! Der Grund für das ganze Make-up war natürlich Quintus Schwartz, in den Pinky geradezu vernarrt war.

Der Nachtalb schüttelte den Kopf: Wie töricht die Menschen sein konnten! Dann wandte er sich wieder dem Besucher zu, der ihnen endlich die Nachricht verkünden sollte, die ihre dunklen Verbündeten auf Aventerra ihm mit auf den Weg gegeben hatten.

Konrad Köpfer griff in die Tasche seines grauen Kittels,

holte einen unscheinbaren Gegenstand daraus hervor und hielt ihn Quintus Schwartz entgegen. »Hier«, sagte er knapp. »Nimm Er das an sich.«

Es war eine Phiole, die eine winzige Menge einer klaren Flüssigkeit enthielt.

Der Konrektor nahm das Gefäß und musterte es verwundert. »Was ist das?«

»Das wird Er gleich erfahren«, knurrte der Rote Tod. »Das Elixier soll Ihm helfen, seine Feinde, die Wächter, endgültig zu vernichten. Er höre mir also gut zu, damit Er nichts falsch macht!« Und damit vertraute er ihnen den Plan an, den der Fhurhur ausgeheckt hatte.

Albin Ellerking lauschte. Solche oder ähnliche Ankündigungen hatte er schon häufig genug vernommen, aber nicht eine davon war jemals in Erfüllung gegangen. Diese Laura Leander hatte sich stets als ungemein gewitzt und mutig erwiesen und war sogar den schlimmsten Fallen und Finten entgangen. Selbst scheinbar unlösbare Aufgaben hatte sie allesamt gemeistert.

Diesmal jedoch verfügten die Dunklen über einen unschätzbaren Trumpf: Laura zählte nicht mehr zu den Wächtern und konnte diesen nicht länger zur Seite stehen. Außerdem war der Plan, den Konrad Köpfer ihnen vortrug, derart teuflisch, dass Albin Ellerking beim bloßen Zuhören das eiskalte Grauen befiel. Je mehr der Wiedergänger erzählte, desto stärker wurde die unbeschreibliche Angst, die wie eine heimtückische Natter Albins Rücken emporkroch. Er wollte um keinen Preis mit Laura Leander tauschen.

Nicht für alles Geld der Welt!

Als Konrad Köpfer schließlich verstummte, starrte der Nachtalb noch eine Weile wie benommen vor sich hin. Schließlich war es Pinky Taxus, die ihn aus seinen Gedanken riss.

»Genial, einfach genial!« Sie kreischte fast. »Diessmal wird unss dass Balg besstimmt nicht entwischen. Damit keiner diesser verdammten Hunde Verdacht schöpft, werde ich ein Ablenkungssmanöver sstarten. Und diesser Ronnie wird mir dabei helfen!« Die Freude über den bevorstehenden Triumph ließ Pinky strahlen wie ein überdrehtes Honigkuchenpferd. Für einen Augenblick sah es so aus, als würden sich Dutzende zischelnder Vipern um ihr Haupt ringeln. Einen Wimpernschlag später war davon nichts mehr zu erkennen. Nur dieses irre Strahlen klebte immer noch in ihrem Gesicht.

Als Laura aus dem Waschraum in ihr Zimmer zurückkehrte, wartete Kaja bereits ungeduldig. »Da bist du ja endlich«, sagte sie mit leichtem Vorwurf. Sie sah zu, wie das blonde Mädchen den Kulturbeutel wieder in den Schrank stellte und in seine Jeans schlüpfte. »Was ich dich noch fragen wollte«, sagte sie betont beiläufig.

Laura drehte sich zu ihr um. »Ja?«

»Dieser Junge, von dem du geträumt hast, wer war das eigentlich?«

Laura zog ein Sweatshirt über den Kopf und pustete die Backen auf. »Ich bin mir nicht ganz sicher. Aber wenn ich nicht völlig danebenliege, dann müsste das Philipp gewesen sein. Mr Cool.«

»Ah ja!«, antwortete Kaja gedehnt und grinste breit. »Hab ich's mir doch gedacht.«

Lauras Miene verfinsterte sich. »Warum das denn?«

»Ganz einfach – weil du im letzten Jahr ganz schwer in ihn verknallt warst!«

»So ein Quatsch!« Jetzt lief Laura knallrot an. »War ich nicht!«

»Warst du doch!«, widersprach Kaja. »Und ich verstehe bis heute nicht, warum du plötzlich nichts mehr von ihm wissen wolltest, nachdem du aus Aven…« Sie brach ab und riss erschrocken die Hand vor den Mund. »Uupps«, sagte sie verlegen.

»Aven-was?« Die Freundin musterte sie verwundert. »Was hast du gesagt?«

»Nichts, nichts!«, antwortete Kaja hastig. »Ich hab mich nur versprochen. Zieh endlich deine Schuhe an! Sonst kommen wir wirklich noch zu spät zum Frühstück.«

»Ich dachte, das wäre dir völlig egal?«

»Ist es ja auch«, entgegnete Kaja mit würdevollem Blick. »Aber dir nicht. Wenn du kein ordentliches Frühstück kriegst, hast du wieder den ganzen Tag über schlechte Laune!«

»Einen Moment noch«, bat Laura und eilte zu ihrem Schreibtisch. »Ich muss erst das Matheheft in meinen Rucksack packen.«

»Aber wieso denn?«, wunderte sich Kaja. »Das kannst du doch nach dem Frühstück auch noch machen.«

»Lieber nicht!« Laura schüttelte den Kopf und griff nach dem Heft, in dem sie am Vorabend seitenweise kniffelige Aufgaben gelöst hatte. »Sonst vergesse ich es am Ende noch.«

»Ach Quatsch«, meinte Kaja.

»Du weißt doch, dass die Taxus sich auf mich eingeschossen hat«, wandte Laura bekümmert ein. »Ich wette, ich muss wieder als Einzige die Hausaufgaben vorzeigen. Pinky lauert doch nur auf eine passende Gelegenheit, um mir eine saftige Strafarbeit oder Schlimmeres aufbrummen zu können. Deshalb gehe ich lieber auf Nummer sicher.« Sie steckte das Heft in den Rucksack und schloss ihn wieder. Anstatt zur Tür zu gehen, lehnte sie sich an den Schreibtisch und blickte Kaja versonnen an. »Wenn ich nur wüsste, was die Tussi gegen mich hat. Ich bin doch auch nicht anders als du oder Magda Schneider oder die anderen Schüler in unserer Klasse. Aber warum piesackt die Taxus ausgerechnet mich – kannst du mir das erklären?«

Kaja antwortete nicht. Eine Spur von Mitleid stahl sich in ihr sommersprossiges Gesicht, während sie mit den Schneidezähnen nervös an der Unterlippe knabberte. Natürlich wusste Kaja, warum die Mathelehrerin Laura so fies behandelte. Und natürlich hätte sie Laura das auch erklären können. Es hätte allerdings nichts genutzt. Laura hätte es nicht nur nicht verstanden, sondern ihre Freundin wahrscheinlich sogar für verrückt erklärt.

Außerdem hatte sie Lukas versprochen, Lauras aufregende Vergangenheit mit keinem Wort zu erwähnen. Zumindest nicht, wenn Laura dabei war. Und obwohl Kaja ansonsten als schlimmes Plappermaul verschrien war, hatte sie bislang geschwiegen wie ein Grab. Auch an diesem Morgen blieben ihre Lippen versiegelt. Dabei empfand Kaja tiefstes Mitgefühl für die Freundin und deren Seelenqualen. Wie gern hätte sie Laura in Lukas' Vermutungen eingeweiht!

Der glaubte nämlich, dass die Albträume seiner Schwester eine Reaktion auf die fantastischen Abenteuer des letzten Jahres waren. Laura hatte zwar alle bewussten Erinnerungen daran verloren, aber das Unterbewusstsein ließ sich nicht so leicht täuschen. Und nicht einmal der superschlaue Lukas hatte eine Idee, was man dagegen unternehmen konnte.

Kaja wusste auch, weshalb Rebekka Taxus und Dr. Schwartz Laura so übel behandelten: Beide hatten sich mit Leib und Seele den Dunklen Mächten verschrieben, und deshalb hatte Laura sie erbittert bekämpft. Jetzt, da die Freundin sich nicht mehr daran erinnern konnte, zahlten die Fieslinge es ihr mit allen Mitteln heim. Obwohl Laura sich nichts zuschulden kommen ließ, quälten und triezten die beiden sie, wo immer es ging.

Weil Laura weder den Grund dafür kannte noch eine Chance hatte, ihn herauszufinden, wuchs ihre Verbitterung über die ungerechte Behandlung mit jedem Tag. Aber gleichzeitig machte sie sich selbst Vorwürfe. Vielleicht lag die Schuld ja doch bei ihr? Aus diesem inneren Zwiespalt gab es kein Entrinnen. Eigentlich sollte der Gedächtnisverlust Laura schützen, tatsächlich bewirkte er das genaue Gegenteil.

Kein Wunder, dass sich Kaja um die Freundin sorgte, zumal sie fest davon überzeugt war, dass alles nur noch schlimmer werden würde und Laura schreckliches Unheil drohte. Aber Kaja hatte nicht die geringste Ahnung, wie sie Laura davor bewahren sollte.

Als der Fhurhur durch das Portal schritt und den Thronsaal betrat, sprang Borboron von seinem Herrschersitz auf und eilte ihm erwartungsvoll entgegen. »Und? Ist alles gelaufen wie geplant?«

»Selbstverständlich, mein Gebieter!«, antwortete der Schwarzmagier mit zufriedenem Lächeln. »Beliaal hat Wort gehalten und seinen Diener Konrad mit dem Elixier auf den Menschenstern geschickt.«

»Gut! Sehr gut!« Die Augen des Tyrannen glühten vor Freude auf. »Demnach können unsere Verbündeten bald losschlagen.«

»Ja, Herr! Und wehe ihnen, wenn sie sich nicht genau an meine Anweisungen halten! Dann bekommen sie meinen Zorn zu spüren.«

Borboron grinste. Er legte den Kopf in den Nacken und lachte so schaurig, dass selbst die Meute der zweiköpfigen Hunde vor dem Kamin aufschreckte.

Nachdem sich der Schwarze Fürst wieder auf seinem Thron niedergelassen hatte, winkte er den Ratgeber heran. »Da auf dem Menschenstern nun alles zu unserer Zufriedenheit läuft, sollten wir uns den hiesigen Problemen zuwenden. Wir müssen dringend neue Krieger ausheben, um die großen Lücken in unserer Streitmacht aufzufüllen und das Heer wieder auf den alten Stand zu bringen. Hast du dir darüber schon Gedanken gemacht?«

»Nein, Herr.«

»Was?« Borboron starrte ihn an, als hätte er sich verhört. »Und warum nicht?«

»Weil ich das für völlig falsch halte«, antwortete der Fhurhur gelassen. »Ich sehe es vielmehr als Vorteil an, wenn unsere Feinde den Eindruck gewinnen, dass wir das Heer verkleinern!«

Der Schwarze Fürst sprang auf. »Bist du noch bei Sinnen?«, brüllte er so laut, dass es sogar im Burghof zu hören war. »Soll ich den Henker rufen, damit er dich von deinem nutzlosen Kopf befreit?«

»Wie es Euch beliebt, Herr.« Der schmächtige Magier blieb ungerührt. »Wenn Ihr vorher nur die große Güte hättet, meine Ausführungen bis zum Ende anzuhören?«

»Nun gut«, seufzte Borboron und ließ sich wieder auf seinen Thronsessel sinken. »Auf die paar Augenblicke soll es auch nicht mehr ankommen!«

»Vielen Dank, Herr. Ihr seid zu nachsichtig mit mir.« Der Fhurhur verbeugte sich, damit der Schwarze Fürst sein unverschämtes Grinsen nicht bemerkte. »Wir haben unsere Feinde schon unzählige Male mit Waffengewalt angegriffen«, fuhr er fort. »Und dennoch ist es uns niemals gelungen, sie endgültig zu besiegen. Es scheint mir deshalb an der Zeit, eine andere Strategie zu entwickeln.«

»Und wie soll die aussehen?«

»Wir überwinden sie nicht mit Gewalt, sondern mit List. Wir greifen sie genau dann an, wenn sie am wenigsten damit rechnen. Bis dahin müssen wir sie in Sicherheit wiegen.«

»Und wie willst du das erreichen?«, fragte der Schwarze Fürst ungehalten. »Auch wenn ich diesen Elysion mehr hasse als die Pest, werde ich mich davor hüten, ihn zu unterschätzen. Er ist ein alter Fuchs und nicht so leicht zu übertölpeln.«

»Das mag durchaus sein, Gebieter.« Das Männchen lächelte hintergründig. »Aber selbst alte Füchse tappen in die Falle, wenn sie nur geschickt genug gestellt ist.«

»Genau deshalb habe ich gefragt, wie du dir das vorstellst!«, blaffte Borboron. »Jetzt red endlich, in aller Teufels Namen!«

»Das will ich gern tun, Herr.« Beschwichtigend hob der Fhurhur die Hände. »Allerdings möchte ich Euch noch um ein wenig Geduld bitten, damit ich meinen Gedanken zu Ende bringen kann.«

»Nun gut«, knurrte der Tyrann. »Wenn es unbedingt sein muss.«

Der Fhurhur verbeugte sich abermals. »Wie erwähnt, muss es unser vordringliches Ziel sein, unsere Feinde in Sicherheit zu wiegen. Sobald wir das erreicht haben, attackieren wir sie an genau der Stelle, die sie für unverwundbar halten, an der wir sie aber gleichzeitig am empfindlichsten treffen können.«

»Und?« Die Miene des Schwarzen Fürsten bewölkte sich, sodass er noch finsterer wirkte als sonst. »Was sollte das sein?«

Erneut verneigte sich das Männchen. »Das Zentrum ihrer Kraft, Herr«, erklärte er. »Ihr größtes Heiligtum. Das Labyrinth des Lichts!«

»Was? Du musst den Verstand verloren haben, mir so etwas vorzuschlagen. Du weißt doch, dass es in der ganzen Gralsburg keinen besser bewachten Ort gibt.«

»Gewiss. Und dennoch ist es uns einmal gelungen, den Kelch der Erleuchtung daraus zu entwenden!«

»Nur weil wir auf einen Verräter in ihren Reihen bauen konnten!«, hielt Borboron dagegen. »Seitdem steht das Labyrinth unter besonderer Bewachung, und obwohl dieser Hund Luminian so blind ist wie ein Maulwurf, entgeht seinen leblosen Augen nichts. Nicht einmal eine Hundertschaft meiner Schwarzen Krieger könnte sich einen Zugang zum Labyrinth erkämpfen.«

Die Mundwinkel des Fhurhurs zuckten verschlagen. »Wer spricht denn von Kriegern, Herr?«

»Wie sollen wir sonst dorthin gelangen?«

»Wie bereits erwähnt: Indem wir uns einer List bedienen und auf unseren neuen Verbündeten setzen – auf Lukas Leander, das Kind des Dunklen Blutes!«

Borboron runzelte die Stirn. »Dazu musst du ihn erst noch auf unsere Seite ziehen!«

»Keine Sorge, Herr.« Das Männchen im scharlachroten Umhang lächelte erneut. »Er wird sich uns anschließen. Wir lassen ihm gar keine andere Wahl!«

In der vorletzten Stunde stand Mathematik auf dem Stundenplan der 8b.

Ausgerechnet!

Noch bevor Rebekka Taxus auftauchte, ahnte Laura bereits, dass die Stunde in eine Katastrophe münden würde. Sie fühlte sich schlapp, und ihr Kopf schmerzte entsetzlich. Dabei war der Unterricht bislang ziemlich ruhig und ohne besondere Zwischenfälle verlaufen. Kein Wunder: Deutsch, Englisch, Gemeinschaftskunde und Biologie zählten zu Lauras bevorzugten Fächern. Mit den entsprechenden Lehrern verstand sie sich gut.

Auch mit den Klassenkameraden gab es keinerlei Probleme. Selbst der Oberfiesling Ronnie Riedel und sein ihm treu ergebener Vasall, der übergewichtige Max Stinkefurz, hatten sich ausnahmsweise von ihrer besten Seite gezeigt. Dabei ließen die sonst keine Gelegenheit aus, um sie zu piesacken. Trotzdem fühlte sich Laura total geschafft und wäre am liebsten auf

ihr Zimmer marschiert, um sich schlafen zu legen. In dieser Verfassung konnte eine Mathestunde bei Pinky Taxus nur in einer Katastrophe enden.

Das Verhängnis nahte schneller als befürchtet. Kaum war die Lehrerin auf laut klackenden Stilettos in den Klassenraum getrippelt – die Farbe der Schuhe passte perfekt zum Pink ihres engen Kostüms –, da lispelte sie bereits: »Alsso schön, dann wollen wir doch mal schauen, ob ihr eure Haussaufgaben ordnungssgemäßs erledigt habt.« Sie ließ den Blick in die Runde schweifen. »Mal ssehen – wen nehmen wir unss denn heute vor?«

Du blöde Kuh!, zischte Laura im Stillen, während die Taxus immer noch so tat, als würde sie ernsthaft überlegen. Deine Wahl fällt doch sowieso wieder auf mich!

Als hätte die Lehrerin Gedanken gelesen, blieb ihr Blick exakt in diesem Moment auf Laura hängen. »Ah ja«, sagte sie. »Wie wäre ess denn heute mal mit dir, Laura!«

Das Mädchen verdrehte die Augen. Diese fiese Heuchlerin!, dachte Laura. Was heißt hier ›heute mal‹? Ich bin doch erst in der letzten Stunde dran gewesen. Und in der vorletzten und in der Stunde davor auch. Soweit sie sich erinnern konnte, hatte sie in diesem Schuljahr noch jedes Mal ihre Aufgaben vorzeigen müssen.

So eine Gemeinheit!

Mit resigniertem Seufzer griff Laura nach ihrem Rucksack und legte ihn vor sich auf den Tisch. Während sie die Klappe öffnete, stieg ihr der muffige Geruch eines schweren Parfüms in die Nase. Pinky war inzwischen herangekommen und stand nun dicht neben Lauras Platz, sodass der modrige Gruftie-Duft, der sie ständig umwehte, ihre Nasenschleimhäute reizte.

Einfach ekelhaft!

»Hasst du nicht gehört?«, blaffte die Taxus ihre Schülerin an. »Ich möchte deine Haussaufgaben ssehen – und zswar plötzslich!«

»Ja, ja«, murmelte Laura und kramte hektisch in ihrem Rucksack herum. Überraschenderweise konnte sie das Heft nirgendwo finden! »Einen kleinen Moment bitte noch, Frau Taxus«, bat sie kleinlaut und fing noch einmal von vorn an. Doch obwohl sie fieberhaft sämtliche Bücher und Hefte durchblätterte und den Rucksack bis in die letzten Ecken durchwühlte, blieb das Aufgabenheft verschwunden. Fassungslos starrte das Mädchen auf die leeren Hände: Das gibt's doch nicht!

»Wass isst loss, Fräulein?«, zischte die Taxus sie an. »Ich warte immer noch!«

»Ähm ...« Mit zunehmender Verzweiflung suchte Laura nach einer Erklärung. Sie war sich sicher, das Heft eingepackt zu haben. Was nur bedeuten konnte, dass jemand es heimlich herausgenommen haben musste.

Genau!

Aber wer?

Und warum?

»Jetzst reicht'ss mir aber!« Die Lehrerin mit den pinkfarbenen Rastalocken funkelte sie böse an. »Du zseigsst mir jetzst ssofort die Haussaufgaben, oder ess ssetzst eine Sstrafarbeit!«

Laura merkte, wie ihr das Blut in die Wangen stieg. »Ich ... ich versteh das nicht«, stotterte sie. »Ich hab das Heft heute früh eingepackt – ehrlich, Frau Taxus!«

»Tatssächlich?« Aus zusammengekniffenen Augen starrte Pinky das Mädchen an. Fast schien es, als wollten sich ihre Blicke in Lauras Stirn bohren. »Und warum isst ess dann nicht mehr in deinem Rucksssack?«

»Keine Ahnung!« Laura blickte die Lehrerin aus großen Augen an und zuckte hilflos die Schultern. »Vielleicht ... Ähm ... Vielleicht ...«

Pinky taxierte sie wie eine Giftschlange ihre Beute. »Ja?«

»Vielleicht … hat jemand das Heft herausgenommen.«

»Und wer ssollte sso wass tun? Und vor allen Dingen – warum?« Wie zur Einschüchterung tat sie einen Schritt auf Laura zu, sodass diese nun einen Blick auf Ronnie Riedel erhaschen konnte, der zuvor von der Lehrerin verdeckt worden war.

Als Laura sein breites Grinsen gewahrte, wurde ihr mit einem Male klar, was geschehen war: Ronnie, der Fiesling, musste ihr das Heft entwendet haben! Das Blöde war nur, dass sie das nicht beweisen konnte.

»Ich weiß es nicht«, sagte sie deshalb kleinlaut und senkte den Kopf.

»Du glaubsst doch nicht im Ernsst, dasss du damit durchkommsst!« Rebekka Taxus packte Laura grob am Kinn. »Schau mich gefälligsst an, wenn ich mit dir rede!«

Laura schluckte und versuchte, dem stechenden Blick der Lehrerin standzuhalten. Doch schon nach wenigen Sekunden musste sie die Augen niederschlagen.

»Nur weil Professsor Morgensstern dich dauernd in Schutzs nimmt«, geiferte die Taxus weiter, »darfsst du nicht glauben, dasss dir Extrawürsste gebraten werden. Ess isst schließslich schon Monate her, dasss du nicht am Unterricht teilnehmen konntesst …« Schlagartig beruhigte sie sich wieder und lächelte Laura hämisch an. »Weißs der Teufel, wass du in diesser Zseit getrieben hasst!«

Dieser abrupte Stimmungsumschwung verwirrte das Mädchen. »Ich habe keine Ahnung, was Sie meinen, Frau Taxus. Aber was die Hausaufgaben betrifft – die hab ich gemacht, ehrlich.« Damit hob Laura die rechte Hand. »Das schwöre ich sogar.«

Da verlor die Taxus vollkommen die Fassung. »Wie kann man nur sso unverfroren lügen!«, schrie sie, und ihre Stimme überschlug sich beinahe. »Du ssolltest dich schämen, Laura – sso jung und schon sso verdorben!«

»Das ist nicht wahr!« Kaja sprang so heftig auf, dass ihr Stuhl umpolterte. Sie schaute die Lehrerin entrüstet an. »Es stimmt, was Laura sagt. Ich hab doch selbst gesehen, wie sie das Heft in ihren Rucksack gesteckt hat.«

»Tatssächlich, hasst du dass?«

Kaja stockte der Atem, während die Taxus mit den geschmeidigen Bewegungen einer gereizten Viper auf sie zuglitt. Sie nickte hastig. »Ja.«

»Aber hasst du auch gessehen, dasss Laura die Aufgaben gemacht hat?«

»Äh.« Kaja schluckte. Sie glich einem Kaninchen vor der Schlange. »Äh …« Hilfe suchend blickte sie zu ihrer Freundin, doch die zuckte nur die Achseln.

»Hasst du nicht gehört, wass ich gefragt habe?«, setzte Pinky nach.

»Doch … Doch«, antwortete Kaja hastig. »Natürlich.«

»Und? Hasst du ess gessehen oder nicht?«

Das rothaarige Mädchen druckste herum. »Na, ja … Nicht direkt.«

»Nicht direkt?«, fauchte die Taxus. »Wass ssoll dass heißsen, ›nicht direkt‹?«

»Tja …«

»Rede nicht um den heißsen Brei herum! Hasst du ess gessehen oder nicht?«

»Eigentlich nicht«, antwortete Kaja leise und schlug die Augen nieder.

»Dachte ich'ss mir doch!« Das Schlangengesicht der Lehrerin leuchtete triumphierend auf, während sie die beiden Mädchen mit starrem Reptilienblick fixierte. »Ihr haltet euch wohl für bessonderss klug. Aber da habt ihr euch geschnitten, ihr Früchtchen.« Wie ein Springteufel hüpfte sie wieder zu Laura und fuchtelte mit dem Zeigefinger so dicht vor ihrem Gesicht herum, dass das Mädchen erschrocken zurückzuckte. »Du,

Laura«, giftete Pinky, »du lösst zur Sstrafe ssämtliche Aufgaben auf den Sseiten einhundertssechzsehn bis einhundertssiebzsehn unsseress Lehrbuchess.«

»Was?«, rief das Mädchen entsetzt aus. »Das sind doch bestimmt mehr als fünfzig …«

»Und zswar biss morgen!«, unterbrach die Taxus sie grob und wandte sich an Kaja. »Und du nimmsst dir die Sseite einhundertachtzsehn vor – ebenfallss bis morgen.«

Ohnmächtige Wut machte sich in Laura breit. Sie gärte und brodelte in ihrem Inneren wie heiße Lava im Schlund eines Vulkans, bis sie schließlich hervorbrach. »Das ist gemein!«, schleuderte Laura der Lehrerin ins Gesicht. »Sie sind so was von hinterhältig und ungerecht …« Die Worte sprudelten wie von selbst über ihre Lippen. »… und eine blöde Kuh noch dazu!«

Schlagartig wurde es still im Klassenzimmer. Nicht das geringste Geräusch war mehr zu hören. Es schien fast, als sei selbst das fröhliche Vogelgezwitscher vor den Fenstern verstummt.

Schlangengleich machte Pinky einen Schritt auf Laura zu. Die Augen zu schmalen Schlitzen verengt, funkelte sie das Mädchen böse an. »Wass hasst du gessagt?«, zischte sie, leise und gefährlich wie eine angreifende Kobra. »Wie hasst du mich genannt?«

Laura hielt dem stechenden Blick stand. »Dass Sie gemein sind und hinterhältig und ungerecht«, wiederholte sie trotzig und ohne Zögern. »Und eine blöde Kuh noch dazu!«

Kapitel 9 Die Späher

Die Sonne stand hoch am Himmel über der Gralsburg und leuchtete heller als der hellste Karfunkelstein. Ganz Hellunyat und Umgebung waren in gleißendes Licht getaucht. Das kastanienbraune Haar der Heilerin, die neben Paravain auf dem großen Turm stand, glänzte wie poliertes Kupfer.

Der Weiße Ritter beschattete mit der rechten Hand die Augen und richtete den Blick auf die Hochebene von Calderan. Ein leichter Wind strich dort über das zarte Silbergras und entlockte den Halmen ein sanftes Wispern. Dann sah Paravain nach Osten, wo in der Ferne das Modermoor hinter einem schmalen Streifen Auwald gelegen war. Anschließend spähte er in westliche Richtung zum Raunewald, dessen urwüchsige Bäume sich wie mit dichtem Blattwerk bewehrte Riesen zum Himmel emporreckten.

Morwena, die Paravain beobachtete, lächelte verständnisvoll. Natürlich wusste sie, wonach er so ungeduldig Ausschau hielt: Vor einer Woche hatte er seine zwölf Weißen Ritter in drei Spähtrupps aufgeteilt und sie ausgeschickt, damit sie die Lage in Aventerra erkundeten. Obwohl sie im Laufe des Tages zurückkehren sollten, war noch keine Spur von ihnen zu entdecken. »Wo sie nur bleiben?«, seufzte Paravain kopfschüttelnd. »Sie wissen doch, wie sehr ich sie erwarte!«

»Warum so ungeduldig?«, fragte die Heilerin verschmitzt. »Auf deine Reiter ist doch Verlass. Schließlich hatten sie den besten Lehrmeister, den man sich nur wünschen kann.« Damit verpasste sie ihm einen spielerischen Klaps.

»Spotte du nur!«, erwiderte Paravain unwirsch. »Dabei weißt du genau, weshalb ich ihre Rückkehr kaum abwarten kann!«

Und ob Morwena das wusste!

Sie selbst fieberte den Spähern auch schon entgegen, aber das ließ sie Paravain nicht merken, damit sie ihn noch länger necken konnte. »Ach«, sagte sie leichthin. »Auf einen Tag mehr oder weniger kommt es nun auch nicht mehr an. Elysion wird schon früh genug erfahren, was wir vorhaben.«

»Aber Morwena!« Der Ritter verzog enttäuscht das Gesicht, bis er das schelmische Grinsen der Heilerin bemerkte. »Wie töricht von mir.« Er lächelte resigniert und hob die Hände zur Kapitulation. »Dass ich auch immer wieder auf dich hereinfalle!«

»Es wird sich schon noch zeigen, wer auf wen hereingefallen ist«, antwortete Morwena vieldeutig. »Du auf mich – oder ich auf dich!« Sie ergriff seine Hand und zog ihn näher zu sich heran. »Nur damit du es weißt: Ich habe es gerne getan. Sehr gerne sogar!« Damit schlang sie ihren Arm um seinen Hals und küsste ihn.

Der Ritter erwiderte den leidenschaftlichen Kuss. Dann löste er sich von der jungen Frau, trat einen Schritt zurück und betrachtete sie liebevoll von oben bis unten. »Du bist wunderschön, Morwena«, sagte er zärtlich. »Und dein neues Kleid ist fast so hübsch wie du.«

»Es freut mich, dass es dir gefällt.« Mit beiden Händen strich die Heilerin über das feine Leder des hellbraunen Gewandes, das die Linien ihres Leibes betonte. »Es ist ein Geschenk meines Vaters. Er hat sich so sehr über meine Nachricht gefreut, dass er das Kleid beim Hofschneider in Auftrag gab. Es wurde aus dem Fell der Schneehirsche gefertigt, die bei mir zuhause in den Nebellanden heimisch sind.«

»Schön, wunderschön«, murmelte der Ritter. Da hörte er ein Rauschen in der Luft und riss sich von Morwenas Anblick los. Ein geflügelter Schatten stürzte aus dem strahlend blauen Himmel herab – Pfeilschwinge, der Adler des Lichts.

Kurz vor dem Turm verhielt der Wächter der magischen Pforte seinen rasenden Flug, segelte ein Stück und setzte vor Paravain und Morwena auf der Mauerkrone auf. Dann stieß er einen fröhlichen Laut aus und schaute den Ritter aus scharfen Augen auffordernd an.

Der junge Mann verstand sogleich, was der Adler ihm mitteilen wollte. Obwohl Pfeilschwinge nicht sprechen konnte, formte sich seine Botschaft deutlich in Paravains Kopf: Der Adler hatte einen Erkundungsflug zur Dunklen Festung und zu den Feuerbergen unternommen. Borboron war es immer noch nicht gelungen, die großen Lücken zu schließen, die sich seit dem Zweikampf mit Elysion in der Dunklen Streitmacht aufgetan hatten. Pfeilschwinge hatte sogar den Eindruck gewonnen, sie wären noch größer geworden.

Und in den Feuerbergen hatte es ein bemerkenswertes Treffen gegeben. Hoch über der Ebene der Eisigen Flammen kreisend, hatte Pfeilschwinge beobachtet, wie Kroloff, der Anführer der Wolfsköpfigen, seinem Vetter Beolor, dem Herrn der Dunkelalben, einen Besuch abstattete. Die unheimlichen Wolfsköpfigen, die mit ihren gelben Augen, den schwarzen Zotteln im Gesicht und den spitzen Pelzohren tatsächlich Wölfen glichen, machten unermüdlich Jagd auf Sklaven für Borborons Minen. Die Dunkelalben hingegen waren die geschicktesten Schmiede von Aventerra. Sie versorgten die Krieger des Tyrannen mit Schwertern und anderen Waffen.

Wie Pfeilschwinge belauschen konnte, hatte Kroloff Beolor einen ungeheuerlichen Vorschlag gemacht – nämlich Borboron die Gefolgschaft zu kündigen und sich gegen ihn zu verbünden. Dabei waren sowohl die Dunkelalben als auch die

Wolfsköpfigen seit Urzeiten treue Verbündete des Schwarzen Fürsten!

Die Nachricht versetzte Paravain in helle Aufregung. »Und wie hat Beolor den Vorschlag aufgenommen?«, fragte er atemlos.

Der Herr der Dunkelalben sei keineswegs abgeneigt gewesen, berichtete der Adler. Vor einer endgültigen Entscheidung wollte er allerdings noch ein wenig nachdenken und Kroloff deshalb erst in einigen Tagen Bescheid geben.

»Ich hoffe, Beolor entscheidet sich in unserem Sinne.« Der Weiße Ritter wiegte bedächtig den Kopf. »Wenn Borboron die Unterstützung der Dunkelalben verliert, wäre das ein verheerender Rückschlag für ihn – und gleichzeitig könnte er uns wohl kaum noch gefährlich werden.«

»Das wäre doch herrlich!« Morwena strahlte. »Aber Borborons Stellung scheint auch so schon recht geschwächt zu sein. Sonst würden Kroloff und Beolor es nicht wagen, über eine Rebellion auch nur nachzudenken.«

»Du hast ganz Recht«, pflichtete der junge Ritter ihr bei. »Die Lage des Schwarzen Fürsten muss noch weit schlechter sein, als wir vermut…«

»Da! Sieh doch!«, fiel die Heilerin ihm ins Wort und deutete in die Ferne. »Die Spähtrupps kehren zurück!«

Paravain drehte sich um und richtete den Blick zum Horizont. Weit entfernt im Westen, Süden und Osten bewegten sich drei Staubfahnen, die rasch näher kamen.

Mit zufriedenem Ausdruck wandte der Ritter sich an Pfeilschwinge. »Hab Dank, treuer Freund«, sagte er. »Und halte uns bitte über die weitere Entwicklung auf dem Laufenden!«

Der Adler reckte den Kopf in die Höhe, stieß einen lauten Ruf aus und spreizte die Flügel. Während er sich auf mächtigen Schwingen in die Luft schraubte, ergriff Paravain die Hand der Heilerin. »Komm mit«, bat er sie. »Die Reiter werden die Burg in Kürze erreichen.« Damit rannten die beiden auf die Tür des Treppenhauses zu, das hinunter in den Burghof führte.

Laura sah Aurelius Morgenstern deutlich an, was in ihm vorging: Am liebsten hätte der Internatsdirektor, ein ehrwürdiger Herr mit längst ergrauter Löwenmähne, Rebekka Taxus hochkant aus seinem Büro katapultiert – und zwar ohne Auffangnetz. Dennoch blieb dem Professor nichts anderes übrig, als gute Miene zum bösen Spiel zu machen und sich das Gekeife der Mathelehrerin geduldig anzuhören. Schließlich hatte die Taxus Grund zur Beschwerde und schilderte Lauras Vergehen in den dunkelsten Farben.

Während Pinkys rund zehnminütiger Tirade versuchte der Direktor möglichst gelassen zu bleiben. Die Frau redete sich immer weiter in Rage, und Morgenstern wollte sie wohl nicht durch eine missverständliche Geste noch mehr reizen. Mit stoischer Miene wartete er ab, bis Pinky ihre Litanei endlich beendet hatte.

Danach herrschte Stille in dem geräumigen Zimmer, das den Direktoren von Ravenstein schon seit 1888 als Büro diente. Als würde der Professor die Anklage der Lehrerin in Gedanken rekapitulieren, schweifte sein Blick versonnen durch den Raum. Nachdenklich betrachtete er die hohen Bücherregale, welche zwei der Bürowände in Beschlag nahmen, dann die Arbeitsplatte seines imposanten Eichenschreibtisches, und schließlich schielte er zu den beiden Fenstern, die sich auf den Burghof hin öffneten. Das Geschrei der Internatszöglinge wehte herein, vermischt mit dem aufgeregten Gezeter von Spatzen, die offensichtlich befürchteten, die Schüler könnten ihnen die Würmer zwischen den Pflanzen in den Rabatten streitig machen.

Laura überlegte, was Morgenstern damit wohl bezweckte: Wollte er Zeit gewinnen? Oder wollte er die Taxus ins Leere laufen lassen? Womöglich versuchte er, sie aus der Fassung zu bringen, damit sie sich zu einer unüberlegten Äußerung hinreißen ließ. Doch was auch immer er damit beabsichtigen mochte, Pinky ließ sich nicht aus der Reserve locken.

Im Gegenteil!

»Ich kann abssolut versstehen, dasss Ssie ssprachloss sind, verehrter Herr Professsor«, säuselte sie so süßlich, dass Laura davon übel wurde. »Ich bin genausso enttäuscht wie Ssie. Auch ich hätte ess niemalss für möglich gehalten, dasss Laura ein ssolch niederträchtigess Verhalten an den Tag legt. Dabei haben wir unss in den vergangenen Monaten doch sso viel Mühe mit ihr gegeben und größstes Versständniss für ihre Probleme gezseigt – nicht wahr, Herr Professsor?«

»Nun«, hob Aurelius Morgenstern an, musste sich aber erst räuspern, um den Frosch in seiner Kehle loszuwerden. »Sie haben natürlich Recht, Frau Taxus …«

»Wie wahr, wie wahr!«, kommentierte diese unter heftigem Nicken.

»… und deshalb plädiere ich dafür, dass wir den bewährten Kurs beibehalten«, fuhr der Direktor unbeirrt fort. »Ich möchte Lauras Verhalten keinesfalls billigen. Und dennoch, Frau Taxus, dürfte Ihnen der Grund für ihre Probleme genauso gut bekannt sein wie mir.«

Hä? Laura zog eine Grimasse und starrte den Professor verwundert an. Morgenstern sprach in Rätseln!

Auch Pinky Taxus schien ratlos. Der höhnische Glanz in ihren Augen deutete allerdings eher darauf hin, dass sie den Direktor sehr wohl verstand und sich nur unwissend stellte. »Woher denn, verehrter Herr Professsor?«, flötete sie scheinbar arglos, konnte aber nicht verhindern, dass ihre Mundwinkel hämisch zuckten. »Ich habe nicht die geringsste Ahnung, wass Ssie damit andeuten wollen.«

Aurelius Morgenstern schwieg und bedachte Pinky Taxus mit einem abschätzigen Blick. Sie und ihre dunklen Komplizen würden niemals zugeben, dass sie sehr wohl darüber informiert waren, mit welchem Opfer Laura ihre Mutter gerettet hatte. Auch auf Mitgefühl durfte er kaum hoffen. »Schon gut.« Die Enttäuschung in seiner Stimme war nicht zu überhören. »Wir reden offensichtlich aneinander vorbei.«

Stimmt!, dachte Laura bei sich. Sie zumindest wusste nicht, wovon er da sprach.

»Wie Ssie meinen.« Die Taxus gab sich keinerlei Mühe, ihre Häme zu verbergen. »Ich verlange, dasss Laura gemäßs unsserer Schulordnung besstraft wird. Wenn ich recht informiert bin, ssieht die für einen Fall wie den vorliegenden den Aussschlusss dess betreffenden Schülerss auss dem Internat vor!«

Aurelius Morgenstern verdrehte die Augen und ließ ein missmutiges Seufzen hören. »Das ist mir sehr wohl bekannt, Frau Taxus. Aber nur im allerschlimmsten Fall und wenn es sich um eine mehrfache Wiederholung handelt!«

Pinky machte eine verächtliche Handbewegung. »Na, und?«, zischte sie.

Der Direktor sah sie eindringlich an. Großer Ernst sprach aus seinen wässrig blauen Augen. »Unsere Schulordnung fordert ausdrücklich, dass auch mildernde Umstände für das ungebührliche Verhalten des Schülers zu berücksichtigen sind. Und wenn man bedenkt, was Laura in den letzten Monaten durchmachen musste, hat sie unser vollstes Verständnis und damit Nachsicht verdient.«

Laura schüttelte den Kopf und starrte den Direktor wie benommen an. Was sollte dieses alberne Gequatsche? Womit um alles in der Welt hatte sie Verständnis verdient? Und warum behandelte sie seit Wochen jeder wie ein rohes Ei? Die Eltern und ihr Bruder, Kaja – und jetzt fing auch noch Morgenstern damit an! Sie war doch nicht krank, verflixt noch mal! Was hatte sie schon groß durchgemacht in den letzten Monaten: nichts, absolut nichts! Sie hatte sich durchs Schuljahr gequält und war ein Jahr älter geworden – genau wie andere Schüler auch. Das war noch lange kein Grund, sie wie ein schonungsbedürftiges Prinzesschen zu behandeln.

Laura hatte endgültig die Nase voll. Sie sprang von ihrem Stuhl auf und schaute vom Direktor zu ihrer Lehrerin. »Wissen Sie was?«, sagte sie mit finsterer Miene. »Das Ganze wird mir langsam zu blöd. Ich habe keine Ahnung, was Sie mit dieser Rätselstunde bezwecken – und deshalb werde ich jetzt gehen!« Damit drehte sie sich um und lief zur Tür.

»Nicht doch, Laura! Komm zurück, bitte!«

Laura jedoch schenkte Morgenstern kein Gehör und verließ das Zimmer, ohne innezuhalten.

Fast schien es, als hätte Pinky Taxus damit gerechnet. Mit zufriedenem Grinsen wandte sie sich an Aurelius Morgenstern. »Ssoweit alsso zu den mildernden Umsständen, Herr Professsor.« Der Triumph in ihrer Stimme war nicht zu überhören. »Auch ich werde Ssie nun allein lasssen, damit Ssie in aller Ruhe über eine angemesssene Besstrafung von Laura nachdenken können.« Rebekka Taxus erhob sich. »Ich bin äußsersst gesspannt auf Ihre Entscheidung. Aber lasssen Ssie ssich damit nicht zsu lange Zseit. Ssonst ssähe ich mich nämlich gezswungen, den Förderverein zsu informieren.« Mit dieser unverhohlenen Drohung eilte Pinky hoch erhobenen Hauptes aus dem Büro, wie eine stolze Amazone, die ihrem ärgsten Feind soeben den entscheidenden Schlag versetzt hat.

Aurelius Morgenstern dagegen stützte erschöpft die Ellbogen auf den Schreibtisch, bettete das Haupt auf die faltigen Hände und starrte besorgt vor sich hin.

Nachdem die zwölf Weißen Ritter von ihren Schimmeln gestiegen waren, bestätigten sie Pfeilschwinges Angaben: Der Schwarze Fürst hatte bei seinen Untergebenen so viel Ansehen verloren, dass ihm nicht nur die Verbündeten die Treue aufkündigten, sondern sogar seine eigenen Krieger.

Ein Spitzel, den sie bereits vor längerer Zeit in die Reihen der Schwarzen Garde eingeschleust hatten, wusste Ungeheuerliches zu berichten: Der Mann hatte ein vertrauliches Gespräch zwischen Aslan, dem Anführer von Borborons gefürchteter Leibgarde, und zwei Unterführern belauscht. Darin hatte Aslan, der für seine Grausamkeit berüchtigt war, sich äußerst unzufrieden gezeigt und angedroht, seinem Gebieter den Dienst zu verweigern, falls die Dunkeln Streitmächte nicht alsbald Verstärkung erhielten.

Mehr noch: Unter dem Siegel strengster Verschwiegenheit hatte er seinen Untergebenen anvertraut, dass er sich mit dem Gedanken trug, ins Lager des Lichts überzuwechseln. »Im Augenblick können wir gegen Elysion und seine Krieger nichts ausrichten«, hatte Aslan gesagt. »Wenn sie uns angreifen, würden sie uns vernichtend schlagen – und ich habe keine Lust, meinen Kopf für eine verlorene Sache zu riskieren!«

»Das könnte dem Schurken so passen!« Voll Abscheu kräuselte Paravain die Lippen. »Sein Mäntelchen einfach nach dem Wind zu hängen und sich auf die Seite der Stärkeren zu schlagen, macht ihn noch lange nicht zu einem Krieger des Lichts!«

»Natürlich nicht«, meinte Morwena besänftigend. »Aber es beweist, wie verzweifelt die Lage in der Dunklen Festung sein muss.« Sie wandte sich wieder an den Spähtrupp. »Täusche ich mich, oder sieht es tatsächlich so aus, als könnten die Dunklen Heere uns in nächster Zeit nicht mehr gefährlich werden?«

»Genau das ist unser Eindruck«, bestätigte Selena, eine der beiden jungen Frauen, die Aufnahme in den edlen Kreis der Weißen Ritter gefunden hatten. »Selbst wenn Borboron die

Treue seiner Untergebenen zurückgewinnen kann, werden viele Monde ins Land gehen, bis die Dunklen Heere ihre alte Stärke zurückgewonnen haben. Bis dahin werden sie es kaum wagen, uns anzugreifen. Daher haben wir auf längere Zeit nichts von ihnen zu befürchten.«

»Welch überaus erfreuliche Nachricht!«, sagte die Heilerin beglückt und wandte sich an Paravain. »Findest du nicht auch?«

»Ja. Sie erfüllt mein Herz mit großer Freude.« Der Weiße Ritter blickte seine Mitstreiter zufrieden an. »Ich danke euch. Ihr habt ausgezeichnete Arbeit geleistet und euch eine Stärkung verdient.«

Während die Ritter den Weg zur Küche einschlugen, wo Speis und Trank auf sie warteten, ergriff Paravain die Hand der Heilerin. »Komm, Morwena«, meinte er mit warmem Ausdruck in der Stimme. »Elysion soll die gute Neuigkeit so schnell wie möglich erfahren – und danach werden wir ihm endlich mitteilen, wozu wir beide uns entschlossen haben.«

Die Augen der Heilerin leuchteten auf. »Ich wüsste nicht, was ich lieber täte!« Sie wartete, bis der letzte der Weißen Ritter im Burggebäude verschwunden war. Dann schlang sie die Arme um Paravain und küsste ihn, als gäbe es kein Morgen. Als sich ihre Lippen schließlich lösten, drehte Morwena sich voller Ungeduld um und zog den Ritter hinter sich her. »Jetzt beeil dich doch! Ich kann es nicht erwarten, Elysions überraschtes Gesicht zu sehen.«

Ich hätte nie gedacht, dass Laura so ausrastet«, raunte Max Stinkefurz seinem Kumpel Ronnie Riedel zu, während sie die Eingangshalle der Burg Richtung Speisesaal durchquerten. »Ehrlich gesagt, hab ich sie für klüger gehalten. Laura hätte wissen müssen, dass die Taxus sich das nicht gefallen lässt.«

»Geschieht ihr ganz recht!« Ronnie grinste seinen übergewichtigen Freund hämisch an. »Die blöde Tussi denkt doch, sie wär was Besseres als wir.«

»Och, findest du? Es ist schon komisch, dass sie ihr Aufgabenheft nicht gefunden hat. Man kann über Laura sagen, was man will, aber als Lügnerin habe ich sie bislang noch nicht erlebt.«

»Es behauptet ja auch niemand, dass sie lügt – außer Pinky natürlich.« Ronnie Riedel sah den Kumpel mit fiesem Grinsen an.

Max brauchte einige Sekunden, bis er begriff. »Wi-Wi-Willst du damit sagen, dass du …?«

»Ja, klar – wer denn sonst?« Ronnies Grinsen wurde noch breiter. »Aber glaub mir, das ist erst der Anfang. Es kommt noch viel dicker für Laura – und das viel schneller, als sie glaubt.«

»Echt?« Die Wangen von Stinkefurz schwabbelten vor Neugier. »Was hast du dir denn noch ausgedacht?«

Ronnie wollte schon antworten, als er ein leises, aber deutlich vernehmbares »Psst!« hörte. Er drehte sich um und erblickte Dr. Quintus Schwartz. Der Konrektor lehnte an der Wand der Halle, direkt unter dem Ölgemälde, das eine Frau in Weiß mit einem schwarzen Wolf zeigte. Scheinbar gelangweilt beobachtete er die Internatsschüler, die dem Speisesaal zuströmten. Er winkte Ronnie mit einer verstohlenen Geste zu sich.

»Geh schon mal vor«, meinte der zu seinem Kumpel Max. »Ich komm gleich nach.«

Ronnie kam gar nicht in den Sinn, dass er Quintus Schwartz und Pinky Taxus lediglich als willfähriger Erfüllungsgehilfe für ihre finsteren Pläne diente. Es hatte ihm sogar geschmeichelt, dass die beiden mit ihrem Anliegen ausgerechnet auf ihn zugekommen waren. Er begegnete dem Konrektor mit einem unterwürfigen Hundeblick. »Was gibt es denn, Herr Doktor?«

»Nichts weiter«, antwortete Schwartz mit hintergründigem Lächeln. »Wie ich zu meiner großen Freude vernommen habe, hast du unseren neuen Auftrag bereits erfüllt.«

»Natürlich.« Der Junge nickte eifrig. »Ich habe Ihnen doch gesagt, dass Sie sich auf mich verlassen können.«

»Gut so. Ich wollte dich nur an zwei Dinge erinnern: Zum einen haben wir vollkommenes Stillschweigen über alles vereinbart. Ich würde dir in deinem eigenen Interesse raten, dich strengstens daran zu halten!«

»A-A-Aber natürlich, Herr Doktor«, versicherte Ronnie rasch und merkte nicht, dass das verräterische Rot seiner Wangen ihn als Lügner entlarvte. »Von mir erfährt niemand ein Wort!«

Der Konrektor ging nicht weiter darauf ein. »Zum anderen ist es unbedingt notwendig, dass der zweite Teil unseres Planes schnellstmöglich umgesetzt wird, am besten noch heute!«

»Ja, selbstverständlich!«, bekräftigte Ronnie Riedel. Wie ein verschüchtertes Schoßhündchen blickte er zu dem Konrektor auf. »Aber ich kann mich doch darauf verlassen, dass auch Sie zu Ihrem Wort stehen, ja?«

»Keine Angst, mein Junge.« Dr. Schwartz machte einen Schritt auf Ronnie zu und legte ihm die Hand auf die Schulter. »Wenn mit Laura Leander alles so läuft wie besprochen, musst du dir keinerlei Sorgen um deine Versetzung machen.«

Kapitel 10 ❧ Eine freudige Nachricht

Der Hüter des Lichts erhob sich von seinem schlichten Thronsessel, der in der Nähe des Kamins stand, und trat auf Paravain und Morwena zu. Sein faltiges Gesicht strahlte um die Wette mit dem goldenen Amulett, das er an einer Kette um den Hals trug. Das Rad der Zeit, so wurde der kreisrunde Anhänger mit den acht stilisierten Speichen genannt. Die Lichtalben hatten ihn zu Anbeginn der Welten aus dem gleichen Metall wie den Kelch der Erleuchtung geschmiedet. Seither wurde das Amulett vom jeweiligen Hüter des Lichts getragen und verlieh diesem große Kräfte, die ihm das Erfüllen seiner Aufgabe erleichterten.

»Das ist fürwahr erfreuliche Kunde«, sagte Elysion. »Ich hoffe sehr, dass endlich die Zeit gekommen ist, die uns und ganz Aventerra auf Dauer Frieden und Eintracht bringt. Die Bewohner des Menschensterns dürften sich über friedvolle Tage genauso freuen wie wir.«

»Ganz bestimmt, Herr«, antwortete Morwena. »Die meisten Menschenkinder sind das endlose Unheil schon lange leid, welches das Böse ständig in ihrer Welt anrichtet!«

»Das glaube ich auch«, sagte Paravain hastig. Er warf der Heilerin einen verstohlenen Blick zu. »Und dann wäre da noch etwas, Herr«, hob er an, brach aber sofort wieder ab und räusperte sich, weil er plötzlich einen Frosch im Hals verspürte. »Wir … ähm … wir …«

»Ja?« Der Hüter des Lichts trat näher an die jungen Leute

heran und lächelte ihnen entgegen. »Wollt ihr mir noch etwas sagen? Nur heraus mit der Sprache, Paravain!«

Obwohl der Ritter zahllose Schlachten geschlagen und den größten Gefahren getrotzt hatte, schien diese Aufgabe seine Kräfte zu übersteigen. Er machte einen weiteren Versuch, doch erneut versagte ihm die Stimme. Ein krächzendes »Äh-Äh-Ähm« war alles, was er hervorbrachte.

Die Heilerin sprang ihm zur Seite, auch wenn sie dabei aufs Heftigste errötete. »Es verhält sich nämlich so, Herr«, begann sie scheu. »Paravain und ich, wir …« Sie warf dem jungen Ritter einen schnellen Blick zu, bevor sie sich wieder ihrem Gebieter zuwandte. »… wir haben beschlossen, uns zu vermählen!«

»Na endlich!« Ein Leuchten zog über Elysions Antlitz, als würde die Sonne darauf aufgehen. »Ich hatte schon befürchtet, ihr würdet diesen längst überfälligen Schritt nie wagen!« Damit trat er an Morwena heran, nahm ihren Kopf in seine Hände und küsste sie auf die Stirn, um dann dem jungen Ritter die Hand segnend aufs Haupt zu legen. »Möge die Kraft des Lichts mit euch sein und euren zukünftigen Bund mit Liebe und Glück erfüllen«, wünschte er feierlich. »Meinen Segen habt ihr jedenfalls. Habt ihr euren Familien die frohe Kunde schon überbracht?«

»Natürlich!«, antwortete Morwena. Sie hatte ihrem Vater, König Rumor von den Nebellanden, bereits vor zwei Wochen eine entsprechende Botschaft übersandt. Den Termin für das große Ereignis hatte sie ihm allerdings bislang verschwiegen.

Der Hüter des Lichts sah die beiden mit wissendem Ausdruck an. »Lasst mich raten«, sagte er. »Ihr wollt das große Versprechen in der Mittsommernacht ablegen – oder sollte ich mich da täuschen?«

»Nein, Herr«, antwortete Morwena. »Ihr habt richtig geraten.« Sie lächelte. »Obwohl, so schwer war das auch nicht, oder?«

Weise lächelnd schüttelte Elysion das ergraute Haupt. »Einen besseren Zeitpunkt konntet ihr gar nicht auswählen. Am längsten Tag im Jahreskreis ist die Macht des Lichts am größten. Wenn zudem, wie in diesem Sommer, in derselben Nacht auch noch unsere beiden Monde voll am Himmel stehen, kommen die Kräfte dieses Tages umso stärker zur Entfaltung. Was in dieser Mittsommernacht geschieht, steht im Zeichen des vollen Lichts. So wird euer Bund genauso gesegnet sein wie die Herrschaft der neuen Einhornkönigin Smeralda, die in dieser Nacht die Nachfolge ihrer Mutter Silvana antritt.«

Bis Mittsommer gab es allerdings noch eine Menge zu tun. Morwena und Paravain berichteten Elysion von ihren Plänen: Sie wollten König Rumor einen Besuch abstatten, damit der junge Ritter ihn offiziell um die Hand seiner Tochter bitten konnte. Auch wenn es keinerlei Zweifel an seiner Zustimmung gab, wollten sie der alten Sitte Genüge tun. Außerdem freute sich nicht nur Morwena, sondern auch Paravain darauf, den König der Nebellande endlich einmal wiederzusehen.

Rumor von Rumorrögk war nämlich ein enger Freund seiner Eltern gewesen: König Artas und Königin Gunivain. Diese hatten über das Hhelmland geherrscht, das sich entlang der Küste des südlichen Eismeers erstreckte und im Süden von Deshiristan und im Norden vom großen Donnerfluss begrenzt wurde. Beide Reiche waren durch enge Freundschaft verbunden.

Morwena und Paravain kannten sich schon von Kindesbeinen an, und im Alter von dreizehn Jahren hatte der Hüter des Lichts sie beide an die Gralsburg Hellunyat berufen. Jeder erstgeborene Sohn des Königs der Hhelmlande war seit alters her zum Anführer der Weißen Ritter auserkoren. Den ältesten Königstöchtern der Nebellande lag hingegen das Talent für die Heilkunst im Blut. Ihnen wurde daher das Privileg zuteil, diese besonderen Gaben auf Hellunyat zu höchster Blüte zu bringen. Obwohl die jeweiligen Herrscherfamilien sehr traurig waren, wenn sie ihre Kinder ziehen lassen mussten, erfüllte sie doch der Stolz darauf, den Mächten des Lichts in vorderster Linie dienen zu dürfen.

»König Rumor wird meine Freude mit Sicherheit teilen.« Elysion strich Morwena freundschaftlich über den Oberarm und wandte sich daraufhin dem jungen Ritter zu. »Nur schade, dass König Artas und Königin Gunivain diesen Jubeltag nicht mehr erleben können.«

Paravain nickte, und Wehmut erfüllte sein Herz. Seine Eltern waren bald nach seiner Abreise von einem Fieber dahingerafft worden. Da Paravain der einzige Sohn von Artas war, ging die Thronfolge auf Mortas über, und seitdem saß der jüngere Bruder des alten Königs auf Tintalls Thron. Auf dem Weg zu König Rumor wollte Paravain auch seinen Oheim aufsuchen und ihn von der bevorstehenden Vermählung unterrichten.

»Bei der Gelegenheit werde ich König Mortas um die Erlaubnis bitten«, erklärte der Ritter, »auch meine Vermählung auf Burg Tintall feiern zu dürfen. Bereits mein Vater und mein Großvater haben dort geheiratet, und deren Väter und Großväter auch. An dieser Tradition würde ich gerne festhalten, wenn mein Oheim es gestattet.«

»Das wird König Mortas ohne Zweifel tun. Und sollte das wider Erwarten nicht der Fall sein, schließt ihr den Ehebund eben hier auf Hellunyat. Dieses Fest für euch ausrichten zu dürfen, wäre mir ein Vergnügen und eine Ehre zugleich.«

»Ihr seid zu gütig, Herr!« Die Heilerin errötete und verneigte sich vor ihrem Gebieter.

»Ich kann mich Morwenas Worten nur anschließen.« Auch Paravain deutete einen Diener an. »Allerdings hoffe ich, dass wir Euer Angebot nicht in Anspruch nehmen müssen.«

»Aber wieso denn?« Sanft lächelte der Hüter des Lichts. »Wie schon gesagt: Es wäre mir eine Ehre. Zumal das kommende Mittsommernachtsfest auch für mich selbst von besonderer Bedeutung ist.«

»Tatsächlich?« Morwena und Paravain schauten einander überrascht an. »Und warum, wenn Ihr die Frage gestattet?«

»Aber natürlich, meine Kinder.« Elysions gütiger Blick streifte die Heilerin und dann den Ersten seiner Ritter. »Ähnlich wie ihr beide stehe auch ich vor einem entscheidenden Wendepunkt in meinem Leben.«

Als Laura ihr Zimmer im Mädchenflügel betrat, war ihr hübsches Gesicht immer noch von Zorn gezeichnet. »Die sind wohl alle verrückt geworden!«, schnaubte sie und ließ sich der Länge nach auf ihr Bett fallen. Die Federn quietschten lauten Protest.

Kaja sah von dem Buch auf, in dem sie gerade schmökerte. »Verrückt geworden? Wen meinst du damit? Pinky? Direktor Morgenstern? Oder sonst noch jemand?«

»Einfach alle!« Lauras Stimme klang gedämpft, weil sie auf dem Bauch lag und den Kopf ins Kissen drückte. »Langsam habe ich den Eindruck, dass hier in Ravenstein jeder mit jedem Tag nur noch bescheuerter wird, und zwar ohne Ausnahme!« Schniefend drehte sie sich um und schaute die Freundin an. Tränen schimmerten in ihren Augen. »Meine Familie, der Direktor, Miss Morgain und Herr Valiant – und selbst du, Kaja!«

»Ich?«, fragte Kaja verständnislos. »Was hab ich denn jetzt schon wieder falsch gemacht? Würdest du mir das bitte mal erklären?«

»Erklären! Erklären! Erklären!«, äffte Laura sie wütend nach. Sie sprang auf und lief wie ein gestörtes Zootier im Zimmer auf und ab. »Was gibt es da groß zu erklären? Seit Wochen behandelt ihr mich wie eine exotische Wunderblume und zeigt für alles Verständnis, was ich tue, und sei es noch so behämmert.« Sie beugte sich zu ihrer Freundin hinab und blickte ihr direkt ins Gesicht. »Nennst du das vielleicht normal?«

»Äh … Wi-Wi-Wieso denn nicht?«, stotterte Kaja.

»So ein Quatsch!« Laura zitterte fast vor Empörung. »Das ist bescheuert und alles andere als normal! Und was noch merkwürdiger ist …« Sie richtete sich wieder auf. »Wenn ich mir Gedanken über meine verrückten Träume mache, dann wiegeln alle ab und wollen mir einreden, das hätte nichts zu bedeuten.«

»So ist es ja auch!«, warf Kaja ein.

»Unsinn!« Von innerer Unruhe getrieben, tigerte Laura erneut ziellos durchs Zimmer. »Und was ich überhaupt nicht verstehe: Ihr verhaltet euch alle gleich! Mama, Papa und Lukas. Morgenstern, Miss Mary und Percy – und auch du, Kaja.«

»O nö! Das bildest du dir nur ein.«

»Eben nicht!«, wischte Laura den zaghaften Widerspruch der Freundin zur Seite. »Man könnte fast meinen, ihr hättet euch gegen mich verschworen.« Sie nickte, als wollte sie dadurch letzte Zweifel ausräumen. »Ja, genauso muss es sein!« Wieder trat sie dicht vor Kaja hin und sah sie eindringlich an. »Ich habe doch Recht? Ihr verschweigt mir was, oder?«

Kaja schluckte, um dann kaum hörbar zu murmeln: »Nein – wieso denn?«

»Weil es so ist!«, entgegnete Laura aufgebracht. »Ihr denkt vielleicht, ich bekomme das nicht mit. Wie besorgt ihr mich anguckt, du und alle anderen! Als hätte ich Aussatz oder die Pocken oder sonst eine lebensgefährliche Krankheit.«

Die Freundin wich ihrem Blick aus. »Das stimmt doch nicht«, murmelte sie kaum hörbar.

»Und ob! Meine Eltern versuchen, mir alles recht zu machen. Jeden Wunsch lesen sie mir von den Augen ab, und selbst wenn ich den größten Mist baue, höre ich weder Vorwürfe noch ein böses Wort.« Laura packte die Freundin an den Schultern. »Das ist doch nicht normal. Aber wenn ich die beiden darauf anspreche, streiten sie alles ab. Genau wie du, Kaja!«

»Ja, klar«, antwortete das rothaarige Mädchen mit belegter Stimme. »Weil es einfach nicht stimmt!«

Laura ging auf den Einwand nicht ein. »Und was das Allermerkwürdigste ist: Selbst Lukas, mein oberschlauer Bruder, der mir sonst bei jeder passenden und unpassenden Gelegenheit unter die Nase gerieben hat, dass er um Längen intelligenter ist, gibt sich in letzter Zeit sanft wie ein Lämmchen. Er ist geradezu rührend um mein Wohlbefinden besorgt. Aber genau das ist der beste Beweis, dass hier etwas faul ist und ihr ein falsches Spiel mit mir treibt. Aber warum, Kaja, warum?« Ihre Finger krallten sich in die Schultern der Freundin. »Erzähl mir endlich, was los ist. Jetzt mach schon!«

»Autsch! Du tust mir weh!«, jammerte Kaja mit weinerlicher Stimme und entwand sich Lauras Griff. Ihre Augen schimmerten verdächtig feucht. »Es ist wirklich nichts. Du bildest dir das alles nur ein. Außerdem ist es höchste Zeit zum Mittagessen. Lass uns in den Speisesaal gehen.« Sie erhob sich, vermied es aber immer noch, die Freundin anzusehen.

Laura hob abwehrend die Hände. »Ohne mich. Mir ist der Appetit vergangen, und zwar gründlich.« Damit warf sie sich wieder auf ihr Bett und presste den Kopf ins Kissen.

Kaja musterte sie bedrückt und machte einen Schritt auf sie zu. Dann aber besann sie sich anders. Während sie durch den schummrigen Flur zum Treppenhaus ging, fühlte Kaja sich elend und hilflos wie noch nie zuvor. Sie musste Laura helfen, und zwar so schnell wie möglich – und dabei hatte sie nicht die geringste Ahnung, wie sie das anstellen sollte.

Morwena und Paravain sahen den Hüter des Lichts voller Spannung an. »Nun erzählt schon, Herr«, drängte die Heilerin ungeduldig. »Warum ist das Mittsommernachtsfest für Euch von so großer Bedeutung?«

»Ganz einfach.« Elysion lächelte sanft. »Weil an diesem Tage ein Jüngerer mein Amt und meine Aufgaben übernehmen wird.«

»Was?« Der Ausruf der beiden jungen Leute kam wie aus einem Munde. Paravain und Morwena schauten sich entsetzt an, bevor sie betroffen den Blick senkten. Ratlose Stille herrschte im Thronsaal, sodass nun vom Burghof gedämpfte Laute zu vernehmen waren: das Hämmern der Schmiede, Hufgeklapper und das Wiehern von Pferden, Rufe von Bediensteten und die Kommandos der Heerführer, die ihre Untergebenen im Dienst an der Waffe unterrichteten.

Schließlich brach Morwena das Schweigen. »Aber warum denn, Herr?«, fragte sie heiser, während sie den feuchten Glanz in ihren Augen zu verbergen versuchte. »Ihr seid doch noch bei Kräften und könnt Euer Amt noch lange Zeit ausüben.«

»Das täuscht«, erwiderte Elysion ruhig. Die matten Strahlen der Frühlingssonne, die sich durch die hohen Fenster des Thronsaales stahlen, verliehen seiner steingrauen Haarmähne und dem grau melierten Bart einen silbrigen Glanz. »Ihr wisst doch: Alles ist im ständigen Wandel begriffen. Nichts kann bestehen, wenn es sich nicht dauernd erneuert. So lautet das uralte Gesetz, dem nicht nur die Natur unterliegt, sondern alle Geschöpfe unter der Sonne – und damit auch wir Krieger des Lichts. Ich versehe mein Amt schon seit endlosen Jahren und spüre, wie die Bürde von Jahr zu Jahr schwerer auf meinen Schultern lastet. Es ist deshalb an der Zeit, dass ein Jüngerer an meine Stelle tritt.«

»Aber warum denn jetzt schon, Herr?«, gab der Weiße Ritter zu bedenken. »Es wäre doch möglich …«

Elysion schnitt ihm das Wort ab. »Du scheinst immer noch nicht zu verstehen, Paravain«, sagte er mit leichtem Vorwurf in der Stimme. »Die Entscheidung ist längst gefallen, und es steht uns nicht an, sie in Zweifel zu ziehen. Schließlich haben die Geister, die über den Lauf der Welten bestimmen, uns ihr eindeutiges Zeichen geschickt.«

»Ein Zeichen, Herr?« Morwena blickte ihn ratlos an. »Welches denn?«

Der greise Herrscher seufzte und sah die Heilerin tadelnd an. »Ich dachte, das hättest du längst erkannt. Du warst doch dabei, als die Wissenden Dämpfe deiner Elevin die Geburt der neuen Einhornkönigin angekündet haben.«

»Natürlich, Herr. Allerdings verstehe ich nicht …«

Elysion brachte sie durch eine Geste zum Schweigen. »Habe ich euch nicht erzählt, unter welchen Umständen ich einst mein Amt antrat? Ich war damals ein einfaches Mitglied der Weißen Garde und habe über meinen Herrn gewacht. Er war weit jünger, als ich es heute bin, und hätte sein Amt gewiss noch viele weitere Jahre ausüben können. Und dennoch: Die Geister hatten andere Pläne.«

Paravain und Morwena hatten sich zu Füßen ihres Gebieters niedergelassen und lauschten atemlos seinen Ausführungen. »Was ist geschehen, Herr?«, fragte der junge Ritter.

»Eines Tages überbrachte Pfeilschwinge, der Adler des Lichts, meinem Gebieter eine Botschaft: Eine neue Einhornprinzessin war geboren worden, Silvana, die jetzige Königin des Karfunkelwaldes. In der darauf folgenden Mittsommernacht trat Silvana die Nachfolge ihrer Mutter an. Gleichzeitig wurde ich zum neuen Hüter des Lichts bestimmt.«

»Aber wer sagt denn, dass diesmal das Gleiche geschehen wird?«, fragte die Heilerin mit banger Miene.

»Natürlich wird es das, Morwena. Weil es dem uralten Gebot entspricht, das seit Anbeginn der Zeiten den Lauf der

Welten bestimmt. Es ist das Gesetz des ewigen Werdens und Vergehens. Stets tritt dabei das Neue an die Stelle des Alten und sorgt dafür, dass der Stab des Lebens von einer Generation an die nächste weitergereicht wird. Das ist bei den Einhörnern genauso der Fall wie bei uns Kriegern des Lichts. Selbst unsere ärgsten Feinde, die Dunklen Mächte, bilden da keine Ausnahme.«

Paravain runzelte die Stirn. »Soll das bedeuten, dass in der kommenden Mittsommernacht auch die Macht von Borboron gebrochen wird?«

»Das nehme ich stark an«, antwortete Elysion. »Für uns allerdings ändert sich dadurch nicht das Geringste. Sein Nachfolger als Schwarzer Fürst steht mit Sicherheit bereits fest und wird uns genauso erbarmungslos bekämpfen wie sein Vorgänger.«

»Wer wird das sein, Herr?«

Der Hüter des Lichts hob ratlos die Hände. »Das entzieht sich meiner Kenntnis. Doch keine Sorge, wir werden es noch früh genug erfahren.«

»Aber …« Die Heilerin brach ab, als wagte sie die Frage nicht zu stellen, die ihr auf der Zunge lag.

»Nur zu, Morwena«, ermutigte sie Elysion, der längst ihre Gedanken gelesen hatte. »Sprich ruhig aus, was dein Herz bewegt.«

»Vielen Dank, Herr.« Wieder errötete die junge Frau, als hätte man sie bei etwas Unrechtem ertappt. »Wer … Wer wird Euch denn nachfolgen?«

»Ja, Herr«, warf der Weiße Ritter ein. »Das würde ich auch gerne erfahren.«

»Selbst wenn ich das wüsste, würde ich es euch nicht verraten«, beschied Elysion ihnen mit hintergründigem Lächeln. »Übt euch in Geduld, meine Kinder, und wartet einfach ab. Die Geister, die über den Lauf der Welten bestimmen, werden es ohne Zweifel so fügen, dass die Person unter uns meine Nachfolge antritt, die dafür am besten geeignet ist.«

Der holzgetäfelte Speiseraum hatte Burg Ravenstein in früheren Jahrhunderten als Rittersaal gedient. Jetzt allerdings erinnerten nur noch die rustikale Balkendecke und die schmiedeeisernen Leuchter an den ehemaligen Verwendungszweck. Die langen Tische zu beiden Seiten des Mittelgangs waren höchstens zu zwei Dritteln besetzt. Schuld daran trug die Austrittswelle zum Ende des letzten Schuljahres. Damals hatten verschiedene Zeitungen eine Hetzkampagne gegen Direktor Morgenstern geführt und viele Eltern dazu bewogen, ihre Sprösslinge abzumelden.

Kaja war viel zu spät dran. Ohne nach links oder rechts zu sehen, eilte sie mit einem Salatteller auf ihren Platz zu, am dritten Tisch auf der Fensterseite. Mit der Zeit hatte sich dort eine feste Stammbesetzung herausgebildet, zu der neben Kaja und Laura noch Lukas Leander, Magda Schneider und einige Schüler aus höheren Klassen gehörten.

Inzwischen war ein weiterer Ravensteiner hinzugekommen: Yannik Anders. Er ging in dieselbe Klasse wie Lukas, was jedoch nicht der einzige Grund war, weshalb die beiden inzwischen Freunde geworden waren. Zum einen hatten sich die Jungen auf Anhieb sympathisch gefunden. Zum anderen aber war Lukas – und natürlich auch Kaja! – schon nach kürzester Zeit klar geworden, dass Yannik zu den Wächtern gehören musste. Schließlich hatten beide aus nächster Nähe miterlebt, wie Laura vor über einem Jahr in diesen erlauchten Kreis eingeführt worden war, der seit Anbeginn der Zeiten darüber wachte, dass die Mächte des Bösen auf der Erde nicht die Oberhand gewannen.

Da Yannick genau wie Laura im Zeichen der Dreizehn geboren war, verfügte er auch über alle drei Fähigkeiten, die sie einmal besessen hatte. Diese Gaben unterschieden die Wächter und ihre erbittertsten Feinde, die Dunklen, von gewöhnlichen Menschen: Gedankenlesen, Telekinese und Traumreisen. Laura hatte es durch geduldiges Üben zur wahren Meisterschaft darin gebracht, bis sie auf dem Höhepunkt ihres Könnens auf diese Fähigkeiten verzichten musste, um ihre Mutter aus dem Reich der Schatten zu erlösen.

Während Kaja langsam und genüsslich ein Blatt Salat nach dem anderen verspeiste, stieß sie den neben ihr sitzenden Lukas sanft in die Rippen und raunte ihm zu: »Wir müssen dringend was unternehmen!«

»Hä?« Der Junge, der sonst für seine schnelle Auffassungsgabe bekannt war, musterte sie durch seine dicke Hornbrille so ratlos wie ein Maulwurf eine Sudoku-Aufgabe. »Wofür oder wogegen?«

»Wegen Laura, meine ich«, antwortete Kaja gedämpft, damit die anderen am Tisch ihre Worte nicht mitbekamen. »Sie ist total durcheinander, und ich habe den Eindruck, dass es mit jedem Tag schlimmer wird.« Mit grimmigem Blick starrte sie zur Stirnseite des Speisesaals, wo auf einem Holzpodest das gesamte Kollegium einschließlich des Direktors die Mahlzeiten einnahm. »Ich frage mich auch, warum weder Professor Morgenstern noch Miss Mary oder Percy etwas unternehmen, um ihr zu helfen!«

»Sie werden ihre Gründe dafür haben«, gab Lukas zurück, während er sich eine Riesengabel Spaghetti Carbonara in den Mund schaufelte. Seine restlichen Worte waren kaum verständlich: »Außerdem muss man mit bestimmten Problemen allein fertig werden, sonst kommt man nie darüber hinweg.«

»Mag sein.« Kaja nickte und formte eine Schnute. »Aber bei Laura liegt die Sache anders. Sie hat doch überhaupt keine Chance, die Ursache ihrer Probleme zu erkennen. Wie soll sie da in der Lage sein, sie zu überwinden?«

Lukas' Blick machte deutlich, dass er seiner Nachbarin so viel Scharfsinn gar nicht zugetraut hätte. »Da könnte was dran sein«, brummte er und zog die Stirn kraus – ein sicheres Zeichen, dass er intensiv über ein Problem nachdachte oder etwas ebenso stark in Zweifel zog. Manchmal auch beides.

»Warum flüstert ihr dauernd miteinander, zum Geier?« Magda Schneider sah die beiden vorwurfsvoll an. »Oder ist das so geheim, dass wir nichts davon erfahren dürfen?«

Kaja und Lukas tauschten fragende Blicke. Sollten sie Magda einweihen oder nicht? Da meldete sich überraschend Yannik zu Wort. »Ihr macht euch Sorgen um Laura, nicht wahr?«

»Äh …«, stammelte Kaja verwundert. »Wie … Wie kommst du darauf?«

»Professor Morgenstern hat mir alles erzählt«, antwortete der Junge mit freundlichem Lächeln. »Ich bin am gleichen Tag wie Laura geboren, und ich denke, ihr wisst, was das bedeutet.«

»Ja, was denn, zum Geier?«, ereiferte sich Magda und warf ihm giftige Blicke zu. »Oder gehst du jetzt auch noch unter die Geheimniskrämer?«

Yannik sah Kaja unverwandt an. Seine samtschwarzen Augen kamen ihr wie ein geheimnisvolles Versprechen vor. »Ihr könnt mir vertrauen«, sagte er sanft. »Ich bin auf eurer Seite.«

Kaja schnappte nach Luft. Ihr wurde heiß und kalt und plötzlich flau im Magen. Dann fühlte sie ein warmes Kribbeln im Bauch, das Blut schoss ihr in die Wangen, und ihr Kopf war mit einem Male ganz leer. Ihr war, als schwebe sie in einem luftleeren Raum. Und bei all dem konnte sie den Blick nicht von Yannick wenden.

Sein Anblick gab ihr das Gefühl, dass doch noch alles gut werden könnte.

Kapitel 11 ❧ Der Werwolf und der Vampir

Obwohl die Sonne im Zenit stand, herrschte Düsternis im Schattenforst. Zwischen den Stämmen der mächtigen Bäume, deren ausladende Kronen ein Schutzschild gegen das Licht bildeten, hatte sich ein Halbdunkel eingenistet, in dem man selbst zur Mittagsstunde kaum mehr als zwanzig Schritt weit sehen konnte. Während der Nacht war es dort dunkler als im tiefsten Verlies der Schwarzen Festung.

Im Zentrum des verfluchten Waldes fiel der Boden steil ab zu einer tiefen Schlucht, die als der »Schwarze Schlund« bekannt war. Dieser war schon häufig mit dem Eingang zum Schattenreich von Taranos verwechselt worden. Die wenigen jedoch, die beide Orte kannten, hielten den Schwarzen Schlund nicht nur für weit finsterer, sondern vor allem auch für gefährlicher. Kaum jemand, der auf eigene Faust und ohne Erlaubnis Beliaals dort eingedrungen war, hatte den heimlichen Besuch lebend überstanden.

An der tiefsten Stelle des Schwarzen Schlundes verbreiterte sich die schlauchartige Schlucht und formte einen Kessel, gesäumt von nackten Felswänden, die sich endlos emporzurecken schienen. Während am Grund der Spalte dauernde Finsternis herrschte, sah man von dort in luftiger Höhe einen hellgrauen Fleck, der während der Tagesstunden wie ein düsterer Vollmond über dem unheimlichen Kessel prangte.

Gierrach und Drakéuu war das einerlei. Seit die Menschen Werwölfe und Vampire von ihrem Planeten vertrieben hatten, mussten die Nachtgeschöpfe in der Welt der Mythen Zuflucht suchen. Längst war ihnen der Schattenforst zur zweiten Heimat geworden. Weder der massige Gierrach, der vom pelzigen Scheitel bis zur nackten Sohle gewiss zwei Meter maß, noch der schlanke Drakéuu hatten Mühe, sich darin zurechtzufinden. Ihre Augen waren weitaus schärfer als die anderer Geschöpfe und durchdrangen die Dunkelheit mühelos. Auch die ewige Düsternis des Schwarzen Schlunds schreckte sie nicht.

Dass Gierrach und Drakéuu dennoch unruhig und wie gehetzt auf das Schwarze Schloss zuhasteten, hatte einen anderen Grund: Beliaal hatte ihnen während der Nacht eine Nachricht durch einen Kopfflügler überbringen lassen und sie zu sich befohlen.

Endlich erreichten die beiden den Eingang zum Palast des Todesdämons: fünf Findlinge, wie durch eine Laune der Natur übereinandergetürmt. Sie waren mit dichtem Schlingenefeu bewachsen, dessen nachtschwarze Blätter die grauen Steine fast vollständig bedeckten. Die schmale Spalte, die den Zugang zum Schwarzen Schloss bildete, war kaum zu erkennen, zumal sie durch zwei Dornbüsche links und rechts teilweise verdeckt wurde.

Gierrach blieb stehen und wandte sich seinem Begleiter zu, der ebenfalls verharrte. Obwohl der Werwolf gelbe Wolfsaugen und Reißzähne besaß, wies sein mit schwarzen Zotteln besetztes Antlitz durchaus menschliche Züge auf. Zudem ging Gierrach aufrecht auf den Hinterbeinen und hatte krallenbewehrte Hände. Der dichte Pelz aber, der den gesamten Körper bedeckte, verriet seine Wolfsnatur überdeutlich. »Weißt du vielleicht, was Beliaal von uns will?«, fragte er mit kehliger Stimme.

»Nicht im Geringsten«, näselte der Vampir. »Ich kann lediglich Vermutungen anstellen. Vielleicht hängt es ja mit den

Gerüchten zusammen, die in jüngster Zeit im Schattenforst die Runde machen.« Drakéuu verzog die blassen Lippen zu einem schmalen Lächeln, bis der bleistiftdünne Bart unter seiner spitzen Nase an einen schwarzen Strich erinnerte.

Gierrach glotzte ihn verständnislos an. »Welche Gerüchte denn?«

»Nun, mein Lieber …« Mit seinen roten Augen funkelte der Vampir den Werwolf belustigt an, während er sich welke Blätter und Dornen vom schwarzen Anzug strich. »Hat Er wirklich noch nicht davon gehört?«

Gierrach knurrte. Er hasste diesen aufgeblasenen Angeber, auch wenn ihm der Grund für dessen überhebliches Gebaren bekannt war: Drakéuu hatte die letzten zweihundert Jahre seines Erdendaseins auf dem Landsitz eines verarmten Adelsgeschlechts verbracht, wo deren Benehmen auf ihn abgefärbt hatte. Und dennoch – am liebsten wäre Gierrach seinem Begleiter an die Kehle gefahren, selbst wenn er sich aus Vampirfleisch nichts machte. Es war zäh und blutleer noch dazu und hielt keinem Vergleich mit den zarten Leibern der Erdenbewohner stand. Allerdings war der Werwolf gespannt darauf, was der Blutsauger zu erzählen hatte, und schluckte deshalb seinen Ärger hinunter. »Was soll ich denn gehört haben?«, fragte er mühsam beherrscht.

»Man munkelt, dass wir alsbald ebenso seltenen wie interessanten Besuch bekommen werden.« Drakéuu lächelte amüsiert. »Angeblich hat unser Gebieter Beliaal seinen Hausdiener, diesen kriecherischen Wiedergänger Konrad, auf die Erde geschickt, damit dieser einem Menschenkind den Weg in den Schattenforst weist.«

Dem Werwolf traten beinahe die Augen aus den Höhlen. »Ein Menschenkind?«, grollte Gierrach. »Bist du da sicher?«

»Aber, aber, mein zotteliger Freund! Hat Er denn nicht richtig zugehört?« Der Vampir winkte mit blasierter Miene ab.

»Ich habe eigens erwähnt, dass es sich lediglich um Hörensagen handelt. Allerdings …« Er trat dichter an Gierrach heran, warf den Büschen vor den Findlingen einen misstrauischen Blick zu und hob den Mund dicht an das spitze Wolfsohr seines Begleiters. »Wie sagt man bei uns so schön? ›Wo ein Hals ist, gibt es auch was zu beißen‹. Also wird an dem Gerücht schon etwas dran sein.«

Der Werwolf schluckte.

Ein Menschenkind!

Schon der bloße Gedanke daran ließ Gierrach das Wasser im Maul zusammenlaufen. Geifernd entblößte er das Gebiss, und ein wohliges Grollen entfloh seiner Kehle.

Ein Menschenkind!

Ein Wesen aus warmem Fleisch und Blut! Eines der Geschöpfe, auf die er in der alten Heimat regelmäßig Jagd gemacht hatte – in den Vollmondnächten, wenn seine Wolfsnatur die Oberhand über seine menschliche Seite gewann.

Was waren das für Zeiten gewesen!

Er vermisste den Kitzel dieser Raubzüge, ebenso wie den süßen Geschmack des Menschenblutes.

Die Jagd auf Rehe und Hirsche, mit der er sich seit der Vertreibung vom Menschenstern begnügen musste, war nicht einmal ein schaler Ersatz dafür.

Der Werwolf legte den Kopf in den Nacken und sandte ein schauriges Heulen in die Höhe. Es klang, als flehe er den dunklen Himmel an, dass Drakéuu Recht behalten möge.

»Los jetzt!«, fauchte er dann ungeduldig. »Ich kann es nicht erwarten, diese Neuigkeit aus dem Munde unseres Herrn selbst zu hören!« Damit hetzte er auf die beiden Dornbüsche zu.

Drakéuu folgte ihm auf dem Fuße und rempelte Gierrach an, als dieser jäh anhielt.

»Halt!«, schallte es vor ihnen aus dem Dornengestrüpp. Äste und Zweige verformten sich, bis beide Büsche die Konturen von grimmigen Lemuren angenommen hatten. »Was ist euer Begehr?«

»Was erlaubt Er sich!«, fuhr Drakéuu den Pflanzling an, der den Eingang zu Beliaals Palast bewachte. »Seine Hochwohlgeboren, der Herrscher der Finsternis, erwartet uns. Wenn Er uns nicht auf der Stelle passieren lässt, werde ich dafür sorgen, dass Er zur Rechenschaft gezogen wird!«

Der Pflanzling ließ sich davon nicht im Geringsten beeindrucken. Er verzog sein Zweig- und Blattgesicht zu einer grimmigen Fratze und zwinkerte seinem Kollegen zu. »Was meinst du? Sollen wir diesem wichtigtuerischen Schnösel von Blutsauger Benehmen beibringen – oder ihn gleich der Lichtfolter aussetzen, bis er zu Staub zerfällt?«

»Was bildet Er sich …«, brauste der Vampir auf, als er mit einem Male hinter sich ein Zischen vernahm, leise und bedrohlich. Drakéuu drehte sich um und starrte auf den von vermoderten Blättern und verfaulten Ästen übersäten Boden zu seinen Füßen.

Der Werwolf tat es ihm gleich.

Ein Pilz schob sich aus dem modrigen Erdreich, klein, tiefschwarz und nahezu kugelrund wie ein Bovist. Während er rasend schnell größer wurde, schwoll das Sausen immer weiter an. Schließlich zerplatzte das unheimliche Gewächs mit lautem Knall und setzte eine mächtige Wolke aus schwarzen Sporen frei, die wilder und wilder um die eigene Achse rotierte. Schließlich formte sich unter Brausen eine Furcht erregende Gestalt aus dem Wirbel, und Beliaal, der Dämon des Todes, stand vor seinen Gefolgsleuten.

Gierrach und Drakéuu fielen vor ihm auf die Knie, was allerdings nur den Unwillen ihres Herrn hervorrief.

»Erhebt euch, ihr Narren«, schimpfte er wütend. »Ich habe euch nicht rufen lassen, damit ihr den Boden wischt! Hört lieber zu, was ich euch zu sagen habe.«

Lukas stellte gerade sein Tablett auf das Förderband der Geschirrrückgabe, als ihn unvermittelt und schmerzhaft ein spitzer Ellbogen in die Rippen traf. »Hey!« Empört fuhr er herum. »Kannst du nicht aufpassen?«

Ronnie Riedel grinste ihn unverschämt an. »Sorry. War keine Absicht. Ich hatte ja keine Ahnung, dass du so ein Weichei bist.« Er wandte sich an Max Stinkefurz, der neben ihm stand und über das ganze schwabbelige Vollmondgesicht grinste. »Der ist ja fast so ein Schwächling wie seine Schwester.«

»Ein echter Darmwuscher!«, ergänzte Max und wieherte so schrill, dass es selbst einem tollwütigen Esel zur Ehre gereicht hätte.

Lukas ging auf den blöden Scherz nicht ein. Max stand ganz unter der Fuchtel von Ronnie, und seine öde Buchstabenverdreherei war nichts weiter als der hilflose Versuch, wenigstens etwas Originelles von sich zu geben. »Ich habe zwar keine Ahnung, was der Unsinn soll«, sagte Lukas und hielt Ronnies drohendem Blick stand, obwohl der rothaarige Junge ein gutes Stück größer war als er. »Aber damit es selbst ein Spar-Kiu wie du versteht: Ich bin kein Weichei, und Laura auch nicht. Meine Schwester hat oft genug bewiesen, dass sie vor nichts und niemandem Angst hat, und schon gar nicht vor dir!«

»Tatsächlich?«, fragte Ronnie mit merkwürdigem Unterton in der Stimme. »Dann hast du also schon vergessen, was im letzten Jahr passiert ist, als ich deine Schwester zum Skirennen am Ochsenkopf herausgefordert habe? Angeblich ist Laura ja krank geworden. In Wahrheit aber hat sie Schiss bekommen und ist deshalb nicht aufgetaucht!«

»Genauso war es.« Max Stinkefurz pflichtete ihm eilig bei und nickte wie ein Wackeldackel mit Schüttelkrampf. »Daran erinnern wir uns doch alle noch sehr genau.« Um Zustimmung heischend, blickte der Dickwanst in die Runde der Ravensteiner. Die Schüler hatten einen Kreis um Lukas und

Ronnie gebildet und musterten die beiden mit glühenden Gesichtern, als erwarteten sie, dass die Jungen jeden Moment wie zwei bissige Hunde übereinander herfielen. »Habe ich nicht Recht, Leute?«

Von allen Seiten wurde Zustimmung laut. »Natürlich!«, »Klar, stimmt!« und »Sie hat einfach gekniffen, weil sie feige ist!« Nur Mr Cool, der ebenfalls unter den Zuschauern stand, meldete Protest an, wurde aber von den Schreihälsen übertönt.

Lukas schluckte und schlug für einen Moment die Augen nieder. Laura war damals nicht zu dem Rennen angetreten, doch das hatte nicht das Geringste mit Feigheit zu tun. Sie war vielmehr kurz zuvor auf einer Traumreise gewesen, die sie so sehr entkräftet hatte, dass sie tagelang das Bett hüten musste. Aber Ronnie hatte keine Ahnung, was für eine fantastische Welt hinter der Fassade der Dinge verborgen lag. Es war also sinnlos, die Wahrheit als Entschuldigung anzuführen. »Laura war damals wirklich krank«, sagte Lukas deshalb nur. »Wenn du mir nicht glaubst, dann geh zu Professor Morgenstern, der wird dir das gerne bestätigen.«

Für einen Moment sah es so aus, als würde Ronnie unsicher werden. Dann aber fing er sich wieder. »Ach!« Er winkte verächtlich ab. »Weiß doch jeder, dass der alte Zausel auf Lauras Seite steht. Aber …« Er trat einen Schritt näher und sah Lukas herausfordernd ins Gesicht.

»Ja?« Lukas lugte ihn über den Rand seiner Brille hinweg an.

»Wenn Laura tatsächlich so mutig ist, wie du behauptest, dann könnten wir das Rennen doch nachholen, oder?«

»Kein Problem. Mit dir nimmt sie es jederzeit auf!«

»Okay, einverstanden!« Ronnie grinste in die Runde. »Ihr habt es alle gehört!«

Die Schüler antworteten mit eifrigem Kopfnicken und schadenfrohem Grinsen. Nur Philipp verdrehte entsetzt die Augen und schüttelte heftig den Kopf: Was soll denn der Quatsch, Lukas?

»Also gut«, fuhr Ronnie fort. »Wie wäre es mit übernächster Woche? Am letzten Schultag vor den Osterferien?«

»Warum nicht?« Lukas konnte sich ein Grinsen nicht verkneifen. »Vorausgesetzt natürlich, dass es bis dahin noch schneit!«

»Witzbold!«, knurrte Ronnie. »Ich hätte dich für klüger gehalten: Ich meinte doch kein Skirennen, sondern eine Mountainbike-Abfahrt! Aber das traut sich deine Schwester nie im Leben!«

»Klaromaro!«, entgegnete Lukas betont gelassen, doch das Blut, das ihm in die Wangen schoss, strafte seine Coolness Lügen. »Laura hängt dich ab – und zwar mit links!«

»Das werden wir ja sehen!«, zischte Ronnie mit verkniffenem Blick. »Richte deiner Schwester aus, dass ich auf sie warte. Am letzten Schultag um fünfzehn Uhr am Ochsenkopf. Und wenn sie es sich anders überlegen sollte oder wieder an ›akutem Muffensausen Maximalis‹ leidet …« – hämisch grinsend schaute er in die Runde –, »… dann soll sie mir einfach Bescheid sagen, und ich schenke ihr zum Trost ein Paket Windeln!« Unter dem höhnischen Gelächter seiner Kumpane zog er von dannen.

Während Lukas ihm nachsah, wurde ihm doch etwas mulmig zumute. Er wusste, dass Ronnie Riedel nicht nur ein glänzender Skifahrer, sondern auch ein exzellenter Mountainbiker war, der schon einige Nachwuchsrennen für sich entschieden hatte. Zudem galt der Parcours am Ochsenkopf nicht nur als äußerst anspruchsvoll, sondern auch als ziemlich gefährlich. Bei den Landesmeisterschaften im letzten Jahr hatte es dort zahlreiche Stürze gegeben. Einer der Fahrer hatte sich sogar so schwer verletzt, dass er wochenlang im Koma lag.

Mr Cool hatte davon offensichtlich auch gehört. Jedenfalls trat er auf Lukas zu und tippte sich an die Stirn. »Bist du vollkommen verrückt geworden?«, fragte er kopfschüttelnd. »Du hättest Laura vorher wenigstens fragen sollen.«

»Das brauch ich nicht«, beharrte der Junge. »Ich weiß, dass sie Ronnie genauso wenig ausstehen kann wie ich.«

»Was hat denn das eine mit dem anderen zu tun? Dieses Rennen ist doch viel zu gefährlich. Kompletter Wahnsinn, wenn du mich fragst.«

»Jetzt übertreib mal nicht, Philipp!« Mürrisch schob Lukas sich die Hornbrille von der Nasenspitze nach oben. »Sicherlich hat es bei der Meisterschaft dort ein paar Stürze gegeben. Aber die Mehrzahl der Fahrer ist ins Ziel gekommen, ohne dass ihnen das Geringste passiert ist.«

»Das waren Profis, vergiss das nicht!« Mr Cool redete sich allmählich in Rage. »Leute, die den lieben langen Tag nichts anderes tun als Rad fahren.«

»Na, und?« Lukas winkte ab. »Ronnie ist doch auch kein Profi. Außerdem hat Laura noch genügend Zeit, um sich auf das Rennen vorzubereiten – volle zwei Wochen!«

»Ich fasse es einfach nicht.« Mr Cool verdrehte die Augen. »Nimm endlich Vernunft an, Lukas, ich bitte dich! Geh einfach zu Ronnie und sag ihm, dass dir die Sache leidtut.«

»Was?« Lukas japste auf. »Ich soll einen Rückzieher machen? Das wäre für Ronnie doch ein gefundenes Fressen! Er würde wochenlang über Laura und mich herziehen.« Wild entschlossen schüttelte er den Kopf. »Nein, Philipp, diesen Gefallen werde ich dem Typen nicht tun – niemals! Und jetzt entschuldige mich bitte, ich hab noch was vor.« Damit drehte er Philipp den Rücken zu und ging.

Mr Cool seufzte. »Wie kann man nur so dickköpfig sein!«, murmelte er vor sich hin. »Ich will nur hoffen, dass das gut geht.«

Werwolf und Vampir richteten sich auf und blinzelten scheu in die schaurige Dämonenfratze. Beliaals Augen funkelten, während er ihnen Order erteilte. Zu Gierrachs heimlicher Freude bestätigte er, dass er tatsächlich den Besuch eines Menschenkindes im Schattenforst erwartete.

»Aus diesem Grund habe ich euch zu mir gerufen«, erklärte der Herrscher der Finsternis. »Sämtliche Wesen des Schattenforstes sind nicht gut auf die Bewohner des Menschensterns zu sprechen. Aber ihr Werwölfe und Vampire verabscheut sie am allermeisten, weil ihr den Zeiten nachtrauert, als ihr euch noch an menschlichem Fleisch und Blut laben konntet. Deshalb warne ich euch!« Er warf Gierrach und Drakéuu eindringliche Blicke zu. »Wagt es bloß nicht, euch an meinem Gast zu vergreifen! Er soll mir nämlich helfen, Smeralda in meinen Besitz zu bringen und die Einhörner zu vernichten. Danach wird sich die Herrschaft der Finsternis auf den lichten Tag ausdehnen, und ihr dürft wieder tun und lassen, was ihr wollt. Möglicherweise könnt ihr dann sogar auf die Erde zurückkehren. Wenn dort erst mal die Dunkelheit Angst und Schrecken verbreitet, werden die Menschen auch eure Anwesenheit dulden müssen. Aber bis dahin …« – er hob die Krallenhand, um seine Mahnung zu unterstreichen – »… steht dieses Erdenkind unter meinem ganz persönlichen Schutz. Jeden, der ihm auch nur ein Haar krümmt, werde ich eigenhändig zur Rechenschaft ziehen. Verstanden?«

Der Werwolf und der Vampir verneigten sich. »Natürlich, Gebieter«, murmelten sie unterwürfig wie aus einem Mund.

»Geht zurück zu euren Schwestern und Brüdern«, befahl der Dämon, »und unterrichtet sie über mein Gebot. Und alle übrigen Bewohner des Schattenforstes ebenso.«

Die Gefolgsleute dienerten ein weiteres Mal. »Natürlich, Gebieter.« Sie wollten sich schon zurückziehen, als Beliaal sie aufhielt.

»Noch eins«, gab der Dämon ihnen mit auf den Weg. »Die verfluchten Kreaturen des Lichts dürfen nichts davon erfahren. Das gilt besonders für die elenden Flatterflügler, die sich jetzt unablässig vor dem Saum meines Waldes herumtreiben.« Der Todesdämon machte einen Schritt auf die Nachtgeschöpfe zu, die eingeschüchtert vor ihm zurückwichen. »Sie sind wahre Plappermäulchen, und neugierig noch dazu. Ich bin sicher, ihre Angeber werden Silvana und dem neugeborenen Füllen schon bald einen Besuch abstatten, um der zukünftigen Einhornkönigin zu huldigen. Wenn mein Plan gelingen soll, dürfen diese Wichte unter keinen Umständen mitbekommen, was ich mit Smeralda vorhabe – vor allem nicht, dass ein Kind vom Menschenstern mir dabei helfen wird!«

Während Gierrach und Drakéuu noch über seine Worte nachsannen, veränderte der Dämon erneut die Gestalt. Brausend zerfloss seine Körperhülle zu der Form eines kugeligen Dornengestrüpps, das dem Werwolf und dem Vampir höchstens bis zu den Knien reichte. Als würde die dornige Kugel von einer kräftigen Bö erfasst, rollte sie davon und wurde nur Augenblicke später von der Dunkelheit des Schwarzen Schlundes verschluckt. Dabei war es völlig windstill, und nicht der leiseste Hauch regte sich.

Obwohl Gierrach und Drakéuu schon häufiger Zeuge von Beliaals unheimlichen Kräften geworden waren, starrten sie einander fassungslos an, denn das Unbegreifliche erschließt sich selbst dann nicht, wenn man es wiederholt beobachtet.

Kapitel 12 ❧ Ein folgenschwerer Entschluss

Als Lukas seiner Schwester berichtete, was er mit Ronnie Riedel vereinbart hatte, lehnte sie zunächst entrüstet ab: »Eine Abfahrt mit dem Mountainbike vom Ochsenkopf? Ich bin doch nicht lebensmüde!«, lautete ihr spontaner Kommentar.

An das geplatzte Skirennen vom vergangenen Jahr konnte Laura sich nicht mehr erinnern, sodass der entsprechende Hinweis von Lukas ins Leere lief. Als der Bruder ihr allerdings vor Augen hielt, welche Folgen eine Absage des Radrennens haben würde, wurde sie doch etwas nachdenklich.

»Möglicherweise hast du Recht«, räumte sie ein. »Dem fiesen Ronnie ist alles zuzutrauen. Der würde sich bestimmt über uns lustig machen und uns wochenlang durch den Dreck ziehen.« Lukas wollte schon frohlocken, als Laura hinzufügte: »Andererseits – was kümmert mich das doofe Geschwätz von Ronnie Riedel? Ich weiß, dass ich nicht feige bin, und das reicht mir. Es ist ganz allein deine Schuld, dass du dich auf diesen Schwachsinn eingelassen hast. Was hab ich damit zu tun?«

Lukas schwieg. So konnte er Laura nicht umstimmen. Sein Superhirn arbeitete auf Hochtouren, während er fieberhaft nach einer besseren Lösung suchte. Er musste eine andere Strategie einschlagen! »Du hast ja Recht«, sagte er betont kleinlaut. »Es war wirklich dumm von mir, mich von Ronnie provozieren zu lassen. Aber ich kenne diese Abfahrtsstrecke am Ochsenkopf ja nicht und wusste nicht, wie gefährlich sie ist.« Er blickte die Schwester treuherzig an. »Du bist dort bestimmt schon mal gefahren, oder?«

»Ich?«, fragte Laura. »Nein, natürlich nicht. Wie kommst du darauf?«

»Warum wohl?« Obwohl Lukas am liebsten gegrinst hätte, tat er entrüstet. »Weil du dir so sicher warst, dass die Route irre gefährlich ist. Vielleicht stimmt das ja gar nicht. Du weißt doch, wie manche Leute übertreiben. Bei der Abfahrt am Ochsenkopf ist das womöglich auch so.«

Laura wirkte ehrlich überrascht. »Du meinst, es ist gar nicht so schlimm, wie man sich erzählt?«

»Wäre doch möglich, oder?«, antwortete Lukas rasch. »Weißt du was? Am besten, wir sehen uns die Strecke einfach mal an und unternehmen eine Probefahrt. Danach entscheidest du, ob du Ronnies Herausforderung annehmen willst oder nicht. Und falls du wirklich keine Lust auf das Rennen hast, kein Problem! Dann gehe ich zu Ronnie und nehme alle Schuld auf mich. Einverstanden?«

Laura blickte ihn nachdenklich an, dann nickte sie. »Einverstanden.« Mit einem leichten Grinsen fügte sie hinzu: »Wie sagt man immer so schön? Anschauen kostet ja nichts!«

»Super! Und wann?«

Laura überlegte kurz. »Am besten gleich morgen. So gegen drei, wenn ich vom Friseur zurückkomme.«

»Super!«, wiederholte der Bruder und strahlte.

»Allerdings nur unter einer Bedingung!«

»Öh …« Lukas schluckte und legte die Stirn in Falten. »Welche Bedingung denn?«

Laura sah aus wie ein kleines Mädchen, das seinem Bruder einen besonders gelungenen Streich gespielt hat. »Dass du bis dahin mein Fahrrad in Schuss bringst, okay?«

Lukas verdrehte die Augen. Im Gegensatz zu seinem eigenen Bike, das tadellos in Ordnung war, musste das Rad seiner

Schwester umfassend überholt werden: Der Vorderreifen war platt, die Kette locker und beide Bremsen funktionierten nicht richtig. Das war mächtig viel Arbeit, und Lukas wusste nicht, ob er rechtzeitig fertig sein würde. Trotzdem fügte er sich in sein Schicksal. »Okay, Laura, einverstanden. Morgen Nachmittag um drei ist deine Mühle fast wie neu und einwandfrei in Schuss!«

»Das will ich schwer hoffen«, antwortete Laura, die sich ein zufriedenes Grinsen nicht verkneifen konnte. »Sonst kannst du unseren Ausflug zum Ochsenkopf nämlich vergessen.«

Als Laura am nächsten Tag den Friseursalon verließ und in den betagten Volvo Kombi ihres Vaters stieg, um mit ihm nach Ravenstein zurückzufahren, machte Marius Leander große Augen. »A-A-Aber Laura«, stammelte er verwirrt. »Wa-Wa-Was ist das denn?«

»Meine neue Frisur, was sonst?«, erwiderte sie und drehte den Kopf, damit er sie von allen Seiten bewundern konnte. »Hübsch, nicht wahr?«

Marius antwortete nicht, sondern starrte seine Tochter an wie unter Schock. Von Lauras langen blonden Haaren, die wie seidige Schleier bis auf ihre Schultern gefallen waren, war nicht viel übrig. Laura hatte sie erheblich stutzen lassen und trug nun eine moderne Kurzhaarfrisur, die ihr allerdings nicht weniger hübsch zu Gesicht stand. Im Gegenteil – sie verlieh ihr ein forsches Aussehen, das ihrem kecken Wesen sogar mehr entsprach als die langen Haare.

»Nun ja«, sagte Marius Leander denn auch nach einer Weile. »Nicht übel, Laura, aber eben anders als früher.« Mit einem merkwürdigen Unterton fügte er hinzu: »Und vielleicht ist das ja genau das Richtige.«

Laura runzelte die Stirn und sah ihn fragend an. »Wie meinst du das, Papa?«

»Ach, vergiss es«, wehrte Marius ab. »War nur so dahergeredet, weiter nichts.«

Er startete und setzte den Blinker. Während ihr Vater darauf wartete, den Wagen zwischen die Fahrzeuge auf der Hauptstraße einfädeln zu können, musterte Laura ihn von der Seite. Schon möglich, dass der Kommentar tatsächlich keine tiefere Bedeutung gehabt hatte. Andererseits kannte Laura ihren Vater gut genug, um bereits am Klang seiner Stimme einschätzen zu können, wie er seine Aussagen meinte. Und bei dieser Bemerkung hatte er sich zweifelsfrei etwas gedacht, auch wenn Laura der Sinn dahinter verborgen blieb.

Nicht zum ersten Mal in letzter Zeit!

Es war schon nach drei Uhr, als Laura sich schließlich auf den Weg zu Lukas machte. Natürlich hatte auch Kaja ihre neue Frisur eingehend begutachten und kommentieren müssen. Die Freundin war begeistert gewesen und schwärmte in den höchsten Tönen. »Die steht dir supergut, Laura, einfach toll!«, sagte Kaja bewundernd, während sie Laura umkreiste, um sie von allen Seiten betrachten zu können. »Sie gefällt mir noch besser als deine langen Haare, und die waren bestimmt nicht übel!« Dann prustete Kaja unvermittelt los. »Du wirst sehen, ab sofort laufen dir alle Jungs hinterher, und ganz besonders Mr Cool. Der ist doch immer noch in dich verschossen, auch wenn du ihn im letzten Jahr so krass abserviert hast!«

»So ein Quatsch«, hatte Laura entrüstet geantwortet und war so rasch wie möglich aus dem Zimmer geeilt. Kaja musste ja nicht mitbekommen, dass Lauras Gesicht von einer Sekunde auf die andere knallrot angelaufen war. Sie hatte inzwischen über Philipp nachgedacht und konnte überhaupt nicht mehr verstehen, weshalb sie den Jungen damals »abserviert« hatte, wie Kaja es bezeichnete.

Wie ein gehetztes Reh sprang Laura durch das Treppenhaus

der Eingangshalle hinab, damit Lukas nicht zu lange auf dem Innenhof der Burg warten musste. Sie legte eben die letzten Stufen zurück, als sie aus dem anderen Treppenhaus, das zum Jungenflügel führte, ebenfalls hastige Schritte vernahm. Sie kamen rasch näher. Beim Anblick des Jungen setzte Lauras Herz für einen Schlag aus.

Mr Cool.

Auch Philipp reagierte heftig auf das unvermutete Zusammentreffen: Er blieb wie angewurzelt stehen und starrte sie auf eine Weise an, die Laura nicht recht zu deuten wusste.

Überrascht?

Entsetzt?

Oder gar schockiert?

Laura schluckte. Es war doch nicht etwa ihre neue Frisur, die für diese Reaktion verantwortlich war? Oder doch?

Bitte nicht!

Philipp hatte sich offensichtlich wieder gefasst. Während er näher kam, lächelte er scheu. »Na, so ein Zufall!«, sprach er sie an.

Zufall? Was sollte das wieder bedeuten?

»Ich wollte gerade zu dir«, erklärte er, als hätte er ihre Gedanken gelesen.

»Zu mir? Wieso das denn?«

»Weil … ähm …« Mr Cool schob seine Strickmütze auf den Hinterkopf und räusperte sich. »Weil ich … weil ich dich fragen wollte, ob du nachher vielleicht mit mir ins Kino gehen möchtest.«

Ins Kino!

Laura wäre am liebsten in lauten Jubel ausgebrochen, so sehr freute sie sich. Prickelnde Wärme durchpulste ihren Körper von Kopf bis Fuß, und ihre Knie wurden ganz weich. Sie befürchtete schon, sie würde vor Mr Cool zu Boden sinken – und das ginge dann doch zu weit!

»Ins Kino?«, hörte sie sich wie durch einen Nebel sagen. »Sehr gerne sogar. Aber leider geht das nicht.«

»Nein?« Auf dem Gesicht des Jungen zeigte sich Ernüchterung. »Und wieso nicht?«

»Weil ich mit Lukas verabredet bin, deshalb!« Laura lächelte Philipp aufmunternd zu. »Aber vielleicht klappt es ein anderes Mal?«

Mr Cool hob bedauernd die Hände. »Der Film läuft nur heute, ansonsten spielt das Kino in Hohenstadt bloß den üblichen Kram.«

»Schade.« Laura versuchte, sich ihre Enttäuschung nicht anmerken zu lassen, und deutete zum Ausgang. »Sorry, aber ich muss jetzt los.«

»Ich habe eine andere Idee«, entgegnete Mr Cool rasch. »Am fünfundzwanzigsten Juni spielt eine Superband auf der Freilichtbühne von Drachenthal …«

Laura glaubte sich verhört zu haben. »Am fünfundzwanzigsten Juni?«, unterbrach sie ungläubig.

Der Junge nickte.

»Aber das ist ja ewig hin!«

»Ich weiß«, antwortete Mr Cool. »Aber es ist das einzige Konzert in der weiteren Umgebung und wird deshalb mit Sicherheit in kürzester Zeit ausverkauft sein. Wollen wir nicht zusammen hingehen?«

Laura zögerte. »Ich weiß nicht so recht. Muss ich das jetzt entscheiden? Ich meine, bis dahin kann doch noch jede Menge passieren.«

»Na und?« Philipp lächelte und blickte sie aus seinen blauen Augen so tief an, dass sie darin zu versinken drohte. »Im Moment gibt es jedenfalls noch Tickets. Aber wenn wir warten und zu lange zögern, kommen wir vielleicht zu spät und verpassen eine einmalige Chance!«

»Und du meinst, das wäre schade?« Laura lächelte ihn an.

»Genau.« Der Junge erwiderte ihr Lächeln. »Heißt das, du bist einverstanden?«

»Natürlich! Manche Gelegenheiten kommen doch nie wieder.« Für einen Moment stellte Laura sich vor, Mr Cool zu küssen. Aber schließlich sagte sie nur: »Also bis dann.« Sie drehte sich um.

Sie war schon einige Meter entfernt, als Philipp ihr hinterherrief: »Hey!«

Laura hielt an und sah ihn erstaunt an.

»Was ich noch sagen wollte: Sie steht dir übrigens ganz prima, deine neue Frisur!«

Anna und Marius Leander waren etwas außer Puste, als sie das Haus von Professor Morgenstern erreichten. »Tut uns leid«, sagte Marius, nach einem entschuldigenden Blick in die Runde der Wächter, die sich im Wohnzimmer versammelt hatten. »Aber es ging nicht früher. Annas Wagen hatte eine Panne, deswegen musste ich sie aus der Uni-Bibliothek abholen.« Er wandte sich an den Professor. »Schließlich hatten Sie doch darum gebeten, dass Anna an unserem Treffen teilnimmt, obwohl sie nicht zum Kreis der Wächter zählt.«

»Genauso ist es«, antwortete Aurelius Morgenstern und lächelte Lauras Mutter freundlich zu. »Herzlich willkommen, Anna.« Damit deutete er auf die beiden freien Stühle an dem runden Holztisch in der Mitte des Raumes. »Nehmt bitte Platz, damit wir anfangen können.«

Marius grüßte Miss Mary Morgain und Percy Valiant mit einem leichten Nicken und setzte sich. Anna Leander tat es ihm gleich. Nach einem Blick auf das seltsame Muster, das die Tischplatte zierte – ein stilisiertes Rad mit acht Speichen –, schaute sie den Professor neugierig an.

»Ihr wisst alle, warum ich dieses Treffen einberufen habe«, hob der alte Herr mit der eisgrauen Haarmähne an. »Wir müssen dringend etwas unternehmen, um Laura zu helfen. So wie bisher kann es auf keinen Fall weitergehen.«

»Wem sagen Sie das.« Anna Leander ließ einen lauten Seufzer hören. »Dabei versuchen wir, Laura das Leben so leicht wie möglich zu machen.« Sie seufzte erneut. »Aber je mehr Verständnis wir für sie aufbringen, desto unglücklicher scheint sie zu werden. Vielleicht hätte ich Lauras Opfer nicht annehmen dürfen, das mich aus dem Reich der Schatten erlöst hat.«

»Nicht doch, Anna«, widersprach der Professor und legte die rechte Hand besänftigend auf Annas Unterarm. »Deine Tochter hat ihre Entscheidung aus freien Stücken gefällt und würde jederzeit wieder so handeln. Ihre Liebe zu dir ist so groß, dass ihr gar keine andere Wahl bliebe.«

»Mag sein«, meinte Anna bedrückt. »Die Frage ist nur, ob dieses große Opfer überhaupt gerechtfertigt war.«

»Aber natürliisch«, meldete sich Percy zu Wort. »Einem Menschen das Leben zu retten ist immer gereschtfertiischt. Du wärst im finsteren Reisch der Feuerschlange mit Siischer'eit zugrunde gegangen, wenn Laura diisch niischt erlöst 'ätte, vergiss das niischt!«

»Das weiß ich doch«, antwortete Anna. »Allerdings frage ich mich, warum Laura für ihren Opfermut gleich doppelt bestraft wurde. Zum einen mit dem Verlust ihrer besonderen Fähigkeiten, und zum anderen, indem sie sich jetzt unglücklich fühlt und nicht einmal weiß, warum.«

»Genau«, sprang Marius seiner Frau bei. »Das ist doch ungerecht, findet ihr nicht auch?«

Ehe Miss Mary das Wort ergreifen konnte, hob Professor Morgenstern die Hand und gebot seinen Gästen Schweigen. »Es steht uns nicht zu, mit dem Schicksal zu hadern. Wir sollten die Entscheidungen der Geister, die über den Lauf der Welten bestimmen, nicht in Zweifel ziehen, nur weil wir den tieferen Sinn dahinter nicht erkennen können. Bislang jedenfalls hat Laura immer gut daran getan, auf die Kraft des Lichts zu vertrauen. Ohne dieses Vertrauen hätte sie weder den Kelch der Erleuchtung gefunden, noch das Schwert des Lichts zu alter Kraft und Stärke zusammenschmieden können. Erst mit dieser Hilfe war es ihr möglich …« – er beugte sich vor und blickte Marius Leander eindringlich an –, »… dich aus den Klauen des Schwarzen Fürsten Borboron zu befreien.«

Danach wandte er sich an Anna. »Und wie du bereits selbst erwähnt hast: Auch du verdankst dein Leben ausschließlich der Tatsache, dass Laura unbeirrt an die Sache des Lichts geglaubt und auch danach gehandelt hat. Nur so konnte sie der Falle entkommen, die Maximilian Longolius und seine Helfershelfer ihr gestellt haben, und nur deswegen ist stattdessen Longolius, unser gefährlichster Gegner, bei der Explosion des Mausoleums ums Leben gekommen.«

»Ist das sicher?«, fragte Anna Leander leise.

»Ganz sicher«, bestätigte der Professor. »Bei den Aufräumarbeiten wurden sowohl seine Leiche wie auch die sterblichen Überreste dieser falschen Schlange Sayelle entdeckt.« Er blickte Anna und Marius vieldeutig an. »Jene Sayelle, die sich im Auftrag der Dunklen höchst raffiniert in euer Leben geschlichen hatte, um Laura stets aus nächster Nähe beobachten zu können.«

Ein Anflug von Bedauern verschattete das Gesicht von Marius Leander. »Ich war so blind«, murmelte er. »Nie werde ich mir verzeihen, dass ich diese Frau nicht eher durchschaut habe.«

Aurelius Morgenstern beugte sich vor und legte ihm die Hand auf die Schulter. »Mach dir keine Vorwürfe. Die Dunklen sind wahre Meister der Verstellung. Niemand von uns ist davor gefeit, ein Opfer ihrer teuflischen Listen zu werden. Zum Glück hat Laura alles zum Guten gewendet. Laura war uns in den letzten Monaten eine wertvolle Hilfe und hat der

Sache des Lichts unschätzbare Dienste erwiesen. Wir sollten dafür aus tiefstem Herzen dankbar sein, anstatt weiter darüber zu lamentieren, dass sie nicht mehr zum Kreis von uns Wächtern zählt. Oder ist jemand von euch anderer Meinung?«

Niemand antwortete. Sie alle wussten, dass Aurelius Morgenstern nur allzu Recht hatte.

Für eine kurze Weile herrschte Schweigen im Zimmer. Die Holzscheite im Kamin knisterten. Obwohl Ostern nahte, reichte die Kraft der Sonne noch nicht aus, um auf die Beheizung des Häuschens zu verzichten. Das Brummen einer einsamen Stubenfliege mischte sich in das fröhliche Vogelgezwitscher, das gedämpft aus dem Park von Ravenstein hereindrang.

»Eines jedoch ist zweifelsohne richtig«, ergriff der Professor erneut das Wort. »Wir alle – und ich an vorderster Stelle! – haben die gravierenden Folgen unterschätzt, die Lauras großherziger Verzicht mit sich gebracht hat.«

»Wie hätten wir diese auch voraussehen können?«, warf Miss Mary ein. Ihre sanfte Stimme erinnerte ebenso an eine Elfe wie ihre gesamte Erscheinung. »Wir haben darauf vertraut, dass Laura sämtliche Erinnerungen an ihre besonderen Fähigkeiten und alle damit zusammenhängenden Ereignisse verlieren würde. Offensichtlich ist das jedoch nicht der Fall, sonst wäre sie nicht so schrecklich unglücklich.«

Während sowohl Percy als auch Anna und Marius zustimmend nickten, schüttelte Direktor Morgenstern bedächtig den Kopf. »Du irrst dich, Mary«, widersprach er mit Nachdruck. »Die entsprechenden Erinnerungen sind tatsächlich aus Lauras Gedächtnis getilgt.« Erneut wandte er sich an Anna Leander. »Oder hat sie dich jemals gefragt, warum du so lange verschwunden warst?«

»Nein, noch nie«, bestätigte Anna. »Laura erinnert sich weder an meinen angeblich tödlichen Unfall vor vielen Jahren, noch daran, dass diese Sayelle danach meine Stelle eingenommen hatte. Auch dass Marius über ein Jahr in der Dunklen Festung gefangen gehalten wurde, hat sie vollständig vergessen. Laura ist der festen Überzeugung, dass unsere Familie bisher ein völlig normales Leben geführt hat. Sie hat daran niemals Zweifel geäußert.«

»Aber warum ist Laura dann so überaus unglückliisch?«, wandte der Sportlehrer ein. »Es muss doch einen Grund 'aben, wes'alb sie zu niischts me'r Lust 'at und selbst i'ren einstmals größten Leidenschaften, dem Reiten und Feschten nämliisch, niischts me'r abgewinnen mag.«

»Vielleicht«, überlegte Anna Leander laut, »sind das ganz normale Veränderungen. Immerhin ist sie jetzt vierzehn und steckt zu allem anderen mitten in der Pubertät. Da tun Mädchen manchmal seltsame Dinge, haben Launen und wollen von einem Tag auf den anderen alles anders haben als vorher.«

»In diesem besonderen Fall bin ich anderer Meinung«, widersprach der Professor energisch und erhob sich. »Ich glaube vielmehr, dass Lauras Probleme hauptsächlich durch ihr Unterbewusstsein verursacht werden.« Er schritt langsam im Zimmer auf und ab und erläuterte seine Überlegungen. Lukas hatte ihm von seiner Theorie über Lauras immer wiederkehrende Albträume berichtet, und das war der Anstoß zu Morgensterns eigenen Gedanken gewesen. »Der Junge hat Recht«, erklärte der alte Herr. »Während sämtliche Erinnerungen an ihre außergewöhnlichen Fähigkeiten und Erlebnisse aus Lauras Bewusstsein getilgt wurden, sind sie in ihrem Unterbewusstsein immer noch vorhanden. Was nicht nur ihre Träume erklärt, sondern auch ihren Gemütszustand. Hier in Ravenstein wird sie ständig mit Personen und Dingen konfrontiert, die in ihren Abenteuern eine Rolle gespielt haben. Dadurch wird ihr Unterbewusstsein veranlasst, entsprechende Signale an ihr Bewusstsein zu senden. Da dieses die Signale allerdings nicht richtig einordnen kann, wird Lauras Zwiespalt immer größer.«

»Nehmen wir an, Sie hätten Recht«, wandte Marius ein. »Gibt es denn eine Möglichkeit, Lauras Unterbewusstsein zu beeinflussen?«

Professor Morgenstern runzelte die Stirn. »Nicht, dass ich wüsste.«

»Heißt das, diese Erinnerung bleibt auf Dauer in Lauras Unterbewusstsein gespeichert?«

»Ich fürchte ja.«

»Einen Moment, *s'il vous plaît*«, kam Percy Valiant Marius zuvor. »Würde das niischt auch bedeuten, dass Laura siisch i'rer Fä'iischkeiten wieder entsinnen würde, wenn sie ein weiteres Mal in ihre Traumgestalt schlüpft?«

»Das halte ich sogar für äußerst wahrscheinlich«, antwortete der Professor. »Und zwar aus einem ganz einfachen Grund: Traumreisen sind bekanntlich erst dann möglich, wenn man alle bewussten Gedanken verdrängt und sich in eine tiefe Trance versetzt. Der Zustand eines Traumreisenden ähnelt somit ganz stark dem eines Träumers, wie auch umgekehrt jeder Mensch im Schlaf seinem Traum-Ich ganz nahe ist.«

»Natürliisch!« Percy hatte offensichtlich schlagartig begriffen, worauf der alte Herr hinauswollte. »Da die Traumgestalt dem Unterbewusstsein entspringt, würde Laura in diesem Zustand vermutliisch auch ihre ungewö'nliischen Fähigkeiten zurückerlangen!«

»In der Tat«, antwortete der Direktor. Er schmunzelte über Percys Eifer. »Zumindest würde sie sich an das erinnern, was sie während ihrer verschiedenen Traumreisen erlebt hat.« Das Lächeln wich von seinen Lippen, und er wurde wieder ernst. »Die Sache hat allerdings einen Haken.«

Percy Valiant verzog das Gesicht. »Und der wäre?«

»Da Laura vergessen hat, wie sie sich in ihre Traumgestalt versetzen kann, bleibt ihr diese Möglichkeit verschlossen.«

Anna Leander räusperte sich. »Das alles ist zweifelsohne interessant, führt uns jedoch ziemlich weit vom eigentlichen Thema ab: Wir wollten doch gemeinsam überlegen, wie wir Laura helfen können.«

»Sehr richtig!« Der Professor nahm wieder auf seinem Stuhl Platz und blickte fragend in die Runde. »Ist jemandem von euch eine brauchbare Lösung eingefallen?«

»Niischt so rescht, wenn iisch e'rliisch sein soll«, gab Percy unumwunden zu und kratzte sich verlegen am Kopf.

»Mir geht es ähnlich«, gestand Miss Mary bekümmert. Auch Anna und Marius war keine zündende Idee gekommen, obwohl sie sich schon seit Wochen die Köpfe über dieses Problem zerbrachen.

»Nun«, fuhr Aurelius fort, »auch ich muss gestehen, dass ich kein Patentrezept entdeckt habe.« Auf den Gesichtern der anderen machte sich schon Enttäuschung breit, als er doch noch fortfuhr: »Da wäre nur dieser vage Einfall … Ich kann nicht für den Erfolg garantieren, auch wenn ich ihn für sehr vielversprechend halte.«

»Nur raus damit«, erwiderte Anna hastig. »Eine vage Idee ist besser als gar keine! Also spannen Sie uns bitte nicht länger auf die Folter.«

»Nun gut«, antwortete der Professor. »Aber ich muss Sie warnen: Sie werden über meinen Vorschlag vermutlich nicht begeistert sein. Trotzdem bitte ich Sie, ihn sich wenigstens anzuhören.

Auf Burg Ravenstein wird Laura ständig an frühere Zeiten erinnert, und dadurch kommt ihr Unterbewusstsein niemals zur Ruhe«, erklärte Professor Morgenstern. »Daher wäre es womöglich von Vorteil, sie auf ein anderes Internat zu schicken. Und zwar so schnell wie möglich, am Besten gleich nach den Osterferien. Es gibt sechs Partner-Internate von Ravenstein, die ebenfalls für die Sache des Lichts eintreten. Ich möchte also vorschlagen, eines davon für unseren Zweck auszuwählen.«

»Das kommt nicht in Frage!«, protestierte Marius heftig. »Wie sollen wir denn auf Laura aufpassen, wenn sie nicht mehr bei uns ist? In jedem anderen Internat wäre sie den Angriffen unserer Feinde hilflos ausgeliefert.«

»Ich kann deine Bedenken natürlich nachvollziehen«, entgegnete der Professor. »Dennoch halte ich sie für unbegründet.«

Marius zog die Stirn kraus, und Anna Leander sah Morgenstern fragend an. »Und warum?«

»Weil die Dunklen keinerlei Grund mehr haben, gegen eure Tochter vorzugehen«, antwortete der Direktor. »Sie wissen doch ebenso gut wie wir, dass Laura auf ihre besonderen Fähigkeiten verzichtet hat und ihnen deshalb nicht mehr gefährlich werden kann. Doch was noch viel wichtiger ist: Wie Paravain in der Nacht der Wintersonnenwende zu berichten wusste, haben unsere Feinde nicht nur hier auf der Erde einen herben Rückschlag erlitten, sondern auch auf Aventerra.

Zum ersten Mal seit vielen, vielen Jahren sind die Gefolgsleute des Lichts dem Dunklen Heer zahlenmäßig weit überlegen. Alles deutet darauf hin, dass unsere Feinde für lange Zeit keine Gefahr mehr bedeuten. Auch wenn uns das keinesfalls dazu verleiten sollte, unvorsichtig zu werden und in unserer Wachsamkeit nachzulassen«, räumte Morgenstern ein.

»Für welches Internat Laura sich auch entscheiden mag, unsere dortigen Freunde werden selbstverständlich ein wachsames Auge auf sie haben und darauf achten, dass ihr nichts zustößt. Ich halte das für die beste Lösung. In der Fremde, wo Laura nichts und niemanden kennt, kann sie wohl am ehesten mit sich selbst wieder ins Reine kommen. Bis zum Ende des

Schuljahres sollte sie die Krise überwunden haben und könnte dann nach Ravenstein zurückkehren.«

Anna und Marius Leander konnten sich für diesen Vorschlag nicht recht erwärmen. Nach jahrelanger Trennung waren sie endlich wieder mit ihren Kindern vereint, und nun sollten sie schon nach kürzester Zeit erneut auf das lang vermisste Familienleben verzichten!

Der Professor ergänzte seinen Vorschlag noch: »Damit Laura die Trennung leichter fällt und sie sich in der Fremde nicht zu allein fühlt, würde ich empfehlen, dass ihr Bruder Lukas sie begleitet – einverstanden?«

»Einverstanden«, sagten Anna und Marius wie aus einem Mund. Ihre Gesichter verrieten deutlich, wie viel Überwindung sie das kostete. Aber da ihnen Lauras Wohlbefinden mindestens ebenso sehr am Herzen lag wie das eigene, stimmten sie dem Professor schließlich zu.

»Dann soll es geschehen!« Aurelius Morgenstern erhob sich zum Zeichen, dass die Versammlung beendet war. »Sobald Laura sich für ein Internat entschieden hat, werde ich umgehend alles Nötige in die Wege leiten. Glaube mir, Anna, es ist das Beste, was wir für Laura tun können.« Erneut legte er ihr die Hand auf den Arm und lächelte sie zuversichtlich an. »Ich bin fest davon überzeugt, dass alles wieder gut wird – sehr bald sogar«, fügte er dann hinzu. Aber da konnte er noch nicht wissen, dass er sich in seinem langen Leben selten so gründlich geirrt hatte.

Kapitel 13 ❧ Ein heimtückischer Anschlag

Nicht doch, Schmatzfraß, lass das!« Alienor sah den Swuupie strafend an, der ihr mit der rosa Zunge über die Wange schleckte.

Mit dem buschigen Schwanz, den schwarzen Flecken rund um die Augen und der spitzen Schnauze wies das putzige Pelztierchen eine bemerkenswerte Ähnlichkeit mit einem Waschbären auf. Über die harsche Zurückweisung erschrak der Swuupie so sehr, dass er unter kläglichem Fiepen die Flügel auf dem Rücken spreizte, die denen einer Fledermaus glichen. Dann swuupte er von der Schulter des Mädchens hinunter und ließ sich auf der Steinbank nieder, die inmitten eines Rosenspaliers im Hospitalgarten stand.

Die dornigen Ranken trugen erst wenige Knospen. Es würde noch einige Zeit dauern, bis die Rosen in voller Blüte standen. Schmatzfraß erhob sich auf die Hinterbeine, wischte mit den Vorderpfoten über die Schnauze und beäugte dabei das Mädchen, das mit angezogenen Knien auf der Bank hockte und vor sich hin brütete. Alienor hatte keinen Blick übrig für die Beete, in denen Morwena einen Großteil ihrer Heilpflanzen zog. Den Grund für das aufgeregte Gebaren des Swuupies bemerkte sie ebenso wenig: Schmatzfraß hatte Hunger!

Als die Elevin auch auf sein erneutes Winseln nicht reagierte, beschloss Schmatzfraß, die Mägde in der Küche um Fressbares anzubetteln; am liebsten um einen Duftapfel, denn die nach Honig und Melonen schmeckenden Früchte waren seine Leibspeise. Er breitete die Schwingen aus und swuupte davon. Mühelos überquerte er die hohe Feldsteinmauer, die den stillen Garten von den anderen Bereichen der Gralsburg abgrenzte, und war wenig später verschwunden.

Alienor nahm auch das überhaupt nicht wahr. Abwesend starrte sie auf den Boden und hing den trüben Gedanken nach, die sie seit geraumer Zeit quälten.

Hatte sie in der Orakelhöhle tatsächlich dieses unheimliche schwarze Antlitz gesehen oder sich das nur eingebildet? Und falls es kein Trugbild gewesen war, was mochte diese Dämonenfratze bedeuten?

Drohte ihr vielleicht Gefahr?

Oder jemand anderem?

Stundenlang grübelte Alienor schon über diese Fragen nach, ohne eine befriedigende Antwort zu finden. Seit Pfeilschwinge und die Spähtrupps der Weißen Ritter das feindliche Lager erkundet hatten, war jeder in der Gralsburg fest davon überzeugt, dass ihnen von dieser Seite auf absehbare Zeit keine Gefahr mehr drohte. Wenn die grässliche Erscheinung also eine Warnung darstellte, musste sie jemand anderem gelten.

Aber wem?

Alienor kam ein Einfall: Sollte etwa Laura Leander gemeint sein? Je länger sie darüber nachsann, umso einleuchtender erschien ihr der Gedanke. Seit Ritter Paravain von seinem Besuch auf dem Menschenstern zurückgekehrt war, wusste Alienor, dass Laura auf ihre besonderen Fähigkeiten verzichtet hatte. Diese Nachricht stimmte sie traurig, bedeutete es doch, dass sie Laura nie mehr wiedersehen würde. Wie sollte Alienor ihr je vergelten, dass das tapfere Mädchen sie aus der Dunklen Festung Borborons befreit hatte? Aber Laura hatte das alles vergessen und erinnerte sich nicht einmal mehr daran, dass die Welt der Mythen überhaupt existierte!

Bei dieser Feststellung beschlich die Elevin eine schreckliche Sorge. Alienor glaubte nun immer fester daran, dass die dunkle Fratze in ihrer Vision eine Gefahr für Laura symbolisierte. Aller besonderen Kräfte beraubt, war das Mädchen vom Menschenstern den Feinden schutzlos ausgeliefert. Schlimmer noch – Laura würde nicht einmal merken, wenn sich etwas gegen sie zusammenbraute!

Aber wer konnte etwas gegen sie im Schilde führen?

Der Schwarze Fürst Borboron gewiss nicht! Schließlich steckte er selbst bis zum Hals in Schwierigkeiten und war damit mehr als genug beschäftigt! Und seinen treuen Vasallen, der Gestaltwandlerin Syrin und dem unheimlichen Fhurhur, erging es mit Sicherheit kaum besser.

Blieb eigentlich nur dieser Beliaal, von dem Morwena gesprochen hatte! Alienor erkannte zu ihrem eigenen Schrecken, dass sie über diesen angeblichen Herrscher des Todes so gut wie nichts wusste.

Wer war Beliaal überhaupt?

Konnte er Laura tatsächlich gefährlich werden?

Es war höchste Zeit, dass sie sich Klarheit darüber verschaffte!

Der Ochsenkopf war die höchste Erhebung der Gegend und ragte weithin sichtbar aus der hügeligen Landschaft hervor. Er lag nicht allzu weit von Ravenstein entfernt. Mit dem Fahrrad brauchte man vielleicht eine knappe Stunde bis auf den Gipfel. Vorausgesetzt natürlich, man war kräftig und verfügte über eine entsprechende Kondition, wie Laura sie einmal besessen hatte.

Doch bereits auf dem Hinweg musste Lukas feststellen, dass seine Schwester meilenweit von ihrer alten Form entfernt war. Bei früheren Radtouren hatte er immer erhebliche Mühe gehabt, mit ihr mitzuhalten, und meist hatte Laura ihn nach kürzester Zeit abgehängt. Dieses Mal jedoch war es beinahe umgekehrt. Sie hatten die Burg kaum verlassen und höchstens zwei Kilometer zurückgelegt, als das Mädchen schon schnaufte wie eine Dampfmaschine. Dicke Schweißbäche rannen über ihr Gesicht, dabei war es nicht einmal übermäßig warm. Laura war offensichtlich völlig außer Tritt, und erst nach über einer Stunde erreichten sie die Blockhütte auf dem Ochsenkopf, wo die Mountainbike-Strecke ihren Ausgang nahm.

Der Startplatz lag rund fünfzig Meter unterhalb der Kuppe. Von dort verschaffte sich Lukas erst einmal einen Überblick über die Route. Der Ochsenkopf konnte sich wahrlich nicht mit einem Alpengipfel messen und war gerade mal knapp eintausend Meter hoch. Trotzdem reichte das für ein steiles Wegstück zu Beginn des Parcours, über ein ziemlich unebenes und entsprechend holpriges Geröllfeld. Danach wurde die Strecke etwas flacher, dafür aber auch wesentlich schmaler, bis sie schließlich in eine tief ausgefahrene Spurrille überging, kaum breiter als ein Trampelpfad. Bevor die Abfahrt mit einer rasanten Biegung hinter einem Wäldchen verschwand und sich somit Lauras und Lukas' Blicken entzog, wies sie einige enge Kurven auf, die teilweise so scharf verliefen, dass sie das gesamte Können eines Fahrers erforderten. Schon der kleinste Fehler konnte einen Sturz zur Folge haben, wie Lukas erkannte.

Auweia – das ist bestimmt nicht einfach!

Er warf der Schwester einen verstohlenen Blick zu. Lauras Gesicht sprach Bände: Offensichtlich war ihr genauso mulmig zumute wie ihm. »Sieht wahrscheinlich viel schwieriger aus, als es ist«, versuchte er ihr Mut zu machen. »Wir müssen das Ganze nur vorsichtig angehen. Dann kann nichts passieren.«

Laura schluckte. »Ich hoffe, du hast Recht«, antwortete sie mit belegter Stimme, während sie ängstlich talwärts starrte.

Lukas zögerte. War es vielleicht doch besser, alles abzublasen? Er wusste schließlich aus Erfahrung, dass man ein schwieriges Vorhaben in der Regel nur dann meistern konnte, wenn man vom Erfolg überzeugt war. Hegte man hingegen Zweifel, war man meistens von vornherein zum Scheitern verurteilt. Auch seine Schwester erweckte ganz und gar nicht den Eindruck, als traue sie sich zu, die ebenso steile wie kurvenreiche Abfahrtsstrecke problemlos zu bewältigen – eher im Gegenteil!

Sollten sie es dennoch wagen?

»Hör zu«, sagte er schließlich. »Wir müssen da nicht runterfahren. Wenn es dir lieber ist, kehren wir einfach um und fahren auf der Straße wieder zurück.«

»Ach, Quatsch!«, widersprach Laura verärgert. »Dann hätten wir den weiten Weg ja umsonst gemacht. Außerdem hast du Recht. Wenn wir da nicht runterbrettern wie die Irren, kann wirklich nichts passieren. Du hast meine Bremsen doch repariert, oder?«

»Natürlich«, versicherte Lukas rasch. »Sie sind wieder bestens in Schuss – garantiert!«

»Na also.« Laura zog prüfend an den Griffen. Lukas hatte nicht zu viel versprochen: Sowohl die Vorderrad- als auch die Hinterradbremse funktionierte einwandfrei. »Dann kann es ja losgehen!« Sie versuchte ihrer Stimme einen zuversichtlichen Klang zu geben, was ihr allerdings ebenso gründlich missglückte wie das aufmunternde Grinsen. »Wer fährt vorneweg? Du oder ich?«

»Ich natürlich!«, erwiderte Lukas. Irgendwie hatte er ein mieses Gefühl und wollte deshalb unter allen Umständen vermeiden, dass Laura unvorsichtig wurde und ein zu schnelles Tempo vorlegte. Wenn er die Führung übernahm, konnte er die Geschwindigkeit kontrollieren und damit verhindern, dass Laura ein unnötiges Risiko einging. »Okay«, sagte er also. »Setz endlich deinen Helm auf, damit wir anfangen können.«

Laura verzog das Gesicht. »Muss das denn sein?«

»Ja, muss es!«, bekräftigte der Junge. Als Laura sich bei der Abfahrt in Ravenstein geweigert hatte, den Helm zu tragen, hatte er noch stillschweigend darüber hinweggesehen. Schließlich wollte er sie unbedingt am Ochsenkopf dabeihaben. Der Parcours hier war allerdings viel zu gefährlich, um diesen bodenlosen Leichtsinn weiterhin zu tolerieren. »Sonst brechen wir die Sache hier auf der Stelle ab«, erklärte er mit grimmiger Miene.

»Ist ja gut«, brummte Laura missmutig. Hastig setzte sie den Schutzhelm auf und zurrte den Kinnriemen fest. »Fertig. Jetzt ist zwar meine Frisur hinüber, aber es kann losgehen.«

Na also, geht doch, dachte Lukas zufrieden. Er umfasste locker beide Bremsgriffe und ließ das Bike laufen. Obwohl Lukas in regelmäßigen Abständen bremste, steigerte sich das Tempo immer mehr. Während das Rad holpernd und polternd über das Geröllfeld bergab schoss, pfiff ihm der Fahrtwind um die Nase. Sein schmächtiger Körper wurde durchgeschüttelt wie auf einem Rüttelbrett. Nur mit Mühe konnte er die Lenkstange festhalten.

Nach höchstens einer Minute – zumindest kam es ihm so vor – hatte er das steinige Steilstück dennoch unfallfrei überwunden. Das Scheppern des Rads einige Meter hinter ihm deutete darauf hin, dass seine Schwester es ebenfalls überstanden hatte – zum Glück! Etwas erleichtert, schoss Lukas nun über den flacheren Weg dahin. Obwohl er bremste, fuhr er immer noch so schnell, dass er die Umgebung lediglich wie einen unscharfen Film wahrnahm. Als undeutliche Schemen rasten Bäume und Büsche links und rechts an ihm vorbei. In der ersten scharfen Kurve verlor er um ein Haar das Gleichgewicht, fing sich allerdings in letzter Sekunde wieder. Gerade noch rechtzeitig, um einem mächtigen Felsbrocken auszuweichen, der urplötzlich in der enger werdenden Fahrspur aufragte. Erneut zog Lukas an den Bremsgriffen – und tatsächlich: Das Rad wurde langsamer, sodass er die folgende, haarnadelförmige S-Kurve mit ebenso viel Glück wie Geschick gerade noch meistern konnte. Obwohl er sich nicht umzusehen wagte, musste Laura sich immer noch dicht hinter ihm befinden. Die Geräusche ihres Fahrrads verrieten ihm, dass sie den bisherigen Streckenabschnitt ebenfalls heil überstanden hatte.

Jetzt sah Lukas die Biegung auf sich zufliegen, die hinter das Wäldchen und damit auf den Teil der Strecke zuführte, den er vom Startplatz aus nicht hatte einsehen können. Er konnte nur hoffen, dass dort keine unliebsamen Überraschungen lauerten. Nicht auszudenken, wenn es hinter dem Wald erneut steil bergab ginge, oder die Spur vielleicht noch enger und hindernisreicher würde! Mit angehaltenem Atem raste Lukas auf die Ecke der Waldung zu. Nur Augenblicke später machte das Herz in seiner Brust einen Sprung: Der Parcours wurde weder steiler noch kurvenreicher, sondern führte auf einem breiten Fahrweg in sanften Kehren durch dichten Laubwald, der sich nach einigen Minuten wieder lichtete. Mit einem mächtigen Satz sprang Lukas zwischen den letzten Bäumen hindurch, um den abschließenden Streckenabschnitt in Angriff zu nehmen. Die Passage wurde zwar wieder steiler – sehr steil sogar! –, führte allerdings, vorbei an Haselnusssträuchern, über eine breite Wiese direkt auf den Auslauf zu.

Obwohl Lukas das Ziel noch nicht erreicht hatte, jubelte er innerlich auf. Die letzten hundert Meter glichen eher einer Autobahn denn einem Cross-Country-Parcours, sodass nun wirklich nichts mehr passieren konnte. In diesem Moment blockierte sein Vorderrad. Ehe Lukas begriff, wie ihm geschah, wurde er über die Lenkstange geschleudert. Er wirbelte einige Meter weit durch die Luft, bevor er, mit dem Rücken zuerst, auf dem Boden aufschlug. Der Aufprall war so heftig, dass die Luft schlagartig aus seinen Lungen gepresst wurde. Lukas fühlte noch einen stechenden Schmerz, als würde ein Messer ihn durchbohren, dann wurde alles schwarz um ihn.

Wie erhofft, fand Alienor ihre Lehrmeisterin in der Kräuterküche der Gralsburg. Die Heilerin stand am Arbeitstisch und mischte Arzneitees aus getrockneten Heilpflanzen – Magenwohl, Fieberwurz und Hustenschreck. Als Morwena ihrer Elevin gewahr wurde, blickte sie von der Arbeit auf und lächelte sie an. »Bist du schon fertig mit dem Unkrautjäten?«, wollte sie wissen.

»Ja, ja«, antwortete das Mädchen hastig, um dann bemüht beiläufig hinzuzufügen: »Wenn Ihr mir die Frage gestattet – wisst Ihr vielleicht Näheres über diesen Beliaal, den alle den Herrn der Finsternis nennen?«

Ein Schatten huschte über das Gesicht der Heilerin. Sie legte Kräuterbüschel und Hackmesser zur Seite und trat auf das Mädchen zu. »Fragen sind immer erlaubt«, sagte sie nachdrücklich. »Sogar erwünscht, denn nur wer die richtigen Fragen stellt, wird auch die richtigen Antworten erhalten. Allerdings …« Morwena legte die Hand auf Alienors Schulter und blickte sie ernst an. »Dein plötzliches Interesse für diesen schrecklichen Dämon verwundert mich ein wenig. Was ist der Grund dafür?«

»Ähm …« Die Elevin erstarrte. Im ersten Moment wusste sie nicht, was sie antworten sollte. Schließlich konnte sie Morwena doch nicht offenbaren, welche Befürchtungen die unheimliche Fratze in ihr geweckt hatte! Zumal sie diesen Teil der Vision nicht nur ihrer Lehrmeisterin, sondern auch dem Hüter des Lichts und Ritter Paravain verschwiegen hatte.

»Warum antwortest du nicht?« Morwena sah aus, als hätte sie Verdacht geschöpft. »Du hast doch nicht etwa Geheimnisse vor mir, oder?«

»Ähm … nein, natürlich nicht!«, wich das Mädchen fahrig aus. Da fiel ihm doch noch eine passende Antwort ein, die nicht einmal gelogen war: »Als ich im Thronsaal über die Botschaft der Wissenden Dämpfe berichtete, habt Ihr diesen Beliaal doch selbst erwähnt – erinnert Ihr Euch nicht?«

»Selbstverständlich!«, erwiderte die Heilerin mit gerunzelter Stirn. »Nur verstehe ich nicht …?«

»Ihr habt Euch so über die Geburt der Einhornprinzessin gefreut«, fuhr Alienor rasch fort, »weil dadurch der Fortbestand der Einhörner für Generationen gesichert ist und der Dämon Beliaal wieder einmal das Nachsehen hat.« Das Mädchen lächelte scheu. »Die Wahrheit über Beliaal habt Ihr mir jedoch bis heute nicht verraten.«

Die Heilerin schwieg und musterte die Elevin, als wüsste sie nicht recht, ob sie ihr Wissen preisgeben sollte. Dann aber nickte Morwena und deutete auf die Eckbank. »Setz dich, Alienor«, sagte sie sanft. »Um dir das zu erklären, muss ich etwas ausholen – und das wird einige Zeit dauern.«

Am Anfang der Zeiten, so berichtete sie dem staunenden Mädchen, zählte Beliaal zu den Wolkentänzern. Diese sorgten für die Einhaltung der uralten Gebote und kümmerten sich darum, dass die Bewohner Aventerras keinen Schaden auf dem Menschenstern anrichteten. Aus diesem Grunde waren die Geflügelten nicht nur in der Welt der Mythen zuhause, sondern sie mischten sich auch unter die Erdenbewohner, von denen sie für Engel gehalten wurden. Obwohl die Wolkentänzer ihrer Aufgabe gewissenhaft nachgingen, konnten sie nicht verhindern, dass die Dunklen immer wieder gegen die alten Gesetze verstießen.

»Soll das heißen«, fragte Alienor verwundert dazwischen, »dass dieser Dämon einst auf der Seite des Lichts gestanden hat?«

»Genauso war es«, antwortete Morwena. »Beliaal war sogar

ein besonders eifriger Wolkentänzer. Er nahm seinen Auftrag so ernst, dass er bald zu einem ihrer höchsten Anführer wurde. Eines Tages aber wurde Beliaal von Hochmut übermannt. Er scharte zahlreiche Anhänger um sich und trachtete mit all seinen Kräften danach, den König der Wolkentänzer zu stürzen und sich selbst zu ihrem Herrscher aufzuschwingen. Dies war ein unerhörter Frevel, wie es ihn noch nie zuvor gegeben hatte.

Deswegen stellten die Geister, die über den Lauf der Welten bestimmen, ihn zur Rede und mahnten ihn eindringlich zur Mäßigung. Doch Beliaal wollte nicht zur Einsicht kommen. Im Gegenteil: Er verfolgte seine Pläne mit noch größerem Eifer und brachte schließlich die Uralte Offenbarung in seinen Besitz. Diese wertvolle Schrift war dem König der Geflügelten am Anfang der Zeiten anvertraut worden, damit er darin jederzeit Rat finden konnte. Sie enthält das gesammelte Wissen über all die geheimen Dinge, die die Welten in ihrem Innersten zusammenhalten.

Als die Geister von dem dreisten Diebstahl erfuhren, gerieten sie in Zorn. Sie verbannten Beliaal vom Himmel und stürzten ihn und seine Mitstreiter in den Schwarzen Schlund, den finstersten Ort von ganz Aventerra. Der Wolkentänzer Beliaal aber verwandelte sich in einen Furcht erregenden Dämon, der seitdem mitsamt den übrigen Dämonen im Schwarzen Schloss sein Unwesen treibt.

Sein Machtbereich ist zwar auf die Finsternis beschränkt, doch sein Ehrgeiz ungebrochen. Unablässig strebt er danach, seine Herrschaft auch auf das Licht auszudehnen. Um dieses Ziel zu erreichen, schreckt Beliaal vor keiner Untat zurück. Mit Sicherheit hat er bereits ebenso viel Schaden angerichtet wie der Schwarze Fürst Borboron. Und an seinem boshaften Treiben«, schloss Morwena ihren Bericht, »wird sich wohl bis ans Ende aller Zeiten nichts ändern.«

Alienor war blass geworden. »Dann ist Beliaal also unsterblich?«, fragte sie beklommen.

»Nein, Alienor, nicht ganz. Da er einst zu den Wolkentänzern zählte, ist ihm ein nahezu ewiges Leben vergönnt. Die Geflügelten sterben nur dann, wenn das Herz in ihrer Brust durchbohrt wird.«

Das Mädchen sah die Heilerin aus großen Augen an. »Aber wenn dieser Dämon so gefährlich ist und so viel Unheil anrichtet, warum hat dann noch niemand versucht, genau das zu tun und ihn damit unschädlich zu machen?«

Morwena lachte bitter auf. »Versucht haben das schon viele, mein Kind. Selbst Borboron würde alles Erdenkliche unternehmen, um Beliaal aus dem Weg zu räumen. Doch trotz aller Anstrengungen ist das bislang noch niemandem gelungen.«

Sie beugte sich vor, um dem Mädchen die Worte ins Ohr zu flüstern, als würden sie dadurch weniger Angst einflößend. »Beliaal hat es nämlich verstanden, sein Leben auf ganz besondere Weise zu schützen. Ihm ein gewaltsames Ende zu bereiten, ist nahezu unmöglich.«

Als Lukas wieder zu sich kam, war alles still um ihn herum. Er hörte nur ein sirrendes Geräusch, das er zunächst nicht einzuordnen wusste. Als er sich unter Mühen und Ächzen aufrappelte, erkannte er, worum es sich handelte: Sein Fahrrad lag gut zehn Meter von ihm entfernt, und das Vorderrad drehte sich geräuschvoll um die eigene Achse. Also konnte er nicht allzu lange ohnmächtig gewesen sein. Glücklicherweise schien sein Mountainbike den Sturz ebenso glimpflich überstanden zu haben wie er selbst. Obwohl ihm der Kopf brummte und der Rücken schmerzte, stellte er, von einigen Hautabschürfungen und Prellungen einmal abgesehen, keinerlei ernsthafte Verletzungen fest.

In diesem Augenblick fiel ihm Laura ein. Warum hatte sie sich nicht um ihn gekümmert? Und wo war sie überhaupt? Lukas blickte sich um – und entdeckte seine Schwester gut fünfzig Meter hangaufwärts, regungslos neben ihrem Rad auf dem Boden.

Augenblicklich vergaß Lukas die Rückenschmerzen und das Schädelbrummen und hastete auf Laura zu. Offensichtlich hatte sie ebenfalls infolge eines Sturzes das Bewusstsein verloren. Sie blutete leicht an der Lippe, wirkte ansonsten aber unverletzt. Allerdings bewegte sie sich nicht und lag da wie erstarrt. Lukas kam ein schrecklicher Verdacht: Lebte sie überhaupt noch? Als er sich neben sie kniete und seine Wange ihrem Mund näherte, konnte er jedoch ganz deutlich ihren warmen Atem spüren.

Gott sei Dank!

Welch ein Glück, dass er sie genötigt hatte, den Sturzhelm anzulegen!

Lukas versetzte Laura einen sanften Klaps ins Gesicht. »Aufwachen, Laura! Los, mach schon.« Dann wiederholte er die Prozedur, energischer als zuvor. »Wach endlich auf, Laura!« Allein, es half nichts. Laura rührte und regte sich nicht und machte nicht den kleinsten Muckser. Langsam bekam Lukas es mit der Angst zu tun. Er verstärkte seine Bemühungen, rüttelte und schüttelte die Schwester und verpasste ihr in seiner wachsenden Verzweiflung sogar ein paar klatschende Ohrfeigen. Dazu rief er immer wieder ihren Namen, lauter und lauter, bis er schließlich aus vollem Halse brüllte. Er fühlte sich zum Heulen. Doch Laura zeigte keine Reaktionen. Sie wollte einfach nicht zu sich kommen. Endlich gab Lukas die fruchtlosen Bemühungen auf, holte sein Handy aus der Tasche und alarmierte den Notarzt. Und natürlich auch seine Eltern.

Kapitel 14 ❧ Das Herz des Dämons

Was?« Morwenas Worte erfüllten Alienor mit Grauen. »In Beliaals Brust schlägt kein Herz mehr?«

»Nein.« Die Heilerin schüttelte den Kopf. »Er hat es durch ein Herz aus Stein ersetzt, sodass er selbst dann nicht stirbt, wenn man seine Brust durchbohrt.«

»Und sein wahres Herz«, fragte das Mädchen atemlos nach, »was ist damit geschehen?«

»Beliaal verbarg es im Ei eines Basilisken, und das wiederum verwahrt er im Herzen der Finsternis. So nennt man den geheimen Ort unterhalb des Schwarzen Schlosses. Nur Beliaal kennt den Eingang zu diesem Raum, in dem es so finster sein soll, dass niemand das nachtschwarze Basiliskenei sehen kann. Und selbst wenn sich wider Erwarten jemand Zugang verschaffen könnte und Beliaals Herz in seinen Besitz bringt, wäre der Dämon längst noch nicht besiegt.«

»Ja, natürlich!«, rief Alienor aus. »Derjenige müsste das Herz erst noch vernichten.«

»Aber genau das ist das Problem«, sagte Morwena. »Beliaal konnte sein Herz durch ein Herz aus Stein ersetzen, indem er auf seine dämonischen Kräfte und das geheime Wissen aus der Uralten Offenbarung zurückgriff. Doch mit genau denselben Kräften hat er es auch geschafft, sein wahres Herz vor dem Stich jedweder Waffe zu schützen. Er badete es im Blut eines schwarzen Einhorns, und kein Dolch und kein Schwert, nicht einmal die schwerste Lanze kann ihm etwas anhaben. Es gibt nur ein einziges Mittel, den Dämon unschädlich zu machen: Sein Herz muss von einem Gegenstand durchstoßen werden, in dem die Kraft des reinen Lichts gespeichert ist.«

»Die Kraft des reinen Lichts«, flüsterte das Mädchen verwundert. »Aber was könnte das sein?«

»Ganz einfach: das Horn der Einhornkönigin. Und das ist der Grund, weshalb der Herrscher der Finsternis die Einhörner weit mehr hasst als alle anderen Geschöpfe unter der Sonne!«

Der Rettungshubschrauber benötigte keine zehn Minuten bis zur Unfallstelle. Obwohl Anna und Marius mit dem Auto unterwegs waren, brauchten sie nur unwesentlich länger. Papa muss gefahren sein wie der Teufel, dachte Lukas. Gemeinsam mit den Eltern starrte er auf den Helikopter, der mit langsam laufenden Rotoren im Zielauslauf der Abfahrtsstrecke stand. Zwei Sanitäter schoben eben die Trage mit der immer noch besinnungslosen Laura in die offene Ladeluke, während ein dritter Mann in gebückter Haltung zu ihnen eilte. Er hatte einen blonden Bürstenschnitt und trug eine signalrote Weste, auf der in knallgelben Lettern die Aufschrift »Notarzt« zu lesen war.

Eine erste Untersuchung noch auf dem Hang hatte keine eindeutige Diagnose erbracht. Immerhin bestätigte der Notarzt Lukas' Vermutung: Laura hatte keinerlei äußere Verletzungen davongetragen. Zudem waren sämtliche Knochen heil geblieben, und es deutete auch nichts auf innere Blutungen oder ernste Organschäden hin. Aber obwohl der Arzt nichts feststellen konnte, war Laura noch immer bewusstlos.

Als Anna Leander sich mit besorgter Miene nach ihrer Tochter erkundigte, sah der Notarzt sie durch seine runde Nickelbrille bedauernd an. Hilflos hob er die Schultern. »Tut mir leid, Frau Leander, aber im Augenblick kann ich wirklich nichts Genaueres sagen. Wir müssen Laura erst gründlich untersuchen und bringen sie deshalb ins Krankenhaus von Hohenstadt.«

»Aber …« Lukas schluckte und äugte beklommen zum Hubschrauber, der inzwischen seine Schwester mitsamt den Sanitätern verschluckt hatte. Das dumpfe »Flapp, Flapp« der Rotoren hallte wie die Ankündigung drohenden Unheils in seinen Ohren. »Es ist doch hoffentlich nichts Schlimmes, oder?«

Der Mann mit dem Bürstenschnitt zögerte eine Sekunde, dann zuckte er erneut die Achseln. »Ich weiß es wirklich nicht, mein Junge«, antwortete er mit belegter Stimme. »Wie bereits gesagt: Bevor wir deine Schwester nicht gründlich durchgecheckt haben, wäre es mehr als fahrlässig, eine Diagnose zu stellen.« Damit wandte er sich um und eilte auf den Helikopter zu.

Kaum war er in der Ladeluke verschwunden, als diese auch schon einrastete. Die Motoren brüllten auf, die Rotoren drehten sich schneller und schneller, bis die einzelnen Blätter nicht mehr zu erkennen waren und wild kreisende Wirbel bildeten. Dann löste sich der Rettungshubschrauber vom Boden und stieg in den frühlingsblauen Himmel.

Lukas und seine Eltern sahen ihm besorgt hinterher, bis er kaum größer war als ein Vogel und das Rotorengeräusch in der Ferne verhallte.

Lukas brach die einsetzende Stille. Er wandte sich seinen Eltern zu und blickte sie betroffen an. »Es tut mir so leid«, sagte er leise. »Wenn ich gewusst hätte, dass so was passiert, hätte ich Laura doch niema…«

»Aber nicht doch, Lukas!«, fiel der Vater ihm ins Wort. »Das ist nicht deine Schuld. Es war ein Unfall, und du brauchst dir keine Vorwürfe zu machen. Schließlich bist du ebenfalls gestürzt!«

»Dein Vater hat Recht«, pflichtete Anna ihrem Mann bei. Sie wuschelte dem Jungen tröstend durchs blonde Haar. »Lasst uns ins Krankenhaus fahren. Vielleicht finden sie ja schnell heraus, was Laura fehlt.«

Alle drei machten kehrt und gingen mit schleppenden Schritten zum Wagen. Ohne ein weiteres Wort stiegen sie ein.

Als Marius schließlich davonfuhr, teilten sich die Zweige eines in der Nähe stehenden Haselnussstrauches. Ein Mann mit pechschwarzen Haaren und einem gebräunten Cäsarengesicht trat aus dem dichten Gebüsch hervor: Dr. Quintus Schwartz. Die schmalen Lippen des Konrektors von Ravenstein verzogen sich zu einem zufriedenen Schmunzeln. Belustigt blickte er dem davonfahrenden Kombi nach – als bereite ihm das traurige Geschehen größtes Vergnügen. Im Überschwang der Gefühle war Quintus einen Moment lang versucht, mit Hilfe seiner telekinetischen Kräfte die Hupe des Autos zu betätigen. Doch dann ließ er es lieber.

Seine Gegner brauchten nicht zu wissen, dass er in die Sache verwickelt war. Obwohl selbst dann niemand ahnen konnte, was er dem Mädchen in der Zwischenzeit eingeflößt hatte. Dennoch war es besser, vorsichtig zu sein. Sonst schöpften diese verdammten Knechte des Lichts am Ende noch Verdacht, und der wunderbare Plan, den der Ratgeber des Schwarzen Fürsten sich zurechtgelegt hatte, wäre dahin!

Laura vermeinte zu schweben. Alles um sie her war strahlend hell, und es hatte den Anschein, als würde sie durch einen Tunnel aus gleißendem Licht gezogen, der sie wie ein rasender Wirbel einhüllte. Ein warmes, angenehmes Kribbeln lief durch ihren Leib. Sie fühlte sich unendlich leicht, alle Schwere war von ihr gewichen. Dann verblasste das Licht. Seltsame Geräusche drangen wie aus weiter Ferne an ihr Ohr, und ein beißender Geruch stieg in ihre Nase.

Laura schlug die Augen auf, schaute sich um – und bemerkte, dass sie in einem fremden Raum knapp unterhalb der Zimmerdecke schwebte! Was noch viel verwunderlicher war: Die höchst ungewöhnliche Position kam ihr weder seltsam noch bedrohlich vor.

Langsam drehte Laura sich um und blickte nach unten. Sie befand sich in einem Krankenhaus. Auf der Intensivstation offensichtlich, denn wie durch einen Schleier erkannte sie, dass am Kopfende des einzigen Bettes im Zimmer unzählige medizinische Apparaturen standen. Rote, grüne und gelbe Lämpchen leuchteten auf den Geräten, zackige Kurven huschten, von rhythmischem Piepen begleitet, über Monitore, die Herz-, Atem- und Hirnstromfrequenzen darstellten.

Der Patient war wohl schwerkrank, denn Ärzte und Schwestern bewegten sich geschäftig um ihn herum, redeten durcheinander und steckten die Köpfe über dem Bett zusammen, sodass Laura nicht ausmachen konnte, wer darauf lag. Die Ärzte wirkten ratlos. Offensichtlich rätselten sie darüber, was dem Kranken fehlte. Es musste etwas Ernstes sein, denn der dünne Schlauch in der Nase verriet, dass der Patient künstlich ernährt wurde.

In diesem Augenblick traten die Ärzte einen Schritt zur Seite, und Laura sah, wer dort unten lag: Auf dem Bett in der Intensivstation des Krankenhauses befand sich niemand anders als –

sie selbst!

Wie vom Blitz getroffen zuckte Laura zusammen. Das Herz in ihrer Brust schlug wie rasend.

Was hat das zu bedeuten?

Urplötzlich hörte sie eine vertraute Stimme: »Weißt du das wirklich nicht, Laura?«

Ungläubig drehte sie den Kopf. Eine schlanke Gestalt wartete auf einem Stuhl in der Ecke, gänzlich unberührt vom hektischen Treiben im Zimmer. Sie war in ein helles, bodenlanges Gewand gekleidet und trug mächtige Schwanenflügel auf dem Rücken: Auriel, der Wolkentänzer! Er winkte das Mädchen zu sich heran.

Laura schwebte auf ihn zu. In dem Moment, als ihre Füße den Boden berührten, klärte sich ihr verschwommener Blick. Gleichzeitig fühlte sie, wie sich die Erdenschwere ihrer bemächtigte. Offensichtlich unterlag sie nun wieder den Gesetzen der Schwerkraft, aber darüber dachte sie nicht lang nach. Es gab wichtigere Fragen.

»Auriel!«, bestürmte sie den Wolkentänzer. »Wo kommst du so plötzlich her? Und warum liege ich hier im Bett – und stehe gleichzeitig vor dir? Wie bin ich hierhergekommen? Und warum …?«

»Nur Geduld«, unterbrach der Geflügelte sie mit verständnisvollem Lächeln. »Du wirst schon bald verstehen, Laura.« Damit deutete er zum Bett. »Gib ihnen noch einen Moment. Dann wird es ruhiger werden, und ich kann dir meine volle Aufmerksamkeit schenken.«

Tatsächlich: Ein älterer Arzt – es musste der Chefarzt sein, denn alle anderen behandelten ihn mit Respekt – wandte sich vom Bett ab und tat ein paar Schritte zur Seite. Er blieb direkt neben Laura und Auriel stehen. Das Mädchen wich erschrocken zurück. Der Wolkentänzer aber legte Laura die Hand auf die Schulter und meinte nur: »Keine Angst, sie können uns weder sehen noch hören!«

Obwohl diese Erklärung Laura bloß noch mehr verwirrte, verkniff sie sich die Fragen, die ihr auf der Zunge brannten. Stattdessen beobachtete sie den Stationsarzt, der auf einen Wink seines Chefs hin herbeieilte. »Sie wünschen, Herr Professor Sengebusch?«

»Ein Fall wie dieser ist mir in meiner gesamten Laufbahn noch nicht untergekommen«, ließ der Chefarzt sich mit sorgenvoller Miene vernehmen. »Ich stehe vor einem Rätsel. Daher halte ich es für dringend angeraten, einen Spezialisten auf dem Gebiet der Neurologie hinzuzuziehen – und zwar den besten, den es gibt. Fragen Sie doch bitte bei Professor Doktor Doktor Groetelmeyer an. Vielleicht hat er Zeit, sich unsere Patientin einmal anzusehen.«

»Jawohl, Herr Professor.« Der Angesprochene nickte. »Selbstverständlich. Ich werde mich sofort darum kümmern!«

Ohne Erwiderung ging Professor Sengebusch zur Tür und verließ den Raum. Alle anderen, Ärzte und Schwestern gleichermaßen, folgten ihm brav auf dem Fuße. Kurz darauf befanden sich nur noch drei Personen in dem kleinen Zimmer: Auriel, Laura … und Laura.

Wortlos näherten sich der Geflügelte und das Mädchen dem Bett mit der besinnungslosen Laura in ihrem weißen Krankenhaus-Nachthemd. Ganz friedlich lag sie da, als würde ihr nichts fehlen. Keine Spur einer Verletzung oder einer schweren Krankheit war auszumachen: keine Verbände, keine Schienen, kein Gips, keine Nähte, nichts.

In der rechten Armbeuge steckte eine Kanüle, die durch einen Schlauch mit einer Tropfflasche verbunden war. Am Kopf und an der Brust klebten Elektroden. Ein knappes Dutzend dünner Kabel führten zu den Geräten, die Puls und Atmung überwachten. Soweit Laura das beurteilen konnte, zeigten sie normale Werte an. Die Hirnstromanzeige dagegen sprang auf und ab, bewegte sich mal knapp oberhalb der Nulllinie, um im nächsten Moment extrem auszuschlagen. Fast sah es so aus, als würde im Kopf der Patientin ein Gewitter toben, so entspannt ihr Körper auch wirkte.

Mit fest geschlossenen Augen ruhte sie da wie in tiefem Schlaf oder in einer tiefen Trance. Bei diesem Gedanken ging Laura auf, was geschehen war. »Wie dumm von mir!«, rief sie aus und wandte sich an den Wolkentänzer. »Ich befinde mich auf einer Traumreise – deshalb bin ich hier zweimal gegenwärtig.« Sie deutete auf die besinnungslose Laura. »Das hier ist meine körperliche Hülle, die in tiefe Trance gefallen ist. Und ich …« – damit deutete sie auf sich selbst – »… bin Lauras Traumgestalt, die sich auf einer fantastischen Reise befindet, wie sie die Eingeweihten unternehmen können.« Und noch etwas fiel ihr erst in diesem Moment auf: »Deshalb trägt mein Traum-Ich auch noch dieselbe Kleidung wie vor dem Unfall.«

»Ich wusste doch, dass du von allein darauf kommen würdest«, meinte Auriel.

»Komisch«, sagte Laura verwundert. »Ich kann mich nicht erinnern, diese Traumreise angetreten zu haben.«

»Das hast du auch nicht. Zumindest nicht aus eigenem Antrieb.«

»Nein? Aber wie konnte ich dann in meine Traumgestalt schlüpfen?«

Statt einer Antwort griff der Geflügelte in sein Gewand und holte einen faustgroßen Gegenstand daraus hervor. Auf den ersten Blick glich er einem ganz gewöhnlichen Stein. »Was ist das denn?«, fragte Laura verwundert.

»Ein Lapismalus«, erklärte der Wolkentänzer und drückte ihr den Brocken in die Hand. Er war überraschend leicht. »Das sind ganz besondere Steine, die man nur auf den höchsten Gipfeln des Scheinsteingebirges findet. Diese Steine sind mit reinstem Licht getränkt und zeigen deshalb jeden Verstoß gegen die uralten Gesetze an. So habe ich erfahren, was die Dunklen dir heute angetan haben.« Auriel strich mit der rechten Hand über die graue Oberfläche des Steins, die durchsichtig wurde. Laura konnte nun in das Innere blicken und erkannte den Zielhang des Mountainbike-Parcours am Ochsenkopf, so deutlich wie in einem Fernseher.

»Das glaub ich ja gar nicht!«, flüsterte sie andächtig. Da erblickte sie im Stein auch schon ihren Bruder, wie er auf seinem

Fahrrad den Hang herunterschoss und sich ohne erkennbaren Grund überschlug. Nur Sekunden später ereilte sie selbst das gleiche Schicksal. Dann jedoch geschah etwas Unerwartetes: Aus einem nahe gelegenen Gebüsch löste sich eine Gestalt – Dr. Quintus Schwartz. Er eilte auf Lauras regloses Ebenbild zu.

Der Dunkle schaute sich nach allen Seiten um, holte eine kleine Phiole aus der Tasche und flößte Laura hastig einige Tropfen der durchsichtigen Flüssigkeit ein. Entsetzt wandte sich das Mädchen an den Geflügelten. »Was hat Schwartz mir da zu trinken gegeben?«

»Eine teuflische Tinktur, auf deren Herstellung sich nur die Fhurhur verstehen, die Schwarzmagier im Dienste Borborons.«

»Bist du sicher?«

»Ziemlich!«, antwortete der Geflügelte mit ernster Miene. »Du musst wissen: Zur letzten Wintersonnenwende hat die Gestaltwandlerin Syrin ihre dunklen Verbündeten auf Burg Ravenstein kurz besucht. Ich vermute einen Zusammenhang zwischen Syrins Abstecher auf die Erde und dem Giftanschlag von Dr. Schwartz. Möglicherweise überbrachte die Gestaltwandlerin damals die Tinktur. Allerdings könnte Dr. Schwartz auch auf anderem Wege in ihren Besitz gelangt sein.«

»Aber wie denn?«, wunderte sich Laura. »Die magischen Pforten öffnen sich doch nur in den Nächten der vier Sonnenfeste. Nur dann ist es möglich, Gegenstände aus Aventerra auf unsere Erde zu bringen – und umgekehrt.«

»Das ist schon richtig, Laura – allerdings nicht ganz.«

Das Mädchen starrte Auriel überrascht an. »Was meinst du damit?«

»Dass du bestimmte Wesen übersehen hast, auf die diese Beschränkung nicht zutrifft«, erklärte Auriel ernst. »Ich spreche von den Wiedergängern, die auf ewig keine Ruhe finden.

Sie sind weder tot noch lebendig und irren rastlos zwischen der Welt der Menschen und dem Schattenforst umher, wo der Todesdämon Beliaal ihnen Zuflucht in seinem finsteren Reich gewährt.«

Natürlich! Auriel hatte Recht!

Eines dieser Wesen hatte schon öfter Lauras Wege gekreuzt: Der Rote Tod, ein unheimlicher Helfer der Dunklen. Als gnadenloser Scharfrichter des grausamen Ritters hatte er so viel Schuld auf sich geladen, dass er nach dem Tod keine Ruhe fand. Laura hatte selbst erlebt, dass sein Grab auf dem Alten Schindacker mal offen und dann wieder zugeschüttet gewesen war. Was nur bedeuten konnte, dass es ihm in Wahrheit als Pforte diente. Auf diesem Wege konnte er also in den Schattenforst und wieder zurückgelangen! Und natürlich hätte er auch das teuflische Elixier auf die Erde bringen können, das Quintus Schwartz ihr eingeflößt hatte.

Aber wie auch immer die Phiole in den Besitz der Dunklen gelangt sein mochte – Laura beschäftigte eine weit wichtigere Frage: »Und was bewirkt dieses Elixier?«

»Eine der schlimmsten Torturen, die du dir nur vorstellen kannst – den Todesschlaf!«

Lukas stöhnte auf. Die bohrende Ungewissheit über das Schicksal seiner Schwester wurde allmählich zur Qual. Mindestens eine halbe Stunde saß er nun schon mit seinen Eltern auf dem Flur vor der Intensivstation und wartete auf einen Arzt, der sie über Lauras Befinden aufklärte. Doch noch immer ließ sich niemand blicken. Das grelle Licht der Neonbeleuchtung spiegelte sich auf dem blank gewienerten Linoleumboden, der einen penetranten Bohnerwachsgeruch verströmte. Dünste von geschmacklosem Kantinenessen und fadem Kräutertee waberten durch den Gang. Es war offenbar Zeit fürs Abendbrot.

Endlich glitt die automatische Schiebetür vor dem Eingang

zur Intensivstation geräuschvoll zur Seite, und ein Mann in weißem Kittel trat auf sie zu. Das Namensschild am Kragen wies ihn als »Dr. Möller, Stationsarzt« aus.

Anna und Marius erhoben sich bei seinem Anblick, und Lukas tat es den Eltern gleich.

Mit bedächtigen Schritten kam der Arzt auf sie zu. »Familie Leander?«, fragte er.

Anna nickte hastig. »Wie geht es Laura? Konnten Sie ihr helfen?«

Dr. Möller schüttelte den Kopf. »Leider nicht. Wir stehen, ehrlich gesagt, vor einem Rätsel.«

Anna erblasste.

Auch Marius schluckte betroffen. »Und – was heißt das?«

»Dass wir bislang nicht herausfinden konnten, was Laura fehlt. Dabei haben wir jede erdenkliche Untersuchung durchgeführt.«

»Aber …«, hob Anna an, wurde von dem Arzt aber unterbrochen.

»Was das Merkwürdige ist: Es wurden keinerlei Verletzungen festgestellt, weder äußerlich noch innerlich. Die Laborwerte sind normal, ebenso sämtliche Vitalfunktionen.«

»Das würde doch bedeuten, dass Laura völlig gesund ist«, sagte Marius verwirrt.

»Eigentlich schon.« Dr. Möller schnitt eine Grimasse, als bereitete ihm die Aussage tiefstes Unbehagen. »Aus diesem Grund können wir uns auch nicht erklären, warum Laura im tiefen Koma liegt. Das EEG allerdings …« Ungefragt fügte er erläuternd hinzu: »… die Messung ihrer Gehirnströme deutet auf schwerste Verletzungen hin. Dabei konnten wir in der Computertomographie keinerlei Schäden ausmachen, nicht den allerkleinsten. Organisch ist ihre Tochter offensichtlich gesund, aber alle unsere Versuche, sie aufzuwecken, sind kläglich gescheitert.«

Anna Leander sah entsetzt aus. »Heißt das, Sie können nichts für sie tun?«

»Leider ja.« Der Arzt schüttelte den Kopf. »Zumindest so lange nicht, bis wir wissen, was ihr fehlt. Bis dahin können wir sie nur ständig beobachten. Aber keine Sorge …« – er trat einen Schritt näher und versuchte ein aufmunterndes Lächeln –, »… das wird sich bald ändern, sehr bald sogar! Professor Doktor Doktor Groetelmeyer, eine international anerkannte Kapazität für solche Fälle, hat uns dankenswerterweise seine Unterstützung zugesagt. Er wird Ihre Tochter gleich morgen früh untersuchen, und dann sehen wir weiter. Aber bis dahin muss ich Sie bitten, sich noch ein wenig zu gedulden – und für Laura zu beten, falls Ihnen danach ist.«

Die Oberfläche des Sees glänzte wie flüssiges Gold. Silberbienen und Brummfliegen schwirrten durch das Flimmerschilf am Ufer und sirrten auf die Leuchtblumen zu, die bereits in voller Blüte standen und die Lichtung weithin bedeckten. Vielfarbige Schmetterlinge, mit Flügeln, so zart wie Seide, gaukelten durch die laue Nachmittagsluft. Eine sanfte Brise wiegte die Grashalme und ließ die Blätter der Bäume und Büsche rauschen, die den märchenhaften Platz säumten.

Silvana und ihr Füllen dösten im Schatten einer mächtigen Torkelweide vor sich hin. Den gesamten Vormittag über hatte die Einhornkönigin unablässig gegrast und sich am ebenso saftigen wie nahrhaften Fettklee gelabt, der nur im Halbschatten des Karfunkelwaldes gedieh. Nachdem Silvana ihren Hunger gestillt hatte, war Smeralda zu ihrem Recht gekommen. Voller Ungeduld und mit einer Gier, die einer Prinzessin kaum geziemte, hatte sie zum Bauch der Mutter gedrängt, um sich an der köstlichen Milch zu sättigen. Danach hatte Müdigkeit die beiden Einhörner übermannt. Während Silvana noch schläfrig blinzelte, war ihre Tochter bereits eingeschlafen.

Die Einhornkönigin betrachtete sie mit zärtlichem Blick. Wie groß sie schon geworden ist, dachte sie voller Stolz. Sie wächst, als könnte sie es kaum erwarten, bis sie mich endlich überragt.

Wieder zwinkerte Silvana und vertrieb mit dem Schweif eine lästige Brummfliege. Auch ihre Lider wurden nun schwer. Die Augen wollten ihr gerade zufallen, als sie das Raunen des Pflanzlings in ihrem Rücken hörte.

»Psst! Psst!«, zischte der grüne Wächter, der in der Gestalt eines dichten Goldhaselbusches hinter ihr stand. »Ihr bekommt Besuch, Majestät.«

Das Einhorn reckte den Hals und äugte zum gegenüberliegenden Rand der Lichtung. Die Strahlen der Sonne brachen sich an der Spitze ihres Elfenbeinhorns und ließen es in allen Regenbogenfarben leuchten. Als die Einhornkönigin das seltsame Wesen erkannte, das aus dem dichten Unterholz des Karfunkelwaldes hüpfte, schnaubte sie zufrieden und erhob sich, um den Besucher gebührend zu empfangen.

Auf den ersten Blick sah er aus wie ein großer blauer Ball. Beim zweiten Hinsehen allerdings war zu erkennen, dass es sich bei dem Ballon lediglich um einen riesigen Kopf handelte, der auf einem winzigen Rumpf saß. Sechs dünne Sprungbeine und zwei noch dünnere Ärmchen gingen davon ab. Im Zickzack, mal nach links und mal nach rechts hüpfend, näherte er sich Silvana, die im Schatten der Torkelweide geduldig wartete, bis der Platzwechsler endlich bei ihr angekommen war. Dort verbeugte sich das seltsame Wesen so tief, dass es aufgrund seines schweren Kopfes das Gleichgewicht verlor und kopfüber zu Boden stürzte.

»Oh, oh, übel, übel«, murmelte der Mutari, wie die Platzwechsler auch genannt wurden, während er sich hastig wieder aufrappelte. »Dass mir das ausgerechnet jetzt passieren muss, übel, übel!«

»Das ist doch nicht weiter schlimm, Malhiermalda«, antwortete die Einhornstute sanft. »Ich freue mich auch so über deinen Besuch!«

»Danke, danke«, brummte der Platzwechsler, während sein Ballongesicht vor Verlegenheit tiefblau wurde. »Ich war gerade im Traumwald, wo ich Meister Orplid einen Besuch abstattete, abstattete, als der mir – Oh! Oh! – die frohe Kunde mitteilte.«

Er sprang einen Schritt nach links, dann nach rechts und schließlich nach vorn und linste ins hohe Gras, das die schlafende Prinzessin fast vollständig verdeckte. Nur ihr blütenweißes Fell schimmerte hie und da zwischen den Gräsern hindurch.

Malhiermalda sprang auf Silvana zu und deutete auf das Büschelgras. »Ist das – Oh! Oh! – die zukünftige Königin?«

Die Stute nickte mit dem Kopf und schnaubte. »Ganz recht.«

»Habt Ihr etwas dagegen, wenn ich – Oh! Oh! – einen Blick auf sie werfe?«

»Natürlich nicht, Malhiermalda«, antwortete das Einhorn freundlich. »Wer sich so für das Licht einsetzt, wie du es getan hast, ist im Karfunkelwald immer willkommen!«

Während der Platzwechsler sich vorsichtig und ausnahmsweise einmal nicht hüpfend dem schlafenden Füllen näherte, wurde sein Ballongesicht noch blauer. Dann aber nahm ihn der Anblick von Smeralda so gefangen, dass er Silvanas Lob auf der Stelle vergaß und das junge Einhorn andächtig betrachtete. Dabei rührte er sich nicht einen Millimeter vom Fleck, was bei einem Mutari nur alle Äonen einmal vorkam. »Oh! Oh!«, hauchte er schließlich. »Wie wunderschön Eure Tochter ist – einfach wunderschön wunderschön.«

»Das finde ich auch.« Silvana wedelte mit dem langen seidigen Schweif, um fliegende Plagegeister zu vertreiben. »Aber welche Mutter würde das nicht von ihrem Kind behaupten?«

»Nein, nein«, widersprach Malhiermalda mit Nachdruck. »Eure Tochter ist – Fürwahr! Fürwahr! – eine echte Schönheit. Und ich werde diese Kunde in ganz Aventerra verbreiten.«

»Glaubst du wirklich, dass das nötig ist, du Hüpfling?«, klang da ein feines Stimmchen über die Lichtung. »Selbst die ungelenken Stampffußlinge wissen doch längst darüber Bescheid, was in der kommenden Mittsommernacht geschehen wird!«

Kapitel 15 ❧ Geflügelte Wesen

Laura und Auriel standen noch immer am Bett in der Intensivstation. Beklommen betrachtete das Mädchen seine körperliche Hülle, die leblos vor ihm lag. Ohne es zu merken, nickte sie leicht. ›Todesschlaf‹ schien diesen Zustand wirklich angemessen zu beschreiben. So ähnlich musste auch Schneewittchen im gläsernen Sarg ausgesehen haben, nachdem sie den vergifteten Apfel der Stiefmutter gekostet hatte.

Aber obwohl Auriel durchaus etwas von einem edlen Königssohn an sich hatte, würde Laura Dr. Schwartz' Tinktur wohl nicht so leicht wieder loswerden wie Schneewittchen den vergifteten Apfel. Der Wolkentänzer hatte bestimmt nicht ohne Grund erwähnt, dass es sich beim Todesschlaf um eine der schlimmsten Torturen überhaupt handelte! Laura zog die Stirn kraus und wandte sich an den Geflügelten. »Ich verstehe nicht, warum die Dunklen so lange gewartet haben. Warum sind sie nicht schon früher gegen mich vorgegangen?«

Auriel zuckte bedauernd mit den Schwanenflügeln. »Keine Ahnung.«

»Und da ist noch etwas: Wenn sie mich aus dem Weg schaffen wollen, warum haben sie mich nicht getötet? Das wäre doch bestimmt kein Problem für sie gewesen.«

Der Wolkentänzer schüttelte den Kopf. »Mit Sicherheit nicht.«

»Eben!« Nachdenklich kniff das Mädchen die Augen zusammen. »Warum haben sie mich stattdessen in diesen Todesschlaf versetzt? Was versprechen sie sich davon?«

»Auch das weiß ich nicht.« Der Wolkentänzer hob hilflos die Hände. »Aber nichts geschieht ohne einen tieferen Grund. Also vermute ich, dass die heutige Aktion nur Teil eines größeren Planes ist. Wenn du jedoch aus dieser vertrackten Situation wieder herauskommen möchtest …«

»Und ob ich das will!«

»… solltest du möglichst rasch herausfinden, was dahintersteckt. Und was noch viel wichtiger ist: Du musst dringend das passende Gegenmittel finden.«

Das Mädchen sah Auriel überrascht an. »Es gibt ein Gegenmittel gegen den Todesschlaf?«

»Das weißt du doch, Laura!«, tadelte der Geflügelte sie mit vorwurfsvoller Stimme. »Für alles existiert ein Gegenmittel. Gegen die Todesstarre genauso wie gegen den Todesschlaf. Das Problem ist nur …« Er brach ab.

»Ja?«, drängte das Mädchen. »Jetzt sag schon!«

»Ich kenne dieses Gegenmittel nicht, weil ich nur wenige Kenntnisse über schwarzmagische Zauber besitze. Mir ist nur eine Tatsache bekannt …«

»Und die wäre?«

»Dass der Todesschlaf viel schlimmer ist als die Todesstarre. Letztere wird nach sieben Monden zum Dauerzustand. Der wache Geist des Betroffenen bleibt dann für immer in seinem versteinerten Körper gefangen.«

»Das ist fürchterlich genug!«, empörte sich Laura. »Genau das habe ich befürchtet, als der Fhurhur meinen Vater in die Todesstarre versetzt hat. Etwas Schrecklicheres kann ich mir gar nicht vorstellen.«

»Und trotzdem ist der Todesschlaf noch um einiges grausamer.« Auriel musterte sie ernst. In seinem Blick schimmerte eine Spur von Mitleid auf. »Auch der Todesschlaf hält nach einer gewissen Zeit für immer an – von dem Moment an, wo das Bewusstsein vollständig erlischt. Eure Ärzte nennen diesen Zeitpunkt den ›klinischen Hirntod‹. Von da an gibt es keinerlei Rettung mehr. Deine körperliche Hülle geht in die ewige Dunkelheit ein, womit auch deine Traumgestalt ihr Leben verliert.«

Laura wurde heiß und kalt zugleich. Jetzt erst begriff sie das volle Ausmaß dessen, was Auriel ihr sagen wollte: Wenn sie das Gegenmittel nicht schnellstens fand, musste sie sterben! Das Mädchen räusperte sich. »Du kennst das Gegenmittel wirklich nicht? Oder darfst du es mir nur nicht verraten, weil du damit gegen die uralten Gesetze verstoßen würdest?«

»Nein, Laura.« Traurig schüttelte der Geflügelte den Kopf. »So einfach ist das nicht. Es ist die Aufgabe von uns Wolkentänzern, Verstöße gegen die uralten Gesetze so weit wie möglich zu verhindern. Wenn uns das nicht gelingt, müssen wir zumindest die Folgen eines Verstoßes so gering wie möglich halten. Allerdings …«

»Ja?«

»Jeder Mensch ist für sein Schicksal selbst verantwortlich«, erklärte Auriel. »Deshalb geben wir nur Hilfen und Hinweise. Ganz aus der Hand nehmen können wir ihm sein Geschick allerdings nicht.«

»Verstehe«, murmelte Laura. Genau das hatte sie schon öfter gehört, wenn auch in anderer Form. ›Jeder Mensch muss die existenziellen Erfahrungen selbst machen‹, hatte Professor Morgenstern häufig erklärt. ›Kein Fremder kann ihm das abnehmen.‹ Laura hatte das längst verstanden. Sie musste ihr Schicksal aus eigener Kraft meistern und durfte sich nicht nur auf die Hilfe des Geflügelten verlassen.

»Was dieses Gegenmittel betrifft«, sagte Auriel und riss sie aus ihren Gedanken.

»Ja?«

»Es tut mir leid, Laura, aber ich kenne es wirklich nicht.«

Tiefe Resignation stieg in ihr auf, doch dann kam ihr unvermittelt ein hoffnungsvoller Gedanke. »Lass uns Professor Morgenstern fragen«, schlug sie vor. »Vielleicht kennt er ja dieses Gegenmittel. Oder Percy Valiant oder Miss Mary.«

Auriel schüttelte betrübt den Kopf. »Das wird dir nichts nützen, Laura. Zum einen bezweifele ich sehr, dass deine Wächterfreunde mehr wissen als ich. Und zum anderen kannst du ohnehin keinen Kontakt mit ihnen aufnehmen, zumindest nicht in der Gegenwart.«

Lauras Gesichtszüge entgleisten. »Warum das denn?«

»Ganz einfach: weil du diese Traumreise nicht freiwillig, sondern unbeabsichtigt angetreten hast«, erklärte der Wolkentänzer. »Das Elixier des Schwarzmagiers lähmt das Bewusstsein und versetzt dich so in einen tranceartigen Zustand. Wer sich aber auf die Kunst des Traumreisens versteht, schlüpft dabei ganz von selbst in seine Traumgestalt. Die aber braucht unter solchen Umständen länger als gewöhnlich, um sich vom Körper zu lösen. Deshalb hinkst du stets einige Momente hinter dem aktuellen Geschehen her.

Alles, was du jetzt erlebst, ist bereits vor einigen Sekunden geschehen. Aus diesem Grunde haben die Ärzte und Schwestern vorhin auch nicht bemerkt, dass wir uns auf der Intensivstation aufhalten. Weil wir uns nämlich nicht auf derselben Zeitebene wie sie bewegen, sondern stets etwas später als sie handeln.«

Laura schwirrte der Kopf. Obwohl die Erklärungen des Wolkentänzers ziemlich logisch klangen, waren sie nicht so leicht zu verstehen. »Kann ich diesen kleinen Rückstand nicht irgendwie aufholen?«, fragte sie sicherheitshalber nach.

»Leider nicht«, erwiderte Auriel bedauernd.

»Aber ...« Laura stockte. Erst in diesem Moment wurde ihr

so richtig bewusst, was das bedeutete. »Dann kann ich ja niemandem sagen, dass dieser angebliche Unfall in Wahrheit ein hinterhältiger Anschlag der Dunklen war!«

»Das ist leider richtig.« Der Wolkentänzer verzog bekümmert das Gesicht. »Aber was noch viel schlimmer ist: Deine Freunde halten die Dunklen für geschwächt und trauen ihnen einen solchen Angriff nicht zu. Sie werden gar nicht auf die Idee kommen, dass eure Feinde hinter allem stecken.«

Auriels Worte trafen Laura wie ein Schock.

Sie hatte also keinerlei Hilfe zu erwarten!

Umso mehr überraschte sie die nächste Bemerkung des Wolkentänzers. »Dabei hast du noch Glück gehabt«, sagte der und fügte erklärend hinzu: »Dieses Elixier hat zwar dein Bewusstsein erstarren lassen, aber gleichzeitig alles freigesetzt, was in deinem Unterbewusstsein gespeichert war: die Erinnerungen an deine Abenteuer und auch deine besonderen Fähigkeiten. Die werden dir bei der Suche nach dem Gegenmittel eine große Hilfe sein.« Der Wolkentänzer seufzte. »Und du kannst wirklich jede nur denkbare Unterstützung brauchen.«

Laura legte den Kopf schräg und musterte den Geflügelten aus zusammengekniffenen Augen. Etwas am Klang seiner Stimme beunruhigte sie. Der Wolkentänzer wusste mehr, als er ihr offenbart hatte. Laura erkannte, warum er so besorgt klang. »Mir bleibt nicht mehr viel Zeit, stimmt's?«, fragte sie geradeheraus.

»Nun …« Auriel druckste herum und wollte nicht recht mit der Wahrheit heraus. Beinahe hilflos zuckte er mit den Schwingen. »Wie ich bereits erwähnt habe, sind meine Kenntnisse über den Todesschlaf gering. Allerdings weiß ich, dass das Elixier, das ihn hervorruft, nur in einer ganz bestimmten Nacht des Jahres gewonnen werden kann – zur Wintersonnenwende.«

»Und warum?«

»Weil dann die Macht der Dunkelheit am größten ist. Und das genaue Gegenstück zur Wintersonnenwende ist die Mittsommernacht. Zu diesem Zeitpunkt erreicht der Jahreslauf seinen Höhepunkt, und die Kraft des Lichts ist am größten. Ich vermute daher, dass das Gegenmittel nur in dieser Nacht des Lichts gefunden werden kann. Bis dahin verbleiben kaum mehr als drei Monde. Das mag dir vielleicht ziemlich lang erscheinen, aber für eine so gewaltige Aufgabe, wie sie vor dir liegt, ist es nur eine verschwindend geringe Spanne.«

Überrascht hoben Silvana und der Platzwechsler die Köpfe. Drei silbrig glänzende Wesen schwirrten rasch auf sie zu. Auf den ersten Blick glichen sie übergroßen Libellen, zumal die feinen Flügel auf ihrem Rücken sich so schnell bewegten, dass ihre Konturen kaum auszumachen waren. Dann allerdings war zu erkennen, dass sie mit Insekten nichts gemein hatten, sondern mit den Feen oder Lichtalben verwandt sein mussten. Ihre zierlichen Gestalten waren kaum dicker als ein Männerdaumen und maßen vom Scheitel des lockigen Blondhaars bis zur Spitze des langen Schwanzes nicht mehr als eine kräftige Hand.

Die Einhornstute wieherte erneut. »Seid mir willkommen, ihr Herren Virpo, Yirpo und Zirpo«, sprach sie die drei Wesen an, die direkt vor ihrem Kopf in der Luft schwebten. »Auch ihr Flatterflügler seid treue Anhänger des Lichts. Deshalb haben wir Einhörner es auch euch zu verdanken, dass der Karfunkelwald uns immer noch Schutz und Heimat bietet.«

»Daran wird sich auch nichts ändern, Majestät«, antwortete der Flatterwicht an der Spitze der drei. »Jedenfalls nicht, solange die Herren Virpo und Zirpo und meine Wenigkeit …« Er neigte das zierliche Köpfchen. »… als Angeber bestätigt werden.«

»Dann bin ich ja beruhigt«, entgegnete Silvana. »Bessere Angeber als euch drei werden eure Brüder doch niemals finden!«

»Wenn Ihr es sagt, Majestät.« Herr Virpo verbeugte sich erneut. Ihm war anzumerken, dass das Lob ihm nicht nur schmeichelte, sondern er es auch als völlig angemessen empfand. Begleitet von den beiden anderen Herren, schwirrte er auf das immer noch schlafende Füllen zu. Nachdem sie Smeralda mehrere Male umkreist hatten, um sie ausgiebig von Kopf bis Fuß zu beäugen, kehrten sie zu der Mutter zurück.

»Die neue Hornlingsdame ist das schönste Wesen, das ich seit langer Zeit gesehen habe«, lobte Herr Virpo. »Ihr müsst mir verzeihen, Majestät, aber Eure Tochter ist sogar noch ein klein wenig hübscher als Ihr.«

»In der Tat, du sagst es«, pflichtete Herr Yirpo ihm bei, und auch der Platzwechsler sprang wie zur Bestätigung nach links und nach rechts und rief dabei immer wieder: »Oh! Oh! Fürwahr, fürwahr!«

Nur Herr Zirpo schien anderer Meinung zu sein. »Ihr habt sicher Recht, ihr Herren. Allerdings …« Das feine Gesichtchen gequält verzogen, warf er der Einhornkönigin einen scheuen Blick zu. »Mit Verlaub, Majestät, aber wenn ich mir Euer Horn so ansehe, dann scheint das Eurer Tochter doch ein wenig kurz geraten zu sein.« Hastig fügte er hinzu: »Nur ein winziges bisschen natürlich!« Er zuckte derart verlegen mit den Flügeln, dass er beinahe abgestürzt wäre.

Silvana lächelte verständnisvoll. »Ganz richtig, Herr Zirpo«, sagte sie. »Aber die Natur hat das genau so vorgesehen. Wie alle Füllen ist auch Smeralda ohne Horn auf die Welt gekommen. Mit jedem lichten Tag wächst es ein Stück mehr, bis es zur Mittsommernacht seine endgültige Größe erreicht haben wird. Das Licht der beiden Vollmonde wird es segnen, und wenn Smeralda das Horn dann in den See taucht, werden die dem Elfenbein innewohnenden Zauberkräfte zur vollen Entfaltung kommen. Sie wird dann meine Nachfolge antreten. Wir anderen Einhörner aber verlieren den Karfunkelstein, der unter unserem Horn verborgen ist, sodass auch dessen besondere Kräfte fortan dem Licht dienen können.«

Herr Virpo flirrte vor seinen Kollegen herum und hob mahnend einen zierlichen Finger. »Ich muss mich sehr wundern, Herr Zirpo«, tadelte er. »Das alles ist jedem Flatterflügler doch bestens bekannt. Schon bei unserem allerersten Besuch im Leuchtenden Tal wird es uns von den Alten beigebracht, wenn sie uns mit unseren vielfältigen Aufgaben vertraut machen. Und der Schutz der Einhörner im Karfunkelwald …«

»Ja, ja!«, fiel ihm der Gescholtene ins Wort. »Man wird doch auch mal etwas vergessen dürfen, du … du … Besserweißling!« Mit beleidigter Miene verschränkte Herr Zirpo die dünnen Ärmchen vor der Brust und flatterte zur Seite.

Herr Virpo schüttelte den Kopf und wandte sich dann mit gerunzelter Stirn an die Einhornkönigin. »Bitte sorgt Euch nicht, Majestät«, sagte er. »Er wird sich schon bald wieder beruhigen. Nur damit Ihr es wisst: Wir haben es natürlich auch diesmal so gehalten, wie es seit Anbeginn der Zeiten Brauch ist. Seit der Geburt der neuen Einhornkönigin hat sich fast unser ganzes Volk in der Nähe des Schattenforstes versammelt. Von nun an werden unsere Spählinge ununterbrochen unterwegs sein, um jede Bewegung von Beliaal und den schrecklichen Kreaturen der Nacht zu beobachten. Sobald sie sich verdächtig verhalten oder gar versuchen, in den Karfunkelwald einzudringen, schlagen wir umgehend Alarm, damit Ihr alles Nötige zum Schutz Eurer Tochter veranlassen könnt.«

»Ich danke dir, Herr Virpo.« Silvana neigte den Kopf vor den silbrig glänzenden Geschöpfen, ihre Mähne wehte dabei im Wind wie ein seidiger Schleier. »Und euch beiden natürlich auch, ihr Herren Yirpo und Zirpo.«

»Nicht doch, Majestät!«, wehrte der oberste Angeber der Flatterflügler ab, und seine Verlegenheit war ausnahmsweise einmal nicht gespielt. »Wir setzen nur das Werk unserer Vorfahren fort und bemühen uns nach besten Kräften, um die zukünftige Königin vor Beliaal zu beschützen. Es wäre doch nicht auszudenken, wenn die Prinzessin dem Todesdämon in die Hände fallen sollte.«

»Ihr sagt es!«, seufzte die Einhornstute. »An die schrecklichen Folgen möchte ich gar nicht denken. Deshalb lasst uns die Geister, die über den Lauf der Welten bestimmen, um ihren Beistand anflehen, damit so etwas niemals geschehen möge!«

Lukas kam ein ungeheuerlicher Verdacht. Sie befanden sich auf dem Heimweg vom Krankenhaus, als der Junge die bedrückende Stille im Auto brach: »Was meint ihr – ob die Dunklen vielleicht hinter allem stecken?«

Während Anna sich auf dem Beifahrersitz überrascht umdrehte, warf Marius ihm einen ungläubigen Blick durch den Rückspiegel zu. »Die Dunklen? Wie kommst du denn auf diese Idee?«

»Wenn ich den Arzt richtig verstanden habe, gibt es keine erkennbare Ursache für Lauras Zustand.«

»Ja, und?«

»Es muss also etwas anderes im Spiel sein – schwarze Magie zum Beispiel.«

»Du meinst …?«

»Genau das meine ich.« Lukas nickte. »Dich hat der Fhurhur mittels seiner teuflischen Künste doch auch in diese Todesstarre versetzt, nicht wahr?«

Marius runzelte die Stirn. »Erinnere mich nicht daran!«

»Bei uns ist so etwas gänzlich unbekannt. Deshalb würde

auch kein Arzt der Welt die Ursache dafür herausfinden, da halte ich jede Wette!«

»Gut möglich«, brummte der Vater.

»Ganz bestimmt sogar!« Lukas hob den Zeigefinger und stocherte aufgeregt in der Luft herum. »Und Lauras Symptome sind genau umgekehrt zu deinen damals: Dein Körper war erstarrt, während dein Geist hellwach blieb. Bei ihr arbeitet der Körper ganz normal, aber ihre Gehirnfunktionen spielen verrückt.«

Marius schwieg nachdenklich.

Anna hingegen schüttelte den Kopf. »Ich glaube nicht, dass du auf der richtigen Spur bist.«

Die übliche Skepsisfalte kerbte sich in Lukas' Stirn. »Und wieso nicht?«

Anna sah ihren Sohn ernst an. »Wir haben dir doch erzählt, was der Weiße Ritter Paravain berichtet hat: Unsere Feinde sind im Augenblick so sehr mit sich selbst beschäftigt, dass wir nichts von ihnen zu befürchten haben.«

»Da wäre ich mir nicht so sicher«, widersprach Lukas. »Es liegt in ihrer Natur, anderen Böses zuzufügen!«

»Das mag ja sein. Und trotzdem …« Anna wechselte einen raschen Blick mit Marius, als wollte sie sich mit ihm abstimmen. Erst als dieser nickte, fuhr sie fort: »Überleg doch mal, Lukas: Seit Laura ihre besonderen Fähigkeiten geopfert hat, ist sie keine Wächterin mehr und kann den Dunklen nicht gefährlich werden. Warum sollten sie ihr etwas antun?«

»Keine Ahnung«, murmelte der Junge grimmig. Ihm fielen auf Anhieb gleich mehrere Gründe ein, aber er behielt sie lieber für sich. Seine Eltern wollten ihm nicht glauben. Dabei hatte seine Mutter, ohne es zu wissen, sogar die entscheidende Frage ausgesprochen. Und der würde Lukas nachgehen, koste es, was es wolle.

Laura konnte sich nicht überwinden, den Raum auf der Intensivstation zu verlassen, in dem ihr Körper reglos auf dem Krankenbett lag. Inzwischen hatte sie begriffen, wie schwierig die vor ihr liegende Aufgabe war, und sie wusste, dass sie keine Sekunde Zeit vergeuden durfte. Trotzdem fiel ihr der Abschied von ihrer körperlichen Hülle unendlich schwer.

Als hätte Auriel ihre Gedanken gelesen, sagte er: »Dass die Dunklen dich ausgerechnet in den Todesschlaf versetzt haben, beweist einmal mehr, wie durchtrieben sie vorgehen.«

Laura zog die Brauen hoch. »Warum das denn?«

»Sie müssen erkannt haben, dass du für diese Tortur besonders empfänglich bist, weil du einen großen Teil deiner Erinnerungen verloren hast. Denn das Wesen und die Persönlichkeit eines Menschen sind untrennbar mit seinen Erinnerungen verbunden.«

Laura blickte den Wolkenfänger verständnislos an, und der wurde ausführlicher: »Stell dir vor, Laura, du würdest von der einen auf die andere Sekunde alles vergessen, was du erlebt hast; du wüsstest weder deinen Namen, noch wo du wohnst, nicht, wer deine Eltern sind und wo und wann du geboren wurdest. Du würdest dich an rein gar nichts mehr erinnern.«

»Das wäre ja schrecklich«, hauchte das Mädchen. »Dann wäre ich ja ein … ein Nichts!«

»Du sagst es«, bestätigte Auriel ernst. »Und der Todesschlaf bewirkt fast dasselbe: Der Körper lebt weiter, aber der Geist ist erstarrt und damit so gut wie tot. Keine Erinnerung gelangt in das Bewusstsein des Todesschläfers.«

»Aber …« Laura seufzte und schüttelte verzweifelt den Kopf. »Dagegen muss man doch was tun können!«

»Genau darüber habe ich nachgedacht«, antwortete Auriel bedächtig.

»Und?«

»Hast du nicht schon früher mal etwas vergessen, und es fiel dir nicht auf, bis es dir unversehens wieder in den Sinn kam? Einfach deshalb, weil du etwas erlebt oder gesehen hast, was dich wieder daran erinnert hat?«

»Stimmt.« Gedankenverloren knetete Laura ihr Kinn. »Aber was hat das mit diesem Todesschla…«

»Vielleicht können wir auf diese Weise dein erstarrtes Ich wieder wecken«, unterbrach sie Auriel. »Der Auslöser müsste allerdings ziemlich stark sein – etwas, das dich an Ereignisse erinnert, die dein bisheriges Leben entscheidend geprägt haben.«

»Hm«, brummte Laura. »Und was sollte das sein?«

»Keine Ahnung«, antwortete der Wolkentänzer und zuckte mit den Schwingen. »Es geht schließlich um dein Leben, Laura. Und nur du kannst wissen, welche Begebenheiten so wichtig waren, dass du immer wieder an sie denken musst.«

»Aber genau das ist doch das Problem!« Laura klang mutlos. »Irgendwie erinnere ich mich nur an das, was ich auf meinen Traumreisen erlebt habe. Alles andere ist so verschwommen, als wäre mein bisheriges Dasein in Nebel gehüllt.«

»Das habe ich vermutet«, sagte der Geflügelte. »Keine Angst, Laura. Mit einer Reise durch deine Vergangenheit lässt sich das bestimmt ändern. Jede neue Begegnung und jedes neue Erlebnis wird Erinnerungen in dir wecken. Und wenn du schließlich am Ende deines fantastischen Ausfluges ankommst, sollte dein Gedächtnis so gut funktionieren wie zuvor.«

»Vielleicht hast du Recht. Aber im Moment hilft mir das leider nicht. Ich habe alle Traumreisen doch erst nach meinem dreizehnten Geburtstag unternommen. Deshalb habe ich keinen blassen Schimmer, ob es vorher ein Ereignis gegeben hat, das für mich wichtig war.«

»Ganz bestimmt sogar!«, beharrte der Wolkentänzer. »Das Leben fängt doch nicht erst mit dreizehn an!«

»Was du nicht sagst«, meinte Laura gereizt. »Und vielen Dank auch für deine Hilfe!«

»Nur Geduld, Laura!«, mahnte Auriel. Er überlegte kurz. »Es gibt einen Sinnspruch bei uns Wolkentänzern«, sagte er dann. »Ein Sprichwort, wie man auf der Erde wohl sagt. Es lautet: ›Wenn du am Ende bist und nicht mehr weiter weißt, dann gehe dorthin zurück, wo alles begonnen hat, und fange wieder von vorn an.‹«

»Schön und gut.« Laura klang nicht gerade begeistert. »Aber was willst du mir damit sagen?«

»Das liegt doch auf der Hand!«, entgegnete Auriel mit einem Hauch von Vorwurf. »Oder weißt du das wirklich nicht?«

Kapitel 16 ❧ Ein verlockendes Angebot

Es kam noch schlimmer, als Lukas erwartet hatte. Die Nachricht von Lauras schwerem Unfall verbreitete sich wie ein Lauffeuer im Internat, und beim Abendessen wurde er von allen Seiten mit Fragen und Vorwürfen bestürmt.

Das war nicht weiter verwunderlich. So gut wie jeder Ravensteiner wusste von seinem Streit mit Ronnie Riedel und der wahnwitzigen Idee einer Wettfahrt mit dem Mountainbike. Außerdem war den meisten bekannt, dass Lukas seine Schwester mit Engelszungen zu dem Rennen überredet hatte. Deshalb gaben viele nun ihm die Schuld an ihrem folgenschweren Sturz bei der Übungsfahrt.

Es wusste ja niemand, dass er Laura vorher noch angeboten hatte, die Sache abzublasen. Und wenn er jetzt darauf hinwies, würde man das als billige Ausrede abtun. Also ließ Lukas die Vorwürfe widerspruchslos über sich ergehen.

Magda Schneider brachte es auf den Punkt: »Und ich hab dich immer für halbwegs schlau gehalten«, fuhr sie ihn an. »Aber jetzt weiß ich, dass du nur ein hirnloser Idiot bist!«

Auch die anderen Mädchen aus Lauras Klasse geizten nicht mit Vorwürfen. Selbst Caro Thiele, die Laura nicht mal leiden konnte und so etwas wie ihre Erzfeindin war, bedachte Lukas so lange mit giftigen Blicken, bis er beschämt den Blick senkte und den Kopf einzog wie eine Schildkröte, die sich vor einem Unwetter verkriecht.

Sie hatten ja alle Recht!

Hätte er sich von Ronnie Riedel nicht provozieren lassen, wäre der Unfall nie passiert und Laura säße gesund und munter bei ihnen im Speisesaal. So aber erinnerte ihr leerer Platz Lukas noch zusätzlich an die Schuld, die er auf sich geladen hatte.

Wenn ich nur wüsste, wie ich Laura helfen kann!, grübelte er unablässig, während er wie ein Häufchen Elend dasaß. Bald peinigte die Frage ihn dermaßen, dass er keinen klaren Gedanken mehr fassen konnte.

Wie aus weiter Ferne drang die Stimme von Mr Cool an sein Ohr: »Wie lange muss Laura denn im Krankenhaus bleiben?«

»Was hast du gesagt?« Verwirrt starrte Lukas den Jungen an, der zum ersten Mal an ihrem Tisch Platz genommen hatte. Philipp litt offenbar sehr unter Lauras Schicksal. Sein Gesicht war ungewöhnlich bleich, die Wangen wirkten eingefallen, fast wie bei einem Vampir.

»Ich wollte wissen, wie lange Laura im Krankenhaus bleiben muss«, wiederholte Philipp leise.

»Keine Ahnung.« Lukas zuckte hilflos mit den Schultern. »Solange die Ärzte nicht wissen, was ihr fehlt, können sie Laura auch nicht helfen. Und deshalb …« Er brach ab und starrte auf den vollen Teller. Der Appetit war ihm gründlich vergangen. Er hatte noch keinen Bissen angerührt.

Auch Kaja stocherte lustlos in ihrem Essen herum. Der Vorfall hatte ihr einen heftigen Schock versetzt und ihr die Tränen in die Augen getrieben. Inzwischen wirkte sie schon wieder gefasster. Ein Telefonat mit ihrer Mutter, die Professor Doktor Doktor Groetelmeyer persönlich kannte und sein ärztliches Können in höchsten Tönen lobte, hatte sie wieder zuversichtlich gestimmt. Gerade wollte sie Lukas davon berichten, als sich der Direktor am Lehrertisch erhob und eine Glocke schwang – die gewohnte Ankündigung für eine Ansprache.

Die Gespräche an den Tischen verstummten, das Geklapper der Bestecke und Teller verebbte, während die Ravensteiner, Schüler wie Lehrer, Aurelius Morgenstern erwartungsvoll ansahen.

»Die meisten von euch haben sicherlich bereits gehört«, hob Professor Morgenstern mit kräftiger Stimme an, die trotz seines Alters auch ohne Verstärkung bis in den letzten Winkel des weitläufigen Speisesaales drang, »dass Laura Leander heute Nachmittag einen bedauerlichen Unfall erlitten hat. Um allen Gerüchten und Spekulationen vorzubeugen, möchte ich eines jedoch richtigstellen: Ja, es stimmt, dass Laura noch immer ohne Bewusstsein ist …«

Mitleidiges Gemurmel erklang. Jungen und Mädchen steckten die Köpfe zusammen und blickten sich betroffen an. Auch am Lehrertisch waren ernste Gesichter zu sehen.

»… was jedoch keineswegs bedeutet«, fuhr der Professor fort, »dass sie sich in Lebensgefahr befindet. Ich habe vorhin noch mit dem Chefarzt des Hohenstädter Krankenhauses telefoniert. Dieser hat mir versichert, dass im Moment kein Anlass zur Sorge besteht. Bereits morgen früh wird Laura von Professor Groetelmeyer untersucht, einem hochangesehenen Spezialisten. Der Chefarzt ist überaus zuversichtlich, dass der Professor sehr schnell herausfinden wird, was ihr fehlt. Ich kann euch deshalb nur bitten, Ruhe zu bewahren und gemeinsam mit mir die Daumen zu drücken, damit es Laura bald wieder besser geht.«

Lukas teilte den Optimismus des Chefarztes keineswegs, trotzdem atmete er auf. Auch unter den übrigen Schülern machte sich Erleichterung breit, und die betroffenen Gesichter am Lehrertisch entspannten sich ebenfalls. Nur Dr. Schwartz und Pinky Taxus grinsten einander breit an, und das wollte Lukas gar nicht gefallen. Wussten die beiden vielleicht mehr als der Direktor? Oder was sonst war der Grund für ihre unverhohlene Häme?

Da beugte sich Quintus zu seiner Stuhlnachbarin und flüsterte ihr etwas ins Ohr. Sofort drehte die Taxus den Kopf und starrte mit fiebrigem Blick in seine Richtung!

Was hatte das zu bedeuten?

Bevor Lukas weiter darüber nachdenken konnte, bauten sich zwei Figuren neben seinem Tisch auf: Ronnie Riedel und Max Stinkefurz. Während der Dicke ihn dümmlich angrinste, zischte Ronnie mit finsterer Miene: »Das habe ich mir doch fast gedacht!«

Lukas hatte keine Ahnung, was der Widerling meinte. »Was denn?«

»Frag nicht so dämlich!«, giftete Ronnie. »Offensichtlich habe ich richtig vermutet: Deine Schwester ist viel zu feige, um gegen mich anzutreten. Sie hat diesen Unfall inszeniert, damit sie eine passende Ausrede hat.«

Lukas sprang auf. »Du spinnst ja!«, schrie er Ronnie an. »Du hast doch gehört, was der Professor gesagt hat.«

»Stimmt!« Ein fieses Grinsen ließ Ronnie noch hässlicher erscheinen. »Morgenstern hat erklärt, dass es keinen Anlass zur Sorge gibt. Wenn Laura also glaubt, sich mit einem so billigen Trick aus der Affäre zu ziehen, dann hat sie sich geschnitten!«

Lukas war sprachlos. »Du … Du …«, rang er nach Worten, während sich ohnmächtige Wut in ihm breitmachte. »Du Idiot!«, entfuhr es ihm schließlich.

Zu Lukas' Überraschung schien diese üble Beschimpfung Ronnie nicht im Geringsten zu ärgern. Er quittierte sie vielmehr mit einem höhnischen Grinsen, das Lukas noch mehr in Rage versetzte. Er wollte sich gerade auf den Fiesling stürzen, als er von einer kräftigen Hand am Kragen gepackt und zurückgerissen wurde.

Es war Dr. Quintus Schwartz. Der Konrektor musterte Lukas aus zusammengekniffenen Augen, während ein kaum wahrnehmbares spöttisches Lächeln um seine schmalen Lippen spielte. »Aber, aber«, tadelte er. »Wer wird sich denn so vergessen, Lukas? Du weißt doch, dass die Beschimpfung eines Mitschülers gegen unsere Schulordnung verstößt. Jeder Zögling ist mit größtem Respekt zu behandeln, steht da geschrieben, nicht wahr?«

Lukas schluckte. Dr. Schwartz hatte Recht. »Ich weiß«, murmelte er. »Es tut mir leid.«

»Aber nicht doch«, entgegnete der Konrektor, immer noch lächelnd. »Du musst dich nicht bei mir entschuldigen, sondern bei Ronnie.«

Obwohl sich alles in Lukas dagegen sträubte, wandte er sich an den Mitschüler. »Tut mir leid«, wiederholte er.

»Wie?« Ronnie grinste und legte beide Handflächen hinter die Ohren, was ihm das Aussehen eines dümmlich feixenden indischen Elefanten verlieh. »Ich habe dich nicht verstanden!«

»Es tut mir leid«, entschuldigte sich Lukas, nur unwesentlich lauter als zuvor.

»Kein Problem. War mir ein Vergnügen«, erwiderte Ronnie, immer noch grinsend. Er wechselte einen raschen Blick mit Dr. Schwartz.

Da erst ging Lukas auf, dass die beiden ein abgekartetes Spiel mit ihm trieben. Ronnie hatte ihn nur provoziert, damit der Konrektor ihn zurechtweisen konnte.

Aber warum?

Was versprach sich Schwartz von diesem billigen Schmierentheater?

Laura sah den Wolkentänzer überrascht an. »Ich soll zum Tag meiner Geburt zurückreisen?«

»Natürlich.« Auriel nickte ihr aufmunternd zu. »Genau wie der alte Sinnspruch besagt: ›Gehe dorthin zurück, wo alles begonnen hat‹. Mit dem Tag deiner Geburt hat dein Leben auf der Erde seinen Anfang genommen. Deshalb solltest du deine Suche auch dort beginnen.« Er holte einen Zettel aus seinem Gewand hervor und reichte ihn Laura. »Hier, damit du weißt, wohin du reisen musst.« Mit sanftem Lächeln fügte er hinzu: »Mit deinem Gedächtnis ist es im Moment ja nicht gerade zum Besten bestellt.«

Erstaunt blickte Laura auf das Papier, auf dem das Datum und der Ort ihrer Geburt festgehalten waren. »Woher kennst du …«, wollte sie fragen.

»Du wirst es schon bald verstehen, Laura«, sagte Auriel beruhigend. Dann schärfte er ihr noch eindringlich ein, auf ihrer Traumreise die allergrößte Vorsicht walten zu lassen. »Bei deinem Ausflug in die Vergangenheit wirst du mit Sicherheit auf deine Feinde treffen. Auch wenn du dich nicht mehr daran erinnerst – die Dunklen haben dir von jeher nach dem Leben getrachtet. Sei also stets auf der Hut, denn ihnen ist alles zuzutrauen.«

»Als ob ich das nicht selbst wüsste!«, maulte Laura und verzog das Gesicht. »Trotzdem ist es mir ein Rätsel, warum du dir so viele Sorgen um mich machst.«

Auriel sah sie verwundert an. »Und warum?«

»Ganz einfach – weil alle Traumreisen in die Vergangenheit nichts an der eisernen Regel ändern können: Was geschehen ist, ist geschehen und kann nicht mehr rückgängig gemacht werden. Oder stimmt das etwa nicht?«

»Doch, Laura, das stimmt. Wieso fragst du?«

»Weil das beweist, dass die Dunklen mir trotz aller Bemühungen nichts anhaben konnten. Sonst wäre ich doch längst nicht mehr am Leben!«

»Damit hast du natürlich Recht. Trotzdem ist das noch lange kein Grund, es auf deiner Reise an der nötigen Achtsamkeit fehlen zu lassen.«

»Das verstehe ich nicht«, sagte Laura kopfschüttelnd.

»Nein?« Der Geflügelte wirkte nun selbst überrascht. »Dabei ist das doch so einfach! Pass auf: Natürlich wird sich an deinem früheren Leben nichts ändern, wenn du nun in deine eigene Vergangenheit zurückreist.«

»Aber?«

»Dennoch kannst du nicht wissen, ob du in deiner Traumgestalt nicht Einfluss darauf genommen hast, wie sich dein bisheriges Dasein entwickelt hat. Möglicherweise hast du ja ausgerechnet auf der nun vor dir liegenden Reise die entscheidenden Weichen für dein eigenes Schicksal gestellt!«

Allmählich dämmerte es Laura. »Du meinst also, ich könnte auf meinem Ausflug in die Vergangenheit den Lauf meines eigenen Lebens beeinflusst haben?«

»Genauso ist es«, bestätigte der Wolkentänzer. »Was deiner Traumgestalt dabei jedoch widerfahren ist, kann im Augenblick niemand wissen. Denn obwohl deine Traumreise dich zurück zum Anfang deines Lebens führt, liegt sie im Moment noch vor dir.

Wenn dir auf dieser Reise also etwas zustößt«, fuhr Auriel mit großem Ernst fort, »oder deine Feinde dich gar töten sollten – was die Geister, die über den Lauf der Welten bestimmen, verhindern mögen! –, wird deiner körperlichen Hülle genau das Gleiche widerfahren.« Er legte die Schwanenfittiche dicht aneinander. »Ich hatte gedacht, das sei dir längst klar.«

Natürlich!

Der Geflügelte hatte Recht!

Wie weit sie in der Zeit auch zurückreisen mochte, ihre Traumgestalt blieb stets mit dem Körper in der Gegenwart verbunden. Und da das Ergebnis dieser Reise ungewiss war, konnte sie dabei möglicherweise sogar den Tod finden! Wie dumm von ihr, dass sie das nicht auf Anhieb bedacht hatte!

Die Worte des Wolkentänzers holten sie aus den trüben Gedanken. »Es sind allerdings nicht nur die Dunklen, vor denen du auf der Hut sein musst!«

»Nein? Vor wem denn noch?«

Auriel zögerte kurz, als wüsste er nicht so recht, wie er es erklären sollte. »Der Umstand, dass du die Traumreise gegen deinen Willen angetreten hast, bringt es mit sich, dass du auf einen Gegner stoßen wirst, der dir weit gefährlicher werden kann. Nämlich …« Der Wolkentänzer brach ab.

»Nun sag schon!«, drängte ihn das Mädchen. »Verrate mir endlich, wer es ist!«

»Du bist es, Laura«, antwortete der Geflügelte. »Du selbst wirst dir zum größten Feind werden!«

»Was?«, rief Laura in ungläubigem Entsetzen. »Wie soll das denn möglich sein?«

»Nur Geduld. Du wirst es schon bald verstehen!«

Laura war nun völlig durcheinander. Die Aussage des Wolkentänzers hatte sie so aufgewühlt, dass sie keinen klaren Gedanken mehr fassen konnte. Mit vor Schreck geweiteten Augen sah sie ihn flehend an. »Wirst du mich begleiten und mich beschützen?«

Auriel hob bedauernd die Schwingen. »Nein.«

»Aber warum denn nicht?«, wollte Laura wissen. »Du hast doch selbst erwähnt, wie gefährlich das ist.«

»Stimmt! Aber du brauchst mich gar nicht.«

Laura verstand überhaupt nichts mehr. »Und warum nicht?«, fragte sie bang.

»Ich kann mich nur wiederholen«, entgegnete der Geflügelte mit hintergründigem Lächeln. »Übe dich in Geduld, und du wirst schon bald dahinterkommen. Aber jetzt beeil dich! Wenn du dein Leben retten willst, musst du jeden Augenblick nutzen, der dir bleibt.«

Mit skeptischem Blick wies der Schwarze Fürst auf den Sehenden Kristall. Darin war das Krankenhausbett zu erkennen, auf dem die leblos erscheinende Laura lag. »Bist du ganz sicher«, fragte er den Fhurhur, »dass dieses Balg uns nicht wieder hinters Licht führt und das alles nur vorgaukelt?«

»Warum sollte sie so etwas tun, Herr?«, fragte der schmächtige Schwarzmagier.

»Warum wohl?« Wütend sprang Borboron von seinem Stuhl auf. Seine Augen funkelten wie Vulkanschlote. »Diesem Mädchen ist doch alles zuzutrauen. Hast du nicht selbst erlebt, wie oft sie uns übertölpelt hat? Es würde mich nicht wundern, wenn sie auch …«

»Bitte beruhigt Euch, Herr«, versuchte der Fhurhur ihn zu besänftigen. »Diesmal besteht kein Grund zur Sorge. Syrin …« – sein flüchtiger Blick streifte die Gestaltwandlerin, die abseits im Schatten der Wand des Thronsaales saß – »… hat mit eigenen Augen beobachtet, wie unser Knecht vom Menschenstern ihr mein Elixier eingeflößt hat.«

Der Schwarze Fürst drehte ruckartig den Kopf. Wie ein unbarmherziger Inquisitor starrte er die eingeschüchterte Frau an. »Stimmt das?«

»Ja, ja, Herr, natürlich«, versicherte Syrin. »Ich habe gesehen …« Eine herrische Geste Borborons ließ sie verstummen.

Der Fhurhur bedachte Syrin mit einem höhnischen Grinsen, bevor er sich wieder seinem Herrn zuwandte. »Seither befindet sich das Mädchen dank des schwarzmagischen Elixiers im Todesschlaf.« Er verbeugte sich tief, damit Borboron sein selbstzufriedenes Lächeln entging. »Und ihre Ärzte können niemals herausfinden, was ihr fehlt. Das haben wir eben ja selbst gesehen.«

Der Fhurhur triumphierte, und sein Altmännergesicht verzerrte sich erst recht zu einer hässlichen Fratze. »Diese ahnungslosen Narren! Sie sollten sich glücklich schätzen, dass sie das Ausmaß ihres eigenen Unwissens nicht kennen. Sonst würden sie nur vollends in tiefste Verzweiflung gestürzt!«

Borboron griff nach dem Weinpokal, dann wandte er sich wieder an seinen Ratgeber: »Willst du damit sagen, dass bislang alles nach Plan verläuft?«

»Ihr nehmt mir die Worte aus dem Mund, Herr.« Das scharlachrote Männchen buckelte ein weiteres Mal. »Trotzdem sind wir noch lange nicht am Ziel. Wir müssen umgehend die nächsten Schritte einleiten, sowohl hier auf Aventerra als auch auf dem Menschenstern. Und wenn unsere Verbündeten sich strikt an meine Anweisungen halten, müsste es schon recht bald weitergehen.«

Lukas erfuhr bald genug den Grund für das merkwürdige Verhalten von Quintus Schwartz. Der Konrektor rief ihn ins Lehrerzimmer, um mit ihm über sein ungebührliches Verhalten zu reden. Doch Lukas stellte bald fest, dass es sich dabei lediglich um einen Vorwand handelte. »Es tut mir leid. Ich wollte Ronnie nicht beleidigen«, fing er an, aber Quintus winkte nur unwirsch ab.

»Aber nicht doch! Was interessiert mich dieses großmäulige Bürschchen?«

»Hä?« Lukas stockte. »Aber ich dachte …?«

»Unsinn!«, entgegnete Dr. Schwartz. »Ich habe dich herbestellt, damit wir uns in aller Ruhe unterhalten können. Freiwillig würdest du mir ja bestimmt nicht lange zuhören. Dabei möchte ich dir ein überaus attraktives Angebot machen.«

Ein Angebot? Lukas ließ sich auf den Stuhl sinken, den der Lehrer ihm hinschob.

»Ich habe dich beobachtet«, sagte Dr. Schwartz. »Vorhin im Speisesaal, während der Ansprache von Professor Morgenstern.«

Lukas begriff noch immer nicht, worauf der Konrektor hinauswollte. »Ja, und?«

»Ich konnte dir ansehen …«, fuhr Schwartz fort, doch zur Verblüffung des Jungen verstummte er gleich wieder und schüttelte den Kopf, als hätte er eine Dummheit begangen. Dann griff Schwartz nach einem Stuhl, platzierte ihn gleich Lukas gegenüber und setzte sich.

»Okay«, redete er weiter. »Ich schlage vor, wir lassen dieses törichte Versteckspiel. Deine Schwester hat dich während des vergangenen Jahres mit Sicherheit ins Vertrauen gezogen. Laura hat dir bestimmt nicht alles erzählt, aber du weißt gewiss darüber Bescheid, was sich hinter den Kulissen unseres Internats abspielt, nicht wahr?«

Lukas nickte stumm.

»Vermutlich ist dir ebenfalls bekannt, dass Reb… ähm … Frau Taxus, meine ich, Gedanken lesen kann?«

Erneut nickte der Junge.

»Nun, und heute während der Ansprache konnte sie mit Leichtigkeit feststellen, dass du die Sache weniger zuversichtlich einschätzt als der Chefarzt. Habe ich Recht?«

»Ja, schon«, bestätigte Lukas. »Aber was …«

»Ich komme gleich zur Sache«, fiel Schwartz ihm ins Wort. »Jedenfalls scheinst du als Einziger erkannt zu haben, dass es nirgendwo auf der Welt einen Arzt gibt, der deiner Schwester helfen kann – und sei er noch so berühmt und begabt.«

»Dann stimmt es also!« Lukas fuhr hoch. »Sie und Ihre üblen Freunde sind schuld daran, dass es Laura so schlecht geht!«

»Das ist deine Interpretation«, entgegnete Quintus Schwartz kühl und musterte ihn durchdringend. »Im Speisesaal vorhin habe ich allerdings ganz andere Stimmen vernommen. Die Mehrzahl deiner Mitschüler hält *dich* für verantwortlich.«

Lukas schluckte und schlug die Augen nieder. Sein schlechtes Gewissen regte sich und nagte an seiner Seele wie ein Wurm.

Die Mundwinkel des Konrektors zuckten spöttisch. »Aber was scheren uns die Meinungen der anderen, nicht wahr? Entscheidend ist doch einzig und allein, was wir selbst denken.«

Ohne es zu merken, nickte Lukas. Er spürte die Bisse des Seelenwurms tief in seiner Brust. Wortlos lehnte er sich wieder zurück und sah den Lehrer beklommen an.

»Wie ich schon sagte«, fuhr Quintus Schwartz fort. »Von den Ärzten hat deine Schwester nicht das Geringste zu erwarten. Und du weißt, was das bedeutet, Lukas: Wenn Laura nicht von anderer Seite Hilfe erhält, wird sie sterben.«

Die Schmerzen in Lukas' Brust wurden stärker. »Wollen Sie damit vielleicht andeuten, dass *Sie* ihr helfen können?«

»Genauso ist es. Obwohl ...« Quintus Schwartz beugte sich vor und sah ihn lächelnd an. »Genau genommen ist das nicht ganz korrekt. Es gibt nämlich nur einen einzigen Menschen auf der Welt, der Laura helfen kann – und das bist du, Lukas!«

»Ich?«, rief der Junge aus und sprang verblüfft von seinem Stuhl auf. »Wieso denn ausgerechnet ich?«

Schwartz lächelte zufrieden. »Genau das will ich dir ja gerade erklären. Also setz dich bitte wieder.«

Lukas gehorchte widerspruchslos.

»Ich nehme an, dass dir deine Schwester und dein Vater von den wundersamen Künsten des Fhurhurs berichtet haben, der in den Diensten Borborons steht.«

Lukas hing wie gebannt an den Lippen seines Gegenübers.

»Dieser Magier kennt als Einziger das Mittel, das deiner Schwester das Leben retten kann.« Schwartz machte eine kleine Pause. Die Seelenpein des Jungen schien ihm allergrößtes Vergnügen zu bereiten.

Die Beklemmung in Lukas' Innerem wurde immer schlimmer. »Reden Sie weiter«, flehte er den Dunklen an. »Bitte!«

»Aber gerne doch«, antwortete der Konrektor mit schmalem Lächeln. »Der Schwarze Fürst hat den Fhurhur angewiesen, dir dieses Gegenmittel auszuhändigen – vorausgesetzt, du gehst auf das großzügige Angebot ein, das er dir unterbreitet.«

»Und …« Lukas rang nach Luft. Die Schmerzen waren nun fast unerträglich. »Worum … handelt es sich dabei?«

»Eine Sekunde noch«, erwiderte der Dunkle. »Bevor ich dir das Angebot meines Herrn unterbreite, möchte ich eines klarstellen: Alles, was wir beide hier besprechen, bleibt unter uns. Sobald auch nur ein Außenstehender ein Sterbenswörtchen davon erfährt, egal ob auf der Erde oder auf Aventerra, ist Laura des Todes. Ist das klar?«

»Natürlich«, antwortete der Junge rasch. »Ich werde selbstverständlich schweigen wie ein Grab.« Damit hob er die rechte Hand. »Das schwöre ich bei allem, was mir heilig ist!«

»Aber nicht doch!«, tadelte Quintus Schwarz mit amüsiertem Ausdruck. »Wir wollen doch nicht gleich übertreiben.« Sein Gesicht wurde wieder ernst. »Nun denn, Lukas: Wenn du deiner Schwester das Leben retten willst, dann höre mir jetzt gut zu!«

Kapitel 17 Reise in die Vergangenheit

Laura erinnerte sich glücklicherweise noch genau an den alten Spruch, der die Wissenden schon seit Anfang der Welten auf ihre fantastische Reise durch Raum und Zeit geleitete:

»Strom der Zeit, ich rufe dich;
Strom der Zeit erfasse mich!
Strom der Zeit, ich öffne mich;
Strom der Zeit verschlinge mich!«

Diese Traumreise jedoch ging weit schneller vonstatten als alle vorherigen. Laura hatte sich kaum auf den Zielort und den Zeitpunkt ihrer Reise konzentriert, als der sie umgebende Lichttunnel auch schon verblasste. Ihr stach der gleiche Geruch in die Nase wie vorher auch. Offensichtlich war sie am gewünschten Ort angekommen: im Krankenhaus von Hohenstadt. Allerdings nicht auf der Intensivstation, sondern in der Eingangshalle, wie Laura nach dem Öffnen der Augen feststellte.

Die Halle war nahezu menschenleer. Laura seufzte erleichtert. Ihr war gerade erst klar geworden, wie leichtsinnig es gewesen war, ausgerechnet die Eingangshalle als Ziel ihrer Reise zu bestimmen. Nicht auszudenken, wenn zufällig anwesende Ärzte, Schwestern oder Patienten beobachtet hätten, wie sie buchstäblich aus dem Nichts feste Gestalt annahm.

Zum Glück schien niemand ihre Ankunft bemerkt zu haben. Der niedrige Raum schimmerte im trüben Licht der gedämpften Deckenbeleuchtung. Draußen vor den Fenstern hatte sich bereits die Dunkelheit eingenistet. Windböen wirbelten dicke Schneeflocken durch die Lichtkegel der Laternen, welche die Auffahrt und den daneben liegenden Besucherparkplatz mehr schlecht als recht erhellten. Laura lächelte zufrieden: Sie war in der richtigen Jahreszeit gelandet! Blieb nur noch zu hoffen, dass sie auch den gewünschten Tag erwischt hatte.

Vorsichtig blickte sie sich um. Gut zwanzig Meter von ihr entfernt befand sich eine Art Glaskasten, den das darüber hängende Schild als »Empfang« auswies. Eine der Scheiben war zur Seite geschoben, und über dem niedrigen Tresen erhob sich der blond gelockte Kopf einer Frau in Schwesterntracht. Laura holte tief Luft und ging auf die Empfangsdame zu.

Die schien Laura nicht zu bemerken und hielt den Blick auf einen dicken Wälzer gesenkt. Sie ignorierte Laura so lange, bis diese sich kräftig räusperte.

Frau Schiller – der Name stand auf dem Schildchen an ihrem Revers – zuckte zusammen. Der Roman hatte sie offenbar so sehr in den Bann geschlagen, dass sie alles um sich herum vergessen hatte. »Ja, bitte?«, fragte sie verlegen, während sich ihre Wangen röteten. »Was kann ich für dich tun?«

»Ich … ähm … ich suche das Zimmer von Frau Leander«, antwortete Laura, und fügte dann rasch hinzu: »Frau Anna Leander!«

Die Frau antwortete nicht, sondern musterte sie nur mit unverhohlener Verwunderung.

»Sie ist meine Tante«, erklärte Laura, »und hat heute ein Kind bekommen.« Ein rascher Blick auf den Abreißkalender, der hinter Frau Schiller an der Wand hing, bewies, dass es tatsächlich der 5. Dezember war – und auch das Jahr stimmte.

Die Empfangsdame zeigte noch immer keine Reaktion.

Was hat sie nur?, überlegte das Mädchen fieberhaft und

fuhr hastig fort: »Mein Onkel hat mir eine Mail geschickt, dass ich Anna und das Baby sehen darf, wenn ich möchte. Leider hat er die Zimmernummer vergessen.«

Die Frau öffnete den Mund und schnappte nach Luft wie ein Fisch auf dem Trockenen. »Eine … was?«

»Eine Mail!«, wiederholte Laura. »Frau Leander hat doch heute ein kleines Mädchen zur Welt gebracht, nicht wahr? Jedenfalls hat Onkel Marius das geschrieben.«

Die Schwester klappte den Mund wieder zu und starrte erneut auf Lauras Jacke. »Na, so was«, murmelte sie mit einem schrägen Blick auf ihr Buch vor sich hin. Laura konnte inzwischen das Titelbild erkennen und stellte fest, dass es sich um einen Science-Fiction-Roman handelte.

Langsam wurde sie unruhig. Ist der Frau vielleicht nicht gut?, überlegte sie. Oder warum antwortet sie mir nicht, sondern starrt mich nur an, als wäre ich ein Geist oder ein außerirdisches Wesen?

»Du befindest dich in der Vergangenheit, Laura, vergiss das nicht!«, hörte sie eine wohlvertraute Stimme hinter sich. Überrascht drehte sie sich um und erblickte Auriel. Schon wollte sie ihn fragen, wo er so plötzlich herkäme, da legte er ihr die Hand vor den Mund.

»Pssst, Laura!«, mahnte der Geflügelte hastig. »Kein Wort! Du weißt doch, dass nur die Eingeweihten mich sehen und hören können. Für diese Frau dagegen …« – er deutete auf die Schwester in der Anmeldung – »… existiere ich überhaupt nicht! Für sie redest du mit einem Nichts, was sonst nur Verrückte tun.«

Ja, klar – dass sie daran nicht gedacht hatte!

Der Wolkentänzer zeigte auf den MP3-Player, der deutlich sichtbar aus Lauras Brusttasche ragte. Das Kabel mit den Ohrhörern baumelte davor herum. »So etwas hat Frau Schiller bis zum heutigen Zeitpunkt ebenso wenig gesehen, wie sie je von einer Mail gehört hat. Du musst dich also nicht wundern, wenn sie etwas verwirrt ist.«

Laura griff sich an die Stirn. Ich Idiot!, schalt sie sich im Stillen und schob den Player und das Kabel hastig tiefer in die Tasche. Dann wandte sie sich wieder der Empfangsschwester zu und zeigte mit verständnisvollem Lächeln auf den Zukunftsschmöker. »Ihnen geht es wohl genauso wie mir, oder?«

»Wie?« Die Frau machte ein ratloses Gesicht. »Ich verstehe nicht, was du meinst.«

»Ganz einfach: Wenn ich längere Zeit in einem Buch lese, wird plötzlich alles real. Dann meine ich manchmal sogar Dinge zu sehen, die es in Wirklichkeit nicht gibt, nur weil sie in meinem Buch vorkommen.«

»Ach, davon sprichst du!« Ein verschwörerisches Grinsen trat auf das Gesicht der Frau. Sie nickte zustimmend. »Du hast Recht! Für einen Moment habe ich tatsächlich geglaubt, du hättest von ›Mails‹ gesprochen!«

»Mails?«, entgegnete Laura mit angemessen verwunderter Miene. »Was soll das denn sein?«

»Ja, eben!« Kichernd hob Frau Schiller ihr Buch. »So was kommt hier drin vor. Mit diesen ›Mails‹ soll man angeblich über Computer Nachrichten verschicken können, viel schneller als mit der Post.« Sie verzog das Gesicht. »Wer's glaubt.«

»Schön wär's ja.« Laura hatte Mühe, ernst zu bleiben. »Und außerdem auch ziemlich praktisch.«

»Stimmt!«, pflichtete Frau Schiller ihr bei. »Aber ob wir das jemals erleben werden?« Sie seufzte und winkte ab. »Jetzt aber Schluss mit den Fantastereien! Zu wem wolltest du noch mal?« Nur Augenblicke später nannte sie Laura die Zimmernummer ihrer Mutter.

»Und das Baby?«, erkundigte sich das Mädchen. »Liegt das auch im Zimmer von Frau Leander?«

»Natürlich nicht«, erwiderte die Empfangsschwester. »Die

Babys liegen doch in einem Extraraum. Der befindet sich allerdings auch auf der gynäkologischen Station, sodass du dir die Kleine jederzeit angucken kannst. Obwohl ...« Sie brach ab und warf einen Blick auf die Wanduhr. »Im Moment ist gerade Schichtwechsel, da sind die Schwestern und Pfleger mit der Übergabe beschäftigt. Am besten wartest du noch eine Viertelstunde.«

»Okay.« Laura nickte. »Dann besuche ich eben zuerst meine Tante. Und vielen Dank auch!«

»Keine Ursache«, antwortete Frau Schiller und grinste verschmitzt. »Und wenn du Lust hast, kannst du mir ja mal sagen, wie dir deine Cousine gefällt.«

»Welche Cousine denn?«, fragte Laura überrascht.

»Die kleine Tochter von Anna Leander natürlich«, gab die Frau, immer noch feixend, zurück. »Am besten, du schickst mir eine ›Mail‹.« Sie fand ihren Scherz so köstlich, dass sie in schrilles Gelächter ausbrach und sich gar nicht mehr beruhigen wollte.

Laura lachte ebenfalls. Nicht allein aus Höflichkeit, sondern weil sie die Situation tatsächlich ziemlich komisch fand.

Kein Wunder, dass der junge Arzt, der in diesem Augenblick am Empfang vorbeiging, sich zu ihnen umdrehte und sie irritiert anschaute. Er war bestimmt noch keine dreißig, trug eine Brille und hatte dichtes schwarzes Haar. Bei Lauras Anblick zuckte er leicht zusammen. Oder kam ihr das nur so vor?

Frau Schiller verstummte augenblicklich. »Guten Abend, Herr Doktor«, sagte sie beflissen.

»'n Abend!«, nuschelte der Mann, bevor er sich abwandte und davonhastete. Dass er dabei ein Taschentuch verlor, bemerkte er in der Eile überhaupt nicht.

»Einen Moment!«, rief Laura ihm nach und hob das Tuch auf. Es war aus weißer Seide und trug ein Monogramm, das

Laura nicht entziffern konnte. Sie reichte es dem Arzt, den ein Namensschild als Dr. Weiß auswies. »Hier, bitte!«

»Vielen Dank! Wäre doch nicht nötig gewesen.« Während der Mann nach dem Taschentuch griff, wich er Lauras Blick aus. Am Mittelfinger seiner rechten Hand steckte ein klobiger Ring. Der Duft eines noblen Herren-Parfüms stieg Laura in die Nase. Auch der Anzug, der unter dem weißen Arztkittel hervorlugte, stammte mit Sicherheit von einem Edeldesigner. Und die Brille auf seiner Nase sah sowohl modisch wie teuer aus.

Merkwürdig!

Nachdenklich trottete das Mädchen zum Empfang zurück. »Die Ärzte hier verdienen aber gut.«

Frau Schiller blickte Laura erstaunt an. »Wie kommst du darauf?«

»Weil der Anzug und das Rasierwasser von Dr. Weiß bestimmt nicht billig gewesen sind.«

»Von einem Gehalt als Assistenzarzt kann er sich das jedenfalls nicht leisten«, entgegnete die Empfangsschwester. »Das ist nämlich alles andere als üppig. Vielleicht hat er ja reiche Eltern.«

Laura beugte sich vor. »Sind Sie sicher?«

»Natürlich nicht«, meinte Frau Schiller. »Ich kenne diesen Dr. Weiß nicht einmal.«

»Nein?« Laura wunderte sich.

»Nein! Den habe ich noch nie gesehen.«

Laura wandte sich ab und sah dem Mann hinterher, der eben in einem Treppenhaus verschwand. Sie runzelte die Stirn. Obwohl sie diesem Dr. Weiß mit Sicherheit noch nie zuvor begegnet war, kam er ihr seltsam bekannt vor. An irgendjemanden hatte er sie erinnert. Die Frage war nur – an wen? Doch sosehr Laura auch grübelte, es wollte ihr einfach nicht einfallen.

Die gynäkologische Station, auf der auch die Wöchnerinnen untergebracht waren, lag im zweiten Stock des linken Seitenflügels. Auriel, der sich während Lauras Gespräch mit Frau Schiller diskret im Hintergrund gehalten hatte, ging nun neben ihr auf das Treppenhaus zu, in dem vor zwei Minuten auch Dr. Weiß verschwunden war. »Du bist mir ja ein schöner Schwindler«, sprach Laura ihn vorwurfsvoll an.

»Ein Schwindler?« Der Wolkentänzer wirkte ratlos. »Ich verstehe nicht, was du meinst.«

»Was wohl?« Das Mädchen rümpfte die Nase. »Hast du nicht behauptet, du würdest keine Traumreise unternehmen?«

Der Geflügelte spitzte die Lippen. »Ja, und?«

»Und jetzt bist du hier. Das beweist doch wohl, dass du ebenfalls in der Zeit zurückgereist sein musst!«

»Du täuschst dich, Laura!«, erwiderte Auriel. »Im Gegensatz zu euch Menschen sind wir Wolkentänzer nicht an die irdischen Zeitläufe gebunden. Wo du auch sein magst, ich bin immer bei dir. Ich begleite dich seit Anbeginn deines Lebens auf Schritt und Tritt, und werde das auch bis zu deinem letzten Atemzug so halten. Genau das ist doch meine Aufgabe!

Ich wache über deine Familie, und insbesondere über dich, Laura. Die Mächte des Lichts haben mich damit beauftragt. Sie wissen schon seit deiner Geburt, dass die Dunklen mit aller Macht und mit allen Mitteln gegen dich vorgehen werden. Du wurdest im Zeichen der Dreizehn geboren und warst dazu bestimmt, ihre gefährlichste Widersacherin zu werden.

Deshalb haben sich deine Feinde auch von Anfang an rücksichtslos über die uralten Gesetze hinweggesetzt, die den Aventerranern das Eingreifen in die Geschicke der Menschen sowie jede Aktion von Eingeweihten gegen Eleven verbieten. Ich wurde dir als eine Art Schutzengel zur Seite gestellt, wie ihr Menschenkinder es wohl bezeichnen würdet.«

Laura musterte Auriel nachdenklich. »Und seit wann begleitest du mich schon?«

»Was für eine Frage!«, gab der Geflügelte mit gekränktem Unterton zurück. »Seit einigen Stunden, denn du bist doch heute erst geboren worden! Aber gleichzeitig zählst du schon mehr als vierzehn Sommer – und so lange wache ich nun schon über dich!«

Laura schwirrte der Kopf. Deshalb also war der Wolkentänzer damals sofort zur Stelle gewesen, als die Dunklen das Auto ihrer Mutter im Nebelsee landen ließen. Nur Auriels Eingreifen hatte Laura es zu verdanken, dass sie damals nicht ertrunken war. Möglicherweise hatte der Wolkentänzer sie vorher und nachher noch vor weiteren Übergriffen der Dunklen beschützt. Da Laura jedoch erst an ihrem dreizehnten Geburtstag in das große Geheimnis eingeweiht worden war, hatte sie Auriel bis dahin genauso wenig sehen können wie die gute Frau Schiller vom Empfang.

Noch etwas wurde ihr in diesem Moment bewusst: Wenn der Geflügelte sie seit Beginn ihres Lebens begleitete, hatte er sie bestimmt nicht grundlos auf diese Reise zum Zeitpunkt ihrer Geburt geschickt. Zum einen geschah nichts ohne besonderen Grund, auch wenn man den häufig nicht auf Anhieb zu erkennen vermochte. Und zum anderen besaß Auriel den Lapismalus, der ihn vor den Übergriffen der Dunklen warnte.

Während Laura noch diesem Gedanken nachhing, stieg ihr ein Wohlgeruch in die Nase. Im Flur roch es nach dem Herrenduft von Dr. Weiß. Offensichtlich war der Arzt ebenfalls auf dem Weg zur gynäkologischen Station.

Laura schüttelte den Kopf. Warum war der Mann ihr so vertraut vorgekommen? Dabei hatte nicht einmal die Empfangsdame ihn gekannt. Und gerade das kam Laura merkwürdig vor: So groß war das städtische Krankenhaus nun wirklich nicht, dass man den Überblick über die Belegschaft verlor! Ein junger Arzt mit einem derart exklusiven Geschmack wie dieser Dr. Weiß würde doch bestimmt jeder Frau auf Anhieb ins Auge fallen – oder etwa nicht?

Der Verdacht durchfuhr Laura wie ein Blitz: Hier stimmte etwas nicht! Erschrocken hielt sie inne und schaute Auriel an. Doch einen Wimpernschlag später hatte sie die Starre überwunden. »Schnell!«, gellte ihr Schrei durch den einsamen Krankenhausflur. »Zur Entbindungsstation! Dieser Teufel will mir was antun!«

Damit hastete Laura los, hetzte auf die Treppe zu und flog die Stufen hinauf, immer getrieben von der panischen Angst, dass sie zu spät kommen könnte.

Immer tiefer sank die runde Sonnenscheibe dem fernen Horizont entgegen. Die Baumwipfel des dichten Waldes, durch den sich der Weg hinab ins Tal schlängelte, waren in rötliches Licht getaucht. Die gegenüberliegenden Hügel erweckten den Anschein, als wären sie vollständig mit Mohnblumen überwachsen.

Alienor wusste schon längst nicht mehr, wo sie sich befanden. Sie war mit einem Trupp der Weißen Ritter unterwegs in die Hhelmlande. Dort sollte Paravain seinen Oheim Mortas über die bevorstehende Hochzeit unterrichten und ihm seine Braut Morwena vorstellen. Bereits am Vortag hatte die Schar die vertrauten Gefilde verlassen. Seither bewegte sich das gute Dutzend Reiter – elf Männer, drei Frauen und ein Mädchen, um genauer zu sein – durch Gegenden, die der Elevin unbekannt waren.

Alienor hatte keine Sorge, sich zu verirren. Den Weißen Rittern und insbesondere Paravain waren die verschiedenen Landstriche Aventerras bestens vertraut, und so würde die Gruppe ohne Probleme an ihr Ziel finden. Aber das Mädchen beäugte unsicher die zahlreichen fremdartigen Bäume und Gewächse. Nur wenige, wie die knorrigen Trotteleichen und die schlanken Weinbuchen, erkannte sie an Blättern oder Früchten wieder. Ihr Bruder Alarik hatte Alienor immer darauf hingewiesen, als sie noch gemeinsam die Wälder rund um die Gralsburg durchstreiften, und das Wissen kam ihr auch als angehender Heilerin zugute.

Aber die unbeschwerten Ausflüge lagen schon mehr als einen Sommer zurück, und der arme Alarik weilte nicht länger unter den Lebenden. Die Erinnerung ließ ihr Herz schwer werden, und ohne es zu merken, seufzte das Mädchen.

»Was ist los, Alienor?«, sprach sie der Weiße Ritter an, der auf seinem stolzen Schimmel neben ihr hertrabte. »Bist du müde? Sollen wir anhalten und unser Nachtlager aufschlagen?«

»Nein, nein«, entgegnete sie rasch und deutete zum Horizont. »Solange die Sonne nicht hinter den Hügeln verschwunden ist, finden unsere Pferde doch den Weg – oder nicht?«

»Hört, hört«, ließ sich die Weiße Ritterin Selena vernehmen, die unmittelbar hinter ihr ritt. »Vielleicht solltest du zu den Knappen wechseln. Mir scheint, in dir steckt das Zeug zu einem tüchtigen Ritter!«

Während die anderen Reiter in fröhliches Gelächter ausbrachen, sprang die Heilerin ihrer Elevin zur Seite. »Davon bin ich sogar fest überzeugt, Selena«, sagte sie. »Aber nur in den wenigsten deiner Kameraden steckt das Zeug zu einer tüchtigen Heilkundigen. Also ist es für euch bestimmt von größerem Nutzen, wenn Alienor der Heilkunst treu bleibt und die besondere Begabung pflegt, die sie auf diesem Gebiet besitzt. Jemand muss doch die Wunden heilen, welche die Tölpel, die sich Weiße Ritter nennen, sich immer wieder zuziehen.«

Niemand nahm der Heilerin die Stichelei übel. Im Gegenteil, auch ihre Worte wurden kräftig belacht. Schon seit dem

Aufbruch von der Gralsburg herrschte beste Stimmung in der Schar. Die Nachricht von der bevorstehenden Vermählung hatte sich rasend schnell in Hellunyat herumgesprochen und größte Freude bei den Bewohnern ausgelöst. Insbesondere natürlich bei den Weißen Rittern, die ihren Anführer glühend verehrten. Jeder von ihnen hätte sein Leben für Paravain gegeben, und so teilten sie sein Glück, als wäre es das ihre.

Zudem genoss seine Braut, die Heilerin, höchstes Ansehen bei den Rittern. Wie vielen hatte Morwena schon geholfen, wenn sie mit schlimmen Wunden von einer Schlacht zurückgekehrt waren! Wie oft hatte sie ihre Schmerzen gelindert oder das schreckliche Fieber bekämpft, das in ihren Leibern wütete! Und selbst bei kleineren Unpässlichkeiten stand sie ihnen stets mit Rat und Tat zur Seite. Es war schon viele Jahre her, dass die Weißen Ritter einen aus ihrer Mitte verloren hatten, und das verdankten sie nicht allein dem eigenen unerschrockenen Kampfesmut, sondern auch Morwena, deren Heilkünste sogar aussichtslose Fälle noch zum Guten gewendet hatten.

Selbst die Anstrengung des langen Ritts konnte die Hochstimmung nicht trüben. Wohin Alienor auch blickte, sie sah überall nur fröhliche Gesichter. Sogar ihr Steppenpony, das sich bisweilen recht widerspenstig zeigte und auf längeren Strecken rasch die Lust verlor, trabte munter vor sich hin, als befände es sich auf einem kurzen Spazierritt.

Das Mädchen spähte zum Himmel, wo die glühende Sonnenscheibe fast den Hügel berührte. Dann wandte sie sich an Paravain. »Wie weit ist es denn noch bis in Eure Heimat?«

»Nicht mehr allzu weit«, entgegnete der Weiße Ritter und deutete zum Horizont. »Hinter der Kuppe dort liegt eine Hochebene, die im Westen vom Traumwald und im Norden vom Karfunkelwald begrenzt wird. Gleichfalls an ihrem westlichen Rand beginnen auch schon die Hhelmlande. Wenn wir uns sputen, können wir schon morgen in den Abendstunden dort eintreffen – vorausgesetzt, wir werden nicht aufgehalten.«

»Wer sollte uns denn aufhalten?«, fragte Alienor überrascht. »Ich dachte, von Borboron und seinen Kriegern haben wir nichts zu befürchten?«

»Das stimmt.« Paravain lächelte ihr aufmunternd zu. »Trotzdem sollte man sich niemals zu sicher wähnen. Auf einer solchen Reise kann immer etwas Unerwartetes passieren.«

Das Mädchen schaute ihn daraufhin großäugig an, und der Ritter musste lachen. »Nicht doch, Alienor«, sagte er. »Mach dir keine Sorgen. Meine Bemerkung war allgemein gesprochen und ohne bestimmten Anlass. Wir haben bislang nicht die geringsten Anzeichen einer Gefahr ausgemacht.«

Als würde sie seinen Worten misstrauen, ließ Alienor den Blick schweifen. Unter den Baumstämmen zu beiden Seiten des Weges zeigten sich bereits die ersten Vorboten der Dämmerung. Dennoch konnte das Mädchen ein gutes Stück in den Wald hineinsehen. Paravain hatte Recht: Weit und breit war nichts Verdächtiges zu erkennen. Und Büsche und Bäume konnten ihnen wohl kaum gefährlich werden.

Der Wind frischte auf und schüttelte die Blätter. Es rauschte. Vermodertes Laub und kleine Zweige wirbelten vom Boden auf. Ganz in ihrer Nähe wurde eine Kugel aus Dornengestrüpp durchs Unterholz geweht. Gelegentlich machte sie kleine Hüpfer, als handele es sich um einen Ball.

Alienor lächelte. So ein lustiges Ding war ihr noch nie zuvor begegnet. Aber vielleicht hatte sie auf ihren bisherigen Streifzügen durch den Wald nur nicht richtig hingesehen. Oder waren solche merkwürdigen Gewächse nur in dieser Gegend beheimatet?

Kapitel 18 Die schwarzen Einhörner

Laura stürmte durch die Tür der gynäkologischen Station und blieb dahinter wie angewurzelt stehen. Auf dem Flur hielt sich keine Menschenseele auf, weder eine Patientin noch eine Schwester. Auch von Dr. Weiß konnte sie keine Spur entdecken. Befand er sich bereits im Säuglingszimmer, um einen schändlichen Plan in die Tat umzusetzen?

Die Babys lagen in einem Raum am jenseitigen Ende des Ganges, wie Frau Schiller erklärt hatte. Schon wollte Laura zum Schwesternzimmer eilen und Alarm schlagen, als ihr Zweifel kamen: Was, wenn sie sich getäuscht hatte? Wenn Dr. Weiß entgegen ihrer Vermutung tatsächlich im Krankenhaus beschäftigt war? Vom Pflegepersonal hatte sie dann bestimmt keine Hilfe zu erwarten.

Sie musste die Sache allein regeln!

Gefolgt von Auriel, rannte Laura zum Säuglingszimmer. Als sie die Tür aufriss, beugte sich Dr. Weiß gerade über eines der Betten und streckte einen länglichen Gegenstand nach dem Säugling darin aus. Das Schild am Fußende des Bettchens verriet den Namen des Neugeborenen: Laura Leander!

»Halt!«, donnerte sie dem Mann entgegen. »Lassen Sie Ihre Finger von dem Kind!«

Der Arzt fuhr herum, steckte den ominösen Gegenstand hastig in die Kitteltasche und starrte Laura einen Moment lang verdattert an. Doch rasch hatte er sich wieder gefangen. »Was soll das?«, fragte er ungehalten. Mit lauerndem Blick schlich er auf Laura zu. »Was hast du hier zu suchen?«

»Ähm«, stammelte Laura. Plötzlich war sie nicht mehr so überzeugt davon, dass sie einen falschen Arzt vor sich hatte.

Der Duft des Aftershaves wurde immer stärker, aber darunter mischte sich auch ein geradezu pestilenzartiger Gestank.

»Verschwinde!«, herrschte Dr. Weiß Laura an. Er trat zu dem roten Rufknopf, mit dem das Personal alarmiert werden konnte. »Oder muss ich erst die Schwestern rufen, damit sie dich an die Luft setzen?«

Mist!, ging es Laura durch den Kopf. Offensichtlich habe ich mich getäuscht!

Der Arzt warf dem Wolkentänzer einen hasserfüllten Blick zu. »Und du verschwindest ebenfalls – auf der Stelle!«

»Also doch!«, rief Laura. Dr. Weiß hatte einen verhängnisvollen Fehler gemacht: Er gehörte zu den Eingeweihten, sonst hätte er den Geflügelten nicht sehen können. Es musste ein Dunkler sein!

Der Arzt zuckte zusammen. Offensichtlich war ihm klar geworden, welche Dummheit er begangen hatte. Ohne Vorwarnung stieß er Laura und Auriel zur Seite und flüchtete in wilder Hast aus dem Zimmer und den Flur entlang.

»Halt! Haltet ihn auf!«, schrie Laura wie von Sinnen, während sie gleichzeitig den Rufknopf drückte. Keine gute Idee, wie sich schnell herausstellte: Als sie nämlich hinter dem falschen Arzt durch den Flur hetzte, stieß sie mit einer der Schwestern zusammen, die aufgeregt aus ihrem Bereitschaftsraum eilten. Laura geriet ins Straucheln und verlor dadurch wertvolle Zeit. Bis sie das Gleichgewicht wiedergefunden hatte, war Dr. Weiß längst im Treppenhaus verschwunden. Nur der Klang seiner Schritte hallte ihr noch in den Ohren wider.

Verdammt!

Der Kerl durfte nicht entkommen. Sie musste unbedingt herausfinden, wer dieser angebliche Arzt war. Wenn er weitere Angriffe gegen ihr jüngeres Ich unternahm, war sie in höchster Gefahr. Sie musste ihm das Handwerk legen! So setzte Laura, begleitet von Auriel, die Verfolgung fort.

Ritter Paravain«, sagte Alienor. »Ich habe gehört, Ihr kennt das Geheimnis der Einhörner und auch das ihrer schwarzen Artgenossen?«

»Das stimmt.« Der Ritter bedachte sie mit einem überraschten Blick. »Warum fragst du?«

»Weil ich Euch bitten wollte, mir davon zu berichten.«

Paravain musterte sie kurz, dann nickte er. »Gut – wenn du unbedingt möchtest! Heute Abend, sobald wir ein Nachtlager aufgeschlagen haben.« Er zeigte in die Talmulde, wo der Weg eine Biegung beschrieb und schlieriger Dunst aufstieg. »Gleich dahinter liegt eine verborgene Felswand, an der eine Quelle entspringt. An diesem Ort habe ich schon häufiger gelagert. Dort finden wir nicht nur Wasser, sondern auch ausreichend Schutz vor den Unbilden der Nacht. Außerdem sind wir vor unliebsamen Überraschungen sicher.«

Das Mädchen gewahrte eine Bewegung aus den Augenwinkeln: Es war die Dornenkugel, die in diesem Moment einen kräftigen Hüpfer machte und rasch zwischen den Bäumen verschwand.

Dabei war der Wind gar nicht stärker geworden – aber das fiel Alienor nicht weiter auf.

Und den anderen auch nicht.

In der Empfangshalle musste Laura einsehen, dass sie den falschen Arzt nicht mehr erwischen konnte: Dr. Weiß sprintete gerade durch das Schneegestöber auf den Parkplatz zu. In wenigen Augenblicken hätten die wirbelnden Schneemassen und die Dunkelheit ihn verschluckt, und wenn er sein Auto erreichte, würde sich seine Spur verlieren.

Da entdeckte das Mädchen den Rollstuhl, der unbenutzt auf der Rampe zur Notaufnahme stand. Blitzschnell konzentrierte Laura sämtliche Gedanken auf das herrenlose Gefährt. Sie beherrschte die Telekinese immer noch: Wie von Geisterhand angeschoben, setzte sich der Rollstuhl in Bewegung, rollte die Rampe hinab und fuhr dem Flüchtenden genau vor die Füße. Obwohl Dr. Weiß dem Hindernis im letzten Augenblick auswich, geriet er auf dem Schnee ins Stolpern und stürzte zu Boden.

»Ja!«, jubelte Laura und lief ins Freie. Der böige Wind peitschte ihr pulvrigen Schnee ins Gesicht und ließ ihre Wangen eisig kribbeln. Laura ließ sich davon nicht aufhalten und rannte weiter, als ginge es um ihr Leben. Den Flüchtigen erwischte sie trotzdem nicht. Bis sie den Parkplatz erreichte, hatte sich der Mann längst aufgerappelt und war in der Nacht verschwunden.

Sie hörte das dumpfe Schlagen einer Autotür, ein schwerer Motor heulte auf, und das Geräusch eines davonbrausenden Wagens entfernte sich rasch.

Enttäuscht blieb Laura stehen. Sie keuchte wie eine Dampflok. Ihr Atem kondensierte zu Wölkchen vor dem Gesicht, und geschlagen wischte sie den feuchten Schnee von den Wangen.

Bedrückt stiefelte Laura auf den Rollstuhl zu, der durch den Zusammenprall umgestürzt war. Das rechte Rad ragte in die Luft und drehte sich noch. Mühsam richtete sie das Vehikel wieder auf und wollte es zur Rampe zurückschieben, als ihr erneut dieser ekelhafte Geruch in die Nase stieg, der ihr bereits auf der Entbindungsstation aufgefallen war. Sie suchte den schneebedeckten Boden ab und bemerkte zwei Gegenstände. Dr. Weiß, oder wie auch immer er heißen mochte, musste sie bei seinem Sturz verloren haben.

Ein Buch – und eine Feder!

Laura ging ein Licht auf: Das war eine Harpyienfeder – daher rührte also dieser Gestank!

Wie auch immer die Feder in die Hände des angeblichen Arztes gelangt sein mochte, er musste mit den Dunklen Mächten in Verbindung stehen. Vermutlich sogar mit der schrecklichen Gestaltwandlerin Syrin, die sich Laura bereits in der Gestalt einer Harpyie gezeigt hatte.

Das Buch war nur ein schmales Bändchen von höchstens hundert Seiten. Laura bückte sich und hob es auf. Beim Anblick des Titels hielt sie unwillkürlich die Luft an.

Sie kannte das Buch, sehr gut sogar: »Geschichte und Geschichten unserer Heimat – und ihr Niederschlag in der bildenden Kunst«. Auch der Name des Autors klang vertraut: Heinrich Freudenpert.

Laura erinnerte sich daran, was für eine wichtige Rolle diese äußerlich so unscheinbare Schrift in ihrem Leben gespielt hatte: Sie hatte Lukas und ihr nämlich verraten, dass die schreckliche Gestaltwandlerin Syrin im Laufe der Jahrhunderte mehrere Kinder auf die Welt gebracht hatte – unter anderem den grausamen Ritter Reimar von Ravenstein und einen gefürchteten Hexenjäger und Inquisitor!

Darüber hinaus hatte das Buch Lukas geholfen, wertvolle Dokumente zu finden, die ihre Oma Lena Luzius für sie versteckt hatte. Ohne die darin enthaltenen Informationen wäre es Laura nie gelungen, mit ihrem Vater aus Aventerra zu flüchten und heil wieder auf die Erde zu gelangen.

Hatte nur ein Zufall dieses überaus bedeutsame Buch in die Hände des falschen Arztes gespielt? Oder steckte mehr dahinter? Mit Sicherheit! Schließlich gab es keine Zufälle, wie Laura schon oft genug erfahren hatte.

Als Laura das Büchlein aufschlug, fiel ihr ein Zettel ins Auge, der zwischen den ersten Seiten steckte. Eine Quittung, ausgestellt vom Antiquariat Kasimir Kardamon. Das Datum lautete auf den fünften Dezember. Der fragwürdige »Dr. Weiß« hatte es also heute erworben. Das brachte Laura auf eine Idee.

»Du wirst dich leider bis morgen gedulden müssen«, meldete sich an dieser Stelle der Wolkentänzer zu Wort, der sie die ganze Zeit über stumm beobachtet hatte.

»Bis morgen?« Laura sah ihn mit gerunzelter Stirn an. »Wieso das denn?«

»Deshalb!« Auriel deutete auf die große Uhr, die über dem Eingang zum Krankenhaus hing. »Es ist schon nach sechs. Das Antiquariat hat bereits geschlossen.«

Natürlich!

Wie hatte sie das nur vergessen können! Zur Zeit ihrer Geburt waren die Ladenöffnungszeiten strikt eingeschränkt gewesen!

Der Wolkentänzer streckte die Hand aus. »Gib mir die Feder, Laura. Ich bewahre sie für dich auf.«

»Vielen Dank.« Das Mädchen lächelte ihn dankbar an. »Mir ist schon ganz übel von dem Gestank.«

»Ich weiß«, antwortete der Geflügelte. »Aber es gibt noch ein Problem, Laura!«

»Welches Problem denn?«

»Hast du schon überlegt, wo du heute Nacht schlafen willst?«

»Ähm.« Laura schnappte nach Luft. Auriel hatte Recht – daran hatte sie überhaupt nicht gedacht!

Das Prasseln des Lagerfeuers übertönte das Gluckern der kleinen Quelle, die am Fuße einer Felswand entsprang. Paravain hatte nicht übertrieben: Der Grat lief halbkreisförmig um den Talkessel und bildete einen natürlichen Schutzwall gegen Feinde aller Art. Zudem lag die Mulde etwas oberhalb des Weges, sodass jede sich nähernde Gefahr von den Wachen schon von Weitem zu erkennen war.

Nachdem die Ritter ihre Pferde versorgt und sich erfrischt hatten, nahmen sie ein kleines Nachtmahl aus Brot und Speck zu sich. Dazu schlürften sie würzigen Kräutertee, den Morwena aufgegossen hatte. Anschließend rollten sich einige in ihre Decken, andere setzten sich ans Feuer, um noch ein wenig zu plaudern oder sich die Zeit bis zum Schlafengehen mit einem Würfel- oder Kartenspiel zu vertreiben.

Obwohl Alienor mit Paravain und Morwena ein Stück abseits des knisternden Feuers saß, spürte sie noch die angenehme Wärme im Rücken. Der Widerschein der Flammen tanzte über das Gesicht des Ritters und tauchte es in rotes Licht. Wie gebannt hing Alienor an seinen Lippen und lauschte.

»Am Anfang der Zeiten«, so begann Paravain, »gab es noch keine Einhörner auf Aventerra. Erst nachdem unsere Urväter die magischen Pforten durchschritten und sich auf den Weg zum Menschenstern machten, tauchten diese wundersamen Tiere in unserer Welt auf. Ganz offensichtlich haben die Erdenbewohner irgendwie dafür gesorgt, dass die Einhörner bei uns heimisch wurden.«

Er beugte sich vor und blickte das Mädchen eindringlich an. »Das ist der Grund, warum Einhörner den Menschenkindern mehr vertrauen als anderen Geschöpfen – besonders jenen, die keine bösen Absichten in ihrem Herzen hegen.«

»Weil …« Alienor kniff nachdenklich die Augen zusammen. »Weil sie den Menschenkindern ihre Existenz verdanken?«

»Genauso verhält es sich«, bestätigte der Weiße Ritter. »Aber seltsamerweise gibt es sie auf unserem Schwestergestirn nicht mehr.«

»Und warum nicht?«

»Das wissen wir nicht genau«, mischte Morwena sich ein. »Vielleicht befürchten die Menschen, dass diese zauberhaften Wesen auf der Erde Schaden erleiden. Oder dem alltäglichen Leben dort nicht gewachsen sind. Wie auch immer …« Die Heilerin zuckte mit den Schultern. »Fest steht, dass die Einhörner auf dem Menschenstern nicht heimisch sind, sondern ausschließlich bei uns in der Welt der Mythen existieren.«

Für einen Augenblick starrte das Mädchen in die zuckenden Flammen, als suche es dort Rat. Dann wandte es sich wieder an die Lehrmeisterin. »Aber wenn die Einhörner ihr Dasein den Erdenbewohnern verdanken, weshalb stehen sie dann unter dem besonderen Schutz der Geister, die über den Lauf der Welten bestimmen?«

»Vielleicht genau aus diesem Grund!«, antwortete Morwena. »Weil die Geister den Menschen niemals zugetraut hätten, ein Geschöpf von solcher Vollkommenheit zu schaffen, das treu auf der Seite des Lichts steht. Deshalb haben die Geister den Einhörnern auch die nötigen Fähigkeiten verliehen, um die Welt vor Beliaal zu schützen, dem Herrn der Finsternis. Solange noch ein Einhorn im Karfunkelwald lebt, wird es Beliaal nicht gelingen, sein dunkles Reich auf den hellen Tag auszudehnen.«

Alienor nickte erleichtert. »Habt Ihr Euch deshalb so sehr über die Geburt der Einhornprinzessin gefreut?«

»Du hast es erraten.« Die Heilerin lächelte. »Bei den Einhörnern verhält es sich nämlich ähnlich wie bei den Bienen: Nur ihre Königin kann Nachwuchs bekommen. Aber da sie äußerst scheue Wesen sind und zurückgezogen leben, kommt das äußerst selten vor. Und noch viel seltener wird eine neue Königin geboren. Dies geschieht nur in den Jahren, in denen zur Mittsommernacht unsere beiden Monde im vollen Licht über dem Karfunkelwald stehen und dem neu gewachsenen Horn seine besonderen Zauberkräfte verleihen. Alles, was die künftige Einhornkönigin damit berührt, wird rein. Steckt sie es zum Beispiel in einen Fluss oder See, wird sein Wasser von allem Unreinen und selbst von den stärksten Giften und schwarzmagischen Elixieren befreit.«

Das Mädchen schluckte. »Und was passiert, wenn es keine neue Königin gibt?«

»Das hätte schreckliche Folgen.« Morwenas Miene verdüsterte sich. »Nicht nur für die Einhörner, sondern vermutlich für uns alle.«

»Ohne neue Königin wären die Einhörner zum Aussterben verurteilt«, ergriff der Weiße Ritter wieder das Wort. »Auch wenn ihnen ein langes Leben beschieden ist, sind sie keineswegs unsterblich. Ohne Königin gäbe es keine Füllen mehr. So wäre der Tag absehbar, an dem das letzte Einhorn im Karfunkelwald stirbt und niemand mehr verhindern kann, dass Beliaal sein dunkles Reich auf den lichten Tag ausweitet.«

Die entsetzte Miene ihrer Elevin blieb Morwena nicht verborgen. »Keine Angst, Alienor«, warf sie rasch ein. »So etwas ist noch niemals vorgekommen. Und dabei versucht Beliaal schon seit Urzeiten, die jeweilige Prinzessin in seine Gewalt zu bringen und sie während der Mittsommernacht im Herzen der Finsternis einzuschließen.«

»Damit würde sie ihre Zauberkräfte verlieren«, nahm Paravain den Faden auf, »und könnte die Nachfolge ihrer Mutter nicht antreten. Womit der Dämon sein Ziel erreicht hätte!«

Nach einem Moment des Schweigens schüttelte das Mädchen den Kopf. »Das verstehe ich nicht«, sagte es. »Es würde doch reichen, wenn er die Prinzessin tötet!«

»Das könnte man meinen, ja.« Der Weiße Ritter nickte. »Allerdings würde Beliaal damit gleichzeitig dafür sorgen, dass die schwarzen Einhörner aussterben – und daran ist ihm am allerwenigsten gelegen.« Und damit hob Paravain an, die Elevin in das Geheimnis der schwarzen Einhörner einzuweihen.

Das Unterkunftsproblem löste sich schneller, als Laura befürchtet hatte. Ihr fiel ein, dass ihre Eltern den Bungalow am Stadtrand von Hohenstadt bereits vor ihrer Geburt bewohnt hatten. Da ihr Vater Marius während der Woche in seinem Zimmer im Internat schlief und die Mutter sich im Krankenhaus befand, musste das Haus im Augenblick leer stehen. Ein besseres Nachtquartier konnte sie sich nicht wünschen!

»Okay, Auriel«, sagte sie erleichtert. »Ich weiß, wo wir schlafen. Komm mit!«

Laura drehte sich um und wollte gehen, als sie zu ihrer Verblüffung bemerkte, dass der Wolkentänzer keine Anstalten machte, ihr zu folgen. »Was ist los?«, fragte sie. »Willst du vielleicht hier übernachten?«

»Du sagst es. Genau das habe ich vor«, antwortete Auriel. »Oder hast du bereits vergessen, worin meine Aufgabe besteht?«

»Ich bin doch kein Spar-Kiu!«, brummte das Mädchen leicht ungehalten. »Du sollst auf mich aufpassen, nicht wahr?«

»Eben!« Der Wolkentänzer spreizte bedeutsam die Schwanenschwingen. »Ich bin zwar zeitlos, aber zweiteilen kann ich mich trotzdem nicht. Deshalb muss ich entscheiden, wen von euch beiden ich im Auge behalte.« Er deutete auf Laura: »Dich hier!«, und dann auf ein hell erleuchtetes Fenster im zweiten Stock des Krankenhauses: »Oder die kleine Laura dort oben auf der Entbindungsstation. Und du wirst mir sicherlich zustimmen, dass dieses kleine Mädchen meine Hilfe dringender benötigt als du.«

Als Laura sich von Auriel verabschiedete, war ihr reichlich

schwer ums Herz. Zwar war sie überzeugt davon, dass sie ihn wiedersehen würde, aber wann und wo, das wussten nur die Geister, die über den Lauf der Welten bestimmten. Solange das Mädchen sich nämlich in der eigenen Vergangenheit aufhielt, würde stets auch ihr jüngeres Ich anwesend sein. Und wann immer Auriel der Ansicht war, dass dieses Kind seinen Schutz mehr benötigte als Laura in ihrer Traumgestalt, war sie ganz auf sich allein gestellt.

Außerdem würde ihr auch sonst keine Menschenseele zur Seite stehen. Sie war mehr als vierzehn Jahre in der Zeit zurückgereist, und niemand kannte hier die vierzehnjährige Laura. Nicht einmal ihre Mutter oder ihr Vater würden sie erkennen. Es war also bestimmt besser, wenn sie einem Zusammentreffen aus dem Weg ging. Nicht nur mit ihren Eltern, sondern am besten mit allen Leuten, die ihr Aufwachsen begleitet hatten.

Vom Krankenhaus bis zum Bungalow der Leanders war es zum Glück nicht weit. Natürlich hätte Laura auch eine Traumreise dorthin machen können, genau wie sie sich nächtliche Wartezeiten ersparen und sich gleich in den nächsten Tag hätte träumen können. Allerdings hatte Auriel ihr eingeschärft, es mit den fantastischen Reisen nicht zu übertreiben und diese auf das Nötigste zu beschränken. Wenn sie zu häufig durch Raum und Zeit reiste, konnte sie sich zwischen den Welten verlieren und fand womöglich nicht mehr in ihren Körper zurück.

Dabei strengten Laura diese wundersamen Ausflüge im Gegensatz zu früher kaum an. Der Grund dafür war ebenso einfach wie einleuchtend: Da sie sich nun fortwährend auf Traumreise befand und ihre Traumgestalt ständig beibehielt, schlüpfte sie nicht mehr in ihre körperliche Hülle zurück. Dadurch blieb ihr die Müdigkeit erspart, deren Auswirkungen nur ihr Körper empfand.

Nur zehn Minuten später stand Laura vor dem Walmdachbungalow ihrer Eltern. Inzwischen schneite es nicht mehr, und die dunklen Wolken waren aufgerissen. Ein voller Mond stand am Himmel und ergoss sein silbriges Licht auf die dünne Schneedecke, die Haus und Garten einhüllte. Laura erschien alles seltsam fremd. Klar – der Bungalow war erst vor einem Jahr erbaut worden und wirkte deshalb noch neu und wenig wohnlich. Auch der Garten, der das Gebäude umgab, sah unfertig aus. Trotz des Schnees konnte Laura erkennen, dass eine Hälfte noch nicht bepflanzt worden war. Die Pflanzen, Gehölze und Bäume in der kultivierten Hälfte waren noch ziemlich klein.

Die Eingangstür war verschlossen. Laura schickte sich schon an, das Schloss mit Hilfe ihrer telekinetischen Kräfte zu öffnen, als ihr ein Gedanke kam: Bestimmt hatte ihr Vater bereits damals die Angewohnheit gehabt, den Hausschlüssel unter der Fußmatte vor der Terrassentür aufzubewahren! Rasch stapfte sie zur Rückseite des Hauses und hob die Matte an. Und tatsächlich: In einer kleinen Vertiefung zwischen den steinernen Bodenplatten schimmerte ein Schlüssel im Mondlicht.

Laura bückte sich gerade danach, als sie aus den Augenwinkeln einen dunklen Schatten in der Glasscheibe der Tür wahrnahm. Gleichzeitig war ihr, als würde eine eiskalte Hand nach ihrem Herzen greifen. Sie zuckte zusammen, japste nach Luft und fuhr herum. Doch da war niemand. Die Terrasse lag einsam und verlassen im bleichen Mondschein. Niemand war zu sehen, weder eine Gestalt noch ein Schatten. Am ganzen Körper zitternd, atmete Laura erleichtert auf.

Mann, hatte sie sich erschrocken!

Zum Glück war sie einer Täuschung erlegen. Da hatte sie sich glatt von ihrem eigenen Spiegelbild einen Mordsschrecken einjagen lassen! Oder waren es Lichtreflexe gewesen, die sie für eine Gestalt gehalten hatte?

Noch einmal sog Laura die kalte Winterluft durch die Nase und nahm dann den Schlüssel an sich. Sie wollte schon zur Eingangstür zurückgehen, als ihr die Spuren im Schnee auffielen: Deutlich erkennbare Schuhabdrücke führten aus dem Garten direkt auf die Terrassentür zu, brachen aber gut zwei Meter davor unvermittelt ab. Vermutlich war die Person dort stehen geblieben. Exakt an der gleichen Stelle wie die schattenhafte Gestalt, deren Spiegelbild Laura zu sehen geglaubt hatte. Aber wieso hatte niemand mehr dort gestanden, als Laura sich danach umgedreht hatte?

Das Mädchen schluckte beklommen. Was ging hier vor? So sehr Laura sich auch den Kopf zermarterte, sie fand keine vernünftige Erklärung für das unheimliche Geschehen. Bis auf eine, mit der sie sich schließlich zufriedengab: Wahrscheinlich waren die Abdrücke schon vorher da gewesen, und sie hatte sie nur übersehen.

Eine halbe Stunde später legte Laura sich auf das Schlaflager, das sie sich auf der Wohnzimmercouch zurechtgemacht hatte. Nach einem hastigen Abendessen aus dem Kühlschrank fühlte sie sich satt und erschöpft. Sie zog die Decke über sich, gähnte herzhaft und schloss die Augen. Kaum eine Minute später war nur noch ihr regelmäßiger Atem zu hören – Laura schlief tief und fest. Die Gestalt, die in diesem Moment durch die Terrassentür ins Wohnzimmer starrte, nahm sie nicht mehr wahr.

Es war ein schattengleiches Mädchen, von gleichem Alter und gleicher Größe wie Laura. Auch seine Frisur war identisch. Die Haare jedoch waren pechschwarz, die dunklen Augen über den eingefallenen Wangen lagen in tiefen Höhlen. Als das Mädchen die schlafende Laura erblickte, verzerrte sich sein totenbleiches Gesicht zu einer Fratze abgrundtiefen Hasses. Es fauchte, und die Augen leuchteten feuerrot auf. Augenblicke später war die unheimliche Schattengestalt wieder verschwunden. Keine Spur war mehr von ihr zu sehen, als hätte die Nacht sie verschluckt.

Am Anfang«, so erzählte der Weiße Ritter, während die Flammen immer weiter in sich zusammenfielen und das Feuer allmählich erlosch, »gab es bloß weiße Einhörner, die frei und nur dem eigenen Willen gehorchend auf Aventerra lebten. Alle waren gleich und keines von ihnen neidete dem anderen etwas. Eines Tages jedoch, etwa zur gleichen Zeit, als der damalige Wolkentänzer Beliaal seine Rebellion gegen den König lostrat, wollte sich eines von ihnen, ein besonders kräftiger und stolzer Hengst, zum Herrscher über die anderen aufschwingen.

Er versuchte fortan, seinen Artgenossen den eigenen Willen aufzuzwingen. Doch die ließen sich das nicht gefallen und verstießen den Abtrünnigen. Gleichzeitig sprachen die Geister einen Bann über das hochmütige Einhorn aus und verfügten, dass es nie wieder den Karfunkelwald betreten sollte. Aus Wut und Enttäuschung färbte sich sein Fell pechschwarz, und das Horn auf seiner Stirn wurde blutig rot. Alle magischen Fähigkeiten aber, die den Einhörnern zu eigen waren, verkehrten sich bei ihm in ihr Gegenteil. Wenn das schwarze Einhorn mit seinem Horn einen Wasserlauf berührte, wurde dieser sofort vergiftet – und wen seine Tränen benetzten, der erstarrte zu Stein.

Der mittlerweile vom Himmel in den Schwarzen Schlund gestürzte Beliaal erkannte die großen Möglichkeiten, die sich ihm damit boten, und gewährte dem schwarzen Einhorn Zuflucht im Schattenwald. Er schützte dessen Herz auf die gleiche Weise wie das eigene, und so weilt dieses abtrünnige Einhorn noch immer unter uns, genau wie der Dämon des Todes.«

Alienors Augen lagen mittlerweile im Schatten, denn die spärlichen Flammen vermochten das Gesicht des Mädchens kaum mehr zu erhellen. Dennoch war das Entsetzen darin deutlich erkennbar. »Ich verstehe nicht so recht, wozu Beliaal dann die Prinzessin braucht«, flüsterte sie.

»Ist das nicht naheliegend?«, entgegnete der Weiße Ritter. »Der Herrscher der Finsternis strebt danach, eine ganze Herde von schwarzen Einhörnern zu besitzen. Aber dazu benötigt er eine Königin, die vom rechten Weg abgekommen ist. In all den Jahren geschah es zwar immer wieder mal, dass eine Stute den Verlockungen seines schwarzen Hengstes erlegen und in sein Lager übergewechselt ist – aber noch niemals eine Königin!

So wartet Beliaal bis zum heutigen Tage darauf, dass sein Schwarzer Hengst eine Schwarze Prinzessin zeugt, und genau dazu braucht er die neugeborene Königin. Wenn es ihm nämlich gelingt, sie bis zur Wintersonnenwende im Herz der Finsternis gefangen zu halten, wird sie sich in ein schwarzes Einhorn verwandeln. Damit wäre nicht nur das Schicksal der Einhörner im Karfunkelwald besiegelt, sondern gleichzeitig würden sich die schwarzen Einhörner über ganz Aventerra ausbreiten und uns alle ins Verderben stürzen.«

Kapitel 19 Das fremde Mädchen

Am nächsten Morgen waren die Temperaturen wieder über den Gefrierpunkt gestiegen. Vom Schnee, der in der vergangenen Nacht über Hohenstadt niedergegangen war, blieben nur spärliche Reste, die das Mittagsläuten wohl kaum erleben würden.

Gleich nach dem Frühstück machte Laura sich auf den Weg zum Antiquariat. Es lag in einer kleinen Seitengasse in der Nähe des Hohenstädter Rathausplatzes. Obwohl Laura ein ausgesprochener Bücherwurm war, hatte sie den Laden noch nie in ihrem Leben besucht. Sie kannte ihn nur aus den Erzählungen ihres Bruders, der dem Geschäft vor einigen Monaten und in der Begleitung von Philipp Boddin einen Besuch abgestattet hatte. Der Gedanke an Mr Cool verschaffte Laura ein Kribbeln in der Bauchgegend. Sie lächelte versonnen und fühlte plötzlich die wärmenden Strahlen der Morgensonne auf ihren Wangen. Dabei war es doch Winter, knapp drei Wochen vor Weihnachten.

Lukas hatte nicht übertrieben: Das Geschäft im Erdgeschoss eines alten Giebelhäuschens erinnerte tatsächlich an den Laden von Karl Konrad Koreander in der »Unendlichen Geschichte« – sowohl von außen wie auch von innen. Laura brauchte einige Momente, bis sich ihre Augen an das Dämmerlicht im Laden gewöhnten.

Obwohl draußen heller Sonnenschein gleißte, fanden nur wenige Strahlen den Weg durch die staubigen Fensterscheiben. Das spärliche Licht der Deckenlampe hätte höchstens ein

Maulwurf als ausreichend bezeichnet. Endlich schälten sich die Konturen von Möbeln aus dem Dämmer.

Die wurmstichigen Holzregale längs der Wände und quer im Raum wirkten ebenso antiquiert wie die restliche Einrichtung. Eine feine Staubschicht bedeckte alles, auch die zahllosen Bücher, die sich nicht nur in den Regalen türmten, sondern in allen Ecken und Winkeln des Raumes stapelten. Darüber schwebte ein feiner Geruch nach Druckerschwärze, altem Papier und Leder.

Nach dem Schellen der Ladenglocke dauerte es eine Weile, bis sich der Besitzer blicken ließ. Offenbar hatte Kasimir Kardamon im Nebenzimmer einen Kaffee aufgebrüht. Ein angenehmes Aroma wehte ihm voraus, als er auf Laura zuschlurfte und sie aus schwarzen Äuglein durch eine randlose Brille anblickte. »Tut mir leid, dass du warten musstest«, sagte er mit dünner Stimme, »aber ich hatte noch ein wichtiges Telefonat zu führen.« Wie zur Erklärung nickte er zum Nebenzimmer, in dem der Apparat wohl stand. »Nun, mein Fräulein«, fragte er mit beflissenem Lächeln, »was kann ich für dich tun?«

Laura betrachtete ihn verwirrt. Hatte ihr Bruder nicht erzählt, der Antiquar besäße einen Kugelbauch und strähnige weiße Haare, die wie bei Struwwelpeter nach allen Seiten abstünden? Das mit den Struwwelpeterhaaren stimmte, aber sie waren alles andere als weiß. Und einen Bauch konnte Laura auch nicht erkennen, höchstens ein Bäuchlein.

Natürlich!

Als Lukas und Philipp den Antiquar besucht hatten, war Herr Kardamon schon mehr als dreizehn Jahre älter gewesen als heute. Und dennoch: Die bequeme Strickjacke mit den Flicken auf den Ellbogen, über die Lukas sich mokiert hatte, trug er auch jetzt schon. Oder handelte es sich nur um eine Vorgängerin?

»Hat es dir die Sprache verschlagen?«, erkundigte sich Kasimir Kardamon. »Oder hast du vergessen, was du willst?«

»N-N-Nein«, stammelte Laura rasch. »Ich wollte fragen …« Damit zog sie das Büchlein von Heinrich Freudenpert aus der Tasche und hielt es dem Antiquar entgegen. »… ob Sie dieses Buch hier vielleicht kennen?«

»Wieso?« Herr Kardamon kniff die Augen zusammen und musterte sie, misstrauisch und begierig zugleich. »Möchtest du es etwa verkaufen?«

Laura meinte, ein erwartungsvolles Funkeln in seinen Augen zu lesen. »Nein, nein«, sagte sie rasch.

»Sondern?«

Sie zog die Quittung aus dem Buch.

»Irgendwer, ein Mann vermutlich, hat es gestern bei Ihnen erworben …«

»Könnte schon sein«, unterbrach Kardamon schmallippig.

»… und ich hätte gern gewusst, wer das war.«

»Und wieso?«, gab der Antiquar kühl zurück.

»Weil der Käufer es verloren hat«, antwortete Laura geduldig, »und ich es ihm zurückbringen möchte.«

»Ach so!« Diese Erklärung schien das Misstrauen des Buchhändlers zu zerstreuen. Er zeigte wieder das gleiche offene Gesicht wie zu Beginn des Gespräches. »Da wird Herr Longolius sich bestimmt freuen. So heißt er nämlich: Maximilian Longolius. Er wohnt allerdings nicht in Hohenstadt, sondern …«

Den Rest bekam Laura nicht mehr mit. Sie war wie vom Donner gerührt. Das Blut rauschte in ihren Ohren. Sie erbleichte, und blankes Entsetzen zeichnete ihr Gesicht.

Sie war Longolius früher bereits begegnet, und er hatte sich als ihr mit Abstand gefährlichster Gegner entpuppt. Der magische Ring der Feuerschlange erlaubte es dem Schwarzmagier, jede beliebige Gestalt anzunehmen. So konnte er sich auch in den angeblichen Dr. Weiß verwandeln und sich unerkannt Zutritt zum Säuglingszimmer des Krankenhauses verschaffen.

Wenn Auriel Laura nicht veranlasst hätte, eine Traumreise in die eigene Vergangenheit zu unternehmen, hätte sie den Tag ihrer Geburt vermutlich nicht überlebt! Ihr lief ein eisiger Schauer über den Rücken.

Wie gut, dass sie ihrem Instinkt getraut und sich auf die Suche nach dem falschen Arzt begeben hatte! Longolius würde niemals aufgeben, sondern ihr weiterhin nach dem Leben trachten, aller uralten Gesetze und Verbote zum Trotz. Und seine dunklen Vasallen würden ihn dabei nach Kräften unterstützen! Zum Glück wusste Laura nun Bescheid und konnte sich gegen die Angriffe wappnen.

»Was hast du denn?«, drangen die Worte des Antiquars wie durch Watte an ihr Ohr. »Ist dir nicht gut?«

»Nein, nein«, entgegnete Laura rasch. »Es ist alles in Ordnung. Mir war nur ein bisschen schwindlig.« Sie lächelte ihn beruhigend an. »Könnten Sie die Adresse von Herrn Longolius bitte noch mal wiederholen? Ich hab leider nicht richtig zugehört.«

»Gerne.« Das Struwwelpetermännchen nickte. »Am besten, ich schreibe sie dir auf.« Sofort griff er nach einem Stück Papier und einem Füller mit Goldfeder. »Und lass dir bloß eine ordentliche Belohnung zahlen«, empfahl er, als er ihr den Zettel mit der Adresse zusteckte.

»Eine Belohnung?« Laura tat unwissend. »Ist das Buch denn so wertvoll?«

»Eigentlich nicht.« Die Äuglein von Herrn Kardamon blitzten vergnügt. »Aber für Herrn Longolius anscheinend doch. Sonst hätte er den verlangten Preis nicht gezahlt, und zwar ohne zu handeln! Zudem hat er mich beauftragt, ihm alle noch verfügbaren Exemplare zu besorgen – koste es, was es wolle. Man könnte fast meinen, sein Leben hinge davon ab!«

Laura verkniff sich ein Nicken. Herr Kardamon ahnte ja gar nicht, wie Recht er damit hatte! In der Tat war das Buch für den Schwarzmagier lebenswichtig, auch wenn es ihn in der Zukunft nicht vor dem Tod bewahren würde. Im Augenblick aber lebte Maximilian Longolius noch und heckte bestimmt schon weitere Pläne gegen Laura aus. Sie musste ihm schnellstens auf die Schliche kommen.

Laura bedankte sich höflich und verabschiedete sich. Sie war bereits auf dem Weg zum Ausgang, als Herr Kardamon sie zurückrief. »Einen Moment bitte«, meinte er, machte einige Schritt auf sie zu und beugte sich vor, um ihr Gesicht zu studieren.

»Was gibt es?«, fragte das Mädchen.

»Ich wundere mich schon die ganze Zeit, warum du mir so bekannt vorkommst«, erklärte der Antiquar. »Haben wir uns schon mal gesehen?«

»Nicht dass ich wüsste«, antwortete Laura. »Wieso?«

»Aber natürlich!« Schlagartig erhellte sich die Miene von Herrn Kardamon. »Jetzt weiß ich, an wen du mich erinnerst: an Lena Luzius und ihre Tochter Anna! Deine Augen, deine Haare und die Grübchen am Kinn – alles ist haargenau wie bei den beiden!« Er kniff die Äuglein zusammen, bis sie kaum größer waren als Stecknadelköpfe. »Bist du mit ihnen verwandt?«

»Das stimmt.« Laura lächelte. »Ich bin die Tochter von Anna.«

»Kein Wunder!« Kasimir schnaufte erleichtert. »Daher also die Ähnlichkeit! Hab ich's mir doch gleich ge…« Mitten im Wort brach er ab und starrte Laura verwirrt an. »Wie alt bist du denn?«

»Vierzehn«, erwiderte das Mädchen wahrheitsgemäß. »Wieso fragen Sie?«

»Weil du dann unmöglich Annas Tochter sein kannst«, erwiderte Herr Kardamon grimmig. »Sie ist doch erst Anfang Zwanzig. Wie soll sie da eine vierzehnjährige Tochter haben?«

»Ähm ...« Laura suchte verzweifelt nach Worten.

»Ich höre!«, setzte Herr Kardamon unerbittlich nach und musterte sie wie ein gestrenger Inquisitor den Delinquenten vor der Folter.

»Ich ...« Fieberhaft sann Laura nach einem Ausweg aus dieser misslichen Situation. Sie konnte dem Mann unmöglich erklären, dass sie aus der Zukunft kam! Aber anlügen wollte sie ihn auch nicht. Was sollte sie nur tun? Plötzlich kam ihr der rettende Einfall. Sie verengte den Blick und konzentrierte sich. Sekunden später schrillte das Telefon im Nebenzimmer, laut und unüberhörbar.

»Ja, ja, ich komm ja schon«, schimpfte Herr Kardamon genervt und trippelte hastig davon.

Als der Antiquar aber den Hörer abnahm, war niemand in der Leitung. »Merkwürdig«, wunderte er sich, bevor er in den Laden zurückkehrte. Das Mädchen war verschwunden. Was ihm ebenso seltsam wie ungezogen vorkam.

»Na, so was«, brabbelte Herr Kardamon leise vor sich hin. »Warum hat die Kleine mich so schamlos angeschwindelt?« Aber mit Sicherheit hätte er sich noch viel mehr gewundert, wenn er gewusst hätte, wie Laura das Telefon zum Läuten gebracht hatte.

Die Adresse, die der Antiquar ihr aufgeschrieben hatte, kam Laura bekannt vor. Hatte sie Maximilian Longolius vielleicht schon mal besucht? Oder warum sonst brachte die Anschrift ganz tief in ihrem Inneren eine Saite zum Klingen?

Aber wenn eine solche Begegnung je stattgefunden hatte, dann jedenfalls nicht während einer Traumreise. Laura erinnerte sich klar und deutlich an alles, was sie je bei diesen Ausflügen erlebt hatte. Die Ereignisse ihres realen Lebens dagegen, insbesondere die vor ihrem dreizehnten Geburtstag, blieben weitgehend verschwommene Schattenbilder in ihrem Gedächtnis, auch wenn sich der Schleier darüber mehr und mehr lüftete.

Longolius wohnte in der nahen Großstadt. Tagsüber ging er vermutlich seiner Arbeit nach, also beschloss Laura, mit ihrem Besuch bis zum Abend zu warten. Allerdings wusste sie noch nicht, wie sie nah genug an den Mann herankommen sollte, um mehr über seine finsteren Pläne zu erfahren. Sie vertraute einfach darauf, dass sich das schon irgendwie ergeben würde.

Sie entschied sich gegen eine Traumreise und nahm den Bus dorthin. Gerade rechtzeitig fiel ihr ein, dass zur Zeit ihrer Geburt nicht Euro, sondern Deutsche Mark das gültige Zahlungsmittel gewesen waren. Glücklicherweise lag das Portemonnaie ihrer Mutter am gewohnten Platz, in der Schublade des Küchenschranks. Mit dem darin befindlichen Bargeld würde sie die nächsten Tage leicht überstehen, falls sie so lange in der Vergangenheit bleiben musste.

Der freundliche Busfahrer erklärte Laura, welche Haltestelle der Wohnung von Longolius am nächsten lag: »Steig einfach an der Universitätsbibliothek aus. Das Penthouse von Herrn Longolius liegt direkt gegenüber.«

»Sie kennen den Mann?«, wunderte sich das Mädchen.

»Selbstverständlich.« Der Busfahrer lächelte und schob sich die speckige Schirmmütze in den Nacken. »Longolius ist doch bekannt wie ein bunter Hund.« Als er Lauras verblüfften Gesichtausdruck bemerkte, schob er noch eine Erklärung nach: »Seine Geschichte ging durch alle Zeitungen. Noch vor ein paar Jahren hat er das größte und erfolgreichste Presseimperium des Landes besessen und dann nach und nach alles verloren. Nur der ›HOHENSTÄDTER BOTE‹ ist ihm geblieben, aber auch der soll kurz vor der Pleite stehen, wie man hört.«

»Aber … wie kann er sich dann ein Penthouse leisten? Das ist doch bestimmt irre teuer!«

»Du sagst es, Mädchen.« Der Busfahrer nickte mit grimmiger Miene. »Genau das habe ich mich auch schon gefragt. Aber diese feinen Herrschaften kennen wohl allerlei Schliche und Tricks. Wahrscheinlich sind sie nicht nur cleverer, sondern auch skrupelloser als unsereins!«

Die Haltestelle befand sich vor einem großen Parkplatz, hinter dem sich ein prächtiges Sandsteingebäude erhob. Es stammte offensichtlich aus dem vorletzten Jahrhundert, darauf deutete jedenfalls die Säulenarchitektur der Vorderfront mit ihren verschnörkelten Kapitellen und prächtigen Friesen hin. Das musste die Universitätsbibliothek sein, von der der Fahrer gesprochen hatte.

Wieder stiegen schemenhafte Erinnerungsfetzen aus den Tiefen von Lauras Bewusstsein: Waren Lukas und sie in dem Gebäude nicht mal in Todesgefahr geraten? Und hatte Laura nicht schon als Kind ihre Mutter dorthin begleitet? Unglücklicherweise gab ihr Gedächtnis darüber nichts Genaueres preis.

Obwohl es erst kurz nach siebzehn Uhr war, hatte sich die Dunkelheit bereits über die Stadt gesenkt. Überall brannten Laternen. Auf den Straßen herrschte reger Feierabendverkehr. Dicht an dicht rauschten Autos über die vierspurige Hauptstraße, die an der Bibliothek vorbeiführte. Massen von Fußgängern schoben sich über die Bürgersteige. Menschen strebten auf Geschäfte zu, um vor Ladenschluss noch schnell Einkäufe zu erledigen, oder waren auf dem Weg nach Hause.

Als der Bus weitergefahren war, hatte Laura endlich freien Blick auf das Haus am jenseitigen Straßenrand. Mit seinen sieben Stockwerken war es das höchste Gebäude weit und breit. Seine Konturen zeichneten sich deutlich gegen den abendlichen Himmel ab, in dem dunkle Wolken hingen. Hinter den meisten Fenstern brannte Licht. Den größten Teil des Flachdaches nahm das Penthouse ein, vor dem sich eine große Terrasse erstreckte. Auch die Panoramascheiben dort oben waren hell erleuchtet – offensichtlich war Herr Longolius zu Hause!

Von der Terrasse aus konnte sie bestimmt einen Blick in das Innere des Hauses werfen, überlegte Laura. Aber wie sollte sie aufs Dach und den luftigen Freisitz gelangen?

In der Nähe der Haltestelle fand sie einen Fußgängerüberweg. Laura stellte sich in den dichten Pulk der Passanten und wartete, bis die Ampel endlich Grün zeigte. Es dauerte endlos, aber Laura war das nicht einmal unrecht. Denn während sie hoch zu den Fenstern des Penthouse schielte, fühlte sie sich mit einem Mal unsicher.

War die vor ihr liegende Aufgabe nicht zu groß für sie allein? Einschüchternd ragte das imposante Gebäude am gegenüberliegenden Straßenrand auf. Wie sollte sie das bewältigen? Konnte sie es tatsächlich wagen, diesem Longolius hinterherzuspionieren, der zahllose Verbündete besaß und zudem von der schrecklichen Syrin unterstützt wurde? Laura befielen mehr und mehr Zweifel, während sie bekümmert an der Ampel stand und teilnahmslos den vorbeiflutenden Verkehr betrachtete.

Dann ging alles blitzschnell: Ein schwarzer Lieferwagen rauschte auf der Straße heran. Sekunden zuvor war er noch nicht zu sehen gewesen. Im selben Moment fühlte Laura eine Eiseskälte im Rücken. Sie fuhr herum und sah einem Mädchen direkt ins Gesicht. Sie erblickte pechschwarze Haare, ein totenbleiches Gesicht mit flammend roten Augen. Das Mädchen streckte die Arme aus, als wolle es Laura auf die Straße stoßen!

»Was soll der Quatsch?«, rief Laura zu Tode erschrocken. Die schattenhafte Gestalt fauchte auf wie ein von Weihwasser getroffener Vampir, drehte sich blitzschnell um und tauchte in die Menge der Wartenden. Einen Moment später war sie spurlos verschwunden. Genau wie der schwarze Wagen, der wie vom Erdboden verschluckt war.

Als Laura vor dem Eingang des Hochhauses ankam, zitterte sie immer noch am ganzen Körper. Was war das für ein Mädchen? Hatte die Fremde sie tatsächlich auf die Straße stoßen wollen?

Aber warum?

Obwohl Laura keine Antwort auf diese Fragen fand, stellte sie zu ihrer eigenen Überraschung fest, dass sämtliche quälenden Zweifel verschwunden waren. Sie wollte herausfinden, was dieser Longolius vorhatte, ganz egal, wie mächtig seine Verbündeten waren!

Auf dem Schild neben dem Klingelknopf der obersten Etage stand kein Name. Da allerdings keiner der übrigen Bewohner Longolius hieß, vermutete Laura, dass sie an der richtigen Adresse war. Sollte sie einfach klingeln und sich unter einem Vorwand Zutritt zum Penthouse verschaffen? Damit erreichte sie gar nichts. Es gab nur einen Weg: Sie musste den Dunklen ausspionieren und ihn, wenn nötig, so lange beschatten, bis sie erfuhr, was er vorhatte.

»Wie klug du doch bist!«, ertönte da eine spöttische Stimme hinter ihr. Es war Auriel der Wolkentänzer.

Überrascht und erfreut zugleich blickte Laura ihn an. »Ich dachte, du musst auf mich aufpassen?« Der Vorwurf in ihrer Stimme war unüberhörbar. »Auf mich als Baby natürlich.«

»Nicht nötig«, zerstreute der Geflügelte lächelnd ihre Bedenken. »Dein Vater besucht dich gerade im Krankenhaus. Ich bin mir ganz sicher, dass er dich ebenso gut im Auge behalten wird wie ich, wenn nicht sogar besser.«

Lauras Gesichtsausdruck wurde weich.

»Außerdem habe ich den Eindruck«, fuhr der Wolkentänzer fort, »dass du mich im Augenblick weit mehr benötigst als deine jüngere Ausgabe!«

»Das kann man wohl sagen.« Laura zog eine Grimasse und deutete hoch zum siebten Stock. »Wenn ich nur wüsste, wie ich auf die Dachterrasse komme.« Sie seufzte leise. »Wahrscheinlich bleibt mir nichts anderes übrig, als eine Traumreise dorthin zu unternehmen.«

»Aber wieso denn, Laura?«, neckte sie der Geflügelte. »Es gibt andere Wege – oder weshalb sonst haben die Geister, die über den Lauf der Welten bestimmen, mir Flügel verliehen?«

Wie der Schädel eines Furcht erregenden Urzeittieres ragte der mächtige Vulkankegel in den Himmel, den die Dämmerung mit lichtem Grau einfärbte. Der schneebedeckte Schauderberg erhob sich am Rand einer ausgedehnten Ebene, die von einer schroffen Gebirgskette nahezu vollständig eingekreist wurde. Aus der Tiefe des Sees, der den größten Teil des Plateaus einnahm, schossen immer wieder mächtige Feuerzungen empor und tauchten das Hochtal in zuckendes Licht. Obwohl das Gewässer zu brennen schien, war es bitterkalt. Unter dem frostigen Wind, der ohne Unterlass von den Bergkämmen herabheulte, zuckten die eisigen Flammen, die der Ebene ihren Namen verliehen, wie eine Meute rastloser Irrwische.

Beolor jedoch konnte die grimmige Kälte schon lange nichts mehr anhaben. Nur mit einem einfachen Leinenkittel und der ledernen Schmiedeschürze bekleidet, verharrte der hünenhafte Anführer der Dunkelalben reglos vor seiner Höhle. Wie ein schwarzer, zahnloser Schlund gähnte der Eingang am Fuß des Schauderberges. Der Dunkelalb wartete auf die Besucherin, die der Nebelflößer ihm angekündigt hatte.

Der schemenhafte Fährmann, der eher einem Nebelschleier denn einem körperhaften Wesen glich, diente ihm schon seit Urzeiten. Die Sprache der Nebelflößer, die sich nur mittels ihrer Gedanken zu verständigen pflegten, war Beolor daher bestens vertraut. Noch ehe ein Besucher bei ihm ankam, wusste er deshalb stets, wer den See an Bord des Nebelfloßes überquerte. Die heutige Besucherin allerdings hatte die Hilfe des Fährmanns nicht nötig, und so blickte der Herr der Dunkelalben auch nicht hinaus auf die lodernden Flammen, sondern hielt die kohlschwarzen Augen zum Himmel gerichtet.

Es dauerte nicht lange, bis sich die Umrisse eines mächtigen Flügelwesens aus dem Dämmergrau lösten. Es war die Gestaltwandlerin Syrin, die sich in eine Harpyie verwandelt hatte. In dieser Form kam sie nicht nur weit schneller voran als auf jedem Reittier, sondern hatte auch kaum jemanden zu fürchten. Pfeilschwinge, der Adler des Lichts, würde sie nie ohne Grund angreifen, und auch die mächtigen Drachen ließen Syrin in Frieden, solange sie die Grenzen ihres Reichs nicht verletzte.

Der Anblick des Sturmdämons war Beolor bestens vertraut, und dennoch zuckte er auch diesmal wieder zusammen. Ohne es zu merken, trat er einen Schritt zurück, während das schauderhafte Wesen – halb Geier, halb hässliche Greisin – auf ihn zuflatterte. Ein pestartiger Gestank wehte dem Geschöpf voraus, und das irre Gelächter, das es beim Anblick des Dunkelalben ausstieß, setzte Beolor mehr zu als die harscheste Kälte.

Kaum hatte die Harpyie auf dem geröllbedeckten Boden aufgesetzt, als Syrin ihre wahre Gestalt annahm. Die hagere Frau im smaragdgrünen Gewand trat zu Beolor und streckte ihm die krallenartige Hand entgegen. »Seid mir gegrüßt, Meister der Schmiede. Ich freue mich, Euch wiederzusehen!«

Der Dunkelalb verzog das Gesicht. Im dichten Bartgestrüpp war sein schiefes Grinsen jedoch kaum zu erkennen. »Die Freude ist ganz auf meiner Seite.« Mit einer angedeuteten Verbeugung drückte er die Hand der Gestaltwandlerin in seiner schraubstockartigen Pranke. »Was führt Euch diesmal zu mir?«

Obwohl der Griff höllisch wehtun musste, zeigte Syrin nicht die geringste Reaktion. Kein Laut kam über ihre schmalen Lippen, und nicht ein Muskel im bleichen Gesicht zuckte. »Nun …« Ihre gelben Reptilienaugen leuchteten auf. »Wie mir meine Gewährsleute berichten, hat sich der Besuch Eures Vetters Kroloff schon bis ins Lager unserer Feinde herumgesprochen.«

»Tatsächlich – hat er das?« Der Dunkelalb bedachte die Besucherin mit einem schrägen Blick. »Und weiß man dort auch, worüber wir geredet haben?«

»Aber natürlich, großer Schmiedemeister.« Ein breites Grinsen verunstaltete Syrins hässliches Antlitz noch mehr. »Dieser verfluchte Pfeilschwinge besitzt nicht nur scharfe Augen, sondern vermutlich auch das beste Gehör auf ganz Aventerra. Deswegen sind Elysion und die anderen Hunde des Lichts längst darüber informiert, dass die Wolfsköpfigen und Ihr Borboron jede weitere Unterstützung verweigern wollen.«

»Gut!« Bedächtig wiegte Beolor das rußverschmierte Haupt mit den dunklen Zotteln. »Das dürfte doch ganz in Eurem Sinne sein, nicht wahr?«

»Und ob!« Ein triumphierender Ausdruck brachte Syrins Gesicht zum Leuchten. »Ihr könnt Euch nicht vorstellen, mit welch großer Freude mich diese frohe Kunde erfüllt hat.«

»Euch zufriedenzustellen ist mir stets ein ganz besonderes Vergnügen«, antwortete Beolor ohne eine Spur von Ironie. »Aber Ihr habt den weiten Weg doch sicher nicht nur deswegen auf Euch genommen?«

»Ganz recht, verehrter Meister!« Syrin lächelte ihn an. »Während meiner Reise hierher habe ich auch Kroloff und seine Männer getroffen und die nächste Stufe unseres Plans mit ihnen besprochen. Auch für uns beide ist es nun an der Zeit, weitere Schritte zu unternehmen. Aber dazu lasst uns lieber Eure Höhle aufsuchen.« Sie legte den Kopf in den Nacken und spähte zum Himmel, wo das Grau der Dämmerung inzwischen dem Schwarz der Nacht gewichen war. »Damit niemand mitbekommt, was wir vorhaben.«

Kapitel 20 ❧ In dunkler Gesellschaft

Windböen fegten um den siebten Stock und übertönten die Geräusche der Stadt. Nur gedämpft war der Motorenlärm der Autos zu hören, deren Scheinwerfer tief unten auf der Straße ein nicht abreißendes Lichterband formten. Ab und an schrillte eine Hupe herauf. Die dunklen Wolken hingen so tief, dass es fast den Anschein hatte, sie wären mit den Händen zu greifen.

Die mächtigen Schwanenschwingen Auriels hatten sie trotz der zusätzlichen Last mühelos in die Höhe getragen. So stand Laura nun auf der windumtosten Terrasse und spähte durch die Panoramascheibe ins erleuchtete Wohnzimmer von Maximilian Longolius.

Der Raum war fast so groß wie ein Tennisplatz, und darin saß eine illustre Gesellschaft versammelt. Die fünf Personen beanspruchten Lauras Aufmerksamkeit vollkommen, sodass sie alles andere nur beiläufig wahrnahm: die schicken Designermöbel, mit denen das Zimmer eingerichtet war, die wertvollen Gemälde und Drucke an den Wänden und die überaus kostbaren Teppiche, die den Parkettfußboden fast vollständig bedeckten. Aber die zwielichtigen Gestalten im Penthouse waren weitaus interessanter.

Ganz offensichtlich handelte es sich um ein konspiratives Treffen der Dunklen. Drei der fünf Versammelten erkannte Laura auf Anhieb, auch wenn diese natürlich gut vierzehn Jahre jünger waren, als das Mädchen sie in Erinnerung hatte:

Dr. Quintus Schwartz, Rebekka Taxus und Albin Ellerking. Sowohl dem Konrektor als auch der Mathelehrerin und dem knubbeligen Internatsgärtner war Laura schließlich schon mehrere Male während ihrer Traumreisen begegnet. Wer aber waren der andere Mann und die Frau an dem Tisch?

Der Mann hatte es sich in einem tiefen Ledersessel an der Stirnseite bequem gemacht. Er mochte Anfang fünfzig sein und war tadellos gekleidet, mit einem grauen Jackett aus Tweed, einer dunklen Hose aus edlem Zwirn und schwarzen, auf Hochglanz polierten Lederschuhen. Seine Haare waren trotz seines fortgeschrittenen Alters immer noch pechschwarz und streng nach hinten gegelt.

Beim Anblick der teuren Designerbrille, hinter deren Gläsern ebenso kleine wie listige Schweinsäuglein funkelten, wurde es Laura schlagartig klar: Das musste dieser Maximilian Longolius sein, von dem Herr Kardamon gesprochen hatte! Er trug dieselbe Brille wie der angebliche Dr. Weiß am Vorabend in der Klinik. Also hatte Longolius tatsächlich dessen Gestalt angenommen!

Als ob es noch eines zusätzlichen Beweises bedurft hätte, bemerkte Laura in diesem Augenblick den klobigen Ring am Mittelfinger seiner rechten Hand: Es war der Ring der Feuerschlange. Dieser Ring hatte Longolius über Jahrhunderte am Leben erhalten und machte ihn gleichzeitig zum unbestrittenen Anführer der Dunklen.

Aber wer war die Frau, die in seiner unmittelbaren Nähe saß? Sie wandte Laura den Rücken zu, sodass ihr Gesicht nicht auszumachen war. Ihre brünetten Haare waren tadellos frisiert. Ihr Hosenanzug, lindgrün und stark tailliert, sah überaus chic aus.

Leider bekam Laura von der lebhaften Diskussion der Gruppe überhaupt nichts mit. Die Fensterscheiben waren nämlich geschlossen und so dick, dass nicht ein Wort nach draußen drang. Es machte auch niemand Anstalten, die Fenster zu öffnen, obwohl dichte Rauchschwaden unter der Decke hingen – Longolius paffte eine dicke Zigarre, während die Taxus und die zweite Frau eine Zigarette an der anderen ansteckten.

Laura verwarf ihre erste spontane Idee: Das Ohr an die Scheibe legen war viel zu gefährlich! Dazu hätte sie den Schutz der Dunkelheit verlassen und sich direkt vors Fenster stellen müssen. Dann würde ein Blick nach draußen genügen, um sie zu entdecken. Natürlich konnte Auriel jederzeit mit ihr in Sicherheit fliegen, aber dann wären die Dunklen gewarnt.

Nein, so ging es einfach nicht!

Unwillkürlich schüttelte Laura den Kopf. Schon wollte sie sich mit dem bloßen Beobachten zufriedengeben, als ihr mit einem Male eine Eingebung kam.

»Ich Spar-Kiu!«, schimpfte sie mit sich selbst.

Natürlich!

Darauf hätte sie gleich kommen können!

Als Beolor mit Syrin in die Schmiedehöhle trat, stand sein Gehilfe Braamir gerade am Amboss. Er ließ den Hammer auf ein glühendes Stück Eisen niederdonnern, das, der Form nach zu urteilen, wohl ein Schwert werden sollte. Der Lärm hallte von den Wänden der Höhle wider und übertönte jedes andere Geräusch. So gewahrte Braamir seinen Meister erst, als der unmittelbar vor ihm stand und ihm ein Handzeichen gab.

Überrascht ließ der Geselle den Hammer sinken. »Ja, Meister?«

Beolor deutete zu den Wasserbottichen. »Lauf zum See und hol neues Wasser.«

»Aber Meister.« Braamir klappte die Kinnlade herab. »Es ist

noch genügend Wasser da. Außerdem habt Ihr mich vorhin erst zur Eile gemahnt. Weil Kroloff und seine Männer unbedingt schärfere Schwert…«

»Du sollst Wasser holen!«, fuhr der Herr der Dunkelalben ihn an. Seine Augen funkelten bedrohlich. »Und zwar auf der Stelle!«

Endlich schien der Gehilfe verstanden zu haben. »Ja, ja, natürlich«, sagte er rasch. Er legte den Hammer zur Seite und tauchte das immer noch glühende Eisen in den Kühlbottich. Es zischte und eine Dampfwolke stieg auf. Dann legte Braamir das unfertige Stück in die Glut der Esse, nahm zwei Wassereimer und trollte sich zum Ausgang der Höhle.

Beolor blickte ihm finster hinterdrein und wartete, bis er verschwunden war. Daraufhin trat er an die Wand und ergriff einen dort befestigten Eisenring. Als der Dunkelalb daran zog, schwang der schwere Amboss lautlos zur Seite, und eine Vertiefung im Boden wurde sichtbar.

Syrin, die die Auseinandersetzung zwischen Meister und Gehilfe mit spöttischem Ausdruck verfolgt hatte, staunte. Sie machte einen Schritt vorwärts und beobachtete mit großen Augen, wie der Schmied neben seinem Geheimversteck niederkniete und einen länglichen Gegenstand herausholte, der in ein schmutziges Wolltuch eingewickelt war. Als handele es sich um ein kostbares Schmuckstück, trug Beolor es vorsichtig zu einem Holztisch auf der anderen Seite der Schmiedehöhle, legte es darauf nieder und schlug das Tuch zur Seite. Ein mächtiges Schwert kam zum Vorschein. Das Flammenlicht der Esse spiegelte sich auf der Scheide und ließ den prächtigen Griff gleißen.

»Dieser Anblick ist immer wieder unglaublich!«, hauchte Syrin tief beeindruckt. »Obwohl ich das Schwert schon mehrere Male gesehen habe, kann ich immer noch nicht fassen, wie groß die Ähnlichkeit ist.«

»Nicht wahr?« Es war beileibe nicht das erste Lob, das Beolor für seine Schmiedekunst erntete. Und dennoch: Die Anerkennung, noch dazu aus dem Mund von Syrin, tat ihm gut. Zum ersten Mal war er überzeugt davon, richtig gehandelt zu haben, indem er den Vorschlag der Gestaltwandlerin angenommen hatte. Zumal sein Vetter Kroloff und alle übrigen Wolfsköpfigen davon auf Anhieb begeistert gewesen waren. Keine Frage – dieser Plan musste sie zum Sieg führen!

Mit zufriedenem Grunzen griff der Herr der Dunkelalben sich das Schwert, wog es in der rechten Hand und ließ es durch die Luft sausen. Die glänzende Schneide zuckte wie ein funkelnder Blitz vor den Augen der Gestaltwandlerin hin und her. »Ihr habt völlig Recht, Syrin.« Das siegessichere Leuchten von Beolors Gesicht war selbst durch die dicke Rußschicht wahrzunehmen. »Niemand wird den Unterschied erkennen. Deshalb wird unser Plan diesmal ganz bestimmt von Erfolg gekrönt sein.«

Wie gebannt starrte Laura auf den Fensterhebel, der sich, gelenkt von ihren telekinetischen Kräften, Millimeter um Millimeter bewegte. Gehorche mir!, befahl sie ihm mit unsichtbaren Gedankenströmen. Füge dich der Kraft des Lichts!

Tatsächlich: Mit winzigen Rucken öffnete sich der Riegel immer weiter, unbemerkt von der Gruppe im Zimmer. Auriel behielt die Dunklen ständig im Auge, um Laura beim geringsten Anzeichen einer Gefahr warnen zu können. Doch zum Glück ging alles gut, und in weniger als zwei Minuten war das Fenster entriegelt.

Das nächste Manöver war weitaus heikler. Schließlich hatte Laura noch nie zuvor versucht, einen Fensterflügel, noch dazu einen so großen, allein mit der Kraft ihrer Gedanken zu kippen. Doch auch dieses schwierige Unterfangen verlief ohne Probleme und völlig geräuschlos.

Selbst Auriel wirkte beeindruckt. Er lächelte anerkennend und zeigte seinem Schützling den hochgestreckten Daumen. Laura grinste: Was man bei einem Jahrhunderte währenden Aufenthalt auf dem Menschenstern nicht alles lernte!

Der Gruppe im Wohnzimmer waren die heimlichen Beobachter noch immer nicht aufgefallen. Rauchfäden zogen durch das gekippte Fenster ins Freie, durchsetzt vom Schwall aufgeregter Stimmen. Laura konnte jetzt der Unterhaltung problemlos folgen.

Offensichtlich hatte Maximilian Longolius gerade von den Ereignissen im Krankenhaus berichtet. »Wass mich interesssieren würde, verehrter Großsmeisster«, fragte Rebekka Taxus. »Habt Ihr diessess blonde Mädchen gekannt, welchess Euer Vorhaben vereitelt hat?«

Großmeister?, überlegte Laura. Das kann nur bedeuten, dass der Typ ihr Anführer ist!

»Leider nicht.« Longolius kniff verärgert die Lippen zusammen. »Ich habe dieses Gör nie zuvor gesehen – was mir, ehrlich gesagt, einiges Kopfzerbrechen bereitet.«

»Wieso das denn?«, wunderte sich die Frau im lindgrünen Hosenanzug.

»Ganz einfach.« Der Großmeister nickte ihr ernst zu. »Weil ich bislang der festen Überzeugung war, jeden zu kennen, der zu diesen verfluchten Knechten des Lichts gehört.«

»Genauso ist es, Meis…«, hob der Nachtalb Ellerking mit verschlagenem Grinsen an, wurde jedoch augenblicklich durch eine herrische Geste zum Schweigen gebracht.

»Es gibt noch sechs Internate, die von diesen Kreaturen betrieben werden. Doch auch von unseren Verbündeten dort habe ich keine Botschaft erhalten, dass Unterstützung für Ravenstein unterwegs ist.«

»Dann verstehe ich nicht, weshalb Ihr Euch sorgt, Meister«, warf Quintus Schwartz ein. »Damit dürfte doch feststehen, dass dieses Balg keineswegs zu den Wächtern gehört.«

»So ein Unsinn!«, brauste der Großmeister auf. »Natürlich ist sie eine Wächterin, und eine höchst gefährliche dazu! Sonst hätte dieser Wolkentänzer sie nicht begleitet. Und dass sie mir den verdammten Rollstuhl mühelos in den Weg geschoben hat, beweist ihre außergewöhnlichen Kräfte!« Seine dunklen Augen schimmerten feindselig. »Brauchst du noch mehr Beweise?«

»Nein, nein«, versicherte der Konrektor hastig und zog den Kopf ein wie ein gemaßregelter Schüler. »Ihr habt Recht, Meister!«

»Natürlich hat Max Recht – wie immer!«, flötete die Frau, deren Gesicht Laura nach wie vor nicht erkennen konnte. Dann beugte die brünette Dame sich vor und legte ihre – gepflegte und sorgfältig manikürte – Hand auf den Unterarm des Verlegers, der dumpf vor sich hin starrte. »Und wie ich dich kenne, hast du sicherlich schon einen Verdacht, um wen es sich handeln könnte?«

»Den habe ich in der Tat.« Longolius blickte in die Runde. »Ihr habt bestimmt schon von diesem Buch gehört, in dem das geheime Wissen der Welten verwahrt wird.«

Pinky Taxus erbleichte. »Ihr meint doch nicht etwa ... die Uralte Offenbarung, Meisster?«

»Doch! Genau die meine ich!«, antwortete der Anführer mit Nachdruck. »Darin ist nicht nur vom Kind des Dunklen Blutes die Rede, das wir uns so heiß herbeisehnen ...«

»Ssondern?«, fragte die Mathelehrerin atemlos, während ihr Blick an den Lippen des Mannes hing.

»Sondern auch von einem Kind des Hellen Lichts, das sein genaues Gegenteil darstellt und dennoch untrennbar mit ihm verbunden ist. Während das Kind des Dunklen Blutes uns dereinst zum Sieg über die Krieger des Lichts verhelfen soll, kann das Kind des Lichts uns eine empfindliche Niederlage beibringen. Es soll sogar in der Lage sein, den Todesdämon zu besiegen.«

Für einen Augenblick trat Stille ein. Longolius zog kräftig an seiner Zigarre, um danach nervös darauf herumzukauen, und Pinky und die Unbekannte nuckelten gierig an ihren Zigaretten. Dabei wechselten sie alle ratlose Blicke.

Auch Lauras Gedanken kreisten um die rätselhaften Worte des Großmeisters. Die geheimnisvollen Begriffe geisterten durch ihr Gehirn.

Die Uralte Offenbarung.

Das Kind des Dunklen Blutes.

Das Kind des Hellen Lichts.

Davon hatte sie noch nie gehört! Was konnte damit nur gemeint sein? Ob Auriel darüber Bescheid wusste?

Der Wolkentänzer erwiderte ihren fragenden Blick mit undurchdringlicher Miene.

Laura wollte schon nachhaken, als Quintus Schwartz erneut das Wort ergriff. »Verzeiht mir, Meister, aber Eure Worte verwirren mich etwas«, sagte er. »Wir haben doch die ganze Zeit angenommen, dass es sich bei diesem Kind des Hellen Lichts um das Baby des Kollegen Leander handelt. Das Mädchen wurde gestern im Zeichen der Dreizehn geboren und wird deshalb später einmal über ganz besondere Kräfte verfügen, wenn wir es nicht beizeiten aufhalten.«

»Quintuss hat Recht, Meisster«, fügte Rebekka Taxus hinzu. »Nur auss diessem Grunde habt Ihr Euch doch inss Krankenhauss geschlichen!«

»Genau!« Schwartz war sichtlich erleichtert, dass jemand seine Meinung teilte. »Und gleichzeitig haben wir gehofft, dass der Knabe, den die große Meisterin Syrin Euch gestern geboren hat, sich zum Kind des Dunklen Blutes entwickelt!«

»Als ob ich das nicht wüsste!«, antwortete Longolius barsch. »Aber das Auftauchen dieses blonden Mädchens hat Zweifel in mir geweckt.«

»Zweifel?«, flötete die Unbekannte. »Aber wieso denn, Max?«

Longolius schenkte der Frau ein nachsichtiges Lächeln. »Das will ich dir gerne erklären, Sally.«

Laura zuckte wie vom Schlag getroffen zusammen.

Sally?

Der Klang des Namens schrillte wie ein Alarmsignal durch die Tiefen ihres Bewusstseins.

Sally?

Laura war sicher, diesen Namen noch niemals gehört zu haben. Trotzdem verhieß er das Schlimmste. Sie hatte keine Ahnung, warum und weshalb, aber sie fühlte es einfach.

Im Wohnzimmer wandte Longolius sich erneut an seine Vasallen. »Erinnert ihr euch an die Botschaft, die der Fhurhur uns an Halloween übermittelt hat?«

»Natürlich, Meisster«, zischelte Pinky hastig.

»Er warnte uns eindringlich vor einem Mädchen, das ihm in einem Orakeltraum erschienen ist«, fuhr der Großmeister fort. »Am Tag, an dem die Welt im Zeichen der Dreizehn steht, würde sich das Mädchen erstmals zeigen. Es soll eine große Bedrohung für uns alle darstellen und könnte sogar unseren Untergang bedeuten. Deshalb müssen wir es mit allen Mitteln unschädlich machen.«

»Aber genau aus diesem Grund haben wir es doch auf diese Laura abgesehen«, warf die Frau ein, die Sally genannt wurde. »Weil sie im Zeichen der Drei…«

»Was, wenn wir uns geirrt haben?«, fiel Longolius ihr ins Wort. »Wenn in diesem Orakeltraum gar nicht das Leander-Balg gemeint war, sondern die Blonde mit dem Kurzhaarschnitt? Sie hat sich gestern zum ersten Mal gezeigt – oder hat jemand von euch die Kleine schon früher gesehen?«

Allgemeines Kopfschütteln war die Antwort.

»Na also!« Mit ernster Miene musterte Longolius seine Mitstreiter. »Sollte dieses Mädchen tatsächlich das Kind des Hellen Lichts sein, stellt es eine schreckliche Bedrohung für uns dar. Im Gegensatz zu dem Neugeborenen ist es nämlich bereits eine ausgebildete Wächterin und kann uns deshalb äußerst gefährlich werden.«

Seine Gäste schauten einander betreten an. Der Gedanke schien ihnen größtes Unbehagen zu bereiten.

»Kann man nicht herausfinden, welches Mädchen tatsächlich gemeint ist und welches nicht?«, fragte Sally in die allgemeine Ratlosigkeit.

Der Großmeister kniff die Augen zusammen, knetete mit der rechten Hand das Kinn und starrte nachdenklich vor sich hin. »Doch«, sagte er schließlich. »Das müsste möglich sein.«

Sallys Kopf ruckte nach vorn, wie bei einem Geier, der eine Beute erspäht. »Und?«, fragte sie gespannt.

»Es ist schon Jahrhunderte her«, antwortete Longolius mit verschleiertem Blick, »dass ich Beliaal, den Herrscher der Finsternis, zum ersten Mal beschworen habe, damit er mir seine dunklen Geheimnisse offenbart.« Die Erinnerung zauberte ein böses Lächeln auf sein Gesicht. »Damals war ich der Welt noch als Hermes Trismegistos bekannt, der größte aller Nekromanten.«

»Natürlich, Max«, versicherte Sally. »Und das ist bis zum heutigen Tage nicht in Vergessenheit geraten! Noch immer sind die Menschen von diesem Hermes Trismegistos so angetan, das sie ihn manchmal sogar den Dreimal Göttlichen nennen. Wenn sie wüssten …« Sie kicherte vieldeutig.

»Ganz recht, Sally.« Longolius war sichtlich geschmeichelt. »Aber das Wissen der Menschen ist mehr als beschränkt. Die meisten von ihnen ahnen nicht einmal, dass es möglich ist, Verbindung mit jenem Reich aufzunehmen, über das der Todesdämon Beliaal herrscht. Um ehrlich zu sein, selbst mir war das unbekannt, bevor mich die Hexe von Endor in ihre Schwarzen Künste eingeweiht hat.

Aber wie auch immer: Es ist jetzt Ewigkeiten her, seit ich Beliaal bat, mir Einblick in die Uralte Offenbarung zu gewähren. Allerdings war ich damals auf der Suche nach dem Kind des Dunklen Blutes und habe deshalb den Ausführungen zum Kind des Hellen Lichts keine allzu große Beachtung geschenkt.«

»Dann weißt du also nicht, woran man es erkennt und wie man es unschädlich machen kann?«

»Nein, Sally.« Der Großmeister schüttelte betrübt den Kopf. »Das weiß ich leider nicht.«

»Dass isst jammerschade«, lispelte Pinky enttäuscht. »Gibt ess keine Möglichkeit, dasss Ihr Euch einen weiteren Einblick in diessess Buch verschafft?«

»Doch, die gibt es.« Mit hochmütigem Grinsen sah Maximilian Longolius in die Runde seiner Getreuen, die ihn ehrfürchtig ansahen. Er schien es im höchsten Maße zu genießen, im Mittelpunkt ihrer Aufmerksamkeit zu stehen.

Staunend blickte Alienor nach Westen, wo die Dächer und Türme von Schloss Tintall im Licht der untergehenden Sonne glänzten. Obwohl es bestimmt noch eine Stunde dauern mochte, bis die Weißen Ritter die Mauern der mächtigen Festung erreichten, war sie schon deutlich zu erkennen – vor allem das weiße Banner der Hhelmritter mit den gekreuzten Schwertern, das von der Spitze des Bergfrieds wehte.

Auf einer Klippe hoch über dem Ufer des südlichen Eismeers gelegen, ragte Tintall weithin sichtbar auf. Schon aus der Ferne wurde deutlich, dass die Feste sich ganz gewaltig von Schloss Gleißenhall unterschied, wo die Elevin ihre Kindheit verbracht hatte. Der Herrschersitz ihrer Eltern erinnerte Alienor mit seinen verschachtelten Gebäuden, spitzen Türmen und verwinkelten Erkern an einen wahr gewordenen Traum. Tintall hingegen tat schon von Weitem kund, dass seinen Bewohnern weder zum Träumen noch zum Spaßen zumute war. Wehe allen, die uns Übles wollen, schienen die wehrhaften Türme und Mauern der Burg weithin zu künden. Jeder, der uns angreift, wird eine gebührende Antwort erhalten!

Tatsächlich war Tintall im Verlauf seiner langen Geschichte niemals eingenommen worden. Dabei hatte es an entsprechenden Versuchen nicht gefehlt, aber bislang war noch jeder Eroberer abgewehrt und in der Regel sogar vernichtend geschlagen worden. Zogen die Angreifer allerdings die richtigen Lehren aus dem vergeblichen Anrennen und gaben ihr fruchtloses Vorhaben rechtzeitig auf, ließen die Ritter sie unbehelligt abziehen.

Seit Anfang der Zeiten standen sie unerschütterlich auf der Seite des Lichts und fühlten sich deshalb dem Schutz des Lebens verpflichtet. Niemals hätten sie ohne Not Blut vergossen. Alle bisherigen Herrscher der Hhelmlande hatten sich an dieses oberste Gebot des Lichts gehalten, auch König Artas, der Vater von Ritter Paravain, der das Reich bis zu seinem allzu frühen Tod vor nunmehr siebzehn Sommern regiert hatte.

Alienor war der Name des Königs bestens vertraut. Überall in Aventerra erzählte man von seinen Heldentaten. Seine Klugheit und Weisheit wurden weithin gerühmt, natürlich auch auf Schloss Gleißenhall. Obwohl ihre Kinderzeit dort schon einige Jahre zurücklag, entsann Alienor sich noch gut, wie ihr Bruder Alarik und sie mit großen Augen und offenen Mündern der Kammerzofe Saiima gelauscht hatten. Die Zofe hatte nur zu gerne vom ebenso weisen wie mutigen König Artas und seinen tapferen Rittern erzählt.

So hatten Alarik und Alienor zahllose Einzelheiten aus dem Leben des Königs erfahren, obwohl ihnen nie in den Sinn gekommen wäre, sich bei Ritter Paravain nach Artas zu erkundigen. Der Ritter hatte sich zwar immer von seiner freundlichsten Seite gezeigt und selbst die abwegigsten Fragen geduldig beantwortet, doch er war stets ausgewichen, wenn es um den tragischen Tod seiner Eltern ging.

Wie die betagte Magd Eileena, die dem Hüter des Lichts über viele Jahre gedient hatte, den Kindern eines Tages unter dem Siegel der Verschwiegenheit anvertraute, fühlte Paravain sich für den Tod seiner Eltern verantwortlich. Ihn plagten Schuldgefühle, weil er Tintall verlassen hatte, um auf der Gralsburg seinen Dienst als Weißer Ritter anzutreten, anstatt das Leben seines Vaters und seiner Mutter Gunivain zu schützen.

»Wie töricht von ihm«, hatte Eileena gemeint. »Paravain war damals noch ein Knabe von dreizehn Sommern. Und gegen ein heimtückisches Fieber ist selbst der unerschrockenste Ritter machtlos!«

Vorsichtig drehte Alienor den Kopf und warf dem Weißen Ritter einen verstohlenen Blick zu. Wie der Rest der Gruppe hatte auch er seinen Schimmel angehalten, um Tintall aus der Ferne zu bewundern. Eine Mischung aus Freude und Wehmut glitt über sein edles Gesicht.

Alienor wusste, mit welch glühendem Eifer Paravain seinen Dienst auf der Gralsburg versah. Also hatte Eileena wohl die Wahrheit gesprochen: Der Gesichtsausdruck des Ritters konnte nur bedeuten, dass der Anblick der Burg ihn an seine Eltern erinnerte, um die er immer noch trauerte.

»Wir sollten uns sputen, Paravain.« Morwena lächelte dem Ritter zu, doch der mahnende Unterton ihrer Worte war nicht zu überhören. »Nicht dass man sich auf Tintall Sorgen macht. Wir haben ihnen unsere Ankunft doch für heute angekündigt.«

»Stimmt, Morwena.« Der Ritter erwiderte das Lächeln der

Heilerin. »Aber der heutige Tag ist längst nicht zu Ende. Oheim Mortas hat nicht den geringsten Grund, sich Gedanken um uns zu machen. Außerdem ist er ein in zahlreichen Schlachten gestählter Ritter, den nichts so leicht aus der Ruhe bringt!« Dennoch stellte Paravain sich in die Steigbügel und schaute in die Runde. »Lasst uns weiterreiten«, rief er mit leisem Spott. »Meine Braut kann es offensichtlich gar nicht mehr abwarten, bis sich die schützenden Tore von Schloss Tintall endlich hinter ihr schließen.«

Die neckische Bemerkung konnte Morwena nicht reizen. »Du hast völlig Recht, Paravain«, entgegnete sie im gleichen Tonfall. »Außerdem wird es höchste Zeit, dass ich endlich wieder mit Leuten zusammentreffe, die nicht nur ständig über Schwerter, Streitrosse und Schlachten reden.«

»Aber Herrin …«, hob Alienor an, als sie aus den Augenwinkeln eine Bewegung gewahrte. Es war der seltsame Ball aus Dornengestrüpp, den sie bereits am Vorabend beobachtet hatte. Obwohl es windstill war, rollte er geschwind an der Gruppe der Reiter vorbei und blieb ein gutes Dutzend Schritte vor ihnen liegen.

Während das Mädchen noch verwundert auf die dornige Kugel starrte, ertönte ein unheimliches Zischen, erst leise, dann schwoll es bedrohlich an. Ein Murmeln ging durch die Reihen der Weißen Ritter, als die Dornenkugel sich brausend zu einem mächtigen Staubwirbel formte, aus dem sich schließlich eine schaurige Gestalt löste. Beliaal, der Dämon des Todes, stand vor ihnen!

Die Weißen Ritter hatten schon so manches in ihrem Leben gesehen. Dennoch ging ihnen der Anblick der grausigen Kreatur durch Mark und Bein, die übermannsgroß vor ihnen aufragte und sie angrinste. Unwillkürlich wichen sie vor der dämonischen Fratze zurück. Auch die Schimmel schnaubten erschrocken und bäumten sich auf.

Morwena wurde leichenblass im Gesicht. »Bei den Mächten des Lichts!«, hauchte sie und schlug die Hände vor den Mund.

Paravain beugte sich zu ihr hinüber und legte ihr die Hand auf den Unterarm. »Keine Angst«, raunte er ihr zu. »Beliaals Macht ist auf den Schattenforst und die Finsternis beschränkt. Außerhalb der Grenzen seines Reiches kann er uns nicht allzu viel anhaben.«

»Mir steht nicht der Sinn danach, das auf die Probe zu stellen. Außerdem ...« Die Heilerin deutete nach Westen, wo die untergehende Sonne den Horizont küsste. »... wird es bald dunkel. Damit werden wir zum Spielball seiner unheimlichen Kräfte, selbst wenn er sich nicht im Schattenforst befindet!«

Kapitel 21 ❧ Dämonische Bestien

Maximilian Longolius ließ den Blick über seine Anhänger wandern, die gebannt an seinen Lippen hingen. »Ich könnte versuchen, Beliaal ein weiteres Mal zu beschwören, und ihn bitten, mir noch einen Einblick in die Uralte Offenbarung zu gewähren. Allerdings …«

»Ja, Max?«, hauchte Sally.

»Ich muss euch eindringlich warnen! Der Umgang mit dem Dämon des Todes birgt große Gefahren. Beliaal hütet Geheimnisse, die das Vorstellungsvermögen der meisten Menschen bei Weitem übersteigen. Der Herr der Finsternis weiß um die letzten Dinge und vermag deshalb die Grenzen zwischen Leben und Tod zu verwischen. Jeder, mit dem er dieses unfassbare Wissen teilt, gewinnt große Macht über seine Mitmenschen. Allerdings …« Longolius machte eine kleine Pause, um seinen Worten besonderes Gewicht zu verleihen. »… muss er auch bereit sein, einen angemessenen Preis dafür zu zahlen.«

Seine Anhänger tauschten verwunderte Blicke. Keiner von ihnen schien zu wissen, was der Großmeister damit meinte.

»Damals, vor Hunderten von Jahren, hat Beliaal mir meinen Wunsch nicht ohne Gegenleistung erfüllt. Seine Forderung war so ungeheuerlich, dass es mir zunächst die Sprache verschlug.«

Sally blickte ihn mit atemloser Spannung an. »Was wollte er?«

»Das Leben eines Menschen!«, antwortete der Großmeister.

»Zum Glück hat es mir keine allzu großen Probleme bereitet, diese Bedingung zu erfüllen.«

Pinky Taxus war blass um die Nase geworden. »Sseid Ihr ssicher, Meister, dasss er diessmal das Gleiche verlangen wird?«

»Natürlich!« Longolius nahm die Brille ab und rieb sich die Augen. »Warum sollte er von der Forderung abrücken? Zumal bislang noch jeder darauf eingegangen ist.«

»Wenn's weiter nichts ist!«, höhnte Albin Ellerking und grinste übers ganze verschlagene Nachtalbengesicht. »Es wäre nicht das erste Menschenleben, das unser Kampf gegen diese Hunde des Lichts gefordert hätte.«

»Damit hast du zweifelsohne Recht, Albin.« Ein mitleidloses Lächeln spielte um die farblosen Lippen des Großmeisters. »Und ich weiß auch schon, wen wir ihm anbieten: dieses neugeborene Mädchen, Laura Leander! Zumal ich ohnehin geplant hatte, sie zu entführen und dem Dämon zum Geschenk zu machen, damit Beliaal mir auch weiterhin wohlgesonnen bleibt.«

»Was für eine geniale Idee, Max!« Sally klang begeistert. »Außerdem wären wir dieses Balg damit ein für alle Mal los. Es könnte uns niemals mehr gefährlich werden, auch wenn es im Zeichen der Dreizehn geboren ist!«

Draußen auf der Terrasse verzog Laura wütend das Gesicht. »Freu dich bloß nicht zu früh, du Scheusal!«, zischte sie leise. Sie tröstete sich mit dem Gedanken, dass der Dämon sie noch nicht erwischt hatte. Der Wunsch dieser Sally war also nicht in Erfüllung gegangen, jedenfalls nicht während ihrer ersten vierzehn Lebensjahre! Doch sogleich erinnerte sie sich an die mahnenden Worte von Auriel: Sie war noch längst nicht außer Gefahr! Es stand weder fest, dass sie ihre Traumreise heil überstand, noch dass sie den Todesschlaf überlebte, mit dem ihre Feinde sie belegt hatten.

»Du hast Recht, Sally.« Longolius setzte die Brille wieder auf. »Beliaal wird unser Angebot bestimmt nicht ausschlagen:

Sein Wissen um das Kind des Hellen Lichts gegen diese Laura Leander. Der Dämon lechzt seit Jahrhunderten danach, dass ihm ein menschliches Wesen in die Hände fällt, das ihm in seinem Schwarzen Schloss Gesellschaft leistet und ihm hilft, seine größten Feinde zu besiegen.«

»Sseine größssten Feinde?«, echote Pinky Taxus verdutzt. »Meint Ihr vielleicht den Hüter dess Lichtss, Meisster?«

»Mitnichten.« Maximilian Longolius schüttelte den Kopf. »Ich meine die Einhörner im Karfunkelwald! Solange auch nur noch eins von ihnen am Leben ist, kann der Herrscher der Nacht sein finsteres Reich nicht auf den lichten Tag ausdehnen. Um ihre Zauberkräfte zu brechen, benötigt Beliaal die Hilfe eines menschlichen Wesens. Die Uralte Offenbarung behauptet nämlich, das Schicksal der Einhörner läge ganz allein in den Händen der Menschenkinder – und deshalb wird der Todesdämon unseren Vorschlag begierig aufgreifen!«

»Dass isst ja ssuper!«, lispelte Pinky und klatschte vor Freude in die Hände – wie ein kleines Mädchen, dem man die heiß ersehnte Puppe schenkte. »Worauf warten wir dann noch? Lassst unss diessen Dämon sso schnell wie möglich beschwören!« Sie sprang auf, als könne sie es nicht mehr erwarten.

Der Großmeister hielt sie zurück. »Nicht so voreilig«, mahnte er. »Die Sache hat nämlich einen Haken – oder besser gesagt zwei.«

Paravain zog kurzerhand das Schwert. Mit erhobener Waffe sprengte er auf den Dämon zu. »Was willst du von uns?«, schmetterte er ihm furchtlos entgegen. »Aus dem Weg, du Ausgeburt des Bösen, oder du wirst unsere Waffen zu spüren bekommen!«

Der Dämon legte den schrundigen Kopf in den Nacken und stieß ein schauriges Gelächter aus, das weithin über die Ebene hallte. »Was du nicht sagst, du Wurm!«, brüllte er. Blitzartig streckte er dem Ritter die Arme entgegen – und Paravain wurde von einem mächtigen Windstoß erfasst und ums Haar vom Pferd geweht. Die Mähne seines Streitrosses flatterte wie wild, während der Schimmel vor Schreck auf die Hinterläufe stieg und unter lautem Wiehern mit den Vorderbeinen ausschlug.

»Nur keine Angst!« Die Augen des Dämons funkelten voller Spott. »Du wirst doch nicht glauben, dass ich mir an euch erbärmlichen Wichten die Finger schmutzig mache? Das überlasse ich lieber den Geschöpfen, die sich an fauligem Aas und stinkendem Fleisch wie dem eurigen ergötzen.« Damit fasste er in die Seitentasche seines Umhangs und schleuderte eine Handvoll bleicher Objekte von sich. Sie waren kaum länger als ein Fingerglied und liefen an einem Ende spitz zu.

Paravain erkannte augenblicklich, worum es sich handelte: Es waren die Zähne der Höllenhunde, die den Ausgang aus dem Totenreich von Taranos bewachten.

»Beste Grüße von Rygani!«, höhnte der Dämon. »Sie wünscht euch viel Spaß mit ihren Lieblingen!« Im gleichen Moment ertönte ein lauter Knall, und von Beliaal war nichts mehr zu sehen als sein schwarzer Umhang. Der erhob sich flatternd in die Lüfte und flog geschwind wie ein Adler davon.

Die Zähne allerdings berührten kaum den Boden, als sie auch schon zu wachsen anfingen. Paravain blieb kaum genug Zeit, das Streitross zu seinen Mannen zurückzulenken, bevor die Gruppe von einer Meute Skeletthunde umringt war. Die Bestien bestanden aus nichts als Knochen, die bleich im schwindenden Licht aufschimmerten. Ihr Bellen klang so unheimlich, als käme es aus den tiefsten Schlünden der Hölle.

Alienor war wie zu Stein erstarrt. Sie konnte den Blick nicht von den Knochenhunden abwenden. In Windeseile griff die Meute an. Heulend und kläffend hetzten die Bestien auf die Ritter zu.

Paravain begriff als Erster, was sie vorhatten. »Steigt ab!«, schrie er. »Bildet einen Ring um die Pferde. Die Biester haben es auf ihre Beine abgesehen!«

Tatsächlich sprangen die Skelettungeheuer nicht die Ritter an, sondern die Rösser. Sie schnappten nach deren Beinen und Flanken, während die Pferde auskeilten. Die Reiter fuhren mit gezogenen Schwertern dazwischen.

Die Wirkung der gewaltigen Hiebe war verheerend: Der ersten Bestie wurde der Schädel abgetrennt und flog meterweit durch die Luft. Die nächste erwischte es am Rückgrat, das in der Mitte entzweigeschmettert wurde.

Alienor hatte sich an die Heilerin geklammert und in der Mitte der Weißen Ritter Schutz gesucht. Nun stieß sie einen erleichterten Jubelschrei aus …

Viel zu früh, wie sie gleich darauf entsetzt feststellte: So schlimm die Ungeheuer auch getroffen sein mochten, stets setzten sie sich wie von Geisterhand wieder zusammen und griffen von Neuem an. Die Weißen Ritter wehrten sich nach Kräften, und ihre Hiebe prasselten wie stählerne Trommelwirbel auf die Knochenhunde nieder. Doch obwohl sie die Gerippe ein ums andere Mal zerschmetterten, war der Zeitpunkt absehbar, an dem ihre Kräfte erlahmten und sie den unermüdlichen Skelettungeheuern nichts mehr entgegensetzen konnten. Dann würde die Meute der Höllenhunde über sie herfallen und sie allesamt in Stücke reißen.

Pinky Taxus runzelte die Stirn. Auch die übrigen sahen den Großmeister fragend an.

»Das erforderliche Ritual kann nur am Beltane-Fest durchgeführt werden«, erklärte Maximilian Longolius. »Und bis dahin dauert es noch einige Zeit.«

»Und weiter?«

»Wenn Beliaal den versprochenen Preis nicht bekommt, hält er sich an den Teilnehmern der Beschwörung schadlos und holt sich einen von ihnen!«

Die Taxus schlug die Hände vor den Mund, Quintus Schwartz kratzte sich mit gequälter Miene am Kopf. Er fühlte sich offensichtlich nicht wohl in seiner Haut. Selbst Sally schien unsicher geworden zu sein, denn sie klang ziemlich kleinlaut. »Aber der Dämon kann doch nicht erwarten, dass er das Mädchen sofort bekommt, oder?«

Mit herablassender Geste antwortete Longolius: »Auch wenn Beliaal keineswegs unsterblich ist, so existiert er doch fast seit Anbeginn der Zeiten. Die irdische Zeitrechnung ist für ihn ohne jeden Belang. Angesichts seines schier endlosen Lebens kommt ihm ein Tag nicht länger vor als den Menschen der Bruchteil einer Sekunde. Es bleibt uns also ausreichend Zeit, unserer Versprechen zu erfüllen.

Doch irgendwann wird auch der Herrscher der Finsternis die Geduld verlieren, und wenn Laura Leander dann immer noch nicht ihm gehört, wird einer von uns mit seinem Leben dafür bezahlen. Oder vielleicht sogar mehrere.« Prüfend sah er seinen Anhängern in die Augen. »Wir sollten deshalb sorgsam abwägen, ob wir den mächtigen Dämon des Todes beschwören oder nicht.«

Stille lastete über dem Wohnzimmer, während Longolius und seine Vasallen nachdachten. Die Unsicherheit, die sie befallen hatte, war selbst draußen auf dem Balkon spürbar.

»Lasst uns lieber noch ein wenig abwarten«, schlug Dr. Schwartz schließlich vor. »Im Augenblick droht uns von der Kleinen doch keinerlei Gefahr. Immerhin wird sie erst in dreizehn Jahren in den Kreis der Wächter aufgenommen, und erst dann lernt sie ihre besonderen Kräfte zu meistern. Bis dahin ergibt sich bestimmt die eine oder andere Gelegenheit, um das Balg ohne große Probleme aus dem Weg zu räumen.«

»Genau«, pflichtete Pinky ihm hastig bei. »Sselbsst wenn wir Laura ersst am Tag vor ihrem dreizsehnten Geburtsstag erledigen, kann ssie uns nicht gefährlich werden.«

»Das mag ja stimmen«, erwiderte der Großmeister. »Aber ihr scheint dabei das Wichtigste zu vergessen: Im Moment geht es gar nicht um diese Laura, sondern um das unbekannte Mädchen mit den blonden Haaren. Wenn es sich tatsächlich um das Kind aus dem Orakeltraum des Fhurhurs handelt, könnte es unseren Untergang bedeuten. Darüber sollten wir uns schleunigst Gewissheit verschaffen – findet ihr nicht auch?« Auffordernd blickte er in die Runde.

»Natürlich!« Sally stimmte ihm auf Anhieb zu.

Dr. Schwartz und der Taxus standen die Zweifel deutlich im Gesicht geschrieben, aber schließlich stimmten sie ebenfalls zu. Zumal der Nachtalb sich längst breit grinsend auf Sallys Seite geschlagen hatte.

»Gut.« Der Großmeister nickte. »Dann soll es geschehen. Wir sehen uns an Beltane wieder, am vertrauten Ort und zur gewohnten Stunde.«

Damit war das Treffen beendet. Pinky Taxus, Dr. Schwartz und Albin Ellerking verabschiedeten sich. Während der Hausherr sie nach draußen begleitete, blieb die andere Frau allein im Wohnzimmer zurück. Sie schien sich bestens auszukennen, denn sie ging zielstrebig zur Schrankwand und öffnete die Tür zum Barfach. Dann holte sie eine Flasche Whiskey daraus hervor, griff sich ein Glas und goss es bis zur Hälfte voll. Nach einem ordentlichen Schluck drehte sie sich zum Fenster um, sodass Laura endlich ihr Gesicht sehen konnte.

Sie erschauderte. Ihr Magen rumorte und Übelkeit überkam sie. Schlagartig wurde die verschüttete Erinnerung freigelegt: Von wegen »Sally« – die brünette Frau mit dem etwas zu dick aufgetragenen Make-up im Gesicht war zweifelsohne … *Sayelle Rüchlin!*

Die falsche Schlange, die sich als Lauras Stiefmutter in ihr Leben geschlichen hatte!

Laura fühlte ein Würgen im Hals. Wie gemein diese Dunklen doch waren! Wenn es um ihren Vorteil ging, schreckten sie vor nichts zurück, nicht einmal davor, jemandem Gefühle oder gar Liebe vorzuheucheln! Ein banger Gedanke stieg in ihr auf: Waren diese Wesen, die weder ein Gewissen noch Skrupel kannten, überhaupt zu besiegen?

In diesem Augenblick vernahm Laura ein wütendes Fauchen hinter sich. Gleichzeitig stach ihr entsetzliche Kälte wie ein eisiges Schwert in den Rücken. Zu Tode erschrocken fuhr sie herum.

Nur drei Meter von ihr entfernt stand das Mädchen von der Fußgängerampel. Ganz in Schwarz gekleidet, musterte es Laura mit hasserfülltem Blick.

Laura erschauderte beim Anblick der unheimlichen Gestalt.

War das vielleicht dieses Kind des Dunklen Blutes, von dem Longolius gesprochen hatte? Aber wie kam es so plötzlich auf den Balkon?

Als das Mädchen den Mund öffnete, erkannte Laura, dass seine Zähne schwarzen Stummeln glichen. »Gib auf, Laura!«, zischte die Schattengestalt heiser. »Das ist die einzige Chance, dein Leben zu retten.«

»We-We-Wer bist du?«, stammelte Laura. »Und wie kommt es, dass du mich kennst?«

Die Kleine legte den Kopf in den Nacken und stieß höhnisch die Luft aus. »Welch törichte Frage!«, sagte sie dann. »Ich kenne dich schon lange, und mindestens genauso gut wie du dich selbst!«

»Was willst du von mir?«

Ein teuflisches Grinsen verzerrte das fahle Gesicht zu einer Fratze. »Das habe ich bereits gesagt«, fauchte sie. »Ich will dich warnen und vor einer großen Dummheit bewahren. Gib auf, Laura, sonst wirst du sterben!«

Obwohl Laura immer noch unkontrolliert zitterte, nahm sie all ihren Mut zusammen. »Niemals!«, rief sie der Schattengestalt entgegen. »Nur wer aufgibt, hat schon verloren!«

»Was du nicht sagst!« Ein fieses Grinsen begleitete die Erwiderung. »Und wer nicht anfängt, wird nicht fertig, war es nicht so?«

»Ähm«, stammelte Laura verdattert. Woher kannte die mysteriöse Gestalt den Lieblingsspruch von Oma Lena?

»Deshalb wird es auch höchste Zeit«, fuhr das bleiche Mädchen fort, »dass du endlich anfängst, Vernunft anzunehmen. Denn sonst …«

Laura kniff angstvoll die Augen zusammen. »Ja?«

»Sonst ist dein Schicksal besiegelt – und du wirst sterben!« Erneut warf das andere Mädchen den Kopf in den Nacken und brach in heiseres Gelächter aus. Dann machte die Fremde blitzschnell kehrt, rannte auf das Geländer zu, setzte mit einem mächtigen Sprung über die Balustrade und stürzte in die Tiefe!

Laura war wie vom Donner gerührt.

Während das Hohngelächter im Wind verklang, blieb Laura wie versteinert an Ort und Stelle, bis sie glaubte, einen Aufprall tief unten auf dem Trottoir zu hören. Eine Welle unsäglichen Schmerzes jagte durch ihren Körper und ließ sie taumeln. Ihr war, als würden sämtliche Knochen in ihrem Leib zerschmettert. Als endlich wieder Leben in Laura kam, stürzte sie zur Brüstung und starrte mit grenzenlosem Entsetzen in die Tiefe.

Der Bürgersteig vor dem Gebäude war hell erleuchtet. Der Strom der Passanten hatte nachgelassen. Von dem schwarzen Mädchen jedoch war keine Spur zu entdecken.

Beinahe, als hätte der Erdboden es verschluckt.

Die Dunkelheit hatte längst eingesetzt, und die knochigen Bestien griffen immer noch an, unablässig und ohne zu ermüden. Der andauernde Widerstand der Weißen Ritter schien sie in Rage zu versetzen, denn ihr heiseres Bellen klang wütender als je zuvor. Wie ein Rudel hungriger Wölfe umkreiste die Meute Ritter und Pferde, die zusammengerückt waren. Ihre flinken Skelettpfoten bewegten sich so lautlos über den Boden, als würden sie schweben.

Die Ungeheuer blieben in Bewegung und waren ständig bereit, nach einer ungedeckten Flanke oder einem ungeschützten Pferdelauf zu schnappen. Ihre rot glühenden Augenpaare geisterten durch das Dunkel der Nacht und formten rötliche Lichtkreise um die Bedrängten.

Die Ritter waren abgesessen und bildeten einen Schutzwall um die Pferde. Die Streitrösser standen dicht beisammen, unruhig schnaubend und mit bebenden Nüstern. Über viele der weißen Hinterbeine rannen rote Rinnsale, und einige der Flanken, in die sich trotz der Wachsamkeit der Ritter messerscharfe Gebisse gegraben hatten, waren blutverschmiert. Morwena tat ihr Bestes, um die Blutungen zu stillen. Sie huschte von Pferd zu Pferd, bedeckte da eine Wunde mit Kräuterpaste, um gleich darauf dort eine Salbe zu verreiben, die Wundbrand und Entzündungen verhindern sollte.

Alienor ging ihrer Lehrmeisterin so gut wie möglich zur Hand. Während sie ihr mit einer Fackel flackerndes Licht spendete, hielt sie mit der anderen Hand die erforderlichen Tinkturen bereit oder reichte der Heilerin mit blutstillenden Essenzen getränkte Tücher. Diese Aufgabe lenkte Alienor so sehr ab, dass sie das heisere Gekläff der Höllenhunde schon längst nicht mehr wahrnahm.

Als sich plötzlich eine Hand auf ihre Schulter senkte, blieb ihr vor Schreck fast das Herz stehen. Mit einem Entsetzensschrei fuhr das Mädchen herum – und sah Ritter Paravain direkt ins erschöpfte Antlitz.

»Verzeih mir«, entschuldigte er sich mit müdem Lächeln. »Ich wollte dich nicht erschrecken. Aber ich muss unbedingt mit Morwena und dir reden.« Damit winkte er die Heilerin und sie ein kleines Stück zur Seite. »Wie sieht es aus?«, fragte er schwer atmend.

»Nun ...« Morwena wischte sich den Schweiß ab und strich die nassen Haarspitzen aus der Stirn. »Bislang ist keiner der Schimmel ernsthaft verletzt. Einige haben zwar tiefere Wunden davongetragen, aber solange es nicht schlimmer wird, müssen wir uns keine Sorgen machen.«

»Genau das ist unser Problem!« Ein bitteres Lachen entwich Paravains Kehle. »Diese Bestien zeigen nicht die mindesten Anzeichen von Ermüdung – ganz im Gegensatz zu meinen Rittern.«

Die Heilerin schluckte und sah ihn betroffen an. »Ist es so schlimm?«

Der Ritter nickte. »Ich fürchte, ja. Alle geben ihr Bestes, aber trotzdem werden sie nicht mehr lange durchhalten können. Auf keinen Fall bis zum Morgen, wenn das Licht die Kräfte dieser Teufelsbiester schwächt und sie hoffentlich vertreibt.«

»Was aber keineswegs sicher ist, oder?«, fragte Morwena mit gerunzelter Stirn.

»Nein«, gab der Ritter zurück. »Wir können es nur hoffen. Aber eigentlich ...« – er machte einen Schritt auf die Frau zu – »... müsstest du das doch viel besser wissen als ich.«

»Ich?« Morwena riss die Augen auf. »Wie kommst du darauf?«

»Diese Bestien sind die Ausgeburt Schwarzer Magie, und ich dachte, dass die Heilerinnen von Hellunyat lernen, wie man sich dagegen zur Wehr setzt.«

»Leider nur beiläufig, Paravain.« Die Heilerin lächelte gequält. »Und das hat seinen besonderen Grund: Wer sich allzu sehr mit den Schwarzen Künsten beschäftigt, kann sich leicht in ihnen verstricken. Deswegen befassen wir Heilerinnen uns damit nur unter äußerster Vorsicht.«

»Schade.« Paravain zuckte enttäuscht die Achseln. »Ich hatte gehofft, du könntest die Bestien auf diese Weise vertreiben. Mit dem Schwert allein wird uns das niemals gelingen.«

»Das ist mir längst klar geworden. Und dennoch …« Morwena legte ihrem Bräutigam die Hand auf die Schulter und lächelte ihn tapfer an. »Wir dürfen die Hoffnung nicht verlieren, Paravain. Du weißt doch – mit Hilfe des Lichts ist alles möglich.«

Wie zum Hohn starteten die Teufelsbestien in diesem Augenblick eine neue Attacke. Von allen Seiten gleichzeitig hetzten sie auf die Ritter zu. Nur mit größtem Einsatz und letzten Kräften konnten sie das Schlimmste verhindern und den stürmischen Angriff noch einmal abwehren.

Nachdem die Knochenhunde sich wieder ein Stück zurückgezogen hatten, um erneut die Eingeschlossenen zu umkreisen, warf Alienor einen besorgten Blick in die Runde der Ritter, die sich keuchend auf Schwerter und Schilde stützten. Obwohl Alienors Ausbildung noch längst nicht abgeschlossen war, wusste sie, dass das Ende nahte. Angesichts dieser Erkenntnis wurden ihre Knie weich. Das Blut rauschte wie wild in ihren Ohren.

»Trotzdem war deine Vermutung richtig«, drang die Stimme ihrer Lehrmeisterin undeutlich in ihr Bewusstsein. »Ich kenne tatsächlich ein Mittel, das diese teuflischen Bestien vertreiben könnte.«

Überrascht schaute das Mädchen zu der Heilerin auf.

»Ist das wahr?« Auch in Paravains Gesicht flackerte jähe Hoffnung auf. »Und worum handelt es sich?«

»Um das Elixier aus den Blüten der Lichtrose. Aber leider habe ich nicht einen Tropfen dabei.« Morwena hob entschuldigend die Hände. »Ich hätte doch nie damit gerechnet, dass Beliaal uns seine dämonischen Kreaturen auf den Hals hetzt.«

»Und ich noch viel weniger!« Der Weiße Ritter schüttelte resigniert den Kopf. »Ein unverzeihlicher Fehler, wie ich jetzt weiß.« Er senkte den Kopf – doch unvermittelt ging ein Ruck durch seinen müden Körper. »Was ist das denn?«, fragte er fassungslos und starrte hinaus ins Dunkel. Dann drehte er den Kopf und lauschte angestrengt. Plötzlich stieß er einen lauten Schrei aus: »Reiter! Reiter!!! Mortas' Männer kommen uns zu Hilfe!«

Nun konnte Alienor es auch hören: das dumpfe Getrappel von zahllosen Hufen, das wie ein ferner Donner heranrollte, rasch und unaufhaltsam. Augenblicke später zuckte der Lichtschein flackernder Fackeln durch die Nacht, mindestens drei Dutzend, wenn nicht mehr.

Während die Weißen Ritter in laute Jubelschreie ausbrachen, fegte ein Trupp Reiter heran, allesamt in weiße Umhänge gekleidet und unter dem Banner der gekreuzten Schwerter.

Für einen Moment sah es so aus, als würden die dämonischen Bestien sich auf die Hhelmritter stürzen. Alienor wunderte sich, dass die Männer nicht zu ihren Waffen griffen, um sich der teuflischen Ungeheuer zu erwehren. Da beobachtete sie zu ihrer Überraschung, wie der Anführer den ersten der Skeletthunde mit einer Flüssigkeit besprengte.

Die Bestie heulte wie von Sinnen auf und ergriff augenblicklich die Flucht. Nach kurzem Zögern folgten die anderen Hunde und verschwanden in der Dunkelheit.

Paravain aber eilte dem Anführer der Ritter entgegen, der inzwischen abgestiegen war, und fiel ihm in die ausgebreiteten Arme. »Falkas, mein alter Freund«, stammelte er überglücklich. »Mein guter, guter Falkas!«

Dann löste er sich von dem Mann, der mindestens doppelt so alt war wie er selbst und einen kräftigen Kinnbart im Gesicht trug, und streckte ihm die Hand entgegen. »Das war Rettung in allerhöchster Not«, sagte er. »Hab vielen Dank …« Damit wandte er sich an dessen Begleiter, die immer noch hoch zu Ross saßen. »… und euch natürlich auch.«

»Es war uns ein Vergnügen, Ritter Paravain«, antwortete Falkas mit einer leichten Verbeugung. »Zum Glück haben wir Späher ausgesandt, die Euch entgegenreiten sollten. Sie konnten uns gerade rechtzeitig alarmieren.« Er zog die Brauen hoch. »Sonst …«

»Sonst wären wir mit Sicherheit verloren gewesen«, nahm Morwena ihm die Worte aus dem Mund. »Den Mächten des Lichts sei Dank, dass sie uns auch diesmal zur Seite gestanden haben.« Damit deutete sie auf das kleine Fläschchen in der Hand von Falkas. »Lasst mich raten«, sagte sie. »Das Elixier der Lichtrose?«

»Sehr wohl.« Der stattliche Mann mit den freundlichen blauen Augen nickte. »Es hätte mich auch sehr verwundert, wenn die Heilerin von Hellunyat nicht um die besonderen Kräfte der Lichtrose gewusst hätte.« Mit diesen Worten wandte er sich wieder dem Weißen Ritter zu.

»Worauf wartet Ihr denn noch?«, fragte er lächelnd. »Schwingt Euch endlich aufs Pferd. König Mortas, mein Herr und Gebieter und Euer Oheim, kann es nicht erwarten, Euch und Eure Braut endlich in den Mauern von Schloss Tintall willkommen zu heißen!«

Kapitel 22 Schreckliche Aussichten

Das monotone Ticken der Wanduhr trieb Lukas langsam, aber sicher in den Wahnsinn. Er musste an sich halten, um nicht aufzuspringen und sie herunterzureißen.

Das war ja nicht zum Aushalten!

Der Junge atmete tief durch, schob die Brille hoch und trommelte mit den Fingern auf die Lehne der harten Bank. Der Hintern tat ihm weh vom langen Sitzen. Er verlagerte das Gewicht auf die andere Pobacke, legte das rechte Bein über das linke und wippte nervös mit dem Fuß. Das Loch in seinem Bauch war mittlerweile so groß, dass bequem ein halbes Dutzend Steaks mitsamt Pommes hineingepasst hätten.

Auch sein Vater Marius schien mächtigen Kohldampf zu haben, jedenfalls knurrte sein Magen wie ein hungriger Wolf. Kein Wunder: Familie Leander saß nun schon eine geschlagene Stunde auf dem öden Krankenhausflur und wartete darauf, zu Professor Sengebusch vorgelassen zu werden, dem Chefarzt der Intensivmedizin. Sie wollten endlich erfahren, wie es um Laura stand.

Seit fast zwei Wochen lag das Mädchen bereits im Krankenhaus und war noch keine Sekunde aus dem tiefen Koma erwacht. Obwohl Laura rund um die Uhr betreut wurde, hatte sich an ihrem Gesundheitszustand nichts geändert, zumindest nicht zum Besseren. Bei jedem der täglichen Besuche an Lauras Krankenbett hatten sich Lukas und seine Eltern nach ihrem Befinden erkundigt. Sie hatten Ärzte und

Schwestern regelrecht mit Fragen gelöchert, aber jedes Mal waren sie vertröstet worden. Man bat sie, Geduld zu haben und einfach abzuwarten, bis Professor Dr. Dr. Groetelmeyer seine Untersuchungen abgeschlossen hatte. Danach würde man ihnen selbstverständlich Rede und Antwort stehen.

Heute war es endlich so weit. Der große Moment war gekommen, an dem der weltbekannte Professor ihnen seine Diagnose mitteilen wollte. Genau genommen war dieser Moment längst verstrichen, denn der Termin war vor einer Stunde gewesen. Doch weder Groetelmeyer noch Sengebusch hatten sich bislang sehen lassen.

Also hieß es, weiter warten, nichts als warten. Lukas war mittlerweile speiübel – vor Hunger, vor Aufregung und vor Sorge um Laura. Endlich wurde die Tür geöffnet. Der Chefarzt streckte den Kopf nach draußen und winkte sie herein.

Der berühmte Professor saß hinter dem Schreibtisch, die Arme auf die Ellbogen gestützt, die Hände wie zum Gebet vorm Kinn gefaltet. Als Lukas sein ernstes Gesicht bemerkte, wusste er, dass Professor Dr. Dr. Groetelmeyer keine guten Nachrichten für sie hatte. Eher im Gegenteil …

Sie nahmen auf den Besucherstühlen Platz. Groetelmeyer schien peinlich darauf bedacht, keinem von ihnen in die Augen zu sehen. Vielmehr starrte er auf seine Fingerspitzen, die unablässig gegeneinanderklopften.

»Ich will nicht lange um den heißen Brei herumreden, sondern gleich zur Sache kommen.« Seine Stimme klang heiser, wie bei einem starken Raucher oder Whiskeytrinker. Der Geruch nach Salmiakpastillen, der von ihm ausging, bestärkte Lukas in dieser Vermutung. »Nachdem ich Laura nun über mehrere Tage intensiv beobachtet und sie von Kopf bis Fuß untersucht habe, bleibt mir zu meinem Leidwesen nichts anderes übrig, als unseren großen Dichterfürsten zu zitieren: ›Da steh ich nun, ich armer Tor, und bin so klug als wie zuvor.‹«

Lukas verdrehte genervt die Augen – Mann! Bleib mir bloß mit diesem Faust vom Leibe! Marius Leander sah den Arzt fassungslos an: »Aber … was wollen Sie uns damit sagen?«

»Ganz einfach.« Groetelmeyer legte die Stirn in Falten und zog die Mundwinkel nach unten. »Ich habe nicht die geringste Ahnung, was Ihrer Tochter fehlt. Deshalb kann ich auch meinem verehrten Kollegen Sengebusch …« Er wechselte einen raschen Blick mit dem Chefarzt, der sich offensichtlich ebenso unwohl in seiner Haut fühlte. »… keinerlei Rat zur Therapie geben.«

»Heißt das«, fragte Anna Leander, »dass Sie unserer Tochter nicht helfen können?«

»Ich fürchte, so ist es.« Der hoch gerühmte Professor nickte betroffen und sah den Besuchern zum ersten Mal ins Gesicht. »Ein Fall wie dieser ist mir noch nie untergekommen. Ich muss unumwunden eingestehen, dass ich mit meinem Latein am Ende bin.« Er hob die Arme und ließ sie kraftlos wieder fallen. »Es tut mir leid, aber ich weiß einfach nicht weiter.«

Lukas war wie vom Schlag getroffen. Regungslos saß er da und starrte den Arzt an. Er hatte so sehr darauf gehofft, dass der berühmte Professor herausfinden würde, wie Laura zu helfen war. Nun zerplatzte diese Hoffnung wie eine Seifenblase.

Lukas war erschüttert. Er konnte keinen klaren Gedanken mehr fassen. Wie durch einen Schleier hörte er die Frage der Mutter: »Gibt es für unsere Tochter also keine Rettung mehr?«

»Nun …« Der Professor knetete hilflos die Hände und suchte nach den passenden Worten. »Ganz so würde ich es nicht ausdrücken. Um noch einmal unseren Dichterfürsten zu bemühen: ›Es gibt mehr Dinge zwischen Himmel und Erde, als Eure Schulweisheit sich träumen lässt‹ …«

So ein Spar-Kiu!, dachte Lukas. Der Spruch stammt doch gar nicht von Goethe, sondern von Shakespeare!

»Deshalb sollte man auch die Hoffnung niemals aufgeben. Wir werden das Mädchen weiterhin überwachen und uns nach Kräften bemühen, den jetzigen Zustand zumindest zu … ähm … zu stabilisieren.« Erneut tauschte er einen verstohlenen Blick mit dem Chefarzt.

Obwohl der Blickwechsel höchstens eine Sekunde gedauert hatte, war Marius Leander alarmiert. »Dann hat Lauras Gesundheitszustand sich also verschlechtert?«

»Leider ja.« Der Professor nickte betrübt. »Anfangs waren alle signifikanten Werte relativ stabil – Puls, Blutdruck, Atmung, Gehirnströme und so weiter. Doch gestern Abend verschlechterten sie sich unvermittelt …«

»Warum das denn?«, fragte Anna aufgeregt dazwischen.

»Wir haben nicht die geringste Ahnung.« Professor Groetelmeyer machte ein ratloses Gesicht. »Fast sieht es so aus, als würde ihre Tochter sich selbst schädigen, aber dieser Gedanke ist natürlich vollkommen absurd!« Hilfesuchend schaute er den Chefarzt an. Dieser nickte betreten. »Wie auch immer: Seit diesem Zeitpunkt wird das Mädchen langsam, aber stetig schwächer.«

»Und dagegen können Sie nichts tun?«

»Leider nein.« Professor Groetelmeyer schüttelte den Kopf. »Zumindest nicht im Augenblick.«

Lukas war sofort klar, was das in letzter Konsequenz bedeutete. Trotzdem fragte er mit einem Kloß im Hals nach: »Und was passiert, wenn das so weitergeht?«

»Nun, was soll ich sagen …« Der Arzt machte eine kurze Pause und starrte abwesend vor sich hin. »Vor diesem rätselhaften Zwischenfall«, fuhr er dann fort, »hätte ich behauptet, dass wir deine Schwester für lange Zeit stabil halten können. Doch seitdem kann ich für nichts mehr garantieren. Wenn ihre Lebensenergie erschöpft ist, dann …« Er brach ab, als scheue er sich, die schreckliche Wahrheit auszusprechen.

Lukas verstand auch so. Der Kloß in seinem Hals wurde immer dicker. »Und wann … wird es … so weit sein?«, erkundigte er sich.

»Auch das kann ich dir nicht sagen«, antwortete Professor Groetelmeyer. »Schließlich wissen wir nicht, ob der gestrige Vorfall sich wiederholt. Es ist mir leider unmöglich, eine genauere Prognose abzugeben.« Er schnaufte tief, bevor er sich ein aufmunterndes Lächeln abrang. »Aber wer weiß – vielleicht geschieht ja noch ein Wunder, das unsere Befürchtungen Lügen straft. Wie ich schon sagte: ›Es gibt mehr Dinge zwischen Himmel und Erde …‹«

In diesem Augenblick musste Lukas an Dr. Quintus Schwartz denken – und an den ungeheuerlichen Vorschlag, den dieser ihm unterbreitet hatte.

Laura fand mühelos heraus, was es mit der von Maximilian Longolius erwähnten Beltane-Nacht auf sich hatte. Sie musste nur im dicken Lexikon ihres Vaters nachschlagen. »Beltane ist ein altes Feuerfest«, stand da zu lesen, »das in der Nacht zum ersten Mai begangen wurde. Seine wahre Bedeutung verbirgt sich im Nebel der Geschichte. Vermutlich war man in früheren Zeiten überzeugt, dass sich in dieser Nacht, ähnlich wie an Samhain oder Halloween, die Grenzen zwischen den Welten öffnen und man in Verbindung mit Dämonen und Geistern treten kann. Diesem Zweck dienten offensichtlich auch die riesigen Feuer, die an besonderen Orten angezündet wurden. Die Plätze waren nur den Eingeweihten bekannt und sollten den Übergang zwischen der ›Dies- und der Anderswelt‹ ermöglichen.

Von dieser ursprünglichen Bedeutung des Festes sind nur noch Reste geblieben. Nachdem es zeitweise in die Walpurgisnacht umgedeutet wurde, in der die Hexen angeblich um den Blocksberg fliegen, sind schließlich die Maifeiern unserer Tage daraus hervorgegangen, die mit dem wahren Beltane nicht das Geringste zu tun haben und zu einer reinen Volksbelustigung verkommen sind.«

An diesem Tag wollten die Dunklen also den Dämon beschwören. Da es bis Mai noch einige Monate hin waren, beschloss Laura, diese Spanne mit einer Traumreise zu überbrücken.

Zur rechten Zeit angekommen, musste sie nur noch den Ort der Beschwörung herausfinden. Sie nahm an, dass das Ritual nicht vor Mitternacht durchgeführt werden würde. Trotzdem legte sie sich in der Beltane-Nacht schon kurz nach zweiundzwanzig Uhr vor Burg Ravenstein auf die Lauer. Quintus Schwartz und Rebekka Taxus würden sich bestimmt nicht vor Beginn der offiziellen Nachtruhe davonstehlen.

Der Pfad zum Lehrerhaus, in dem auch die beiden Dunklen wohnten, wurde von dichtem Gebüsch gesäumt. Laura verbarg sich in einem Kirschlorbeerstrauch in der Nähe des Turms, der an der nördlichen Ecke des Burggebäudes aufragte. Die sattgrünen Blätter boten ihr ausreichend Deckung, und gleichzeitig hatte sie ungehinderten Blick auf den Eingang des Gebäudes.

Am fast wolkenlosen Himmel glänzte der zunehmende Mond und überzog die Dächer der Burg und der Nebengebäude mit Silberlicht. Es war lausig kalt in dieser Nacht, und kein Mensch zeigte sich im Freien. Laura kuschelte sich so gut es ging in ihren Anorak und schaute sehnsüchtig zu den erleuchteten Fenstern des Lehrerhauses. Im Zimmer ihres Vaters blieb es dunkel, denn seit ihrer Geburt vor einem knappen halben Jahr nächtigte Marius auch Wochentags zu Hause in Hohenstadt bei Frau und Kind und fuhr jeden Tag ins Internat. Seine Schlafkammer in Ravenstein war ebenso verlassen wie das danebenliegende Arbeitszimmer, das er sich mit Percy Valiant teilte.

Die Fensteröffnung war schwarz wie eine dunkle Vorahnung. Auch die silberne Mondsichel, die sich in der Scheibe spiegelte, vertrieb Lauras Beklommenheit nicht. Vierzehn Jahre in der Zukunft nahm hinter diesem Fenster das Verhängnis seinen Lauf.

»Was?« Marius Leander richtete sich im Schreibtischstuhl auf und sah seinen Sohn fassungslos an. »Bist du sicher, dass du das nicht geträumt hast?«

»Klaromaro – sogar absolut sicher!«, antwortete Lukas entrüstet. »Es ist noch keine zehn Minuten her! Außerdem war es nicht das erste Mal, dass ich Schatten gesehen habe.«

Der Vater kratzte sich hinterm Ohr. Dann nickte er. »Okay, Lukas. In dem Fall müssen wir sofort die anderen Wächter informieren. Die Sache ist viel zu wichtig. Deshalb dürfen wir sie nicht unter uns entscheiden.«

Kaum fünf Minuten später hatten sich die übrigen Wächter in dem kleinen Arbeitszimmer eingefunden: Miss Mary Morgain, Percy Valiant, Attila Morduk und Aurelius Morgenstern. Obwohl der Direktor sich offensichtlich sehr beeilt hatte und gewaltig schnaufte, traf er als Letzter ein. Sein Häuschen stand abgelegen im Burgpark, und er hatte den weitesten Weg von allen.

»Nun gut, mein Junge«, sagte er, nachdem er etwas zu Atem gekommen war. »Jetzt erzähl schon, was du gesehen hast!«

»Also …« Lukas ließ den Blick über die Gesichter der Versammelten schweifen, die ihn erwartungsvoll anschauten. »Ich saß im Boot und ruderte zu der kleinen Insel hinüber …«

»Zur Insel im Drudensee?« Der Professor musterte ihn verwundert. »Was wolltest du denn da?«

»Das frage ich mich auch!«, pflichtete Hausmeister Morduk dem Direktor bei. Sein kahler Schädel glänzte im Licht der Deckenlampe wie eine auf Hochglanz polierte Bowlingkugel. »Du weißt doch«, fügte er mit erhobenem Zeigefinger hinzu,

»dass jedem Zögling unseres Internats das Betreten strengstens verboten ist!«

»Natürlich weiß ich das, Attila!« Lukas verdrehte die Augen. »Aber in diesem Fall ist das doch was anderes, oder?«

»Und wieso?«, blaffte der Letzte der Zwergriesen zurück. »Hältst du dich vielleicht für etwas Besseres als die übrigen Schüler?«

»Quatsch!« Lukas war kurz vorm Explodieren. »Ich wollte doch nur nachsehen, ob …«

»Ja, bitte«, fiel Morduk ihm ins Wort. »Da bin ich aber gespannt!«

»Schon gut, Attila.« Aurelius Morgenstern legte beschwichtigend die Hand auf Morduks Schulter. »Lass Lukas bitte ausreden.«

Unter missbilligendem Gebrabbel trat der Hausmeister zur Seite. Der Direktor wandte sich an Lukas. »Was wolltest du denn nachsehen?«

»Ob ich dort vielleicht ein paar Blüten der Lichtrose finde«, sagte er. »Der Alamania punicea miraculosa!«

»Ausgerechnet auf der Insel?«, fragte der Vater verwundert.

Lukas lag schon eine schnippische Antwort auf der Zunge, als ihm einfiel, dass Marius ja gar nicht Bescheid wissen konnte. »Als wir vorletzten Dezember nach dem Kelch der Erleuchtung gesucht haben«, erklärte er, »haben wir dort eine solche Blüte gefunden. Und im letzten Jahr hat Eva Luzius, Mamas Tante, uns erklärt, dass diese Pflanze auf Aventerra ›Lichtrose‹ genannt wird. Oma Lena hatte sie aus ihrer Heimat mitgebracht und ein großes Spalier damit bepflanzt.«

»Ich weiß«, erwiderte der Vater. »Aber trotzdem verstehe ich nicht …«

»Die Essenz der Blüten schützt vor dem Bösen«, erläuterte Lukas rasch. »Und daher ist mir der Gedanke gekommen, dass die Rose vielleicht auch Laura helfen könnte.«

»Aha«, brummte Marius, auch wenn sein Gesichtsausdruck darauf hindeutete, dass er dem Jungen nicht ganz folgen konnte.

»Ich habe Tante Eva angerufen, aber leider tragen ihre Sträucher noch keine Blüten – deshalb wollte ich auf der Insel nachsehen. Die Pflanze dort hat damals auch mitten im Winter geblüht!«

»Jetzt verstehe ich, Lukas«, mischte Aurelius Morgenstern sich wieder ein und klopfte ihm anerkennend auf die Schulter. »Ein wirklich ausgezeichneter Gedanke. Wir anderen müssen uns schämen, dass wir nicht darauf gekommen sind.«

»Hört, hört!«, sagte Attila aus dem Hintergrund. »Wer behauptet denn, dass Lauras Zustand von bösen Mächten verursacht wurde?«

»Das wissen wir nicht«, antwortete der Professor nachdenklich. »Aber so langsam sollten wir auch diese Möglichkeit nicht länger ausschließen.« Er wandte sich wieder an Lukas. »Erzähl bitte weiter!«

»Ich bin also zur Insel rübergerudert«, fuhr der Junge fort, »und hatte das Ufer fast erreicht, als es mit einem Male duster wurde – und da habe ich sie gesehen.«

»Wen denn, *mon dieu*!«, platzte Percy voller Ungeduld heraus. »Rede endliisch und lass dir niischt jedes Wort aus der Nase zie'en!«

»Eine riesige Lichtsäule erhob sich über der Insel und schien bis in die Unendlichkeit zu reichen. Und davor stand eine junge Frau. Sie hatte kastanienbraunes Haar und trug ein schlichtes weißes Gewand …«

»Morwena, die Heilerin von Hellunyat«, stellte Marius fest.

Lukas nickte. »Sie hat mich aufgefordert, mit ihr zu kommen, weil sie ein Mittel kennt, das Laura hilft.«

Miss Mary schnappte hörbar nach Luft. »Und dann, Lukas? Was ist danach geschehen?«, fragte sie atemlos.

»Nichts weiter«, antwortete der Junge. »Die Schatten haben sich wieder aufgelöst, und auf der Insel war alles wie immer.«

Stille kehrte ein. Nur das leise Ticken einer Uhr war zu hören, während jeder der Wächter versonnen vor sich hinstarrte.

Schließlich trat Percy vor Lukas hin und musterte ihn skeptisch. »Wenn iisch diisch rescht verste'e, dann bist der Meinung, dass deine Vision dir ein Ereignis offenbart 'at, das siisch noch in der 'eutiischen Nacht zutragen wird?«

»Genau, Monsieur Valiant.« Lukas hielt dem forschenden Blick stand. »Heute begehen wir das Ostarafest, an dem sich die magische Pforte wieder öffnet, die unsere Erde mit der Welt der Mythen verbindet. Ich bin mir sicher, dass Morwena auftauchen wird, um mich nach Aventerra mitzunehmen, damit ich das Heilmittel für Laura holen kann.«

»Warum denn so umständliisch?« Percy wirkte keineswegs überzeugt. »Warum bringt die 'eilerin dieses 'eilende Elixier niischt gleisch mit, um Laura so schnell wie mögliisch zu 'elfen und dir gleischzeitiisch diesen 'öchst gefä'rliischen Ausflug zu ersparen?«

Lukas zuckte ratlos die Achseln. Dafür wandte sich der Professor an den Sportlehrer: »Dafür kann es gleich mehrere Gründe geben. Möglicherweise muss Morwena dieses Elixier erst noch herstellen …«

Percy verzog zweifelnd das Gesicht. »Und weiter?«

»Selbst wenn die Heilerin bereits über ein solches Mittel verfügt«, erklärte Morgenstern ruhig, »darf sie es unter keinen Umständen zu uns bringen! Damit würde sie nämlich gegen die uralten Gesetze verstoßen, die den Bewohnern von Aventerra das Eingreifen in das Schicksal der Menschen verbieten. Und im Gegensatz zu unseren Feinden halten die Krieger des Lichts dieses Gebot strengstens ein – meistens zumindest.«

Die übrigen Wächter entgegneten nichts. Doch ihre Mienen waren beredt genug:

Aurelius Morgenstern hatte natürlich Recht!

Wieder war es Percy, der als Erster die Stille brach. »Aber warum 'at Morwena ausgerechnet Lukas für diese überaus schwieriische Aufgabe auserkoren?«, warf er ein. »Verste'e miisch bitte niischt falsch, Junge. Iisch weiß deinen Mut se'r wo'l zu schätzen. Dennoch bin iisch der festen Überzeugung, dass ein erfahrener Wäschter, wie dein Vater zum Beispiel oder meine Weniischkeit, dafür weit besser geeignet sein dürfte.«

»Dieser Einwand klingt plausibel«, erwiderte Aurelius Morgenstern, »allerdings nur auf den ersten Blick. Wenn man genauer darüber nachdenkt, erkennt man rasch Morwenas Gründe.«

»Ah, bon?« Der Sportlehrer runzelte die Stirn. »Jetzt bin iisch aber gespannt.«

»Gerade weil Lukas derjenige unter uns ist, der für diese Aufgabe am wenigsten geeignet scheint, werden ihm unsere Feinde kaum Beachtung schenken. Ganz im Gegensatz zu dir, Percy, oder zu Marius. Sobald einer von euch beiden auf Aventerra auftaucht, wird das Borboron und seinen Schergen nicht lange verborgen bleiben. Und wenn sie tatsächlich hinter Lauras rätselhafter Erkrankung stecken, werden sie nach besten Kräften zu verhindern suchen, dass ihr mit dem Heilmittel auf die Erde zurückkehrt.«

»Klingt einleuschtend«, räumte Percy widerwillig ein.

»Für mich stellt sich eine ganz andere Frage«, meldete Attila Morduk sich wieder zu Wort. Seine Verstimmung hatte sich offensichtlich gelegt. »Lukas ist doch kein Wächter. Wie kann er dann die magische Pforte passieren?«

»Liegt das nicht auf der Hand?« Professor Morgenstern sah den Hausmeister an. »In Lukas' Adern fließt Blut aus Aventerra. Außerdem hat seine Großmutter ihm das seltene Talent des Schattensehens vererbt. Beides befähigt ihn, die Pforte zu durchschreiten – noch dazu, wenn Morwena ihn begleitet!«

»Stimmt«, pflichtete Marius bei, schüttelte dann aber den

Kopf. »Ich halte das trotzdem für viel zu gefährlich. Der Junge spielt doch mit seinem Leben, wenn er sich in die Welt der Mythen begibt.«

»Aber Papa!« Lukas trat vor seinen Vater hin und schaute ihn mit großen Augen an. »Wir haben doch keine Wahl! Wenn wir einfach die Hände in den Schoß legen, wird Laura sterben, da bin ich sicher.«

Marius schwieg und schluckte schwer.

»Außerdem«, fuhr der Junge fort, »würde Laura an meiner Stelle genauso handeln. Überleg doch mal: Wäre sie nicht bereit gewesen, ihr Leben einzusetzen, dann würdest du immer noch in der Dunklen Festung schmoren und Mama wäre weiterhin im Reich der Schatten gefangen. Findest du nicht, dass auch ihr Leben ein Risiko wert ist?«

Niemand antwortete. Weder Marius Leander noch Percy Valiant und auch nicht Miss Mary Morgain. Selbst Aurelius Morgenstern starrte für eine Weile schweigend vor sich hin. Schließlich räusperte er sich und ergriff das Wort.

»Ich finde, Lukas hat Recht«, sagte er. »Außerdem werden Morwena und die anderen Krieger des Lichts auf ihn aufpassen. Wir sollten ihn deshalb ziehen lassen und darauf vertrauen, dass die Macht des Lichts immer auf seiner Seite steht.«

Nach und nach erloschen die Lichter im Lehrerhaus. Nur hinter den Fenstern von Dr. Schwartz und Pinky Taxus blieb es hell. Laura wartete ungeduldig auf ihr Erscheinen, doch sie ließen sich einfach nicht blicken.

Eine entfernte Turmuhr schlug gerade halb zwölf, da vernahm sie plötzlich knirschende Schritte auf dem schmalen Kiesweg vom Park. Augenblicke später huschte eine gedrungene Gestalt aufs Lehrerhaus zu.

Albin Ellerking, kein Zweifel!

Der Gärtner spähte vorsichtig nach allen Seiten, aber das

Mädchen im Kirschlorbeer entging anscheinend seinen scharfen Nachtalbenaugen. Als er überzeugt davon war, dass ihn niemand beobachtete, drückte Ellerking auf den Klingelknopf neben der Eingangstür. Das Signal drang durch die nächtliche Stille bis an Lauras Ohr, leise zwar, aber deutlich: zweimal lang und zweimal kurz.

Es war offenbar das verabredete Zeichen, denn augenblicklich verloschen die letzten Lichter hinter den Fenstern, und kaum eine Minute später traten Schwartz und Pinky aus der Tür. Der Nachtalb machte grußlos kehrt und tauchte im Zwielicht des Parks unter. Die beiden Lehrer folgten ihm. Erst jetzt erkannte Laura die Lücke in ihrem Plan: Die Dunklen würden vermutlich mit dem Auto zum verabredeten Ort fahren.

Und sie selbst?

Vor Ärger schlug Laura sich mit der flachen Hand an die Stirn.

So etwas Bescheuertes!

Dass sie das nicht bedacht hatte!

Wie sollte sie ihnen ohne Fahrzeug folgen? Zumal sich Auriel zu ihrer Verwunderung noch immer nicht hatte blicken lassen. Dabei hatte sie gehofft, dass der Wolkentänzer sie zur Dämonenbeschwörung begleiten würde.

Was sollte sie bloß tun?

Während Laura noch ratlos dastand, gewahrte sie zwei geflügelte Schatten, die lautlos durch das Dunkel der Nacht geisterten: das Steinkauzpaar, das in der alten Eiche im Park nistete. Oder vielmehr dessen Vorgänger. Auf die Schnelle wollte Laura nicht einfallen, welches Alter Steinkäuze erreichten. Dafür aber wurde ihr mit einem Male klar, wie sie dem Auto der Dunklen folgen konnte.

Natürlich!

Das war doch ganz einfach!

Kapitel 23 ❧ Fantastische Reisen

Es ging bereits auf Mitternacht zu, als Lukas die Insel erreichte. Seine Eltern hatten es sich nicht nehmen lassen, ihn zu begleiten. Marius zog die Ruderblätter ein, und während das Boot auf das Ufer zutrieb, starrte er bewundernd auf die mächtige Lichtsäule, die sich über dem Zentrum der Insel erhob.

Morwena wartete bereits. Als sie den Jungen erblickte, erhellte ein Lächeln ihr hübsches Gesicht. Sie hob die Hand und winkte ihm zu.

»Du hast tatsächlich Recht gehabt«, raunte der Vater Lukas ins Ohr. »Ehrlich gesagt, habe ich bis zuletzt daran gezweifelt.«

»Ich weiß«, sagte der Junge. »Das war dir auch deutlich anzumerken.«

Anna Leander blickte sich gequält um. Sie zählte nicht zu den Wächtern und konnte deshalb weder die magische Pforte noch die Heilerin sehen. Anfangs hatte Lukas befürchtet, dass es ihm genauso ergehen würde. Aber seitdem er das Schattensehen beherrschte, nahm er immer mehr von der geheimen Welt hinter den Dingen wahr.

Lukas fiel der Abschied schwer, auch wenn er wusste, dass ihm keine andere Wahl blieb. Er schloss Vater und Mutter in die Arme und drückte sie fest. Nicht nur Annas Augen, sondern auch seine eigenen glänzten feucht, als er sich von ihnen löste. »Lebt wohl«, sagte er mit belegter Stimme, »und macht euch bitte keine Sorgen! Ich werde alles versuchen, um Laura zu retten. Und ich komme bestimmt heil zurück – das verspreche ich euch!« Rasch drehte er sich um und sprang ans Ufer, damit die Eltern die Tränen nicht sahen, die seine Wangen nässten.

Bei der Frau im weißen Gewand angelangt, die ohne jedes Anzeichen von Ungeduld vor der magischen Pforte auf ihn wartete, winkte Lukas seinen Eltern noch einmal zu. Dann trat er hastig in die Säule, die ihn augenblicklich mit gleißendem Licht umhüllte.

Erst da atmete Lukas erleichtert auf. Zum Glück ist alles gut gegangen!, schoss es ihm durch den Kopf. Niemand hatte das dreiste Lügengebäude durchschaut, das Dr. Schwartz und seine Kumpane für ihn ersonnen hatten. Er hatte es so überzeugend vorgetragen, dass nicht einmal Aurelius Morgenstern Verdacht geschöpft hatte.

Bitterkeit stieg ihm die Kehle hoch. Der Geschmack von Reue und Schuld kribbelte auf seiner Zunge. Noch nie in seinem Leben hatte Lukas so schamlos gelogen! Schon gar nicht gegenüber seinen Eltern und Freunden!

Aber was hätte er sonst tun sollen?

Er musste doch Laura retten!

Syrin hatte die Lichtsäule kaum hinter ihm betreten, als sie ihre wahre Gestalt wieder annahm und ihn höhnisch angrinste. »Das hast du sehr gut gemacht, mein Junge, wirklich sehr gut.« Sie streckte ihre hässlichen Krallenfinger nach ihm aus und tätschelte ihm die Wange. »Du hast so durchtrieben gelogen, dass alle darauf hereingefallen sind!«

Lukas antwortete nicht. Er fühlte, wie seine Wangen sich vor Scham röteten. Zudem war ihm die Gegenwart der unheimlichen Gestaltwandlerin auch körperlich unangenehm. Er wich einen Schritt zurück und sah sie angewidert an. »Bringt Ihr mich zu Borboron?«

»Aber natürlich, mein Junge.« Die Reptilienaugen der Frau im smaragdgrünen Gewand leuchteten schwefelgelb auf. »Mein Gebieter kann es kaum erwarten, dich endlich in der Dunklen Festung zu begrüßen!«

»Hört zu, ihr Löwen Rechts und Links, die ihr die Brüder seid der Sphinx; in dieser Stunde größter Not, auch ihr gehorcht des Lichts Gebot, und löst euch nun aus totem Stein, damit ihr könnt behilflich sein!« Kaum hatte Laura den alten Spruch gemurmelt, da kam auch schon Leben in die geflügelten Steinskulpturen, die die erste Stufe der Freitreppe im Burghof säumten. Die Fabeltiere reckten und streckten sich. Latus und Lateris zeigten sich nicht im Geringsten überrascht, als das Mädchen sie aus der steinernen Erstarrung weckte. Sie breiteten die Adlerschwingen aus, die eine Spannweite von vier Metern hatten, und bewegten sie sacht, als wollten sie prüfen, ob sie ihnen noch gehorchten.

»Seid mir gegrüßt, *Madame*«, ergriff Latus, der rechte Löwe, das Wort. »Es ist eine große Freude, Euch endlich wiederzusehen.«

»Ach was, ach was!«, widersprach ihm sein Bruder Lateris. »Meine Freude ist noch viel, viel größer – das dürft Ihr mir gerne glauben, Madame!«

Laura wunderte sich, woher die geflügelten Löwen sie kannten, denn immerhin befand sie sich auf einer Reise in die Vergangenheit. Aber natürlich! Sie war Latus und Lateris ja schon früher auf ihrem Ausflug ins zwölfte Jahrhundert begegnet, wo sie mit Percy dem Grausamen Ritter von Ravenstein einen Besuch abgestattet hatte.

»Die Freude ist ganz auf meiner Seite, ihr Herren!«, antwortete sie und schwang sich geschwind auf den Rücken von Latus.

Beide Löwen wandten ihr den Kopf zu. »Was können wir

diesmal für Euch tun, Madame?«, fragten sie wie aus einem Mund.

Ihre unverhoffte Einmütigkeit trieb Laura ein Lächeln ins Gesicht. »Hört ihr das Motorengeräusch?«, wollte sie wissen und legte den Kopf schief, um besser lauschen zu können.

Die geflügelten Fabeltiere taten es ihr gleich. In der Stille der Nacht hörte man deutlich das Auto von Quintus Schwartz, das auf der nahe gelegenen Landstraße davonfuhr.

»Selbstverständlich, Madame«, erwiderte Latus. »Wir sind doch nicht taub! Das stinkende Gefährt, das Ihr Auto nennt, fährt in diese Richtung!« Damit hob er ein Vorderbein und zeigte nach rechts.

»Nicht doch! Nicht doch!«, widersprach ihm sein Bruder. »Es fährt dorthin.« Er zeigte genau in die entgegengesetzte Richtung.

Laura verzog das Gesicht. »Ich schlage vor, ihr schwingt euch in die Luft. Dort oben können wir bestimmt schnell herausfinden, wer von euch beiden Recht hat.

»Ich natürlich!«, behauptete Latus und breitete die Schwingen aus.

»Nein, ich!«, entgegnete Lateris und flatterte ebenfalls mit den Flügeln.

Da verlor Laura die Geduld. »Hört auf zu streiten und fliegt endlich los!«

»Mit dem größten Vergnügen.« Die tiefe Stimme ihres Fluglöwen vibrierte. »Allerdings habt Ihr etwas Wichtiges vergessen!«

Ach ja, dachte Laura. Wie konnte ich nur so schusselig sein! »Tut mir leid!«, sagte sie rasch, beugte sich vor und streichelte Latus hinter der linken Ohrmuschel. »Ist es so recht?«

»Sehr recht«, schnurrte der Löwe. »Ihr macht das wie immer fantastisch, Madame!«

»Elender Schmeichler!«, knurrte sein Bruder. Dann sprangen sie los und schraubten sich mühelos und mit kräftigen Schwingenschlägen in die Höhe, als hätten sie nicht die geringste Last zu tragen. Kaum blieben die Gebäude der Burg unter ihnen zurück, da entdeckte Laura auch schon die Scheinwerfer eines einsamen Fahrzeugs, die wie Strahlenfinger durch das Nachtdunkel tasteten. »Da sind sie!«, rief sie den Löwen gegen den eisigen Wind zu, der ihr ins Gesicht blies. »Folgt ihnen und lasst sie nicht entkommen!«

»Bestimmt nicht, Madame!« Latus klang verstimmt. »Wie könnt Ihr so etwas nur annehmen?«

»Da muss ich meinem Bruder ausnahmsweise mal beipflichten«, meldete sich Lateris zu Wort. »Uns ist noch niemand entkommen!«

Die Löwen schlugen rascher mit den Flügeln und glitten nun wie zwei Pfeile im Wind dahin. Laura musste sich an der flatternden Mähne von Latus festhalten, um nicht vom Rücken des Fabelwesens in die Tiefe geweht zu werden.

Latus und Lateris hatten nicht zu viel versprochen: Obwohl Dr. Schwartz es offensichtlich eilig hatte und er seinen Wagen mit Vollgas über die Straße hetzte, ließen sie ihn nicht entwischen. Laura hatte keine Mühe, das Fahrzeug im Auge zu behalten – und kaum zehn Minuten später wurde ihr schlagartig klar, wo die Dämonenbeschwörung stattfinden sollte!

Lukas zitterten die Knie, als sich das mächtige Portal zum Thronsaal der Dunklen Festung vor ihm öffnete. Die beiden Türwächter, grimmig dreinblickende Trioktiden, traten zur Seite und ließen die Gestaltwandlerin und ihn passieren. Obwohl Lukas von diesen Wesen schon gehört hatte, gruselte er sich vor ihrem dritten Auge.

Auch sonst war alles genau so, wie Laura beschrieben hatte:

ein riesiger Raum, annähernd von den Ausmaßen der Schulsporthalle von Ravenstein. Der Boden bestand aus kalten Marmorfliesen. Die fast fünf Meter hohen Wände waren kahl und schmucklos, eine mächtige Tafel aus massivem Holz stand in der Mitte des Saales. Selbst die Flammen im steinernen Kamin entsprachen Lauras Schilderung: Sie loderten wie ein Höllenfeuer! Immer wieder stoben Funken auf. Eine Meute zweiköpfiger schwarzer Hunde döste neben dem Kamin vor sich hin. Weder die umherfliegende, glimmende Holzkohle noch das Eintreten der Besucher störte die Tiere im Geringsten.

»Jetzt mach schon!« Syrin schob Lukas vorwärts. »Borboron wird sonst ungeduldig.«

Lukas blieb nichts anderes übrig, als seine Schritte zu beschleunigen und auf den gewaltigen Lehnstuhl aus schwarzem Holz zuzuhasten, der an der Stirnseite des Raumes stand.

Sitz und Rückenlehne des Throns waren mit zotteligem braunen Fell bedeckt. Den Abschluss der Lehne bildete ein bleicher Tierschädel, der Lukas trotz der geschwungenen Widderhörner und gefährlicher Raubtierzähne an einen Pferdekopf erinnerte.

Auf dem Thron lümmelte sich ein Mann. Er trug einen schwarzen Umhang, unter dem seine muskulöse Statur deutlich auszumachen war. Sein kantiges Gesicht war fahl. Die Augen lagen in tiefen Höhlen und musterten den Jungen durchdringend.

Der Schwarze Fürst!, durchzuckte es Lukas.

Die Gestaltwandlerin trat auf den Tyrannen zu und verneigte sich tief. »Seid mir gegrüßt, Gebieter«, sagte sie unterwürfig.

Lukas konnte die Augen nicht von dem finsteren Mann abwenden. Das war er also, der Anführer der Dunklen Mächte, der seiner Familie so viel Leid zugefügt hatte. Borboron hatte Lukas' Vater Marius verschleppt und in einem Verlies gefangen gehalten, und er hatte mit der Feuerschlange paktiert, in deren finsterem Schattenreich seine Mutter Anna über Jahre hatte darben müssen. Und mit Sicherheit war der Schwarze Fürst auch dafür verantwortlich, dass Laura nun mit dem Tode rang!

Ein schmerzhafter Rippenstoß unterbrach die Erinnerungen. »Verbeug dich, zum Teufel!«, zischte Syrin wütend. »Oder willst du Borborons Zorn erregen?«

»Nein, nein«, stammelte Lukas rasch und machte einen Diener.

»Hier ist er, Herr.« Die Gestaltwandlerin richtete sich wieder auf. »Das ist Lu…«

»Schon gut, Weib!« Mit herrischer Geste schnitt Borboron ihr das Wort ab. »Ich weiß sehr wohl, wer das ist!«

Während Syrin eingeschüchtert zur Seite huschte, erhob sich der dunkle Hüne, schritt die Stufen von seinem Thron in die Halle hinab und baute sich mit maliziösem Lächeln vor Lukas auf. »Es freut mich sehr, dass du meiner Einladung Folge geleistet hast.«

»Ähm …« Lukas brachte kein vernünftiges Wort heraus. Er musste sich zweimal kräftig räuspern, um den dicken Kloß in seinem Hals loszuwerden. »Ich … ähm …«, stammelte er schließlich. »Ich hatte doch keine andere Wahl, oder?«

Borboron wechselte einen belustigten Blick mit der schmächtigen Gestalt in scharlachrotem Gewand, die im Schatten des Thrones verharrte. Das war der Fhurhur, kein Zweifel. Laura hatte diesen Schwarzmagier in ihren Berichten ausführlich erwähnt.

»Nun …« Noch immer spielte ein Lächeln um die blutleeren Lippen des Schwarzen Fürsten. »Man hat immer eine Wahl, mein Junge. Niemand hat dich gezwungen, mein Angebot anzunehmen. Du hättest es genauso gut ausschlagen können.«

»Tatsächlich?« Die Empörung über diese zynische Bemerkung ließ Lukas die Furcht vergessen, die ihn in Gegenwart des finsteren Tyrannen beherrschte. »Und was würde dann mit Laura geschehen? Sie würde sterben, nicht wahr?«

»Was du nicht sagst!« Borboron gab sich nicht die geringste Mühe, seinen Spott zu verbergen. »Syrin hat nicht übertrieben, als sie uns von deiner Klugheit berichtet hat. Obwohl …« In einer theatralischen Geste öffnete er die Arme. »Glaubst du wirklich, dass wir die Schuld am schrecklichen Zustand deiner Schwester tragen?«

»Klaroma…«, hob Lukas an, verbesserte sich aber rasch. Er wusste nicht, ob der Schwarze Fürst die von ihm erfundenen Spezialwörter verstehen würde. »Natürlich«, sagte er deshalb. »Sonst hätte ich Eurem Verbündeten, Dr. Schwartz, nicht eine Sekunde lang zugehört.« Er kniff die Augen zusammen. »Ich hoffe sehr, dass er die Wahrheit gesagt hat und Ihr das Versprechen auch haltet, das er mir gegeben hat.«

»Aber selbstverständlich, mein Junge«, versicherte Borboron. »Oder sehe ich aus wie jemand, dem man nicht über den Weg trauen kann?«

Am liebsten hätte Lukas ihm ein »Und ob!« ins Gesicht geschleudert. Doch es war bestimmt besser, Borboron nicht zu verärgern, also biss er sich auf die Lippen und schluckte den Zorn hinunter. »Ihr werdet mir also tatsächlich ein Elixier überlassen, das Laura heilt?«, fragte er stattdessen.

»Sicher!« Der Schwarze Fürst sah ihn mit undurchdringlicher Miene an. »Vorausgesetzt, du tust uns als Gegenleistung ebenfalls einen Gefallen.«

»Ich weiß«, erwiderte Lukas grimmig. »Doktor Schwartz hat so etwas schon angedeutet.« Er atmete tief durch, um seine angespannten Nerven zu beruhigen. »Was wollt Ihr also von mir?«

»Nur Geduld, mein Junge.« Borboron beugte sich vor und

tätschelte ihm die Wange. Lukas zuckte angewidert zurück. »Das wirst du noch früh genug erfahren, Lukas. Es sind noch volle drei Monde bis zur Mittsommernacht. Erst dann kannst du wieder auf den Menschenstern zurückkehren. Wir haben also keinerlei Anlass zur Eile.«

»Aber …« Lukas schüttelte verwundert den Kopf. »Was … was soll ich denn bis dahin machen?«

»Nichts«, antwortete der Schwarze Fürst gleichmütig.

»Nichts?« Der Junge hob verwundert die Augenbrauen. »Aber das …«

»Überhaupt nichts!«, wiederholte Borboron mit hintergründigem Lächeln. »Zumindest vorerst nicht. Wenn der richtige Zeitpunkt gekommen ist, wirst du dich in den Schattenforst begeben und Beliaal, dem Dämon des Todes, in seinem Schwarzen Schloss zu Diensten sein.«

Lukas erbleichte.

Beliaal!

Obwohl er den Namen noch niemals gehört hatte, klang er wie eine grausige Drohung.

»Aber bis dahin bist du mein Gast.« Erneut breitete Borboron die Arme aus und wies in die Runde. »Innerhalb der Mauern meiner Burg kannst du dich frei bewegen. Wir weisen dir eine Kammer zu und werden alles unternehmen, um dir den Aufenthalt so angenehm wie möglich zu gestalten.« Er wandte sich dem Fhurhur zu. »Habe ich nicht Recht?«

»Gewiss, mein Gebieter.« Die Mundwinkel des scharlachroten Zauberers zuckten verräterisch. »Unserem Gast wird es an nichts mangeln.«

Lukas wusste das verstohlene Grinsen des Fhurhurs nicht zu deuten. Gutes verhieß es allerdings nicht.

»Siehst du?« Auch Borborons freundliche Miene wirkte aufgesetzt. »Wir alle hier sind hocherfreut, dass du unser Angebot angenommen hast. Du wirst es bestimmt nicht bereuen – solange du den wichtigsten Punkt unserer Abmachung einhältst.« Das kantige Gesicht des Fürsten verdüsterte sich, während er den Jungen eindringlich anblickte. »Niemand, absolut niemand darf erfahren, aus welchem Grunde du hier bist! Solltest du dagegen verstoßen und den Hunden des Lichts gegenüber auch nur ein einziges Wort ausplaudern, dann ist deine Schwester des Todes – und du genauso!«

Die Senke hinter dem Wolfshügel, in der sich der Alte Schindacker erstreckte, badete im bleichen Mondlicht. Die kahlen Zweige der krüppeligen Büsche und verwachsenen Sträucher reckten sich aus dem Ödland empor wie Schattengeister.

Laura wies die geflügelten Löwen an, sich in der Nähe zu verstecken. Dann schlich sie auf den Hügel und nahm Deckung hinter einem dichten Strauch. Von dort aus beobachtete sie das grausige Geschehen, das sich auf dem alten Tierfriedhof abspielte.

Ein Feuer brannte nicht weit von dem Grab entfernt, in dem vor Hunderten von Jahren der Henker des Grausamen Ritters verscharrt worden war. Fünf Gestalten hatten sich darum versammelt. Vier davon erkannte Laura auf Anhieb wieder: Quintus Schwartz, Pinky Taxus, Albin Ellerking und diese falsche Schlange Sayelle, die ihrer Familie so übel mitgespielt hatte. Bei ihrem Anblick hatte Laura Mühe, die Wut zu bändigen.

Von Maximilian Longolius allerdings war keine Spur zu entdecken. Dafür hockte ein anderer Mann dicht vor den knisternden Holzscheiten. Er war Laura völlig fremd, und gleichzeitig kam er ihr merkwürdig bekannt vor!

Die Gestalt trug einen purpurnen Samtumhang und hatte eine gleichfalls samtene Kappe auf dem Kopf, die genau wie der Mantel mit geheimnisvollen Zeichen bestickt war. Ein großer goldener Ring zierte das rechte Ohr, und als der Mann die Hände zum nächtlichen Himmel emporreckte, sah Laura, dass auch seine Finger mit zahllosen Ringen geschmückt waren. Bei diesem Anblick stieg eine weitere verschüttete Erinnerung in ihr empor, und Laura erkannte endlich, wen sie vor sich hatte.

Es war Maximilian Longolius. Allerdings hatte er die Gestalt des Doktor Faustus angenommen, in der er bereits vor Jahrhunderten und bis in die Gegenwart hinein sein Unwesen getrieben hatte. Er hatte Laura im alten Mausoleum auf der »Teufelskuppe« ins Schattenreich der Feuerschlange Rygani locken wollen.

»Dieser Teufel!«, zischte sie leise und verkroch sich noch tiefer im Gebüsch, damit er sie auf keinen Fall entdeckte.

Der Großmeister griff in die Tasche seines Umhangs, holte eine Handvoll graues Pulver daraus hervor und streute es ins Feuer. Sofort loderten die Flammen hell auf. Während sich die Schatten auf dem Schindacker dichter zusammenballten, erklang ein Fauchen von irgendwoher.

Erneut streckte der Mann mit der Kappe die Hände zum Himmel. Seine Beschwörungsformel hallte durch die Stille der Nacht, sodass Laura jedes Wort verstehen konnte: »O mächtiger Beliaal, Herrscher der Finsternis und Herr aller Dämonen, ein ergebener Diener der Dunkelheit fleht Euch an: Zeigt Euch mir, o mächtiger Beliaal, damit ich in Verbindung mit Euch treten kann!« Nach diesen Worten verschränkte der Großmeister die Arme vor der Brust und verneigte sich, bis die Stirn den Boden berührte.

Laura lief ein kalter Schauer über den Rücken, aber sie konnte den Blick nicht abwenden.

Ein unheimliches Brausen ertönte. Das Feuer zischte, die Flammen zuckten höher – und dann tauchte zwischen ihnen ein schauriges Haupt auf: Der Kopf eines zweifach gehörnten Dämons!

Die Fratze war mit Narben und abstoßenden Warzen überzogen. Aus dem schiefen Maul ragten Hauer, die ebenso lang waren wie der Ziegenbart am Kinn.

»Was willst du von mir, elender Wurm?«, drang die Stimme des Dämons aus den Flammen, die bei jedem seiner Worte heller brannten. »Weißt du nicht, dass jeder, der meine Ruhe stört, mit seinem Leben spielt?« Als wollten sie seiner Drohung Nachdruck verleihen, schlugen die feurigen Zungen nun meterweit empor.

Die Begleiter von Longolius stöhnten entsetzt auf und wichen unwillkürlich zurück.

Auch Laura packte eisiges Grauen.

Nur der Großmeister bewahrte die Ruhe. Demütig verneigte er sich vor Beliaal und trug sein Anliegen vor. »Wir benötigen Eure Hilfe, o mächtiger Herr der Finsternis«, sprach er ihn an. »Deshalb bittet Euch Euer ergebener Diener, ihn ein weiteres Mal an den großen Geheimnissen teilhaben zu lassen, in deren Besitz Ihr seid.«

»Das habe ich doch längst getan«, kam es aus dem Feuer. »Ich habe dir nicht nur das Mysterium um das Kind des Dunklen Blutes offenbart, sondern deinem Sohn, dem Ritter von Ravenstein, das wertvollste Buch der Wächter in die Hände gespielt.« Die Flammen wurden schwächer, während der Dämon die Stirn zu runzeln schien. »Wie hieß es gleich noch mal?«

Longolius verneigte sich. »›Die Bruderschaft der Sieben‹, o mächtiger Beliaal.«

»Richtig!« Das Feuer loderte erneut auf. »Alles, was mit diesen Kreaturen des Lichts zu tun hat, widert mich zutiefst an«, grollte der Dämon. »Deswegen ist mir der Titel entfallen. Dabei gleicht der Inhalt dieser Schrift in weiten Teilen der Uralten

Offenbarung! Hätte dein tölpelhafter Wechselbalg besser auf das Buch achtgegeben, dann könntest du dir seine Geheimnisse noch immer zunutze machen, anstatt mich schon wieder zu belästigen.« Die letzten Worte stieß Beliaal so wütend hervor, dass ein mächtiger Windstoß aus dem Feuer fegte und die Versammelten um ein Haar zu Boden geworfen hätte.

Obwohl sich die Wut des Dämons noch steigerte, konnte der Großmeister ihn schließlich doch besänftigen – indem er ein grausiges Versprechen ablegte. »Helft mir ein allerletztes Mal, o mächtiger Dämon«, winselte er, »und ich werde Euch ein Opfer darbringen, nach dem Ihr Euch schon immer gesehnt habt.«

Lauernd starrte ihn die Fratze aus den Flammen heraus an. »Was meinst du damit, du Wurm?«

»Ich werde Euch ein Kind überlassen«, erklärte Longolius, »ein unschuldiges Mädchen. Die Tochter eines Wächters, die im Zeichen der Dreizehn geboren ist. Sie kann Euch von großem Nutzen sei…«

»Spar dir dein Geschwätz, Elender!«, rief Beliaal mit Donnergetöse dazwischen. »Als ob ich das nicht selbst wüsste.« Erneut flammte der Brand meterhoch auf. »Gut«, knurrte der Dämon schließlich, und die Flammen sanken wieder. »Dann haltet dieses Kind für mich bereit. Ich werde es mir holen, wenn ich mich das nächste Mal unter euch mischen kann.« Ein fieses Grinsen verzerrte die Dämonenfratze. »Und jetzt lass mich endlich wissen, was du von mir begehrst.«

Seit Laura den Großmeister und seine Vasallen in der Penthouse-Wohnung belauscht hatte, wusste sie, was Longolius umtrieb. Sie war deshalb nicht überrascht, als er wissen wollte, woran das Kind des Hellen Lichts zu erkennen sei. Obwohl das schaurige Ritual Laura zutiefst abstieß, lauschte sie aufmerksam den Ausführungen des Dämons. Es war einfach zu wichtig.

»Wie die Uralte Offenbarung berichtet«, erklärte Beliaal, »und wie in der ›Bruderschaft der Sieben‹ nachzulesen ist, stammt dieses Kind vom Menschenstern und steht auf Seiten der Wächter. Am Tag, da die Welt im Zeichen der Dreizehn steht, wird es erstmals in Erscheinung treten. Sobald das Kind in den Besitz der Fünf Zeichen der Schlange kommt, gelangen seine besonderen Kräfte zur vollen Entfaltung. Es wird so mächtig sein, dass ihr es nicht besiegen könnt. Selbst den Dämon des Todes, so kündet die Uralte Offenbarung, muss dieses Balg dann nicht mehr fürchten – was immer damit auch gemeint sein mag.«

»Das ist mir zu hoch, Gebieter«, warf Longolius zögernd ein. »Habt Ihr meiner Wenigkeit nicht vor Urzeiten offenbart, dass das Kind des Dunklen Blutes ebenfalls die Fünf Zeichen der Schlange benötigt, wenn es uns zum Sieg verhelfen soll?«

»Du weilst schon seit Jahrhunderten unter uns und hast es immer noch nicht begriffen, du Wurm!« Die Wut des Dämons ließ die Flammen wild aufflackern. »Alle Kreaturen unterliegen den ewigen Gesetzen, die unsere Welten in ihrem Inneren zusammenhalten. Nur die Art, wie die Wesen sich die großen Geheimnisse zunutze machen, entscheidet darüber, welchen Weg sie beschreiten – den der Dunkelheit oder den des Lichts! Deshalb können die Fünf Zeichen der Schlange sowohl dem Kind des Dunklen Blutes als auch dem Kind des Hellen Lichts unschätzbare Dienste leisten.«

»Natürlich, Gebieter!« Der Großmeister verneigte sich tief vor dem Feuer, und seine Begleiter taten es ihm gleich. »Verzeiht mir die törichte Frage.«

»Wenn ihr das Kind des Hellen Lichts entdecken wollt, dann haltet Ausschau nach dem Balg eines Wächters, das die Fünf Zeichen der Schlange in seinen Besitz zu bringen versucht!«, erklärte der Dämon. »Diese Zeichen können es sowohl vernichten als auch unbesiegbar machen. Obwohl es nahezu ausgeschlossen ist, dass die Zeichen in die Hände dieser Kreatur gelangen, solltet ihr dennoch ständig auf der Hut sein und jeden Versuch vereiteln.« Der Dämon ließ ein lautes Grollen hören, und die Flammen brausten wie ein Feuersturm. »Damit ihr euch leichter tut, werde ich einen Helfer schicken, der euch beim Kampf gegen dieses Kind unterstützt.« Die Flammen loderten noch einmal höllenrot auf, dann war das schaurige Haupt verschwunden.

Stöhnend sank der Großmeister in sich zusammen. Seine Begleiter atmeten erleichtert auf. Die Anspannung stand ihnen immer noch ins Gesicht geschrieben, und auch Laura zitterte vor Schrecken am ganzen Körper.

Als Maximilian Longolius sich wieder erhob, hatte er seine zeitgemäße Gestalt wieder angenommen. Er war totenbleich. Sayelle erkundigte sich besorgt: »Was ist los, Max? Was hast du denn?«

»Ich … ich hab's gewusst«, stammelte der Verleger mit heiserem Flüstern. »Dieses Mädchen mit den kurzen blonden Haaren …« Er brach ab und starrte wie in Trance vor sich hin.

»Ja, was denn, Max?«, bedrängte ihn Sayelle. »Was ist damit?«

»Verstehst du denn nicht?«, fragte er, die Augen weit aufgerissen. »Das ist tatsächlich das Kind des Hellen Lichts – genau wie ich es vermutet habe!«

»Woher wollt Ihr dass wisssen, Gebieter?«, zischelte die Taxus. »Beliaal hat diessess Balg doch gar nicht erwähnt.«

»Und ob, du Närrin!«, brüllte Longolius unbeherrscht. »Hast du nicht zugehört? Er hat gesagt, dass das Kind des Hellen Lichts erstmals erscheint, wenn die Welt im Zeichen der Dreizehn steht. Dann wird es versuchen, die Fünf Zeichen der Schlange in seinen Besitz zu bringen – genau wie dieses verfluchte Mädchen!«

»Wie? Wass?«, stammelte die Taxus verwirrt. Auch die übrigen Vasallen starrten Longolius verwundert an.

Selbst Laura hatte keine Ahnung, was der Dunkle meinte.

»Wisst ihr überhaupt, worum es sich bei den Fünf Zeichen der Schlange handelt?« Der Großmeister wartete die Antwort nicht ab. »Dann will ich es euch verraten. Das erste Zeichen ist die Feder einer Harpyie – und genau die hat das Balg an sich genommen, als es mich aus dem Krankenhaus vertrieb! Der Pestilenzgestank der Feder sollte das Neugeborene betäuben, damit ich es wegbringen kann. Ich muss die Feder verloren haben, als ich über diesen verwünschten Rollstuhl gestolpert bin.«

Das Herz in Lauras Brust galoppierte wilder als das schnellste Rennpferd. Blut rauschte wie ein Sturmwind in ihren Ohren.

Hatte Longolius Recht?

War sie wirklich das Kind des Hellen Lichts?

Die von ihm angeführten Tatsachen deuteten darauf hin. Sie war dem Großmeister erstmals an einem Tag begegnet, an dem die Welt im Zeichen der Dreizehn stand. Und das gleich zweimal: Als Baby am Tag ihrer Geburt, und in ihrer vierzehnjährigen Traumgestalt, die zum Anfang ihres Lebens zurückgereist war! Auch die Harpyienfeder hatte sie eingesteckt, genau wie es in dieser Uralten Offenbarung beschrieben war! Da es keine Zufälle gab, wie Laura längst wusste, konnte das nur bedeuten …

Ein lauter Entsetzensschrei setzte ihren Überlegungen ein jähes Ende. Laura zuckte zusammen und starrte hinunter auf den Alten Schindacker.

Die Dunklen gestikulierten aufgeregt.

Das Grab neben dem erlöschenden Feuer öffnete sich! Eine bleiche Hand durchbrach die Erde, dann noch eine, und schließlich stieg eine hagere Gestalt aus dem Grab hervor.

Grauen übermannte das Mädchen. Laura erkannte das unheimliche Wesen wieder: Es war Konrad Köpfer. Der Wiedergänger sah genauso aus, wie sie ihn in Erinnerung hatte, groß, abgemagert und das eingefallene Gesicht leichenfahl. Die züngelnden Flammen daneben verstärkten das unheimliche Rot seiner Haare noch.

Während der Rote Tod die Erde von seinen grauen Kleidern klopfte, traten die Dunklen zögerlich auf ihn zu. Maximilian Longolius umarmte ihn sogar kurz. »Sei mir gegrüßt, dunkler Freund«, sagte er. »Hat Beliaal dich geschickt?«

»Wer sonst?«, entgegnete Köpfer mit freudloser Miene. »Oder glaubt Er vielleicht, ich sei erpicht darauf, Ihm wieder den Lakai zu machen?«

Der Großmeister ließ sich nicht anmerken, ob ihn der offen gezeigte Abscheu des Wiedergängers ärgerte. »Dann komm mit«, forderte er ihn auf. »Deine Kammer steht immer noch für dich bereit.«

»Gedulde Er sich!«, blaffte der Rote Tod rüde. »Ich muss noch erledigen, was der Herr der Finsternis mir aufgetragen hat!«

Er griff in die Tasche seines Kittels, holte ein Säckchen hervor und drückte es dem Internatsgärtner in die Hand.

»Was ist das?«, wunderte sich Albin Ellerking.

»Er mache es auf, dann wird Er schon sehen!«

Hastig nestelte der Nachtalb an der Kordel des schwarzen Säckchens. »Das sind ja Samenkörner!«, staunte er dann.

»Was sonst?«, knurrte der Wiedergänger. »Hat Er vielleicht geglaubt, ich bringe Ihm Goldstücke mit?«

Auch wenn Köpfers Bemerkung bestimmt nicht witzig gemeint war, konnte Laura sich ein Schmunzeln nicht verkneifen.

Albin Ellerking dagegen schien nicht zum Lachen zumute zu sein. »Und was soll ich damit?«

»Frag Er nicht so töricht.« Konrad Köpfer schüttelte das bleiche Haupt. »Säen natürlich!«

Der Gärtner schaute ihn für einen Moment irritiert an, als sei er sich nicht sicher, ob die Bemerkung ernst gemeint war. Dann nahm er eine Handvoll Körner und streute sie aus. Was dann geschah, ließ ihn vor Verwunderung einen Schritt zurücktreten. Sein Unterkiefer klappte hinunter. Fasziniert und entsetzt zugleich verfolgte er das Geschehen – und seinen Kumpanen erging es nicht anders.

Auch Laura wollte ihren Augen kaum trauen.

Die Saat hatte das Ödland kaum berührt, da schossen mehr als zwei Dutzend Sprösslinge aus der kargen Erde hervor. Rasend schnell wuchsen sie heran, wurden größer und größer, bis sich schließlich dicht belaubte Büsche und Sträucher gebildet hatten. Der kalte Nachtwind strich hindurch und ließ die dunklen Blätter rauschen, düster und unheilvoll. Es war, als stünden sie schon ewig an dieser Stelle. Dabei hatte das gespenstische Ereignis kaum länger als dreißig Sekunden gedauert.

Während die beiden Frauen und Quintus Schwartz fassungslos auf die Gewächse starrten, trat der Großmeister vor den Wiedergänger hin. »Die schwarzmagischen Künste deines Herrn sind im höchsten Maße beeindruckend«, sagte er und deutete auf die Gewächse, die wie finstere Boten der Hölle auf der ungeweihten Kadaverstätte standen. »Allerdings weiß ich nicht, was es damit auf sich hat.«

Der Rote Tod grinste hämisch. »Das hätte mich auch gewundert.« Dann fügte er nüchtern hinzu: »Das sind Pflanzlinge aus dem Schattenforst. Leider besitzen sie hier auf der Erde nur einen Teil der Kräfte, die ihnen auf Aventerra eigen sind. Dort erwachen sie immer dann zum Leben, wenn sie den Dunklen Mächten zu Diensten sein können. Auf dem Menschenstern hingegen müssen sie erst aus ihrer Erstarrung geweckt und an ihre Pflichten erinnert werden.«

Longolius schluckte. »Und wie, wenn ich mir die Frage erlauben darf?«

Die Albinoaugen des ehemaligen Henkers verengten sich zu schmalen Schlitzen. »Kann Er pfeifen?«

Longolius zuckte zusammen, als habe er sich verhört. »Was?«

»Ob Er pfeifen kann, habe ich gefragt!«

»Ähm … Natürlich.«

»Dann pfeife Er!«, befahl der Wiedergänger.

Longolius sah seine Kumpane ratlos an, doch die zuckten nur mit den Schultern. Zögernd steckte er zwei Finger in den Mund und pfiff. Der schrille Laut zerschnitt jäh die Stille der Nacht.

Er war noch nicht verklungen, als Leben in die höllischen Gewächse kam. Sie raschelten und verformten sich und nahmen in rasender Schnelle Hundegestalt an! Grollen und Hecheln waren zu hören, während die dunklen Blätter immer dichter miteinander verschmolzen, bis die Bestien schließlich mit einem Fell aus schwarz glänzendem Laub überzogen waren, unter dem sich kräftige Muskeln abzeichneten. Rote Augen blitzten auf und funkelten im Mondlicht.

Die langen Ruten der Ungeheuer peitschten hin und her, ihre Pfoten zerrten am Erdreich, bis sie sich mit einem lauten Schmatzen daraus lösten. Damit war die Verwandlung abgeschlossen. Die Büsche und Sträucher waren zu Hundebestien aus Fleisch und Blut geworden, die an riesige Doggen erinnerten!

Laura war vor Entsetzen wie gelähmt. Zu keiner Bewegung fähig, beobachtete sie, wie die Bestien die Köpfe in ihre Richtung drehten und prüfend Luft einsogen.

Hatte die Meute die heimliche Beobachterin vielleicht schon gewittert?

Im gleichen Augenblick heulten die schwarzen Monster auf und stürmten laut kläffend los. Sie jagten den Hügel herauf, geradewegs auf das Gebüsch zu, hinter dem Laura sich versteckt hielt. Blutgier spiegelte sich in ihren Augen.

Während das Mädchen ihnen wie erstarrt entgegenblickte, kamen sie rasend schnell näher. Es konnte nur noch Sekunden dauern, bis sie Laura packen und zerreißen würden.

Kapitel 24 ❧ Eine höllische Meute

König Mortas war berühmt für seine Gastfreundschaft, und das erfüllte den Herrn der Hhelmlande mit zumindest ebenso großer Genugtuung wie die Geschichten über seinen Heldenmut, die überall im Umlauf waren. Auch seine Vorgänger hatten stets darauf geachtet, dass auf Schloss Tintall die Gastlichkeit hochgehalten wurde. Nach dem überraschenden Tod seines Bruders Artas hatte König Mortas mit mancher Gepflogenheit radikal gebrochen, doch am Gastrecht hielt er fest. Mortas war nämlich überzeugt davon, dass es sich allemal auszahlte, Besucher freudig aufzunehmen.

Wer sich im Hhelmland und insbesondere auf Burg Tintall wohl fühlte, würde dem König eher sein Vertrauen schenken als jemand, der auf vornehme Zurückhaltung oder gar offene Ablehnung stieß. Und das Vertrauen anderer, egal ob es sich um Untergebene oder Verbündete handelte, war mehr wert als Gold. Gold konnte man notfalls mit Gewalt in seinen Besitz bringen. Vertrauen aber musste man sich erwerben, zielstrebig und ausdauernd. Und Gastfreundschaft war ein wichtiger Meilenstein auf diesem langen Weg.

Aus diesem Grunde ließ König Mortas es sich auch nicht entgehen, Paravain und seine Begleiter persönlich in Empfang zu nehmen, obwohl sie erst weit nach Mitternacht ankamen. Er hieß sie willkommen und leistete ihnen beim späten Mahl Gesellschaft. Die Besucher waren von Erschöpfung gezeichnet, wurden zugleich jedoch von großem Hunger und Durst geplagt.

Die Tafel im Speisesaal war festlich gedeckt und mit Köstlichkeiten aus allen Ländern Aventerras beladen. Wie ausgehungerte Wölfe fielen die Gäste darüber her, bis sie endlich gesättigt waren. Die meisten Ritter konnten sich danach vor Müdigkeit kaum mehr aufrecht halten. Morwenas Elevin war sogar vornüber auf die Tafel gesunken und auf der Stelle eingeschlafen, wie Mortas amüsiert beobachtete.

Auch sein Neffe Paravain war offensichtlich übernächtigt. Dennoch stand ihm die große Freude über die Rückkehr an den Ort seiner Kindheit ins Gesicht geschrieben. Auch Mortas freute sich über den Besuch – außerordentlich sogar! Obgleich sein Neffe noch immer nicht mit dem eigentlichen Anliegen herausgerückt war, das ihn nach Tintall geführt hatte.

Paravain hatte seinen Besuch vorher angekündigt und dem Oheim in einem versiegelten Schreiben die Anzahl seiner Begleiter und auch die ungefähre Dauer des Aufenthalts mitgeteilt. Außerdem hatte Paravain erwähnt, dass er einen Abstecher in den Karfunkelwald machen wollte. Die Herrscher des Hhelmlandes zählten seit Anbeginn der Zeiten zu den engsten Vertrauten des Hüters des Lichts, und da Mortas zudem Paravains Oheim war, sah der Ritter keinen Grund, ihm etwas zu verheimlichen.

Mit einer Sache hatte er allerdings hinter dem Berg gehalten und nur angedeutet, dass er etwas Wichtiges mit Mortas zu bereden habe. Dabei ahnte der König längst, worum es ging: Die Kunde von der bevorstehenden Vermählung zwischen Paravain und Morwena hatte sich mittlerweile in Aventerra herumgesprochen. Aber Paravains Anliegen hatte bestimmt Zeit bis zum nächsten Morgen, wenn der Ritter sich gründlich ausgeschlafen hatte!

Nach einem letzten Blick in die Runde erhob sich der König von seinem Stuhl am Kopfende der Tafel. Die höfische Etikette gebot, dass niemand den Tisch verließ, bevor der Gastgeber die Mahlzeit förmlich beendete. Mortas wollte also seine Gäste nicht länger vom Schlafengehen abhalten. »Ich hoffe, ein jeder konnte seinen Hunger und Durst stillen«, sagte er. »Oder soll ich noch etwas auftragen lassen?«

Reihum erhob sich erschrockenes Gemurmel, sodass der König rasch hinzufügte: »Keine Sorge, das war nur ein Scherz.« Damit klatschte er in die Hände. Augenblicklich wurde das Portal geöffnet, eine Schar Zofen und Mägde strömte herein und nahm wartend Aufstellung. »Die Bediensteten werden euch nun in eure Kammern geleiten. Ich wünsche allen eine gute Nacht.«

Die Gäste erwiderten seinen Gruß und gingen schläfrig zu den Ständern, in denen sie die Schwerter zurückgelassen hatten. In den Hhelmlanden war es üblich, zur Mahlzeit alle Waffen abzulegen. Diese Sitte sollte verhindern, dass es, vom Weingenuss angestachelt, zu blutigen Duellen kam.

König Mortas begleitete seinen Neffen höchstpersönlich zu seinem Zimmer. Paravain hatte das Schwert nach dem Essen nicht wieder umgegürtet, sondern trug es in der Hand. Sein Oheim deutete auf die Waffe. »Das also ist dieses schreckliche Schwert Pestilenz?«

Der Weiße Ritter nickte. »Ihr sagt es.« Er hatte Mühe, ein Gähnen zu unterdrücken. »Wollt Ihr es Euch anschauen?«

»Gern.« Der König nahm die Waffe entgegen und zog das Schwert aus der Scheide. Während er es in der Hand wog, funkelte die schwarze Klinge bedrohlich im Fackelschein. »Beeindruckend, wirklich beeindruckend«, murmelte Mortas. »Aber wie viel Unheil es wohl angerichtet haben mag?«

»Darüber möchte ich lieber nicht nachdenken«, erwiderte Paravain bekümmert. »Doch damit wird es bald ein Ende haben. Sobald ich aus dem Karfunkelwald zurückkehre, wird dieses Schwert nur noch dem Licht dienen.«

»Niemand würde sich mehr darüber freuen als ich!« Der Herrscher schob die Waffe in die Scheide und gab sie zurück. »Ich hoffe sehr, dass dir Silvana ihre Hilfe nicht verweigert.«

Der Ritter zog die Brauen hoch. »Warum sollte sie?«

»Nun.« König Mortas zuckte mit den Schultern. »Die Einhörner sind sehr scheu, und es ist nicht leicht, sie für sich einzunehmen. Sie vertrauen nur den Menschenkindern, weil sie diesen ihre Existenz verdanken.«

»Ich weiß.« Ein müdes Lächeln huschte über das Gesicht des jungen Mannes. »Dennoch stehen sie fest auf der Seite des Lichts und werden uns ihren Beistand nicht vorenthalten.« Damit wandte er sich zur Kammertür. »Bis morgen, Oheim. Und vielen Dank noch mal, dass Eure Ritter uns rechtzeitig zu Hilfe geeilt sind.«

»Aber nicht doch, Paravain!«, wehrte der König ab. »Uns Hhelmrittern ist es eine heilige Pflicht, anderen in der Not beizustehen. Hat dein Vater dir das nicht beigebracht?«

»Aber natürlich.« Wehmut verklärte die Züge des jungen Ritters. »Habt trotzdem vielen Dank! Und jetzt wünsche ich Euch eine gute Nacht.«

»Danke, Paravain. Ich dir auch.«

Mortas wollte sich schon abwenden, als sein Neffe ihn zurückhielt.

»Eigentlich wollte ich Euch erst morgen darauf ansprechen.« Paravain wirkte etwas verlegen. Seine Wangen schimmerten rot. »Aber da wir ohnehin unter uns sind, kann ich meine Bitte genauso gut schon jetzt äußern: Hättet Ihr etwas dagegen einzuwenden, wenn ich meine Vermählung mit Morwena hier auf Tintall feiern würde?«

»Natürlich nicht!« Mortas strahlte. »Ganz im Gegenteil: Das wäre mir eine Freude und Ehre zugleich. Über viele Generationen hinweg haben es alle aus unserer Familie so gehalten: dein Vater, mein geliebter Bruder Artas, dein Großvater und unzählige andere vor ihnen auch. Und wenn es das Schicksal fügen sollte …« Er lächelte verschämt. »… dass auch ich noch ein passendes Weib finde, werde ich keine Ausnahme bilden.«

Mortas trat auf seinen Neffen zu und schloss ihn fest in die Arme. »Das ist die beste Nachricht, die ich seit langem erhalte, Paravain. Selbstverständlich werden wir deine Hochzeit auf Tintall feiern! Ich werde höchstpersönlich alles Nötige in die Wege leiten, sodass Morwena und du euch um gar nichts mehr zu kümmern braucht.«

Paravain wollte das großherzige Angebot zunächst nicht annehmen. Der König ließ sich jedoch nicht beirren, und so stimmte der Ritter schließlich zu.

Während Paravain seine Kammer aufsuchte, hastete König Mortas zu seinem Schlafgemach im obersten Stockwerk von Tintall. Er durfte die Besucherin, die sich für die Nacht angekündigt hatte, unter keinen Umständen warten lassen. Das würde ihren Zorn erregen! Und wenn sie ihm dann ihre Unterstützung versagte, wären seine hochfliegenden Pläne dahin. Daher musste er schnellstens das Fenster seines Zimmers öffnen, damit sie ebenso rasch wie ungesehen Einlass fand.

Die nächtlichen Besuche waren bislang niemandem aufgefallen, und auch heute Nacht würde sich daran nichts ändern.

Keiner würde etwas bemerken!

Schon gar nicht Ritter Paravain!

Das Pulver, das er ihm während des Essens heimlich in den Wein gerührt hatte, würde seinen Neffen so tief schlafen lassen, dass selbst ein Dämon ihn nicht aufschrecken könnte.

Als die schwarzen Bestien nur noch zehn Meter von Laura entfernt waren, ergab sie sich ihrem Schicksal. Sie schloss die Augen und wartete auf den Tod. Da erklang ein Rauschen, das rasend schnell näher kam, und ehe Laura wusste, wie ihr geschah, wurde sie am Kragen des Anoraks gepackt und in die Luft gerissen.

Mit einem gellenden Schrei öffnete Laura die Lider – und erblickte Auriel, der auf dem Rücken von Latus saß und sie mit beiden Händen festhielt. Während der Fluglöwe sich rasch in die Höhe schraubte, stürzte sein Bruder Lateris sich todesmutig auf die Meute der Ungeheuer, die ihm unter wütendem Kläffen entgegensprangen und mit messerscharfen Reißzähnen nach ihm schnappten.

Brüllend wie ein Orkan fegte Lateris die Monster mit einem Schwingenschlag zur Seite. Bevor er ein weiteres Mal angreifen konnte, ertönte ein schriller Pfiff. Die Höllenhunde machten auf der Stelle kehrt und hetzten auf den Alten Schindacker zurück. Was dort geschah, entzog sich Lauras Blicken, denn unaufhaltsam stieg Latus in den nächtlichen Himmel. Sie ließen die schaurige Stätte rasch hinter sich.

»Jetzt lass dich nicht so hängen.« Der Wolkentänzer forderte sie zur Mithilfe auf. Obwohl Auriel sich nach besten Kräften mühte, war es ihm noch nicht gelungen, das Mädchen auf den Rücken des geflügelten Löwen zu ziehen.

Laura griff in die dichte Mähne von Latus, die ebenso heftig flatterte wie Auriels lange Haare. Mit vereinten Kräften schafften sie es dann. Nachdem Laura vor dem Wolkentänzer Platz genommen hatte, atmete sie tief durch. »Meine Güte«, seufzte sie erleichtert. »Das war knapp.« Laura drehte sich um und sah ihren Retter fragend an. »Woher wusstest du eigentlich …?«

»Kannst du dir das nicht denken?« Auriel verzog ungehalten das Gesicht. »Der Lapismalus hat mir gezeigt, in welch großer Gefahr du schwebst. Diese Teufelsbestien auf dich zu hetzen, war ein übler Verstoß gegen die uralten Gesetze, und das blieb dem Stein natürlich nicht verborgen.«

»Wir hätten bestimmt auch so gemerkt, dass Ihr Hilfe benötigt, Madame!«, ließ Latus sich vernehmen, während er eine elegante Kehre flog und die Richtung zur Burg Ravenstein einschlug. »Wenn mein Bruder nicht eingenickt wäre, hätten wir Euch schon viel früher aus der Patsche geholfen!«

»Was?«, empörte sich Lateris, der inzwischen zu ihnen aufgeschlossen hatte. »Ich soll eingeschlafen sein? *Du* warst es doch, der ein Nickerchen gemacht hat, kaum dass wir in unserem Versteck angelangt waren!«

»Lasst es gut sein«, ging Laura dazwischen, bevor die Kabbelei der beiden Streithammel ausuferte. »Hauptsache, ich bin diesen Untieren entkommen. Dafür danke ich euch von Herzen.«

»Ach – doch nicht dafür, Madame!«, wehrte Latus ab, auch wenn ihm anzusehen war, wie geschmeichelt er sich fühlte.

»Genau!«, pflichtete sein Bruder ihm ausnahmsweise bei. »Es war uns doch das reinste Vergnügen!«

»Und mir erst!« Auriel grinste verschmitzt. »Zumal es meine Aufgabe ist, auf dich aufzupassen!« Dann wurde er wieder ernst. »Deshalb wäre ich dir sehr verbunden, wenn du in Zukunft auf solche Alleingänge verzichtest und mir rechtzeitig mitteilst, was du vorhast!«

»Aber du wusstest doch, dass ich die Beschwörung des Dämons …!«, entgegnete Laura kleinlaut. Sie verstummte rasch, als sie die missbilligende Miene des Wolkentänzers gewahrte.

»Keine Ausflüchte, bitte!«, mahnte Auriel. »Erzähl mir lieber, was du beobachtet hast!«

König Mortas hatte das Fenster seiner Kammer kaum geöffnet, als er bereits das vertraute Flügelrauschen in der Ferne vernahm. Auch an den Geruch, der ihm entgegenschlug, hatte er sich inzwischen gewöhnt. Er trat beiseite, damit die Harpyie Einlass fand. Als er sah, was sie in den spitzen Krallen trug, ging ein Strahlen über sein Gesicht.

Vor seinen Augen nahm Syrin ihre gewohnte Gestalt an. »Sei mir gegrüßt, Mortas«, krächzte sie, als sei die Stimme der Harpyie in ihrem Hals steckengeblieben. »Du scheinst bester Laune zu sein?«

»Gut erkannt«, erwiderte der König. »Ich habe auch allen Grund dazu. Der heutige Tag war ein voller Erfolg. Alles ist genauso verlaufen, wie wir beide es geplant haben.«

»Das freut mich zu hören.« Die gelben Reptilienaugen in Syrins fahlem Gesicht leuchteten auf. »Dann hat also selbst Beliaal wie vereinbart mitgespielt?«

»Du sagst es.« König Mortas grinste. »Seine Höllenhunde haben diese Bande des Lichts in Angst und Schrecken versetzt. Paravain wird mir ewig dankbar sein, dass ich ihm meine Ritter zu Hilfe schickte. Er dürfte nicht das geringste Misstrauen gegen mich hegen.« Sein Lächeln gefror. »Und was ist mit dem Schwarzen Fürsten? Ist er immer noch arglos, oder hat er bereits Verdacht geschöpft?«

»Wie sollte er?«, fragte die Gestaltwandlerin kühl. »Mach dir keine Sorgen, Mortas. Seit der greise Elysion Borboron im Schwertkampf besiegt hat, kann er an nichts anderes mehr denken. Der Stachel der Niederlage sitzt tief und schwärt in ihm wie das Gift einer Natter. Er bekommt kaum noch mit, was um ihn herum geschieht.«

Die Augen von Mortas leuchteten. »Gut, sehr gut.«

»Nur keine Angst, mein Lieber!« Syrin tätschelte ihm die Wange. »Bald schon wirst du erreichen, was du dir so lange erträumt hast!«

Damit bückte sie sich und hob den Gegenstand auf, den sie mitgebracht hatte.

Er war lang und schmal und in eine schmutzige Wolldecke gehüllt. Syrin drückte dem König das Bündel in die Hand. »Hier ist es, Mortas. Du weißt, was du damit zu tun hast, nicht wahr?«

Bist du sicher, dass du richtig gehört hast?« Der Wolkentänzer sah Laura eindringlich an. »Hat Beliaal das wirklich so gesagt?«

Die beiden hatten sich bei Latus und Lateris für deren Hilfe bedankt. Nachdem die Fluglöwen ihre steinerne Form wieder angenommen hatten, schickten Laura und Auriel sich an, den nächtlichen Burghof möglichst geräuschlos zu verlassen.

»Ja, klar«, antwortete Laura. »Schließlich hat er laut genug gesprochen. Beliaal meinte, das Kind des Hellen Lichts müsse selbst den Dämon des Todes nicht mehr fürchten, sobald es in den Besitz der Fünf Zeichen der Schlange gelangt.«

Auriel blieb stehen. »Bemerkenswert«, murmelte er. »Äußerst bemerkenswert! Weißt du, was das bedeutet?«

»Natürlich!« Laura rümpfte die Nase. »Dass Beliaal diesem Kind dann nichts mehr anhaben kann. Das liegt doch auf der Hand!«

Der Wolkentänzer schüttelte den Kopf. »Das ist nur ein Teil der Wahrheit«, korrigierte er. »Die alten Schriften sind auf vielfache Weise auszulegen, und so hat der Spruch bestimmt noch eine weitere Bedeutung.«

»Nämlich?«

»Dass dieses Kind nicht nur Beliaal, den Dämon des Todes, nicht mehr zu fürchten braucht, sondern auch den Tod selbst – wenn du verstehst, was ich meine?«

»Ich glaube schon«, sagte Laura nachdenklich. »Du meinst,

dass das Kind des Hellen Lichts nicht so leicht sterben wird, wenn es diese Fünf Zeichen der Schlange besitzt?«

»Ganz genau!« Auriels Zeigefinger berührte Lauras Schulter. »Und dieses Kind des Hellen Lichts, das bist du, Laura! Deshalb wirst du das schreckliche Koma auch überstehen und wieder genesen, sofern du die Fünf Zeichen der Schlange aufspüren kannst!«

»Stimmt das?« Laura strahlte. »Worauf warten wir dann noch? Lass uns sofort auf die Suche gehen!«

»Nicht so hastig.« Ihre Ungeduld schien Auriel zu erheitern. »Abgesehen von dieser Harpyienfeder wissen wir doch gar nicht, worum es sich dabei handelt.«

Laura zog eine unwillige Grimasse.

»Außerdem«, fuhr Auriel fort, »scheinst du zu vergessen, dass auch Traumgestalten ihren Schlaf brauchen. Auch wenn dir diese Reisen inzwischen leichter fallen als früher, zehren sie doch an deinen Kräften. Du bewegst dich schließlich munter durch die Zeit. Deshalb musst du jetzt dringend ins Bett. Und da das Zimmer deines Vaters leer steht …«

Laura spürte, dass Widerspruch zwecklos war, und folgte Auriel zum Lehrerhaus. »Dann kennst du diese Fünf Zeichen der Schlange also auch nicht?«

»Leider nein. Ich habe die Uralte Offenbarung nie gelesen. Und inzwischen versteckt Beliaal die Schrift in seinem Schwarzen Schloss und hütet sie genauso sorgsam wie sein schwarzes Herz.« Die Miene des Wolkentänzers verdüsterte sich. »An einem Ort, den niemand finden kann, wie man sich erzählt. Und dass dieser Dämon das große Geheimnis freiwillig preisgibt, halte ich für ausgeschlossen.«

»Dann werden wir wohl niemals erfahren, was es mit diesen Fünf Zeichen der Schlange auf sich hat«, murmelte Laura niedergeschlagen.

»Jedenfalls nicht aus der Uralten Offenbar…«, hob Auriel

an, als er unversehens stehen blieb und nach vorn zeigte. »Da kommt jemand. Los, schnell in Deckung!« Damit huschte der Geflügelte in das dichte Gesträuch, das den Pfad säumte.

Laura folgte ihm und spähte mit angehaltenem Atem zu der massigen Gestalt, die sich mit schwerfälligen Schritten näherte. Es war ein kräftiger Mann, der ein fremdartiges Tier an der Leine führte. Sein kahler Schädel schimmerte im Licht einer Laterne wie eine riesige Christbaumkugel, und da wusste Laura Bescheid.

»Keine Angst«, raunte sie Auriel zu. »Das ist Attila Morduk mit seinem verrückten Alligator. Sir Bourbon muss in der Nacht doch öfter mal raus.« Sie kicherte erleichtert. »Vor den beiden brauchen wir uns wirklich nicht zu verstecken. Attila kennt mich doch!« Schon wollte sie die Deckung verlassen, als Auriel sie an der Schulter packte und zurückhielt.

»Wann begreifst du es endlich, Laura?«, wisperte er. »Du befindest dich in der Vergangenheit! Für diesen Morduk bist du noch ein Baby und kaum sechs Monate alt. Du würdest ihn vollkommen in Verwirrung stürzen, wenn du dich jetzt als Vierzehnjährige zeigst!«

Der Geflügelte hatte Recht!

Obwohl es ihr schwerfiel, wartete Laura wortlos ab, bis das seltsame Paar im Dunkel der Nacht verschwunden war. Dann trat sie mit dem Wolkentänzer auf den Pfad hinaus und ging weiter. »Wenn ich mich recht entsinne«, nahm Auriel das Gespräch wieder auf, »hat Beliaal noch eine zweite Schrift erwähnt?«

»Stimmt. ›Die Bruderschaft der Sieben‹.« Begeistert stieß Laura ihren Begleiter an. »Natürlich! Ich weiß, wo wir die finden können. Maximilian Longolius hat dieses Buch dem Professor zurückgegeben.«

»Longolius?« Abrupt verharrte der Wolkentänzer. »Der Anführer der Dunklen?«

Das Mädchen nickte. »Genau der!«

Auriel winkte enttäuscht ab. »Dann können wir es vergessen.«

»Warum?«, fragte Laura.

»Weil unseren Feinden mit Sicherheit nicht daran gelegen ist, die wertvolle Schrift den Wächtern zu überlassen«, erklärte Auriel. »Der Großmeister hätte dem Direktor niemals das Original gegeben, höchstens eine schwarzmagische Kopie. Die Dunklen sind Meister der Täuschung! Sie verstehen sich ausgezeichnet darauf, anderen etwas vorzugaukeln.

Nein, Laura.« Auriels wallendes Haar wehte wie ein Schleier, als er zur Bekräftigung den Kopf schüttelte. »So kommen wir nicht weiter! Wir müssen einen anderen Weg finden.« Er legte die rechte Hand ans Kinn und strich darüber. »Diese Schrift ist uralt und hat sich nur für kurze Zeit im Besitz der Dunklen befunden«, dachte er laut nach. »Beliaal erwähnte das doch eigens.«

In diesem Augenblick begriff das Mädchen.

Natürlich!

Laura wusste, wo das Buch zu finden war. Schließlich hatte sie den Ort schon mehrfach besucht.

Paravain zügelte seinen Schimmel und äugte misstrauisch auf das seltsame Wesen inmitten der bläulich schimmernden Lichtkugel, die vor seiner Nase schwebte. »Kennst du wirklich den Weg zur Lichtung?«, fragte er.

Die kaum mehr als handgroße Gestalt verzog unwirsch das Gesicht. »Weiß gar nicht, weshalb man mir misstraut. Dabei wollte ich doch nur behilflich sein. Aber man hält es ja nicht einmal für nötig, sich vorzustellen!«

»Verzeih«, entgegnete der Ritter und nannte rasch seinen Namen, bevor er auf das Mädchen deutete, das auf dem Steppenpony an seiner Seite saß. »Und das hier ist Alienor. Sie will mich zu Silvana begleiten, um die neugeborene Einhornprinzessin zu begrüßen.«

»Wie man meint.« Das Wesen verschränkte die Arme vor der Brust und zog einen Schmollmund. »Man lasse sich bitte von mir nicht aufhalten.«

Paravain fiel fast die Kinnlade herunter. »Aber eben hast du noch behauptet, dass du den Weg kennst?«

»Natürlich«, kam die kecke Antwort aus der Kugel. »Aber man bezweifelt das ja, nicht wahr? Kann mich ja auch verziehen, wenn man meine Hilfe nicht wünscht.«

»Aber so hab ich das doch gar nicht gemeint!«, versuchte Paravain, die Wogen zu glätten.

»Und trotzdem hat man es gesagt, nicht wahr?«

»Meine Güte!« Der Ritter stöhnte und atmete tief durch. »Wie heißt du eigentlich?«

»Trausdumir«, erwiderte der Wicht. »Man hätte mich längst danach fragen können!«

Bevor der Ritter vor Wut zerbarst, legte Alienor ihm beschwichtigend die Hand auf den Arm. »Nicht doch«, sagte sie sanft, bevor sie das Wesen anblickte. »Hör zu, Trausdumir. Es tut mir leid, wenn wir dich gekränkt haben sollten.«

Der Winzling rümpfte die Nase.

»Falls ich dich richtig verstehe, weißt du, wo es zu Silvana geht?«

»Natürlich! Besser als jeder andere!«

»Und du hättest nichts dagegen, wenn wir dir folgen?«

»Hat man keine Ohren im Kopf?«, keifte Trausdumir. »Genau das habe ich doch angeboten, nicht wahr?«

»Worauf wartest du dann noch?« Paravain konnte nicht mehr an sich halten. »Schwirr endlich los, bevor wir hier Wurzeln schlagen!«

Trausdumir ließ sich das nicht zweimal sagen. Er drehte

sich um, und die blaue Leuchtkugel schwebte einen schmalen Pfad entlang, der in den dichten Zauberwald hineinführte.

Gerade wollte der Ritter sein Pferd antreiben, als er hämisches Gekicher hinter sich hörte.

»Was sagt man denn dazu, meine Herren?«, ließ sich ein zartes Stimmchen vernehmen. »Der Stampffußling hat nichts dazugelernt und ist noch derselbe Nichtsweißling wie damals.«

Verwundert drehte Paravain sich um und erblickte die Herren Virpo, Yirpo und Zirpo. Die Flatterflügler glänzten hell im Sonnenlicht, während sie mit rasend schnellen Flügelschlägen auf ihn zuschwirrten. »Das ist aber eine Überraschung«, staunte der Ritter. »Was verschlägt euch Herren denn in den Karfunkelwald?«

Die drei Flatterwichte kicherten erneut. »Hab ich nicht Recht gehabt?«, rief Herr Virpo. »Er ist und bleibt ein Nichtsweißling, sonst wüsste er doch, was uns hierherführt, nicht wahr?«

»Eben, eben!«, erwiderten seine Begleiter.

»Damit Ihr endlich Bescheid wisst, Stampffußling«, sagte Herr Virpo in belehrendem Tonfall. »Sobald eine neue Einhornprinzessin geboren wird, stellen wir uns in ihren Dienst. Wir bewachen sie vor den finsteren Geschöpfen der Nacht, bis ihr Horn zu voller Größe herangewachsen ist. Erst wenn dessen Zauberkräfte in der Mittsommernacht zur Entfaltung gebracht werden, benötigt Smeralda unsere Hilfe nicht mehr.«

Der Flatterwicht drehte das blond gelockte Köpfchen und linste zu der blauen Kugel, die immer noch zwischen den Bäumen am Waldrand verharrte. »Aber Ihr scheint ungeachtet Eures Alters weiterhin einen Aufpasser nötig zu haben, Stampffußling«, bemerkte er höhnisch.

»Einen Aufpasser?« Paravain wunderte sich. »Warum das denn?«

»Weil Ihr um ein Haar einem Irrlicht gefolgt wärt!«, mischte Herr Yirpo sich ein. »Und ein solches führt einen bekanntlich in die Irre, nicht wahr?«

»Genau, genau!«, meldete sich nun auch Herr Zirpo zu Wort. »Auf diese Weise hält es ungebetene Gäste von Silvana und Smeralda fern!«

»Ist das wahr?«, murmelte der Ritter erstaunt.

»Genauso ist es, Stampffußling«, nahm Herr Virpo den Faden auf. »Das ist nämlich seine Aufgabe – und deshalb dürft Ihr Trausdumir auch nicht böse sein.«

Paravain wandte den Blick zum Waldrand, aber die Kugel war verschwunden. Von dem Irrlicht war keine Spur mehr zu sehen, selbst zwischen den Bäumen nicht.

»Dann müssen wir euch wohl dankbar sein, Ihr Herren Angeber!«, sagte er schließlich kleinlaut.

»Wie wahr, wie wahr!«, antworteten alle drei Flatterflügler gleichzeitig und kicherten vergnügt.

»Wenn ich euch richtig verstehe, dann seid ihr mit dem Karfunkelwald gut vertraut?«

»Hört, hört!«, rief Herr Virpo. »Er begreift langsam!«

»Ihr könntet uns also zu Silvana führen?«

»In der Tat, in der Tat«, antworteten die beiden anderen Angeber, die schmalen Brüstchen vor Stolz geschwellt.

»Und würdet ihr das auch tun?«, hakte Paravain mit hoffnungsvoller Miene nach.

»Kommt darauf an.«

Der Ritter kniff missbilligend die Augen zusammen. »Worauf denn?«

»Darauf, was Ihr von Silvana wollt, Ihr Dummfragling!«

Kapitel 25 Die geheime Bibliothek

Silvana war zu Paravains großer Erleichterung sofort bereit, ihm zu helfen. Er musste sie noch nicht einmal überreden. »Die Herren Virpo, Yirpo und Zirpo haben mir versichert, dass ich Euch vertrauen kann«, erklärte die Einhornkönigin. »Sie sind Wesen des reinen Lichts und würden sofort spüren, wenn Ihr Böses im Sinn hättet. Genau wie ich selbst auch«, fügte sie hinzu. »Beim leisesten Zweifel an Euren Absichten hättet Ihr weder mich noch meine Tochter zu Gesicht bekommen.« Sie nickte zu den mächtigen Bäumen, die die Lichtung säumten. »Habe ich nicht Recht, ihr Alten?«

»Natürlich, Königin«, raunte es zwischen dem Blattwerk, bevor die Wipfel sich sacht zum Boden neigten.

»Außerdem, Ritter Paravain«, fuhr Silvana fort, »hat sich Euer Ruf längst auch bis in den Karfunkelwald verbreitet. Wir wissen, mit welch großem Eifer Ihr für die Sache des Lichts streitet. Damit dient Ihr nicht nur dem Wohle Aventerras, sondern auch den Bewohnern des Menschensterns. Und da wir Einhörner uns diesen besonders verbunden fühlen, sehe ich keinen Grund, Euch meine Hilfe zu versagen.«

Die Reinigung des Schwertes nahm nicht viel Zeit in Anspruch. Paravain tauchte es dreimal tief in das Wasser des Sees und wusch es sorgfältig ab. Danach kniete er vor Silvana nieder, schloss die Augen und flehte das Licht um Hilfe an, während die Einhornkönigin das Schwert dreimal mit dem Horn berührte: an der Spitze, an der Schneide und am Griff. Damit war die Zeremonie beendet.

Während der Ritter sich erhob und die Waffe in die Scheide zurückschob, fragte Alienor das Einhorn: »Seid Ihr sicher, dass das Schwert nun keine schwarzmagischen Kräfte mehr besitzt?«

»Ganz sicher sogar. Sonst hätte der Karfunkelstein doch geleuchtet, als ich es mit dem Horn berührte.«

Silvana schien dem Mädchen anzusehen, dass es von den magischen Kräften des unter dem Horn verborgenen Zaubersteins noch niemals gehört hatte. Also offenbarte sie Alienor dessen Geheimnis. »Und wenn die Kräfte des Karfunkelsteins sich mit der besonderen Macht vereinen, die vom Siegel der Sieben Monde ausgeht«, schloss sie ihre Enthüllung, »kann selbst der mächtigste Dämon dagegen nichts ausrichten.«

»Aber wie kommt es dann, dass ich einen solchen Stein noch niemals gesehen habe?«, erkundigte sich die Elevin.

»Ganz einfach«, entgegnete Silvana. »Weil die Karfunkelsteine sehr selten sind. Wir wachen sorgsam darüber, dass sie nicht in die falschen Hände geraten. Nur wer uns Einhörnern einen wichtigen Dienst erweist, erwirbt das Recht, einen zu besitzen.«

Bevor Paravain und Alienor die verborgene Lichtung im Karfunkelwald wieder verließen, bewunderten sie noch die Einhornprinzessin.

Smeralda hatte sich prächtig entwickelt und war fast schon zu einer stolzen Stute herangewachsen. Das Horn auf ihrer Stirn war nur wenig kürzer als das ihrer Mutter. »Bis zur Mittsommernacht wird sie mich gewiss überflügelt haben.« Silvana war der Stolz auf ihre Tochter anzuhören. Dass Smeralda sie als Königin ablösen würde, schien ihr nicht den geringsten Verdruss zu bereiten. »Alles ist im ständigen Wandel begriffen«, befand sie vielmehr. »Nichts kann bestehen, wenn es sich

nicht dauernd erneuert. So lautet das uralte Gesetz, dem alle Geschöpfe unter der Sonne unterliegen. Warum sollte die Einhornkönigin eine Ausnahme darstellen?«

»So ähnlich hat sich Elysion, mein Gebieter, auch ausgedrückt«, erwiderte der Ritter.

»Kein Wunder – nicht umsonst haben ihn die Geister, die über den Lauf der Welten gebieten, zum Hüter des Lichts bestimmt!«

Paravain bedankte und verabschiedete sich. Obwohl er um die besonderen Zauberkräfte der Einhörner wusste, konnte er sich eine letzte Warnung nicht verkneifen. »Bitte passt gut auf Euch und Eure Tochter auf, und seid vor allem vor Beliaal auf der Hut! Es wäre doch nicht auszudenken, wenn Smeralda ihm ausgerechnet jetzt in die Hände fiele.«

»Ich danke Euch für die Anteilnahme«, sprach die Königin ernst. »Doch es ist wirklich nicht nötig, dass Ihr Euch um uns sorgt. Der Herr der Finsternis versucht schon seit Anbeginn der Zeiten, eine Einhornprinzessin in seine Gewalt zu bringen, dennoch ist es ihm niemals gelungen. Wir Einhörner wittern die Anwesenheit des Bösen von Ferne und bringen uns rechtzeitig in Sicherheit.« Das Horn auf Silvanas Stirn leuchtete auf. »Auf unsere Helfer ist zudem stets Verlass. Das reine Licht, das die Flatterflügler ausstrahlen, vertreibt jedes Geschöpf der Dunkelheit. Deshalb ist es Beliaal und den finsteren Kreaturen aus dem Schattenforst noch nie gelungen, in den Karfunkelwald einzudringen.«

Als Mr Cool aus den Osterferien zurückkehrte, führte sein erster Gang ihn schnurstracks zum Zimmer von Lukas. Auf sein Klopfen hin antwortete jedoch niemand, und so griff er kurzerhand zur Klinke, um die Tür zu öffnen. Zu seiner Überraschung aber war sie abgesperrt.

Eigenartig, überlegte Philipp. In Ravenstein schließt doch niemand die Zimmer ab.

In diesem Moment kam Attila Morduk den Flur entlang. Er trug eine Leiter auf der Schulter und hielt in der freien Hand mehrere Packungen mit Energiesparbirnen. Der für seine Sparsamkeit berüchtigte Hausmeister wollte offensichtlich die Glühbirnen in den Deckenlampen austauschen.

Mr Cool eilte ihm entgegen. »Entschuldigung, Herr Morduk – wissen Sie vielleicht, wo ich Lukas finde?«

»Hm.« Die Frage bereitete dem Zwergriesen sichtliches Unbehagen. Er stellte die Leiter ab und kratzte sich verlegen am kahlen Schädel. »Also … Na ja … Die Sache ist die …«, stotterte er herum.

»Ja, was denn?«

»Eigentlich sollten Lukas und seine Schwester nach den Osterferien auf eines unserer Partner-Internate …«

»Echt?« Überrascht rückte Philipp seine Strickmütze zurecht. »Aber warum hat Lukas mir nichts davon erzählt?«

»Na, ja.« Erneut fuhr sich Morduk mit der haarigen Pranke über die Glatze. »Wird er wohl vergessen haben bei all der Aufregung. Und jetzt, wo Laura … hm … im Krankenhaus …«

»Dann ist Lukas also allein gefahren?«, fragte der Junge ungeduldig, weil ihm das Herumgestammel langsam auf die Nerven ging.

»Wie?«, fragte Attila verwundert. Doch im nächsten Augenblick leuchteten seine Augen auf wie zwei Hundertwatt-Birnen. »Ja, selbstverständlich!« Er strahlte, als fiele ihm ein riesiger Stein vom Herzen. »Du sagst es, mein Junge! Du sagst es!« Damit patschte er Philipp wie ein tapsiger Bär auf die Schulter.

Der wird auch immer verrückter, dachte Mr Cool für sich, bevor er die nächste Frage stellte: »Und was ist mit Laura? Geht es ihr wieder besser?«

Das Strahlen in Attilas Gesicht erlosch wie ausgeknipst. »Leider nicht«, brummte er kopfschüttelnd. »Eher noch schlechter, wenn ich ihren Vater richtig verstanden habe. Ich fürchte, es sieht nicht gut für sie aus.«

Mr Cool wurde flau im Magen. Der Flurboden vor ihm schien zu schwanken, und alle Kraft wich aus seinem Körper. Bitte nicht, lieber Gott!, flehte er still und inbrünstig.

Bitte lass Laura wieder gesund werden!

Dabei konnte Philipp sich gar nicht mehr erinnern, wann er das letzte Mal gebetet hatte.

Als Laura die Augen zur Decke richtete, die sich wie ein riesiger Baldachin über den Saal spannte, wusste sie, dass die Traumreise sie ans gewünschte Ziel geführt hatte. Eine solche originalgetreue Abbildung des nächtlichen Sternenhimmels gab es nur an einem einzigen Ort – in der geheimen Bibliothek des Klosters »Zum Heiligen Stein«. Am funkelnden Firmament unter dem Dach waren gleich zwei Monde aufgezogen. Der bleiche Erdtrabant stand im Osten, und nicht weit davon entfernt leuchtete ein strahlend blaues Gestirn vom Deckengewölbe – unverkennbar die Erde!

Unmittelbar darauf entdeckte sie auch die Sternenformation, deren besonderes Geheimnis sie einst nur unter größten Mühen hatte lösen können. Sieben Sterne, von denen einer heller funkelte als der andere.

Das Siegel der Sieben Monde!

Welches die größte Kraft unter der Sonne repräsentierte!

Laura lächelte, während sie durch die endlosen Reihen alter Holzregale schritt, die Tausende und Abertausende von Büchern, Dokumenten und Folianten enthalten mussten. Der Geruch von Pergament und Leder stieg ihr in die Nase – fast kam es ihr vor, als würde sie das gesammelte Wissen zahlloser Generationen einatmen.

Da bemerkte sie einen hellen Lichtschein in der hintersten Ecke, wo sich der Arbeitstresen mit dem Bücherkatalog befand. An der Decke darüber zeichnete sich der Schatten einer Gestalt ab – offensichtlich hatte sie den Zeitpunkt erwischt, zu dem der Bibliothekar sich an seiner verborgenen Wirkungsstätte aufhielt.

Beflügelt ging Laura schneller, und als sie um das Regalende bog, stellte sie fest, dass sie richtig vermutet hatte: Es war tatsächlich Pater Dominikus am Tresen. Schon auf den ersten Blick war der greise Mann als Mönch zu erkennen. Nicht allein an der braunen Kutte, die er trug, sondern auch an der Tonsur, der kreisrunden kahlen Stelle inmitten der ergrauten Haare auf seinem Hinterkopf.

Das Geräusch ihrer Schritte ließ den Pater zusammenzucken. Hastig machte er sich an einem Täschchen neben sich zu schaffen, bevor er wie ein ertappter Dieb herumfuhr. »Wer da?«, fragte er erschrocken, die blinden Augen direkt auf das Mädchen gerichtet.

Laura wollte sich schon zu erkennen geben, als sich die Lippen des Dominikaners zu einem wissenden Lächeln kräuselten.

»Ach, du bist es, Laura«, rief er voller Erleichterung. »Ich wusste, dass du kommen würdest. Aber ehrlich gesagt hätte ich nicht so früh mit dir gerechnet.«

Diese Bemerkung verwirrte Laura über die Maßen. Klar, sie war dem Pater schon mehrere Male begegnet. Damals war sie dreizehn gewesen, und diese Treffen hatten sich allesamt kurz vor dem Tag zugetragen, an dem Dominikus ermordet worden war. Damit sie den Bibliothekar auch sicher noch antraf, hatte Laura als Zielpunkt ihrer Traumreise ein Datum gewählt, das vor ihrem dreizehnten Geburtstag lag. Was gleichzeitig bedeutete, dass Pater Dominikus sie eigentlich noch nicht getroffen haben konnte.

Wie war es dann möglich, dass er sie wiedererkannte?
Noch dazu, wo er blind war?

Als habe der greise Klosterbruder ihre Gedanken erraten, nahm sein stoppelbärtiges Gesicht einen verständnisvollen Ausdruck an. »Wenn ich mich nicht täusche, Laura, dann kommst du aus der Zukunft«, sagte er sanft. »Die besonderen Fähigkeiten, die seit deiner Geburt in dir schlummern, müssten somit bereits zur Entfaltung gekommen sein. Du solltest also längst begriffen haben, dass ein Blinder hellsichtiger sein kann als mancher Mensch mit gesunden Augen. Die wesentlichen Dinge sind fürs Auge unsichtbar. Sie liegen unter der Oberfläche verborgen und können nur von jenen begriffen werden, die richtig zu sehen gelernt haben.« Er streckte den Arm aus und legte die Hand auf ihre Schulter. »Habe ich nicht Recht, Laura?«

»Natürlich, Pater. Und trotzdem erscheint es mir immer wieder wie ein Wunder.«

Der Mönch entgegnete nichts, sondern lächelte nur. Dann wurde er wieder ernst. »Wie kann ich dir helfen?« Er streckte den Kopf nach vorn. »Deswegen kommst du doch zu mir, oder?«

»Ähm … natürlich.« Trotz der Erklärungen des Paters war Laura etwas durcheinander. »Ich … Ich bin auf der Suche nach einem Buch. Es heißt …«

»›Die Bruderschaft der Sieben‹, nicht wahr?«, unterbrach sie der Bibliothekar.

»Richtig. Aber woher …«

»Du bist im Zeichen der Dreizehn geboren.« Dominikus legte den Kopf schief. »Reicht dir das als Erklärung, oder muss ich noch weiter ausholen?«

»Nein, nein«, antwortete Laura rasch. Der Mönch verwirrte sie immer mehr. Woher wusste er das alles? Bevor das Durcheinander in ihrem Kopf noch größer wurde, schilderte sie ihm den Grund ihres Besuches.

»So, so, die Fünf Zeichen der Schlange also«, meinte Pater Dominikus. »Ich verstehe.« Dann lief er los und verschwand zielsicher zwischen zwei Regalreihen, ohne auch nur einmal irgendwo anzustoßen. Nur wenige Augenblicke später kehrte er zurück.

Das Buch, das er in den Händen hielt, erkannte Laura auf Anhieb wieder: »Societas Septem Sodalium« – »Die Bruderschaft der Sieben«!

Als der Bibliothekar den dicken Folianten auf den Tresen legte und aufschlug, beugte Laura sich neugierig darüber. Die Seiten – bestimmt mehr als tausend! – waren mit engen Zeilen einer kaum lesbaren Handschrift bedeckt, sodass sie nicht ein Wort entziffern konnte.

Pater Dominikus dagegen schien damit nicht die geringste Mühe zu haben. Er blätterte den Wälzer hastig durch und hatte schon wenig später gefunden, wonach er suchte. Mit dem rechten Zeigefinger deutete er auf eine hieroglyphenartige Überschrift. »Da haben wir es ja«, murmelte er zufrieden und überflog den Text in rasender Schnelle.

»Hör gut zu«, sagte er an Laura gewandt. »Bei den Fünf Zeichen der Schlange handelt es sich erstens …« Er beugte sich wieder über das Buch, als würden seine blinden Augen darin lesen. »… um die Feder eines Vogels, der doch keiner ist. Zweitens: den Reißzahn eines Hundes, der nicht aus Fleisch und Blut besteht. Drittens: die Waffe eines Einhorns, das zu seinem größten Feind geworden ist. Viertens: die Kralle eines Löwen, der mit dem Munde eines Menschen spricht. Und fünftens das Barthaar eines Dämons, der noch lebt, obwohl er schon getötet wurde.« Dominikus richtete sich auf und lächelte. »Zufrieden?«

»Ähm … ja«, antwortete sie, nur um danach heftig den Kopf zu schütteln. »Nein, nein, natürlich nicht! Oder können Sie mir vielleicht sagen, was das alles bedeutet?«

Der Pater legte erneut den Kopf schief. »Nummer eins ist das geringste Problem. Diese Harpyienfeder besitzt du ja schon, wenn ich dich richtig verstanden habe.«

Laura nickte kaum merklich. »Mmh.«

»Bei diesem Löwen, der mit dem Munde eines Menschen spricht, müsste es sich um einen Mantikor handeln.«

Der Pater holte ein weiteres Buch aus den Regalen und zeigte Laura eine Abbildung, auf der ein seltsames Wesen mit dem Kopf eines Menschen, dem Rumpf und den Beinen eines roten Löwen und dem Schwanz eines Skorpions zu sehen war.

»Iiih!«, rief das Mädchen angewidert. »Das ist ja scheußlich!«

»Und gefährlich noch dazu!«, erläuterte Dominikus. »Das Gift in seinem Stachel ist tödlich, und seine scharfen Krallen können jedes Opfer zerfetzen.« Damit schloss er den Wälzer wieder und stützte sich auf den Tresen. »All diese anderen Wesen sind genau wie die Harpyie in Märchen, Sagen und Legenden anzutreffen. In der Welt der Mythen eben.«

»Ja, und?« Laura wusste nicht so recht, worauf der Pater hinauswollte.

»Wenn du sie finden willst, musst du dich ebenfalls dorthin begeben!«, erklärte Dominikus, als handele es sich um die selbstverständlichste Sache der Welt.

»Hä?« Noch immer begriff Laura nicht, was er meinte. »Wohin denn?«

Tadelnd meinte der Mönch: »Nach Aventerra natürlich – wohin denn sonst?«

Endlich dämmerte es ihr.

Natürlich!

Aventerra wurde doch nicht ohne Grund die Welt der Mythen genannt.

Sie blickte ihr Gegenüber fragend an. »Und was ist mit diesem Dämon? Ist damit vielleicht Beliaal gemeint?«

»Schon möglich. Aber andererseits ist er ja noch am Leben. Sonst hätte dieser Longolius ihn nicht beschwören können.« Der Mönch wiegte unsicher das graue Haupt. »Es heißt, Dämonen könnten in beiden Welten existieren, seien aber weder in der einen noch in der anderen so richtig zu Hause.«

»Dann kann Beliaal also tatsächlich in unsere Welt überwechseln?« Laura knabberte an der Unterlippe. »Wie er auf dem Alten Schindacker angekündigt hat?«

»Die Möglichkeit besteht durchaus.« Pater Dominikus ließ ein bitteres Lachen hören. »Es gibt Menschen, die sind sogar fest davon überzeugt und haben lange Abhandlungen darüber geschrieben.« Er deutete auf ein Regal in der Nähe, das die Aufschrift »Dämonologie« trug. »Einige behaupten, Dämonen könnten während einer totalen Mondfinsternis in unsere Welt gelangen und sich für kurze Zeit hier aufhalten. Andere wiederum halten das nur in bestimmten Zeiträumen des Jahres für möglich, und zwar im siebten und dreizehnten Mond nach der mythischen Zeitrechnung, weil die beiden Zahlen in der Welt der Mythen eine besondere Bedeutung besitzen.«

»Und was glauben Sie?«, fragte Laura.

»Als Mann der Kirche würde ich das alles streng von mir weisen. Andererseits ...« Der Mönch kratzte sich am Kopf. »Die Welt hinter den Dingen ist voller Geheimnisse. Kein Mensch dürfte in der Lage sein, sie vollkommen zu begreifen. Und da ich ein Mensch bin, halte ich alles für möglich und schließe gar nichts aus.«

»Nicht einmal, dass Dämonen in unsere Welt eindringen können?«

Pater Dominikus schüttelte den Kopf. »Nicht einmal das. Unsere Urväter haben sich bestimmt nicht umsonst mit ihnen beschäftigt.« Er schlug das Buch an einer anderen Stelle auf. »Hör zu, was sie schreiben: ›Wer sich mit Dämonen einlässt, begibt sich in größte Gefahr. Da es sich um gefallene Wesen des Lichts handelt, kann selbst das Elixier der Lichtrose ihnen nichts anhaben, sondern lediglich ihren Geschöpfen.‹« Er schaute Laura mit seinen toten Augen eindringlich an, bevor er sich wieder der »Bruderschaft der Sieben« zuwandte. »›Die Dämonen dagegen kann nur die Kraft des reinen Lichts außer Gefecht setzen.‹«

Laura antwortete nicht, sondern starrte gedankenverloren vor sich hin.

Pater Dominikus schlug den Folianten wieder zu. »Ich weiß, dass sich das alles sehr verwirrend anhören muss. Aber du hast keinen Grund, den Kopf hängen zu lassen, Laura. Immerhin weißt du jetzt, was es mit den Fünf Zeichen der Schlange auf sich hat.« Er zwinkerte. »Zumindest ansatzweise. Und du weißt auch, wo du nach ihnen suchen musst. Ich bin mir sicher, dass du sie mit Hilfe des Lichts auch finden wirst.«

Laura nickte abwesend. Da bemerkte sie, wie der Pater sich verstohlen an dem Täschchen von vorhin zu schaffen machte. Es war eine schlichte Umhängetasche aus braunem Leinen, deren Vorderseite mit der Stickerei einer Truhe geschmückt war.

»Eigenartig«, sagte sie verwundert.

Der Mönch runzelte die hohe Stirn. »Was?«

»Ich hätte schwören können, dass Sie vorhin etwas hineingesteckt haben. Aber die Tasche ist ganz offensichtlich leer!«

In der Tat: Das Täschchen lag flach wie ein Blatt auf dem Tresen. Laura konnte der Versuchung nicht widerstehen und warf einen Blick hinein. Wie vermutet befand sich nichts darin. Schließlich hob sie die Tasche an – sie war federleicht. »Wozu brauchen Sie die eigentlich?«

»Für gewöhnlich bringe ich in der Tasche Bücher aus der offiziellen Bibliothek …« – er deutete zur Decke, über der die für alle zugängliche Klosterbücherei gelegen war – »… nach hier unten.« Schmunzelnd fügte er hinzu: »Allerdings leistet sie mir auch anderweitig gute Dienste.«

Laura sah ihn ratlos an.

Anscheinend hatte Pater Dominikus Mitleid mit ihr, denn er weihte sie in das Geheimnis der Tasche ein: »Erinnerst du dich, was ich vorhin gesagt habe? Die wesentlichen Dinge sind unter der Oberfläche verborgen. Und genau das trifft auch auf diese Tasche zu.« Er griff nach dem Deckel der Kiste, die auf der Vorderseite abgebildet war – und zu Lauras Erstaunen ließ sie sich auf wundersame Weise öffnen. Dominikus fasste hinein und holte eine Flasche hervor.

Eine Schnapspulle!

Von der war vorher nicht das Geringste zu sehen oder zu ertasten gewesen. Also musste auch diese auf den ersten Blick so unscheinbare Tasche der geheimnisvollen Welt angehören, die mit dem menschlichen Verstand allein nicht zu begreifen war.

»Weißt du«, klärte der Bibliothekar Laura auf und drehte die Leinentasche in den Händen, »auch wenn hier unten stets angenehme Temperaturen herrschen, ist ein gelegentliches Schlückchen nicht zu verachten. Es wärmt nicht nur das Herz, sondern regt auch den Geist an – in Maßen genossen jedenfalls!« Dann zog er eine Grimasse. »Leider hat Abt Gregor dafür kein Verständnis. Aber was der Abt nicht weiß …«

Daraufhin drückte der Mönch die Tasche in Lauras Hand. »Hier, sie gehört dir. Bei dem, was du vorhast, ist sie dir bestimmt von größerem Nutzen als mir hier. Außerdem ist es keine Schande, ein paar kleine Schwächen zu haben. Man sollte nur den Mut aufbringen, auch zu ihnen zu stehen.«

Laura bedankte sich für das Geschenk, da fiel ihr noch etwas ein: »Sagen Sie, wie oft gibt es eigentlich totale Mondfinsternisse?«

»So ein- bis zweimal im Jahr.«

Laura staunte. »So häufig?«

Der Mönch nickte. »Man sollte es nicht meinen, oder?«

»Aber totale Verfinsterungen im siebten oder dreizehnten Mond sind doch bestimmt viel seltener?«

»Das liegt in der Natur der Sache. Lass mich schnell nachsehen!« Pater Dominikus eilte zu einem Regal und zog ein schmales Büchlein heraus. Den Zeichnungen auf dem Einband nach zu urteilen, handelte es sich um ein astronomisches Werk. Dominikus schlug den Almanach auf, blätterte rasch darin herum und hatte es schon gefunden. »Wie ich mir gedacht habe!«, rief der Mönch freudestrahlend aus. »In den letzten fünfzehn Jahren gab es in den entsprechenden Zeiträumen nur zwei totale Mondfinsternisse. Eine im Sommer des Jahres, in dem du sieben Jahre alt wurdest, und die andere zwei Nächte vor deinem dreizehnten Geburtstag.«

»Im Sommer, als ich sieben wurde?«, überlegte Laura laut. »Hat mich da nicht diese blöde Dogge gebissen?« Und mit einem Mal begriff sie, was damals geschehen war!

Kapitel 26 ❧ Rettung in letzter Sekunde

Paravain und seine Weißen Ritter brachen im Morgengrauen auf. Es war ein weiter Weg bis in die Nebellande, wo König Rumor sicherlich schon ungeduldig darauf wartete, den zukünftigen Bräutigam seiner Tochter in die Arme schließen zu können. Als er Paravain das letzte Mal zu Gesicht bekommen hatte, war dieser noch ein Knabe gewesen, und so war es höchste Zeit, dass der Ritter Burg Rumorrögk endlich wieder einen Besuch abstattete.

Paravain fühlte sich deswegen schon seit Tagen unbehaglich. Der bloße Gedanke daran, bei dem König um die Hand seiner Tochter anzuhalten, verschaffte ihm ein flaues Gefühl im Magen – obwohl nicht der leiseste Zweifel daran bestand, dass Rumor dieser Bitte mit Freuden entsprechen würde. Trotzdem wollte Paravain die Sache so schnell wie möglich hinter sich bringen.

König Mortas und sein Waffenmeister Falkas, der bereits König Artas gedient hatte und Paravain in jungen Jahren ein guter Lehrmeister gewesen war, begleiteten die Gäste bis vor die Tore von Burg Tintall. Dort erneuerte Mortas das Angebot, das er seinem Neffen schon am Vortag gemacht hatte: »Willst du es dir nicht noch einmal überlegen, Paravain? Ich stelle dir gern eine Eskorte zur Verfügung. In der Begleitung meiner Hhelmritter seid ihr doch viel sicherer.«

»Ich danke Euch für Euer großzügiges Angebot, Oheim«,

wehrte der Ritter ab. »Aber glaubt mir, wir kommen schon allein zurecht.«

»Wie du meinst« erwiderte Mortas. Er gab seinem Neffen beste Grüße an König Rumor mit auf den Weg und bat ihn, diesen auch in seinem Namen herzlich zu den Vermählungsfeierlichkeiten einzuladen.

»Das wollen wir ihm gerne ausrichten«, sagte Paravain und strahlte seine Braut an. »Nicht wahr, Morwena?«

»Natürlich«, bestätigte die Heilerin. »Vater wird sich sehr darüber freuen.«

»Dann gehabt euch wohl, bis wir uns in einigen Wochen wiedersehen.« König Mortas umarmte seinen Neffen zum Abschied und schloss auch Morwena in die Arme. Danach gab der Weiße Ritter das Zeichen zum Aufbruch. Sie stiegen auf die Pferde und ritten davon.

Mortas und Falkas sahen ihnen lange nach. Die Reiter waren schon ein gutes Stück entfernt, als der König sich an seinen Waffenmeister wandte. »Dieser Narr! Er fühlt sich wohl ziemlich sicher mit seinem neuen Schwert. Ich kann es kaum erwarten, sein dummes Gesicht zu sehen, wenn er endlich erfährt, was es damit auf sich hat.« Er klopfte Falkas auf die Schulter. »Komm mit, mein Freund! Wir sollten uns umgehend an die Arbeit machen. Es gibt schließlich noch viel zu tun, wenn diese Vermählung zu dem unvergesslichen Ereignis werden soll, von dem wir beide schon so lange träumen.«

Auriel sah Laura eindringlich an. »Du vermutest also, dass die Dogge, die dich als Kind gebissen hat, zur Meute der schrecklichen Schattenhunde gehörte?«

»Genau – auch wenn ich mich an die näheren Umstände nicht erinnern kann«, entgegnete das Mädchen. »Ich weiß weder, wann und wo ich gebissen wurde, noch, ob es sich tatsächlich um diese Bestien handelte. Ich habe keine Ahnung, wie ich ihnen entkommen konnte. Es gab damals nicht einen Zeugen. Danach habe ich allerdings ständig von einer riesigen schwarzen Dogge geträumt, und Papa hat daher angenommen, dass mich ein solches Tier auch gebissen hat.«

»Hm.« Der Wolkentänzer strich sich nachdenklich die wallenden Haare aus dem Gesicht. »Wenn die Dogge tatsächlich dieser höllischen Meute angehörte, dann muss dir jemand geholfen haben. Sonst hättest du diese Begegnung mit Sicherheit nicht heil überstanden. Und ich ahne auch schon, wer diese Helfer waren.«

Laura musste seine Gedanken nicht lesen, um zu wissen, wen er meinte: sie beide natürlich. Rasch beugte sie sich über die Liste der totalen Mondfinsternisse, die sie sich beschafft hatte. Die Finsternis in ihrem siebten Lebensjahr war am 21. Juni gewesen, am Tage der Mittsommernacht also. Sie hatte einige Minuten nach 21 Uhr begonnen und eine knappe Stunde angedauert.

»Damit dürfte klar sein, wann Beliaal erschienen ist«, erklärte sie dem Geflügelten. »Wir müssen ihn also nur im Auge behalten, wenn wir verhindern wollen, dass er sich mein jüngeres Ich schnappt.« Auch Auriel war davon überzeugt, dass der Dämon die Erde auf dem Alten Schindacker betreten würde, und sie beschlossen, sich zum fraglichen Zeitpunkt dort auf die Lauer zu legen. Die dazu nötige Traumreise lief mit der Blitzesschnelle eines Gedanken ab.

Laura hatte noch nie das Himmelsschauspiel einer totalen Mondfinsternis beobachtet. Sie schaute staunend zu, wie sich der volle Mond langsam in den Erdschatten schob, bis er zur Gänze darin verschwand. Zu ihrer großen Überraschung aber blieb der Mond trotzdem sichtbar und glomm als rötlichbraune Scheibe am Himmel. Lukas wüsste bestimmt eine Erklärung dafür, dachte sie gerade, als ihre Aufmerksamkeit auf den Alten Schindacker gelenkt wurde.

Von dort war ein Brausen zu hören, anfangs nur schwach und wie aus endloser Ferne. Der unheimliche Laut schwoll immer weiter an, bis er schließlich den Boden unter Lauras Füßen vibrieren ließ – und dann geschah es:

Als würde ein riesiger Maulwurf mit unwiderstehlicher Gewalt aus dem Erdboden drängen, brodelte das Grab des Henkers gleich einem Vulkan. Beliaal schoss aus der Öffnung und stand in voller Größe auf dem alten Tierfriedhof. Der Anblick war so Furcht erregend, dass selbst der Mond zu erschrecken schien. Zumindest wurde er schlagartig blasser.

Laura hatte bislang nur die Fratze des Dämons gesehen, und beim Anblick der schauerlichen, mehr als zwei Meter aufragenden Gestalt wollte sie sich am liebsten verkriechen. »O nein!«, entfuhr es ihr. Starr hielt sie die Augen auf den Herrscher der Finsternis gerichtet, der seinerseits den Blick über die ungeweihte Kadaverstätte schweifen ließ.

Hatte er Laura entdeckt? Nein. Als Beliaal die Gewächse gewahrte, deren Samen der Rote Tod aus dem Schattenforst hergebracht hatte, leuchteten seine Dämonenaugen gelbrot auf. Er steckte zwei Finger zwischen die schrundigen Lippen und pfiff auf eine Weise, die Laura durch Mark und Bein ging.

Der schaurige Ton war noch nicht verklungen, da kam schon Bewegung in die Pflanzlinge. Blätter und Äste formten sich neu. Augenblicke später war die Verwandlung abgeschlossen, und eine Meute schwarzer Bestien drängte sich um den Dämon. Sie jaulten und winselten vor Begeisterung, ihren Gebieter wiederzusehen.

»Ich freue mich auch, meine Lieben!« Mit einem Strahlen auf dem Antlitz kniete Beliaal in ihrer Mitte nieder, kraulte das eine Schattenbiest am Kopf, tätschelte dem anderen den muskulösen Hals, um sich gleich darauf einem dritten zuzuwenden. Es sah fast so aus, als würde ein freundlicher Hundeliebhaber mit seinen Schützlingen spielen.

Laura wusste allerdings, dass der Eindruck trog. Als hätte der Dämon ihre Gedanken erraten, erhob er sich wieder und reckte den rechten Arm empor.

Die Meute verstummte augenblicklich. Die Tiere wandten ihrem Herrn die Köpfe zu und spitzten aufmerksam die Ohren.

»Sucht dieses Balg und bringt es mir!«, befahl er barsch. »Los!« Sein Arm stürzte herab wie ein Fallbeil.

Die schwarzen Bestien machten auf den Hinterbeinen kehrt und jagten in Windeseile den Wolfshügel hinauf. Lautlos, als würden sie schweben, und ohne das geringste Atemgeräusch hetzten sie am Versteck von Laura und Auriel vorbei und stürmten mit langen Sätzen davon. Bald waren sie den Blicken entschwunden. Beliaal aber ließ sich auf dem Alten Schindacker nieder, legte den Kopf in den Nacken und richtete die Augen zum Himmel, als wolle er sich am Anblick der Mondscheibe ergötzen.

In diesem Augenblick begriffen Laura und der Wolkentänzer, dass ihre Überlegungen falsch gewesen waren. Der Dämon dachte nicht daran, selbst Jagd auf die kleine Laura zu machen, auch wenn er das Longolius gegenüber angekündigt hatte. Vielmehr wartete er in aller Ruhe ab, bis seine Höllenhunde ihm die Beute in die Arme trieben!

Laura wurde heiß und kalt zugleich. Entsetzt blickte sie Auriel an. »Und was machen wir jetzt?«

Etwas schimmerte unter dem Gewand des Wolkentänzers hell auf. Er holte den Lapismalus hervor, den magischen Stein, der ihm jeden Verstoß gegen die uralten Gesetze offenbarte.

Im Inneren des Steins war ein Mädchen zu sehen, das knapp sieben Jahre alt sein musste. Laura erkannte das Kind auf den ersten Blick – es war sie selbst, wenn auch viel jünger! Die kleine Laura ging eben auf ein Kätzchen zu, das aus einem Gebüsch hervortapste. Das Tierchen war schneeweiß, hatte eine schwarze Zeichnung auf der Stirn und miaute herzzerreißend.

»Oh, wie süß!«, quiekte die kleine Laura. Sie beugte sich zu dem Tier hinunter, nahm es auf den Arm und streichelte es. »Wie weich das Fell ist! So flauschig wie Wolle.« Zu Lauras Enttäuschung jedoch sprang das putzige Kätzchen gleich darauf zurück ins Gras und rannte davon.

Da trat eine Frau auf die Kleine zu und lächelte sie süßlich an. »Schnell, Laura«, forderte sie das Mädchen auf. »Lauf dem Kätzchen hinterher, damit ihm nichts passiert.«

Sayelle – diese Schlange!

»Nicht doch!«, schrie Laura entsetzt. »Das ist eine Falle!« Aber natürlich konnte ihr jüngeres Ich sie nicht hören, und so rannte die Kleine auch schon los und lief freudestrahlend dem sicheren Verderben entgegen.

»Sie sind am Henkerswald!«, bemerkte Auriel. »Wo der Pfad zur Alten Gruft beginnt!« Damit breitete der Wolkentänzer die mächtigen Schwingen aus und flog davon.

Auch Laura versuchte, mit Hilfe ihrer speziellen Fähigkeiten schnellstmöglich an den Ort zu gelangen, wo ihr jüngeres Ich in Lebensgefahr schwebte.

Im ersten Moment dachte Laura, sie sei zu spät gekommen, denn als sie die Augen öffnete, sah sie das Kind reglos am Boden liegen. Auriel hatte sich davor aufgebaut und hielt die kläffende Meute mit einem Schwert in Schach. Noch nie zuvor hatte Laura ihn so wütend erlebt. Mit grimmiger Miene ließ der Geflügelte die Waffe durch die Luft sausen und hieb damit auf die Bestien ein, die immer wieder nach ihm schnappten.

Obwohl die scharfe Klinge mehrere Male ihr Ziel fand, konnte sie den Höllenhunden nichts anhaben. Selbst wenn sie mitten durch ihre Köpfe fuhr, heilten selbst die schlimmsten Wunden in Windeseile, woraufhin die schwarzen Biester wieder unversehrt waren. Mit seiner Waffe konnte Auriel gegen die rasende Meute nichts ausrichten.

Welch ein Glück, dass Laura sich besser gerüstet hatte!

Rasch zog sie das Fläschchen mit dem Lichtrosen-Elixier aus der Tasche, das sie erst tags zuvor aus dem Schrank auf Eva Luzius' Speicher geholt hatte. Noch im Laufen schraubte sie es auf und spritzte den reißenden Bestien den Inhalt entgegen.

Als die ersten Tropfen die Monster trafen, heulten sie wie von Sinnen auf. Panisch stürzten die Hunde davon und waren schon Augenblicke später nicht mehr zu sehen.

Laura stürmte auf die Kleine zu und kniete sich neben sie ins Gras. Das Kind war ohne Bewusstsein, aber zum Glück nicht ernsthaft verletzt. Am Oberschenkel war eine Wunde zu erkennen. Sie blutete zwar, war aber nicht allzu tief. Zwei, drei Stiche würden genügen, um sie wieder zu schließen.

»Ich kam gerade noch rechtzeitig«, erklärte Auriel und beugte sich ebenfalls über die kleine Laura. »Sie ist beim Anblick der Bestien ohnmächtig geworden. Zum Glück konnte ich verhindern, dass die Dämonenhunde größeres Unheil anrichteten.« Damit strich er dem Mädchen sachte über das blonde Haar.

Laura war zu Tränen gerührt. Nicht nur, weil der Wolkentänzer ihr jüngeres Ich beschützt hatte. Auch seine liebevolle Anteilnahme bewegte ihr Herz. »Danke, Auriel«, sagte sie leise. »Danke, dass du immer auf mich aufgepasst hast und mir ein wunderbarer Schutzengel warst.« Dann fügte sie verschmitzt grinsend hinzu: »Zumindest bis heute.«

Die Frotzelei störte den Wolkentänzer nicht im Geringsten. »Du solltest jetzt verschwinden«, riet er. »Es wäre nicht gut, wenn Sayelle dich erblickt. Sie wird gleich hier auftauchen, um nachzusehen, ob der teuflische Plan der Dunklen aufgegangen ist.« Er hob das Mädchen auf. »Ich bringe die

Kleine zu Marius, damit er mit ihr ins Krankenhaus fährt. Und ich werde so lange auf sie aufpassen, bis dieser schreckliche Dämon sich wieder in den Schattenforst verzieht.« Mit dem Mädchen in den Armen, schwebte er in die hereinbrechende Nacht.

Als Laura sich eben zurückziehen wollte, entdeckte sie vor ihren Füßen ein längliches Etwas. Es war spitz und schimmerte wie Elfenbein. Im ersten Moment glaubte sie, es sei der Knochen eines Tieres. Erst als sie genauer hinblickte, erkannte sie, dass es sich um einen Hundezahn handelte. Offensichtlich hatte der Wolkentänzer ihn einer der Bestien ausgeschlagen.

Es dauerte ein paar Sekunden, bis Laura dämmerte, was sie da vor sich hatte: den Reißzahn eines Hundes, der nicht aus Fleisch und Blut bestand.

Das zweite der Fünf Zeichen der Schlange!

Als Borboron und der Fhurhur auf den Hof hinaustraten, saß Lukas mit den Männern der Schwarzen Garde beim Kartenspiel zusammen. Er war mit solchem Eifer bei der Sache, dass er den Schwarzen Fürsten überhaupt nicht bemerkte. Dieser stellte sich mit amüsiertem Ausdruck hinter ihn und beobachtete ihn für eine Weile.

Lukas schien eine Glückssträhne zu haben, denn vor ihm stapelten sich Silberstücke und andere Münzen. Runde um Runde ging an ihn. Als er mit breitem Grinsen erneut einen stattlichen Gewinn einstrich, warf einer der Mitspieler die Karten auf den Tisch und sprang wütend auf. »Mir reicht's, zum Teufel!«, fluchte er. »Dieser Satansbraten zieht einem ja die Hosen aus! Man könnte fast meinen, er kann hellsehen.«

»Wie sollte das gehen?«, krähte Lukas fröhlich. »Ich merke mir nur die Karten, die gefallen sind, das ist alles. Außerdem ...« Er blickte den erbosten Mann vielsagend an und tippte sich an die Stirn: »Ein bisschen Köpfchen kann auch nicht schaden!«

Gelächter brandete auf, während der Mann zornig von dannen stapfte.

Ehe Lukas neu mischen und austeilen konnte, gab Borboron ihm einen Wink. »Kann ich dich kurz sprechen?«

»Aber natürlich, Herr«, antwortete Lukas freundlich und erhob sich. »Was gibt es?«

»Nichts weiter«, meinte Borboron, während der Fhurhur leise wie eine Schleichkatze näher herantrat, um ihr Gespräch zu verfolgen. »Ich wollte mich nur versichern, wie es dir geht.«

»Gut«, sagte Lukas lächelnd. »Sehr gut sogar. Es ist alles zum Besten. Und wie Ihr seht …« – er deutete auf die Männer, die schon sehnsüchtig auf seine Rückkehr lauerten –, »… habe ich Anschluss gefunden und amüsiere mich prächtig.«

»Dann bereust du also nicht, dass du zu uns gekommen bist?«

»Natürlich nicht, Herr!«, sprach Lukas im Brustton der Überzeugung. »Warum sollte ich? Ihr habt mir versprochen, meine Schwester zu retten, und das ist mein einziger Wunsch. Eine größere Freude könnt Ihr mir doch gar nicht machen!«

»Schön, das zu hören.« Borboron wechselte einen raschen Blick mit seinem Ratgeber, dessen Mundwinkel hämisch zuckten. »Eine letzte Frage noch: Wie gefallen dir die Kleider, die wir dir besorgt haben?«

Lukas schaute an sich herunter, als bemerke er zum ersten Mal, dass er anders gekleidet war als bei seiner Ankunft auf der Dunklen Festung. Anstelle von Turnschuhen, Jeans und Sweatshirt trug er ein dunkles Gewand aus Leinen, das ihm bis über die Knie reichte und in der Mitte mit einer dicken Kordel gegürtet war. Seine bloßen Füße steckten in einfachen Sandalen. »Auch gut«, antwortete er leidenschaftslos. »Warum fragt Ihr?«

»Ach.« Der Tyrann winkte ab. »Nur so!« Dann entließ er ihn. »Das war's, Lukas. Du kannst wieder zurück zu deinen Freunden gehen.«

»Danke, Herr«, erwiderte der Junge und hüpfte zu den Kartenspielern zurück.

Der Schwarze Fürst trat auf seinen Ratgeber zu und schüttelte den Kopf. »Es ist unfassbar, einfach unfassbar«, sagte er. »Das Balg hat sich komplett verändert. Es scheint sich hier wohl zu fühlen und uns rückhaltlos zu vertrauen.«

Der schmächtige Schwarzmagier lächelte verschmitzt. »Genau, wie ich es angekündigt habe.«

»Ich weiß. Aber ich verstehe immer noch nicht, wie du das erreicht hast?«

»Durch das Gewand, Herr.« Der Fhurhur verbeugte sich. »Unsere Freunde, die Wunschgaukler aus Deshiristan, haben es vor einiger Zeit mitgebracht. Es ist mit einer magischen Tinktur getränkt und macht den Träger willenlos. Er folgt blindlings allen Anordnungen und stellt nichts mehr in Frage. Und was noch viel wichtiger ist: Er ist ohne Arg und glaubt alles, was man ihm sagt. Solange der Junge dieses Gewand trägt, wird er unseren Einflüsterungen voll und ganz erliegen.«

Borboron legte die Stirn in Falten und schielte ungläubig zu Lukas hinüber, der das Spiel wieder aufgenommen hatte. »Und das ist alles?«

»Nicht ganz, Herr. In seinem Fall haben wir der Tinktur noch einen Tropfen Blut aus Beliaals Herzen beigemischt. Je länger er dem ausgesetzt ist, umso mehr Einfluss gewinnt der Dämon über ihn. Und wenn Lukas sich schließlich im Schwarzen Schloss befindet, wird er vollständig in seinem Bann stehen. Davon kann ihn niemand mehr befreien. Nur Beliaals Tod kann den Zauber brechen. Allein dann würde Lukas zu sich kommen und bemerken, dass wir ihn zu unserem willenlosen Werkzeug gemacht haben.«

Bevor Laura nach Aventerra aufbrach, kehrte sie noch einmal in die Gegenwart zurück, um nach ihrer körperlichen Hülle zu sehen. Auriel erwartete sie bereits im Krankenhaus. Von ihm erfuhr sie, dass man ihren im Todesschlaf liegenden Leib inzwischen in ein anderes Zimmer verlegt hatte. Dieses befand sich nicht mehr innerhalb der Intensivstation, sondern im obersten Stockwerk des Krankenhauses. Es schien fast so, als hätte man die Kranke schon abgeschrieben und sie deshalb abseits der übrigen Patienten untergebracht, wo sie den alltäglichen Betrieb nicht weiter störte.

Als Laura die Zimmertür öffnete, blieb sie wie angewurzelt stehen: Rechts neben dem Bett der Kranken saßen ihre Eltern! Das Öffnen der Tür hatten sie offensichtlich gar nicht bemerkt, denn ihr bekümmerter Blick blieb unverwandt auf das reglose Mädchen gerichtet.

Laura wollte sich schon wieder zurückziehen, als Auriel sie kopfschüttelnd ansah. »Hast du es schon vergessen?«, tadelte er sie. »Sie können dich nicht sehen, weil du der Gegenwart immer einige Momente hinterherhinkst. Wozu habe ich dir das lang und breit erklärt?«

»Sorry«, murmelte Laura. »Es war mir halt entfallen.« Damit trat sie ein und zog leise die Tür hinter sich zu.

Ihre leibliche Hülle befand sich immer noch im Koma, wie Laura unschwer erkennen konnte. Sie wurde nach wie vor künstlich ernährt und war mit den Geräten verbunden, die sämtliche Körperfunktionen überwachten. Laura hatte den Eindruck, als seien seit ihrem letzten Besuch alle Werte schlechter geworden. Pulsschlag und Atmung waren schwach, und als Laura auf die Anzeige der Gehirnströme blickte, bekam sie es mit der Angst zu tun: Nur noch eine flache Linie war zu erkennen, die kaum Ausschläge aufwies.

Der Anblick der Eltern versetzte Laura einen regelrechten Schock. Der Kummer hatte deutliche Spuren in ihren Gesichtern hinterlassen. Anna und Marius wirkten um Jahre gealtert. Dabei waren seit dem verhängnisvollen Unfall doch höchstens ein paar Tage vergangen!

Erst als Lauras Blick auf den Wandkalender fiel, wurde ihr bewusst, dass sie sich geirrt hatte: Von wegen ein paar Tage – es war inzwischen bereits Juni geworden! Hatte sie denn jegliches Zeitgefühl verloren?

»Wundert dich das?« Offensichtlich hatte Auriel ihre Gedanken erraten. »Das ist doch nachvollziehbar. Überleg mal: Seit deinem Unfall bist du ständig durch die Zeit hin- und zurückgereist und hast dich außerhalb des irdischen Zeitablaufes bewegt. Wie solltest du da mitbekommen, wie viele Tage inzwischen in der Gegenwart verstrichen sind?«

Laura sah den Wolkentänzer zweifelnd an, musste dann jedoch einsehen, dass seine Erklärung plausibel klang. Die geheimnisvolle Welt hinter den Dingen war schließlich nicht an die Naturgesetze gebunden und deshalb mit dem menschlichen Verstand allein nicht zu begreifen.

In diesem Augenblick ging die Tür auf, und ein Mann im Arztkittel trat ein: Professor Sengebusch. Er reichte Anna und Marius kurz die Hand, bevor er sich der Patientin zuwandte. Nachdem er eine routinemäßige Untersuchung beendet hatte, die sich im Wesentlichen auf das Ablesen der Geräte beschränkte, sahen die Eltern ihn erwartungsvoll an.

»Es tut mir leid«, sagte der Chefarzt, zuckte dabei jedoch eher teilnahmslos mit den Schultern. »Ich kann Ihnen nichts Neues sagen. Allenfalls sind die Werte schon wieder ein klein wenig schlechter geworden. Das allerdings ist auch nichts Neues, denn so geht es schon seit Wochen.«

Anna und Marius sanken wieder auf ihre Hocker. Die Hoffnung, die kurz auf ihren Gesichtern aufgeflackert war, erlosch wie eine Kerze, die ein kalter Windstoß ausblies. Während Anna wortlos vor sich hinstarrte und Halt suchend die Hand ihrer Tochter ergriff, rieb Marius sich die Augen und wandte sich dann wieder dem Professor zu. »Und Sie haben auch wirklich alles unternommen?«, fragte er mit rauer Stimme.

Professor Sengebusch verzog das Gesicht. Die Frage kratzte offensichtlich an seinem Ego. »Wir haben alles Menschenmögliche für Ihre Tochter getan, Herr Leander. Aber auch wir Ärzte müssen akzeptieren, dass wir gelegentlich an die Grenzen unserer Kunst stoßen. So leid es mir tut, Herr Leander – aber Sie sollten sich langsam mit dem Gedanken vertraut machen, dass Ihre Tochter …« Er brach ab, als wollte er ihnen wenigstens das schreckliche Wort ersparen.

Anna und Marius verstanden auch so, zumal sie diese Andeutung bestimmt schon öfter gehört hatten.

»Da wäre noch etwas, was ich gerne mit Ihnen besprechen möchte«, hob der Professor an. »Nüchtern betrachtet, ist Ihre Tochter mehr tot als lebendig. Wenn sich ihr Zustand noch weiter verschlechtert, sollten wir ernsthaft überlegen, ob es nicht vernünftiger wäre, die künstliche Ernäh…«

»Nein!«, schrie Anna Leander und sprang auf. »Niemals! Solange auch nur noch ein Funke Hoffnung besteht, geben wir Laura nicht verloren.«

»Nun, wie Sie meinen!«, antwortete Dr. Sengebusch kühl. »Ich kann Sie natürlich nicht zwingen. Aber wenn es tatsächlich so weit kommen sollte, werden wir trotzdem darüber reden müssen – ob Ihnen das passt oder nicht! Guten Tag!« Damit drehte er sich um und verließ den Raum, ohne Anna und Marius eines weiteren Blickes zu würdigen.

Laura merkte, wie es in ihr gärte.

Dieser herzlose Kerl!

Und so was nannte sich Arzt!

Ihre Eltern saßen eine Weile wortlos da und starrten betroffen vor sich hin. Schließlich brach Anna die Stille. »Glaubst du, er sagt die Wahrheit?«

»Du meinst, ob sie tatsächlich alles Menschenmögliche tun?«

»Ja.«

Der Vater runzelte die Stirn, dann nickte er. »Ich bin zwar kein Fachmann, aber ich glaube schon. Anfangs waren sie sogar sehr engagiert, aber dann ...« Den Rest des Satzes ließ er ungesprochen im Raum hängen.

Anna ergriff seine Hand. »Trotzdem, Marius: Wir dürfen nicht die Hoffnung verlieren. Lass uns einfach darauf vertrauen, dass Lukas seinen Ausflug nach Aventerra gesund übersteht und das Heilmittel mitbringt, das Morwena ihm versprochen hat. Dann wird alles wieder gut, ganz bestimmt.«

Laura glaubte, sich verhört zu haben.

Lukas war in Aventerra!

War der denn komplett verrückt geworden?

Wie hatten die Wächter das zulassen können?

Auch Auriel war fassungslos. Allerdings aus einem ganz anderen Grund, wie Laura schnell mitbekam. »Das ist ausgeschlossen!«, hauchte er und schüttelte den Kopf.

»Was?«, fragte sie verwundert.

»Dass Morwena ihm so etwas versprochen hat. Das würde sie niemals tun, denn damit verstieße sie gegen die uralten Gesetze! Und Morwena würde lieber sterben, als vom Pfad des Lichts abzuweichen.«

O nein!

Laura erbleichte. Schlagartig wurde ihr klar, was das bedeutete: Lukas musste den Dunklen Mächten in die Falle gegangen sein, eine andere Erklärung gab es nicht! Was immer sie auch mit ihm vorhaben mochten, er schwebte gewiss in größter Gefahr. Mit Sicherheit befand er sich in der Dunklen Festung und war dem Verderben preisgegeben, wenn sie ihm nicht rechtzeitig zu Hilfe kam. Aber wie sollte sie das schaffen, wenn sie noch nicht einmal ihr eigenes Leben retten konnte?

Kapitel 27 ❧ In der Dunklen Festung

Was Auriel ihr soeben gesagt hatte, löste bei Laura blankes Entsetzen aus. »Du willst nicht mitkommen?« Sie starrte ihn fassungslos an. »Warum das denn? Warum kannst du mich nicht nach Aventerra begleiten?«

»Das weißt du doch«, antwortete der Wolkentänzer ruhig. »Seit Niamis Tod beschränkt sich meine Aufgabe auf den Menschenstern.« Er machte eine kleine Pause und musterte sie eindringlich. »Zudem gibt es hier jemanden, der meinen Schutz dringend benötigt, findest du nicht auch?«

Laura verstand sofort: Auriel meinte sie selbst! Oder vielmehr ihre körperliche Hülle, die im Krankenhaus mit dem Tode rang. Aber wovor wollte der Geflügelte sie hier noch beschützen? Die einzige Rettung für ihren todgeweihten Leib fand sich auf Aventerra. Trotzdem bedrängte sie Auriel nicht weiter, denn das wäre sinnlos gewesen. »Weißt du wenigstens, wo ich Lukas finden kann?«, fragte sie nur.

»Wie sollte ich?«, wunderte sich Auriel. »Was auf Aventerra geschieht, entzieht sich meiner Kenntnis.« Er kniff die Augen zusammen. »Aber hast du nicht erwähnt, dass du ihn in der Dunklen Festung vermutest?«

»Schon«, erwiderte Laura niedergeschlagen. »Aber es ist nur eine Vermutung. Wenn ich damit falsch liege und trotzdem in die Burg des Schwarzen Fürsten reise, gerate ich unnötigerweise in Lebensgefahr.«

»Damit hast du sicherlich Recht.« Der Geflügelte hob nachdenklich die Schwingen. »Ich kann dir nur einen Rat geben: Lass dich einfach von deinen Gefühlen leiten!« Als er das ratlose Gesicht des Mädchens gewahrte, fügte er hinzu: »Dein Bruder und du, ihr seid nicht nur durch Blutsbande verbunden, sondern auch durch starke Gefühle füreinander.«

Aber natürlich!, durchzuckte es Laura. Plötzlich erinnerte sie sich wieder: »Damals, als ich bei den Dunkelalben im Schauderberg war, um Hellenglanz zusammenzuschmieden, habe ich ja auch gespürt, dass Lukas auf Ravenstein in Lebensgefahr schwebte. Deswegen habe ich sofort eine Traumreise zu ihm gemacht!«

»Siehst du?« Auriel lächelte ihr aufmunternd zu. »Lukas wird es bestimmt ähnlich gehen. Wenn du dich also auf deine Gefühle verlässt, werden sie dich mit Hilfe des Lichts zu ihm führen.« Damit trat er einen Schritt zurück und musterte sie von Kopf bis Fuß.

Laura hatte sich umgezogen und trug nun über unauffälliger Kleidung das braune Lederwams von Alarik, in dem sie mit ihrem Vater im vergangenen Herbst aus Aventerra zurückgekehrt war. Als ob sie damals schon geahnt hätte, dass das Gewand des Knappen ihr noch einmal von Nutzen sein könnte, hatte sie es in ihrem Kleiderschrank aufbewahrt.

»Das steht dir sehr gut«, kommentierte Auriel zufrieden. »Niemand wird dir ansehen, dass du vom Menschenstern stammst, zumindest nicht auf Anhieb.« Mit gerunzelter Stirn griff er nach dem braunen Leinentäschchen, das Laura sich umgehängt hatte. »Aber vielleicht solltest du darauf besser verzichten?«

»Nein, die Tasche nehme ich mit«, entgegnete sie rasch. »Die kann ich bestimmt noch brauchen! Und auf Aventerra kennt man so was doch auch, oder?«

Der Wolkentänzer schwieg. Es war ihm allerdings anzusehen, dass er von Lauras Entschluss nicht begeistert war. Schließlich ermahnte Auriel sie noch, über der Sorge um den

Bruder nicht die Suche nach den fehlenden drei Zeichen der Schlange zu vernachlässigen. »Bruder Dominikus hat gewiss Recht. Ich glaube auch, dass sie auf Aventerra zu finden sind. Aber denk daran: Wenn dir am Ende auch nur eines fehlt, war alle Mühe umsonst!«

Laura schluckte. Wie sollte sie das nur schaffen? Diese Aufgabe erschien ihr plötzlich wie ein riesengroßer Berg, der sich vor ihr auftürmte.

Höher als der Mount Everest!

Auriel spürte ihr Unbehagen. »Ein letzter Rat noch«, sagte er. »Du wirst nur dann Erfolg haben, wenn du auch fest daran glaubst. Sobald du zauderst und den Mut verlierst, läufst du Gefahr zu scheitern. Das würde dich in allergrößte Gefahr bringen.« Er legte die Arme auf ihre Schultern und blickte das Mädchen bedeutungsvoll an. »Vergiss das niemals – versprochen?«

»Versprochen«, flüsterte Laura. Dann umarmten sie einander zum Abschied. Laura schloss die Augen, und mit dem uralten Spruch auf den Lippen – »Strom der Zeit, ich rufe dich; Strom der Zeit erfasse mich! Strom der Zeit, ich öffne mich; Strom der Zeit verschlinge mich!« – trat sie die fantastische Reise an, die sie über die Grenzen der Welten hinwegtragen sollte.

Als das gleißende Licht schwand und das überirdische Brausen sich legte, spürte Laura einen kalten Lufthauch auf den Wangen. Das heisere Krächzen von Krähen drang an ihr Ohr. Laura schlug die Augen auf. Sie stand auf dem Balkon vor Borborons Thronsaal, der wie ein Adlerhorst weit über dem Burghof der Dunklen Festung schwebte. Schwarze Nebel drifteten um die hohen Türme, und ein riesiger Krähenschwarm drehte am düsteren Himmel seine Runden. Laura nahm das allerdings nur am Rande wahr, denn im selben Augenblick sah sie auch schon den Jungen, der in der Mitte des Thronsaals stand.

Lukas!

Sie trat näher ans Fenster, um die Vorgänge im Saal besser beobachten zu können.

Lukas starrte gespannt auf den Sehenden Kristall, der sich vor ihm auf dem Tisch befand. Darin war das Klinikbett zu sehen, in dem die besinnungslose Laura ruhte. Eine Krankenschwester beugte sich eben über sie, wusch ihr das Gesicht und kämmte die Haare. Da erlosch der magische Stein wieder. Dennoch lag ein zufriedener Ausdruck auf dem Gesicht des Jungen, und er wandte sich dem Schwarzen Fürsten zu, der neben ihm wartete. »Danke, Herr. Danke, dass Ihr mir meine Schwester gezeigt habt. Ich freue mich ja so, dass Laura noch am Leben ist.«

»Was hast du denn gedacht?« Borboron lächelte und tätschelte ihm die Wange. »Wir haben dir doch versprochen, dass sie wieder gesund werden wird, wenn du uns einen Gefallen erweist.«

»Ich wüsste nicht, was ich lieber täte!« Lukas seufzte. »Wenn ich nur endlich erfahren dürfte, was ich für Euch machen soll.«

»Keine Sorge, mein Junge«, erwiderte der Schwarze Fürst. »Das wirst du schon in wenigen Augenblicken!« Mit diesen Worten winkte der Tyrann den Fhurhur heran, der sich die ganze Zeit im Hintergrund gehalten hatte.

Der Schwarzmagier ging auf den Jungen zu, ergriff seine Hand und führte ihn zum Kamin mit dem lodernden Feuer. Dort sah er Lukas eindringlich an. »Hör mir gut zu!«, schärfte er ihm ein. Sein erhobener Zeigefinger war lang und schmal wie eine gelbliche Nacktschnecke. »Alles, was du von nun an tun wirst, dient nur einem einzigen Ziel: deine Schwester vor der Ewigen Finsternis zu bewahren! Nur dieser eine Gedanke soll dich von jetzt an beherrschen. Das Leben eines anderen zu retten ist die edelste und vornehmste Aufgabe überhaupt.

Alles, was du dazu unternimmst, kann deshalb nur gut und richtig sein. Verstehst du das, mein Junge?«

»Aber natürlich, Herr!«, antwortete Lukas. »Es entspricht doch der Wahrheit!«

»Du sagst es!«, krächzte das Männchen vergnügt. »Wenn dir jemand das Gegenteil einzureden versucht, darfst du ihm keinen Glauben schenken, unter keinen Umständen, hörst du? Sonst wird Laura sterben!«

»Das werde ich nicht zulassen, Herr!« Grenzenlose Sorge stand Lukas ins Gesicht geschrieben. »Niemals!«

»Gut.« Der Fhurhur nickte zufrieden. »Ich werde dich jetzt zu Beliaal schicken. Der Herr der Finsternis weiß, wie die Gesundheit deiner Schwester wiederherzustellen ist. Wenn du ihm zu Diensten bist und seinen Anweisungen folgst, wird er dir helfen! Solltest du dich ihm allerdings widersetzen, werden die Mantikore dich zerreißen oder das schwarze Einhorn dich aufspießen.«

»Ihr könnt Euch voll und ganz auf mich verlassen, Herr«, versicherte der Junge hastig. »Ich werde alles tun, um Lauras Leben zu retten.«

»Das will ich doch hoffen«, murmelte der Fhurhur. Er stieß Lukas bis dicht vor den Kamin, dann fasste er unter seinen Kapuzenumhang, zog eine goldene Phönixfeder hervor und warf sie ins Feuer. Die Flammen loderten auf – da packte der Schwarzmagier den Jungen bei den Schultern und schubste ihn hinein! Lukas verschwand spurlos.

Draußen auf dem Balkon erklang ein markerschütternder Schrei.

Laura wehrte sich mit aller Kraft. Sie strampelte und schlug wild um sich, doch die starken Arme des Schwarzen Fürsten umklammerten sie wie stählerne Zwingen, und Laura konnte sich nicht daraus befreien. Ungeachtet ihrer wütenden Proteste schleppte Borboron sie in den Thronsaal und stieß sie mit solcher Wucht auf einen Stuhl, dass ihr die Knochen im Leib knirschten. Dann verpasste er ihr zwei schallende Ohrfeigen, eine links und eine rechts – was Laura schließlich zur Besinnung brachte.

»Das wirst du noch bereuen, du Schwein!«, zischte sie. Ihr war längst klar, dass sie den Raum nicht lebend verlassen würde. Da kam es auf eine Beschimpfung mehr oder weniger auch nicht an.

Tatsächlich hatte es den Anschein, als wolle Borboron sie an Ort und Stelle töten. Schon zuckte seine rechte Hand zum Griff des Schwertes – es war nicht Pestilenz, wie Laura erkannte! –, da fiel der Fhurhur ihm in den Arm.

»Das wäre das Dümmste, was wir tun könnten, Herr!«

Der Schwarze Fürst ließ die Waffe stecken. »Und warum?«, fragte er verwundert.

»Die Uralte Offenbarung besagt, dass das Kind des Dunklen Blutes und das des Hellen Lichts untrennbar verbunden sind. Laura und ihr Bruder eint nicht nur das Blut, das in ihren Adern fließt, sondern auch überaus starke gegenseitige Gefühle.«

Mit gerunzelter Stirn setzte der Tyrann sich auf seinen Thronsessel. »Ja, und?«

»Wenn wir das Mädchen töten, laufen wir Gefahr, dass Lukas es spürt«, erklärte der Schwarzmagier. »Dann hätte er keinen Grund mehr, uns zu Diensten zu sein. Nur der sehnsüchtige Wunsch, seiner Schwester das Leben zu retten, macht ihn zu unserem willfährigen Gehilfen.«

»Ihr Schweine!« Laura war außer sich und wollte dem schmächtigen Burschen an die Gurgel fahren.

Borboron reagierte sofort und hielt sie fest. Ihr Zorn schien ihn nur zu belustigen. »Was sagt man denn dazu? Sie gebärdet sich ja wie ein wütender Giftschleicher!«

»Allerdings!« Der Fhurhur schnaufte aufgebracht. »Für eine Traumgestalt ist sie äußerst lebendig.«

Der Magier hatte längst begriffen, wie alles zusammenhing, zumal ihm der Sehende Kristall kurz vorher noch die Laura gezeigt hatte, die durch sein schwarzmagisches Elixier in den Todesschlaf gefallen war.

Sein Gebieter dagegen brauchte eine Weile, um das zu verstehen. Als er dann auch noch erfuhr, dass Lauras Traumgestalt sich nur durch das Elixier von ihrem Körper gelöst hatte, machte er dem Schwarzmagier heftige Vorwürfe.

Der Fhurhur winkte gelangweilt ab. »Das mussten wir in Kauf nehmen, Herr«, behauptete er. »Ohne Elixier kein Todesschlaf – und nur dieser hat ihren Bruder veranlasst, sich freiwillig in unsere Gewalt zu begeben.« Wie ein Raubvogel streckte er Laura den Kopf entgegen und grinste hämisch. Zwischen seinen faltigen Lippen strömte ein Pesthauch hervor, der ihr fast den Atem raubte. »Der Narr ahnt nicht einmal, dass er das prophezeite Kind des Dunklen Blutes ist. Er glaubt doch, dass Beliaal ihm hilft, dein Leben zu retten. In Wahrheit aber wird er die Welt ins Ewige Nichts stürzen, genau wie in der Uralten Offenbarung angekündigt!«

Lauras Sinne drohten zu schwinden. Die Worte des Fhurhur verdeutlichten ihr erst das volle Ausmaß seiner teuflischen Intrige, und sie starrte ihn voll Abscheu an. Nur am Rande bekam sie noch mit, wie Borboron sich an seinen Ratgeber wandte.

»Was fangen wir mit ihr an?«, fragte er. »Soll ich sie in den Kerker werfen lassen?«

»Auch davon würde ich abraten«, antwortete das scharlachrote Männchen. »Es ist durchaus möglich, dass ihr Bruder die damit zusammenhängenden Qualen ebenfalls spürt.«

»Aber was dann?«

Der Fhurhur überlegte angestrengt. »Eure Schwarze Garde soll sie in einer Einöde aussetzen«, erklärte er schließlich. »Der mühsame Übertritt nach Aventerra hat Lauras Kräfte erschöpft. Es wird geraume Zeit dauern, bis sie erneut zu einer Traumreise fähig ist. Bis dahin ist sie längst verdurstet.«

Borboron wirkte unschlüssig. »Und wenn dem nicht so ist?«

Der Schwarzmagier blickte mürrisch drein und reckte Laura erneut das hässliche Raubvogelgesicht entgegen. »Hör gut zu!«, zischte er sie an. »Durch den Sehenden Kristall verfolgen wir jeden deiner Schritte. Wenn du auch nur den Versuch wagen solltest, mit Elysion oder den anderen Hunden des Lichts in Verbindung zu treten, wird dein Bruder augenblicklich sterben – und du auch!«

Laura schluckte.

Der Kerl meinte es ernst, kein Zweifel!

»Unser Arm reicht bis auf den Menschenstern, wie du wissen müsstest«, fuhr der Fhurhur fort. »Ein Wink von uns, und unsere Verbündeten werden deine hilflose körperliche Hülle dort auf der Stelle töten.« Er richtete sich wieder auf. »Wenn du dir also einen Gefallen tun willst, hältst du dich von nun an aus allem heraus. Dann bleiben dir wenigstens noch ein paar Tage, bis du auf immer in die Ewige Dunkelheit eingehst!«

Mr Cool war der Verzweiflung nahe. Seit über einer Stunde saß er schon an Lauras Bett und wartete sehnsüchtig auf ein Lebenszeichen von ihr, und sei es auch noch so winzig.

Doch nichts tat sich, überhaupt nichts!

Nur das kaum wahrnehmbare Heben und Senken ihres Brustkorbs und die Anzeigen auf den medizinischen Geräten am Kopfende des Bettes bezeugten, dass sie noch lebte. Und dennoch: Laura erweckte fast den Eindruck, als befände sie sich bereits in einer anderen Welt!

Aber das durfte einfach nicht sein!

Philipp schluckte und wischte sich den nassen Schleier von den Augen, bevor er den Blick wieder auf Laura richtete.

Ihr Gesicht war weiß wie Wachs, die Haare in den letzten Wochen kaum gewachsen. Die neue Kurzhaarfrisur ließ sie ein wenig älter wirken.

Erwachsener!

Und obwohl es ihr immer schlechter ging, war sie schöner denn je.

Mr Cool war so in Lauras Anblick versunken, dass er die Schwester gar nicht hörte, die das Krankenzimmer betrat. Als die Frau mit der barocken Figur und den rötlichen Locken ihn ansprach, zuckte er erschrocken zusammen.

»Du hast sie wohl sehr gern?«, fragte sie sanft. »Sonst würdest du nicht so häufig hier sitzen.«

Der Junge nickte und wischte sich erneut über die Augen.

»Und wie sieht es bei ihr aus?«

Philipp räusperte sich. »Ich weiß nicht recht. Anfangs habe ich geglaubt, sie mag mich auch. Aber eines Tages war Laura wie verwandelt und wollte nichts mehr von mir wissen.« Er hob ratlos die Arme und ließ sie wieder fallen. »Keine Ahnung, warum.«

Schwester Heike – der Name stand auf dem Schild an ihrem Kittel – sah verwundert aus. »Sie hat dir keinen Grund genannt?«

»Nein.« Philipp schüttelte den Kopf. »Jedenfalls keinen richtigen.«

»Dann kannst du noch hoffen, mein Junge.« Die Frau lächelte ihn aufmunternd an. »Läge es an dir, hätte sie das bestimmt gesagt. So gibt es noch eine Chance für euch beide, vorausgesetzt …« Sie brach ab und warf einen vielsagenden Blick auf die Patientin.

Mr Cool blieb das nicht verborgen. »Was glauben Sie denn?«, fragte er leise. »Wird Laura es schaffen?«

Schwester Heike sah ihn lange an, bevor sie antwortete. »Soll ich ehrlich sein, mein Junge?«

Philipp nickte.

»Nur durch ein Wunder«, flüsterte sie. »Nur durch ein Wunder.«

Lukas machte alles genau so, wie Beliaal es ihm aufgetragen hatte. Er versuchte erst gar nicht, auf eigene Faust in den Karfunkelwald einzudringen. Vielmehr ließ er sich am Waldrand nieder und wartete geduldig, bis die Flatterflügler ihn entdeckten.

Er rührte sich selbst dann nicht von der Stelle, als ein merkwürdiger Wicht in einer bläulich schimmernden Kugel auf ihn zuschwebte und anbot, ihn auf schnellstem Wege zu Smeralda zu führen. »Glaub ihm kein Wort!«, hatte ihm der Herr der Finsternis eingeschärft. »Die Irrlichter tragen ihren Namen nicht umsonst. Ihre Aufgabe besteht einzig und allein darin, andere in die Irre zu führen. Die Flatterflügler dagegen werden dir helfen. Sie wissen genau, wie sehr die Einhörner euch Menschenkindern vertrauen.«

Es dauerte nicht lange, bis drei silbrig leuchtende Wesen auf Lukas zuschwirrten. Sie ähnelten Libellen, trugen zwei durchsichtige Flügelpaare auf dem Rücken und besaßen gleich vier dünne Insektenbeine. Kein Zweifel – das mussten die Flatterwichte sein! Genauso hatte Laura die seltsamen Wesen beschrieben, die sie in der Nähe des Leuchtenden Tales vor dem Graumahr gerettet hatten.

Laura!

Das Herz des Jungen wurde schwer, als er an sie dachte.

Hoffentlich konnte er Laura ebenfalls retten!

»Sieh an, sieh an!« Der vorderste Flatterflügler sprach mit silberheller Stimme. »Ein Stampffußling vom Menschenstern.«

Geschwind sauste er auf Lukas zu und verharrte dann direkt vor seinem Gesicht wie ein Kolibri vor einer Blüte. »Habe ich nicht Recht?« Ohne eine Antwort abzuwarten, musterte der geflügelte Wicht mit dem blond gelockten Köpfchen ihn eingehend. »Woran liegt es nur, dass Ihr mir so bekannt vorkommt, Menschling?«, fragte er erstaunt.

»Stimmt, stimmt«, pflichteten seine Begleiter ihm bei. »Er sieht diesem Erdenwesen, das wir beim Leuchtenden Tal getroffen haben, überaus ähnlich. Wie wurde es noch mal genannt, Herr Virpo?«

»Wie vergesslich ihr doch seid, ihr Herren«, tadelte der Angesprochene. »Zumal dieses Menschlingsmädchen einen wunderschönen Namen trug: Laura!«

Lukas glaubte, seinen Ohren nicht zu trauen.

Laura?

Wie elektrisiert sprang er auf und starrte die Flatterflügler mit glänzenden Augen an. »Ihr kennt meine Schwester?«

»Sieht so aus, Stampffußling.« Die geflügelten Wichte kicherten vergnügt.

Dem Jungen klappte der Unterkiefer herunter. »Seid ihr vielleicht … die Herrn Virpo, Yirpo und Zirpo?«

»Sieh an, sieh an!«, antwortete Herr Virpo. »Der Stampffußling ist gar nicht so töricht, wie er aussieht.« Das Kichern schwoll an, bis es wie das silbrige Geläut eines feinen Glockenspiels über die Wiese vor dem Karfunkelwald hallte. Die Flatterflügler beruhigten sich allerdings rasch wieder und bestürmten Lukas mit der Frage, was ihn zum Karfunkelwald führte.

Als der Junge den drei Herren berichtete, was Laura zugestoßen war, blickten sie ihn bestürzt an. »O weh, o weh! Sie wird doch nicht in die Ewige Dunkelheit eingehen müssen?«

»Ich fürchte schon«, antwortete Lukas niedergeschlagen. »Das teuflische Elixier, das die Dunklen meiner Schwester eingeflößt haben, zehrt ihre Lebensenergie immer weiter auf. Wenn nicht bald etwas geschieht, ist sie verloren.«

»Nun denn, meine Herren!« Herr Virpo blickte die anderen Angeber mit entschlossenem Ausdruck an. »Lasst uns beratschlagen, wie wir diesem bedauernswerten Menschlingsgeschöpf helfen können.«

»Das ist nicht nötig«, warf Lukas hastig ein. »Das weiß ich längst: Bittet Smeralda, zu mir zu kommen, denn nur die Einhornprinzessin kann Laura retten.«

Die Flatterflügler sahen ihn erstaunt an. »Bist du auch sicher, Menschling?«

»Ganz sicher sogar!«, bekräftigte Lukas und hob die Hand zum Schwur. »Bei allem, was mir heilig ist!«

Silvana staunte nicht schlecht, als die Herren Virpo, Yirpo und Zirpo bei ihr auftauchten. »Warum bringt dieses Menschenkind sein Anliegen nicht selbst vor?«, wollte sie wissen.

»Lukas weiß, dass der Karfunkelwald ein besonderer Ort ist und wie sehr Ihr seine Abgeschiedenheit liebt, Majestät«, erklärte Herr Virpo. »Er fürchtet, den Zauber des Waldes durch seine Anwesenheit zu stören.«

Die Einhornstute ließ ein verwundertes Schnauben hören. »Eigenartig«, sagte sie dann.

»Wie wahr, Majestät«, bestätigte Herr Virpo. »Aber so sind diese Menschlinge eben. Manches an ihrem Verhalten erscheint unsereinem in der Tat eigentümlich. Dennoch ändert das nichts an den guten Absichten, die der Stampffußling verfolgt.«

»Ihr glaubt, dass wir ihm vertrauen können?«

»Bestimmt, Majestät«, antwortete Herr Virpo, und seine Begleiter stimmten ihm zu. »Der Junge ist ohne Arg und hegt keine bösen Hintergedanken, wie wir deutlich spüren konnten. Dieser Lukas hat nur eines im Sinn: Er will das Leben seiner Schwester retten, der die Dunklen so übel mitgespielt haben. Und er ist bereit, alles dafür zu geben, selbst das eigene Leben!«

»Das ist sehr nobel.« Silvana schnaubte erneut. »Und überaus ehrenwert.«

»Ihr solltet darum die Bitte des Menschlings auch erfüllen, Majestät«, versuchte der Flatterflügler sie zu überzeugen. »Das Leben eines anderen zu retten ist die höchste und vornehmste Pflicht. Daran ist nichts falsch, und dieses Ansinnen hat jede Unterstützung verdient.«

»Das weiß ich doch.« Silvana stampfte unruhig mit den Vorderbeinen. »Und dennoch …«

Herr Virpo verlor langsam die Geduld. »Ich möchte Euch keineswegs belehren, Majestät«, sagte er eindringlich. »Aber Ihr Einhörner habt den Menschlingen sehr viel zu verdanken. Solange die an euch und die Zauberkräfte eures Horns glauben, ist euer Fortbestand gesichert, vergesst das nicht!«

Silvana war nachdenklich geworden, zauderte aber immer noch. »Und wenn Smeralda etwas zustößt? Wenn unvermutet die finsteren Geschöpfe des Schattenforstes auftauchen und sie einfangen?«

»Wollt Ihr uns beleidigen, Majestät?« Herr Virpo klang entrüstet. »Eure Tochter steht unter unserem persönlichen Schutz! Kein Geschöpf der Finsternis wird sich in ihre Nähe wagen, solange sie sich auf dem Boden des Karfunkelwaldes bewegt. Sonst werden wir die dunklen Gesellen die Kraft des reinen Lichts spüren lassen!«

»So sei es also«, gab die Einhornkönigin sich schließlich geschlagen. »Geleitet Smeralda zu diesem Menschenkind! Aber bedenkt bitte eins, ihr Herren«, wandte sie sich unmissverständlich an die Flatterflügler. »Ihr seid mir höchstpersönlich für die Sicherheit meiner Tochter verantwortlich – und das solltet *ihr* nicht vergessen!«

Smeralda folgte den Flatterflüglern bis zum Saum des Karfunkelwaldes, wo Lukas sie bereits ungeduldig erwartete.

Beim Anblick der stolzen Einhornprinzessin, die fast schon zu voller Größe herangewachsen war, ging ein Leuchten über sein Gesicht. Noch während er auf sie zulief, rief er ihr entgegen: »Vielen, vielen Dank, Prinzessin, dass Ihr meiner Bitte gefolgt seid!«

»Das versteht sich doch von selbst«, entgegnete Smeralda. »Ihr Menschenkinder habt so viel für uns Einhörner getan, dass wir euch das gern vergelten wollen.«

»Dann helft mir bitte, das Leben meiner Schwester zu retten«, flehte Lukas. »Ich bitte Euch aus tiefstem Herzen!«

»Nichts lieber als das.« Das Einhorn schnaubte freundlich. »Nur weiß ich leider nicht, wie ich das anstellen soll.«

»Ganz einfach, Prinzessin.« Lukas lächelte und trat ganz dicht an sie heran. »Ihr müsst mir nur folgen.«

»Folgen?« Smeralda beäugte ihn misstrauisch. »Wohin denn?«

»Das werdet Ihr gleich erfahren, Prinzessin.« Damit zog Lukas die Decke hervor, die er sich wie einen Umhang um die Schultern gelegt hatte, und warf sie dem Einhorn blitzschnell über. Der Stoff war schwarz und aus dem gleichen Garn gewirkt wie seine Kleidung. »Und jetzt kommt mit, Smeralda!« Er löste das Seil, das um seine Hüfte gebunden war, schlang es dem Einhorn locker um den Hals und zog es daran fort.

Die Prinzessin folgte dem Jungen auf dem Fuße. Trotz der schrillen Proteste der Flatterflügler, die aufgeregt vor ihr auf und ab schwirrten und sie zur Umkehr bewegen wollten, trottete Smeralda willenlos hinter Lukas her. Die tapferen Flatterwichte gaben ihr Bestes, aber sie konnten den Jungen nicht aufhalten. Lukas war kein Geschöpf der Dunkelheit, und somit war er gegen die Kraft des reinen Lichts gefeit – genau wie Beliaal es vorausgesagt hatte.

Der Junge grübelte nicht lange darüber nach, warum das Einhorn sich ihm widerspruchslos fügte. Selbst wenn Lukas gewusst hätte, dass die dunkle Decke auf Smeraldas Rücken ihr den freien Willen raubte, hätte er nicht anders gehandelt. Lukas war nur von einem einzigen Gedanken beseelt: Sobald er das Einhorn im Schwarzen Schloss ablieferte, würde Beliaal ihm das Heilmittel für seine Schwester überreichen.

Das hatte er schließlich fest versprochen!

Was der Herr der Finsternis dann mit Smeralda vorhatte, ahnte der Junge nicht. Also hatte er der Einhornprinzessin und den anderen Wesen im Karfunkelwald tatsächlich die Wahrheit gesagt: Er war fest davon überzeugt, dass Smeralda ihm half, das Leben von Laura zu retten, wenn sie ihm folgte.

Und das war das Einzige, was zählte!

Laura war der Erschöpfung nahe. Sie hatte jegliches Zeitgefühl verloren und wusste längst nicht mehr, wie viele Tage sie schon durch die unwirtliche Gebirgslandschaft stolperte, in der Borborons Schwarze Garde sie zurückgelassen hatte. Kein Baum und kein Strauch waren zu sehen, bloß Steine und Geröll. Während des langen Ritts hatten sie nicht eine Ansiedlung passiert, nur hin und wieder waren weit in der Ferne dünne Rauchfahnen aufgestiegen, die auf ein Herd- oder Lagerfeuer hindeuteten. Irgendwann hatten die üblen Burschen sie einfach vom Pferd gestoßen und sich wortlos aus dem Staub gemacht. Sie hatten ihr weder erklärt, wo sie sich befand, noch ihr etwas Essbares dagelassen. Laura hatte nichts weiter als eine Flasche Wasser in der Tasche, die Pater Dominikus ihr geschenkt hatte.

Am Himmel über sich sah sie riesige Vögel kreisen, Geier wahrscheinlich. Oder andere Aasfresser. Sie warteten wohl schon darauf, dass Laura endlich zusammenbrach oder in eine der zahlreichen Spalten und Schründe stürzte, die sich allenthalben auftaten, und sich das Genick brach.

Kluge Tierchen, dachte sie verbittert. Sie können zurecht davon ausgehen, dass ich nicht mehr lange durchhalte.

Allmählich dämmerte es. Der Himmel im Westen färbte sich tiefrot. Oder war es vielleicht im Osten? Laura wusste plötzlich nicht mehr, ob die Sonne auf Aventerra auf die gleiche Weise über den Himmel wanderte wie auf der Erde oder ob es sich dort anders verhielt.

Ist ja auch egal!, befand sie dann. Wenn ich nicht bald etwas zu essen bekomme, ist es ohnehin um mich geschehen. Ich halte höchstens noch einen Tag durch, bevor ich zusammenklappe.

Nur noch vierundzwanzig Stunden!

Es sei denn, sie stieß vorher auf eine Siedlung!

Da gewahrte Laura in der Nähe eine schroffe Anhöhe, von deren Spitze aus man das umliegende Land bestimmt weithin überblicken konnte. Vielleicht war von dort oben etwas zu erkennen? Eine Wegmarke, die ihr die Orientierung erleichterte. Bäume oder Sträucher, die Früchte trugen. Vielleicht sogar ein Dorf!

Ohne es zu bemerken, beschleunigte Laura ihre Schritte. Sie wurde immer schneller, rannte den Hügel empor und kraxelte schließlich auf allen vieren weiter, als es immer steiler wurde – wie von Sinnen, als wäre der Teufel hinter ihr her!

Als Laura endlich den Gipfel der Erhebung erreicht hatte, war sie völlig am Ende. Ihr Atem rasselte wie die rostigen Ketten eines Spähpanzers. Keuchend beugte sie sich vornüber, stützte die Hände auf die Knie und ließ den Blick ins weite Rund schweifen. Sie spähte nach Norden, Osten, Süden und Westen, und dann wusste sie endlich, wo sie sich befand:

In der Mitte von Nirgendwo!

Weit und breit gab es weder eine größere Ansiedlung noch den kleinsten Weiler. Nicht einmal eine winzige Hütte! Fruchttragende Pflanzen konnte sie auch keine entdecken. Was bestimmt nicht am schwindenden Licht lag, sondern einfach daran, dass es keine gab.

Kraftlos ließ Laura sich zu Boden sinken. Erschöpfung und Schmerz füllten ihren Kopf wie Watte, trotzdem wusste sie genau, was das bedeutete: aus und vorbei. Sie war am Ende.

Es gab keine Hoffnung mehr!

Am besten stürzte sie sich gleich in den Abgrund, der sich kaum drei Schritte entfernt von ihr auftat. Dann hätte sie es wenigstens hinter sich und müsste sich nicht weiter quälen!

In diesem Moment hörte sie ein Geräusch in ihrem Rücken. Laura drehte sich um und erblickte das schreckliche Mädchen mit den hohlen Wangen und den verfilzten schwarzen Haaren.

Laura wollte ihren Augen nicht trauen. Hatte sie Fieber? Oder halluzinierte sie schon? Wo kam diese schattenhafte Gestalt bloß her? Urplötzlich und wie aus dem Nichts?

Die Kleine grinste höhnisch. Zwischen den aufgeplatzten Lippen waren schwarze Zahnstummel zu sehen. »Warum hast du nicht auf mich gehört?« Ihre Stimme klang heiser. »Dabei habe ich dich doch gewarnt, nicht wahr? Gib auf, Laura, habe ich gesagt, sonst wirst du sterben! Nimm endlich Vernunft an, sonst ist dein Schicksal besiegelt!« Die Augen in dem totenbleichen Gesicht glühten feuerrot auf. »Aber du wolltest mir ja nicht glauben und hast gedacht, du wärst klüger als ich!« Das Gesicht zu einer höllischen Fratze verzogen, machte das Schattenmädchen einen Schritt auf Laura zu, die unwillkürlich ein Stück näher an die Kluft rutschte. »Und jetzt?«, kreischte die dunkle Gestalt, und ihre raue Stimme überschlug sich fast. »Hast du jetzt endlich eingesehen, dass ich Recht hatte?«

Laura senkte den Blick und schluckte. Natürlich hatte das schreckliche Wesen Recht, wer auch immer es sein mochte. Laura hatte keine Chance mehr. Sie war am Ende. Sie würde – sterben!

»Zu spät, Laura!«, keifte das Mädchen in ihr Ohr. »Zu spät! Zu spät! Zu spät!« Damit stürmte das dunkle Kind auf Laura zu, streckte die Krallenfinger nach ihr aus – und stieß sie in die Tiefe!

Laura fiel wie ein Stein. Sie gab nicht einen Ton von sich. Den Blick auf das teuflische Mädchen gerichtet, das ihr von der Anhöhe triumphierend hinterherblickte, stürzte sie in den Abgrund. Dann wurde alles schwarz um sie herum.

Um Himmels willen!«, rief Schwester Heike entsetzt. Sie schlug die Hände vors Gesicht und starrte mit weit aufgerissenen Augen auf die Koma-Patientin, die sich ruckartig in ihrem Bett aufbäumte und dann, wie von einer riesigen Faust gepackt, mit Gewalt hin- und hergeschüttelt wurde, wieder und immer wieder, als sei ein Dämon in sie gefahren.

Die Alarmlichter an den Instrumenten blinkten grell und stießen schrille Signaltöne aus.

Als der erste Arzt die Tür aufriss und hereinstürmte, war alles bereits vorbei. Laura rührte sich nicht mehr, sondern lag so reglos im Bett wie die Wochen zuvor.

Fast wie tot.

Die Geräte hatten aufgehört zu blinken, die Warntöne waren verstummt. Alles war genau wie früher. Nur etwas hatte sich verändert: Lauras Messwerte – Atmung, Puls und Gehirnströme – waren abgefallen.

Und zwar erheblich!

Als Schwester Heike das erkannte, musste sie an den Jungen denken. An Philipp. Und auch daran, dass sie bei ihrem letzten Gespräch nicht die Spur übertrieben hatte.

Laura konnte tatsächlich nur noch ein Wunder retten!

Kapitel 28 Das Rad der Zeit

Paravain und seine Weißen Ritter trieben ihre Schimmel zu raschem Trab an. Sie konnten es kaum mehr erwarten, endlich nach Hellunyat zurückzukehren. Dabei waren sie zügig vorangekommen. Vor ein paar Tagen erst waren sie in Rumorrögk aufgebrochen, wo sie Morwena und ihre Elevin in der Obhut von König Rumor zurückgelassen hatten. Der Hofschneider hatte darauf gedrungen, dass das Brautkleid der Heilerin von ihm angefertigt würde, wie es in den Nebellanden seit Generationen Brauch war. Morwenas Vater hatte diese Forderung mit Nachdruck unterstützt, und so war die Heilerin auf der heimatlichen Burg geblieben. Sie wollte schließlich sichergehen, dass das Gewand am Ende auch ihr gefiel und nicht bloß dem Schneider.

Der Abschied aber war den Liebenden ungeheuer schwergefallen. Dabei würde die Trennung nicht allzu lange dauern, denn der Tag der Vermählung rückte immer näher. Dennoch hatte Morwena nach dem letzten Kuss ihrem Geliebten mit feucht schimmernden Augen zugeflüstert: »Ich kann es kaum erwarten, bis ich dich auf Tintall wiedersehe.« Dann hatte sie sich rasch umgedreht und war durchs offene Tor in die Burg zurückgerannt, damit Paravain ihre Tränen nicht sah.

Auch Ritter Paravain dachte ständig an seine Braut, während er an der Spitze der Leibgarde der Gralsburg zustrebte. In der Ferne waren bereits die mächtigen Baumwipfel des Raunewaldes zu erkennen, der sich von der Glimmerwüste nach Süden bis fast zu den Drachenbergen erstreckte. Wenn sie seinem östlichen Saum folgten, würden sie spätestens in zwei Tagen Hellunyat erreichen.

Da übertönte ein lauter Ruf das Hufgetrappel. Die Weiße Ritterin Selena, die an der rechten Flanke ritt, hatte sich in den Steigbügeln aufgerichtet und deutete auf einen kleinen Hügel schräg vor ihnen. »Seht doch!«, rief sie den anderen zu. »Mir scheint, dass unsere Hilfe benötigt wird.«

Ritter Paravain schaute in die angezeigte Richtung, und tatsächlich: Dort fegte gerade eine Meute schwarzer Reiter im wilden Galopp über den Hügelkamm. Sie hetzten ihre Rappen hinter einem Steppenpony her, das offensichtlich vor ihnen flüchtete. Auf dessen Rücken hockte eine schmächtige Gestalt in abgerissener Kleidung – ein Junge, soweit das aus der Entfernung zu erkennen war, und noch dazu unbewaffnet!

»Diese verdammte Brut!«, stieß Paravain wütend hervor. »Los, Leute! Wir wollen ihnen beibringen, dass man sich nicht an Wehrlosen vergreift!« Damit gab er dem Streitross die Sporen und preschte geradewegs auf die finstere Rotte zu.

Die Weißen Ritter folgten ihm unverzüglich.

Als die schwarzen Reiter die heranstürmenden Ritter entdeckten, machten sie auf der Stelle kehrt und ergriffen feige die Flucht. Schon wenig später waren sie außer Sicht. Nur der von den Hufen ihrer Pferde aufgewirbelte Staub schwebte noch über dem Hügel.

Das Steppenpony war inzwischen erschöpft stehen geblieben. Das Fell des Pferdchens war schweißnass, und sein Atem ging schwer. Lange hätte es bestimmt nicht mehr durchgehalten!

Auch der Reiter wirkte mitgenommen. Aus schreckgeweiteten Augen starrte der Junge dem heranpreschenden Ritter entgegen.

»Keine Angst.« Paravain versuchte, ihn zu beruhigen. »Von uns hast du nichts zu befürchten.« Da stutzte er, kniff die Augen zusammen und beäugte den Flüchtling eingehend. »Diese Ähnlichkeit ist unfassbar.« Er staunte sichtlich. »Wenn ich nicht wüsste, dass es gänzlich unmöglich ist, würde ich glatt behaupten …«

»… dass Laura Leander meine Schwester ist«, vollendete der Junge den Satz. »Ihr habt Recht, Herr. Ich bin tatsächlich Lauras Bruder – Lukas!«

Dann berichtete er dem Weißen Ritter, warum es ihn nach Aventerra verschlagen hatte. Als er seinen Bericht schloss, war Paravain fassungslos.

»Deine Geschichte ist so unglaublich«, sagte er kopfschüttelnd, »dass du sie schnellstmöglich dem Hüter des Lichts erzählen musst!«

Schwester Heike zuckte bedauernd mit den Schultern. »Ich bin untröstlich, Philipp«, sagte sie, »aber ich darf dich leider nicht zu ihr lassen.«

»Was?« Mr Cool war bestürzt. »Aber warum denn nicht?«

Die Frau seufzte. »Der Chefarzt, Professor Sengebusch, hat das so angeordnet. Seit dem letzten … ähm … Zwischenfall hat sich Lauras Zustand dramatisch verschlechtert. Deshalb darf nur noch ihre Familie sie besuchen.«

»Aber …« Der Verzweiflung nahe, schüttelte Philipp den Kopf und fuchtelte mit den Armen in der Luft herum, als suche er nach Halt. Dann blickte er Schwester Heike Mitleid heischend an. »Könnten Sie nicht eine Ausnahme machen? Bitte!« Er deutete auf seinen Begleiter. »Yannik hat extra seine Reitstunde ausfallen lassen, damit er nach Laura sehen kann.«

Die Krankenschwester zog die Brauen hoch und schnaufte gequält. »Tut mir leid«, meinte sie. »Aber das geht wirklich nicht. Wenn das rauskommt, verliere ich meinen Job.«

»Bitte!« Mit gefalteten Händen flehte Philipp sie an. »Es dauert auch nicht lange!«

Schwester Heike schnaufte erneut und schaute voller Mitgefühl von Mr Cool zu Yannik und wieder zurück. Schließlich nickte sie. »Also gut. Aber nur eine Minute und keine Sekunde länger!«

Philipp musste mit den Tränen kämpfen, als er Laura erblickte. Sie sah zum Gotterbarmen aus: Ihr Gesicht war noch blasser geworden, die Wangen eingefallen und die blauen Augen tief in die Höhlen gesunken.

Auch Yannik zeigte sich entsetzt. »O nein«, stammelte er und schlug die Hände vor den Mund.

Mr Cool fasste sich als Erster. Er stieß Yannik an und flüsterte ihm zu: »Jetzt mach schon, bevor sie uns wieder verscheucht!«

»Okay«, gab Yannik leise zurück. Er griff zu der Kette mit dem goldenen Amulett, die er um den Hals trug, öffnete den Verschluss und nahm sie ab. Dann beugte er sich vor und legte sie Laura um. Er hatte die Kette kaum eingehakt, als das Rad der Zeit hell aufleuchtete – so hell, dass die beiden Jungen die Augen schließen mussten, um nicht geblendet zu werden.

Als Laura die Augen aufschlug, wusste sie im ersten Moment nicht einmal, wo sie sich befand. Doch dann erinnerte sie sich wieder.

An die Anhöhe, auf die sie geklettert war.

An das schreckliche Mädchen.

Und an den Sturz in die Tiefe.

Behutsam betastete sie ihren Kopf. Anscheinend war er heil

geblieben. Blutspuren an den Fingerspitzen bewiesen, dass sie verletzt war, aber zum Glück war es nur eine kleinere Platzwunde, die bereits verkrustete.

Dann versuchte Laura sich aufzurichten. Es ging verhältnismäßig gut! Ihre Knochen waren wohl ebenfalls ganz geblieben, die meisten zumindest. Nur der Rücken schmerzte, und der linke Knöchel war angeschwollen und tat beim Auftreten ziemlich weh.

Das braune Wams von Alarik hatte ebenfalls etwas abbekommen: Im linken Ärmel klaffte ein Winkelriss. Erstaunlicherweise waren das schon alle Schäden, und dabei war Laura mehr als zehn Meter in die Tiefe gestürzt, wie sie mit einem raschen Blick nach oben feststellte.

Sie hatte verdammt viel Glück gehabt!

Oder einen guten Schutzengel!

Erst da bemerkte Laura die Kette um ihren Hals und den goldenen Anhänger daran: ein Rad mit acht stilisierten Speichen.

Verwundert schüttelte sie den Kopf. Wo kam dieses Schmuckstück denn so unverhofft her? Vor dem Sturz hatte sie es noch nicht getragen, da war Laura sich sicher. Aber es konnte ihr wohl auch kaum jemand umgelegt haben, während sie besinnungslos gewesen war – in diese einsame Gegend verirrte sich doch niemand. Und wenn doch, so hätte derjenige sie wohl kaum hilflos in dieser Wüstenei zurückgelassen.

Wie war die Kette also zu ihr gelangt?

Laura gab die Grübelei bald auf, denn sie hatte Wichtigeres zu tun: Sie brauchte endlich etwas zu essen und zu trinken; ihre Flasche enthielt nur noch einen kärglichen Rest Wasser. Außerdem musste sie so schnell wie möglich von hier wegkommen, sonst würde sie ihren Bruder niemals finden. Und die restlichen drei Zeichen der Schlange schon gar nicht!

Plötzlich stieg eine Erinnerung in Laura hoch. Worte hallten durch ihr Gedächtnis, und dahinter zeigte sich wie in einem Spiegel das Gesicht ihres Vaters. »Das Rad der Zeit ist sehr wertvoll, Laura«, flüsterte er ihr zu. »Es wird dir helfen, deine Aufgabe zu erfüllen.« Mit einem Male begriff sie, wie alles zusammenhing. Die dunklen Schleier in ihrem Kopf lichteten sich, und alles trat wieder offen zutage – all die wundersamen Dinge, die sie in den vergangenen Monaten erlebt hatte.

Nur das Rad der Zeit konnte das bewirkt haben!

Das wertvolle Amulett, das die Lichtalben am Anfang der Zeiten geschmiedet hatten, verlieh dem Träger besondere Kräfte. So hatte es nicht nur Lauras Gedächtnis frei gelegt und alle Hoffnungslosigkeit vertrieben, sondern ihr auch neue Zuversicht verliehen.

Laura versuchte, sich zu entsinnen, was seit ihrer Ankunft auf Aventerra geschehen war. Die Ereignisse im Thronsaal der Dunklen Festung fielen ihr wieder ein, und schlagartig wusste sie, was sie zu tun hatte: Sie musste zu Beliaal, dem Herrn der Finsternis.

In sein Schwarzes Schloss im Schattenforst.

Der Fhurhur hatte Lukas zu ihm geschickt, und dort würde sie auch den Mantikor und das Schwarze Einhorn finden, mit denen der Schwarzmagier ihm gedroht hatte.

Aber wie sollte sie nur dorthin gelangen? Sie wusste ja nicht einmal, wo der Schattenforst lag.

Gedankenverloren spielte Laura mit dem Amulett an ihrem Hals, als Worte wie aus weiter Ferne durch ihre Erinnerungen zogen: »Ich stehe tief in Eurer Schuld, Herrin!«

Genau mit diesen Worten hatte Silberschwinge sich vor Monaten von ihr verabschiedet. Es war höchste Zeit, dass der mächtige Sturmdrache einen Teil dieser Schuld abtrug. Zumal sie ihm seinen wahren Namen wiedergegeben hatte, was ihn zu bedingungslosem Gehorsam verpflichtete. Bislang hatte Laura noch keinen Gebrauch davon gemacht, doch jetzt konnte Silberschwinge beweisen, dass er die heilige Verpflichtung ernst nahm.

Als Lukas dem Hüter des Lichts seine Geschichte erzählte, war Elysion genauso fassungslos wie Ritter Paravain vor ihm. »Ist das wirklich wahr?«, fragte er staunend. »Die Einhornkönigin hat dir ein Elixier geschenkt, das deine Schwester aus dem Todesschlaf erlöst?«

»Ja, Herr!« Lukas nickte eifrig und zog ein zusammengeknülltes Tuch aus der Tasche seines Gewandes. »Ich habe das Fläschchen darin eingeschlagen, damit es nicht zerbricht.« Er griff nach dem Teller mit Wurst und Brot, den eine Magd vor ihm auf den Tisch im Thronsaal gestellt hatte, und stopfte das Essen gierig in sich hinein.

Elysion beobachtete ihn nachdenklich. »Wie bist du überhaupt auf die Idee gekommen, dich in den Karfunkelwald zu begeben?«

»Meine Großmutter stammt aus Aventerra, Herr«, antwortete der Junge mit vollem Mund. »Sie hat Laura und mir viel von den Einhörnern erzählt. Von ihren zauberhaften Kräften und dass sie sich uns Menschenkindern im besonderen Maße verpflichtet fühlen. Und da niemand Laura helfen konnte, habe ich es eben selbst versucht.«

»Das war nicht nur klug, sondern auch ungemein mutig von dir!«, lobte Paravain ihn aufrichtig. »Andererseits war es mehr als leichtfertig und hätte böse enden können. Wenn Borborons Reiter dich geschnappt hätten, wäre dein Leben verwirkt gewesen, und das deiner Schwester auch!«

»Ich weiß, Herr.« Lukas senkte zerknirscht den Kopf. »Ich dachte, damit falle ich nicht auf.« Er deutete auf sein Gewand. »Aber leider haben sie mich trotzdem entdeckt.« Verlegen schaute er den Ritter an. »Vielen Dank noch mal, dass Eure Männer und Ihr mich vor diesen Kerlen gerettet haben.«

»Schon gut«, wehrte Paravain ab. »Dafür sind wir Weißen Ritter schließlich da!«

Während Lukas erneut ein Stück Wurst abbiss, erhob sich der Hüter des Lichts von seinem Sessel und gesellte sich zu ihm an die Tafel. »Eines verstehe ich nicht, Lukas: Warum bist du nicht zu uns geeilt und hast uns um Hilfe gebeten? Hat dir deine Schwester nicht erklärt, dass auf die Kraft des Lichts stets Verlass ist?«

»Doch, doch, natürlich, Herr«, erwiderte der Junge hastig.

Elysion hob die Brauen. »Aber?«

Lukas zögerte mit der Antwort, als wisse er nicht so recht, ob sie sich geziemte.

»Nur zu, mein Junge!«, ermunterte ihn der Hüter des Lichts.

Lukas atmete tief durch, bevor er sich ein Herz fasste: »Besitzt Ihr denn ein Gegenmittel?«

Elysion blickte ihn fragend an. »Ein Gegenmittel?«, wiederholte er.

»Ja. Mit dem Laura aus dem Todesschlaf geweckt werden kann?«

»Ähm … nein«, gestand der Herrscher ein.

»Dann hätte es mir doch nichts genützt, wenn ich zu Euch gekommen wäre«, befand Lukas. »Wie gut, dass ich mir den Umweg erspart habe und gleich zum Karfunkelwald gegangen bin!«

Anders als der Hüter des Lichts, der nach diesen Worten missmutig vor sich hinstarrte, konnte Paravain sich eines Schmunzelns nicht erwehren.

Der Junge hatte Recht!

Lukas ließ sich sein Mahl schmecken, während Elysion mit dem obersten Ritter die weiteren Schritte besprach. Lukas sollte sich in der Gralsburg versteckt halten, bis er in der Mittsommernacht durch die magische Pforte auf den Menschenstern zurückkehren und seiner Schwester das rettende Elixier bringen konnte. Damit wäre er vor Borboron sicher und vor den Nachstellungen der Schwarzen Garde gefeit.

»Es gibt nur ein Problem«, wandte Paravain ein. »Die meisten unserer Ritter werden in dieser Nacht auf Burg Tintall meiner Vermählung beiwohnen.«

Elysions rechte Augenbraue zuckte nach oben. »Ja, und?«

»Die restlichen Männer werden allesamt benötigt, um Hellunyat zu bewachen.«

»Gibt es denn Anzeichen, dass uns ein Angriff bevorsteht?«

»Nein, im Gegenteil, Herr. Der Adler des Lichts hat berichtet, dass Borboron mit einigen Getreuen in die südlichen Gefilde aufgebrochen ist, um neue Krieger anzuwerben.« Der Ritter machte einen Schritt auf seinen Gebieter zu und blickte ihn eindringlich an. »Dennoch müssen wir Vorsicht walten lassen. Man kann schließlich nie wissen, was geschieht.«

»Das ist wahr«, räumte Elysion ein. »Trotzdem verstehe ich immer noch nicht, worauf du hinauswillst?«

»Ganz einfach, Herr: Wer soll den Jungen in der Mittsommernacht ins Tal der Zeiten geleiten?«

Diesmal war es der Hüter des Lichts, der schmunzelte. »Keine Sorge, Paravain«, sagte er. »Ich weiß schon, wen ich damit beauftragen kann!«

Silberschwinge sauste wie der Wind dahin. Die mächtigen Schwingen ausgebreitet, durchmaß der Sturmdrache die lauen Lüfte von Aventerra. Laura saß auf seinem Rücken und sah in der Tiefe einen endlosen Flickenteppich aus Wiesen, Wäldern und Feldern, aus Flüssen und Seen dahingleiten. Sie überflogen den Steinernen Forst, das Land der Flussleute, den See der Erinnerung und schließlich das Hochland von Karuun.

Den Sturmdrachen herbeizurufen war viel einfacher gewesen, als Laura befürchtet hatte. Die Drachen, die am Anbeginn der Zeiten über die Welt der Mythen geherrscht hatten, standen ständig durch die Kraft ihrer Gedanken miteinander in Verbindung. Als Laura Silberschwinge von dem schrecklichen Fluch erlöst hatte, der ihn in das grässliche, grün geschuppte Ungeheuer Gurgulius verwandelt hatte, war ein besonders enges Band zwischen ihnen entstanden. So hallte der verzweifelte Hilferuf des Mädchens, kaum dass er erklungen war, weithin über Berge und Täler, bis er schließlich ins Land der Drachen und an sein Ohr gelangte. Mit Hilfe der Windgeister, über die der große Sturmdrache ebenso gebot wie über die Lüfte, war es Silberschwinge mühelos gelungen, Laura in der abgelegenen Einöde aufzuspüren. Er hatte sich über das Wiedersehen so sehr gefreut, dass seine beiden Drachenköpfe miteinander um die Wette gestrahlt hatten.

Als Laura in der Ferne die Türme von Hellunyat im Licht der Sonne aufschimmern sah, war sie für einen Moment versucht, Elysion und die Krieger des Lichts um Hilfe zu bitten. Doch sogleich kam ihr die Warnung des Fhurhurs in den Sinn: »Dann wird dein Bruder sterben – und du auch!« Daher ließ sie den Gedanken rasch wieder fallen. Doch zumindest wusste der Drache, wo sie in der Nähe des Schattenforstes Verbündete finden konnten.

Es dämmerte bereits, als Silberschwinge und Laura am Karfunkelwald eintrafen. Die Flatterflügler schienen sie bereits zu erwarten, denn die Herren Virpo, Yirpo und Zirpo schwirrten gleich nach der Landung auf sie zu. Natürlich – die Silhouette des mächtigen Drachens war weithin sichtbar, und so hatten die Flatterwichte sein Nahen längst bemerkt.

Die drei Herren hatten es furchtbar eilig, Laura über die Ereignisse im Karfunkelwald zu unterrichten. Sie redeten wild durcheinander, und ihre silbrigen Stimmchen überschlugen sich beinahe. Erst nach einer ernsten Ermahnung von Silberschwinge beruhigten sie sich wieder und überließen Herrn Virpo das Wort.

Laura konnte nicht fassen, was ihr Bruder getan hatte. »Seid Ihr sicher, dass Lukas Smeralda ins Schwarze Schloss gebracht hat?«, fragte sie mit deutlichem Zweifel in der Stimme.

»Aber gewiss doch!«, antwortete Herr Virpo aufgeregt. »Wir sind ihm doch gefolgt, bis er mit der Prinzessin im Schattenforst verschwunden ist. Damit steht außer Frage, dass er sie zu Beliaal ins Schwarze Schloss verschleppt hat.«

»Und warum habt Ihr ihnen nicht bis dorthin nachgespürt?«

»Hört, hört, ihr Herren!«, empörte sich Herr Yirpo. »Dieser Stampffußling ist wohl ein rechter Nichtsweißling!«

»Wie wahr, wie wahr!«, pflichtete Herr Zirpo ihm bei und sah Laura vorwurfsvoll an. »Jenseits der Grenzen des finsteren Forsts hätten die Kopfflügler sich doch augenblicklich auf uns gestürzt. Genau wie wir Flatterflügler darauf achten, dass kein Geschöpf aus dem Schattenforst in den Karfunkelwald gelangt, bewachen die blutgierigen Kopfflügler den Eingang zum Schattenforst. Kein Wesen des Lichts kann ihn gegen ihren Willen betreten, ohne sein Leben aufs Spiel zu setzen.«

Laura starrte eine ganze Weile stumm vor sich hin. Sie musste die grauenvolle Neuigkeit erst einmal verdauen. Das Vergehen ihres Bruders war ihr einfach unbegreiflich. Dafür gab es nur eine Erklärung: »Lukas hat das bestimmt nicht aus freien Stücken getan«, versuchte sie die Flatterflügler zu beschwichtigen. »Der Fhurhur oder dieser Dämon muss ihn mit einem schwarzmagischen Bann belegt haben, da bin ich mir sicher.«

»Das mag schon sein«, antwortete Herr Virpo ungnädig. »Dennoch ändert es nichts daran, dass die Einhornprinzessin sich nun in Beliaals Gewalt befindet und uns allen schreckliches Unheil droht, wenn sie nicht bald befreit wird.«

»Ich verstehe nur nicht …« Laura blickte die aufgeregten Flatterwichte fragend an. »Was hat Beliaal mit der Prinzessin eigentlich vor?«

Im Herz der Finsternis war es normalerweise stockdunkel. Seit geraumer Zeit jedoch schimmerte ein Licht in der hintersten Ecke der zerklüfteten Höhle tief unter dem Schwarzen Schlund. Der Schein war nicht besonders hell, aber deutlich wahrnehmbar. Beliaal störte sich jedes Mal daran, wenn er sein geheimes Refugium betrat.

Seine Dämonenaugen konnten selbst die abgrundtiefe Schwärze durchdringen, die für gewöhnlich hier herrschte. Allzu viel gab es im Herz der Finsternis allerdings nicht zu sehen. Nur eine nahezu endlose Zahl pechschwarzer Basiliskeneier, die fast den gesamten Höhlenboden bedeckten. In einem davon hatte Beliaal sein schwarzes Herz versteckt, nachdem er es durch ein Herz aus Stein ersetzt hatte. Seitdem schlug das Organ, das ihn am Leben hielt, nicht mehr in seiner Brust, sondern in einem der unzähligen völlig gleich aussehenden Eier. Niemand außer ihm selbst würde es finden, zumal auch nur er allein wusste, wie man ins Herz der Finsternis gelangte. Selbst seinen engsten Vertrauten – falls man den Kopfflügler und die Mantikore als solche bezeichnen konnte – war der Eingang unbekannt.

Was sollten sie auch dort? Mit Smeralda wurde er auch allein fertig!

Denn das sanfte Schimmern in der Ecke ging vom Einhorn aus. Getränkt vom reinen Licht des Karfunkelwaldes, war sein Zauberglanz selbst in der Dunkelheit der Höhle nicht erloschen und erinnerte Beliaal stets schmerzhaft daran, dass die Finsternis noch immer nicht die Macht über das Licht errungen hatte.

Aber das würde sich bald ändern. Sehr bald sogar!

Als der Dämon bei Smeralda angekommen war, wandte sich das Einhorn ab, soweit es die dicken Seile zuließen, mit denen es festgebunden war.

Beliaals Fratze verzerrte sich zu einem höhnischen Grinsen. Anfangs hatte er sich über die Starrköpfigkeit des Einhorns geärgert und war darüber sogar in Wut geraten. Mittlerweile jedoch erheiterte ihr Starrsinn ihn, und es bereitete ihm zunehmend Spaß, Smeralda zu quälen. Aus diesem Grunde hatte er ihr die Decke abgenommen, die ihr den Willen geraubt hatte. Das Strahlen ihres Fells war dadurch zwar heller geworden, aber ein willenloses Wesen war schwer zu peinigen.

»Ich hoffe, es geht dir gut, Prinzessin«, sagte er voller Häme, »und alles ist zu deiner vollsten Zufriedenheit.«

Smeralda antwortete nicht. Sie schnaubte nicht einmal verächtlich.

»Wenn ich nur wüsste, warum du so verstimmt bist«, fuhr der Dämon in unverändertem Tonfall fort. »Dennoch kann ich dir die Frage auch diesmal nicht ersparen: Willst du nicht freiwillig auf meine Seite wechseln?«

Das Einhorn wieherte wütend und fuhr herum. »Niemals!«

»Warum so starrköpfig, Prinzessin? Es würde dir vieles erleichtern! Du würdest dich auf der Stelle in ein schwarzes Einhorn verwandeln, und Ghoul, mein starker Hengst, könnte die Nachkommen mit dir zeugen, die ich mir schon so lange wünsche!«

»Niemals!«, wiederholte Smeralda. »Das wird niemals geschehen.«

»Mach dir nichts vor, Prinzessin!«, sagte Beliaal unbeeindruckt. »Du weißt doch, dass das unumgänglich ist. Wenn in der morgigen Nacht das Licht der vollen Monde nicht die

Zauberkräfte deines Horns erweckt, wird es keine neue Einhornkönigin mehr geben. Ihr Einhörner seid dann zum Aussterben verurteilt, und ich werde mein Reich auch über den Karfunkelwald ausdehnen. Und du …« – er trat dicht vor das Einhorn hin und starrte es tückisch an –, »… du wirst dich in der Nacht der Wintersonnenwende, wenn die Macht der Finsternis am größten ist, ohnehin in ein schwarzes Einhorn verwandeln! Da dein Schicksal also unabwendbar ist, kannst du meinen Vorschlag genauso gut sofort annehmen. Dann musst du nicht länger im Herz der Finsternis darben und kannst dich gleich Ghoul im Schattenforst anschließen.« Beliaal beugte sich vor, bis sein Ziegenbart beinahe Smeraldas Nüstern berührte. »Also, Prinzessin«, sagte er schmeichelnd. »Willst du es dir nicht noch einmal überlegen?«

»Bestimmt nicht, du Teufel!«, schnaubte das Einhorn. »Solange noch Hoffnung besteht, werde ich nicht aufgeben. Niemals!«

Laura blickte die Einhornkönigin mit tiefem Bedauern an. »Es tut mir schrecklich leid, Majestät, was mein Bruder Euch angetan hat«, sagte sie. »Ich bitte Euch aus tiefstem Herzen um Vergebung.«

Lukas' schreckliche Untat hatte Laura so betroffen gemacht, dass sie die Flatterflügler gebeten hatte, sie zu Silvana zu führen. Sie hatte doch selbst erlebt, wie schrecklich es war, ein geliebtes Wesen zu verlieren oder sich zumindest in dem festen Glauben zu wähnen! Deshalb wollte sie der Einhornkönigin nicht nur ihr Mitgefühl aussprechen, sondern sie zugleich trösten.

Silvana hatte sie auf der Lichtung mitten im Karfunkelwald empfangen. Der märchenhafte Ort wirkte noch zauberhafter als sonst: Das Wasser des kleinen Sees schimmerte golden im Sonnenlicht. Silberbienen, Schmetterlinge und Erleuchtlinge strahlten mit der Leuchtblumenwiese um die Wette, und über den Alten und Pflanzlingen, die die Lichtung säumten, lag ein geheimnisvoller Glanz. Die Einhornkönigin schien davon nichts mitzubekommen. Dabei war der Mittsommertag, der höchste Festtag des Lichts, längst angebrochen – was sie sonst stets mit Freude erfüllt hatte.

Nun aber stand Silvana gesenkten Hauptes im Schatten der großen Torkelweide und starrte betrübt vor sich hin. Sogar das Horn auf ihrer Stirn hatte seinen Perlmuttglanz verloren. Die Königin war unsagbar traurig, und dennoch machte sie Laura keinerlei Vorwürfe.

»Du musst dich nicht entschuldigen«, erklärte Silvana vielmehr. »Du kannst doch nichts für die Tat deines Bruders.«

»O doch! Lukas wollte mir helfen, deshalb trage auch ich Schuld daran. Aber ich verspreche Euch, ich werde es wiedergutmachen.«

Silvana hob den Kopf. »Wie willst du das denn anstellen?«

»Ganz einfach.« Laura sah sie mit feierlichem Ernst an. »Ich werde mich ins Schwarze Schloss begeben und Smeralda befreien!«

Der kühne Entschluss machte die Einhornkönigin sprachlos.

Die Flatterflügler schwiegen betreten. Nachdem sie jedoch den ersten Schreck verwunden hatten, redeten sie wie wild auf Laura ein und versuchten, sie von dem Plan abzubringen.

Auch Silvana riet ihr dringend ab. Aber Laura ließ sich nicht beirren. Sie hatte ohnehin schon beschlossen, das Schwarze Schloss aufzusuchen, um dort nach ihrem Bruder und den restlichen drei Zeichen der Schlange Ausschau zu halten. Als die Einhornkönigin merkte, dass Laura bei ihrem Entschluss blieb, stieg sie unvermittelt auf die Hinterbeine und wieherte laut.

Laura überlegte, was das wohl bedeuten mochte. Da

schwebte auch schon ein Schwarm leuchtender Wesen zwischen den Bäumen hervor und hielt auf sie zu: ein knappes Dutzend Elfen, die gemeinsam einen funkelnden Stein in den zarten Händen trugen. Er war so groß wie ein Taubenei und schillerte in allen Farben des Regenbogens.

Laura schaute die Lichtwesen mit großen Augen an.

»Nimm schon, bevor meine Freunde es sich anders überlegen!«, forderte Silvana sie auf, während die Elfen leise vor sich hinkicherten. »Nur am Festtag des Lichts sind sie für euch Menschenkinder sichtbar.«

Zögernd streckte Laura die Hand nach dem Stein aus, bis sie schließlich doch zugriff. Während die Elfen mit perlendem Gelächter davonschwirrten, betrachtete das Mädchen den bunten Stein von allen Seiten. »Was ist das?«

»Ein Karfunkelstein«, erklärte die Einhornkönigin. »Meine Vorgängerin hat ihn mir geschenkt, als ich ihre Nachfolge angetreten habe.«

Laura verstand nicht so recht. »Und was soll ich damit?«

»Ich schenke ihn dir. Ich brauche ihn nicht mehr. Heute Nacht wird das Horn auf meiner Stirn abfallen und den Karfunkel freigeben, der darunter verborgen liegt. Ich werde ihn meiner Tochter schenken, wie es alle Einhornköniginnen vor mir taten. Vorausgesetzt, Smeralda …« Der Gedanke an die schreckliche Lage ihrer Tochter ließ sie für einen Augenblick verstummen. »Nimm ihn an dich, Laura!«, fuhr Silvana mit feuchten Augen fort. »Der Karfunkelstein wird dich bei deinem Vorhaben unterstützen, besonders dann, wenn seine Kraft sich mit derjenigen vereint, die vom Siegel der Sieben Monde ausgeht. Selbst der Herr der Finsternis wird dir dann nichts mehr anhaben können.«

Laura bedankte sich gerade bei Silvana, als die Flatterflügler ihr entgegenschwirrten. »Und was ist mit uns, Stampffußling?«, fragten sie aufgeregt. »Wir haben doch die Verantwortung für

Smeraldas Sicherheit übernommen und dabei schrecklich versagt. Ganz, ganz furchtbar versagt. Wir würden dir deshalb gern helfen, wenn wir nur wüssten, wie!«

Laura musterte die Herren Virpo, Yirpo und Zirpo eine Weile nachdenklich, doch dann erhellte ein Leuchten ihr Gesicht. »Aber natürlich, Ihr Herren«, rief sie ihnen zu, »kommt nur mit! Ich weiß da schon was.«

Morwena strahlte mit der Sonne um die Wette, die hoch am Himmel über Burg Tintall stand. Den ganzen Morgen hatte die Heilerin auf dem Turm Ausschau gehalten und voller Sehnsucht auf die Rückkehr ihres Bräutigams gewartet. Als sie die Staubwolke ausmachte, die von der rasch näher kommenden Reitergruppe aufgewirbelt wurde, jauchzte sie laut auf und stürmte zur Treppe. Sie flog förmlich die Stufen hinunter, so eilig hatte sie es, den Geliebten zu begrüßen.

Auf dem Burghof herrschte geschäftiges Treiben. Die Vermählungsfeierlichkeiten sollten bei Sonnenuntergang beginnen, und die Vorbereitungen waren in vollem Gange. Eine große Schar von Gästen wurde erwartet, und während der engste Familienkreis mitsamt den besten Freunden im Speisesaal feiern würde, standen draußen auf dem Hof die Tische und Bänke für alle anderen bereit: für die Ritter und Knappen, die Knechte und Mägde, Zofen und Diener. Paravain hatte seinen Oheim gebeten, möglichst viele einzuladen, damit sie an seiner großen Freude teilhaben konnten. Mortas hatte keinen Aufwand und keine Mühe gescheut, seinem Neffen diesen Wunsch zu erfüllen.

Überall wurde noch tüchtig gewerkelt. Küchenmägde und Köche wuselten durcheinander, um die letzten benötigten Zutaten für das Festmahl eilends in die Küche zu bringen, wo die Hühner, Fasane und Kapaune bereits in den Öfen brutzelten. Stämmige Knechte schafften Fässer mit Bier und Wein herbei, brachten sie in den Speisesaal oder stellten sie auf der einen Hofseite bereit, während sich gegenüber mehrere Ochsen und Schweine am Spieß drehten. Der würzige Bratenduft und der Geruch nach verbranntem Fett, das aufflammend in der Feuersglut verzischte, erfüllten die Luft. Akrobaten und Spielleute übten noch für den großen Auftritt vor der Festgesellschaft, und in allen Ecken polierten zahllose Ritter ihre Rüstungen und Waffen auf Hochglanz.

Morwena jedoch hatte für all das keinen Blick. Sie hetzte auf das Burgtor zu, das von den Wachleuten soeben geöffnet wurde. Wenige Augenblicke später sprengten Paravain und seine Begleiter in den Hof.

Als der Weiße Ritter seine Braut gewahrte, sprang er aus dem Sattel, stürmte auf sie zu, und dann fielen die beiden einander in die Arme.

»Paravain, mein geliebter Paravain«, stammelte Morwena, trunken vor Glück. Sie küssten und herzten sich, als wollten sie nie wieder damit aufhören.

König Mortas, der zur Begrüßung ebenfalls auf den Hof getreten war, beobachtete das Paar mit verständnisvollem Lächeln. Dann wandte er sich an König Rumor, der mit seiner Tochter schon am Vortag eingetroffen war und nun neben ihm stand. »Schaut Euch das an!« Er seufzte wehmütig. »Man müsste noch mal jung sein, nicht wahr?«

»Vielleicht, Mortas«, antwortete der König der Nebellande, ein rothaariger Hüne mit rotblondem Bart im wettergegerbten Gesicht. »Aber Weisheit und Gelassenheit, wie das Alter sie uns schenkt, sind auch nicht zu verachten.« Da bemerkte er den Hüter des Lichts, der eben von seinem Pferd gestiegen war. Rumor stieß den Gastgeber eilig an. »Kommt, Mortas, lasst uns unseren obersten Gebieter begrüßen!«

Elysions Freude über das Wiedersehen war groß. Er umarmte Rumor, der ihm seit langer Zeit treu ergeben diente, und schloss auch Mortas in die Arme, den Herrscher des Hhelmlandes, das ebenfalls seit Anbeginn der Zeiten auf der Seite des Lichts stand. Nachdem die Männer ausgiebig Hände geschüttelt und Höflichkeiten ausgetauscht hatten, drehten sie sich zu Morwena und Paravain um, die noch immer eng umschlungen dastanden und einfach nicht voneinander lassen wollten.

Mortas lächelte erneut, und Rumor wandte sich an den Hüter des Lichts. »Sind sie nicht ein wunderschönes Paar? Nur schade, dass mein alter Freund Artas das nicht mehr erleben darf. Er wäre darüber bestimmt ebenso glücklich wie ich.«

»Davon bin ich überzeugt, Rumor«, antwortete Elysion und legte ihm zum Trost die Hand auf die Schulter. Dann sah er wieder zu dem Brautpaar hin und räusperte sich vernehmlich.

Mit verlegenem Lächeln traten die beiden auseinander. Morwena begrüßte Elysion und die Weißen Ritter, Paravain wandte sich seinem Oheim zu. »Ihr habt nicht zu viel versprochen«, sagte er nach einem anerkennenden Blick über den Hof. »Hier wurden weder Kosten noch Mühen gescheut.«

»Das ist doch selbstverständlich, Paravain.« Mortas deutete eine Verneigung an. »Das bin ich dem einzigen Sohn meines geliebten Bruders schuldig.« Mortas wollte sich bereits entfernen, als ihm noch etwas einfiel. »Übrigens … ich habe einen zusätzlichen Gast eingeladen, einen guten Freund, dem ich schon seit einigen Jahren eng verbunden bin.«

»Dann sollte ich ihn doch kennen, Oheim, oder?«

»Natürlich kennst du ihn – sehr gut sogar. Er wird sich leider etwas verspäten und kann uns deshalb nicht von Anfang an Gesellschaft leisten.«

»Wer ist es denn?«

»Nur Geduld, Paravain!«, antwortete König Mortas lächelnd. »Ich kann deine Neugier wohl verstehen. Aber es soll ja eine Überraschung für dich sein.«

Laura hatte den Schattenforst niemals betreten, und dennoch erkannte sie ihn auf Anhieb wieder. Es war der grauenhafte Wald aus ihren Albträumen! Wieder liefen ihr frostige Schauer über den Rücken, während sie dem schmalen Pfad tiefer in den Wald hinein folgte. Die braune Leinentasche fest an sich gedrückt, schaute sie sich immer wieder ängstlich um. Zwischen den Bäumen ballte sich die Finsternis, und obwohl Laura niemanden sah, fühlte sie sich von allen Seiten beobachtet. Irgendwo im Schatten des Waldes lauerten unheimliche Wesen und behielten sie im Auge, davon war sie überzeugt. Und sie konnte diese Geschöpfe sogar hören: ein Zischen und Fauchen, ein Heulen und Stöhnen – und ein Schleifen und Klackern wie von Klauen. Sie rechnete fest damit, jeden Moment gepackt und ins schaurige Walddunkel gezerrt zu werden.

Doch nichts dergleichen geschah, und so ging Laura immer weiter. Als sie den Blick nach oben richtete, erkannte sie, dass die Nacht bereits hereingebrochen war. Am Himmel waren schon die beiden Monde aufgezogen. Sie standen im vollen Licht, das dennoch die dichten Baumkronen kaum durchdringen konnte, die sich wie ein dunkles Schutzschild über den Pfad spannten.

In der Ferne schimmerte ein fahles Leuchten. Der Pfad führte direkt darauf zu, und so hielt sie sich an ihn, ohne zu wissen, was sie an ihrem Ziel erwartete.

Als Laura an die fünf übereinandergetürmten Findlinge gelangte, die in der Mitte eines Talkessels aufragten, wusste sie, dass sie vor dem Eingang zum Schwarzen Schloss stand. Genauso hatte das Irrlicht ihn nämlich beschrieben, das Herr Virpo ihr beim Verlassen des Karfunkelwaldes noch kurz vorgestellt hatte. Der Wicht hatte das versteckte Portal eher zufällig entdeckt, als er sich beim Irreführen verirrt hatte.

Jetzt endlich wurde Laura auch klar, woher das trübe Licht kam, das sie an den finsteren Ort geleitet hatte: Zwischen den

Blättern des schwarzen Efeus, der die Steine fast vollständig überwucherte, krabbelte ein riesiges Heer phosphoreszierender Käfer umher, deren schleimtriefende Körper in der Dunkelheit bläulichgrau schimmerten.

Die Spalte, die den eigentlichen Zugang zu Beliaals Feste bildete – das jedenfalls hatte das Irrlicht behauptet –, war hinter zwei übermannshohen Dornbüschen versteckt, die links und rechts davon standen. Kurz entschlossen ging Laura darauf zu und sprang schon im nächsten Augenblick erschrocken zurück. Durch das Dornengestrüpp lief eine Bewegung, Äste und Zweige verformten sich, bis Laura den Eindruck hatte, zwei grimmigen Lemuren gegenüberzustehen.

»Halt!«, schallte es ihr aus dem Blattwerk entgegen. »Was ist dein Begehr?«

»Äh …«, stammelte Laura. »Ich möchte zu Eurem Herrn und Meister.«

Die Dornbüsche blickten sich kurz an, zumindest sah es so aus, bevor sie sich kräftig schüttelten. »Unser Herr erwartet keinen Besuch. Scher dich weg, solange du noch kannst!«

»Ihr macht einen Fehler«, entgegnete Laura rasch. »Euer Herr wird toben, wenn er erfährt, dass ihr mich weggeschickt habt.«

Wieder wandten die Büsche sich einander zu. »Warum sollte er?«

»Weil …« Laura biss sich vor Aufregung auf die Unterlippe. »Weil ich Beliaal ein Angebot machen möchte, auf das er bereits seit Ewigkeiten wartet.«

Die dornigen Wächter überlegten und schwankten bald nach rechts, bald nach links. Dann steckten sie ihre Spitzen zusammen, und es hörte sich an, als würden sie miteinander flüstern. »Also gut«, sagten sie schließlich, als eine heisere, schrille Stimme in Lauras Rücken erklang: »Halt!«, kreischte jemand. »Glaubt ihr kein Wort!«

Laura wirbelte herum und sah sich dem unheimlichen Mädchen gegenüber. Die schwarzen Haare hingen der Kleinen wirr ins Gesicht, während sie ihr Gegenüber mit blutunterlaufenen Augen fixierte. Erst da gewahrte Laura die beiden finsteren Wesen, die neben der Schattengestalt aufragten:

Auf der einen Seite ein riesiger Werwolf, von dessen Gebiss Blut tropfte, und auf der anderen ein hagerer Vampir, der die Zähne ebenfalls gefletscht hatte. Offensichtlich konnte er es gar nicht erwarten, seine spitzen Hauer in ihren Hals zu schlagen.

Kapitel 29 ❧ Besuch beim Dämon

Das schwarze Mädchen öffnete den Mund und fauchte wie eine Höllenkatze. Dann sprang es auf Laura zu und blickte sie mit triumphierendem Grinsen an. »Das ist dein Ende!«, keifte die Schattengestalt. »Dein Schicksal ist besiegelt!«

Laura hielt dem bohrendem Blick stand. Sie verspürte keine Angst und wich nicht zurück.

Damit schien das Mädchen nicht gerechnet zu haben. Seine Augen flackerten unruhig. »Packt sie«, kreischte sie den Ungeheuern entgegen. »Zerreißt sie! Sie gehört euch!«

Die beiden Geschöpfe der Nacht schüttelten die Köpfe.

»Das geht nicht«, knurrte der Werwolf wütend.

»Er hat Recht«, näselte der Vampir. »Es geht leider wirklich nicht.«

Ein Anflug von Entsetzen stahl sich in das bleiche Mädchengesicht. »Aber warum denn nicht?«

»Weil Beliaal es verboten hat!«

Das Antlitz der Schattenkreatur wandelte sich jäh. Der siegessichere Ausdruck wich einer Fratze maßloser Enttäuschung. »Beliaal?«, krächzte sie matt. »Warum … denn bloß? Das … verstehe … ich … nicht.«

Laura tat einen Schritt auf das Mädchen zu und blickte ihm direkt in die Augen. »Mach dir nichts draus«, sagte sie mit fester Stimme. »Auch ich habe lange Zeit nichts verstanden, und vor allem nicht, wer du bist. Aber jetzt weiß ich es endlich.« Sie lächelte. »Du bist … meine dunkle Seite. Mein dunkles Ich. Das Kind meines Dunklen Blutes, das untrennbar mit mir verbunden ist. Ich darf nicht zulassen, dass du die Oberhand über mich gewinnst, sonst wäre alles verloren.« Sie rückte noch einen Schritt näher, bis sie dem Mädchen Nasenspitze an Nasenspitze gegenüberstand. »Verzeih, dass ich das so lange nicht begriffen habe. Dabei bist du doch ein Teil von mir. Ich muss dich annehmen und mich mit dir versöhnen, sonst wirst du mir immer wieder das Leben schwer machen.«

Damit streckte Laura die Arme aus und umarmte das Mädchen. Im gleichen Augenblick löste die Gestalt sich auf und war verschwunden – wie ein Schatten, den das Licht verzehrt.

Ohne dem Werwolf und dem Vampir noch Beachtung zu schenken, drehte Laura sich um und ging auf den Eingang des Schwarzen Schlosses zu. Die dornigen Wächter rückten ehrfürchtig zur Seite und ließen sie wortlos passieren.

Marius Leander blickte sehnsuchtsvoll auf die mächtige Säule aus gleißendem Licht, die über der Insel im Drudensee aufragte und bis in den wolkenlosen Himmel zu führen schien.

Bei Anbruch der Dunkelheit war er mit Anna in das Boot gestiegen und über den See gerudert, um dort auf Lukas' Rückkehr zu warten. Sie wollten den Jungen abholen und dann schnellstmöglich zu Laura in die Klinik fahren. Immerhin hatten sie keine Zeit zu verlieren – vorausgesetzt, Lukas hatte es tatsächlich geschafft, ein Heilmittel aufzutreiben.

Doch bisher ließ er sich nicht blicken.

Niemand war aus der magischen Pforte getreten, so sehnsüchtig Marius auch darauf starrte.

Wo blieb Lukas nur?

Anna stand dicht neben ihrem Mann, und seine wachsende Unruhe blieb ihr nicht verborgen. Sie ergriff seine Hand und blickte ihn an. »Keine Angst«, sagte sie, sanft lächelnd. »Lukas kommt schon noch, da bin ich mir sicher.«

Marius schluckte, seine Stimme war rau. »Woher willst du das wissen?«

»Weil ich unserem Sohn vertraue, deshalb.« Anna deutete hoch zum Himmel, an dem voll und rund der goldglänzende Mond stand. »Und weil wir heute die Mittsommernacht feiern, den Tag des hellen Lichts.«

Laura folgte der Steintreppe, die in die Tiefe führte. Nur Augenblicke später stand sie in einem riesigen Raum, der fast stockfinster war. Vereinzelte Fackeln an den Wänden und Kerzen in metallenen Kandelabern verbreiteten spärliches Licht. Als ihre Augen sich an die Dunkelheit gewöhnt hatten, erkannte sie, dass der Saal vollkommen leer war. Niemand war zu sehen. Am entgegengesetzten Ende führte eine weitere Treppe nach unten. Rasch ging Laura darauf zu.

Sie hatte noch keine fünf Schritte zurückgelegt, als sie einen ersten Eindruck von den Kräften des Dämons bekam: Beinahe wäre sie auf einen schwarzen Mantel getreten, den irgendwer achtlos auf den Boden geworfen haben musste. Gerade wollte sie ihn mit dem Fuß zur Seite schieben, als das unheilvolle Brausen anhob, das sie bereits am Alten Schindacker in Angst und Schrecken versetzt hatte.

Der Mantel begann zu zittern. Anfangs kaum merklich, dann richtete er sich ruckend mehr und mehr auf, bis er in voller Größe vor ihr schwebte. Es sah ganz so aus, als kleide er eine unsichtbare Gestalt. Schließlich zeichneten sich deutlich die Konturen eines gewaltigen Leibes in ihm ab – und schon stand Beliaal vor ihr. Trotz des Mantels stachen die riesigen Fledermausflügel auf seinem Rücken deutlich hervor, wie immer das auch möglich sein mochte!

Beliaals dunkle Dämonenfratze zeigte ein hämisches Grinsen, als er sich theatralisch vor Laura verneigte. »Willkommen in meinem Palast, Menschenkind«, sagte er. »Du musst meine Pflanzlinge sehr beeindruckt haben. Andernfalls hätten sie dir bestimmt keinen Zugang gewährt.«

Laura kämpfte gegen die Furcht an, die in ihr emporstieg. Beliaal durfte unter keinen Umständen merken, dass sie Angst vor ihm hatte – sonst würde er auf ihren Vorschlag niemals eingehen!

Der Dämon machte einen Schritt auf sie zu und starrte sie drohend an. »Mir scheint, du hast einen großen Fehler gemacht.«

»Einen Fehler?«, stieß Laura hervor.

»Offensichtlich hast du nichts aus unserer letzten Begegnung gelernt. Sonst wärst du nicht allein gekommen!«

Lauras Verwirrung wuchs.

Was meinte der Dämon bloß? Sie hatte ihm doch niemals gegenübergestanden! Ihre Hände zitterten, und ihre Knie fühlten sich an wie Wackelpudding.

Doch als sie das Rad der Zeit spürte, das sie unter ihrem Wams versteckt um den Hals trug, schöpfte sie neuen Mut und ihre Stimme wurde fester. »Ich habe den Torwächtern nur die Wahrheit gesagt. Nämlich, dass …«

»Schon gut«, fiel der Dämon ihr ins Wort. »Das habe ich auch vernommen.«

»Was?«, fragte Laura verblüfft. »Dann wollt Ihr Euch mein Angebot …«

Erneut unterbrach Beliaal sie. Seine lavafarbenen Augen funkelten wie Warnlichter in der Dunkelheit. »Natürlich! Sonst hättest du meine Schwelle nicht lebend überschritten.«

Puuuh!

Laura atmete tief durch. »Also gut«, sagte sie. »Ich wollte …«

»Hier doch nicht!«, fauchte der Dämon. »Das ist wahrlich kein angemessener Ort für ein Gespräch. Du sollst dich bei niemandem beklagen müssen, dass man dich im Schwarzen Schloss nicht zuvorkommend behandelt hätte.« Er grinste ihr ins Gesicht. »Vorausgesetzt, du bekommst jemals die Gelegenheit dazu!«

Der Thronsaal war mit Abstand der schrecklichste Raum im ganzen Schloss. Zumindest hatte Laura keinen schlimmeren gesehen, als sie Beliaal nach unten gefolgt war. Sie hatte genau mitgezählt: Der Palast des Dämons besaß sieben Stockwerke – falls es vom Thronsaal aus nicht noch weiter in die Tiefe ging. Doch außer dem Eingangsportal, das von diesen furchtbaren Mantikoren bewacht wurde, sah Laura keine weitere Tür in dem Raum. Also schien sie sich tatsächlich im untersten Geschoss zu befinden.

Beliaal ließ sich auf dem Thronsessel nieder und wies Laura den Stuhl daneben zu. Während der Dämon nach dem Hausdiener rief, einem verschlagenen Erdtroll, und Getränke bei ihm orderte – Saft für den Gast und Wein für sich selbst –, schaute sie sich verstohlen um und prägte sich jede Einzelheit genau ein: das Portal mit den Mantikoren. Den Kamin daneben. Den großen Spiegel an der Wand. Die lange Tafel in der Mitte des Raumes. Die herumschwirrenden Krähen. Die Käfer an der Decke – und über Beliaals Thron den mächtigen Kopf des schwarzen Einhorns, in dessen rotem Horn sich die Flammen des Kamins spiegelten. Die Waffe eines Einhorns, das zu seinem größten Feind geworden ist!, schoss es ihr durch den Kopf. *Das dritte Zeichen der Schlange.* Laura war so abgelenkt, dass sie die Frage des Dämons überhörte.

»Bist du taub?«, fauchte er sie an. »Oder warum antwortest du mir nicht?«

»Ich …« Laura verbeugte sich rasch. »Verzeiht mir, Herr, aber ich war in Gedanken.«

»In Gedanken, soso«, brummte Beliaal verstimmt. »Scheint eine dumme Angewohnheit von euch Menschenkindern zu sein!«

Laura versuchte, sich die Freude bei diesen Worten nicht anmerken zu lassen. Die Bemerkung des Dämons konnte nur eines bedeuten: Lukas hielt sich ebenfalls im Schwarzen Schloss auf! Warum hätte Beliaal ihn auch entkommen lassen sollen?

»Jetzt mach schon!«, blaffte Beliaal los. »Lass mich endlich wissen, was du mir anzubieten hast!«

»Natürlich, Herr, sehr gerne.« Sie wartete noch, bis der Erdtroll die Getränke gebracht und sich wieder verzogen hatte, nippte rasch an ihrem Saft und richtete sich in ihrem Stuhl auf. »Hört zu: Ich bin gekommen, um Euch ein großes Geheimnis zu verraten.«

»Ein Geheimnis? Da bin ich aber gespannt!«

»Das dürft Ihr auch, Herr!« Laura versuchte ein Lächeln. »Ich will Euch nämlich verraten, wodurch wir Menschen einen so großen Einfluss auf die Einhörner besitzen und ihr Schicksal so stark beeinflussen, dass sie uns nahezu ausgeliefert sind.«

»Tatsächlich?« Beliaals Augen glommen auf. Allerdings war ihm anzusehen, dass er nicht wusste, worauf Laura hinauswollte. »Und was sollte mir das nützen?«, hakte er nach.

»Ganz einfach: Sobald Ihr das Geheimnis kennt, müssen die Einhörner Euch zu Willen sein, und Ihr könnt mit ihnen umspringen, wie es Euch beliebt.« Laura beugte sich vor und sah ihn schmeichelnd an. »Das ist doch Euer größter Wunsch, nicht wahr?«

»Du sagst es!« Ein dunkles Leuchten glitt über das Gesicht des Dämons, erlosch jedoch sogleich wieder. Er reckte den Kopf vor und beäugte das Mädchen misstrauisch. »Aber dafür verlangst du doch bestimmt einen Preis, nicht wahr?«

Laura lächelte zufrieden. »Natürlich, Herr. Aber ein so großes Geheimnis ist allemal einen Preis wert, findet Ihr nicht?«

»Kommt darauf an«, entgegnete Beliaal lauernd. »Lass hören!«

»Ich verlange nicht viel. Nur die Kralle eines Mantikors, das Horn eines schwarzen Einhorns und ein Barthaar von Euch.«

»Tatsächlich?« Ein Grinsen lief über Beliaals Fratze. Offensichtlich verstand er den Grund für ihre Forderung. »Ist das alles?«

»Nein, Herr.« Laura schüttelte den Kopf. »Ich wünsche auch noch, dass Ihr meinen Bruder freilasst – Lukas!«

»Was?« Der Dämon zuckte zusammen. Dann sprang er auf. »Niemals!«, schrie er mit Donnerstimme.

Eingeschüchtert krümmte Laura sich auf dem Stuhl zusammen. »Und … wieso nicht?«

»Weil mir der Preis zu hoch ist. Viel zu hoch!«

Laura dachte fieberhaft nach. Sie konnte Lukas doch nicht so einfach im Stich lassen! Das Mädchen erhob sich, hängte die Tasche um und trat vor Beliaal hin. »Wie Ihr meint. Wenn Ihr auf meine Forderung nicht eingehen wollt, verschwinde ich wieder.«

Beliaal grinste sie breit an. »Glaubst du, ich lasse das zu?«

»Auch gut«, sagte Laura. Es klang womöglich eine Spur zu forsch, doch sie musste das Zittern unterdrücken, das sich in ihre Stimme stehlen wollte. »Dann nehme ich mein Geheimnis eben mit in den Tod.«

Der Dämon lehnte sich in seinem Thronsessel zurück und musterte sie für eine Weile. »Hör zu«, meinte er schließlich. »Ich mache dir einen anderen Vorschlag.«

Laura hielt den Atem an. »Lasst hören!«

»Wenn du deinen Bruder in meinem Schloss findest, werde ich deine Forderung erfüllen.«

»Und wenn nicht?«

»Musst du mir dein Geheimnis verraten …« Beliaal beugte sich so weit vor, dass Laura seinen Ziegenbart auf ihrem Kinn spürte. »… und mir fortan Gesellschaft leisten!«

Laura zögerte. Sollte sie dieses teuflische Angebot annehmen? Der Dämon hatte Lukas bestimmt gut versteckt, und wenn sie ihn nicht fand, war sie verloren! Was sollte sie nur machen? Nach einigem Überlegen wurde Laura klar, dass sie überhaupt keine Wahl hatte: Ohne die drei Zeichen der Schlange würde sie ohnehin sterben. So stimmte sie schließlich zu.

»Gut! Sehr gut!«, freute sich der Herr der Finsternis mit einem Hohnlächeln, das Laura nicht gefallen wollte. Beliaal war zu siegesgewiss!

Der Dämon erhob sich. »Ich werde meine Bediensteten anweisen, dass sie deine Suche nicht behindern und du dich ungestört in meinem Palast umsehen kannst.« Er hob den mittleren seiner drei Krallenfinger. »Aber lass dir nicht allzu lange Zeit damit. Wenn du deinen Bruder bis zu meiner Rückkehr nicht gefunden hast, werde ich den versprochenen Preis von dir fordern!«

Bevor Laura noch eine Frage stellen konnte, reckte Beliaal die Arme zur Decke. Augenblicklich verschmolz seine Gestalt mit dem schwarzen Mantel. Der fiel in sich zusammen und schlängelte sich über den Boden auf den Kamin zu, um dann, mit dem Kragen vorneweg, ins Feuer zu springen. Die Flammen loderten hell auf, und dann war keine Spur mehr von dem Kleidungsstück zu sehen.

Und von dem Dämon auch nicht.

Galano ärgerte sich gewaltig. Während sich seine Kameraden auf Burg Tintall vergnügten und humpenweise Wein in sich hineingossen, musste er Wache stehen. Das war ungerecht, einfach ungerecht! Warum hatte Paravain ausgerechnet ihm die Führung der paar Ritter übertragen, die auf Hellunyat zurückgeblieben waren, um die Gralsburg zu bewachen? Eine Auszeichnung war das gewiss nicht, zumal ein Angriff unwahrscheinlich war. Und bis auf den Levator, der Lukas später in der Nacht auf seinem Luftfloß ins Tal der Zeiten bringen sollte, hatte sich auch niemand der Burg genähert. Alles war ruhig geblieben.

Diese Aufgabe hätte sogar ein Knappe übernehmen können!, haderte der junge Ritter im Stillen. Warum musste es dann ausgerechnet mich treffen?

Mit einem Male gewahrte der Ritter eine dunkle Wolke, die sich über die Ebene von Calderan auf die Burg zubewegte.

Der schwarze Nebel flutete rasch heran.

Galano sprang auf und gab Alarm. »Feinde im Anmarsch!«, schrie er aufgeregt. »Verbarrikadiert das Tor und macht euch bereit zum Kampf!«

Seine Männer gehorchten augenblicklich. Sie sicherten das mächtige Burgtor durch zusätzliche Balken und Sperren und stürmten auf die Mauern, um die Angreifer zu erwarten.

Rund eine Pfeilschusslänge von der Burg entfernt, verharrte der Nebel. Als er sich lichtete, kam darunter ein Trupp schwarzer Reiter zum Vorschein, der aus einer Horde Wolfsköpfiger und einer Handvoll Schwarzer Ritter bestand. Überrascht wandte Galano sich an den Recken an seiner Seite. »Was meinst du dazu, Malko?«

Malko hatte schon viele Schlachten geschlagen. Sein Haar war so grau wie sein stoppeliger Bart, und nichts konnte ihn so leicht aus der Ruhe bringen. »Warten wir einfach ab«, knurrte er bärbeißig. »Dann werden wir schon sehen.«

Da reckten die Fremden auch schon eine weiße Flagge empor, und der Fahnenträger und ein weiterer Krieger sprengten bis vor das Burgtor. Der finstere Kerl mit dem Tuch hob den Blick. »Wisst Ihr, wer ich bin?«, rief er den Männern auf der Mauerkrone zu.

»Und ob wir das wissen«, murmelte der Veteran voll Abscheu in Galanos Ohr. »Das ist Aslan, der Anführer von Borborons Schwarzer Garde.«

»Und der andere?«, flüsterte Galano rasch zurück.

»Kroloff! Er befehligt die Wolfsköpfigen, die sich als Sklavenjäger an den Schwarzen Fürsten verdungen haben.«

Der junge Ritter zuckte zusammen. Kroloff und Aslan! Den beiden eilte ein schrecklicher Ruf voraus! Galano atmete tief durch und richtete sich auf. »Was wollt Ihr von uns?«, fragte er mit fester Stimme.

Während Kroloff schwieg und die Mauern der Burg nur lauernd aus gelben Wolfsaugen betrachtete, ergriff Aslan erneut das Wort. »Wir wollen Euren Gebieter sprechen, Elysion!«

Galano schüttelte den Kopf. »Der Hüter des Lichts ist nicht hier. Wenn Ihr mit ihm reden wollt, müsst Ihr später wiederkommen.«

Aslan und Kroloff steckten die Köpfe zusammen und flüsterten miteinander. Dann blickte der Schwarze Ritter wieder hoch zur Mauer. »So lange können wir nicht warten. Deshalb werden wir Euch unser Anliegen vortragen.«

Galano sah Malko fragend an. Der alte Kämpe zuckte nur mit den Schultern.

»Wir haben uns entschlossen, die Seiten zu wechseln«, fuhr Aslan fort. »Wir möchten fortan Elysion dienen und bitten deshalb um Einlass in die Gralsburg!«

»Was?« Galano war fassungslos. Er hätte mit allem gerechnet, nur nicht damit!

»Ihr haltet uns wohl für töricht, Aslan!« antwortete Malko anstelle des jungen Ritters. »Warum solltet Ihr so etwas tun?«

»Wisst Ihr das wirklich nicht?« Der finstere Geselle wirkte ehrlich überrascht. »Haben eure Spione Euch nicht berichtet, wie es um die Dunkle Festung steht? Borboron ist unerträglich geworden und völlig unberechenbar. Sein blindwütiger Zorn kann jeden treffen, ohne besonderen Anlass. Unsere Henkersknechte kommen mit der Arbeit gar nicht mehr nach. Niemand ist seines Lebens sicher, selbst ich nicht, obwohl ich Borboron all die Jahre treu gedient habe.« Aslan deutete auf den schweigsamen Wolfsmann an seiner Seite. »Kroloff und seinen Männern ergeht es nicht besser. Deshalb bitten wir euch, edle Ritter: Gewährt uns Zuflucht in euren Mauern, und wir werden es euch gebührend vergelten.«

Galano überlegte fieberhaft. Er hatte bereits gehört, dass sich das Dunkle Heer in Auflösung befand. Aslan schien also die Wahrheit zu sagen. Und dennoch … Er stieß Malko an. »Was denkst du?«

Der Graubart schüttelte den Kopf. »Das ist nicht unsere Entscheidung. Nur unser Gebieter Elysion kann das abwägen.«

Galano richtete sich wieder auf. »Tut mir leid, Aslan! Ihr könnt gerne vor unseren Mauern lagern und warten, bis unser Herr zurückkehrt. Mehr kann ich nicht für Euch tun!«

Aslan sah ihn voll Verzweiflung an. »Die Zeit drängt, so versteht das doch! Borboron wird bald bemerken, dass wir uns abgesetzt haben, und seine restlichen Reiter hinter uns herschicken. Wenn sie uns erwischen, ist unser Leben verwirkt.«

»Hm«, brummte Malko. »Damit mag er Recht haben.«

»Wir können unmöglich länger warten«, fuhr Aslan fort. »Entweder ihr gewährt uns umgehend Schutz in euren Mauern, oder wir müssen in die Dunkle Festung zurückzukehren. Das Leben, das uns dort erwartet, ist zwar schlimmer als das eines Hundes. Aber selbst das schlimmste Leben ist allemal besser als der schönste Tod!«

Galano kratzte sich am Kinn. Malko hatte Recht. Nur der Hüter des Lichts konnte eine so schwer wiegende Entscheidung treffen. Er verwehrte den Überläufern also weiterhin den Zutritt zur Gralsburg.

»Der Teufel soll Euch holen!«, fluchte Aslan. »Ihr schickt uns in den sicheren Tod. Aber wie es Euch beliebt! Dann nehme ich mein Geheimnis eben mit ins Grab, und Ihr werdet den Namen des Verräters nie erfahren!«

»Den Namen des Verräters?« Galano wurde neugierig.

Aslan erinnerte den Gralsritter daran, dass es Borboron und seinen Männer vor gut dreißig Monden gelungen war, den Kelch der Erleuchtung aus dem Labyrinth des Lichts zu entwenden. »Dieser dreiste Diebstahl konnte nur gelingen, weil sich ein Verräter in euren Reihen befand – und immer noch befindet!«

Galano wollte ihm zuerst nicht glauben, doch Malko belehrte ihn eines Besseren. »Der Kerl hat leider Recht«, sagte er und spie aus. »Wir haben bis heute nicht herausgefunden, wer dafür verantwortlich ist.« Damit beugte er sich über die Zinnen und brüllte in die Tiefe: »Dann kennt Ihr diesen verräterischen Hund?«

»Natürlich!«, entgegnete Aslan entrüstet. »Oder glaubt Ihr, das war nur so dahingesagt?«

»Beweist es!«, forderte Galano ihn auf. »Nennt uns seinen Namen!«

Wieder beratschlagten Aslan und Kroloff Kopf an Kopf. Diesmal brauchten sie sehr lange, um zu einer Entscheidung zu gelangen. »Zum Teufel, was soll's«, rief der Schwarze Ritter dann den Männern auf der Burgmauer zu. »Ich werde ohnehin meinen Kopf verlieren. Deshalb soll dieser Hund seinen auch nicht länger behalten. Berichtet Eurem Herrn also, wer ihm damals so übel mitgespielt hat: Es war der Wächter des Labyrinths – Luminian!«

In einen altertümlichen Mantel gehüllt, wanderte Aurelius Morgenstern unruhig in seinem Wohnzimmer auf und ab. Trotz der späten Stunde konnte er an nichts anderes denken als an dieses antike Buch, an »Die Bruderschaft der Sieben«. Schon seit Tagen spukte ihm die Schrift im Kopf herum. Als sein guter Freund Pater Dominikus noch am Leben gewesen war, hatte er sie in der geheimen Bibliothek des Klosters »Zum Heiligen Stein« aufbewahrt, neben vielen anderen, die auch nicht ans Licht der Öffentlichkeit gehörten. Und damals hatte der Professor sich auch geraume Zeit damit beschäftigt.

Anfangs hatte er das dicke Buch sehr gründlich studiert. Doch später hatte der Eifer nachgelassen, bis er schließlich gänzlich zum Erliegen kam. Dominikus hatte Aurelius immer wieder ermahnt, nicht so nachlässig zu sein. Das Buch enthielt das geheime Wissen der Wächter und konnte jedem, der es kannte, von unschätzbarem Nutzen sein. Schon Generationen von Wächtern hatte es geholfen, sich gegen die Dunklen zu behaupten und selbst die hinterhältigsten Angriffe und Intrigen abzuwehren. Doch er, Aurelius, hatte die Mahnungen des Paters einfach in den Wind geschlagen. »Später«, hatte er nur gesagt, »später, wenn ich mehr Zeit dafür habe.«

Die Leitung des Internats hatte ihn sehr in Anspruch genommen, und die Führung der ihm anvertrauten Wächter und die Ausbildung der Eleven hatten ebenfalls viel Zeit erfordert. Von morgens bis abends war er beschäftigt gewesen und hatte nie die nötige Zeit und Muße gefunden, sich der »Bruderschaft der Sieben« zuzuwenden – bis es dann zu spät war: Ein Dieb hatte die Schrift aus der geheimen Bibliothek entwendet und Pater Dominikus ermordet. Seitdem hatte Aurelius Morgenstern vergeblich versucht, das wertvolle Buch wieder in seinen Besitz zu bringen.

Im Dezember des vergangenen Jahres hatte Maximilian Longolius die verschollene Schrift überraschend zurückgebracht. Damals hatte Aurelius die wahre Natur dieses ruchlosen Schwarzmagiers nicht durchschaut und sich endlich am Ziel seiner Wünsche geglaubt – nur um dann feststellen zu müssen, dass man ihn getäuscht hatte. Seither sann der Professor darüber nach, wo sich das Buch befinden mochte. Er war inzwischen davon überzeugt, dass die Schrift auch Laura retten konnte. Das Kapitel über das Helle und das Dunkle Kind, das er vor Jahrzehnten einmal flüchtig überflogen hatte, enthielt entsprechende Hinweise. Leider konnte Aurelius sich nicht mehr an die wichtigen Details erinnern.

Maximilian Longolius war im Besitz des Originals gewesen, so viel war sicher. Was gleichzeitig bedeutete, dass das Buch noch irgendwo sein musste.

Aurelius hatte in der Zwischenzeit alles unternommen, um »Die Bruderschaft der Sieben« aufzuspüren. Er hatte sich heimlich Zugang zum Penthouse des Verlegers verschafft, das seit dessen Tod verwaist war, und dort alles gründlich durchsucht. Ja, er hatte sogar eine renommierte Detektei mit der Suche beauftragt. Doch es war vergeblich gewesen. Das Buch blieb verschwunden, als hätte der Erdboden es verschluckt.

Dabei musste es doch irgendwo sein!

Aurelius verharrte und trank einen Schluck Tee. Dabei fiel sein Blick aus dem Fenster auf den Vollmond am Himmel. Plötzlich dachte er an Marius und Anna, die auf der Insel im Drudensee bestimmt schon sehnsüchtig auf die Rückkehr ihres Sohnes warteten. Er hoffte mit ihnen, dass Lukas heil zurückkehrte.

Und dass Laura endlich wieder gesund wurde!

Die schrecklichen Ereignisse hatten insbesondere Anna stark mitgenommen. Sie hatte so sehr darunter gelitten, dass sie die Arbeit an ihrer Diplomschrift unterbrochen und seitdem nicht wieder aufgenommen hatte.

Dabei war sie beinahe fertig gewesen. »Ich muss nur noch ein winziges Detail in der Uni-Bibliothek überprüfen«, hatte Anna ihm selbst verraten, »dann kann ich sie abgeben.«

Aber das war nun schon drei Monate her, und Anna hatte die Arbeit immer noch nicht abgeschlossen.

Welch große Folgen winzige Details manchmal haben können, dachte Aurelius wehmütig, während er einen weiteren Schluck Tee schlürfte. Dabei war es zur Uni-Bibliothek wirklich nicht weit! Den Besuch dort hätte Anna doch trotz allem …

Aurelius Morgenstern hielt abrupt inne. Dann stellte er die Teetasse so heftig ab, dass sie beinahe zerbrochen wäre, und schüttelte mit verärgerter Miene den Kopf. Meine Güte!, schalt er sich selbst. Dass ich darauf nicht früher gekommen bin!

Er zog das Handy aus dem Mantel und wählte eine Nummer.

Laura war der Verzweiflung nahe. Stundenlang hatte sie das Schwarze Schloss durchsucht, die sieben Stockwerke und alle Räume gründlich durchstöbert – und trotzdem keine Spur von Lukas entdeckt.

Und von der Einhornprinzessin Smeralda auch nicht!

Dabei hatte Beliaal Wort gehalten. Seine Bediensteten – Werwölfe, Erdtrolle, Vampire oder ähnlich schreckliche Geschöpfe – behinderten ihre Suche nicht. Im Gegenteil: bereitwillig öffneten sie jede Tür, hinter die sie blicken wollte. Selbst die Furcht erregenden Mantikore hielten sich im Zaum.

Den Ungeheuern war deutlich anzusehen, dass sie dem Mädchen am liebsten sofort mit den scharfen Krallen die Kehle zerfetzt hätten. Dennoch ließen sie Laura anstandslos das Portal zum Thronsaal passieren, obwohl sie sich ein drohendes Knurren nicht verkneifen konnten.

Laura vermutete längst, dass der Dämon Lukas und Smeralda an der geheimsten Stelle seines Palasts gefangen hielt – im Herz der Finsternis, wo er auch das eigene Herz verwahrte. Deshalb konzentrierte sie ihre Suche auf diesen mysteriösen Ort. Laura hatte schon zahlreiche Verstecke und Geheimtüren entdeckt, aber diesmal ließ ihr Spürsinn sie ihm Stich. Sie fand nicht den kleinsten Hinweis auf das geheime Refugium des finsteren Herrschers.

Beliaals Bedienstete gaben vor, den Eingang nicht zu kennen. Laura glaubte ihnen das sogar, so wenig sie ihnen sonst auch über den Weg traute. Aber es war durchaus wahrscheinlich, dass ihr Herr seine einzige verwundbare Stelle niemandem verraten hatte.

Aber irgendwo musste dieses Herz der Finsternis doch sein!

Obgleich Laura ihre erfolglose Suche im Thronsaal begonnen hatte, durchkämmte sie ihn ein zweites Mal. Vielleicht hatte sie ja etwas übersehen! Sie stöberte in allen Ecken, sah unter der großen Tafel nach, blickte hinter den Thronsessel, ruckelte am Kopf des schwarzen Einhorns und klopfte sämtliche Wände Zentimeter für Zentimeter ab, doch auch diesmal fand sie nichts Verdächtiges.

Es war einfach zum Verrücktwerden!

Niedergeschlagen ließ Laura sich auf einen der zahlreichen Stühle an der Tafel sinken, stützte die Ellbogen auf den Tisch und legte das Kinn auf die Hände. Ihre Aussichten, Lukas und Smeralda zu finden, waren genauso düster wie ihr Gesicht, das ihr vom Spiegel an der Wand entgegenstarrte.

Wozu brauchte Beliaal überhaupt dieses riesige, bis zum Boden reichende Spiegelglas? Zumal es im Thronsaal so duster war, dass man ohnehin nicht viel darin erkennen konnte. Der Dämon machte nicht gerade den Eindruck, als würde er sein Aussehen regelmäßig im Spiegel überprüfen. Aber wozu hatte er dieses blanke Ungetüm sonst angebracht? Laura erhob sich und ging nachdenklich darauf zu.

Auf den ersten Blick konnte sie nichts Auffälliges entdecken. Fast der gesamte Thronsaal war auf der riesigen Spiegelfläche zu sehen, wenn auch seitenverkehrt. Doch da fiel Laura etwas auf, in der Ecke neben dem Thronsessel. Und als sie genauer hinsah, wusste sie plötzlich, wie sie ins Herz der Finsternis gelangte.

Morwena und Paravain waren trunken vor Glück. Die Wangen vor Freude, aber auch vom Wein gerötet, saßen die beiden inmitten ihrer Gäste im festlich geschmückten Rittersaal von Tintall und ließen sich das Hochzeitsmahl schmecken.

Der offizielle Teil des Festakts, bei dem der Hüter des Lichts den uralten Ritus vollzogen und den Weißen Ritter und die Heilerin förmlich zu Mann und Frau erklärt hatte, war längst vorbei. Die anfangs sehr feierliche Stimmung hatte sich gelöst und ausgelassener Fröhlichkeit Platz gemacht. Während die Geladenen Speisen und Getränke genossen, redeten sie wild durcheinander, scherzten und lachten und waren beinahe ebenso selig wie das Brautpaar. Keiner von ihnen neidete den beiden das große Glück, das ihnen deutlich sichtbar in den Gesichtern geschrieben stand. Schließlich zählten alle zum engsten Familien- oder Freundeskreis, und so lag jedem auch der leiseste Gedanke an Eifersucht oder Missgunst fern.

Als Paravain in die Runde blickte, sah er überall nur Freude. Alle waren bester Laune: Elysion und König Rumor,

Oheim Mortas und sein Waffenmeister Falkas, die Weißen Ritter und die Garde der Hhelmritter, die alten Freunde und Freundinnen, die das Paar ebenfalls in den Rittersaal geladen hatte. Da viele von ihnen sich lange nicht gesehen hatten, war für genügend Gesprächsstoff gesorgt, sodass Langeweile erst gar nicht aufkam. Die Spielleute und Akrobaten taten sich deshalb schwer, die Aufmerksamkeit der Gäste zu erringen.

Der eigentliche Höhepunkt der Feier stand allerdings noch bevor: Sobald die beiden Monde Aventerras, der leuchtend gelbe Goldmond und der blaue Menschenstern, gemeinsam am Himmel standen, würden Morwena und Paravain hinaus auf den Balkon treten und im vollen Licht der Mittsommernacht die Geister, die über den Lauf der Welten bestimmten, um Schutz und Segen für ihren neuen Bund bitten.

Es musste bald so weit sein, denn als Paravain durch die offene Balkontür äugte, sah er, wie die Bahn der Monde sich langsam ihrem Zenit näherte. Das erinnerte ihn an etwas. Er beugte sich über den Tisch und sprach König Mortas an: »Habt Ihr nicht erwähnt, dass Ihr noch einen Gast erwartet, Oheim?«

»Ja, sicher.« Mortas hob die Brauen. »Warum fragst du?«

»Weil er immer noch nicht erschienen ist, deshalb!«

Der König lächelte. »Nur Geduld, Paravain«, sagte er. »Er wird sich schon noch zeigen!«

Laura kniff die Augen zusammen und konzentrierte ihre gesamte geistige Kraft auf den Spiegel. Die riesige Glasfläche flimmerte kaum merklich und wurde durchlässig. Laura verspürte keinerlei Widerstand, als sie in das Spiegelbild hineintrat und wieder einmal erlebte, dass die Welt hinter den Dingen für alle, die fest daran glaubten, leicht zu erreichen war. Während sie rasch auf die hinterste Ecke des gespiegelten Thronsaales zulief, verrieten nur das helle Sirren in ihren Ohren und das Leuchten am Rande ihres Blickfeldes, dass sie sich in einer Dimension jenseits der ihren bewegte.

Augenblicke darauf stand sie vor der Tür, deren kaum erkennbare Umrisse ihr das große Geheimnis verraten hatten: Sie waren nämlich nur im Spiegel, nicht aber im Thronsaal zu sehen gewesen. Laura hatte sofort erfasst, was das bedeutete: Das Herz der Finsternis verbarg sich ebenfalls unter der Oberfläche der Dinge!

Die Tür ließ sich problemlos öffnen. Beliaal musste sehr überzeugt davon sein, dass niemand sein Geheimnis entdeckte. Ein schwarzes Loch gähnte Laura entgegen, und eine Treppe führte nach unten. Rasch nahm sie eine der Fackeln von der Wand, fachte sie durch kräftiges Pusten heller an und schritt vorsichtig die breiten Stufen hinab.

Wenig später befand sich Laura in einer Höhle, die sie an eine finstere Kathedrale gemahnte. Der felsige Boden war fast vollständig mit Eiern bedeckt. Es mussten Tausende sein, pechschwarz, groß wie ein Kinderball – und sie sahen alle gleich aus. Während Laura noch grübelte, was das wohl zu bedeuten hatte, bemerkte sie einen blassen Schein in der hintersten Ecke.

Smeralda, die Einhornprinzessin!

Laura hastete auf das Einhorn zu, das sie mit freudigem Wiehern begrüßte.

»Endlich!«, rief die Prinzessin erleichtert. »Ich hatte die Hoffung schon fast aufgegeben!« Ihr Fell strahlte hell vor Glück, als Laura die Fesseln löste. »Ich danke dir, Menschenkind, und stehe ewig in deiner Schuld.«

»Nicht so schnell«, sagte Laura. »Noch sind wir hier nicht raus. Beliaal kann jeden Augenblick zurückkehren.«

»Dieser Teufel!« Smeralda schüttelte wütend den Kopf. »Wo steckt er überhaupt?«

»Keine Ahnung.« Laura blickte sie schulterzuckend an. »Ich hoffe nur, dass er lange genug fortbleibt.«

Galano hatte den Wächter des Labyrinths noch nie so zornig erlebt. In seine weiße Toga gehüllt, stand der Mann mit dem bleigrauen Gesicht unter dem fast kahlen Schädel auf der Mauer und hielt die leblosen Augen starr auf Aslan gerichtet. Die Adern an seinen Schläfen waren geschwollen. »Du elender Lügner!«, schrie er den Schwarzen Ritter an, der gemeinsam mit Kroloff immer noch vor dem Tor verharrte. »Wie kannst du es wagen, mir eine solch schändliche Tat zu unterstellen?«

»Weil es der Wahrheit entspricht, deshalb!«, erwiderte Aslan ruhig. Seine Mundwinkel zuckten kaum merklich. »*Du* hast uns damals die Pläne des Labyrinths zugespielt. Sonst hätten wir nie in sein Zentrum gelangen und den Kelch der Erleuchtung stehlen können.«

Galano musterte Luminian von der Seite. Natürlich traute er dem Hüter des Labyrinths diese frevlerische Tat nicht zu. Der blinde Wächter diente dem Licht schon eine halbe Ewigkeit. Luminian hatte nicht nur den Vorgänger von Elysion überlebt, sondern auch dessen Vorgänger und Vorvorgänger. In all der langen Zeit hatte noch niemand ein böses Wort über ihn verloren, und von einem Vergehen gleich welcher Art hatte man erst recht nichts gehört. Es war ausgeschlossen, dass er die Sache des Lichts verraten hatte!

Andererseits blieb Aslan nicht nur hartnäckig bei seiner Anschuldigung, sondern wiederholte sie auch immer und immer wieder, so sehr Luminian auch alles abstreiten mochte. Was versprach der Schwarze Ritter sich davon? Das machte doch gar keinen Sinn!

Oder stimmte es am Ende doch?

Galano straffte sich. »Habt Ihr für diese Verdächtigung auch Beweise?«, rief er Aslan entgegen.

»Beweise?« Der Schwarze Ritter erhob sich im Sattel. »Ich war selbst dabei und habe die Pläne, die er Borboron überlassen hat, mit eigenen Augen gesehen! Ist das nicht Beweis genug?«

Galano schluckte und wandte sich an den Hüter des Labyrinths. »Jetzt sagt doch was!«

Der Graue stand für einen Augenblick ganz ruhig da. Dann ballte er die Faust – und Galano wollte seinen Augen kaum trauen: Von einem Moment auf den anderen hielt Luminian nicht nur ein Schwert in der Hand, sondern war auch größer geworden. Viel größer! Dem Ritter kam es vor, als rage die vormals schmächtige Gestalt nunmehr beinahe doppelt so hoch empor.

»Hör zu, du niederträchtiger Wurm«, sagte der Hüter des Labyrinths zu Aslan. »Die Geister, die über den Lauf der Welten bestimmen, sollen offenbaren, wer von uns beiden die Wahrheit spricht. Lass uns zu einem Zweikampf antreten, dessen Ausgang jedem zeigen wird, dass du der Lügner bist!«

»Eine wahrhaft prächtige Idee«, antwortete Aslan. Der Spott in seiner Stimme war nicht mehr zu überhören. »Ich fürchte nur, deine Geister haben Besseres zu tun. Bestimmt haben sie längst erkannt, dass dein Schicksal bereits besiegelt ist – und das von Hellunyat auch. Nicht einmal sie werden verhindern können, dass ihr Hunde des Lichts schon bald der Vergangenheit angehört!«

Damit wendeten Aslan und Kroloff die Pferde und galoppierten zu ihren Männern zurück. Dort brach die finstere Schar in lautes Lachen aus. Während sie kehrtmachten und eilig davonstoben, hallte ihr kehliges Gelächter über die Wispergrasebene, bis es im Wind verwehte.

Galano starrte ihnen fassungslos nach. Auch Luminian hatte die blinden Augen immer noch auf die schwindenden

Reiter gerichtet. Mit einem Male zuckte der Mann zusammen, als habe ihn der Schlag getroffen. Seine graue Miene wurde starr wie aus Stein gemeißelt.

Luminian wurde bewusst, dass er einen entsetzlichen Fehler begangen hatte. »Verzeiht mir, Herr«, wisperte er mit blutleeren Lippen. Dann stöhnte er laut auf, jämmerlich und verzweifelt wie ein waidwundes Tier.

Kapitel 30 Die Kraft des Karfunkelsteins

Steten Schrittes folgte Lukas dem fast endlosen Gang. Seine Augen hatten sich längst an die Dunkelheit gewöhnt. Er sah also, dass die Wände des Ganges gerundet waren, als beschrieben sie einen Kreis – kaum verwunderlich in einem Labyrinth.

Der Junge bewegte sich ruhig und besonnen. Obwohl er zahllose Abzweigungen passierte und regelmäßig Gabelungen vor ihm auftauchten, ging er nicht einmal fehl. Er hatte sich den Plan, den Borboron ihm überlassen hatte, genau eingeprägt und hätte sich auch in absoluter Finsternis zurechtgefunden. Plötzlich musste Lukas lächeln. Es war so einfach gewesen, ins Labyrinth des Lichts zu gelangen, dass er es immer noch nicht fassen konnte. Dabei war das Labyrinth angeblich der bestbewachte Ort auf ganz Hellunyat! Doch dann hatten sich die Wachen und selbst der blinde Hüter Luminian von der am Tor inszenierten Ablenkung fortlocken lassen, sodass Lukas ungesehen hineinschlüpfen konnte.

Einfach unglaublich!

Wahrscheinlich hatten sie von seiner Anwesenheit noch immer nichts mitbekommen.

Als der Junge einen schmalen Streifen hellen Lichts in der Dunkelheit vor sich aufschimmern sah, wusste er, dass das Ziel nahe war.

»Lukas ist wo?« Laura starrte Smeralda fassungslos an. Sie mochte nicht glauben, was die Prinzessin ihr eben berichtet hatte.

»Im Labyrinth des Lichts«, wiederholte das Einhorn ungeduldig. »Wie oft soll ich dir das denn noch sagen?«

»Bist du dir sicher?«

»Ganz sicher sogar!« Smeralda hob den Kopf und wieherte. »Beliaal hat es mir selbst erzählt. Er wollte, dass ich freiwillig auf seine Seite wechsele, und hat mir deshalb ständig das Beispiel deines Bruders vorgehalten. Wie gehorsam er doch alles macht, was man von ihm verlangt! Deshalb weiß ich auch, was Lukas im Labyrinth des Lichts vorhat: Er wird das Wasser des Lebens, das sich im Kelch der Erleuchtung befindet, durch das Blut eines schwarzen Einhorns entweihen.«

»Nein!«, schrie Laura gequält auf. »Das würde Lukas bestimmt nicht tun. Niemals!«

»O doch!«, entgegnete Smeralda ernst. »Dein Bruder ist nicht mehr Herr seiner Selbst. Er steht ganz im Bann von Beliaal und weiß deshalb gar nicht, was er tut!«

Laura glaubte, der Boden unter ihren Füßen würde sich auftun. Sie taumelte und musste sich an der Wand abstützen, um nicht hinzufallen. »Dann … dann sind wir verloren, Smeralda«, sagte sie matt. »Wenn die Krieger des Lichts nicht mehr von der großen Kraft schöpfen können, die das Labyrinth ihnen verleiht, sind wir dem Untergang geweiht.«

»Noch ist es nicht so weit«, widersprach die Prinzessin und schüttelte so heftig den Kopf, dass ihre seidige Mähne flog. »Noch können wir Lukas aufhalten.«

»Aber wie soll das gehen?« Laura sah das Einhorn mit großen Augen an. »Lukas steht unter dem Bann des Dämons, das hast du selbst gesagt!«

»Wir müssen ihn nur davon befreien.« Smeralda schnaubte unsicher, als bereite der Gedanke ihr Unbehagen. »Wenn Beliaal stirbt, fällt sein Bann von Lukas ab. Deshalb müssen wir sein Herz suchen – und ich weiß auch wie!«

Smeralda behielt den Eingang im Auge, damit sie nicht von Beliaals finsteren Geschöpfen überrascht wurden. Laura schritt indes eilends die endlosen Reihen schwarzer Eier ab und hielt den Karfunkelstein, den Silvana ihr geschenkt hatte, auf deren Schale gerichtet.

Sie hatte damit gerechnet, dass sie nach dem Betreten des Schwarzen Schlosses durchsucht würde. Zwei Werwölfe hatten sie gründlich abgetastet und ihre Tasche durchwühlt. Außer einigen Königsfrüchten und Duftäpfeln war jedoch nichts darin gewesen, und deshalb hatten sie Laura unbeanstandet passieren lassen. Auf die Idee, dass die auf die Tasche gestickte Truhe ein Geheimnis enthielt, waren sie nicht gekommen – und so war der Karfunkelstein unentdeckt bis ins Herz der Finsternis gelangt. Er strahlte und funkelte, während er Laura bei der Suche nach Beliaals Herzen half.

Genau wie der Dämon, den es am Leben erhielt, scheute auch das Herz nichts mehr als die Kraft des reinen Lichts, hatte Smeralda erklärt. Deshalb würde es auch in Angst versetzt werden, sobald es diese Kraft verspürte. Daher bestrahlte Laura nun die Basiliskeneier mit dem Licht des magischen Steins und hoffte, das richtige möglichst schnell zu finden. Die Zeit drängte, denn bis zum Sonnenaufgang würde sich sowohl ihr eigenes als auch Smeraldas Schicksal entscheiden – so oder so.

Laura beschleunigte ihre Schritte, bis sie mit einem Mal ein fernes Geräusch hörte, leise und kaum wahrnehmbar:

Poch. Poch. Poch.

Hastig bewegte sie sich in die Richtung, aus der es kam – und schon wurde es lauter:

Poch! Poch! Poch!

Endlich hatte Laura das Ei gefunden. Als das Licht des Karfunkelsteins es erfasste, dröhnte es nicht nur laut vernehmlich durch die Höhle –

POCH!! POCH!! POCH!! –,

sondern das Ei hüpfte auch mit jedem Schlag ein Stück in die Höhe, als versuche es, die Flucht zu ergreifen, um sich seinem drohenden Schicksal zu entziehen. Dieser Versuch allerdings schlug fehl und endete in Lauras Tasche.

Lukas kam aus dem Staunen nicht heraus: So etwas hatte er noch nie in seinem Leben gesehen! Der kreisrunde Raum erstrahlte in überirdischer Helligkeit. In den Bodenfliesen war ein seltsames Muster eingelassen, ein Rad mit acht stilisierten Speichen. Über dem Zentrum erhob sich eine gleißende Lichtsäule, in der ein goldener Kelch schwebte. Die Rubine und Smaragde, mit denen er geschmückt war, glitzerten in allen Farben des Regenbogens.

Der Kelch der Erleuchtung, kein Zweifel!

Endlich!

Der Junge hatte den Kelch mit dem Wasser des Lebens gefunden, das seiner Schwester das Leben retten würde! Jetzt musste er es nur noch mit dem Elixier mischen, das Beliaal ihm mitgegeben hatte.

Aufgeregt griff Lukas in die Tasche und holte das zusammengeknüllte Leinentuch hervor. Seine Finger zitterten vor Ungeduld, als er das schützenden Tuch entwirrte. Er konnte es gar nicht erwarten, die Phiole mit der magischen Flüssigkeit in der Hand zu halten, die der Dämon ihm anvertraut hatte. Als die Strahlen des Lichts darauf fielen, leuchtete sie grellrot auf und spiegelte sich wie blutige Ausrufezeichen in den Augen des Jungen.

Als Laura aus dem Spiegel stieg, zuckte sie entsetzt zurück: Der Mantikor, der das Portal des Thronsaals von innen bewachte, erwartete sie bereits mit gefletschten Zähnen. »Bleibt im Spiegel, Prinzessin!«, konnte sie Smeralda eben noch zurufen, da sprang das Ungeheuer auch schon wild fauchend auf sie zu.

Im letzten Augenblick zuckte Laura zurück, die Krallen der Bestie verfehlten ihren Hals nur um Millimeter. Der zweite Hieb riss sie beinahe von den Füßen. Als die Krallen Alariks Wams zerfetzten, blieb eine davon am Rad der Zeit hängen. Laura wurde ruckartig zur Seite geschleudert, bis die Kralle endlich abbrach – *das vierte Zeichen der Schlange*!

Der Mantikor heulte auf, vor Wut oder Schmerz oder vor beidem. Er wollte Laura erneut angreifen, aber sie bekam endlich den Deckel der wundersamen Kiste auf ihrer Tasche zu fassen und riss ihn auf. Augenblicklich ergoss sich ein riesiger Schwarm Flatterflügler in den Thronsaal. Die hell leuchtenden Flatterwichte, die aus der Truhe schwirrten, wollten gar kein Ende nehmen.

Sofort hallten Kommandos durch den Raum: »Habt Acht, ihr Herren! Habt Acht!«, schrie Herr Virpo. »Schnappt euch den Widerling, schnell!«

Der Befehl war noch nicht verklungen, da stürzten sich die Flatterflügler bereits auf das Ungeheuer. Sie formierten sich zu einem Pfeil aus gleißendem Licht und attackierten den Mantikor.

Sein Widerstand erlahmte rasch. Anfangs schnappte er noch mit dem scharfen Gebiss nach den Angreifern oder versuchte, sie durch Krallenhiebe abzuwehren. Dann aber ließen seine Kräfte nach. Als Laura das Licht der Flatterflügler auch noch durch den Karfunkelstein verstärkte, war es um das Untier geschehen: Es sank zu Boden und blieb reglos liegen.

»Ja!«, jubelte Laura laut auf. »Das habt ihr gut gemacht, ihr Herren!«

»Hört, hört!«, tönte es ihr von allen Seiten entgegen. »Der Stampffußling hat ausnahmsweise mal Recht!«

Das strahlende Licht durchflutete den gesamten Thronsaal. Die Flügel der Krähen erlahmten, sodass sie wie Steine zu Boden stürzten. Die Käfer an der Decke verloren den Halt und wurden zu einem schwarzen Hagelschauer.

Mit eingezogenem Kopf hastete Laura durch den Regen aus Vogelleibern und Käfern und eilte auf den Thron des Dämons zu. Sie sprang auf den Sitz, reckte sich nach dem Kopf des schwarzen Einhorns und brach das rote Horn ab. Dann rannte sie zu Smeralda zurück, die inzwischen aus dem Spiegel getreten war, schwang sich auf ihren Rücken und, geschützt durch eine helle Wolke von Flatterflüglern, gelang ihnen die Flucht aus dem Schwarzen Schloss.

Der ewige Kreislauf des Lebens strebte unaufhaltsam einem neuen Höhepunkt zu. Die beiden Monde hatten den Zenit ihrer Bahn erreicht und tauchten Burg Tintall und die gesamte Umgebung in ein sanftes Licht, das weithin von der Magie der Mittsommernacht kündete. Die Sterne am wolkenlosen Himmel funkelten um die Wette. Das Siebengestirn im Osten aber leuchtete besonders hell, als wollte es die Kraft, die dem Siegel der Sieben Monde innewohnte, vor aller Welt bezeugen.

Paravain wurde ganz feierlich zumute. Er erhob sich und streckte Morwena die Hände entgegen. »Komm, Geliebte«, sagte er. »Die Geister können es kaum mehr erwarten, uns ihren Segen zu erteilen.« Mit einem tiefen Blick in ihre Augen wollte er sie hochziehen.

In diesem Moment erklang ein Pochen, laut und herrisch und ungeduldig.

Die Festgäste sahen sich verwundert an. Ihre Gespräche verstummten, und alle Augen richteten sich auf die mächtige Tür.

Nur König Mortas lächelte. »Endlich!«, sagte er erleichtert.

»Das muss mein lang erwarteter Gast sein.« Damit sprang er auf und eilte zum Portal. Als er es dann öffnete, hallten Entsetzensschreie durch den Rittersaal.

Vor der Tür stand ein halbes Dutzend Schwarzer Ritter, und an ihrer Spitze befand sich Borboron.

Der Schwarze Fürst!

Wie von tausend Furien gejagt, rannte Luminian die Stufen der Treppe hinunter und stürzte hinaus auf den Burghof. Vielleicht ist es nicht zu spät!, hämmerte es durch seinen Kopf. Vielleicht kannst du noch was retten!

Versuch es wenigstens!

In fliehender Hast hetzte der Hüter des Labyrinths auf den Turm der Gralsburg zu. Schon von Ferne erkannte er, dass die Eingangstür weit offen stand.

O nein!

Luminian erinnerte sich genau daran, dass er sie hinter sich geschlossen hatte, ehe er zum Burgtor gelaufen war. Jetzt grinste ihm die dunkle Öffnung entgegen wie ein Mahnmal des eigenen Versagens. Voller Panik eilte er darauf zu, sodass er den schwarzen Mantel erst im allerletzten Moment gewahrte. Wie achtlos hingeworfen, lag er vor der Tür. Luminian war nur noch wenige Schritte von ihm entfernt, als unvermutet Leben in das Kleidungsstück kam.

Unter Brausen drehte es sich in einem wilden Wirbel um sich selbst und richtete sich immer weiter auf, bis schließlich ein gewaltiger Dämon den Zugang zum Bergfried versperrte.

Beliaal!

Mit einer Mischung aus Triumph und Hohn auf der dunklen Fratze richtete er die gelbroten Augen auf den Hüter des Labyrinths. »Halt, du Wurm! Auch du wirst meinen demütigen Diener nicht an der Vollendung seines Werkes hindern!«, donnerte er ihm mit schauriger Stimme entgegen.

Als Borboron in den Rittersaal trat, verzerrte sich sein fahles Gesicht. Die Augen in den tiefen Höhlen leuchteten feuerrot auf, während er, gefolgt von der Schar seiner Männer, langsam auf die Festtafel zuschritt.

Alle Gäste waren aufgesprungen und starrten den Schwarzen Fürsten wie gelähmt an.

Paravain war zu keiner Regung fähig. Er hatte längst begriffen, was das bedeutete – sie waren von Borboron und seinen Vasallen über Wochen getäuscht worden und in eine tödliche Falle getappt, aus der es kein Entkommen gab: Seine Männer und er hatten die Waffen doch vor dem Saal abgelegt. Deshalb waren sie ihrem schlimmsten Feind nun wehrlos ausgeliefert.

Doch der Schrecken nahm kein Ende: Die Hhelmritter, die ebenfalls aufgestanden waren, hielten unvermittelt Schwerter in der Hand! Nicht, um sie gegen die Eindringlinge zu wenden, sondern um die Weißen Ritter damit in Schach zu halten und am Verlassen des Saales zu hindern. Selbst der alte Falkas, der Paravains Vater Artas so treu gedient hatte und ihm selbst ein geduldiger Lehrmeister gewesen war, richtete seine Waffe gegen die Krieger des Lichts.

König Mortas hatte ebenfalls ein Schwert in der Rechten. Es war riesig groß, und die schwarze Klinge funkelte bedrohlich im Schein der Fackeln und Kerzen.

Seite an Seite mit Borboron schritt der Herrscher der Hhelmlande auf seinen Neffen zu, der sich längst vor seine Braut gestellt hatte.

Paravain war fest entschlossen, Morwenas Leben bis zum Letzten zu verteidigen – bis zum Tod.

Auch der Hüter des Lichts und König Rumor hatten sich an die Seite des Brautpaares gesellt.

Während Borboron stehen blieb, machte Mortas einen letzten Schritt auf den Weißen Ritter zu. Mit höhnischem Grinsen hielt er ihm das Schwarze Schwert entgegen. »Erkennst du es wieder, Paravain? Du hast die falsche Klinge gereinigt!« Mit triumphaler Geste reckte Mortas die mächtige Waffe empor, damit jeder sie sehen konnte. »Das hier ist Pestilenz! Was du in den Karfunkelwald gebracht hast, war lediglich eine harmlose Kopie. Ich habe die Schwerter bereits in deiner ersten Nacht auf Tintall ausgetauscht!«

Entsetzt wurde Paravain bewusst, was diese Worte bedeuteten. Inzwischen trat der Schwarze Fürst auf Mortas zu und legte ihm die Hand auf die Schulter. »Das hast du gut gemacht, mein Freund!«, spottete er. »Und jetzt gib mir mein Schwert zurück! Ich kann es nicht erwarten, Pestilenz endlich wieder in den Händen zu halten.«

»Gleich, Gebieter.« Mortas deutete eine Verbeugung an. »Ich muss nur noch schnell etwas erledigen.« Er wirbelte herum und stieß Borboron das Schwarze Schwert bis zum Heft in die Brust.

Aurelius Morgenstern blätterte mit fiebrigem Blick in dem alten Buch, das er unter den dicken Wälzern und Folianten in den Regalen der Alchimistenküche entdeckt hatte. Der Professor konnte es immer noch nicht fassen, dass er die entscheidende Idee erst so spät gehabt hatte. Dabei lag es doch auf der Hand: Es gab kein besseres Versteck für »Die Bruderschaft der Sieben« als den originalgetreuen Nachbau der gruseligen Schwarzmagier-Werkstatt in der Uni-Bibliothek! Gerade weil jeder wusste, dass es sich dabei um eine Kopie handelte, hätte niemand ein wertvolles Original darin vermutet.

Maximilian Longolius musste das auf Anhieb erkannt haben, und so hatte er »Die Bruderschaft der Sieben« dort verborgen. Zumal er als großzügiger Finanzier des Nachbaus stets ungehinderten Zugang zu dem lebensgroßen Modell hatte.

Ohne es zu merken, schüttelte der Professor das greise

Haupt. Ich muss blind gewesen sein, schimpfte er im Stillen mit sich selbst.

Doch zum Glück war ihm der rettende Einfall doch noch gekommen. Und ein Glück war es ebenfalls, dass Dr. Wagner, der altgediente Leiter der Bibliothek, zu seinen besten Freunden zählte. Um alles perfekt zu machen, war der Bibliothekar auch noch wach gewesen, als ihn der Anruf des Professors erreichte.

Da Dr. Wagner die Abendgesellschaft, die er in seine Wohnung geladen hatte, nicht verlassen konnte, drückte er Aurelius kurze Zeit später den Generalschlüssel in die Hand, der ihm Zugang zu allen Räumen verschaffte. »Du kennst dich doch bestens aus«, sagte Dr. Wagner noch und wünschte ihm viel Erfolg. Das hatte offensichtlich geholfen, denn nun hielt Aurelius Morgenstern das lang gesuchte Buch tatsächlich in den Händen.

Endlich!

Den Mächten des Lichts sei Dank!

Hastig blätterte er durch die eng beschriebenen Seiten, als unerwartet eine Stimme hinter ihm erklang: »Guten Abend, Herr Professor!«

Morgenstern fuhr herum – und erblickte Dr. Quintus Schwartz. Der Konrektor lehnte in der offenen Tür und lächelte ihn hämisch an. »Damit haben Sie wohl nicht gerechnet, was?«

Im ersten Augenblick war Aurelius wie gelähmt. Nur unter größten Mühen stammelte er ein paar Worte. »Wie … kommen … Sie …«

Das Grinsen des Dunklen wurde breiter. »Wie ich hierherkomme, wollen Sie wissen? Ganz einfach.« Dr. Schwartz fasste in die Tasche seines Jacketts und holte sein Handy hervor. »Eine prächtige Erfindung, nicht wahr? Insbesondere, wenn man damit unbemerkt fremde Telefonate abhören kann.«

Nachdem er das Mobiltelefon wieder weggesteckt hatte, wurde er ernst. »In Ihrem Fall allerdings wäre das gar nicht nötig gewesen. Doktor Wagner hat mich doch unmittelbar nach Ihrem Anruf benachrichtigt.«

»Dok…tor … Wag…ner?« Aurelius konnte die Bedeutung seiner Worte nicht richtig fassen. »Er ist …«

»Einer von uns – genau!«, vollendete Quintus Schwartz den Satz. »Er dient den Dunklen Mächten schon seit langer Zeit und war der engste Vertraute unseres Großmeisters.« Erneut glitt ein Grinsen über sein Gesicht. »Eigentlich naheliegend bei diesem Namen, finden Sie nicht? Schließlich hieß der Gehilfe von Faust auch bei Goethe schon ›Wagner‹.«

Der Professor antwortete nicht, sondern starrte den Dunklen nur bestürzt an.

»Ohne ihn hätten wir ›Die Bruderschaft der Sieben‹ doch niemals in der geheimen Bibliothek entdeckt. Konrad Köpfer, dieser Tölpel, kann weder Lesen noch Schreiben und war nur für die Schmutzarbeit zuständig.« Schwartz machte eine Geste, als wollte er sich ein Messer in die Brust rammen. Dann sprang er urplötzlich auf den Professor zu, um ihm das wertvolle Buch zu entreißen.

Laura beugte sich tiefer über den Hals von Smeralda und feuerte das Einhorn an. »Schneller!«, rief sie. »Lauf bitte schneller! Wir kommen sonst zu spät!«

Obwohl die Prinzessin bereits wie der Wind dahinstürmte, mobilisierte sie die letzten Kräfte. Ihr rasender Galopp wurde zu einem wahren Sturmlauf, während sie durch den nächtlichen Wald jagte.

Laura war eine erfahrene Reiterin und hatte doch größte Mühe, sich auf dem Rücken des Einhorns zu halten. Mit aller Kraft klammerte sie sich an der seidigen Mähne fest, um nicht den Halt zu verlieren. Nur ein Gedanke peitschte durch ihren Kopf: Schneller, Smeralda, schneller – sonst können wir Lukas nicht mehr retten.

Und uns auch nicht!

Endlich schimmerte in der Ferne der Saum des Karfunkelwaldes. Direkt darüber standen zwei Monde.

Sie waren rund und voll.

Das Fläschchen mit der blutroten Flüssigkeit in den Händen, ging Lukas langsam auf die Lichtsäule zu. Gleich war der ersehnte Augenblick gekommen. Nur noch Sekunden, und er würde das rettende Elixier für seine Schwester zusammenmischen. Eine tröstliche Gewissheit erfüllte ihn und ließ sein Herz schneller schlagen:

Laura würde nicht sterben, ganz bestimmt nicht!

Dann streckte Lukas die Hand aus und griff nach dem Kelch der Erleuchtung.

Tödlich getroffen sank Borboron zu Boden. Die Hhelmritter sprangen auf seine Männer zu und entwaffneten sie, bevor sie die Weißen Ritter erneut mit ihren Schwertern bedrohten.

Paravain schaute nur fassungslos zu. Er konnte sich keinen Reim auf das rätselhafte Geschehen machen, das sich direkt vor seinen Augen abspielte. Was hatte das bloß zu bedeuten? »Aber, Oheim«, meinte er mit ratloser Miene zu Mortas. »Ich verstehe nicht …?«

Der König lachte bitter. »Das kann ich dir nachfühlen, Paravain – sehr gut sogar! Als ich damals feststellen musste, dass Tintalls Schatzkammern leer waren, war mir genauso zumute wie dir. Nicht ein Goldstück und nicht das winzigste Juwel habe ich darin gefunden! Dein törichter Vater hatte seinen gesamten Besitz an die Armen und Bedürftigen verschenkt.« Die Erinnerung trieb Mortas die Wut ins Gesicht. »Dieser Narr!

All meine Anstrengungen, auf den Thron zu gelangen, waren völlig umsonst gewesen! Ich war ebenso mittellos wie zuvor.«

»Alle Eure Anstrengungen?«, hauchte Paravain ungläubig. »Was wollt Ihr damit sagen?«

»Vergiss es einfach!« Mortas winkte ab. »Jedenfalls verspürte ich keine Lust, ähnlich bescheiden wie deine Eltern zu leben. Daher nahm ich das Angebot an, dass dieser Narr hier mir gemacht hat.« Er spuckte auf Borboron, der mit gebrochenen Augen zu seinen Füßen lag. »Ich überließ ihm den Plan des Labyrinths. König Artas hatte diesen in einem versiegelten Umschlag verwahrt, für den Fall, dass dem Hüter des Lichts etwas zustieße.«

»Du verfluchter Hund!«, schrie König Rumor auf. Er wollte sich auf ihn stürzen, wurde aber von Falkas daran gehindert. Der alte Ritter richtete die Spitze seines Schwertes auf Rumors Kehle und fauchte ihn an: »Nur einen Schritt weiter, und du bist des Todes!«

»Sein erstes Versprechen hat Borboron gehalten«, fuhr Mortas fort. »Er hat mich tatsächlich mit so viel Gold überhäuft, dass ich aller Sorgen ledig war. Das zweite allerdings hat er nie erfüllt.«

Totenstille senkte sich über den Saal. Alle Augen waren auf den Meuchler gerichtet, um das schreckliche Geheimnis aus seinem Munde zu erfahren.

Mortas schien die Aufmerksamkeit zu genießen. Ein Lächeln spielte um seine Lippen, als er fortfuhr: »Der Schwarze Fürst hat mir versprochen, den Hüter des Lichts zu töten, damit ich an seine Stelle treten könnte.« Er bedachte Elysion, der mit undurchdringlicher Miene dastand, mit einem schrägen Blick. »Euer Gebieter hatte Artas doch anvertraut, dass sein Nachfolger aus dem Hause der Hhelmritter kommen würde.« Verächtlich zog er die Braue hoch. »Aber leider hat Borboron kläglich versagt!«

»Sagt, dass das nicht wahr ist!« Paravain starrte den Oheim betroffen und wütend zugleich an. »Ihr könnt doch nicht im Ernst geglaubt haben, dass Mord und Verrat Euch auf den Thron von Hellunyat bringen?«

»Warum nicht?« Mortas winkte ab. »Aber es sollte nicht sein, und so muss ich mich jetzt wohl mit dem Thron des Schwarzen Fürsten begnügen.« Erneut bespuckte er den toten Borboron, dann nahm sein Gesicht einen verschlagenen Ausdruck an. »Aber warum eigentlich?«, fragte er lauernd. »Es besteht doch immer noch die Möglichkeit, beide Herrschersitze zu vereinen!« Er holte aus und wollte Elysion das Schwert in den Leib rammen.

Da sprang Paravain vor seinen Gebieter. Das ist das Ende, schoss es ihm durch den Kopf. Als er das greise Antlitz von Elysion gewahrte, das von Müdigkeit gezeichnet war, wurde ihm klar, dass sein Herr ähnlich dachte.

Das Schwert zuckte schon auf den Weißen Ritter zu, als der Hüter des Lichts Paravain im letzten Augenblick zur Seite stieß. Pestilenz fuhr in Elysions Brust und traf ihn mitten ins Herz. Während Elysion tödlich verwundet zu Boden sank, befahl Mortas seinen Hhelmrittern: »Los, Männer! Bringen wir es hinter uns!«

Aurelius Morgenstern und Quintus Schwartz kämpften um das wertvolle Buch. Sie umklammerten den Folianten und zogen und zerrten daran, um ihn dem Kontrahenten zu entreißen. Das verzweifelte Ringen glich einem grotesken Tanz und hatte die Männer inzwischen aus der Werkstatt hinaus auf den Flur getrieben. Im Eifer des Gefechts bemerkten sie es gar nicht.

Obwohl Aurelius um viele Jahre älter war als sein Gegenspieler, entwickelte er ungeahnte Kräfte, die denen des jüngeren Mannes in nichts nachstanden. Lange Zeit war nicht zu erkennen, wer die Oberhand behalten würde. Mal schien der Professor im Vorteil, mal drohte Schwartz zu triumphieren. Der Zweikampf wogte unentschieden hin und her, bis Aurelius Morgenstern mit einem Mal einen stechenden Schmerz in der Brust verspürte!

Der Professor stöhnte laut auf – er wusste, was das bedeutete.

Seine Stunde war gekommen!

In maßlosem Entsetzen bemerkte Aurelius Morgenstern, dass seine Kräfte rasch schwanden.

Ausgerechnet jetzt, wo er das wertvollste Buch der Wächter endlich entdeckt hatte!

Nun würde es wieder ihren Feinden in die Hände fallen!

Schon entrang sich ein Klagelaut seiner Kehle, als er erkannte, dass es noch nicht zu spät war. Mit letzter Kraft warf der Professor sich auf seinen Widersacher, umklammerte ihn fest mit beiden Armen und stürzte sich mit ihm durch das Flurfenster in die Tiefe.

Nicht ein Laut kam über die Lippen der Männer, während sie in den Tod fielen.

Langsam, ganz langsam öffnete Lukas den Verschluss des kleinen Behälters mit dem wertvollen Elixier. Sorgsam darauf bedacht, nicht einen Tropfen zu verschütten, ging der Junge auf den Kelch der Erleuchtung zu, der auf dem Boden des Labyrinths stand. Dann schickte er sich an, den Inhalt des Fläschchens in das Wasser des Lebens zu gießen.

»Jetzt mach schon, Silvana!«, schrie Laura die Einhornkönigin verzweifelt an. »Stich endlich zu!«

Noch einmal betrachtete das Einhorn das Basiliskenei, das

zu seinen Füßen am Ufer des kleinen Sees lag. Es glänzte nachtschwarz im Licht der beiden Monde, die nun genau über der verwunschenen Lichtung in der Mitte des Karfunkelwaldes standen.

Dann senkte Silvana den Kopf und stach zu. Mühelos fuhr ihr Horn durch die harte Eierschale und durchbohrte Beliaals Herz.

Im gleichen Augenblick erhob sich ein mächtiges Brausen. Ein Sturm brach los und ein Schrei hallte über den Wald, der weit schrecklicher und jämmerlicher war als alles, was jemals zuvor gehört worden war.

Luminian musste sich die Ohren zuhalten, damit der Todesschrei des Dämons ihm nicht den Verstand raubte.

Beliaal bäumte sich auf, griff sich röchelnd an die Brust und fiel wie ein mächtiger Fels vornüber. Der Aufprall war so gewaltig, dass die Erde bebte. Luminian schwankte und wäre um ein Haar selbst zu Boden gestürzt.

Der Herr der Finsternis löste sich auf. Er zerfiel mehr und mehr und wurde schließlich zu schwarzer Asche, die der Wind davontrug.

Lukas neigte das Fläschchen, um den Inhalt in den Kelch der Erleuchtung zu schütten, als mit einem Male der Boden unter seinen Füße erzitterte und ein unheimlicher Schrei durch die Gänge des Labyrinths wehte.

Der Junge taumelte und verlor beinahe das Gleichgewicht. Dann erstarrte Lukas und stand reglos da, als hätte er sich von einem Augenblick auf den anderen in Stein verwandelt. Endlich kam wieder Leben in ihn. Er blinzelte, als würde er aus einem tiefen Schlaf erwachen, und schaute sich verwundert um.

Wo war er?

Was hatte all das strahlende Licht zu bedeuten, das ihn wie eine wohlig wärmende Wolke umhüllte?

Und warum trug er dieses seltsame Gewand?

Als Lukas das Fläschchen mit der blutroten Flüssigkeit in seiner Hand gewahrte, fiel ihm alles wieder ein. Bleich vor Entsetzen verschloss er es wieder, stellte den Kelch der Erleuchtung in die gleißende Lichtsäule zurück und floh aus dem Labyrinth des Lichts.

»Stich endlich zu, Falkas!«, brüllte Mortas seinen Waffenmeister an. »Worauf wartest du noch?«

»Wie Ihr befehlt, Gebieter!« Der alte Ritter hob das Schwert, um es Paravain ins Herz zu rammen …

… als der schwarzmagische Bann, der ihn zum willenlosen Werkzeug seines Königs gemacht hatte, unversehens von ihm abfiel wie ein erdrückender Mantel, der von der Schulter gleitet. Im gleichen Augenblick wirbelte Falkas herum und trennte Mortas' Haupt mit einem einzigen Schwertstreich von dessen Leib.

Während der kopflose Rumpf lautlos in sich zusammensank, warf der Waffenmeister sich Paravain vor die Füße. »Verzeiht mir, Herr«, rief er kläglich. »Verzeiht mir, was ich Euren Eltern und Euch angetan habe!« Dann begann der alte Ritter hemmungslos zu schluchzen. Die Laute klangen so jämmerlich, dass sie Paravain tief im Herzen rührten.

Laura hatte nicht eine Sekunde zu verlieren. In größter Eile bedankte sie sich bei ihren Helfern im Karfunkelwald, umarmte Silvana und Smeralda und vergaß auch die Herren Virpo, Yirpo und Zirpo und all die übrigen Flatterflügler nicht.

Die Einhornkönigin bestand darauf, dass Laura den Karfunkelstein mit auf die Erde nahm. Deshalb verstaute Laura ihn in ihrer Tasche. Sie trug Silberschwinge durch die Kraft ihrer Gedanken auf, zur Gralsburg zu fliegen und Lukas zur magischen Pforte zu bringen, dann trat sie selbst die Rückreise zum Menschenstern an.

Philipp Boddin dämmerte an Lauras Krankenhausbett vor sich hin. Schon seit Mitternacht wachte der Junge an der Seite des Mädchens. Er musste wohl eingenickt sein, denn als er aus dem Fenster blickte, erkannte er, dass die Nacht bald zu Ende ging. Das Licht des vollen Mondes wurde bereits schwächer, und es dauerte bestimmt nicht mehr lange, bis im Osten das Grau des Morgens heraufdämmerte.

Philipp warf einen raschen Blick auf Laura und kontrollierte die Anzeigen an den Geräten. Nichts hatte sich im Laufe der Nacht verändert. Dabei war er sich so sicher gewesen, dass Lauras Schicksal eine entscheidende Wende nehmen würde.

Am Abend zuvor hatte Philipp keinen Schlaf finden können. Er musste dauernd an Laura denken und an alles, was er in den vergangenen Monaten mit ihr erlebt hatte. Angefangen hatte es mit einem merkwürdigen Traum am Tag vor ihrem dreizehnten Geburtstag. Da er sich allerdings nicht mehr genau daran erinnern konnte, kramte er das Tagebuch wieder hervor, in dem er das nächtliche Erlebnis festgehalten hatte. Als er seinen damaligen Eintrag noch einmal las, musste er mit dem Kopf schütteln. Wie kam ein solch verworrener Traum bloß zustande? Es musste doch einen realen Grund dafür geben, auch wenn der Traum eher an einen Fantasy-Roman erinnerte.

Was Philipp am meisten zu denken gab, war der rätselhafte Satz, mit dem Laura sich im Traum von ihm verabschiedet hatte: »Keine Angst, Philipp, wir sehen uns bald wieder. Ich freue mich schon wahnsinnig auf das Konzert!«

Komisch – er konnte damals doch noch nicht gewusst haben, dass er Laura gut eineinhalb Jahre später tatsächlich zu einem Konzert einladen würde, oder? Aber vielleicht hatte er sich schon so etwas ausgemalt. Laura hatte ihm nämlich auf den ersten Blick gefallen, er hatte nur nicht den Mut aufgebracht, ihr das zu sagen.

Jedenfalls damals nicht!

Philipp wollte das Tagebuch schon zuschlagen, als er das lange Haar zwischen den Seiten entdeckte. Er konnte sich gar nicht mehr daran erinnern, es hineingelegt zu haben. Es war pechschwarz und ungewöhnlich dick, viel dicker als ein Menschenhaar. Es musste von einem Tier stammen.

Aber wieso sollte er ein Tierhaar in seinem Tagebuch aufbewahren?

Das ergab doch keinen Sinn!

Philipp hatte die Finger danach ausgestreckt, um es herauszunehmen. Er hatte das Haar kaum berührt, als ihn ein glühender Schmerz durchzuckte, scharf wie ein Schwert und heiß wie die Hölle. Im gleichen Augenblick hatte er gewusst, dass in der Nacht Entscheidendes geschehen würde.

Das war der Moment gewesen, wo er aufgesprungen und zum Krankenhaus geradelt war. Zum Glück hatte Schwester Heike Nachtdienst, sonst wäre er nie in Lauras Zimmer gelangt. Seitdem saß er an ihrem Bett und wartete, dass etwas geschah.

Aber es geschah nichts – überhaupt nichts!

Plötzlich vernahm Philipp ein Geräusch hinter sich. Als er sich verwundert umdrehte, konnte er nichts erkennen. Nur ein Besucherstuhl stand in der Ecke, aber der war leer.

Er musste sich wohl verhört haben.

Als Philipp zu ihnen herüberblickte, zuckte Laura im ersten Moment erschrocken zusammen. Doch dann erinnerte sie sich wieder, dass er sie ja nicht sehen konnte. In ihrer Traumgestalt hinkte sie dem Geschehen in der Gegenwart doch stets um einige Sekundenbruchteile hinterher, sodass niemand sie wahrnehmen konnte. Während ihrer langen Traumreise in die eigene Vergangenheit und die Welt der Mythen war ihr das entfallen.

»Ich wäre dir sehr verbunden, wenn du deinen Blick endlich von dem Jungen wenden würdest«, tadelte der Wolkentänzer. »Die Zeit verrinnt, und du musst dich sputen, wenn du dich noch retten willst. Zeig mir endlich, was du aus Aventerra mitgebracht hast!«

Laura fasste in die Tasche und holte ihre Mitbringsel hervor.

Die Kralle des Mantikors.

Das Horn des schwarzen Einhorns.

Und den Karfunkelstein.

Auriel starrte sie fassungslos an. »Wo ist das fünfte Zeichen, Laura? Das Barthaar eines Dämons?«

Laura zuckte mit den Schultern. »Das hat leider nicht geklappt«, sagte sie niedergeschlagen.

»Aber Laura!« Der Wolkentänzer sprang auf. »Weißt du, was das bedeutet? Du wirst sterben, wenn du das fünfte Zeichen bis zum Sonnenaufgang nicht beschaffst!«

»Wie denn?«, schrie sie in höchster Verzweiflung. »Beliaal ist tot! Es ist deshalb völlig unmög…« Weiter kam sie nicht, denn der Wolkentänzer hielt ihr den Mund zu und blickte sie eindringlich an.

»Du sagst es, Laura! Das Fünfte Zeichen der Schlange ist das Barthaar eines Dämons, der lebt, obwohl er schon gestorben ist.«

Laura blickte einen Augenblick fragend drein. Doch dann begriff sie, was der Wolkentänzer meinte.

Rasch packte Auriel ihre Trophäen in die Tasche zurück, legte die Harpyienfeder und den Reißzahn des Schattenhundes dazu und hängte sie Laura um. »Wenn es dir tatsächlich gelingt, die Fünf Zeichen der Schlange zu komplettieren, musst du sie hierherbringen und auf die Bettdecke legen. Sobald deine körperliche Hülle sie spürt, wird sie erwachen, da bin ich mir ganz sicher!«

»Echt?« Laura strahlte, doch sogleich erstarb das Lächeln. »Aber«, begann sie entsetzt, »das klappt nicht, Auriel. Wir hinken der Gegenwart doch ständig hinterher. Mein Körper wird die Zeichen gar nicht spüren können.«

Auriel verzog unwirsch das Gesicht. »Meinst du, das hätte ich nicht bedacht? Du musst einfach einen neuen Weg beschreiten.« Damit beugte der Geflügelte sich vor und flüsterte Laura etwas ins Ohr.

Marius und Anna wollten die Hoffnung schon aufgeben, als Lukas doch noch aus der magischen Pforte trat. Er stürzte auf seine Eltern zu und fiel ihnen jubelnd in die Arme. Als sie jedoch bemerkten, dass der Junge mit leeren Händen zurückgekommen war, verwandelte ihre Freude sich jäh in Entsetzen.

Marius sah seinen Sohn mit versteinerter Miene an. »Weißt du, was das bedeutet?«, fragte er mit brüchiger Stimme. »Laura ist verloren. Es gibt keine Rettung mehr für sie.«

Zur Überraschung der Eltern schüttelte Lukas den Kopf. »Das glaube ich nicht«, sagte er. »Laura hat mich auf Aventerra vor dem sicheren Verderben gerettet und wird sich nun auch selbst retten. Jedenfalls hat der Sturmdrache das behauptet, als er mich zum Tal der Zeiten geflogen hat.«

»Aber Lukas.« Marius schüttelte den Kopf. Es war ihm anzusehen, dass er dem Jungen kein Wort glaubte. »Wie sollte das denn gehen?«

»Mit den Fünf Zeichen der Schlange«, entgegnete Lukas ernst. »Lasst uns ins Krankenhaus fahren. Dann werdet ihr schon sehen!«

Laura war überzeugt, dass die fantastische Reise sie an den richtigen Ort geführt hatte. Und die Jahreszeit stimmte auch, denn die Landschaft lag in winterlicher Starre da. Die Felder und Wiesen waren leer und grau. Der Wind, der über die Hügel und Senken strich, heulte an ihr Ohr. Aber weit und breit war kein Mensch zu sehen. Und schon gar keine Reiterin im roten Stepp-Anorak und mit einer Dock-Mütze auf dem Kopf, die auf dem Rücken eines Schimmels durch die Gegend galoppierte.

Hatte sie vielleicht das falsche Datum erwischt und nicht den Tag vor ihrem dreizehnten Geburtstag? An diesem Tag hatte Beliaal noch gelebt, und da in der Nacht zuvor totale Mondfinsternis geherrscht hatte, war Laura zu dem Schluss gekommen, dass der unheimliche schwarze Reiter, der sie damals verfolgt hatte, nur der Dämon des Todes gewesen sein konnte! Beliaal war auf die Erde gekommen, um sich den von Longolius versprochenen Preis persönlich zu holen – und damit gleichzeitig zu verhindern, dass Laura ihre besonderen Fähigkeiten entfalten konnte!

Als das Mädchen die Krähen hörte, wusste es, dass der Zeitpunkt richtig war.

Hunderte, vielleicht sogar Tausende von schwarzen Vögeln verdüsterten den Himmel. Das heisere Krächzen hallte in seinen Ohren. Fast im gleichen Augenblick entdeckte Laura das Mädchen, das auf dem jenseitigen Hügel dahinritt. Trotz der Entfernung konnte sie Pferd und Reiter erkennen: Es war sie selbst auf ihrem Schimmel Sturmwind.

Auf einmal hielt die Reiterin an und spähte ängstlich zu ihr herüber. Im gleichen Moment spürte Laura eine entsetzliche Kälte in ihrem Rücken aufsteigen. Ohne ihrem anderen Ich weiter Beachtung zu schenken, drehte Laura sich um – und sah den zweifach gehörnten Dämon.

Beliaal saß auf dem Rücken eines riesigen schwarzen Einhorns, das auf dem Wolfshügel stand, und starrte sie finster an. Mit seinem von Narben und eitrigen Warzen überzogenen Gesicht, den rotgelben Dämonenaugen und hauerartigen Eckzähnen, dem strähnigen Ziegenbart und den riesigen Fledermausflügeln auf dem Rücken wirkte er so Furcht erregend, dass Laura erschrocken zusammenzuckte.

Konnte sie wirklich von Angesicht zu Angesicht gegen ihn bestehen? Gegen den Herrn der Finsternis, dessen unheimliche Kräfte sie schon ein ums andere Mal in Angst und Schrecken versetzt hatten?

Während Laura noch schwankte, kam plötzlich Leben in die Büsche und Sträucher ringsum auf dem Hügel. In Sekundenschnelle verwandelten sie sich in eine Meute reißender Bestien, die das Mädchen sogleich wütend ankläfften.

Laura wollte schon zurückweichen, als das Rad der Zeit, das sie nun offen um den Hals trug, strahlend hell aufleuchtete. Da wusste sie, dass ihr keine Wahl blieb.

Sie straffte sich und lief mit entschlossener Miene auf den Dämon zu. Im Rennen holte sie den Karfunkelstein aus der Tasche und hielt ihn dem teuflischen Wesen entgegen.

Obwohl der magische Stein ähnlich hell aufschimmerte wie im Schwarzen Schloss, war seine Wirkung diesmal weitaus geringer. Beliaal fauchte zwar wütend auf und beschirmte die Augen mit den Händen, um nicht geblendet zu werden, wich allerdings keinen Zentimeter zurück.

Das Einhorn – Ghoul, wie Smeralda ihr erzählt hatte – schnaubte nur wütend, bäumte sich wiehernd auf und wirbelte mit den Vorderbeinen. Dann ließ Ghoul das lange nadelspitze Horn zischend durch die Luft sausen, als wäre es ein rotes Schwert.

Die Hunde allerdings klemmten vor dem Licht die Schwänze ein und wichen einige Schritte zurück. Dafür aber bellten sie umso lauter, sodass ihr Gekläff bestimmt kilometerweit zu hören war.

Laura verharrte. Den Karfunkelstein noch immer fest umklammernd, starrte sie den Dämon an, gelähmt von seiner grauenerregenden Gegenwart.

Beliaal fauchte wütend und zeigte in einem siegessicheren Grinsen die Zähne. Obwohl er nicht angriff, schien er längst gemerkt zu haben, dass Laura nichts gegen ihn ausrichten konnte.

Ich schaffe es nicht!, wurde ihr schmerzlich bewusst.

Ich kann Beliaal nicht besiegen!

Welch schreckliche Ironie des Schicksals! Da hatte sie ihrem dreizehnjährigen Ebenbild das Leben gerettet, indem sie den Herrn der Finsternis von ihm ablenkte, nur um jetzt, gut anderthalb Jahre älter, doch noch sterben zu müssen: entweder durch die Hand des Dämons – oder durch den Todesschlaf des Fhurhurs!

Laura erinnerte sich an ihr kürzliches Zusammentreffen und Beliaals Worte im Schwarzen Schloss: »Offensichtlich hast du nichts aus unserer letzten Begegnung gelernt. Sonst wärst du nicht allein gekommen!«

Was hatte er nur damit gemeint?

Während Laura noch verzweifelt darüber nachdachte, klang ein Scheppern an ihr Ohr. Als sie sich umdrehte, entdeckte sie einen Jungen, der auf seinem Mountainbike im Höllentempo heranpreschte. Es war Philipp Boddin.

Mr Cool!

Er hatte die teuflischen Wesen offensichtlich noch gar nicht bemerkt und hielt geradewegs auf den Wolfshügel zu. Erst als er auf die Bremse trat, kaum fünf Meter von Laura entfernt, ging ihm auf, was los war.

»Oh«, sagte Philipp und erblasste. Er schob die Strickmütze zurück und kratzte sich am Kopf.

»Hau ab, Philipp!«, rief Laura ihm zu. »Bring dich in Sicherheit, schnell!« Sie erkannte aus den Augenwinkeln, wie Ghoul auf sie zusprang. Hastig wich Laura zurück – und stolperte über eine Wurzel! Sie verlor das Gleichgewicht und schlug rücklings auf die hart gefrorene Erde. Der Aufprall war so heftig, dass der Karfunkelstein aus ihrer Hand geschleudert wurde, über den Boden kullerte und vor Philipps Füßen liegen blieb.

Beliaal heulte triumphierend auf. Das schwarze Einhorn stieg auf die Hinterbeine und ließ ein lautes Wiehern erschallen. Auch die Hundemeute sprengte auf das hilflos am Boden liegende Mädchen zu.

Philipp überlegte nicht eine Sekunde. Er ließ das Bike fallen, hob den Karfunkelstein auf und sprintete damit zu Laura. »Hier, nimm!«

Das Mädchen streckte den Arm nach ihm aus wie eine Ertrinkende in höchster Not.

Als Philipp ihr den Karfunkel überreichte, berührten sich ihre Hände – und da geschah es: Gleißendes Licht schoss aus dem magischen Stein hervor, strahlend hell und voll unvorstellbarer Kraft.

Die schwarzen Bestien ergriffen augenblicklich die Flucht. Ghoul wieherte vor Entsetzen und bäumte sich so abrupt auf, dass Beliaal von seinem Rücken geschleudert wurde.

Dicht vor Laura und Philipp schlug der Dämon auf dem Boden auf. Die Erde erbebte heftig, und die beiden mussten sich aneinander festhalten.

Bevor der Herr der Finsternis sich aufrappeln und die Flucht ergreifen konnte, sprang Laura auf ihn zu und riss ein Büschel Haare aus seinem Bart. Beliaal, gepeinigt durch die Kraft des Lichts, kreischte laut und stürmte in wilden Sätzen über den Hügel davon.

Es war vorbei! Laura lächelte Philipp an. »Ich danke dir für deine Hilfe«, sagte sie. »Ohne dich hätte ich das nicht geschafft.«

»A-A-Aber …«, stammelte Mr Cool. Er war entgeistert.

»W-W-Was hatte das alles zu bedeuten? Und warum hast du eine neue Frisur?«

»Nicht jetzt«, erwiderte Laura. »Ich habe es furchtbar eilig. Aber du wirst es schon bald verstehen!« Damit beugte sie sich vor und küsste ihn auf die Wange. Zum Abschied drückte sie ihm eines der schwarzen Dämonenhaare in die Hand. »Hier nimm. Es wird dich immer an den heutigen Tag erinnern – und daran, dass er gut ausgegangen ist!«

Philipp war zu keiner Antwort fähig. Er schaute Laura nur mit großen runden Augen an.

»Keine Angst, Philipp«, erklärte sie rasch, »wir sehen uns bald wieder. Ich freue mich schon wahnsinnig auf das Konzert!« Damit löste Laura sich vor seinen Augen auf.

Philipp starrte noch eine Sekunde wie vom Schlag gerührt vor sich hin, bevor er bewusstlos zu Boden sank.

Als Lukas mit seinen Eltern das Krankenzimmer betrat, schreckte Mr Cool herum und starrte den Freund verwundert an. »Wo kommst du denn her?«

Lukas schüttelte den Kopf. »Nicht jetzt, Philipp. Das erkläre ich dir später.« Er schluckte. »Sag mir lieber, wie es Laura geht.«

Philipp wandte sich der Patientin zu, die mehr tot als lebendig im Krankenbett lag, und musterte sie mit unendlich traurigem Blick. Die weiße Zudecke reichte Laura bis zum Hals. Mit ihrem wächsernen Gesicht erinnerte sie an eine Leiche in der Anatomie. »Wie soll es ihr gehen?«, fragte er müde. »Sieh sie dir doch an.«

In diesem Moment wurde das Zimmer in gleißenden Lichtschein getaucht. Es strahlte so hell, dass die Besucher geblendet die Augen schlossen. Als sie sie wieder öffneten, erblickten sie mehrere Gegenstände auf Lauras Bettdecke.

Eine Feder.

Einen Hundezahn.

Eine Kralle.

Ein rotes Elfenbeinhorn.

Und ein langes schwarzes Haar.

In ihrer Mitte aber lag ein Stein, der in allen Farben des Regenbogens schillerte.

Als der erste Strahl der aufgehenden Sonne den magischen Stein der Einhörner berührte, begann er zu leuchten. Sein Glanz erfasste die Fünf Zeichen der Schlange, die nun ebenfalls in überirdischem Licht aufschimmerten, um sich dann, genau wie der Karfunkelstein, aufzulösen.

Als keine Spur mehr von den Gegenständen zu sehen war, öffnete Laura die Augen, richtete sich im Bett auf und schaute die Besucher verwundert an. »Was macht ihr denn hier?«, fragte sie erstaunt. »Und wie komme ich ins Krankenhaus? Mir fehlt doch nichts!«

Und tatsächlich: Laura sah aus wie das blühende Leben!

Sämtliche Untersuchungen führten immer zum gleichen Ergebnis: Laura war trotz des langen Komas kerngesund, auch wenn die Ärzte keine Erklärung dafür hatten. So wurde sie bald schon aus der Klinik entlassen.

Drei Tage später klopfte sie im Internat an die Zimmertür von Mr Cool.

Als Philipp sie erblickte, glitt ein scheues Lächeln über sein Gesicht. »Ach, Laura«, sagte er verlegen. »Du bist es.«

»Klar. Wer denn sonst?«, erwiderte sie fröhlich. »Heute ist der fünfundzwanzigste Juni. Wir haben eine Verabredung – schon vergessen?«

»Ähm … Na-Na-Natürlich nicht«, erwiderte Philipp rasch. »Ich dachte nur, dass du vielleicht …?«

»Dummkopf!«, sagte Laura und verpasste ihm einen Klaps. »Ich fahre gern mit dir zum Konzert.«

Auf dem Weg zur Bushaltestelle blieb Laura unvermittelt stehen. »Warum hast du mir nie erzählt, was am Tag vor meinem dreizehnten Geburtstag passiert ist?«

»Weil … ähm …« Philipp befingerte seine Strickmütze und lächelte sie verlegen an. »Das war so unglaublich, dass ich es selbst nicht begreifen konnte. Deshalb habe ich auch gedacht, ich hätte alles nur geträumt.«

Laura nickte. »Kann ich verstehen.«

»Erst als ich das Barthaar des Dämons in meinem Tagebuch entdeckt habe, ist mir klar geworden, dass es doch kein Traum war.«

»Nur wegen des Haars?«

»Nein.« Philipp schüttelte den Kopf. »Ich habe mich plötzlich wieder erinnert, dass du damals schon kurze Haare hattest – und da habe ich kapiert, dass du aus der Zukunft zurückgereist sein musst.«

Laura grinste. »Wozu eine neue Frisur nicht alles gut sein kann!«

Auch Philipp lächelte. »Aber selbst wenn mir schon früher klar gewesen wäre, dass es kein Traum war, wäre es sinnlos gewesen, dir davon zu erzählen. Du weißt doch jetzt erst, dass das auf einer Traumreise in deine Vergangenheit passiert ist. Wahrscheinlich hättest du mir kein Wort geglaubt. Oder mich sogar für einen blöden Angeber gehalten!«

»Schon möglich«, stimmte Laura ihm zu. »Aber was ich dir noch sagen wollte …«

»Ja?«

»Es tut mir leid, dass ich dich damals so einfach abserviert habe. Ohne richtige Erklärung, meine ich. Ich hab einfach Angst gehabt, dass dir etwas passiert.« Sie sah ihn verlegen an. »Du hast ja selbst erlebt, dass es in meiner Nähe manchmal ganz schön gefährlich sein kann.«

»Ja, und?« Philipp trat einen Schritt näher. »Das macht mir

doch nichts aus.« Er legte die Hände auf ihre Schultern und schaute ihr tief in die Augen. »Ehrlich, Laura, das ist absolut kein Problem für mich. Im Gegenteil – du kannst immer auf mich zählen, wenn du mich brauchst.«

Lauras Herz tat einen Sprung. Ihr Bauch kribbelte angenehm warm, und das Blut schoss in ihre Wangen. »Ehrlich?«, fragte sie mit heiserer Stimme.

Philipp nickte und trat dichter an sie heran, sodass sie die Wärme seines Körpers spüren konnte. »Ja, klar.«

Laura sah ihm tief in die Augen. »Aber du weißt schon, dass das noch lange nicht vorbei ist?«

»Natürlich weiß ich das, Laura. Ich glaube, es fängt erst richtig an.« Damit beugte Philipp sich vor – und hielt dann inne. »Ähm«, sagte er und räusperte sich verlegen.

Da konnte Laura nicht mehr anders. Sie schlang ihre Arme um seinen Hals, zog ihn zu sich heran und küsste ihn, tief und fest und aus ganzem Herzen.

Philipp erwiderte den Kuss, heiß und leidenschaftlich, als hätte er eine Ewigkeit darauf gewartet.

Ein unbeschreibliches Glücksgefühl durchströmte Laura. Wie eine immer weiter anschwellende Woge überflutete es ihren Körper. Der Ansturm wurde schließlich so gewaltig, dass Laura sich an Philipp festklammern musste, um nicht davongetragen zu werden. Da wusste sie: Was immer auch geschehen mochte, die Dunklen Mächte würden niemals über sie triumphieren. Nie im Leben!

Epilog ❧ Letzte Gedanken

In den folgenden Monaten besuchte Laura Leander regelmäßig das Grab von Aurelius Morgenstern auf dem Friedhof von Hohenstadt. Nicht nur, weil sie um ihn trauerte – das tat sie sogar sehr, auch wenn der Schmerz mit der Zeit immer geringer wurde, bis sie den Verlust schließlich akzeptieren konnte –, sondern weil sie dem Professor so viel zu verdanken hatte. Ohne ihn wäre ihr Leben ganz anders verlaufen.

Nach dem Tod von Aurelius hatte sich überraschenderweise herausgestellt, dass er überhaupt keine Angehörigen besaß. Die übrigen Wächter hatten versucht, seine Familie oder irgendwelche Verwandte ausfindig zu machen, allerdings ohne Erfolg. Sie hatten nicht einmal den geringsten Hinweis darauf entdeckt, was Professor Morgenstern vor seiner Zeit als Direktor getan hatte. Wo er geboren oder aufgewachsen war. Und seine Eltern konnten sie schon gar nicht aufspüren. Selbst Lukas, der seine phänomenalen Recherchekünste schon häufig unter Beweis gestellt hatte, scheiterte diesmal grandios.

Laura musste lächeln, als sie daran dachte. Sie ahnte längst, welches Geheimnis die Herkunft von Aurelius Morgenstern umwehte. Er hatte in seinem Testament bestimmt nicht zufällig verfügt, dass sein Grab neben dem von Oma Lena liegen sollte. Offensichtlich wollte er im Tod jemanden in seiner Nähe wissen, der ebenfalls aus seiner Welt stammte.

In seinem Vermächtnis hatte Morgenstern auch vorgeschlagen, wer nach ihm die Internatsleitung übernehmen sollte. Der Name löste großes Erstaunen aus, denn zur Überraschung aller handelte es sich um Miss Mary Morgain! Die zuständigen Gremien nahmen den Vorschlag dann aber einstimmig an, und so wurde die junge Englisch- und Französischlehrerin zur neuen Direktorin des Internats bestellt. Alle Ravensteiner freuten sich sehr über diese Wahl – nun ja, zumindest fast alle …

Auch über die Veränderungen auf Aventerra blieb Laura auf dem Laufenden. Alienor hatte ihr in der Herbstnacht einen Besuch abgestattet, und daher wusste sie, dass Ritter Paravain zum neuen Hüter des Lichts bestimmt worden war und die Nachfolge von Elysion angetreten hatte. Bei seinem Amtsantritt hatte er verkündet, dass er sich die schwere Aufgabe mit seiner Gemahlin Morwena teilen wolle, was von den Kriegern des Lichts mit größtem Wohlwollen aufgenommen wurde.

Für Borboron hatte sich gleichfalls ein Nachfolger gefunden. Der Name des neuen Schwarzen Fürsten war Envik. Laura hatte noch nie zuvor von ihm gehört. Kein Wunder – er sollte noch sehr jung sein und war von Syrin eingesetzt worden.

Die Gestaltwandlerin hatte es geschickt verstanden, dem Fhurhur, ihrem verhassten Erzfeind, die Schuld an Borborons Tod anzulasten. Da dessen Ansehen seit dem verhängnisvollen Schwertduell zwischen Elysion und Borboron ohnehin stark beschädigt war, hatte sie leichtes Spiel gehabt, das Lager der Dunklen fast vollständig auf ihre Seite zu bringen. Der Schwarzmagier wurde zum Tode verurteilt und hingerichtet. Seitdem saß dieser Envik auf dem Thron der Dunklen Festung. Allerdings wurde bereits gemunkelt, der noch unerfahrene Dunkle Herrscher sei nichts weiter als eine Marionette Syrins.

Auriel, der Wolkentänzer, hatte Laura versprochen, auch weiterhin über sie zu wachen. Wofür sie ihm genauso dankbar war wie für den entscheidenden Hinweis, dass Traumreisen nicht nur in die Vergangenheit führen konnten, sondern auch in die Zukunft, wenn auch nur für einige Minuten. Aber die hatten zu ihrer Rettung in der Mittsommernacht völlig ausgereicht.

Dass Auriel jedoch, genau wie Beliaal, nicht wusste, weshalb die Menschenkinder so viel Einfluss auf die Einhörner besaßen, überraschte Laura zunächst sehr. Dabei war das doch offensichtlich: Nur die Kraft der menschlichen Fantasie hielt die Einhörner am Leben – und so wären sie ohne die Menschen zum Aussterben verurteilt. Aber dann erinnerte Laura sich daran, dass Auriel ebenfalls aus der Welt der Mythen stammte und deshalb über keine eigene Fantasie verfügte. Kein Wunder, dass er das große Geheimnis nicht verstehen konnte!

All das ging Laura durch den Kopf, als sie nun ein knappes halbes Jahr nach dem Tod des Professors wieder einmal an seinem Grab stand. Sie hatte so viel von Aurelius Morgenstern gelernt: dass keine Aufgabe zu groß war, um sie nicht bewältigen zu können, und dass man nicht aufgeben und nicht den Glauben an sich selbst verlieren durfte. Durch ihn hatte Laura begriffen, dass alles im Leben einen tieferen Sinn hatte, auch wenn man den oft nicht auf Anhieb verstand. Und dass alles, was man tat, Folgen hatte, für andere und für sich selbst. Daher war es so wichtig, jeden Tag bewusst zu leben und ihn nicht gedankenlos zu vertun.

Und obwohl Laura lange keinen Sinn darin gesehen hatte, war ihr inzwischen sogar aufgegangen, warum sie für eine gewisse Zeit auf ihre besonderen Fähigkeiten verzichten musste: weil sie das in die schlimmste Krise gestürzt hatte, die ein Mensch erleben konnte – die Konfrontation mit dem eigenen

Tod. Erst indem sie diese heil überstanden hatte, waren die besonderen Kräfte, über die sie verfügte, vollends zur Entfaltung gelangt.

Das milde Licht der Wintersonne zauberte Laura ein Lächeln ins Gesicht. Sie trat einen Schritt näher an das Grab heran und legte die Hand auf den schlichten Gedenkstein. Augenblicklich durchströmte sie ein angenehm warmes, prickelndes Gefühl. Es war, als nähme Aurelius Morgenstern auf diese Weise mit ihr Kontakt auf. »Vielen Dank für alles«, flüsterte sie. »Ich verspreche Ihnen, dass ich immer fest auf der Seite des Lichts stehen und mit all meinen Kräften gegen das Böse kämpfen werde.«

Als Laura die Hand zurückzog, fiel ihr Blick zufällig auf die Armbanduhr. Erschrocken zuckte sie zusammen.

Was?

Schon sooo spät?

Sie musste sich beeilen, wenn sie nicht unpünktlich sein wollte!

Laura rief dem Grab ein schnelles »Machen Sie es gut! Bis zum nächsten Mal!« zu, drehte sich um und eilte davon. Der Professor würde ihr den überhasteten Aufbruch bestimmt nicht übel nehmen. Aurelius Morgenstern hatte ihr doch selbst erklärt, dass das Siegel der Sieben Monde die größte Kraft unter der Sonne repräsentierte, die schon auf der Erde den direkten Zugang zum Paradies gewährte. Er würde deshalb verstehen, dass sie Philipp nicht warten lassen durfte.

Ganz bestimmt sogar!

E * N * D * E

Inhalt